T0267063

JOHNNY BLACKDAWN

JOHNNY BLACKDAWN

IVANA VON RETTEG

Johnny Blackdawn

Primera edición: mayo, 2022

D. R. © 2020, Ivana von Retteg

D. R. © 2022, derechos de edición mundiales en lengua castellana:
Penguin Random House Grupo Editorial, S. A. de C. V.
Blvd. Miguel de Cervantes Saavedra núm. 301, 1er piso,
colonia Granada, alcaldía Miguel Hidalgo, C. P. 11520,
Ciudad de México

penguinlibros.com

ISBN: 978-607-381-493-5

Impreso en México – *Printed in Mexico*

Para Boli,
que escuchaste esta historia antes que nadie
y creíste en ella hasta el final

1

La bruma descendía del cielo sobre la superficie del océano, la brisa murmullando suavemente, y sobre las ondulaciones del agua surcaba imponente El Bartolomé, buque de guerra de la Marina Real inglesa, con setenta y cuatro cañones. La bandera británica ondeaba orgullosamente en la punta del palo mayor, motivando a los marineros y oficiales a laborar arduamente en aquella mañana, más arduamente que de costumbre porque podían sentir la mirada del almirante Rowe vigilando la pulcritud de sus movimientos desde el puente de mando. Era un hombre de unos sesenta años que había peleado más batallas de las que podía contar, y su tiempo de mando lo había vuelto sereno, respetable.

El capitán Anderson, nombrado apenas hacía un año, recorría la cubierta dictando órdenes con esa misma exaltación que caracteriza a los que aún se sienten realizados en un puesto nuevo. Sopló un vendaval por la proa que viró la nave ligeramente.

—¡Ceñir! —exclamó el capitán—. ¡Manténgala este-noroeste, dos nudos! ¡Teniente Dawner!

El alcázar se iba llenando de marineros e infantes de marina que obedecían mecánicamente, repitiendo las órdenes unos a los otros en voz alta.

—¡Mantener rumbo!

Sonó la campanada de la guardia de la mañana y casi al mismo tiempo volvió a soplar otro vendaval, más fuerte y agresivo que el anterior. Se hincharon las velas de golpe y chirriaron las poleas mientras los grumetes descendían por los cabos de amuras.

—¡Largar el foque, señor Allan!

—¡Adrizar! ¡Teniente Dawner! ¡Teniente Dawner, despierte por el amor de Dios!

El capitán Anderson ya se estaba desesperando cuando el almirante Rowe puso una pesada mano sobre su hombro.

—Déjeme a mí al teniente —dijo, con una voz grave y magnánima.

James Dawner se había detenido a observar una extraña sombra en la neblina que apenas se distinguía a estribor. El muchacho de diecinueve años provenía de una adinerada familia aristócrata de Londres. Sin embargo, su sueño siempre había sido formar parte de la Marina Real y fue así como llegó a Port Royal junto con su mejor amigo, George Tanner. Ambos ansiosos por pertenecer al inmaculado gremio, de navegar las turquesas aguas del Caribe, explorar las junglas verdes y ver a nativos con sus propios ojos y, si Dios oía sus plegarias, chocar espadas con piratas y defender las sagradas colonias del rey. Ése era el ardiente llamado de su corazón, ése era su destino. Aun así, James no fue inmune al inevitable romanticismo que abruma a los jóvenes a esa edad; conoció a Charlotte en alguna ceremonia religiosa y atolondrado por los cabellos dorados de la mujer se casó con ella. En el pueblo los llamaban "el matrimonio condenado", pues no habían tenido otra cosa que mala suerte desde el inicio, sin lograr concebir un hijo que ambos deseaban tanto y cuando por fin Charlotte quedó encinta dio a luz a una niña que nació sin vida. Charlotte estaba enferma y los médicos aseguraron que jamás podría volver a concebir. "Estoy enferma de tristeza y de tristeza he de morir", decía ella, terminando de desgarrar los ánimos de James.

—Teniente Dawner —llamó la voz del almirante—, si un pirata apuntase su arma sin suficiente licor en los sesos lo derrumbaría de un solo tiro.

Los ojos azul obscuro de James se reanimaron con la voz de mando y hasta se enderezó en presencia de aquel que había sido su mentor.

—Si me lo permite, señor, debo pedir prestado su catalejo —dijo James, llevándose una mano al sombrero de tres picos en señal de respeto. El almirante desprendió el artefacto de su cinturón y lo entregó al teniente, quien enseguida se lo llevó al ojo.

—¿Qué es lo que ve, teniente?

—Me pareció ver… deben ser figuraciones, por supuesto, pero juraría que vi un navío negro, completamente negro.

—¡Ja! —rio Rowe, golpeándole la espalda con la palma y retirándose con su catalejo. *Un navío negro*, murmuraba entre risas.

—Bebe un poco de agua, amigo —le dijo George Tanner—, la sed hace que uno vea cosas.

—No tengo sed, George. Vi lo que vi —respondió James; en el fondo temía que quizá en verdad estaba volviéndose loco de tristeza al igual que su mujer.

—Yo sí le creo, teniente —dijo uno de los marineros; habló con timidez al dirigirse a alguien de mayor rango—. Dicen que hay un barco pirata que es negro, el casco negro, las amuras y las velas negras, lo llaman El Espectro.

—*Dicen*, ¿quiénes *dicen*? —se burló George.

—Es cierto —opinó otro marinero—, el primo del sobrino de un amigo oyó mencionarlo a Desmond Black en Old Bailey.

Pronto el capitán Anderson se acercó a poner orden con una estridente amenaza: los reportaría por superstición si continuaban con habladurías, pero tan pronto se alejó, James se arrimó disimuladamente al segundo marinero que ya se alistaba a trepar por los obenques del palo mayor.

—Eh, tú, espera —lo llamó—, Desmond Black, ¿es un pirata?

El marinero miró a su alrededor con precaución, cuidándose de las miradas del almirante, del capitán y del contramaestre. Hizo a James una señal con los dedos, indicándole que se acercara a escuchar un secreto.

—Desmond Black, señor, es el capitán de El Espectro, el barco pirata. El tío del amigo de un sobrino dice que hace poco hundieron nueve fragatas de la Compañía de las Indias en Cabo de Horno. ¡Nueve fragatas!

James miró al marinero con cierta incredulidad.

—Mantenga a los hombres alerta de todos modos —dijo finalmente. El marinero hizo una señal de obediencia llevando dos dedos a su frente.

La mañana prosiguió con tranquilidad. El sol no se dejaba ver entre las espesas nubes grises y uno que otro relámpago centelleaba a la distancia, refrescaba el viento y el navío crujía suavemente con el oleaje que iba agitándose. Cada marinero y oficial atendía a sus tareas, pero se había desatado el cuchicheo entre algunos de los hombres, murmurándose los unos a los otros que era posible que estuviesen siendo perseguidos por un barco pirata, el teniente lo había visto con sus propios ojos.

James ya lamentaba haber dado tal importancia a sus figuraciones, había terminado por distraer a los hombres y llevarse una llamada de atención que el capitán había etiquetado como "superstición", quedando en ridículo frente al almirante Rowe. Tan pronto como le fue posible, buscó un instante para reposar los brazos sobre la borda de babor, a solas; pero tan pronto alzó la mirada vio de nuevo esa masa confusa danzando como un fantasma en la neblina. Entrecerró los ojos para ver con claridad, acelerándose su corazón a medida que la masa tomaba la forma de un navío, un navío negro, y en lo alto del palo mayor una gigantesca bandera negra con un cráneo dorado.

—*¡Piratas!* —exclamó James a todo pulmón.

El almirante Rowe ya miraba a través de su catalejo, comprobando que una nave negra en verdad iba directo hacia ellos, recia y veloz como un tiburón nadando hacia su presa.

—¡Capitán Anderson! —llamó, pero antes de que pudiese concluir la orden, estalló un cañonazo de impactante estridencia que hizo vibrar el navío entero junto con cada hombre y cada pedazo de madera y trozo de tela. La bola ardiente atravesó al almirante Rowe justo por el estómago, salpicando la cubierta de sangre y vísceras. Era el momento para que el capitán Anderson actuara, su primera batalla naval. Pero se quedó helado, mirando los trozos de cuerpo esparcidos a su alrededor, el horror en los hombres que esperaban órdenes y el silbar de un segundo cañonazo.

—¡Órdenes, capitán! —suplicó algún oficial.

—¡Capitán!

Entonces Anderson dirigió una mirada suplicante a los ojos de James, quien enseguida asintió disimuladamente.

—¡A las brazas! —llamó James—, ¡hombres a cubierta, cargar vela mayor!

¡Cubierta!

¡Cargar vela mayor!

Los marineros se distribuían a toda prisa en cubierta.

—¡Acuartelar, señor Mason, muévase! —ordenaba James, tomando el mando.

—¡Oficiales a cubierta con mosquetes!

¡Mosquetes!

Se formaban los oficiales junto con los infantes de Marina y sus características casacas rojas, haciendo formaciones rectangulares perfectas, preparados para hacerle frente al diablo mismo. Otro endemoniado cañonazo azotó al Bartolomé a estribor, zarandeando la nave y haciendo tropezar a los tripulantes. Algunos hombres vieron al capitán Anderson correr a su cabina y refugiarse.

—¡Carguen los cañones, ya! —exclamó James.

¡Cebar cañones de cubierta!

—¡Artilleros listos!

—¡Fuego! —rugió James.

El Bartolomé se defendió del barco pirata, ambas naves intercambiaban cañonazos en un huracán de humo, balas y astillas. Los llantos de los heridos acompañaban el silbar de la pólvora y en minutos ya caían cuerpos uniformados, muertos. James sostuvo el catalejo ensangrentado del almirante y miró, el corazón le estalló en el pecho cuando pudo alcanzar a ver el casco de la nave pirata con el nombre *El Espectro* pintado en dorado.

—¡Mantengan sus puestos, valor, hombres, valor!

La bruma se hacía espesa y los hombres disparaban a ciegas. Desde el piso de artillería se encendían las mechas de los cañones. *¡Fuego!*, gritaban los hombres con las manos en sus oídos, y por cada estallido entraban las bolas enemigas destrozando la madera inglesa y calcinando la piel valiente. En el último piso el carpintero ya suplicaba a gritos por una bomba, uno de los cañones había hecho un agujero y el agua entraba a chorros.

Las velas negras del barco pirata se hincharon y cogió una velocidad espeluznante; los piratas se preparaban para abordarlos posicionando El Espectro en paralelo a El Bartolomé a un cable de distancia. Se alcanzaba a ver un enjambre de bucaneros cogidos de los obenques como arañas, todos ellos armados hasta los dientes maldiciendo y riendo a carcajadas.

—¡Tiradores a las cofas, mosquetes cargados! —exclamó James—. ¡Prepárense para repeler el abordaje!

Los piratas se hicieron de arpones, ganchos y sogas, y cual demonios voladores descendieron de los mástiles sobre la cubierta de El Bartolomé.

—¡Defiendan la nave! —ordenó James, desenvainando su flamante espada y alzándola en el aire para alentar a los hombres.

Estalló el enfrentamiento en cubierta. Oficiales, infantes de marina y marineros chocaban espadas, disparaban fusiles y pistolas incesantemente, pero ni la mejor arma entre las manos ni la más sonora plegaria entre los labios hacían frente a la barbaridad con la que peleaban los bucaneros. Iban dejando charcos de sangre entre risas y juramentos, cortaban cabezas haciéndolas rodar como un juego, amputaban brazos y tajaban gargantas, regaban tripas con singular alegría. Por primera vez James vio los órganos de un marinero caer de su estómago abierto, el pobre hombre gritaba horrorizado y adolorido, quería morirse, pero el pirata lo dejó vivo y se fue por otra víctima. James le concedió al marinero un tiro en la cabeza y entendió que ésta era una batalla perdida, a menos que...

—¡George! —llamó a su amigo, que terminaba de atravesar a otro bárbaro.

George volteó a ver a James entre los agitados cuerpos, éste le hizo una señal, indicándole que abordasen el barco pirata.

—¡Moriremos! —dijo George.

—¡Es una orden! ¡Conmigo! —insistió James, tomando un cable y parándose en la borda con sumo equilibrio.

George hizo una mueca trágica, pero se reunió con James tomando un cable también. Se miraron a los ojos, asintieron al mismo tiempo y saltaron. Maravillados por semejante acto de valentía, o estupidez, varios infantes de marina siguieron al teniente Dawner para abordar la nave enemiga.

La cubierta negra de El Espectro pronto fue invadida por la Marina Real inglesa, y los piratas, enfurecidos, inmediatamente se lanzaron a defenderla. Ahora la batalla se esparcía por ambas naves, se dividían oficiales de marina y piratas en las dos embarcaciones sin cesar el chocar de las espadas, los disparos y los gritos.

—¡George! —llamó James—. ¡Dirígelos a la proa!

George apenas y podía escuchar entre el tremor de la lucha, pero pudo ver a James dirigirse hacia la popa, hacia la cabina del capitán, un portón negro con detalles dorados.

—¡¿A dónde vas?!

—¡A matar al capitán!

—Oh, James —se quejó George, de nuevo en tono trágico.

James abrió las puertas del camarote de una patada, éstas azotaron en cada lado revelando ante sus ojos la cabina de un capitán pirata, la primera vez que abordaba al enemigo, la primera vez que se atrevía a invadir el más íntimo de sus rincones. Incluso se preguntó si lo que estaba haciendo era de mal gusto, si estaba rebajándose al nivel de esos bribones. Una vez dentro, miró a su alrededor, estudiando la habitación y con la espada firme en el puño.

—¡Capitán Black! —llamó—, ¡salga en el nombre del rey!

Le pesaba admitir que la cabina del capitán Black no era un esperpento como lo había imaginado, los muros de madera y el suelo eran de un negro intenso con detalles en dorado, un enorme mapa enmarcado, con varios rayones y taches en algunas de las islas, líneas de aquí a allá. Había también repisas con uno que otro libro de navegación en latín y uno que parecía ser de medicina, entre cuadernos con anotaciones. James rio para sí, como si un vil bucanero pudiera leer y escribir. Un tapete de piel en el suelo, un globo terráqueo que daba vueltas dentro de una circunferencia de madera, piezas de oro y plata regadas que rodaban con el balancearse de la nave, seguramente piezas robadas en un asalto. Cofres, varios. Un escritorio plagado de mapas e instrumentos náuticos demasiado elaborados para suponer que un hombre sin educación académica pudiese hacer uso de ellos, varios vendajes con sangre también. Botellas de cristal vacías rodaban por el suelo, y el camarote en sí olía a ron. James continuó internándose al fondo, donde había una cama casi ostentosa, deshecha.

—¡Salga ya en el nombre del rey! —gritó, su voz se quebró al final y no sabía por qué. Se negó rotundamente a aceptar que sentía miedo.

Surgió el llanto de un bebé. James se paralizó, seguro que había oído mal. Siguió el origen de los alaridos a pasos lentos y dudosos que se iban acercando cada vez más a la cama y cuando por fin estuvo frente a ella vio un bulto moviéndose debajo de las sábanas. Las alzó cuidadosamente y encontró un niño desnudo, de inmensos ojos cafés y almendrados, colmados de pestañas. En cuanto James fijó ojos en la criatura, éste le devolvió la mirada y cesó su llanto inmediatamente, se rio. James sonrió, invadido por ternura. Éste debía de ser el bebé más demacrado que había visto, desnutrido y sucio, con una profunda herida en la barbilla que sangraba y comenzaba a infectarse.

—¿Y qué haces tú aquí, pequeñito? —dijo, alzando al niño en brazos.

El bebé le sonreía tanto que sus ojitos parecían desaparecer al elevarse tanto los cachetes. James se perdió un momento en la mirada del pequeño, preguntándose con extraña calma de dónde habría salido y cuál sería el horrible destino que le esperaba de ser abandonado ahí. Se le iluminó la cara con una sonrisa, se le avivó el alma sólo de pensar en la alegría que sentiría Charlotte si…

—¡James, el capitán Black ha colgado a Anderson de la…!

George irrumpió dentro del camarote, y lo primero que vio fue a James sosteniendo un bebé como si fuera su propio hijo.

—¿Qué es eso?

—Un niño desamparado —le respondió James.

—¡Una cría pirata es lo que es! —exclamó George.

—¿Te quieres callar? Si lo haces llorar harás que me descubran.

—¿Qué descubran qué, James?

—Lo llevaré conmigo —anunció el joven teniente.

—Amigo… mi querido amigo, ¿qué estás pensando? Es el hijo de un pirata, lleva en su sangre malicia y vicio. O quizá es un pobrecillo robado de algún puerto. Como sea, si está vivo es porque los piratas así lo quieren; irán tras nosotros, no hay duda.

—Tú ya has sido bendecido con un hijo, George —dijo James—, permite que sea mi turno. George Tanner suspiró profundamente, pensando en su pequeño hijo que acababa de cumplir un año. Se llamaba George, como él.

—¿Cuento contigo? —le preguntó James.

—Siempre, mi amigo —respondió George.

Salieron a cubierta, James sosteniendo un saco con un bulto y George decidido a protegerlo.

—El capitán Black acaba de colgar a Anderson de un mástil —dijo George—, bueno, una pieza de él.

—¿Una pieza de él? ¿Cómo?

—Lo… partió —respondió George, casi apenado de describir el sanguinario acto.

La batalla era ya un baño de sangre con demasiados cuerpos caídos sobre la cubierta, la mayoría cadáveres uniformados que habían sido aniquilados de las formas más horripilantes. Los pocos oficiales de la Marina que quedaban vivos hacían frente a los piratas que continuaban burlándose de la penosa agonía. Entonces James fijó la vista en un muchacho, los piratas lo rodeaban riendo y celebrando mientras éste tiraba de una cuerda haciendo danzar el cuerpo destrozado del capitán Anderson como un títere. Este pirata no debía sumar más de veinte años, tenía la sonrisa más picaresca y el aire más altanero, inmensos ojos cafés y almendrados, colmados de pestañas.

—¡Oigan, perros, se llevaron al hijo del capitán! —exclamó un bucanero.

El muchacho que sostenía la cuerda se fijó en James, sus ojos se encontraron por un largo instante en el que intercambiaron algo más que la mirada.

—¡Retirada! —ordenó James, sus ojos aún puestos en los del pirata.

Los cañones de El Espectro cesaron tan repentinamente que el eco de los disparos quedó rezumbando. La tripulación de El Bartolomé huía despavorida de regreso a su cubierta. El Bartolomé se alejó, El Espectro se alejó, ambos en direcciones contrarias perdiéndose en la neblina.

El Bartolomé, peligrosamente dañado y con poquísimos hombres, volvió a Port Royal, la imponente colonia británica caracterizada por el magnífico e impenetrable fuerte que rodeaba el pintoresco poblado inglés. El fuerte era de una magnitud impresionante, con enormes murallas de roca que circundaban el puerto como una fortaleza, y a cada tres metros un cañón de treinta y dos libras custodiado por guardias que permanecían firmes. En lo alto ondeaba la bandera británica y a lado una de la Compañía de las Indias y otra de la Marina Real.

El teniente Dawner escapó del bullicio que se formaba en el muelle luego de que se supo del enfrentamiento contra los piratas. Los médicos de la Marina Real ya llevaban a los heridos en camillas, los oficiales que seguían en pie hacían un reporte general de los daños, mientras que las personas se amontonaban y los guardias intentaban repelerlas.

James ya estaba lejos de ahí, y con el niño en brazos iba subiendo por el amplio camino empedrado de la ciudadela, las casitas inglesas a sus costados y algunos locales, todo alumbrado por faroles de aceite.

—Falta poco… falta poco, pequeño —consoló James al bebé que se quejaba de hambre. Iban pasando por una pequeña iglesia—. Mira, aquélla es la iglesia de Saint John. Tantas veces estuve de rodillas allí, suplicando por un hijo. Y mírate… aquí estás… John. Mi hijo John.

El pequeño John sonrió y echó una adorable risita.

—¿Tienes hambre? Tu madre espera en casa, y aunque no sabe que vienes, la harás la mujer más dichosa cuando te vea. Te daremos leche y te arrullaremos con canciones hasta que duermas. Te compraremos ropitas y hasta pediré al carpintero que fabrique la cuna más cómoda que haya diseñado, para que te balancees de un lado a otro y así tal vez te acostumbres al movimiento de la marea. Porque serás hombre de mar como tu padre, serás un capitán de la Marina Real, o quizá un almirante. Yo quiero llegar a ser almirante. Hay que esforzarse mucho para ello, y estudiar. Estudiarás en la mejor academia de Londres, no… no, no quiero que estés lejos de mí, no lo soportaría. Mejor contrataré al mejor tutor del puerto, sí, eso. Lo que quiero decir, hijo mío, es que no te faltará nada y te sobrará todo.

Un rato después llegaron a casa, una casita modesta, tal vez algo pequeña, pero con la comisión que se ganaba como teniente comparado con los gastos no alcanzaba para mucho más por el momento. James se extrañó al ver un carruaje estacionado frente al portón principal, y junto estaba el doctor Smith, fumando una pipa con cierto aire de abatimiento. El teniente aceleró el paso. Dos criados ya cargaban una camilla de madera con un cuerpo cubierto por una sábana.

—No —murmuró James, temiendo lo peor—. Mi esposa, mi esposa Charlotte, dónde…

—Teniente Dawner… cuánto lo siento. Su esposa, me temo… se ha quitado la vida.

James palideció instantáneamente, helado e inmóvil como si las palabras del doctor le hubiesen arrancado la vida antes de que el cuerpo se percatara de ello. Se abultaron las lágrimas en sus ojos y se le quebraba la voz al intentar hablar.

—¿Cómo? —susurró.

—Arsénico. Tenía el frasco ya vacío en la mano cuando…

—¡De dónde ha podido conseguir arsénico! —lloraba James—, ¡quién se lo ha vendido! —los lastimosos gritos hicieron que el pequeño John llorara también.

—Eso ya no importa, teniente, está hecho —dijo el doctor—, y si me lo permite… ¿de dónde ha salido esta criatura?

El llanto de James se acrecentó, se llevaba una mano al rostro y luego a la cabeza, tirando de su cabello marrón con suma desesperación, y cuando pudo obligarse a sí mismo a contenerlo, miró al doctor.

—Debo pedirle un favor —dijo James.

—Lo que usted requiera —respondió el doctor.

—Ha de mentir. Ha de mentir por mí toda su vida.

—Me temo que no lo comprendo.

—Dirá que Charlotte estaba encinta y murió al dar a luz a un bebé, un niño. A mi hijo —el doctor Smith fijó la vista en el pequeño John—. Mi hijo John, John Dawner —insistió James.

El doctor Smith asintió con la cabeza, sellando el pacto de por vida.

2

Amaneció en Port Royal. Las campanas de la capilla inundaron la deliciosa brisa mañanera, cantaron los pájaros. Las gaviotas gritaban desde lejos con el eco de las olas bajo los muelles. Estalló un cañonazo desde el fuerte, tambores. Despertar.

Hacia arriba del camino empedrado de la ciudadela estaban aquellas casas poco más elaboradas y lujosas que las del pueblo; éstas eran de mayor tamaño, con adoquines y terrazas que ofrecían una vista maravillosa al fuerte y, más allá, al mar abierto. Una de aquellas casas pertenecía al comodoro James Dawner. La ventana de guillotina que daba hacia el mar estaba abierta, y al borde un niño de diez años observaba la línea del horizonte con sus maravillados ojos almendrados color café, colmados de pestañas y una cicatriz en la barbilla. Su nombre era John Dawner. Apenas sonó el cañonazo del fuerte el chiquillo echó un vistazo al interior de la habitación, asegurándose de que la puerta siguiera cerrada con llave; al confirmarlo, se atrevió a salir por la ventana y saltar sobre las tejas de terracota sin cuidado alguno. Cuando estuvo al borde del tejado que cubría las caballerizas, saltó y cayó de pie en el lodo, espantando a los cerdos y haciéndolos gritar.

—¡Perdón! —dijo, echándose a correr con las botitas enlodadas.

El niño escaló la barda de la casa, hiriendo las enredaderas a medida que se impulsaba hacia arriba, y con la misma agilidad cayó sobre el empedrado en la calle. Celebró su triunfante escape con una risita traviesa y echó a correr.

El pueblo de Port Royal despertaba con cierta calma, hasta que John, el conocido diablillo hijo del comodoro, pasaba cerca y con él el caos. Se movía tan rápido y sin cuidado que las colisiones eran inevitables. Esa mañana tropezó con el lechero, que llevaba botellas de vidrio en una charola de madera, éstas se derramaron en el suelo.

—¡Perdón! —dijo John, y siguió corriendo.

—¡John Dawner! —exclamó el lechero, furioso.

Tan sólo unos metros más adelante, el niño empujó accidentalmente a una mujer que pasaba cerca de una fuente, echándola al agua.

—¡Perdón!

Hasta las ovejas que andaban en los callejones sabían que había que correr tan pronto se escuchase la risita traviesa de ese chiquillo.

En el fuerte ya marchaban los cadetes uniformados de rojo al ritmo de las flautas y tambores, desfilando una perfecta disciplina y pulcritud que jamás había llamado la atención de John, ni estaba en sus ambiciones vestir alguna de aquellas casacas; roja si era un infante de marina, azul si conseguía ser un oficial. Para John, el único atractivo que había en el fuerte era el muelle, pues ahí permanecían ancladas naves de línea y fragatas maravillosas, y si tenía suerte podría ser testigo de cómo alguna se hacía al mar. Por supuesto, estaba prohibido que los civiles accedieran a esas áreas, especialmente un menor de edad, y especialmente un menor de edad como John Dawner. Pero qué importaba, si para el niño "prohibido" y "necesario" eran sinónimos.

Los oficiales que hacían guardia esa mañana vieron a John corriendo y brincoteando por los amplios pasillos de ladrillo gris, paseándose entre los arcos de los muelles con singular alegría.

—¿Qué no era...? —iba a decir un guardia.

—Sí, el hijo del comodoro —le respondió el otro.

—¿Y qué no el comodoro dijo que el niño no podía...?

—Sí.

El sol ya se alzaba detrás del horizonte, iluminando Port Royal con un baño de luz dorada y la culminación del inicio a un nuevo día. John caminó por todo el muelle hasta llegar al final, posándose indefenso ante la belleza del mar abierto. Miraba las gaviotas circulando los cielos, los navíos meciéndose en la marea matutina y con un profundo suspiro comprobó que no había otra cosa que deseara más en el mundo que hacerse al mar.

—¡Pst! —se oyó.

John dio un brinquito, el trance en el que lo sumergían sus fantasías había sido interrumpido de manera violenta, y miró a su alrededor buscando al culpable. Un pordiosero andrajoso estaba sentado y recargado contra un palo de madera. Vestía harapos, su rostro rojo e invadido de llagas apenas era visible entre las barbas color ceniza y un viejo sombrero de tres picos. Al capturar la atención del niño el viejo sonrió mostrando sus escasos dientes putrefactos, despedía un olor a licor y suciedad.

—¿Te gusta el mar? —preguntó el viejo.

—¡Más que cualquier cosa! —exclamó John, su sonrisa haciéndose exageradamente amplia e iluminándosele la mirada como si se hubiera incendiado por dentro.

El anciano echó una carcajada que se interrumpió con una horrenda tos que lo obligó a escupir.

—Pero el mar no es un lugar para mocosos de raza fina como tú —decía el anciano—. No, en el mar sólo sobreviven los valientes.

—Mi padre dice que soy valiente —presumió John.

—¿Tan valiente como para hacerte al mar?

John asintió tan apasionadamente que se habría torcido el cuello.

—¡Bah! ¡Qué vas a saber! En el mar hay criaturas tan grandes como naves de guerra, con tentáculos que hunden flotas enteras y colmillos del tamaño de un mástil. Hunden las almas hasta el fondo, a lo negro... de donde salen las sirenas a cantar y tragarse a los que las escuchan. ¡La furia del mar hace tormentas que ni a Dios le alcanza el poder para calmarlas! ¡Olas tan altas que tapan la luz del sol y de la luna! ¡Se forman remolinos que arrastran hasta el mismísimo infierno! ¡Hay islas de templos olvidados en las que ni el más valiente se atreve a explorar sus junglas... y hay tesoros... como el tesoro de Cortés, tan magnífico que supera las riquezas del jodido rey hijo de su...

—¿Tesoros? —interrumpió John.

El niño ya se había sentado frente al anciano, escuchándolo como un discípulo habría escuchado a Cristo.

—A que no sabes de quién son esos tesoros —le preguntó el anciano, volviendo a escupir.

—Mi padre dice que el rey es el dueño de los tesoros y que por bondad reparte riquezas a su gente.

El viejo echó semejante carcajada que casi se asfixiaba entre la tos y las risas.

—¡Ja! ¡El maldito rey hijo de puta! ¡Y niño tonto! ¡Los piratas son los dueños de cada maldito tesoro! ¡Por eso están ocultos! Escondidos de las garras de la perra Corona. ¡Como si al rey le hiciera falta más oro, ja!

—¿Has visto a un pirata? —preguntó John, los ojos casi brotándole de las órbitas.

—¡Que me parta un rayo si no!

—Mi padre dice que los piratas son delincuentes, malos hombres que...

—¡Un pirata no es otra cosa que un hombre libre! ¡Dicen "por qué" en lugar de "perdón"! No se someten ante nadie, ni ante dios ni ante diablo ni mucho menos al cabrón del rey. ¡Y tienen los cojones para defenderse de sus injusticias!

—¿Qué son cojones? ¿Qué injusticias? —preguntó John, extasiado por el rumbo que había tomado la conversación y su vida en ella, toda su realidad se desvanecía alrededor de este bendito profeta.

—Cojones es lo que tienen los piratas. Injusticia es que el rey duerma en cama de oro, escupa rubíes y cague diamantes mientras su gente muere de hambre, *¡hijos de mil putas!*

—Pero yo no me muero de hambre —señaló John, extrañado por siquiera imaginar que era posible de morir de tal cosa, "hambre", algo que jamás había sentido.

—De hambre no te vas a morir tú —le aseguró el viejo—. Apostaría mi barba a que eres hijo de alguno de los perros del fuerte, ¿no? Sí... algún alto oficial, de esos que les alcanza para ponerle esas ropas nuevecitas a sus crías. ¿Sabes por qué no te mueres de hambre? Porque tu padre cuida al rey y sus tesoros, por eso su jodida majestad le paga más a él. ¿O crees que los que buscan la justicia son bien pagados? No, a los que protegen las porquerías de la Corona se les paga con oro porque son obedientes, castos e ignorantes. Y a los que protegen la libertad se les paga con mierda... o la muerte, esos que son rebeldes y más listos. Van a la horca mejores hombres que los que atan el maldito nudo. Y aunque los piratas saben que se les persigue, jamás se esconden. Nunca se rinden. Toman por la fuerza lo que es suyo por derecho. Eso... es un pirata, niño.

John sonrió, se mantuvo en silencio un momento, mirando al viejo a los ojos como si éste acabara de revelarle su destino.

—¿De verdad viste un pirata? —insistió John.

—Niño... ¡He estado en un maldito barco pirata! En mis buenos años tuve el honor de formar parte de la tripulación del mismísimo Espectro y su capitán, Desmond Black. En ese entonces el condenado Black acababa de robarle el mapa del conquistador a Barbanegra, y andaba necio con que quería encontrar el tesoro de Cortés. Estábamos a días de llegar a nuestro destino, después de haber soportado hambre, sed y locura. Se nos apareció El Satán, la nave roja de Barbanegra, *la nave del diablo*. ¡El cielo era de rayos y centellas que caían al agua! ¡Se incendiaba el maldito mar! ¡Disparábamos cañones entre ráfagas de furia! Fue la batalla más endemoniadamente épica que mis ojos de viejo llegarán a ver en esta vida. Pero perdimos. Barbanegra hirió de muerte a Black, le clavó la espada en la panza y le clavó un escupitajo en el orgullo. El Satán y sus demonios se largaron victoriosos. Pero el capitán Black, aunque no fuera hombre de palabra, juró que se vengaría, que perseguiría a Barbanegra algún día para quitarle el mapa, para encontrar el tesoro, para alcanzar la gloria de la piratería.

John no respondió, se cuestionaba absolutamente todo a medida que aquella línea entre el bien y el mal se iba adelgazando peligrosamente. Quedó transformado.

El niño pasó toda la mañana trepando los barcos anclados a escondidas como solía hacerlo habitualmente, sólo que en lugar de pretender ser un almirante dirigiendo una persecución, aparentó ser el mismísimo capitán Black, y que la fragata en la que estaba era El Espectro. Inmerso en su nueva identidad jugó a que dirigía la batalla contra El Satán y Barbanegra, corriendo de un lado a otro por la cubierta desierta, jalando de pequeños cabos para simular el manejo de las velas, y haciendo girar el timón apasionadamente, con una varilla en la mano que para él no era otra cosa que la más filosa espada. Era un pirata, un capitán.

—¡John Dawner! —se oyó de repente, una voz que era tan magnánima como rígida.

El pequeño apenas asomó su cabeza por la borda, sus fantasías y juegos se disolvieron y fue traído de vuelta a la realidad. Ahí estaba el comodoro James Dawner, vistiendo su impecable casaca azul con solapas blancas y botones plateados. Usaba una peluca blanca perfectamente limpia, y sobre ésta un sombrero azul de tres picos con detalles en plata.

—Baja de ahí en este instante. ¿Quién te ha dado permiso de subir? —dijo James.

El pequeño bajó por la escalerilla de la amura de la fragata, y se dirigió a donde su padre estaba, moviéndose como un cachorro regañado.

—¡Mírate nada más! El profesor Collins estuvo esperando toda la mañana, y tú pretendes llegar lleno de lodo y sin peinar. Cuántas veces te lo he dicho: no puedes salir solo a las calles, no puedes venir al fuerte ¡y no puedes estar en el muelle! ¡Y ni se diga subir a un navío!

—¿Por qué? —preguntó John, la primera vez en su vida que se atrevía a cuestionar a su padre.

—Porque te castigaré la próxima vez sin salir a jugar con George y Margaret —respondió James, ensombreciendo la altanería del pequeño.

John bajó la mirada.

—Perdón —murmuró.

—Volverás a casa ahora mismo —condenó James—, te darás un baño, vestirás apropiadamente y haz el favor de pasarte un cepillo por el amor de Dios.

John ya se iba, con la cabeza baja, cuando su padre lo llamó una vez más.

—¿No olvidas algo, John? —le dijo, inclinándose apenas un poco señalándose la mejilla. John sonrió y le dio un beso a su padre.

—Ahora sí, fuera de aquí, chiquillo travieso.

Aquella mañana se llevaba a cabo en las oficinas del fuerte un proyecto de gran importancia para la Marina Real. Se trataba de la construcción de una nueva nave de guerra, ésta sería de extraordinario tamaño y de unos ochenta cañones, se llamaría "El Fénix". Era, sin duda, el proyecto más ambicioso del gobernador Wallace Winchester, quien no reparaba en gastos jamás y le bastaba con obtener un permiso por parte de la Corona para elevar los impuestos del pueblo y así poder financiar cada uno de sus elaborados caprichos.

Había mucho que hacer, desde revisar los planos hasta manejar las importaciones del material y por supuesto supervisar la mano de obra; tarea que se le otorgó al comodoro Dawner.

—Pasarás día y noche en el fuerte, te lo advierto —señaló George, que era ahora teniente.

—No me negaré a aceptar semejante responsabilidad —le dijo James—; además, es mi ambición que John forme parte de la tripulación de El Fénix algún día.

—¿Es también la ambición de John?

—Lo será, dale tiempo. Lo será.

John siguió encontrándose con el viejo pirata cada mañana. Día tras día, a veces en el muelle, a veces en las bodegas de licor, o hasta en algún sitio del pueblo que hubiesen acordado el día anterior. El chiquillo sólo tenía que inventar a las mucamas que se sentía enfermo para que éstas detuvieran al profesor Collins cada vez que llegaba a impartir lecciones; luego procedía a poner almohadas bajo las cobijas para semejar que dormía y así se aseguraba de que no sería molestado por los criados en todo el día.

El anciano le contaba a John más aventuras y leyendas del mar, le enseñaba cantos de piratas y hasta un día le dejó probar un trago de ron de una botella. Esa misma tarde John llegó a casa con ese olor tan peculiar que caracteriza al borracho fresco, y tuvo la mala fortuna de encontrarse con su padre, quien casualmente había llegado a casa temprano por primera vez en semanas.

James tiró la mano de John con suavidad para olerle de cerca.

—John Dawner —llamó con severidad—, ¿has bebido? No, no pudiste haber bebido, tienes tan sólo diez años y has estado en tus lecciones con el profesor Collins todo el día, ¿verdad?

John vomitó. Las mucamas inmediatamente le asistieron.

—El niño ha estado enfermo, señor —dijo la mucama—, lleva días indispuesto.

—Bien —dijo James, incrédulo ante la situación—, prepare un caldo para John y dele té, si no mejora tendré que hacer llamar al doctor Smith.

Al haber vuelto temprano a casa después de semanas de estar en el fuerte hasta la madrugada, James se percató de la disfuncionalidad de la casa completa, desde los sirvientes hasta su hijo. Pronto el profesor Collins le hizo saber al comodoro que John llevaba ya cuatro semanas sin tomar sus lecciones, y cuando James interrogó a las mucamas al respecto algunas dijeron que el niño dormía todo el día, mientras que alguna que había ido a comprar pan aseguró haberlo visto en las calles en compañía de un pordiosero.

El comodoro y su hijo se sentaron a cenar. El comedor tenía una mesa rectangular de madera bien barnizada y sillas del mismo material con cojines, bajo la luz de un elegante candelero que iluminaba un ostentoso banquete. Había que celebrar la presencia de James en casa, la oportunidad de sentarse con John a cenar después de tantas noches que el niño se había ido a la cama sin ser acurrucado por su padre. Sin embargo, cuando antes ambos charlaban animadamente durante la cena, ahora charlaban los cubiertos con los platos. James observaba a John en silencio, sentía que se había debilitado la confidencia entre ellos; quizá porque cada día tenían menos cosas en común, aunque todavía ninguno de los dos se percatase de ello.

—¿No has salido a jugar con George y Margaret? —preguntó James.

—No —negó John—, George es un perro del rey.

James estuvo a punto de reprimirlo por su forma de hablar, pero hizo un esfuerzo por continuar la conversación con la esperanza de encontrar un indicio de su repentino cambio de actitud.

—Margaret será una mujer muy bella cuando crezca, ¿no lo crees? Sería una buena decisión comprometerte con ella algún día.

John hizo una mueca de asco, estaba en esa edad en la que los niños y niñas se desagradan. James sonrió para sí, era su ambición arreglar un matrimonio entre su hijo y la pequeña Margaret Tanner.

—Estamos construyendo una nave nueva en el fuerte, un buque de guerra —siguió James, aliviado de haber capturado la atención de John.

—¿De verdad? ¿Y será grande? —preguntó el niño, emocionado.

—¡Será enorme, ochenta cañones! Y te diré qué es lo mejor, para cuando El Fénix esté terminado tú ya estarás en edad para ser cadete naval, lo que significa que te incorporarás a su tripulación. John saltó de la silla, exaltado y revivido, dando saltos.

—¡Sí! ¡Seré el mejor navegante de los siete mares! ¡Encontraré el tesoro más grande del mundo! ¡Seré el más valiente de los *piratas*!

James escupió el vino, tosía descontroladamente dándose golpes en el pecho.

—¡John Dawner! —exclamó James al borde del pánico—, ¿dónde has oído hablar de piratas?

—Seré como el capitán Black, ¡el capitán de El Espectro!

—¡Me dirás ahora mismo quién te ha dicho esas tonterías! ¡¿Quién ha sido?!

Ésta era la primera vez que James gritaba a John, pero el pequeño no se intimidó en lo absoluto.

—¡No son tonterías! ¡Los piratas tienen los cojones para hacer lo que quieren!

—¡*JOHN DAWNER*! —rugió James, silenciando a su hijo con un fuerte golpe de ambos puños sobre la mesa.

El niño cerró la boca y peló los ojos, este grito lo sintió dentro del pecho como un pellizco. James se levantó de la mesa y se inclinó frente a John, sujetándolo casi con fuerza de los hombros.

—Escúchame con atención —dijo James—, los piratas son malos hombres que viven de oro robado y del vicio. Son asesinos. Han pecado tanto que no son siquiera humanos ya. Desean que todo lo que quieren les venga fácil y sin trabajo, sin esfuerzo y sin sacrificio. Sin disciplina, sin honor. Se dan aires de grandeza cuando no son más que borrachos bien armados. ¿Sabes todos los horrores que he visto en los tribunales del fuerte? Hombres llegan heridos de muerte, sus posesiones robadas. Llegan mujeres que han sido violentadas y les han quitado a sus hijos. Familias que lo han perdido todo porque estos animales lo arrebatan sin culpa. Son monstruos, John. Da gracias a Dios que jamás serás uno de ellos.

A John se le llenaron los ojos de lágrimas tan sólo por la violenta confusión que lo invadió de repente, se libró de los brazos de su padre y subió las escaleras en una carrera hacia su habitación, donde cerró la puerta y se echó a llorar hasta quedarse dormido.

El comodoro permaneció en el comedor, sumergido en un inquietante silencio, con el rostro hundido entre las manos. La vida acababa de recordarle aquello que ya había conseguido olvidar, y la misma vida acababa de presentarle a John aquello que él juró ocultarle para siempre.

Llegada la madrugada James fue a la habitación de su hijo. El niño ya dormía plácidamente abrazado de un muñeco de trapo y cobijado. La luz de la luna que entraba por la ventana iluminaba el rostro de John haciéndolo ver angelical. James se sentó al borde de la cama y acarició el pelo despeinado del pequeño.

—Te amo, hijo mío —dijo—, algún día habrás de entenderlo todo —le besó la frente y se retiró.

Tan pronto escuchó la puerta cerrarse, el pequeño John abrió los ojos, aún brillantes de tanto llanto. Se cantó a sí mismo una canción para consolarse, una canción que acababa de aprender.

> Saqueamos, robamos sin nada importar, todos brindando yo-ho.
> Yo-ho, yo-ho, pirata siempre ser.
> Hurtos y estafas, toma lo que hay, todos brindando yo-ho.
> Y somos tan malos como un huracán, todos brindando yo-ho,
> Yo-ho, yo-ho, pirata siempre ser.

John intentó encontrarse con el anciano una vez más, pero éste no volvió a aparecer ni en el muelle ni en el pueblo. Pensaba que tal vez había muerto de viejo o de borracho, quizá una de esas enfermedades que afligen a la gente sucia. Lo que no imaginaba dentro de sus teorías es que fue el mismo comodoro Dawner quien mandó remover al pordiosero de las calles, ofreciéndole una gran suma de dinero con tal de que no regresara a Port Royal jamás. Pero lejos de provocar un bien al niño, su mal comportamiento empeoraba, como si al haberle arrebatado a ese viejo le hubiesen arrebatado absolutamente todo.

El tiempo pasó y el chiquillo que soñaba con ser pirata fue obligado a entrar a la Marina Real de Inglaterra, forzado a asfixiar sus fantasías en el insoportable peso de la disciplina naval, forzado a olvidar cada historia y cada leyenda que un pirata le contó alguna vez.

3

Era un día de celebración para Port Royal, se festejaba el lanzamiento de su nuevo buque de guerra El Fénix, orgullo de la Marina Real, junto con la promoción y nombramiento de los cadetes navales que lo tripularían.

El fuerte estaba decorado ostentosamente, transformado en un salón de fiestas con largas mesas colmadas de comida deliciosa y finísimo licor. El agua de las fuentes redondas brincaba rítmicamente bajo el sol, más de una docena de músicos invadían el calor de verano con melodías alegres, animando a los invitados de la más alta alcurnia. El evento era de tal importancia que no sólo se les extendió una invitación a los oficiales de marina sino también a los civiles, siempre que fueran de clase social relevante. Los hombres conversaban unos con otros sobre sus negocios en el Nuevo Mundo, sosteniendo una copa de brandy entre dos dedos con el mismo cuidado que ponían en no delatar las envidias que había entre ellos. Las mujeres se reunían en círculos como sectas secretas, adornándose los vestidos las unas a las otras y un instante después criticándose en susurros. Los oficiales de la Marina asistían en lo que fuera necesario, y los cadetes navales nerviosos esperaban a que diese inicio el nombramiento.

El almirante James Dawner ya se encontraba caminando entre los invitados, vistiendo su más elegante traje; azul obscuro con detalles en blanco y dorado, un sombrero de tres picos del mismo colorido sobre su inmaculada peluca blanca, la charretera dorada sobre sus hombros delatando el alto cargo que ocupaba y tanto le enorgullecía. Revisaba que los oficiales de guardia y los cadetes estuviesen perfectamente posicionados e impecables, sus ojos azules inevitablemente buscaban entre los jóvenes a su hijo de diecinueve años, quien sería nombrado durante la celebración.

Entre los invitados se encontraba la familia Tanner: el comodoro George Tanner con su esposa Elizabeth y sus dos hijos, George, de veinte años y Margaret de dieciséis.

—Mi amigo el almirante —saludó Tanner dando a James un fuerte apretón de manos y una amplia sonrisa.

James lo saludó con el mismo entusiasmo, y estaba por continuar su desesperada búsqueda cuando lo interceptó George, su ahijado.

—Almirante, no se imagina lo honrado que me siento por formar parte de El Fénix, y agradezco la influencia que haya podido tener al respecto.

—Ninguna influencia, George —le dijo James—, eres un maravilloso cadete y te has ganado la atención de los altos oficiales. Te promocionarán en poco tiempo, según entiendo.

George era uno de esos jóvenes que aparentan tenerlo absolutamente todo, siendo la perfección la más obvia de sus características. Apuesto, rubio de ojos verdes con una mirada inevitablemente seductora, recto y amable con quien había que serlo. Era el favorito de la Marina de Port Royal, pues el muchacho era tan exageradamente disciplinado y pulcro en sus labores que ya se le tenía contemplado para un puesto mucho más ambicioso que cadete naval.

—Y hablando de influencias —dijo George con ligero sarcasmo—, no veo a John por ningún sitio. No se atrevería a olvidar tan importante acontecimiento, ¿verdad?

La mención de John inmediatamente capturó la atención de Margaret, sonrojándosele las mejillas con un tierno nerviosismo.

—Me pareció extraño no verlo devorando canapés —señaló ella—, siempre lo más alejado posible.

—Te ruego le tengas un poco de paciencia a mi hijo, Maggie —pidió James—, es distraído y necio, pero jamás falto.

Era sin duda una fecha de gran importancia para John Dawner. No solamente sería nombrado cadete naval tripulante de El Fénix, sino que, además, por disposición del comodoro y el almirante, habría de pedirle matrimonio a Margaret durante la ceremonia.

La hija de los Tanner era un maravilloso partido, una bellísima damita de cabello rojo y ojos verdes; refinada, casta y dulce. Llevaba un vestido rosa con enredaderas rojas que había pedido a las mucamas lo ajustaran lo más posible de la cintura, y llevaba alrededor del cuello una conchita que John alguna vez le regaló en una playa cuando eran sólo niños.

James intercambió miradas con Tanner, ambos inevitablemente lucían preocupados por la ausencia del muchacho que nunca había demostrado demasiado interés ni en la Marina Real ni en Margaret, así que realmente no había un motivo de suficiente peso para suponer que cumpliría con sus obligaciones. Ya lo hablaban los invitados en disimulados murmullos, John Dawner era conocido por cosas que distaban de la conducta náutica y del refinamiento con las damas. Más bien era popular por participar entusiasmadamente en peleas callejeras e intercambiar apuestas en las mismas, por llegar tarde a eventos oficiales y por mostrarse casi completamente indiferente a Margaret Tanner. No era un muchacho de amigos como para suponer que alguno de sus compañeros pudiera influirlo positivamente, ni era obediente para esperar que se sometiese a las numerosas advertencias que había recibido. James le insistía a menudo que tenía cualidades maravillosas para la naval, y era cierto, su prodigiosidad en esgrima, su extraordinaria puntería con las armas de fuego y una especie de don para hacer nudos marineros que curiosamente nadie podía imitar.

De una forma u otra la ceremonia estaba a punto de empezar, y con ella otro silencioso ataque de pánico para el almirante Dawner.

Esa mañana John se había levantado temprano con mucho esfuerzo, incluso le dijo a la mucama que le echase un balde de agua fría si era necesario, esta vez no se permitiría llegar tarde bajo ninguna circunstancia. Se metió a una tina de cobre y se bañó con bastante jabón, luego, aunque no fuera ni su naturaleza ni su deseo, peinó su melena castaña perfectamente. Cepilló su casaca roja de cadete naval, se ajustó los botones dorados y colocó sobre su cabeza el pequeño sombrero negro de tres picos que siempre olvidaba, pero ahora había tenido excesivo cuidado en no perder de vista. Se miró al espejo y se sorprendió un poco, se veía impecable. Los grandísimos ojos almendrados color café, colmados de pestañas, se le iluminaron al pensar que tal vez éste sería el día, aquel día que tantas veces había imaginado en el que su padre estaría orgulloso.

Salió de casa perfectamente a tiempo, comprobando en el reloj del vestíbulo de la casa que estaba abriendo la puerta a las siete de la mañana, puntual. Sonrió, lo estaba haciendo maravillosamente, tanto que decidió dirigirse al fuerte a pie como hacían muchos de sus compañeros que podían darse semejante lujo. Iba sonriente y con las manos en los bolsillos de la casaca, mirando hacia el puerto y aspirando orgullosamente la brisa de un nuevo inicio.

—¡Dawner! —llamó una voz—, ¡eh, John Dawner!

Un niño de menos de diez años, moreno, de despeinadas greñas negras y ojos rasgados, venía corriendo hacia él; vestía ropas sucias y estaba salpicado de lodo hasta las mejillas.

—Ahora no, Robbie —le respondió John, determinado a mantener su paso.

—¿No peleas hoy? ¡Necesito dinero! —dijo el niño.

—¿Más? ¡Ayer te gané cinco chelines!

—Sí, pero ya sabes cómo son los gastos.

—¿En qué los gastaste ahora? —rio John.

Robbie se encogió de hombros. John se fijó en su rostro, tenía un ojo morado y el pómulo inflamado.

—¿Quién te hizo eso, Robbie? —le preguntó, mezclando en su voz un tono severo y a la vez tierno.

—Al señor Miller no le gusta que salga de la armería a apostar, me quitó el dinero como castigo y me queda un chelín para comer y, como siempre ganas, pensaba apostártelo.

—Robbie... —suspiró John—. Hoy no puedo, en verdad hoy no puedo.

El niño bajó la cabeza con decepción y torció la boca, realmente preguntándose cómo haría para poder comer. Port Royal podía parecer una colonia de lujo en las áreas del fuerte, las casas de los altos oficiales y los recintos religiosos, pero el pueblo y sus habitantes no tenían tanta suerte. Robbie, por ejemplo, era un niño huérfano que se ganaba la vida como ayudante del armero, pero la paga era miserable y el trato un tanto peor. Sus mejores ganancias venían de apostarle su mísero sueldo a John en las peleas, y sus mejores momentos venían de convivir con él. El cadete naval siguió su camino hacia el fuerte, se intentaba motivar a sí mismo para acelerar el paso pensando en lo orgulloso que estaría su padre al verle llegar a tiempo, limpio y con el uniforme impecable. Pero sus pisadas se debilitaban cuando pensaba en Robbie regresando a la armería, a ser golpeado por el señor Miller y el hambre que pasaría por la tarde con un solo chelín para comer. En cambio, si el niño apostaba ese único chelín en una pelea de John contra tres contrincantes, podría comer toda la semana y hasta comprarse unos zapatos para no andar descalzo en la tierra. John dio un profundo y lamentoso suspiro, y se dio la media vuelta.

—¡Robbie, espera! —llamó.

El chiquillo se emocionó al verle volver sus pasos.

La música de la celebración se detuvo súbitamente. Surgieron los aplausos de los invitados a medida que el gobernador Winchester se acercaba a la imperfecta formación rectangular de cadetes navales. Imperfecta porque justo al frente, en el extremo izquierdo, había un espacio vacío perteneciente a John Dawner. El almirante dirigió una mirada caótica a aquel lugar y apretó los ojos con decepción.

—Muy buenos días a todos —comenzó el gobernador, un hombre de unos sesenta años, de ojos grises que siempre encerraban una mirada hipócrita y de repugnante ambición. Usaba una peluca color gris de exagerados rizos y vestía siempre un atuendo presuntuoso y caro.

—Es un bello y cálido día —decía Winchester, que en el fondo detestaba el calor—, para celebrar la gloria de la Marina Real con una nueva nave, el glorioso Fénix. Buque de ochenta cañones y de exquisito diseño, destinado a proteger nuestros bienes de un continente a otro, pues ningún pirata… *les juro*, ningún pirata se atreverá jamás a enfrentarse a esta colosal obra de arte, veloz y mortífera. Tripulada por la mejor selección de cadetes navales, cargada con la más potente pólvora y equipada con cañones de cuatro libras en cubierta y de treinta libras en el piso de artillería. Quizá lo que deberá de afligirnos ahora es perder el color cristalino de nuestras aguas con la cantidad de barcos pirata que yacerán hundidos en el fondo —dijo el político, haciendo reír a sus invitados y liberando otro aplauso.

Comenzó el nombramiento, y por ser tan especial ocasión era el mismo gobernador quien llamaba a los cadetes uno por uno, haciéndolos pasar ante él para entregarles una nueva espada que representaba el mayor de los honores.

—George Tanner —llamó Winchester.

George se acercó al gobernador con perfecta postura, dirigiendo una mirada casi altanera al público que le aplaudía con especial estridencia. Recibió su espada, hizo una reverencia al gobernador y volvió a su lugar en la formación, triunfante. El teniente Tanner y su esposa no podían estar más orgullosos. Margaret, en cambio, miraba de un sitio a otro buscando a John.

—John Dawner —llamó el gobernador.

El corazón del almirante se detuvo súbitamente en su pecho y se le revolvió el estómago. Hubo silencio.

—John Dawner —insistió el político una vez más, con la espada nueva lista en la mano, y estuvo a punto de llamar el siguiente nombre cuando…

—¡Aquí! —exclamó John.

El muchacho venía corriendo entre la multitud, despeinado, el uniforme sucio y además tropezó en el escalón donde estaba de pie el gobernador, esperándolo. Winchester le dedicó una escrutadora mirada y finalmente le entregó la espada. El almirante se llevó ambas manos al rostro al ver el aspecto en el que se presentaba su hijo.

Finalizada la ceremonia, los músicos volvieron a inundar el salón con alegres melodías, los invitados se distribuyeron para socializar y brindar al tiempo que se apaciguaba la atmósfera naval e invadía una más civil y relajada.

John se acercó a su padre con cierta timidez, y cuando estuvo lo suficientemente cerca el almirante lo prensó del brazo.

—¿Dónde diantres estabas? —murmuró James, cuidándose de las miradas de los invitados.

—Perdón, me retrasé un poco —respondió el muchacho.

—¿Un poco? Tu pequeño retraso por poco te cuesta el puesto en El Fénix.

John hizo aquella sonrisa ladeada que era tan picaresca como altanera y enfurecía a su padre sobremanera. Recordaba esa sonrisa perfectamente, en aquel capitán pirata que jugaba con un cadáver colgado de una soga, humillando a la Marina Real como no era posible humillarla más. El almirante hizo un esfuerzo por contenerse como solía hacerlo y no pudo evitar escudriñar el rostro de su hijo, encontrando en él la evidencia de otra pelea callejera.

—Me diste tu palabra, John Dawner —resopló James.

—Fue la última pelea, lo prometo —dijo John.

—Pero si tú no tienes palabra. Ahora ve y encuentra a Margaret, que lleva todo el día esperándote, no es necesario avergonzarla más. Espero en mi corazón que no la decepciones. Es más, *te lo ruego*.

John caminó entre los invitados, fingiendo que no podía ver las miradas que le llovían encima. Margaret lo esperaba en la terraza, amplia y delineada por unos arcos que la dividían del resto del zócalo y un balcón que la elevaba alto sobre el muelle, ofreciendo una maravillosa vista al mar abierto. Miraba nerviosa hacia el mar, sujetando la conchita alrededor de su cuello, su pecho subía y bajaba con exageración.

—¿Maggie? —llamó John, reuniéndose con ella—. Lamento haberte hecho esperar, yo...

—Por favor —interrumpió ella—, no me ofrezcas disculpas, estás aquí y eso me hace feliz.

John se mordió el labio, mirando de un lado a otro nerviosamente. La expresión de felicidad en el rostro de Margaret se desvaneció.

—John —le dijo—, ¿sería demasiado pedir que hablemos con honestidad? —el muchacho la miró a los ojos, con el labio todavía entre sus dientes—. Sé que no es tu deseo desposarme —dijo ella—, y no seré yo quien te obligue a hacerlo.

—Maggie… no es que no desee desposarte *a ti*, es que… ni siquiera sé si eso es lo que deseo con quien sea.

Los ojos verdes de Margaret se inundaron de lágrimas.

—Diré a mi padre que has pedido mi mano como un caballero y que he sido yo quien te ha negado —dijo ella.

—Maggie, no tienes que…

—No lo hago por ti, sino para ahorrarme la humillación de haber sido rechazada.

John iba a decir algo más, pero Margaret se fue llorando con las manos contra el rostro para evitar ser vista.

El muchacho se quedó solo en el balcón, se enfadó consigo mismo y dio un puñetazo a una de las columnas de piedra hiriéndose la mano. Dio un pequeño grito y se chupó los nudillos.

—¿Qué diantres le has hecho a mi hermana para que esté llorando de esa manera? —dijo George, acercándose a John con un aire amenazante.

—Ahora no, George, en serio ahora no…

—¡¿Ahora no?! ¡Está llorando desconsoladamente y va de regreso a casa!

Entonces George le dio un empujón a John, y éste hizo un esfuerzo por no perder el control, resoplando en un intento de respirar profundamente.

—¡¿Qué le hiciste a mi hermana?! —demandó George, empujándolo nuevamente.

—No nos casaremos —respondió John conteniéndose.

—Ah, conque es eso. Ya bastante decepción eres para tu padre, no necesitas serlo para Maggie también. Lo que hubiera dado el almirante por tener un hijo como yo, y mira lo que se ha ganad…

John lo silenció con un súbito puñetazo a la nariz. George se limpió la sangre, más atormentado por la humillación que por el golpe, y sabiendo que John era un peleador callejero sin principios, optó por desenvainar su espada y retarlo a un duelo. John desenvainó su espada con el mismo ímpetu.

—¿Seguro que quieres hacer esto, Dawner? —lo retó George.

John le respondió con la sonrisa torcida y un primer espadazo que George se vio obligado a bloquear, ladeó la cabeza, ofendido porque el espadazo de John tenía toda intención de herirlo en la piel y no en la hoja de la espada. Tuvo que responder con la misma agresión, y de un momento a otro había dado inicio un violento duelo de esgrima entre ambos cadetes. Las hojas de las espadas chocaban abruptamente, choques aun más sonoros que las notas musicales, llamando la atención de los invitados. Cada vez que John sostenía una espada se volvía una extensión de su ser y podía sentir en su mano cada latido de su corazón al sostener la empuñadura. Desfilaba un perfecto control en cada uno de los movimientos, todos sazonados con una expresión de gozo que sacaba de quicio al rival. Pronto George se dio cuenta de que John era mejor de lo que pensaba, y que al parecer no estaba fanfarroneando como él, tal vez sí intentaba matarlo, tal vez sí iba en serio.

—John —llamó George, agitado—. ¡Espera!

John iba decididamente hacia el frente con cada letal movimiento, forzando a George a caminar hacia atrás a ciegas, intentando cubrirse lo mejor que podía, su expresión arrogante tornada en una de genuino susto. Ninguno de los dos se había percatado de que ya iban por en medio del zócalo, asustando a los invitados que se alejaban despavoridos hacia los muros. Se volcaban las sillas y un par de meseros ya había tropezado con las charolas.

—¡John, espera! —suplicó George, dándose cuenta de lo que ocurría alrededor.

Finalmente, John dio un último espadazo contra el filo enemigo y terminó de perder el control, le propinó al rubio una patada que lo hizo caer sobre la mesa de tragos, volcándola y estrellándose los cristales de cada botella y copa. John, con la punta de su espada contra el pecho de George, torció su habitual sonrisa. Justo en ese instante llegó el almirante y pescó a su hijo del brazo con un violento apretón, y antes de que pudiera decirle cualquier cosa, llegó el gobernador.

—¡Qué significa esto! —rugió Winchester—. ¡Te he nombrado cadete de mi mejor nave y así lo pagas, convirtiendo tu propia ceremonia en un circo!

Todas las miradas se clavaron en John, *tenía que ser John Dawner*. La respiración del muchacho se agitó, tragaba saliva descontroladamente y miraba a su alrededor como si no supiera cómo es que todo estaba destrozado.

—John Dawner —llamó el gobernador—, quedas expulsado de la Marina Real.

El almirante cerró los ojos y se llevó una mano a la frente, derrotado. John se mantuvo quieto, una lágrima rodó sobre su mejilla y cayó al suelo cuando bajó la mirada avergonzado y destruido.

4

El almirante Dawner pasó cada hora de la tarde en la oficina del gobernador intentando dialogar acerca de lo sucedido con John, pero la expulsión del muchacho era definitiva; además, Winchester hizo alusión no sólo a su efectividad como almirante sino como padre. El comodoro Tanner también estaba ahí abogando por John, pero no logró más que una llamada de atención para George.

Se hizo de noche. Un carruaje llevaba al almirante y al comodoro de regreso a sus casas, ambos en silencio como si estuviesen de luto.

—James —llamó Tanner—, quizá es tiempo. John jamás se adaptará a nada si desconoce quién es y de dónde vino.

—No importa de dónde vino, importa a dónde pertenece —dijo James—. Conmigo, con su padre. En la Marina Real.

—¿Por qué no permites que eso lo decida él una vez que sepa la verdad? James, amigo, John *sabe* que falta algo. Lo sabe. ¿Por qué crees que se comporta así? Y si se enterara de otra manera, ¿crees que te perdonaría el engaño?

James miró por la ventana del carro, la luna llena estaba ensombrecida por gruesas nubes que apenas permitían ver una que otra estrella.

Cuando el almirante Dawner entró a casa, se encontró con John, que estaba terminando de cenar en el comedor. El muchacho se levantó de la silla y se dirigió hacia la larga escalera alfombrada.

—¿A dónde crees que vas, jovencito? —llamó James, su voz ensombrecida de decepción y cólera, ya no sabía si por su hijo o por sí mismo.

John puso una mano en el barandal, suspiró profundamente y se dirigió a su padre, poniendo los ojos en blanco.

—¿Qué harás ahora? —le preguntó James.

—Qué importa —respondió John, encogiéndose de hombros con indiferencia.

John hizo un segundo intento de subir la escalera cuando James le tiró del brazo forzándolo a bajar del primer escalón.

—¿Qué es lo que sucede contigo? ¿Cómo es que no te interesa nada?

En respuesta el muchacho simplemente le arrebató el brazo a su padre con un brusco movimiento.

—Lo tienes todo, John —siguió James—, familia, educación, una mujer que te quiere, un puesto privilegiado en la…

—¡AH! —gritó John por fin—, ¡¿no se te ha ocurrido que nada de eso me hace feliz?! *Tú* quieres que sea un cadete naval, *tú* quieres que tripule El Fénix, *tú* quieres que me case con Margaret, *tú* quieres que quiera todo lo que *tú quieres*. ¿Acaso no tengo elección alguna sobre mi propio destino?

—Bien, John, dejemos que tú decidas, ¿de acuerdo? ¿Qué elegirás? ¿Pelearte en la calle? ¿Apostar dinero? ¿Beber?

—Habrías dado lo que fuera por un hijo como George, ¿verdad? —dijo John, con la voz quebrándosele.

—Si tuviera que elegir entre cien como él y uno solo como tú, te elegiría a ti cien veces —respondió James.

—¡O quizá soy yo el que desearía que tú no fueras mi padre! —exclamó John, sin pensarlo. Entonces el almirante estampó un brutal revés contra la mejilla de su hijo, arrepintiéndose en el instante en que la cabeza del muchacho se ladeó, pero se mantuvo firme.

—Eres un malagradecido, y lo perderás todo si continúas por ese camino —condenó James. John se quedó quieto un momento, su piel ardía al tiempo que procesaba lo que acababa de suceder. Dirigió una mirada herida a James, los ojos rojos como la mejilla, y tan decidido como había sido el golpe, el muchacho tomó su casaca del perchero y salió por la puerta a la calle.

El almirante no sabía si había sido demasiado duro o quizá por primera vez suficientemente estricto, y mientras lo meditaba se dejó caer sentado sobre el escalón, llevándose las manos al rostro con abatimiento.

Era una noche extraña, distinta. La obscuridad del cielo adquirió un aspecto suficientemente turbio para ocultar cada estrella, la luz de la luna apenas lograba penetrar la bruma lo suficiente para alumbrar el muelle en donde John se encontraba. Ese mismo muelle en el que jugaba cuando era pequeño. Los navíos anclados rechinaban en la penumbra como si llorasen y las olas chacoteaban bajo el muelle con más fuerza de la habitual para aquella hora. El mar tan inquieto como el viento, tan fuera de sí como lo estaba John en aquel momento. Se identificaba como una pieza de rompecabezas que no conseguía encajar en ningún sitio y tal vez no quería hacerlo, tal vez no quería nada y por eso su padre tenía que querer todo por él. Le dolía pensar en lo que se había atrevido a decirle, pero en ese momento más le dolería el orgullo si se atrevía a volver a casa a disculparse, meterse dentro de la cama para dormir y despertar a un nuevo día en el que no sería nada ni sería nadie. Estaba fuera de la Marina Real y con ello se sentía fuera del mundo, aunque en realidad nunca se hubiera sentido dentro. Exhaló un profundo suspiro, mirando su aliento tornarse en vapor en la penumbra, y conforme se disipaba, distinguió una nave que posaba extrañamente quieta a lo lejos. El muchacho entrecerró los ojos intentando identificar una bandera o por lo menos un indicio de su origen, pero esta embarcación era tan obscura que parecía más bien una sombra, un espectro. La obscuridad se iluminó de repente, un estallido rojo, naranja, blanco. Un sonido brutal de tan poderosa inercia que elevó a John y lo lanzó al suelo. El muchacho intentó incorporarse, pero un pitido agudo en sus oídos le entorpecía los movimientos a medida que su nariz era penetrada por un olor a quemado que ardía, el inconfundible aroma de la pólvora y el inconfundible rugido de un cañonazo. Un segundo cañón derribó el muro haciéndolo estallar, volando las piedras en todas direcciones. John se cubrió la cabeza con ambos brazos, pero un tercer cañón voló el muelle haciéndolo caer en el agua, el sonido *tiii-iiiiiiiiiiii* en sus tímpanos, la vista se le nubló y el agua entró en su boca, ahogándolo. Una piedra cayó sobre su cabeza, inmediatamente sintió la sangre caliente escurrir por su rostro hasta su boca, desesperadamente intentaba alcanzar la orilla, pero cañonazo tras cañonazo la orilla y el muelle entero iban desmoronándose.

Port Royal despertó a una pesadilla. El fuerte estaba siendo despiadadamente atacado por cañonazos de horroroso poder que venían desde la obscuridad, tan densa que el buque atacante era imposible de distinguirse. El alcance de éstos era aterrador, y la fuerza de su impacto inconcebible. Los oficiales nocturnos ya tomaban acción inmediata desde los cañones del muro para contestar el fuego organizándose los unos a los otros, la pronta ubicación del almirante Dawner como la principal prioridad. Desde el navío enemigo se avecinaban varios botes de remos cargados nada más y nada menos que de piratas, malos hombres que reían y profesaban grotescos juramentos con hachas, pistolas y espadas en mano como niños desquiciados con juguetes.

La campana de Port Royal daba alaridos desesperados haciendo cundir el pánico.

En cuanto el almirante escuchó las campanadas y los gritos miró por la ventana y comprobó las ráfagas de fuego, el humo y el olor a pólvora traído por la acelerada brisa. Se dirigió al perchero y tomó tanto su espada como la de John y salió listo para la batalla.

El gobernador Winchester ya se encontraba en el fuerte, bajo la protección del comodoro Tanner y el resto de los oficiales.

—¡¿De quién se trata?! —decía Winchester—. ¡¿Franceses?!

—¡Piratas, señor! —respondió el teniente Grint.

—¡Contesten el fuego! —exclamó Tanner.

—¡Ya se encuentran en las calles, señor! —exclamó el subteniente Emmet.

—¡Defiendan el pueblo! ¡Quiero a cada marinero, oficial, infante de marina y cadete defendiendo Port Royal!

—¡Busquen al almirante Dawner! ¡Tráiganlo ya mismo!

Los oficiales y marineros se movilizaban tanto como cada sanguinario cañonazo les permitía. Los piratas ya habían invadido el pueblo, esparciéndose por las calles y entre los callejones como el cólera acabando con todo a su paso. Iban de un lado a otro asaltando locales, robando oro, armas, joyas y cualquier cosa que en ese momento les viniera en gana. Tomando mujeres si así se les antojaba o tomando ron de la licorería si eso preferían, y asesinando a cualquiera que se interpusiera en su camino. Los hombres de familia intentaban defender a sus esposas y sus posesiones, pero los bucaneros les sembraban una bala en la cabeza o un filo a la garganta.

Se divertían echando granadas a través de los cristales de las ventanas y mirando cómo todo salía volando hacia afuera con el estallido. Las calles ya estaban plagadas de cadáveres, algunos destazados y otros aún en agonía dando de alaridos a medida que la marabunta de ladrones les pasaba por encima. Uno de los cuerpos era tan sólo un niño con una bala perdida al pecho, ese mismo niño que sólo horas antes celebraba haber podido comer gracias a John.

Rodney ya había irrumpido en una licorería y metía botellas de ron dentro de un saco con tanto cuidado como podía sin romperlas, pero estaba demasiado ebrio para lograrlo. Se le unió Melville, que ya venía con collares de perlas y cadenas de oro alrededor del cuello, y cada uno de sus dedos hasta las yemas con anillos de diamantes, rubíes y esmeraldas.

—¡No venimos por ron! —dijo Melville.

—¡Tampoco por joyas! —le respondió Rodney.

Slayer y Mad Manson habían sido más ambiciosos, habiendo corrido hacia arriba de la carretera empedrada a las casonas de los adinerados. Manson ya había arrojado a una mujer sobre la mesa del comedor, forcejeando con ella mientras Slayer golpeaba una caja fuerte a martillazos, el cadáver de un lord se desangraba sobre la alfombra con un hachazo al cráneo.

—¡Joe, maldito! —llamó Slayer—. ¡Ayúdame a abrir esta jodida caja!

Pero Joe se encontraba en la cocina de la misma morada devorando todo lo que podía a medida que guardaba comida en los bolsillos de su saco agujerado, luego de haber asesinado al cocinero que aún yacía tibio sobre la silla.

El incendio en el puerto se acrecentaba provocando derrumbes que terminaban por destrozar gran parte de los pasadizos de los infantes de marina que iban con sus mosquetes cargados.

La armería también estaba en llamas, pero eso no detuvo a Silvestre de asaltarla mientras ardía; buscaba cuchillos, espadas, pólvora de la buena y en esencia cualquier cosa que cortara o explotara.

Su compañero Bill ya iba de salida con un cuchillo entre los dientes y una pistola en cada mano.

—¡No venimos por armas, cabrones! —llamó Bow que iba corriendo calle abajo. Silvestre y Bill se alejaron de la armería tan sólo un instante antes de que ésta estallara.

El pueblo continuaba prendiéndose en fuego, locales y casas por igual. Chang corría por todos lados lanzando granadas alegremente y por cada explosión liberaba una sombría carcajada como la de un payaso.

Ni siquiera una tienda de instrumentos musicales se salvó de Stanley, que ya llevaba una guitarra y un par de violines a la espalda. Su compañero Lucky lo esperaba con dos costales sobre cada hombro, y a cada movimiento dejaba un camino de monedas; desde libras hasta piezas de a ocho. Los cañonazos se detuvieron repentinamente. Stanley y Lucky intercambiaron miradas.

—Es la señal —dijo Stanley.

—Es la puta señal —respondió Lucky, tan emocionado que daba brincos.

Un desquiciado iba corriendo carretera abajo con dos mosquetes en cada brazo como un salvaje con lanzas, era Poe.

—¡Eh, los perros uniformados ya están donde los queríamos! —avisó a sus compañeros. Chang iba corriendo calle arriba con una granada encendida en cada mano.

—¡Aaaaaah! —gritaba.

—¡Chang, idiota! ¡Ya están en el muelle! —le gritó Poe.

Chang se dio la media vuelta y corrió calle abajo sin dejar de gritar.

—¡Aaaaaah!

Poe se llevó dos dedos a los labios y entonó un simpático chiflido, casi melodioso, que llamó la atención de cada bucanero en el pueblo, todos se volvieron carretera abajo de regreso al puerto, todos cargados con toda clase de robos.

Cuando el almirante Dawner llegó al muelle donde John estaba, dejó las armas en la arena y se lanzó al agua, tirando del cuerpo de su hijo que sangraba de la cabeza y estaba demasiado atontado para salir a la orilla por sí mismo. James le sostuvo el rostro con ambas manos.

—¡John, gracias a Dios! —le decía.

—Piratas —jadeó el muchacho.

—Ha llegado el momento, hijo mío, tu primera batalla —dijo James, entregando a manos de su hijo una pistola y una espada. John recibió las armas en sus manos como una bendición, las observó un momento y supo que con ellas quitaría una vida por primera vez, y quién sabe cuántas más. Se sentía listo, casi decidido, una inexplicable sensación de adrenalina más que de miedo, una oportunidad. Los latidos ya agitados en su pecho enloquecieron, se levantó de la arena y miró a su padre a los ojos haciéndole una pequeña inclinación de cabeza.

El almirante y su hijo llegaron al fuerte. Los oficiales sintieron un deje de esperanza al mirar a aquel majestuoso hombre con su impecable uniforme azul y sombrero puesto, una promesa de orden frente al caos. James se reunió con el gobernador y el resto de los altos oficiales. Planeaban una mejor distribución de sus fuerzas, transformando su desesperada defensa en un decidido contrataque. Mientras esto sucedía, John alcanzaba a ver desde lo alto del muro cómo los piratas, muertos de la risa, iban de regreso al muelle, perseguidos por oficiales.

—Es lo que quieren —dijo John en voz baja.

Absolutamente todos los oficiales con sus casacas azules, los infantes de marina y cadetes con casacas rojas y hasta los marineros se encontraban en aquel tumulto formado a unos metros del desembarcadero. Los ojos de John se alejaron de la batalla hacia las naves ancladas, donde la luz del fuego no alumbraba. Creyó escuchar cierto movimiento, pero sus tímpanos aún zumbaban y su vista seguía ligeramente nublada. Entonces se encendió una pequeña antorcha en la cubierta de El Fénix, luego dos más.

—Es lo que quieren… ¡*Almirante!* —exclamó John y se fue corriendo.

El Almirante ya había restablecido el orden entre las tropas navales, iba de un lado a otro dirigiendo las formaciones de infantes de marina. Los guardiamarinas ya estaban ahí también, al mando del teniente Grint y el subteniente Emmet, que, dirigidos por el comodoro Tanner, ya maniobraban el contraataque.

—¡No disparen desde el fuerte! —ordenó James—. ¡Quiero a la tripulación de El Fénix abordando la nave y a sus puestos! ¡Los atacaremos desde el mar!

—¡Sí, señor! —exclamó Grint—, ¡guardiamarinas, conmigo!

—¡Tanner! —llamó James—, no debía ser yo quien diera la noticia, pero en vista de las circunstancias supongo que el gobernador perdonará mi indiscreción. George iba a ser nombrado capitán de corbeta para El Fénix, y creo que las necesidades suplican que tome posesión de su nuevo cargo inmediatamente, ¡encuéntralo!

Tanner fue golpeado por orgullo y terror al mismo tiempo, quedando inmóvil un momento mientras ambos sentimientos batallaban en su corazón.

—¡Tanner! ¿Conmigo?

—Sí… ¡sí, almirante!

John venía corriendo, gritaba algo que nadie podía entender hasta que estuvo suficientemente cerca.

—¡Es una trampa! —gritaba a todo pulmón—. ¡Están distrayéndolos en tierra para llevarse El Fénix! ¡Quieren El Fénix!

El almirante se quedó inmóvil un instante, reflexionando la situación, sus ojos azules temblaban dentro de las órbitas.

—Bien hecho, John —dijo—, reúnete con los hombres del muelle, llévalos a El Fénix y defiendan la nave.

—Pero, almirante…

—¡Es una orden!

John encontró a George en el desembarcadero con el resto de los cadetes navales, peleando vigorosamente contra los piratas entre un enjambre de balas y estocadas. Tuvo que admitirse a sí mismo que era imposible no admirar al muchacho rubio que peleaba con tantísimo valor que sus compañeros lo volteaban a ver cada que podían para contagiarse de su fuerza, de su ánimo, y así asfixiar el terror que sentían ante los hombres despreciables y asquerosos que los atacaban. George atravesó a su contrincante sin titubear como si fuera el más experimentado, aunque en sus ojos verdes se veía el horror con el que batallaba. John jamás había visto a un hombre morir, y antes de que pudiera debatirse si sería capaz de matar o no, un bucanero ya iba hacia él con espada en mano; una espada oxidada y manchada de sangre hasta el mango. Recibió la primera estocada con cierto miedo, salpicándose el rostro de sangre de tan sucia que estaba la hoja; devolvió el golpe y las espadas comenzaron a chocar.

—¡Cadetes, a El Fénix! —exclamó George.

John clavó su espada en el estómago del bucanero y casi instintivamente hundió el filo hasta adentro liberando un espantoso grito, los ojos del hombre bien abiertos y la boca derramando sangre. Entonces el muchacho tiró de su espada, reclamando el filo de regreso. El pirata cayó a la tierra, muerto.

Hacia la medianoche la batalla ya tomaba lugar a bordo de El Fénix. La gloriosa nave de enorme tamaño se balanceaba de un lado a otro a medida que los hombres peleaban esparcidos sobre cubierta. El almirante y John peleaban juntos por primera vez, inspirando al resto de los hombres que ya creían la batalla perdida. El muchacho escupía aliento perdido entre los labios, gotas de sudor rodaban desde su frente mientras peleaba con un pirata que era demasiado fuerte, la punta de su espada buscaba rajarle la cara desesperadamente y entre risas. Pero momento a momento, este bucanero, al igual que tantos otros ya muertos, iba dándose cuenta del extraordinario don con que peleaba John y, sabiendo que moriría, miró a su alrededor en busca del apoyo de alguno de sus compañeros.

—¡Fox! —llamó—, ¡quítame a éste de encima!

Al escuchar esto, el almirante puso atención. Un pirata de greñas rojas ya apuntaba una pistola hacia el muchacho.

—¡John, no! —gritó James.

Abandonó el combate y corrió hacia su hijo. El bucanero apenas recargaba el dedo sobre el gatillo cuando James empujó a John al suelo y recibió el tiro en el pecho. La batalla seguía. Caían cadetes, oficiales, marineros y uno que otro pirata. John se arrastró hasta el cuerpo de su padre que yacía inmóvil sobre la madera, un agujero perfecto en la parte alta del pecho, del que brotaba sangre.

—¡Padre! —lloraba John—, ¡resiste, resiste, por favor!

—¿Tú estás bien? —le preguntó James, jadeando.

Sin responder, John puso el brazo de James sobre su espalda y con un grito de fuerza logró levantarlo, lo echó al agua y se lanzó detrás de él. Casi sin aliento arrastró el cuerpo de su padre hasta la orilla. Quedaron ocultos en la obscuridad.

John le rompió las prendas para mirar el paradero de la bala, y por más que se esforzaba en contener el llanto, le era imposible. Encontró un consuelo momentáneo en sujetar la mano del almirante como si eso fuese a evitar que la muerte pudiera arrebatárselo.

—Vas a estar bien —lloraba John—, conseguiré ayuda y vas a estar bien, ¿verdad? ¿Verdad que te pondrás bien?

—John... perdóname —murmuró James, la bala le calaba horriblemente.

—No, no. Soy yo quien te ha faltado a ti. Jamás quise decir que no quería que fueras mi padre, estaba enojado, yo no...

—Pero es que no lo soy —lloró James—, te amo porque eres mi hijo, pero yo no soy tu padre.

John se quedó quieto, pasmado, observando a su padre con el ceño fruncido a medida que por su mente pasaba toda clase de pensamientos, quizá su padre deliraba por la bala, o quizá ahora todo tenía sentido.

—¿Qué dices? —murmuró John—. No entiendo, cómo que no... ¿qué?

La bala ardiente torturaba a James, le aceleraba la respiración y apenas tenía fuerza para no desviar la mirada y, admitiendo su agonía, derramó lágrimas.

—Eras tan sólo un bebé... indefenso y herido...

—¡Mientes! —lloró John—, ¡si tú eres mi padre y Charlotte era mi madre! ¡Hablas mal porque estás herido, hablas mal porque el dolor te confunde! ¡Tú eres mi padre! ¡¿Quién va a ser mi padre si no eres tú?!

El almirante puso una mano débil sobre la mejilla de su hijo, acariciándole con adoración la cicatriz en la barbilla.

—Eres hijo del capitán Desmond Black —confesó James.

John se fue haciendo hacia atrás, dejando caer la mano de su padre.

—Hace diecinueve años El Bartolomé se enfrentó con El Espectro —siguió James—, ahí te encontré. Ahí te amé. Te necesité más que a mi propio aliento.

—¿Soy hijo del capitán Black? —preguntó John, la voz quebrándosele en cada palabra. Con la poca fuerza que le quedaba, James tomó la mano de su hijo y la estrujó.

—Mírame a los ojos —le dijo— y júrame que jamás te convertirás en un pirata. Júrame que harás justicia a esos malnacidos, por mí, por mi muerte.

La boca del muchacho se abrió apenas un poco, pero no salió palabra.

—John, júramelo...

—Lo juro —dijo por fin, quebrándose en doloroso llanto.

—Y te equivocas —dijo James, llorando también—, tú eres el hijo que siempre quise y he estado orgulloso de ti desde que te levanté en mis brazos por primera vez hasta este momento. Siempre he estado orgulloso de ti.

John abrazó el cuerpo moribundo de su padre a medida que el aliento abatido de James comenzaba a silenciarse hasta que desapareció.

—¡No! —lloraba John—, ¡no me dejes, no!

Lloró aferrado al cuerpo del almirante hasta que los cañonazos, los tiros y los gritos lo arrastraron de vuelta, resuelto a vengar a su padre.

5

A las dos y media de la madrugada los piratas ya se habían trepado a El Fénix como una marabunta de hormigas devorando un animal en agonía; y se disponían no solamente a terminar de asesinar a los valientes que defendían la nave sino a también largar sus velas y levar anclas.

—¡Abandonen la nave! —ordenó George, sus cuerdas vocales estallaban en el grito más sonoro que había dado en su vida.

¡Abandonen la nave!

Ni siquiera se podía circular con agilidad sobre la cubierta debido a todos los cuerpos, al principio esparcidos y después amontonados. La cantidad de sangre sobre la madera y las armas sin dueño regadas por todas partes. Los cadetes navales, al menos los que aún podían, obedecieron la orden de retirada, pero no John. Él no era un cadete naval y no pertenecía a la Marina Real, por tanto, no estaba obligado a obedecer ni a George ni a nadie. Seguía peleando con tanta rabia que asustaba, un sentimiento de culpa estrangulaba su corazón a medida que perforaba hombre tras hombre como un asesino desquiciado. Aquel pirata de greñas rojas había sido el primero en morir a manos del muchacho y, muerte tras muerte, la admiración que alguna vez hubiera podido sentir por ellos iba desapareciendo, tornándose en una fuerza desmedida de repudio en la que hallaba un obscuro consuelo.

—¡Dawner, dije retirada! —exclamó George, pero John no cedió, y tuvo que abandonar la nave con el resto de sus hombres.

El rostro de John estaba tan salpicado de sangre que se miraba completamente rojo, la fuerza de sus estocadas era tal que le temblaban las manos. Fue directo hacia la bodega de pólvora, casi rodando por la escalerilla de madera hasta caer de rodillas ante los barriles. Decidió que volaría El Fénix en mil pedazos aun y si eso significaba que moriría también, no importaba, ya nada importaba. Estaba por abrir el primer barril cuando sintió un fuerte empujón que lo hizo caer junto con una sensación de movimiento, El Fénix había zarpado. Volvió a intentar abrir un barril cuando fue sorprendido por dos piratas; uno era delgado como el palo de una escoba y se movía extraño, como si su pestañear y el movimiento de sus manos no estuviesen bajo su control, como si los insectos que tenía tatuados sobre la piel realmente se movieran haciéndole cosquillas. Detrás de él cayó de pie desde el primer escalón una muchacha de cabello corto y negro azabache al igual que sus ojos, bronceada y cubierta de sudor y sal que brillaban sobre su abdomen perfectamente a la vista, pues su camisa blanca estaba anudada a la altura del ombligo.

Usaba pantalón, cosa que sorprendió a John y lo puso a dudar sobre el sexo de esta extraña criatura sonriente.

—Mira nada más, Pulgas —dijo ella—, la promoción del barco nuevo incluye un bombón. Pulgas se rio, su risa interrumpida por aquellos espasmos.

—I, i, i, incluye u, un, un, grumete —tartamudeó.

De pronto Chuck se desplomó dentro de la bodega como una roca caída del cielo, hacha en mano.

—¡Ahhh! —rugió, resuelto a matar a John. Jill lo pescó de una oreja y tiró de él.

—Calmado, Chuck —dijo—, vas a asustar a mi novio.

La chiquilla tomó a John de la barbilla con fuerza y lo inspeccionó, moviéndole el rostro de un lado a otro. El muchacho, rojo de rabia, se contenía sólo porque estaba siendo tocado por una *dama*. De haber sido hombre quien lo sujetara así ya le hubiera dado un golpe, pero su padre le enseñó a jamás poner un dedo encima a una mujer, ni siquiera a levantarle la voz.

—¿Cómo te llamas, ojitos? —le preguntó Jill.

La respuesta de John fue escupir al suelo al tiempo que sostenía una mirada asesina en los ojos negros de la pirata.

—Ojitos será —concluyó ella con una pícara sonrisa.

John fue despojado de sus armas, y con las manos atadas detrás de su espalda fue llevado hasta cubierta, donde se encontró con una auténtica tripulación de piratas en movimiento. La mayoría de los hombres eran musculosos y de piel tostada por el sol, edades entre treinta y cincuenta años, la suciedad de sus cuerpos se delataba en un asqueroso olor a licor, sudor y algo más que era amargo. Sólo pudo contar a trece piratas, un número ridículamente corto e insuficiente para maniobrar semejante buque de guerra. Gritaban y corrían alrededor de cubierta, celebrando el victorioso robo, echando al aire juramentos tan grotescos que, aunque desconocía el significado, sabía que eran injurias imperdonables. Se necesitaba tener el vocabulario más vil para hablar como ellos, siquiera para comprender lo que decían.

Al timón iba un hombre africano de enorme tamaño, músculos tan macizos que bien podrían demoler una piedra. Un cráneo tatuado sobre su cabeza calva. No usaba camisa y tenía cada uno de sus huesos grabados sobre la piel obscura, huesos rotos y ennegrecidos que se distorsionaban con la cantidad de cicatrices que tenía, tantas horizontales y diagonales que parecían garabatos. Al gritar mostraba dientes de oro mal colocados en las encías negras y podridas. Su nombre era Getto. Alcanzó a ver a Jill arrastrando a un prisionero a cubierta, hizo un gruñido profundo como el de una bestia y se dirigió a ella.

—Dije que le damos cuello a todos —dijo Getto, la voz tan grave como la situación de John.

—¡Pero mira su cara! —exclamó Jill—, ¿no es adorable? Hasta nombre le puse ya, ¿nos lo podemos quedar?

Un montón de rostros curiosos se reunían alrededor, echando un vistazo al prisionero. Algunos se reían, otros le escupían y lo insultaban en susurros.

—¡Mátenlo! —rugió Getto.

Chuck ya ponía un hacha en la cabeza de John, Pulgas un cuchillo a su garganta.

—¡Oye, oye! —gritó Jill—, el capitán Black dijo que estamos reclutando hombres, ¿no? Pues yo recluté a éste y es un marinero.

John se estremeció al escuchar nombrar al *capitán Black*, alzó la mirada y vio a Getto a los ojos, sin permitirse intimidar por la venenosa mirada amarilla que habitaba en ellos.

—¡Ésa es una chaqueta de cadete naval! —exclamó Jolly, que era apenas un muchacho atormentado por el acné—. ¡Las conozco bien, es un cadete naval!

—Es verdad —dijo John, con voz altanera y atrevida—, no sólo soy cadete naval, mi puesto fue asignado precisamente a esta nave. La conozco. Y sé por seguro que no podrán navegarla, se hundirán en menos de una milla.

Los hombres gimieron ofendidos, como si tanto sus capacidades de navegación como sus planes hubiesen sido insultados de la peor manera y estaban listos con daga en mano para desquitarse con el *perro de puerto*.

—¡Ya, ya, cabrones! —gritó Jill—, ¡miren hacia allá!

La chiquilla señaló un navío negro cuyas luces encendidas lo delataban en la obscuridad.

—Allá —siguió ella—, en El Espectro, está el capitán de esta tripulación y el único que me va a venir a decir que sí o que no. Y ya sabes lo que dijo Black, ¡Jolly!, ¿qué dijo Black?

—Jill decide —dijo Jolly.

—¡Fuerte!

—¡Jill decide!

Jill se volvió a Getto con una insoportable sonrisa de triunfo que tentó al africano a romperle los huesos.

—Pues ya está —dijo ella—, Jill decidió que el señorito se queda.

—Oye bien esto, Jones —amenazó Getto—, este hijo de puta es tu responsabilidad, y si me estorba lo descuartizo y te hago tragarte sus sesos.

Ninguno de los piratas, ni siquiera Jill, entendían si John se trataba de un prisionero o un voluntario. Lo que sí sabían es que el *perro de puerto*, ese *condenado cadete de la naval* no pertenecía ahí, y se lo dejaron claro con una despiadada golpiza. Al pobre muchacho le llovieron los puñetazos y las patadas en montón, se lo jugueteaban empujándolo de un lado al otro mientras lo rodeaban en círculo, pero él ya no tenía ni la fuerza ni las ganas para evitar un solo golpe, mucho menos para regresarlo. Sangraba de la nariz y de la boca, sentía cada parte de su cuerpo palpitar dolorosamente. Al final lo echaron al calabozo, donde Jill le hizo compañía un momento.

—Y te fue bien, Ojitos —le consoló ella—, he visto a hombres vomitar sus tripas a puro bofetón. John no respondió nada, estaba al fondo de la celda tocándose las costillas, mordiéndose la lengua para suprimir un grito a cada movimiento. Estaba acostumbrado a recibir trompones y patadas en las peleas callejeras y hasta había desarrollado una especie de callo para resistir, pero el impacto en cada golpe de los piratas era superior a cualquiera que hubiera recibido antes.

—Jill Jones —dijo Jill, extendiéndole una mano entre los barrotes. El muchacho ni siquiera la miró.

—¿No sabes hablar o eres tímido con las chicas?

John vomitó lo poco que había cenado y un poco de sangre.

—¿O eres virgen?

Entonces el prisionero se lanzó contra los barrotes con semejante fuerza que Jill dio un paso hacia atrás; los sacudía frenéticamente, gritando:

—¡Lárgate de aquí, maldita pirata! —rugió John en llanto.

Jill sacudió la cabeza y sonrió. Echó una envoltura pequeña de tabaco entre los barrotes, asumiendo que John sabría que con ello pretendía que se lo metiese a la boca y masticara como método de relajación.

—Está bueno —dijo Jill—, es de Cuba.

Se fue, dejándolo a solas como tanto ansiaba estarlo. John se recostó sobre la madera y se hizo pequeño como un feto. Ahí se permitió llorar, aunque no podía identificar si sus lágrimas, tan espesas y amargas, le brotaban de dolor o de enojo o de confusión, quizá todas las anteriores. Ni siquiera sabía por qué estaba allí. Sólo sabía que esperaba sobrevivir para alcanzar a mirar al capitán Black a los ojos. Ese hombre a quien había admirado tanto de pequeño y ahora odiaba con todas sus fuerzas sin tener realmente claro por qué. Lo único que hacía sentido es que si había sido Black quién lideró el ataque a Port Royal, entonces era el culpable de la muerte del almirante James Dawner. Las pocas horas que le quedaban a la noche se mantuvo despierto, repasando en su mente una y otra vez el juramento que hizo a su padre, a *su verdadero* padre. Lo vengaría al precio que fuera. Lo vengaría asesinando a Desmond Black, y quizá con la muerte del pirata morirían también todos los temores, las dudas y los dolores que lo atormentaban. O al menos eso fue lo que se repitió incesantemente, antes de que se le ocurriera creer que estaba ahí nada más y nada menos que por curiosidad.

Un potente rayo de sol blanco brotó desde la escalera delatando el polvo flotante. La nave se columpiaba de un lado a otro violentamente y se escuchaban gritos y maldiciones. John bien lo había dicho, semejante buque de guerra no puede ser navegado por trece hombres, mucho menos si estos hombres son piratas y desconocen la disciplina y perfección que ejercen los hombres de la Marina. La nave perdería rumbo y acabaría bajo el agua en menos de dos días, estaba seguro de ello.

Jill nuevamente cayó de pie evitando cada escalón.

—¡Buenos días, Ojitos! —exclamó alegre.

John apenas podía moverse y, por más que le pesara, se vio obligado a aceptar el pedazo de pan y la manzana medio podrida que ofrecía Jill, pero no sin antes ofrecer un trozo a ella, que rechazó. También bebió un poco de agua de una botella de cristal de cuestionable contenido, quedaba un sabor ligeramente amargo al final.

—¿No hay más agua? —preguntó John, apenado.

—Ni siquiera queda ron, Ojitos —dijo Jill—, pero en cuanto lleguemos a Tortuga podremos cargar lo que gustes y mandes.

John sonrió accidentalmente. Recordaba al anciano que le contaba historias cuando era niño, y mencionó la isla de Tortuga tantas veces que sentía haber estado ahí en cada anécdota. Una isla pirata donde reinaba el caos, donde cada corsario y bucanero se hacía de bienes para navegar.

—Si es que llegamos —señaló John.

—¿Cómo que *si es que llegamos*? ¡Ya pusimos rumbo a allá desde anoche!

—Señorita —insistió John—, este buque no puede ser navegad...

Jill echó una sonora carcajada de terrible vulgaridad.

—¡*Señorita* eres tú! ¡Arriba, que hay mucho trabajo!

La chiquilla tiró del brazo de John forzándolo a levantarse del suelo con un pequeño alarido que le recordó los golpes que llevaba en las costillas.

—Y no vuelvas a decirme así porque te rebano el cogote —amenazó ella—. *Señorita...*

No es que John supiera mucho de mujeres, pero jamás imaginó que alguna se ofendería por ser llamada "señorita". Y entonces le surgió una muy buena pregunta, ¿qué diantres era Jill Jones? ¿Era una mujer o un hombre con el sexo equivocado? O una criatura que no aparecería jamás en los libros de anatomía porque era desconocida por la humanidad.

Una vez en cubierta John fue cegado por la luz del sol. Sentía que le penetraba la piel hasta los huesos, jamás había visto el sol brillar de tan espectacular manera ni se había sentido tan asfixiado por la humedad. El verano estaba en su auge y la brisa salina lo delataba. Sintió un inexplicable asombro al ver a la tripulación perfectamente distribuida sobre la extensa cubierta, navegando El Fénix como si se tratase de una simple fragata. Tan sólo dos hombres se hacían cargo de la masiva arboladura, Jolly y Ratas, que parecían haber domado desde la gavia hasta los juanetes de la nave, cada vela asombrosamente hinchada, y el curso fijo con precisión a manos de Getto, que sujetaba el timón. Slayer y Mad Manson alistaban los cañones de cubierta porque los del piso de artillería estaban preparados en caso de combate desde hacía tres horas, es decir, desde las cinco de la mañana. Bill, Chuck y Filly se deslizaban desde los cabos de amuras como simios en las lianas de la selva, riendo y trabajando con singular alegría. Pulgas y Chang ya acababan de trapear la sangre seca sobre la cubierta. Habib preparaba la comida en la cocina. Jill entregó a manos de John un trapeador y una cubeta, pero el muchacho seguía hipnotizado con lo que parecía un sueño. Trece hombres, trece hombres navegando El Fénix como si El Fénix fuese cualquier cosa.

El muchacho estuvo trabajando horas bajo el sol. Ni en sus más arduas jornadas en La Marina había sido sometido a semejantes condiciones, más parecidas a la esclavitud que a la disciplina. Ya llevaba cinco horas de rodillas sobre cubierta tallando con una jerga cuando pasaba alguno de los hombres y escupía, orinaba o ensuciaba con cualquier asqueroso método. Y cada que se levantaba no tardaba en tropezar; alguien le metía el pie o lo empujaba deliberadamente. La piel de John se inflamaba herida por los golpes y el sol, su orgullo herido por los escupitajos y burlas que recibía de Slayer y Mad Manson. Llegó un punto en el que tuvo que arrastrarse a proa y sentarse en el suelo un momento, recargado en la borda y oculto detrás de un cañón de cuatro libras. Pulgas se acercó a John con trapeador en mano.

—F, f, f, fal, falta —tartamudeaba—, fa, falta ba, barr…

John lo miraba confundido y demasiado cansado para desesperarse. Se acercó Habib, un hombre ya viejo y gordo que usaba un turbante púrpura en la cabeza y tenía una larga barba gris.

—Que falta limpiar la pólvora del piso de artillería —dijo—, a Pulgas le da miedo que Chang prenda algo y volemos todos. Chang es un chino piromaníaco, verás, y ya hemos tenido uno que otro accidente.

El hombre hablaba con un acento extraño, pero gozaba de un vocabulario un tanto elaborado para ser un bucanero más.

—Ya la limpié —protestó John—, a menos que vuelvan a ensuciar y, si volamos, bien por mí.

—Oh, no —intervino Jolly—, el capitán Black colapsaría de un infarto si explota su nuevo barco.

Entonces John se dirigió a Habib, que parecía el más sensato y tranquilo de todos.

—El capitán Black… ¿cómo es él?

Habib dio un largo suspiro, como si intentase atrapar en la brisa la respuesta a tan ambigua pregunta.

—Me temo que no tengo las palabras para describir al capitán Black, puesto que el capitán Black es en sí muchas cosas.

—Ya lo creo —refunfuñó John—, muchas cosas como un asesino y un ladrón.

—¡Es un artista! —intervino Ratas—, un jodido artista es lo que es.

Ratas venía deslizándose desde un cabo de amura luego de haber rizado el trinquete exitosamente. John se levantó indignado, quiso hacer una salida dramática, pero estaba tan deshidratado y desnutrido que tuvo que sostenerse del bauprés para no desmayar. Habib y Pulgas se rieron de él.

—Ha de ser fácil admirarlo tanto cuando te encuentras en su tripulación y sabes que no te hará daño —dijo el muchacho, esforzándose por ocultar su decadente condición.

Chuck venía descendiendo del obenque con un cuchillo entre los dientes. Cayó de pie junto a John y limpió la saliva del arma antes de ponerla en su bolsillo.

—Niño —dijo Chuck—, si tú te piensas que por estar en la tripulación de Black estás librado de él, no conoces al capi.

—Ni lo conozco ni le tengo miedo —respondió John.

—Será que no le tienes miedo porque no lo conoces —lo corrigió Habib.

—¡Ja, ja! —exclamó Chuck—, ¡ay de ti donde no hagas bien tu trabajo! ¡Ay de ti si está de mal humor! Una vez, Black puso de guardia nocturna a Barry y el muy estúpido se quedó dormido y por poco nos atora el bauprés un barco francesito. ¿Sabes que hizo el capi? Le dijo: "Ya veo que los ojos no te sirven de un carajo", y que se los saca con una maldita cuchara, ¡una cuchara!

—N, no, ¿no f, fue con, con su navaja? —preguntó Pulgas.

—No, fue con una cuchara —confirmó Habib—, ¿no te acuerdas que Joe se enojó porque faltaban cubiertos en la cocina?

—¡Y otra vez! —siguió Chuck—, Culebra estaba ahogado de borracho e insultó al capitán. ¿Sabes que hizo? Le cortó la lengua e hizo que se la comiera, ¡le hizo masticar su propia lengua y tragársela al pobre diablo! Y a Tom... ¡pobre Tom! No fue culpa de Tom, creo yo. Pasamos tanto tiempo en el mar lejos de mujercitas que a uno se le antoja una que otra cosa, y pues ahí ves a Jill que no es bonita, pero es mujer y pues... se antoja. Nadie la toca porque todos sabemos que Jill es del capi, pero...

—Jill no es del capitán, el capitán es de Jill —corrigió Habib.

—El punto es —se emocionó Chuck— que Tom se quiso pasar de listo con nuestra compañera y el capitán le cortó su...

—Entonces está más loco de lo que pensé —interrumpió John.

—Más bien es el único cuerdo en este mundo —dijo Jill.

Nadie supo en qué momento había llegado, sigilosa como una gatita que se iba paseando entre los cabos, y ahora aparecía graciosamente sentada sobre el bauprés con una sonrisa.

La brisa iba refrescando hacia el atardecer, se extinguía la última luz anaranjada del crepúsculo. A lo lejos se avistaba El Espectro danzando sobre la marea con sus velas negras perfectamente extendidas.

El almuerzo de la tripulación, si es que así podía llamársele, había consistido únicamente en carne seca y pan rancio. Y para pasar los bocados tan secos solamente había un poco de ron caliente. El Fénix por obviedad llevaba en una de sus cabinas un elegantísimo comedor de madera y sillas recién barnizadas y hasta un mantel blanco, mismo que los hombres no tardaron en tornar de todos colores. Se lanzaban comida, escupían huesos y el ron escurría por sus barbillas junto con trozos de comida. John no se sentó con ellos, Getto insistió en que el *perro de puerto* no era un pirata y no tenía derecho a estar ahí; es más, no tenía derecho a cenar más que las sobras.

El muchacho fue a sentarse en su pequeño escondite al fondo de la proa detrás del cañón. Sólo tenía un pedazo de pan y un hueso para cenar, ninguna bebida. Desde ahí escuchaba las risas de los hombres, que se divertían contando las experiencias que había tenido cada uno durante el ataque a Port Royal; describían matanzas, robos y otras cosas que arrebataban el hambre. Le pareció interesante, en el mal sentido de la palabra, cómo Habib, Chuck, Pulgas, Jolly y la misma Jill parecieron haber sido amables y hasta simpáticos, pero ahora que llegaba el momento en que necesitaba más comida o al menos compañía para masticar las sobras, estaba solo. *Piratas*, pensó. Intentó levantarse para regresar a su celda de manera voluntaria, le consolaba estar ahí más que en compañía de la tripulación, y apenas dio el primer paso, se desmayó sobre la cubierta. No perdió la consciencia totalmente, pero cayó sin poderse levantar; su cuerpo lo desconocía y él a su cuerpo. Miraba al almirante Dawner entre sueños y por momentos pensaba que estaba vivo, luego sentía una punzada profunda en el pecho que le recordaba dolorosamente la forma en la que había muerto. Por desgracia fue Slayer quien notó la condición de John, y fue directamente hacia él con intenciones típicas de su carácter. Era un hombre grande, musculoso y de piel obscura con rastas negras que llevaba por pelo, largas hasta la cintura. Los ojos tan rojos que su mirada parecía inundada de sangre.

—¿Qué te pasa, Ojitos? —le dijo—, ¿hora de tu biberón?

John respiró profundamente en un intento de conservar su vida un tiempo más y no reaccionar ante las provocaciones. Se les unió Mad Manson con botella de ron en mano, dispuesto a empeorar la situación.

—No tenemos leche, pero tenemos esto —dijo Manson vertiendo ron sobre la cabeza del muchacho.

John se limpió el rostro con la manga de su chaqueta roja, pero el olor a licor barato ya se había impregnado en su cabello y su piel.

—Oye, Manson —dijo Slayer—, dicen que este perro era hijo del almirante, ¿tú crees?

La respiración de John se pausó y dejó de pestañar, dirigió una mirada asesina a Slayer, una mirada tan obscura que se ganó la atención de ambos bucaneros.

—¿Qué diría el pobre cerdo al ver a su hijo obedeciendo órdenes de sus asesinos? —rio Slayer, tomando la botella de Manson, dio un par de tragos.

—Apuesto mil putas a que se levantaría de la tumba para darse un tiro él solo —rio Manson. Y de repente John le saltó encima a Manson, se le fue a los golpes con la poca fuerza que le quedaba, con tal impulso que el bucanero no tuvo tiempo ni de defenderse cuando ya le llovían puños en la cara. Entonces Slayer pescó al muchacho del cuello y lo levantó sin el menor esfuerzo para luego lanzarlo contra el cañón de un cabezazo que le dejó saboreando a sangre y viendo doble.

—¡Ahora sí te vas a morir, hijo de mil putas! —rugió Manson desenvainando su espada oxidada.

—¡Anda, mátame! —gritó John, sorprendiendo a ambos piratas—, ¡mátame!

Jill se interpuso entre John y los dos hombres, mirándolos con una amenazadora pose.

—Aquí no está Black para cuidarte, Jones —dijo Slayer—, quítate o te mutilo a ti también.

—¿Qué tan mutilado crees que quedes tú si me tocas, Slayer? —le respondió Jill.

Habiendo visto todo lo que ocurrió desde el timón, Getto se acercó, su cuerpo era tan inmenso y pesado que crujía la madera con cada paso que daba.

—¡Bien dije yo que este *perro de puerto* nos daría problemas!

Tan sonoro fue el rugido de Getto que los demás hombres se acercaron a mirar lo que sucedía.

—¡Es un maldito buscapleitos! —exclamó Slayer.

—¡*Seh!* —gritó Manson—, ¡por poco me mata el hijo de puta!

Getto le dirigió una mirada burlona a John, el muchacho apenas lograba mantenerse de pie luego del tremendo cabezazo y las otras tantas condiciones extremas que torturaban su cuerpo.

—¡Azótenlo! —ordenó Getto—, ¡cincuenta látigos en la espalda!

¡Seh!, gritaban todos los hombres, incluso aquellos con los que John había conversado durante el día. Jill se mantuvo en silencio, mordiéndose el labio con cierta angustia, no quería intervenir demasiado. Si no permitía que los muchachos se desquitaran, aunque fuera un poco, terminarían por matarlo. Era mejor dejar que lo mataran lento e intentar frenar la agonía a dejar que acabasen con él de un espadazo o un tiro.

—¡Manson! —llamó Getto—, ¡quiero ver su maldita columna antes de que salga la luna!

Getto entregó a manos de Mad Manson un látigo de cuero viejo. El cuerpo de John nuevamente comenzó a temblar, ya no sabía si de miedo o cansancio, pero temblaba sin control. Slayer lo ató con un cabo grueso al palo mayor sin la menor resistencia por parte de su víctima. La tripulación ya reunida alrededor esperaba a ver si Mad Manson realmente lograría descubrir los músculos de la columna a puro latigazo.

Jill se acercó a John y lo tomó del pelo con fuerza.

—No te atrevas a darles el gusto de llorar —le dijo.

John la vio a los ojos y en ellos encontró un extraño consuelo que hizo que sus miradas se encontraran un momento. Mad Manson preparó el látigo, apuntando a la espalda del muchacho con toda la intención de despedazarla. El corazón de John iba acelerándose, con terror esperando el primer golpe sin saber en qué momento llegaría, porque no podía ver. Cerró los ojos y rezó en silencio, quizá la primera vez que rezaba en su vida. Azotó el primer latigazo y soltó un alarido.

Luego otro, volvió a gritar. Otro, sus manos se retorcían en las cuerdas. Otro, su frente golpeaba el mástil de pura desesperación. Otro, el alarido se acompañó de llanto. Azote, el llanto creció. Otro más, sus piernas y brazos temblaban. Vio sus manos atadas salpicadas de gotas de sangre, sus piernas ya no lo sostenían, pero el cabo lo obligaba a mantenerse de pie. Se desmayó. En efecto, Manson se deleitó en destrozar la espalda del muchacho, aunque Jill no permitió que llegara hasta los huesos como tanto urgía a todos, la chiquilla ni siquiera permitió que concluyeran los cincuenta azotes y fue tan lejos como para poner el cañón de una pistola contra la cabeza de Manson, argumentando que el muchacho iba a morir con un latigazo más.

Slayer desató el cuerpo desmayado de John y lo lanzó a cubierta para que los demás pudieran continuar carcajeándose de su dolor.

¡¿No que muy fuerte?!

¡Niño llorón!

Jill se acercó a John e intentó ayudarle a levantarse.

—Ven acá, Ojitos —lo llamó cariñosamente sosteniéndole un brazo, pero John se liberó tan violentamente que volvió a caer.

—¡Suéltame! —rugió John.

Agonizaba más de odio que de dolor, y ahí lo dejaron tumbado por el resto de la noche.

6

Pasaron un par de días en los que John no salió de su celda, mal podía levantarse y cualquier movimiento le resultaba demasiado doloroso para concluir. Habría muerto indudablemente si no hubiera sido por los cuidados de Jill, quien además de traer comida y el poco líquido que tenían a bordo, le limpiaba las heridas con una jerga y controlaba la fiebre con cubetazos de agua de mar. Divagaba entre la vida y la muerte y había perdido la capacidad de diferenciar la realidad del sueño. Escuchaba la voz de Jill en ecos distantes, luego perdía la consciencia y soñaba con El Espectro y con el *capitán Desmond Black*. Veía la nave negra en el horizonte como un destino inalcanzable e imaginaba una y otra vez cómo sería el encuentro con aquel hombre que era su padre. La escalofriante curiosidad lo traía de vuelta a la vida cuando el cuerpo amenazaba con rendirse, y la necesidad de tal encuentro lo castigaba con una profunda culpa hacia el almirante Dawner, por lo que siguió repitiéndose a sí mismo una y otra vez que vengaría a James, lo vengaría en cuanto tuviera la oportunidad. Pero de aquí a entonces sólo podía pensar en cómo se veía Black físicamente, si se parecía a él o era tan deplorable como los bucaneros que hasta ahora había conocido. Y más allá de su físico se preguntaba cómo era su forma de ser, y si era verdad o no que era un hombre tan desmedidamente cruel.

¡*Tierra a la vista!*, se escuchó desde cubierta, la inconfundible voz de Ratas, que, si las ratas hablaran, lo harían con ese exacto tono de voz.

Jill cayó de pie dentro de la celda, como siempre evitando cada uno de los escalones.

—¡Ojitos! —llamó Jill con singular emoción—, ¡llegamos a Tortuga!

Pero John no se movió, se quedó tan quieto que la chiquilla pensó que finalmente había muerto. Se apresuró a abrir la celda y movió el cuerpo del muchacho con tanta fuerza que éste gritó de dolor.

—¡Levántate, llegamos!

—No me puedo mover —murmuró John.

—¡Ay, por favor! Ya estuvo con tu *me muero, no me muero, me muero, no me muero* —Jill tiró de un brazo de John para forzarlo nuevamente, pero éste volvió a gritar.

—¡Ah, Jill! —rugió John con furia—, ¡mi espalda!

—Creí que te morías por conocer al capi, pero está bien, quédate a llorar si eso prefieres —dijo Jill—, y te diré algo más sobre Black, ¿sabías que fue azotado ciento cincuenta veces por chiflarle a una infanta de la Corona? ¡Ciento cincuenta látigos! ¿Y sabes qué hizo?

—No lo sé, Jill, ¿también la mató?

—La invitó a salir. Con la espalda despedazada como estaba fue y la invitó a salir. Lo mandaron colgar, pero hizo el intento en lugar de estar llorando hecho una pelota de miseria como tú.

Finalmente, John se apoyó en los barrotes de la celda para incorporarse. Jill le hizo el favor de ponerle una camisa blanca y su chaqueta roja encima, cosa que hizo sin ningún cuidado de las heridas.

—Ya está —dijo Jill—, hay una buena taberna aquí, puedes pedir algo delicioso de cenar y unas cervezas para que revivas. Estarás bien, ya verás.

John se volvió a ella, la vio a los ojos y apenas le sonrió.

—Gracias —le dijo en un tono casi afectuoso al que ella respondió con un guiño de ojo y una sonrisa. John sonrió sin saber por qué, con esa sonrisa ladeada y un tanto picaresca que le caracterizaba. Jill se le quedó mirando, frunció el ceño y soltó una risita.

—¿Qué? —dijo John.

—Nada, es que me recuerdas al capi a veces.

El muchacho eliminó su sonrisa violentamente y miró a otro sitio, su semblante tomó un aspecto tan sombrío que Jill se percató de ello.

—Oye, Ojitos —le dijo—, tengo órdenes de ir a la taberna a reclutar tripulantes para El Fénix, y en cuanto haya suficientes yo vuelvo a El Espectro con mi capitán y a lo que sigue. Pero tú ya no eres un prisionero. Si te quieres quedar en Tortuga, puedes. Si te quieres conseguir un pasaje a Port Royal, puedes. Si quieres olvidar todo esto, puedes, pero ¿quieres?

Chuck se asomó por las escaleras, colgado del barandal de madera de modo que mostraba únicamente la mitad de su cuerpo.

—¡Maldita sea, Jill! ¡Agarra a tu mascota y ayuda a desembarcar de una jodida vez!

Jill le hizo una seña con un dedo provocando que John pelara los ojos.

—Ah, ramera —murmuró Chuck.

—Tu mamá —le respondió Jill.

Chuck se elevó hacia arriba desapareciendo. El primer instinto de John demandaba defender a la dama de semejantes bajezas y no era la primera vez que escuchaba un intercambio de esa naturaleza. Sin embargo, Jill ya le había explicado que entre bucaneros los insultos no sólo son lenguaje común sino, en ocasiones, una muestra de afecto; y se precisaba de un cierto oído para poder diferenciar un insulto de otro.

El Fénix se aproximaba al muelle de la isla Tortuga, hecho completamente de trozos y pedazos de barcos viejos; amuras, mástiles, palos, vergas y baupreses que juntos formaban la entrada a un legítimo castillo pirata. El ancla cayó, y tan pronto la escalerilla tocó la madera los piratas saltaron al muelle, ansiosos de volver a aquel que era su hogar.

Jill se acomodó detrás de John cuando éste se paralizó frente a los escalones con la boca abierta y los ojos brotándole de las órbitas, jamás había visto un lugar así y coincidía perfectamente con las descripciones que aquel anciano dio alguna vez; *el reino de los piratas, Tortuga.*

—Bienvenido a Tortuga —le dijo Jill al oído, con un tono que sedujo a John aún más para animarse a desembarcar.

Un imponente portón de madera negra marcaba la entrada, abierto de par en par y desde arriba colgaban esqueletos con uniformes de la Marina Real. En lo alto, un letrero gigantesco que se decía había sido escrito con sangre de los oficiales muertos decía "Nunca vamos a morir".

La noche es el amanecer en Tortuga. Apenas se mete el sol y las antorchas se encienden, la sonora música de la taberna se impregna en el aire, entre el humo de cada pistola disparada y cada incendio, cada pipa encendida. Arde tabaco como arde pólvora en la bruma alzada de suciedad. Tiroteos, gritos, risas, jamás llantos, porque ni siquiera la peor de las tragedias fomenta en estas criaturas la capacidad de tomarse algo en serio, mucho menos la vida, mucho menos la muerte. Los hombres corren por las calles echando tiros al aire muertos de risa, cada uno persiguiendo el vicio de su preferencia. Mujeres ríen y se ofrecen en cada esquina. Disparos desde los balcones, barriles rodando por las calles, jaurías persiguiendo burros o borregos. Una especie de santuario maldito para los barcos piratas que anclaban para abastecerse de recursos y bienes; buen ron, buena música, buen baile, buena comida, buen sexo. Buena vida que a los ojos de algunos podría ser la peor vida, pero a los ojos de los piratas era lo que había, lo mejor que había. Éste era el paradero de todo pecador y en esta isla no había pecado no cometido. Si la guerra y el carnaval fueran amantes, Tortuga sería su hija.

—Hogar dulce hogar —dijo Jill, pero su voz se perdía en los disparos, las risas, la música.

—¡¿Qué dices?! —gritó John, acercándole el oído para escucharla mejor.

Siguieron caminando por las calles, arriesgando su vida a cada paso por una bala perdida o algo peor. Pasaron frente a un edificio de cortinas coloridas y adornos de tipo gitano. Dos mujeres peleaban ante la entrada, revolcándose en la tierra y jalándose las greñas, ambas enredadas en sus coloridos vestidos que estaban más rasgados que su dignidad.

—¿No deberíamos separar a las… *señoritas*? —preguntó John.

—*Nah*, pasa siempre que tocamos puerto aquí —dijo Jill—, cada puta en esta isla es capaz de matar a otra con tal de servir al capi por la noche.

—¿Se pelean por Black?

—Sí, pero no saben que Black ya eligió a Lucy y a Magdalena.

—¿Cómo lo sabes? —preguntó John.

—Porque es mi capitán y es mi deber saber lo que le gusta y cuándo le gusta. En este momento Black debe estar en su camarote viendo un espectáculo entre ellas, y cuando haya tenido suficiente entrará al juego. Luego les pagará y les hará irse, cosa que provocará el llanto de las dos, porque en sus ingenuas cabecitas sueñan que Black las deje de ver como lo que son, sueñan que algún día se enamorará de ellas y vivirán felices para siempre. Sueñan, Ojitos, sueñan.

John se quedó observando a las prostitutas un momento, tanto a las que peleaban como a las que reían. Sus vestidos de exagerado colorido, sus corsés a medio busto revelando más de lo que él había visto jamás, pintura roja en sus mejillas a modo de rubor y exagerados moños sobre sus rizos sucios. Entonces pensó que quizá alguna de esas desgraciadas mujeres podría ser su madre.

Se dirigieron a la Taberna del Capitán Morgan, algo así como el palacio real en el reino de la discordia. Allí dentro sucedía lo mismo que en las calles, pero bajo candelabros oxidados y colmados de velas tan amontonadas que propiciaban una luz cegadora. Mesas cubiertas de tarros burbujeantes que chocaban alegres bucaneros ebrios apenas sostenidos de pie. Una pista de baile colmada de hombres y mujeres danzando sin gracia y sin ritmo alguno, más bien peleando o tropezando unos con otros. Los músicos arrinconados tocando sus instrumentos con alegría; gaitas, flautas, guitarras, violines. Hombres revolcándose a golpes y lanzándose vidrios, tiros, patadas o maldiciones. Juegos de dados cuyas apuestas salían mal, así que alguien le disparaba a alguien más y en lugar de llorar la muerte se le reía y burlaba.

—Abre bien los ojos —dijo Jill—, es momento de reclutar hombres valientes.

—Jill, yo no veo hombres valientes —respondió John—, veo locos, ¡puros locos!

—Y qué más valentía quieres que la locura, Ojitos.

John negaba con la cabeza, mirando a su alrededor tan horrorizado como maravillado, tan asustado como curioso. Éste era un nuevo mundo.

—Ojitos, yo busco mesa y tú buscas a Benjamin Stain, ¿sí? Debe de estar jugando a los dados o con una ramera arriba. Si te pregunta dile que vienes conmigo, es amigo mío.

Entonces el muchacho se dispuso a iniciar lo que parecía la misión más arriesgada de su vida, recorrer semejante zafarrancho en busca de un bucanero más. Las mujeres se le lanzaban como golondrinas caídas del cielo, pero, virgen como lo era, las hacía a un lado delicadamente y rechazaba sus lujuriosas ofertas con categoría y vergüenza. Se asfixiaba entre el gentío, y la ensordecedora música le violaba los tímpanos. Vio a un hombre saltar de un balcón, sostenerse del candelero para columpiarse y después caer sobre una mesa partiéndola por la mitad, luego cinco hombres se le echaron encima. Vio a una mujer montada en un cerdo que corría por todos lados, y tantas otras cosas que se cuestionó si quizá seguía dormido en su celda y éste era el sueño más trastornado que había tenido en su vida.

—¡Busco a Benjamin Stain! —gritaba a todo pulmón, esperando que quizá algún alma caritativa lo pondría en la dirección correcta, pero toda alma ahí no era caritativa sino condenada y toda dirección era directo al infierno.

¡Ben está arriba!, alcanzó a escuchar, o quizá lo había alucinado. No importaba, sabía que tenía que subir al segundo piso. Llegó a un pasillo que se desviaba de la zona de mesas y estaba alumbrado por lámparas de aceite y varias puertas cerradas de cada lado. Abrió la primera puerta y se encontró con un hombre y una mujer teniendo sexo, cerró la puerta de golpe y se puso una mano en el corazón, sintiendo cómo éste se aceleraba como si acabara de atestiguar un crimen. Abrió la segunda puerta y vio a dos mujeres tener sexo, volvió a cerrar. Tercera puerta, dos hombres teniendo sexo, cerró los ojos.

—¿Alguno de ustedes es Benjamin Stain?

Y al no recibir respuesta, cerró. Abrió una puerta más, había una mujer hermosa de largo cabello negro y ojos verdes, piel tostada y una maravillosa figura que hizo que John se quedara quieto, mirando a una mujer desnuda por primera vez en su vida. Cerró los ojos, pero se mantuvo en la puerta.

—Disculpe, señorita, yo... eh... busco a... a... Ben...

—Ven aquí, pichoncito —le dijo ella.

La mujer tomó a John de la mano y lo guio al interior de la habitación. El muchacho quiso oponerse puesto que se encontraba en medio de una misión que le garantizaría un lugar en El Espectro, pero cuanto más miraba los pechos morenos, menos se resistía. De un momento a otro aquella exótica afrodita ya lo besaba en los labios con hambre. No era la primera vez que John besaba; alguna vez cuando eran niños, Margaret le robó un beso y se echó a correr, pero esto era algo más. La mano de la mujer se deslizó dentro de los pantalones del muchacho mientras le besaba el cuello y los oídos, adormeciéndole el juicio.

—Señorita, le ruego... yo... yo no pued... *ay, Dios*...

Sin darse cuenta ya suspiraba y no deseaba que este momento terminara jamás. James alguna vez le habló de la belleza de consumar un matrimonio y el amor con el que podía engendrarse un hijo, pero nunca le habló de las maravillas que podía provocar la sola mano de una mujer. Este placer tan desconocido y fantástico estaba por culminar cuando la puerta se abrió de golpe; un muchacho se recargó en el marco de la puerta con una diminuta pipa en la boca, se cruzó de brazos y sonrió ante el espectáculo. John se alzó el pantalón inmediatamente, apenado y con un tremendo dolor.

—No, no, sigan —dijo el extraño—, quiero ver. Es tu primera vez y se nota, no me lo quiero perder. Qué dices, Camille, ¿era su primera vez? Se veía un poco idiota entonces puede que sea su primera vez.

—¿Y tú eres? —se exasperó John, furioso por la humillación y atormentado por el dolor entre sus piernas.

—Benjamin Stain —respondió, extendiéndole la mano con una sonrisa—, dijeron que había un idiota buscándome, ¿tú eres el idiota buscándome?

—Jill Jones me envió a buscarte, está en...

—Amigo, te ves un poco tenso, ¿quieres que te deje terminar? Es malo no terminar. ¡Camille acaba con él!

—No será necesario, todo esto fue un error —dijo John.

—Camille no es un error, es una diosa, ¿sabes que es contorsionista? A mí una vez me…

John salió de la habitación. Stain lo siguió. Benjamin Stain era un muchacho de unos veinte años o menos, de cabello negro a la quijada, un rostro bronceado con facciones atractivas y una mirada negra que provocaba sonreír involuntariamente. Pronto se reunieron en una mesa con Jill. John por fin pudo disfrutar una cena decente, o tan decente como se podía en aquella cocina de dudosa salubridad.

—Con que Jill Jones pisa tierra —saludó Ben.

—Ben, ¿cómo es que cada vez que te veo estás borracho? —le dijo Jill.

John ni siquiera ponía atención en la conversación, devoraba su filete y bebía agua casi atragantándose.

—¿Y cómo es que cada vez que me ves me pides un favor? ¿Qué es esta vez, Jones? ¿Dinero? ¿Sexo? ¿Amor? ¿Desamor?

—Vamos tras él, Ben —dijo Jill—, vamos tras Barbanegra.

John dejó de masticar y miró a Jill. Su mente se transportó a aquella mañana en la que el viejo le contó la historia sobre la épica batalla entre El Espectro y El Satán. Enemigos jurados. Ben sonrió negando con la cabeza.

—¿Black acabó de volverse loco? —rio.

—Barbanegra tiene el mapa del conquistador y mi capitán quiere recuperarlo e ir tras el tesoro de Cortés —explicó Jill.

John se olvidó de la comida, empujó el plato hacia delante para recargar los codos y escuchó atento viendo de un lado al otro entre Jill y Ben, según el que hablara, cada vez enderezándose más en su silla y recobrando la vida. Ante sus ojos se gestaba el inicio de una auténtica aventura pirata.

—Jones, Barbanegra ha tenido ese mapa toda la vida y ni Black fue tan imprudente como para perseguirlo otra vez, ¿o no aprendió cuando le machetearon las tripas? —dijo Ben.

—Te estoy hablando del tesoro de Cortés —insistió Jill.

—Y yo te estoy hablando de Edward Teach. No se puede matar al diablo. Y aunque se pudiera, ¿por qué ahora?, ¿por qué después de tantos años Black quiere hacerlo ahora? ¿Tuvo una iluminación? ¿Vio a la santísima virgen sentada en el bauprés ofreciéndole ron?

—Díselo, Ojitos —dijo Jill dándole un golpecito a John en el hombro, como si John tuviera la menor idea de lo que estaba sucediendo para empezar. Lo pensó un momento, todo lo que había pasado desde la invasión a Port Royal y el porqué del ataque. Su ceño fruncido se relajó al instante en que creyó comprenderlo todo, y se dirigió a Ben casi con seguridad:

—El Fénix —dijo John—. La Marina Real construyó una nave de guerra grandiosa, supongo... supongo que Black pretende utilizarla para emboscar a El Satán. Seguro que con El Espectro y El Fénix juntos Barbanegra no tendrá escapatoria. Black se hará con el mapa e irá en busca del tesoro. Creo. ¿Jill?

—¡Exactamente, Ojitos!

John no pudo evitar enorgullecerse de sí mismo y sonreír complacido. Volvió a comer.

—¿Y? ¿Qué quieres de mí, Jones? —preguntó Ben.

—El capitán designó a Getto como el mandamás del barco nuevo —dijo Jill—, pero yo no me fío de él. Y necesito a *alguien* de confianza en El Fénix, mismo *alguien* que me puede conseguir hombres valientes para tripularlo.

—¿*Alguien* soy yo? —preguntó Ben.

—Sólo si ese *alguien* quiere un puñado del tesoro.

Ben sonrió, se hizo hacia atrás en su silla y aspiró su pipa con tranquilidad.

Esa misma noche se terminó de formar la tripulación de El Fénix con Getto como capitán. Slayer, Mad Manson, Bill, Silvestre, Starkey, Filly, Jolly se quedaron ahí más los otros hombres que consiguió Ben: Jack, Dusty, Juanito, Bullride, Tiny, Jay Jeffreys, Murphy, Lewis, Dickey, Eddie, Willie y muchos más hombres que no tenían nada que perder y un tesoro que ganar.

7

El muelle se arrullaba en la obscuridad con el sonido de la madera rechinando. Los barcos anclados suavemente se balanceaban con las caricias del agua y el estruendo de Tortuga no era nada más que un lejano eco. Las antorchas del portón apenas alcanzaban a alumbrar el camino al final del muelle y la superficie marina asemejaba un espejo plateado bajo la luna, iluminando un navío negro. Esta nave se posaba con una inexplicable elegancia, una reina maldita del océano que se perdía en la noche como un fantasma. Sus velas negras recogidas y la arboladura del mismo color. Una bandera negra con un cráneo dorado se alzaba con la brisa en la cima del palo mayor. Detalles dorados apenas destellaban en la borda, proa y popa de la nave como su nombre impecablemente escrito en el casco, *El Espectro*.

John se quedó perplejo ante la belleza que era a su vez sombría, ahí anclada ante sus ojos, haciendo estruendos en el alma de quien tuviera la fortuna de mirar el barco del capitán Black en algo más que la pintura de la imaginación. Al dar el primer paso hacia la embarcación John se sintió más indefenso que nunca, la vida se volvía tan peligrosa y frágil, tan desmedidamente intensa a cada paso. Escalón tras escalón como montañas resbalosas de olor a sal y a marino, un camino que parecía eterno y tan glorioso como aterrador. Por fin, subió a bordo de El Espectro. La cubierta estaba en calma, todo permanecía en silencio excepto por el chirrear de los palos y las velas tan impecablemente rizadas. Los tripulantes iban de un lado a otro cargando los bienes y suministros, maldiciendo y conversando entre risas a medida que distribuían las cajas y barriles en sus lugares correspondientes. Dos mujeres bellísimas ya iban a la escalera para descender de la nave, una de ellas de cabello rubio y ojos azules, la otra morena y de largos rizos castaños; ambas se veían más que complacidas.

—¿Te gusta? —preguntó Jill, que estaba de pie junto a John sin que éste siquiera se hubiera percatado. John asintió débilmente, su vista perdida en la actividad a su alrededor.

Un par de hombres venían cargando un baúl cuyo contenido debía ser muy pesado por la forma en que lo llevaban casi a rastras, o quizá no era tan pesado y ambos bucaneros estaban bastante ebrios. Uno de los hombres era calvo y panzón, el otro era un hombre chino de largos bigotes hasta el ombligo.

—Se me va a partir la espalda y luego quién les va a dar de tragar a ustedes, malditas rameras —se quejó el panzón—, ¿qué mierdas estoy cargando?

—Ése es Joe —anunció Jill—, el cocinero.

—Mis bolas —respondió el chino— ...de cañón.

—Yutsuko —siguió Jill—, él y Chang son los mejores artilleros que verás en tu vida.

El peso fue demasiado y una de las agarraderas del baúl se rompió cayendo sobre el pie descalzo de Joe. El cocinero aullaba mientras Chang reía a carcajadas, pero entonces la agarradera del otro extremo también comenzó a desprenderse silenciando la risa del artillero.

—No, no, no, no...

El baúl estaba por caer cuando un hombre lo sostuvo antes de que tocara suelo, sujetó el baúl con ambas manos y con la ayuda de su rodilla lo elevó a la altura de su pecho y lo abrazó con fuerza.

—Son unos imbéciles —les dijo, y se dirigió hacia popa para depositar el baúl.

—No vuelve a pasar, capitán —jadeó Yutsuko.

—No vuelve a pasar —agregó Joe.

Jill se acercó al oído de John.

—Y ése, Ojitos, es el capitán Black.

John lo miró, allá en el alcázar de la nave acomodando cajas como un tripulante más, y sin embargo luciendo como algo más que sólo un capitán con una especie de porte que no era aprendido sino suyo, mirando a su alrededor cautelosamente como si se fijara en cada detalle a bordo de ese barco, mirada omnipotente dentro de esos grandes ojos almendrados de un color café brillante. De pelo castaño y piel bronceada, una barba obscura perfectamente delineada como si hubiese sido previamente diseñada con tinta. Vestía absolutamente de negro, tanto su pantalón como su camisa y botas, un cinturón con hebilla de oro del cual colgaba una espada, una navaja en su funda de cuero y una pistola. Los botones abiertos de la camisa delataban en su pecho el contorno de un tatuaje, una cadena de oro alrededor de su cuello y un cuero del que colgaba un cuarzo negro. Usaba una arracada pequeña en la oreja izquierda y uno que otro anillo con piedras gastadas por el tiempo. Y al atuendo lo complementaba un abrigo negro con botones de oro. Vestía mejor que cualquier pirata, como si a su vida le faltara todo menos el buen gusto que se resumía en una postura de garbo, desplante de magnificencia que no era deliberada sino cínica, desentendida de lo reglamentario e inclinado a la libertad. Éste era el capitán Desmond Black. Un hombre se acercó al él, era bastante joven y sin embargo tenía el pelo de un peculiar color gris, enmarañado bajo un sombrero viejo de tres picos y vestía una chaqueta gris y rasgada de las mangas.

—Ya quedaron, guardaditas y bien acomodaditas, capi.

El capitán se volvió a él y le hizo un mínimo gesto de aprobación. El tripulante ya se daba la media vuelta para irse cuando…

—Rodney —lo llamó Black.

El bucanero giró hacia el capitán con tanta tristeza que agachó la cabeza. El capitán le extendió la mano y Rodney entregó las llaves de la bodega de ron. Se escucharon gritos, Bones y Melville discutían en la proa.

—¡Hijo de puta! —exclamó Bones.

—¡Al menos mi madre cobra más que la tuya! —le respondió Melville.

Bones se le iba ir a los golpes a Melville, que ya corría hacia atrás. Estalló un disparó que silenció a todos. Miraron al capitán.

—¿A cuál de los dos le meto el siguiente tiro entre las cejas? —dijo Black. Turco se acercó e hizo el favor de separar a los dos hombres.

—Ya, quietos, le duele la cabeza —dijo con una voz suave y acompañada de un mínimo acento desconocido.

Turco era quizá el pirata más sereno, o el único. Traído desde tierras lejanas por la marea, usaba un turbante negro en la cabeza, del mismo negro que su pelo hasta los hombros, piel morena con una larga cicatriz diagonal sobre una ceja, ojos de un café tan claro que podrían ser amarillos a la luz del día; primer oficial, sabio en casi todo y algo así como el administrador de la locura, y si Black tuviera amigos, Turco sería el mejor de ellos.

El capitán Black se puso de pie en el alcázar de la nave, mirando a su alrededor.

—¡Jill! —llamó.

Jill tuvo que chasquear los dedos frente al rostro de John para arrastrarlo fuera de la extraña hipnosis que lo absorbía a medida que se permitía sumergirse en El Espectro, sumergirse en la tripulación, en la negrura, en Desmond Black. *Se perdía* en Desmond Black. La chiquilla le dio un fuerte tirón en el brazo y lo llevó ante el capitán, como si John de pronto hubiese olvidado cómo caminar, cómo hablar.

—Aquí, capi —dijo Jill, presentándose ante él.

—¿Cuántos?

—Veintidós, la mayoría pasables y ya listos.

El capitán asintió con aprobación.

—¡Leven anclas, nos vamos! —ordenó, una voz tan estridente que golpeó el pecho de John como un relámpago.

¡Levar anclas!

La voz de Black le dio a John la sensación de que un susurro suyo podía arrullar al más despierto y un grito desmoronar al más fuerte. Quería hablarle desesperadamente, pero temía cuál de las voces recibiría como respuesta y si estaba lo suficientemente fortalecido para soportarla. Cerró los puños con fuerza y tomó un indeciso paso hacia delante, un paso hacia su padre.

. —Es un honor estar en su nave, capitán Black —dijo John.

El capitán se volvió al muchacho, hasta este momento percatándose de su existencia y con suma indiferencia hacia él, se dirigió a Jill.

—¿Quién es éste?

—Ojitos, lo encontré en El Fénix cuando lo robamos —respondió ella.

John se atrevió a extender su mano derecha, aún temblorosa ante el capitán; se la ofreció con sumo respeto.

—Mi nombre es John Dawner, señor.

—¡Ajá! —exclamó Jill—, ¡conque *sí* tienes nombre!

El capitán miró la mano de John como si no significase absolutamente nada, luego lo vio a los ojos un momento. John hizo un esfuerzo por sostenerle la mirada cuando ésta se volvió demasiado intimidante y tragó saliva, tuvo que ver hacia abajo.

—¡Capitán! —llamó Ratas desde la cofa de trinquete, había un problema con el mastelero del velacho que requería la atención inmediata de Black, así que se retiró dejando a John con el brazo extendido. El muchacho se volvió a Jill, humillado.

—No lo entiendo —dijo—, ¿estoy dentro?

—Dale tiempo, es tímido con los extraños.

—No sé si *tímido* sea la palabra justa.

El Espectro era una especie de mundo aparte del universo, y sus pobladores eran tan peculiares en tan distintas maneras que parecían formar un mismo cuerpo con la nave. John observó, intentaba descifrarlo todo, convenciéndose a sí mismo una vez más de que lo hacía con el fin de identificar las fortalezas y debilidades de los piratas, para que, al llegar el momento de su venganza, no fallara. Pero ¿cuál venganza? En todo el tiempo transcurrido desde Port Royal hasta Tortuga no había planeado absolutamente nada sobre cómo llevaría a cabo ese acto encomendado por su difunto padre, que, si lo pensaba, era su padre sólo porque así se lo había hecho creer durante diecinueve años. Era su padre porque lo había criado y financiado su educación y lujos. Era su padre porque lo había amado incondicionalmente como no era posible amar más a un hijo. Luego estaba el capitán Desmond Black, que era su padre simple y sencillamente porque él lo había engendrado y su sangre le corría por las venas con tanta fidelidad a sus genes que cuanto más observaba, más amenazado se sentía por el irremediable parecido. Los hombres ya comentaban al respecto entre susurros, cuidándose de no ser oídos por el capitán o por Turco, mucho menos por el *perro de puerto* que nadie había pedido y sin embargo allí estaba, esperando por algo que nadie comprendía y a nadie interesaba.

—¡Tiene cara de recién nacido! —dijo Joe—, ¡mejor lo cocinamos!

—¡Miren esos *ojitos* que no han visto un carajo! —decía Rodney, el timonel.

—¿Por qué sigue vivo? —se quejó Sam, uno de los carpinteros junto con Bow.

—¡Rebánenle el pescuezo! —exclamó Barry, que tenía un solo ojo porque Black le había sacado el otro con una cuchara.

—¿Y si disparamos su cabeza de un cañón? —se emocionó Chang.

—Miren su chaqueta, es *perro de la naval*. ¿Qué será, Stanley?, ¿marinero? —preguntó Melville, que era navegante y podía leer cualquier mapa junto con su compañero, Espinoza, el mejor nauta de toda Barcelona. Espinoza no hablaba bien el inglés, por lo que casi siempre se mantenía en silencio.

—Cadete, ese niño es cadete —aseguró Stanley, el músico al que rara vez se le veía sin un instrumento en mano, aunque fuera simplemente para afinarlo.

—¿Y qué hace aquí si es cadete? —refunfuñó O'Connor, un niño irlandés de once años, grumete.

—¡A la plancha! —rugió Bones, el cirujano.

Mientras todos cuchicheaban, Turco observaba a John detenidamente. El muchacho estaba atando unos nudos para asegurar un cañón de cuatro libras que disparaba arpones, lo que a él le pareció fascinante y quiso hacerse cargo. Había ocho de esos cañones en cubierta, cuatro a estribor y cuatro a babor. Turco se acercó a John con cierto disimulo, mirando de reojo los nudos que ataba hasta que no pudo evitar fijarse en un nudo en particular, ese mismo nudo que el capitán Black ataba siempre y nadie podía imitar.

El capitán se puso de pie en lo alto del alcázar, mirando a su alrededor con el ceño fruncido como hacía cada vez que echaba algo más que un vistazo, analizaba cada detalle de la nave y ponía atención en cada uno de sus hombres. Todo estaba en posición.

—¡Rodney! —llamó.

—¡Capitán!

—Fija curso, nordeste cuarta al norte —ordenó Black.

Rodney apenas pellizcó el pico frontal de su viejo sombrero en señal de obediencia.

—¡Ya nos vamos, ya nos vamos! —decía el timonel alegremente—, ¡Melville, enséñame tu maldito mapa!

John vio al capitán como a una especie de aparición que surgía del caos para poner orden, allí de pie en el alcázar despertando a la nave negra de su siesta, domándola e imponiendo su mando con tal seguridad que cualquiera habría puesto su vida en manos de aquel hombre sin pensarlo dos veces.

—¡Espinoza! —llamó Black.

—¡Capitán!

—Reuniros con Killy y haced un inventario de todo lo que hemos cargado en cada piso, y escribid el valor de cada barril —ordenó, hablando un perfecto español.

—Sí, capitán.

John se volvió con Habib.

—¿Acaba de hablar español? —le preguntó John.

—Uno habla cualquier cosa por amor —respondió Habib.

Turco se reunió con el capitán en el alcázar.

—Dales velocidad —dijo Black—, nos quiero lejos de esta isla en menos de una hora.

Tuco asintió ligeramente, con los ojos puestos en los de Black como si estuviese esperando a que éste le dijera algo más, pero el capitán ya se daba la media vuelta para retirarse.

—¡Jill! —llamó Black.

—¡Capi!

—A mi camarote.

—Capi.

Black se iba y entonces Turco hizo un sonido con su garganta que lo obligó a volverse.

—¿Vas a dejar que conserve al cadete?

—¿A ti qué? —le respondió Black.

—Echa un vistazo a sus nudos cuando puedas o, mejor, echa un vistazo a él.

Turco se retiró a ordenar la maniobra de las velas para tomar velocidad, poco a poco perdiéndose la nave en la negrura de la noche.

El capitán se retiró a su camarote. Era una cabina muy parecida a su dueño en cierta manera, cualquiera que le conociera habría adivinado que le pertenecía. Los muros de madera y el suelo eran de color negro con algunos detalles en dorado, apenas uno que otro punto descarapelado por el tiempo y las batallas. Un grandioso mapa enmarcado, el vidrio manchado de tinta y pintura; taches sobre algunas islas, líneas trazando rutas de un sitio a otro. Le gustaba tener un control visual de dónde navegaba su nave, dónde anclaba y una idea muy general de lo que había encontrado en cada sitio para suponer lo que le esperaba. Frente a aquel mapa estaba su escritorio negro con los bordes dorados. Black se dejó caer de un sentón sobre la silla forrada de cuero, inhaló profundamente con los codos recargados sobre los papeles y exhaló deslizando su rostro entre sus manos hasta perder los dedos en el castaño de su pelo.

—¿Capi? —susurró Jill. La chiquilla había llamado a la puerta varias veces porque sabía que al capitán no le gustaba ser invadido, es más, únicamente Jill y Turco podían entrar y para motivos muy distintos uno del otro. Pero Black estaba tan sumergido en sus pensamientos que ni siquiera se había percatado de los golpes en la puerta ni de la presencia de Jill hasta que estuvo ahí frente al escritorio.

—¿Todo bien? —le dijo Jill—, ¿no dormiste otra vez? Ah, ya sé, me extrañaste.

—Ese tarado está vestido de la naval —dijo Black con severidad—, ¿qué está haciendo en mi barco?

—Creí que buscabas hombres.

—Busco piratas, por eso vine hasta Tortuga. Habib dice que lo trajiste desde Port Royal y fui claro cuando dije que no quería prisioneros.

—No es un prisionero, es un voluntario —aclaró Jill.

El capitán volvió a hundir el rostro en sus manos con un amargo suspiro.

—Ay, Jill…

Jill se acercó al capitán sin ningún cuidado, situándose frente a la silla, apenas se sentó sobre el escritorio y se inclinó un poco hacia delante resultando en una posición inevitablemente seductora que forzó a Black a alzar la vista.

—No le queda nada, capi —dijo Jill—, a Port Royal le quitamos un barco, pero a Ojitos le quitamos todo.

El capitán retiró la vista de Jill, sacudiendo la cabeza suavemente.

—Es hijo del almirante —confesó ella, provocando que la cabeza de Black volviera a Jill con un violento movimiento—, bueno, *era*, porque nos lo echamos.

—Lo fusilaremos en la mañana —condenó Black—, no lo quiero ni en mi barco ni en este mundo. Si lo que dices es cierto entonces está aquí por venganza, no por gusto.

—Está aquí porque no tiene en dónde estar. Échale un ojo dos días, dos días. Al primer *pero* lo mato yo misma, bien muerto.

El capitán se hizo hacia atrás en la silla con una ruda exhalación.

—Jill… —murmuraba descontento—, Jill, Jill…

—Dos días —suplicó ella—, ¿sí? Anda, di que sí.

—Dos días —cedió Black—, y si lo mando al fondo del mar te vas con él, ¿estamos?

El rostro de Jill se iluminó con una sonrisa, asintió con semejante pasión que por poco se rompe el cuello.

Aquélla era una noche especial, El Espectro tuvo la fortuna del entrar en mar abierto en plena lluvia de estrellas, y al estar lejos del puerto donde no se alcanza a ver ninguna luz, el espectáculo en el cielo era sencillamente extraordinario. El fenómeno astronómico no había sido de interés para ninguno de los tripulantes, ni siquiera para Poe que había tomado la guardia de cofa nocturna. El resto de los hombres ya estaban en la cabina de coyes balanceándose en sus hamacas, algunos roncando, otros conversando en susurros y otros bebiéndose su ración de ron con profundos tragos, a los que seguía un sonoro eructo. Privado de su sueño, John se revolcaba dentro de su hamaca, le dolía la espalda terriblemente y comenzaba a entrar en desesperación. Alcanzaba a escuchar a Habib y Jill contando al resto de los hombres sobre cómo se le había ido a los golpes a Mad Manson y a Slayer, algo que sorprendió a todos porque ningún hombre se les había puesto al tiro jamás.

El muchacho se desesperó y salió a la cubierta desierta, su vista se fue al cielo inmediatamente, maravillándose con los centenares de estrellas que iban de un lado a otro cual magia pura. Jamás en su vida vio algo igual, y por momentos se preguntaba si el grog que bebió en la cena había sido el causante de semejantes alucinaciones, tan divinas, tan impactantemente hermosas. El sentimiento de surrealismo que lo inundaba pronto lo envolvió en obscuras reflexiones sobre todo lo que había sucedido desde la noche del ataque, noche en la que su vida había cambiado para siempre detonando una batalla que peleaba en silencio. ¿Tanto había pasado en realidad?

¿Y quién era él dentro de esta locura? ¿Quién era él en realidad? Ahora que no estaba obligado a ser un cadete naval, ahora que no estaba obligado a casarse con Margaret, ni siquiera estaba obligado a usar un uniforme o a peinarse. ¿A qué estaba obligado? ¿A qué debe estarse obligado cuando no hay obligación alguna? Mejor mirar el cielo, como si en la lluvia de estrellas fuese a encontrar una respuesta que le iluminara el alma de la misma forma que se iluminaba la noche con los cometas. Algo era seguro, quería estar ahí. Quería estar en El Espectro.

La brisa nocturna se contaminó de olor a tabaco y el viento empujó el humo hacia donde John estaba. Vio al capitán Black recargado en la borda de babor encendiendo una pipa. El hombre de negro fumaba con absoluta tranquilidad, admirando el cielo y compartiendo con el muchacho el sentimiento que provocaban las luces centelleantes. La mirada de John quedó fija en el capitán. Lo estudiaba, pero de momento no sabía si estudiaba a un enemigo o si la curiosidad a su verdadero padre lo arrastraba a un abismo del que no podía escapar. Quería hablarle, pero no había palabras. Deseaba con todo su ser que el capitán también lo volteara a ver, aunque fuera por accidente y que sintiera la más mínima curiosidad. Pero no, Black era un hombre que permanecía dentro de su propia mente más que en el mundo exterior, inhalaba y sacaba el humo sosegadamente hasta que no pudo evitar sentirse observado.

—Hay cosas más interesantes que ver, eh —dijo Black.

John quitó la mirada inmediatamente, tomó aire para encontrar calma y volverse al capitán.

—Si me permite —dijo John—, ¿qué es este fenómeno? ¿Es común?

—Tan común como un cadete naval en un barco pirata —le respondió Black.

El muchacho tragó saliva, las manos comenzaron a sudarle a medida que se le aceleraban los latidos.

—Señor, con todo respeto, yo no soy un cadete naval. Nunca lo fui. Me expulsaron de la Marina Real la misma mañana de mi nombramiento.

El capital Black levantó las cejas y sonrió de lado, apenas soltó una agradable risita que inundó el mundo de calor.

—Vaya… eso sí es…

—Una fortuna —interrumpió John—, nunca quise ese puesto, nunca quise tantas cosas que sin embargo ahí estaban. Como sin permiso, ¿me entiende?

—No —dijo Black—, ¿y por qué te echaron?

—Me peleé, señor. Un compañero y yo nos batimos en duelo.

—¿Y por lo menos ganaste?

—Sí, señor —respondió John con una sonrisa—, me sé mover con la espada, me gusta mucho.

El capitán se agachó, tomó un cabo y lo echó al muchacho, éste lo atrapó en el aire con desconcierto.

—Y me dicen que haces buenos nudos también —dijo Black—, haz uno.

—Hay muchos tipos de…

—El que se te antoje.

Las manos de John, temblorosas en presencia del capitán, se precipitaron a hacer aquel nudo tan suyo que le caracterizaba entre los marineros. Black se acercó un poco para mirarlo, provocando que el muchacho tragara saliva audiblemente, pero siguió. El pirata lo observaba detenidamente, sus ojos quedaron fijos en la cicatriz de la barbilla.

—Aquí lo tiene señor —dijo John, entregando a manos del capitán el cabo vuelto una obra de arte. Black lo revisó.

—¿Te lo enseñaron a hacer en la Marina? —preguntó.

—No, señor. Todo lo contrario. Me costaba trabajo aprender a atar los nudos marineros habituales y tuve que diseñar uno propio.

El capitán echó el nudo por la borda y miró a John con cierta aspereza.

—Eres bueno con la espada y sabes hacer nudos —dijo Black—, ¿crees que eso te hace digno de estar en mi barco?

—Me hace digno de una oportunidad —respondió John.

Black sonrió de lado, una sonrisa picaresca de aire altanero y relajado, que era muy suya.

—Ve a descansar, grumete. Al amanecer pide a Pulgas y O'Connor que te hagan útil.

John sonrió tan ampliamente que sus ojos se volvieron dos medias lunas de brillante color canela.

—Señor —dijo, haciendo una leve reverencia. Ya se iba, quedaba claro que la cubierta era territorio del capitán en la madrugada.

—Ah, y, grumete —llamó Black, provocando que John diera un giro—, ya puedes dejar de llamarme *señor*, ya no estás en la Marina.

—¿Cómo lo llamo entonces?

—Soy tu capitán, no tu dueño.

Eres mi padre, pensó John. Asintió y se fue.

8

Era una mañana lúgubre en Port Royal. Una bruma gris había quedado suspendida en el cielo bloqueando la luz del sol. El olor a quemado y a cadáver no se disipaba en la brisa y todavía no se acababa de limpiar la sangre derramada sobre los empedrados ni a remover todos los cuerpos de las calles, así como la mayoría de los locales y las casitas no eran más que escombros. El pueblo estaba completamente ensombrecido.

Las autoridades se reunieron en el fuerte, furiosas lamentaban las pérdidas tanto materiales como de las vidas de oficiales y civiles por igual. El gobernador Winchester por su parte había tenido una crisis nerviosa de semejante magnitud que por poco ahorcaba a un oficial, pues la pérdida de su preciado Fénix lo habían enloquecido de ira al punto de perder el control. Hizo llamar al comodoro Tanner, a su hijo George y al teniente Grint.

En el zócalo, aún regado de piedras esperaba una larga mesa rectangular con un amplio mapa e instrumentos de navegación. *La ruta pirata* perfectamente marcada con una línea roja, ruta que era conocida por atraer a corsarios y a bucaneros por los bienes que se transportaban de un continente a otro precisamente en aquellas áreas. El gobernador Winchester, enloquecido por recuperar su nave, acababa de proponer la persecución a los piratas.

—No sólo quiero que vayan tras ellos —dijo—, es mi deseo que los eliminen y recuperen mi navío intacto.

—Estoy de acuerdo —accedió Grint—, esos bribones no hurtarán sin ser perseguidos, los estaríamos educando a tomar lo que les plazca sin consecuencias, ¡sin oír la palabra de la ley!

El comodoro Tanner dio un paso al frente, dejando a George solo contra el muro como se encontraba, observando a los altos oficiales, desesperado por absorber cuanto pudiese.

—No podemos guiar una persecución ahora —dijo el comodoro—, nuestras naves quedaron severamente dañadas. Además, el almirante Dawner no ha salido del hospital, y cuando se entere de la muerte de su hijo nadie asegura que estará en condiciones para pelear.

—En efecto —respondió el gobernador—, pero tampoco podemos esperar a que James Dawner se recupere, necesitamos perseguir a los piratas desde hoy mismo, debilitarlos, atrasarlos, y cuando el almirante esté en pie entonces podremos dirigir un ataque definitivo.

George se atrevió a acercarse a la mesa de planeación por primera vez, con la cabeza ligeramente agachada y mirando a los oficiales como si les pidiese permiso para mirar el mapa de cerca, le interesaba observar la ruta tanto como le urgía ser de utilidad.

—Ah, George, qué bueno que estás aquí —dijo el gobernador.

—A sus órdenes —respondió el muchacho.

—Emmet dice que La Bolena quedó prácticamente intacta en el muelle, ¿es esto correcto?

—Sí, señor. La fragata está en buenas condiciones.

El gobernador puso entonces las manos detrás de su espalda con una maquiavélica sonrisa y caminó a pasos lentos hasta George. Metió la mano al interior de su bolsillo y sacó un papel doblado en cuatro con el sello de la Marina Real de Inglaterra y se lo entregó.

—Aquí tiene su nombramiento, capitán Tanner —anunció el gobernador—, La Bolena será abastecida con la artillería y bienes necesarios y se le asignará una tripulación. Zarpará cuanto antes en persecución de El Espectro.

George se quedó helado, mirando el papel que sostenía entre las manos como si intentara comprobar que era de verdad. Un oficial se acercó a él con una flamante casaca azul con blanco y plateado, la abrió e hizo una señal ofreciendo ponérsela al joven allí mismo. George extendió los brazos y permitió que se le vistiera, su vista inmediatamente buscaba la charretera en el hombro. El comodoro Tanner debió de haber estado orgulloso en ese momento, pero lo único que existía en su interior era terror.

—Ya conoce sus órdenes, capitán —dijo Winchester—. Destruya El Espectro, traiga mi nave de regreso, y si no le resulta imposible… tráigame al capitán Desmond Black. Lo quiero ver colgando del cuello en el paredón, ¿he sido claro?

—Transparente, señor —respondió George.

—Gobernador —llamó el comodoro, la voz pareció quebrársele—, señor, con todo respeto, La Bolena no es una nave de guerra, es una simple fragata de veinte cañones. No supone ninguna amenaza para El Espectro, mucho menos para El Fénix, es una locura suponer que…

—¿Duda usted de las habilidades de su hijo, comodoro? —lo interrumpió Winchester.

Al comodoro se le llenaron los ojos de lágrimas. Cualquiera se habría dado cuenta de que La Bolena se trataba de una simple distracción para los bucaneros, una carnada para atrasarlos mientras el almirante sanaba y los barcos eran reparados. Era una misión suicida y el gobernador lo sabía tanto como los oficiales, inclusive el mismo George.

—Comodoro —dijo George a su padre, seguro de sí—, le ruego que no se preocupe por mí. La guerra no es cuestión de tamaño ni siquiera de artillería, es cuestión de estrategia y agilidad. No dudo ni por un momento que el capitán Black será derrotado y El Fénix traído de vuelta a su hogar. Le doy mi palabra.

La Bolena, que era en verdad apenas una fragata de veinte cañones, fue preparada para zarpar; abastecida con artillería, provisiones y una tripulación de marineros y cadetes navales tan jóvenes como George, el capitán George Tanner. Quién sabe cuánto tiempo pasó frente al espejo mirándose, vestido con el uniforme nuevo, la resplandeciente charretera que iluminaba su mundo entero al tiempo que lo ensombrecía. Sostenía su nombramiento en la mano, tan sudada que se había corrido la tinta un poco. Debía tenerlo cerca, de otra manera dudaría que aquella misión tan importante fuese real y que le habían encomendado a él con la absoluta confianza de que sería realizada.

La casa de los Tanner era una de las más ostentosas de Port Royal a petición de Elizabeth, que se esforzaba incesante en aparentar ser mucho más de lo que era realmente, la esposa del comodoro. La mujer había llorado toda la tarde como si la muerte de su hijo fuese cosa segura, incluso se atrevió a dar una cachetada al mismo comodoro, culpándolo por el cruel destino que había impuesto sobre la familia comprometiendo a su hija con el peor de los canallas, descanse en paz, y enviando a su hijo a morir en manos de piratas. De momento la familia Tanner se veía sumergida en una tragedia y únicamente George conseguía distinguir el grandioso honor en ella. El joven capitán estuvo llamando a la puerta de su hermana durante varios minutos sin respuesta alguna, y es que desde la muerte de John aquella horrible noche, ella ni siquiera había salido de la habitación para comer ni mucho menos para mirar la luz del día. Permaneció recostada sobre la cama, una cajita de música giraba con una suave melodía que era dulce y a la vez tristísima, una sirena de plata sobre cuarzo azul que tantas veces la había calmado de niña y ahora se encargaba de arrullar su corazón roto.

—Maggie —llamaba George detrás de la puerta—, hermana, abre la puerta... por favor. No quisiera partir sin despedirme de ti, te lo suplico.

Margaret rompía en llanto con estas palabras más de condena que de súplica, y no tenía la fuerza para mirar a su adorado hermano a los ojos y suponer que bien podría ser la última vez que los viera abiertos.

—Vamos, Maggie —insistió George, un nudo se tensaba en su garganta—. Necesito tu bendición, hará toda la diferencia.

La puerta se abrió. El rostro enrojecido de Margaret estaba empapado en lágrimas, tanto que el cabello rojo se le pegaba a la frente y a las mejillas.

—¿Por qué has aceptado? —preguntó ella entre llantos.

—Te lo he dicho antes —se exasperó George.

—¿Podrías al menos dejar de fingir que desconoces el fin de esta encomienda? Te esmeras en tratarme como a una niña, pero no lo soy. Sé que cuando te despides lo haces definitivamente, te preparas para partir sabiendo que no volverás, ¡y aun así has aceptado!

—Sea como sea, hermana. Esta batalla no he de pelearla sin tu bendición, sin saber que comprendes por qué debo hacerlo.

—Pues he de fallarte entonces, porque no bendeciré jamás tu muerte —dijo Margaret, y cerró la puerta de un azotón a pocos centímetros del rostro de su hermano. George permaneció quieto un momento, preguntándose si debía insistir una última vez o si era tiempo de partir.

—Si cambias de opinión, y ruego que lo hagas, estaré en el muelle. Partimos en un cuarto de hora y me encantará verte ahí.

Margaret se quedó recargada en la puerta un momento, las lágrimas aún rodaban por sus mejillas; se mantuvo quieta hasta que sintió los pasos de su hermano alejarse. Entonces miró a su alrededor, aquella habitación de predominante color rosa, digna de una princesa como lo era ella en cierta forma. Una casita de muñecas con la que había dejado de jugar desde que se enteró de su compromiso con John, perfumes traídos desde París, novelas románticas, joyas, un cepillo de plata y tantas otras cosas que parecían inútiles en aquel momento. Se llevó una mano al collar de concha y la estrujó con suavidad dentro de su puño.

Dio la campanada de las cinco de la tarde en punto. El capitán Tanner abordó La Bolena con un aire tan decidido e implacable que alentó a la tripulación de jóvenes inspirándoles valor. La nave engalanada y lista, de blanquísimas velas y costados azul marino con detalles en blanco. Los hombres en perfecta formación, presentando sus armas y quitándose el sombrero a medida que George alcanzaba el saltillo del alcázar, mirando la pequeña cubierta como una especie de reinado. Echó un último vistazo por la borda, buscando a su hermana dentro de la multitud que los despedía desde el muelle, pero no la encontró.

—Caballeros —dijo en voz alta—, somos la esperanza de Port Royal en este momento, y me niego a considerar el fracaso como un posible destino. No. No aquí. No en esta nave del rey. No bajo mi mando. Iremos tras esos piratas con aires de guerra y volveremos a casa con aires de victoria... y el navío de *su majestad*. Por el rey. Por Inglaterra. *Por la Corona*. ¡Icen las velas!

9

El Espectro navegaba sobre las suaves ondulaciones turquesas del mar Caribe. El mundo había quedado atrás y por delante sólo esperaba la libertad encarnada en esa bandera negra que ondeaba en lo alto del palo mayor haciendo brillar el cráneo dorado bajo el sol del mediodía. John Dawner perdió la noción del tiempo; si habían pasado días, semanas o meses no lo sabía ni importaba ya. Había establecido una relación con la nave pirata, misma unión que se fortalecía a cada roce de la madera negra contra su piel, a cada tirón de cabos, a cada golpe del viento contra las imponentes y obscuras velas.

El capitán Black navegaba su Espectro con apasionada rudeza, giraba el timón con movimientos tan bruscos que caminar en línea recta sobre cubierta era una odisea a la que John se había acostumbrado. En realidad, iba acostumbrándose a todo. A mirar a Jim, Raj, Salim y Culebra deslizarse por los cabos de amuras como monos y a Lucky Dash y Poe ir de una verga a otra como trapecistas en el aire. Los alegres acordes de la guitarra de Stanley ya eran uno mismo con la brisa y hasta se había aprendido la letra de una que otra melodía de bucaneros, le gustaba una sobre un hombre que se enamora de una sirena y ésta lo lleva a vivir bajo el mar, dejando su patria atrás, dejando la vida. El pequeño O'Connor también entonaba una que otra canción de Irlanda. Se había acostumbrado a la pasiva mirada de Turco, que perseguía a todos, pero tenía la sensación de que se detenía más tiempo en él, su voz repitiendo las órdenes del capitán o dando las propias cuando éste no se encontraba en cubierta. Jill mofándose de Turco e imitándolo también era cosa común, y apretaba los labios para contener la risa cuando éste la descubría. Las discusiones entre Bones y Melville que acompañaban siempre con palabras de tan grotesco significado, la voz de Rodney interrumpiéndolos para pedir, con la misma diplomacia, el mapa a Melville. El lenguaje pirata en sí comenzaba a impregnarse disimuladamente en el vocabulario de John, que, si bien aún no lo hablaba, ahora lo comprendía perfectamente. Sucumbía a la facilidad de la palabra, a la ironía del tono y al doble sentido de la vida. Quizá había sólo dos cosas a las que no conseguía acostumbrarse, la primera era a la comida de Joe; bien es cierto que si había buena pesca se podía disfrutar de un manjar bien marinado, de lo contrario cocinaba casi siempre alimentos que difícilmente podían digerirse. Y la segunda, mirar a Jill Jones entrar en el camarote del capitán entrada la noche y salir hasta la madrugada con la inconfundible complacencia que delata a quien sacia su lujuria. Cada vez le molestaba más.

El Espectro era en verdad una criatura viva y los piratas la sangre que corría por sus venas como el capitán Black era su alma.

John estaba fregando la madera del alcázar con una estopa, se pausó un momento para limpiar el sudor que le escurría de la frente hasta las mejillas. No se percataba de que el capitán Black lo miraba desde el timón, lo vigilaba. O'Connor llegó por detrás y le metió un zape al grumete.

—¡Vamos Dawner, despierta, que esto no es Fiddler's Green! —le dijo el niño.

—O'Connor, si no fueras un niño…

—¿Qué?, ¿qué me vas a hacer? Maldita marica. ¡Limpia!

John rio, el grumetillo era pequeño y, sin embargo, su boca enorme, tan enorme como su conocimiento marítimo y sus capacidades como marinero. Jill atrapó a O'Connor en sus brazos y lo estrujó juguetonamente mientras éste la maldecía a alaridos, y cuando por fin lo soltó terminó por revolverle el pelo con la mano.

—Te daré mi ración de ron si le ayudas a Ojitos —dijo ella—, ¿que no ves que el pobre se muere?

—No necesito ayuda y O'Connor no necesita ron, es sólo un niño —señaló John.

—¡O'Connor habla por sí mismo, animal! —dijo el chiquillo—. Está bien, Jill, yo me encargo de estribor, pero si no me das tu ración, ya verás.

Jill le sonrió y le guiñó un ojo. O'Connor se fue contento. John se puso de pie, miró a Jill un momento esperando que volviera a guiñar un ojo, le fascinaba cuando lo hacía; despertaba en él sensaciones que desconocía y aun así comenzaba a ser adicto a ellas.

—Te daré mi ración de ron —dijo John—, sé que te gusta y O'Connor se beberá cada gota de la tuya.

—Todo un caballero —rio ella—, que no se te quite cuando me desnudes.

John se petrificó, el calor alcanzaba sus mejillas y las enrojecía intensamente. Se le salía el corazón del pecho, preguntándose si lo había dicho de broma o lo había dicho de verdad y cuál de las dos fatalidades le aterraba más. Al escuchar esto, el capitán se desprendió del timón con una disimulada mueca de desagrado.

—¡Dawner! —llamó en estridente tono. El muchacho dio un brinco.

—S, sí, ¡sí, capitán! —respondió, la voz trémula.

—A mi camarote, ¡Rodney, timón! Mantén el rumbo —ordenó Black.

—¡Capitán! —obedeció Rodney, pellizcando uno de los tres picos de su sombrero y dirigiéndose al timón con la prontitud de un pestañear—, ¡mantener rumbo!

El camarote del capitán Black tenía un pequeño comedor, dentro de todos sus lujos, donde el hombre de negro esperaba al grumete con una botella de ron. John tragó saliva cuando Black le hizo una seña para que se sentara.

—¿Tú bebes, Johnny? —le preguntó Black, botella de ron en mano.

—En ocasiones, capitán —respondió John, nervioso como al pie de un cañón.

—Pues ésta será una de esas ocasiones.

El capitán le prestó la botella. John bebió con inseguridad, apenas un trago e hizo una mueca.

—Va a llover —dijo Black—, nos va a tocar mal clima esta noche, maldita sea.

John no supo qué responder, lo que decía el capitán no tenía sentido puesto que no sólo era apenas mediodía, sino que además el sol ardía sin nube alguna que calmara el calor. Black tomó la botella y dio un largo trago, luego la devolvió al grumete. El denso sabor de ron resbaló mejor, le supo a trópico y a noches de selva que jamás había tenido. Intentó regresar la botella, pero el pirata lo animó a que continuara bebiendo. Dio un par de tragos más y, derrotado, puso la botella sobre la mesa. El capitán sonrió complacido, y de pronto jaló a John de la nuca y puso el filo de su navaja demasiado cerca del rostro.

—¿Vas a decirme por qué estás en mi barco? —dijo Black, su voz sombría y amenazadora.

Asustado, John contempló el filo ante sus ojos.

—Por, por, porque… —tartamudeaba—, porque la casualidad se alió con el destino.

—¿Ah sí? ¿Y por qué la alianza?

—N, no, no lo sé, señor. Y no podré descubrirlo si me clava esa daga en el rostro.

Black rio involuntariamente. En sí era un hombre muy serio y lo más parecido que poseía a una sonrisa era esa suave ladeada de boca; pero el grumete parecía estar dotado de habilidades para caerle en gracia.

—Qué manera tan idiota de decirme que estás enamorado de Jill —dijo el capitán, apartando la daga de John y permitiéndole enderezarse—. Pero te advierto, mi barco no es un maldito burdel ni ella una puta. Así que si lo que quieres es descargar tu…

—Usted, capitán —interrumpió John—, ¿alguna vez se ha enamorado?

—*Nah* —respondió Black, sordo a la voz de la consciencia e inmune a los caprichos del corazón.

—*Nah* le creo nada —dijo John—, dicen que la mejor forma de aprender un idioma es amando a quien lo habla y, bueno, usted habla un perfecto español.

—¿Así que antes de asumir que estuve demasiado tiempo en España asumes que me lo enseñó una mujer? —rio Black.

—Capitán, usted no parece un hombre que pueda quedarse demasiado tiempo en un lugar.

El corazón de John fue acelerando sus latidos a medida que intentaba acercarse lentamente a descubrir un indicio sobre quién era su madre, pero el pirata parecía sonreír pícaramente antes que permitirse responder. Entonces John aprovechó la botella de ron de por medio y, dando el ejemplo, trago tras trago empezaban a ponerse lo suficientemente ebrios para hablar con franqueza.

—Vamos, capitán —rio John—, ¿quién fue la mujer?

—Si hubiera sido mujer habría sido menos lío —respondió Black.

John escupió el ron y tosió dándose golpes en el pecho.

—¿Hombre entonces? —tosía.

—No seas imbécil —le dijo Black.

—No quedan muchas opciones.

El capitán sonrió otra vez, tomó la botella y dio un generoso trago que terminó por vaciarla. Esperó un momento, un suspiro alzó su pecho tatuado y John, por más ebrio, lo notó.

—Una niña —confesó el pirata al fin—, tan sólo una niña.

John se enderezó en la silla y se hizo tan adelante como pudo.

—¿Pirata o prostituta? —preguntó John.

—Infanta de la nobleza española. Una maldita princesa, María Aragón.

—¿Era bella?

—¿Bella? *Nah*, era... *hermosa*. Jodidamente hermosa.

El muchacho se estremeció tan profundamente que sus ojos se llenaron de lágrimas sin saber realmente por qué, y justo cuando abría la boca para continuar la conversación, Black dio un suave golpe en la mesa.

—Ya —dijo—, a trabajar que te juro que se viene una tormenta.

El grumete se levantó de la mesa, pero tan pronto estuvo de pie tropezó y cayó de boca. El suelo se le movía y la vista se le nublaba.

—Sacúdete la idiotez, Dawner —dijo Black—, fue sólo una botella.

John abrió la puerta del camarote, apenas ubicando la mano encima de la chapa con suficiente destreza como la embriaguez se lo permitía. Todos los hombres que escuchaban con la oreja pegada se echaron a correr a sus puestos como cucarachas al encender la luz. Excepto Turco, que permaneció de pie con los brazos cruzados y su usual mirada consternada. Nunca antes el capitán invitó a un miembro de la tripulación a beber con él, si acaso al mismo Turco sólo porque eran amigos, pero jamás a otro, jamás a un grumete. Los bucaneros lo discutieron durante la cena, Black era extrañamente amable con el tal Ojitos, *extrañamente amable*.

—Por mí está bien —dijo Jill—, me encantaría gozarlos a los dos al mismo tiempo.

—O está experimentando —opinó Lucky—, ya sabes, como cuando has estado con tantas mujeres que quieres probar con hombres. ¿No? ¿Nadie?

—O tal vez es otra cosa —señaló Habib—, la misma cosa que nadie ha dicho.

—No, Habib —negó Melville—, las posibilidades son de una en un millón.

—Ese nudo que hace Ojitos es dos en un millón —dijo Bow—; uno lo hace Ojitos, y ya sabemos quién hace el otro.

—¿Qué quieres decir, Bow? —preguntó Stanley.

—Que son idénticos —respondió Chang—, velos bien, son idénticos. ¿Se acuerdan del capi cuando era un muchacho? ¿No es su viva imagen?

Turco no decía nada, proseguía bebiendo de su vaso de grog con cierta calma en sus movimientos, hasta que se puso de pie tan de repente que los muchachos lo voltearon a ver consternados.

—Espero que llegue el día en el que sus vidas sean suficientemente interesantes para dejar de discutir las de otros —dijo Turco. El hombre del turbante salió de la cocina y subió las escaleras a cubierta. John estaba tan borracho que se quedó dormido sentado en un barril. Turco le dio un zape en la nuca, despertándolo de un salto.

—Si el capitán te ve dormido durante la guardia te sacará los ojos con una cuchara —le advirtió.

—Turco —llamó John en un tono casi desesperado—, ¿quién es María Aragón?

—¿Tú dónde oíste hablar de María Aragón?

—Black me contó algo, pero no suficiente. ¿Qué puedes decirme sobre ella? ¿En dónde está, en España? ¿La has visto?

Turco levantó a John de la camisa y le dio un violento empujón para forzarle a continuar con su trabajo y aniquilar la conversación que estaba por iniciar. El muchacho no tuvo más remedio que seguir sus labores tan ebrio como estaba, nauseabundo y confundido, moviéndose con torpeza.

—Ay, Des —murmuró Turco—, ¿qué estás haciendo?

Al ver que aparentemente todos estaban distraídos y el guardia nocturno hecho un borracho, Rodney aprovechó para dar una visita a la bodega de ron, cosa de la que nadie se percató.

El resto de la tarde transcurrió tranquila, poco a poco el tema de *Ojitos y el capitán* se disipó en conversaciones más acaloradas, como en qué gastarían su fracción del botín cada uno. Algunos optimistas se emocionaban al imaginar los montones de oro y joyas apilados que esperaban al final del mapa, mientras que los pesimistas aseguraban que no vivirían para ver un centavo luego de luchar contra Barbanegra. En El Espectro se vivía algo así como una nueva era. Estaban alegremente acostumbrados a asaltar navíos de la Compañía de las Indias, que intercambiaban materia prima, bienes y riquezas junto con cartas y patentes de corso que para Black eran de interés político. No era que al capitán le interesara la política en lo más mínimo, pero se sentía obligado a conocer al enemigo al que se enfrentaba tan a menudo. También estaban acostumbrados a asaltar naves de la nobleza que llevaban oro y joyas, y si estaban de humor para adrenalina, se le ponían al tiro a uno que otro buque de guerra con fines de robarse su finísima artillería. Y si alguna vez les convenía, tocar puerto en alguna colonia pequeña y vaciarla de riquezas como había sido el caso de Port Royal. Pero esto era distinto. Nunca habían robado una nave y menos aún para el propósito designado; perseguir El Satán, la nave de Barbanegra y buscarse un enfrentamiento con el mismísimo diablo deliberadamente. Todo por el mapa, el tan deseado mapa del conquistador.

El capitán Black maniobraba su nave con más prisa y violencia de lo habitual, si bien es cierto que no era un hombre tranquilo que se moviera, valga la redundancia, tranquilamente, ahora lo era menos. Violento, urgido, impaciente. Ya lo hablaban los muchachos durante el atardecer.

—Yo sí sé por qué vamos tan de prisa —dijo Melville.

—Los suicidas para pelear con Barbanegra y los avariciosos para llegar al tesoro —respondió Stanley.

—No —corrigió Melville—, la prisa es porque si no alcanzamos a El Satán a tiempo, ya sabes a dónde lo tendremos que ir a buscar.

—¡Ya dejen de hablar de Barbanegra! —exclamó Lucky—, ¿qué no ves que dicen que si hablas de él y te da miedo, huele el miedo y te viene a buscar?

—¡Pues que venga el hijo de su putísima madre! —gritó Joe, batiendo la cena en una cacerola que olía terriblemente—, ¡que nos ahorre este jodido viaje y le sacamos las tripas de una puta vez porque si voy a tener que cocinar esa carne seca de aquí a que demos con él, comerán gusanos! ¡Gusanos!

—Es cierto —confirmó Sam—, la comida cada día sabe más a podrido y ya ves que al capi le gusta comer sabroso. No está contento.

—¡Y qué putas quiere el capi que haga! —dijo Joe—, ¿le pesco una maldita langosta con los dedos del pie y se la sirvo en mantequilla con una copa de vino blanco? ¿Quiere fresas en crema de postre?

—El capi adora la langosta, las fresas no le gustan.

—¡Cállate, O'Connor! Anda ayúdame, trae esas zanahorias, ¡muévete, hijo de puta! *Langostas…*

El capitán Black estaba sentado en su escritorio haciendo mediciones con un compás sobre la amplia carta náutica que Melville le había entregado. Luego de hacer los cálculos correspondientes, trazaba perfectas líneas con tinta y la ayuda de una regla, y terminaba por escribir pequeñas anotaciones en un diario náutico. Tenía un método distinto para utilizar los instrumentos náuticos; al igual que John nunca había aprendido cómo hacerlo correctamente, así que había tenido que diseñar un método propio que terminó por ser más eficaz. Y lo hacía con tal agudeza que, al verlo moverse entre sus papeles, cualquiera lo habría tomado por matemático y literato a la vez. De pronto se detuvo, frunció el ceño y entrecerró los ojos un momento. Tomó su brújula y la miró un instante, suspiró impacientemente.

—Hijo de…

Se levantó del escritorio y salió de la cabina con rudeza.

Al salir a cubierta, Black se dirigió inmediatamente hacia popa y miró al timón. Tal como sospechaba, alguien más maniobraba su nave sin ser asignado. Era Espinoza.

—¡Espinoza!

El pobre español brincó ante el grito del capitán.

—¿Quién coños os ha puesto detrás del timón sin orden mía? —preguntó Black.

—Perdonad, capitán —respondió Espinoza, apenadísimo—, Rodney me ha dicho que así lo habíais ordenado.

Precisamente iba Rodney danzando ebrio por la cubierta de babor cuando alcanzó a ver al capitán y a Espinoza en el timón.

—Mirad, ahí está —dijo Espinoza, señalando al borracho.

Rodney inmediatamente se ocultó detrás del palo mayor, escondió la botella que llevaba en la mano dentro de su viejo saco. Apretó los ojos y rezó a todos los dioses que tuviesen lugar en el universo. Entonces Black apareció frente a él.

—Hol, hola, capi…

—Dámela, Rodney —demandó Black.

El timonel se quedó quieto, los ojos bien abiertos y la manzana de Adán subiendo y bajando de pura saliva.

—¿Capi?

—Estoy seguro de haber dicho que nadie toca una gota de ron hasta que terminen el trabajo.

—Pero yo… yo no tengo ron, capi…

El capitán estiró la mano. Rodney, tembloroso, le entregó la botella. Black dio un trago y se la devolvió.

—Bebe —le ordenó. Rodney dio un trago.

—Más.

El bucanero volvió a beber.

—Más —insistió el capitán.

Rodney lo miró nervioso y dio un largo trago hasta vaciar el pomo, devolvió la botella vacía al capitán.

—Pulgas, dame otra botella —ordenó Black.

Pulgas entregó una botella nueva que el capitán descorchó con un rápido movimiento.

—Bebe —ordenó, entregándola al timonel.

Rodney, indeciso, sostuvo la botella entre las manos. Los ojos de Black eran dos arpones. El bucanero terminó por llevarse la botella a la boca y beber un pequeño trago.

—Toda —le dijo Black.

—Capitán…

—O te bebes hasta el fondo esa botella o te bebes el fondo del mar.

Rodney dudó, echó una mirada temerosa a la tripulación que disimuladamente observaba la escena. Pegó los labios a la botella de ron y comenzó a beber. A medida que el licor inundaba su cuerpo, su rostro se puso sudoroso y enrojecido. El líquido escurría por sus mejillas y empapaba su camisa. Se mantuvo tan firme como la súbita ebriedad se lo permitió y devolvió la botella vacía al capitán.

—Perdón, capitán —lloraba Rodney.

—Pulgas, otra botella.

Pulgas entregó otra botella, esta vez a manos de Rodney.

—Hasta la última gota —le ordenó Black.

Rodney volvió la mirada turbia hacia el resto de sus compañeros para buscar apoyo, los bucaneros lo contemplaban serios.

—Última oportunidad, Rodney.

No tuvo opción más que comenzar a beber, y apenas pudo vaciar el contenido sin perder la consciencia. Entonces el capitán le arrebató la botella vacía y lo miró a los ojos.

—Vuelve a descuidar mi timón, hijo de puta, y te clavo esta botella en la boca hasta que los vidrios te lleguen al intestino —dijo, y concluyó por dar un botellazo a Rodney en la cabeza que lo desmayó. Aún con sangre el pomo, Black se lo llevó a la boca y bebió con tranquilidad. Dirigió una mirada amenazadora a su tripulación, todos sintieron terror.

—A lo suyo, rameras.

Y a lo suyo siguieron. Nada de esto lo vio John, porque él también estaba ebrio. Es sólo que, a diferencia de Rodney, había tenido a bien irse a las hamacas y vomitar dentro de un barril vacío.

10

El cielo de madrugada se ensombreció entre espesas nubes negras y luces plateadas que parpadeaban a la distancia. La marea agitada chocaba con los costados de la nave empapando las amuradas y el viento soplaba inquieto. Era tarde, la mayoría de los hombres ya se columpiaba en los coyes tratando de dormir con el violento balanceo de la nave, excepto por aquellos que habían tomado la guardia nocturna, Turco y Poe. Sobre el suelo entre los coyes, Joe y Bones llevaban un buen rato tratando de hacer volver en sí a Rodney, pero el timonel había estado inconsciente por horas y temían que no despertara jamás.

—Trágate el maldito pan, hombre —decía Joe embutiéndole un trozo de bolillo en la boca.

—Ey, Joe —murmuró Bones—, tres chelines a que se muere.

—Eres un maravilloso doctor, Bones —opinó Lucky.

—¡*Sh*! ¡Dejen dormir, sabandijas! —exclamó Ratas, lanzándoles una bota desde su coy.

La cabina de coyes era lo suficientemente amplia para que al menos cien hamacas se columpiasen con un poco de espacio. Jill había llevado a John a la parte más alejada, a un solitario coy que se balanceaba entre los barriles vacíos del fondo. Ésta era la primera vez que John se embriagaba, y no era para nada la experiencia divertida que imaginó, era más bien mareo, vómito y escalofríos complementados por las caricias que Jill le hacía en la cabeza.

—Ay, Ojitos, entras un minuto al camarote del capi y te regresa agonizando —dijo ella, sintiendo ternura por la criatura tan indefensa que cuidaba.

—Jill… —llamó John en agonía.

—¿Vas a vomitar?

—Eres la mujer más hermosa que he visto —confesó el muchacho.

—¡*Ja*! Pues entonces no has visto mucho.

John se enderezó con sumo esfuerzo para mirarla más de cerca, el mundo entero podía moverse, pero la imagen de Jill permanecía inmaculada. Se perdía en sus ojos negros que reflejaban tan maravillosamente la luz de las velas, su corto cabello obscuro tan inusual en una dama, la manera en la que brillaba de sudor su piel bronceada, cada lunar, su olor.

—Estoy enamorado de ti, perdidamente enamorado —dijo John—, y deseo hacerte mi esposa.

Jill soltó semejante carcajada que John sintió su corazón tronar dentro del pecho.

—Así que mi padre tenía razón —refunfuñó el muchacho—, los piratas son sordos a la voz de la consciencia e inmunes a los caprichos del corazón. Yo solamente deseaba entregarte el mío.

—Vamos, Ojitos, ¿qué iba a saber de piratas tu difunto padre si sólo les disparaba? —rio Jill.

—*Mi padre*… si tú supieras quién es mi padre.

La nave dio una sacudida de semejante violencia que algunos hombres volaron de sus coyes y los barriles rodaron por el suelo. La embarcación dio otro bandazo aun más letal. Se escucharon los desesperados silbidos del capitán Black que los llamaba a cubierta con más urgencia que nunca. Todos salieron aprisa, listos para enfrentar lo que parecía la furia desencadenada de los cielos. John no logró moverse con la misma agilidad, tropezaba tantas veces como la nave se balanceaba. El Espectro luchaba por escalar las enormes olas que brotaban del mar como montañas de agua salada. Ráfagas de aire de semejante fuerza que herían la piel al igual que las espesas gotas de agua que llovían del cielo. El viento silbaba una aterradora melodía al golpear la arboladura de la nave y las velas que milagrosamente huían de los rayos. Centellas iluminaban el cielo de plateado. Los piratas apenas podían mantenerse de pie y otros muchos ya rodaban sobre la cubierta entre varios objetos, cajas y barriles. El miedo inundaba más que el agua, hasta que los hombres vieron a su capitán aferrado al timón negro con una expresión en el rostro que retaba a la tormenta a una batalla. El timón echaba fuerza en contra de las manos de Black, lo desafiaba como un enemigo, pero no era la rebeldía de la nave sino la furiosa madera arrancándole su voluntad. El agua de mar ya escalaba por las amuras, violó la borda y se dejó entrar con potencia penetrante dentro de la cubierta. Las blancas crestas azotaban todo a su paso.

—¡Las velas no resistirán más tiempo! —exclamó Turco, luchando por llegar hasta el timón.

—¡Aseguren la carga y amarren los cañones! —ordenó Black—, ¡que los muchachos se aten un cabo a la cintura o se los traga el mar!

¡Asegurar carga, amarrar cañones!

¡Cabos, Bow, a todos!

Una ola golpeó el lado estribor de la nave invadiéndola por completo.

—¡Tranquear escotillas! —exclamó Black, su voz silenciada en el agua y el viento.

¡Tranquear escotillas!

El aire aumentó su fuerza, determinado a levantar el barco del agua. Las velas aullaron con el golpe de la ráfaga convenciendo al capitán de que en verdad no resistirían un minuto más.

—Mierda… ¡Ratas, Dash! ¡A la mesana, amainen las gavias! —ordenó Black.

¡Amainar gavias!

—¡Aseguren las velas, ya, ya, ya! ¡Muévanse, carajo!

¡Velas bien aseguradas, rápido!

Una ola, alta y aterradora como un muro negro golpeó el lado de babor hacia la popa donde el capitán se encontraba, empapándolo por completo. La corriente era tan iracunda que el timón cobró vida y comenzó a girar descontroladamente, con tanta fuerza que Black no podía hacerle lucha. De soltar el timón tan sólo un instante, el mar se tragaría El Espectro como si nunca hubiese existido.

—No, maldita sea no…

La nave se iba y entonces Black no vio otra solución más que meter su propio brazo dentro del timón para atascarlo. El hueso se le partió y dio un grito que se perdió en el viento, pero, aunque fuera por un momento, el timón estaba frenado.

—¡Turco, trae una cuerda! —gritó Black.

La vista de Black se nublaba, fuera por el agua de lluvia, el agua de mar o su hueso crujiendo entre las maderas. Turco llegó casi al instante con cuerda en mano, petrificado al ver la sangre escurrir del timón y el brazo de Black deshaciéndose allí dentro.

—¡Te volviste loco! —exclamó Turco.

—¡Ata la cuerda allí y tira con toda tu fuerza! —le dijo Black.

—¡Pero el…!

—¡Hazlo!

John logró subir a cubierta y miró a su alrededor horrorizado. Vio a cada hombre atender a la nave de una manera diferente y arriesgando sus vidas en el acto. Ratas y Dash amainaban las gavias a pesar del columpiar de la nave y el viento. Bow, Joe y Chang iban atando los cañones de cubierta mientras Jill y Pulgas aseguraban parte de la carga. Poe y Sam trancaban cada escotilla de cubierta con toda la tela que O'Connor y Espinoza pudieran conseguir. Melville se sostenía de un obenque con un catalejo, intentando distinguir El Fénix en la tormenta, pero el espesor de la lluvia era tal que el mundo se había tornado una masa gris sin principio ni fin. Turco y Bones estaban en el timón, luchando por sacar el brazo de capitán, pero estaba totalmente atascado. Por un momento John se preguntó si él poseía las cualidades de todos estos hombres para hacerle frente a la tempestad con semejante eficiencia. Quería hacerse útil, pero no sabía cómo, no sabía ni siquiera si se trataba de una tormenta o el condenado fin del mundo. Se tambaleó hasta el timón y quedó mirando el brazo de Black, la lluvia limpiaba la hemorragia con tal ardor que se le alcanzaba a mirar el hueso. El muchacho ofrecía su ayuda a gritos, pero nadie le prestaba atención.

—¡Va a perder el brazo! —condenó Bones.

Bones tiraba del timón, pero el agua lo deslizaba de un lado a otro.

—¡Me resbalo! —gritó.

—Resbalar… ¡*Resbalar!* —exclamó John. Turco y Bones se volvieron hacia el muchacho.

—¡Una lámpara de aceite! ¡Le echamos el aceite encima y…!

Una enorme ola los golpeó. Turco y Bones se aferraron del timón, pero el agua empujó a John hasta azotarlo contra la borda de babor.

—¡¿Dónde está el cabo salvavidas de ese imbécil?! —exclamó Black.

Otra ola levantó a John y lo elevó contra un obenque, su pierna quedó atorada en las cuerdas, lo único que impedía que cayera al agua. Bones llamó a Jill para que trajera una lámpara de aceite y ella acudió con una en cuanto pudo. Seguía caliente. La chiquilla se horrorizó con el brazo de Black, pero no dijo absolutamente nada, simplemente vertió el aceite sobre la herida mientras Turco tiraba de Black y Bones del timón. Por fin el brazo salió, destrozado, pero salió. El capitán rápidamente se ató una pieza de tela contra la herida e inmediatamente volvió a tomar el timón como si nada hubiera pasado.

—¡Vuelvan a sus puestos! —ordenó.

—¡Perderás el brazo! —exclamó Turco.

—¡Déjalo! —dijo Jill—, sabe lo que hace. ¡Vamos!

Jill se balanceaba hacia su puesto cuando vio a John gritando por su vida; de cabeza, colgando del obenque y golpeado por cada ola. Gritaba por ayuda, pero el agua entraba en su boca suprimiendo cualquier sonido. Tosía y vomitaba agua al igual que muchos de los demás. El capitán vio claramente cómo Jill se dirigía hacia John dispuesta a arriesgar su vida.

—¡Jill, ni se te ocurra! —ordenó Black, pero la chiquilla, habiéndose atrevido a mirarlo a los ojos cuando le prohibía asistir a Ojitos, fue a ayudarle de todos modos. Sintió la cólera brotar en su interior al ver al grumete ahí al revés como un idiota suplicando ayuda, y a Jill trepando el obenque sin cuidado de las olas que lo sacudían.

—¡Rodney, timón! —exclamó Black.

—¡Creo que se murió, capi! —avisó Bones.

Una oleada impactó la amurada desprendiendo el obenque de las poleas, éste cayó al mar con apenas un trozo de cuerda aún aferrado a la embarcación. Jill azotó sobre cubierta, pero John fue a dar al agua, enredado en el obenque a modo de red.

—¡Hombre al agua… creo! —anunció Ratas.

—¡Agh, niño imbécil! —rugió Black—, ¡Bones, timón!

¡Sí, capitán!

El capitán fue directamente hacia el obenque que colgaba de la borda cuando Turco fue tras él.

—No, no, no —decía, tomando al capitán del brazo—, no lo hagas… ¡Desmond!

El capitán dio un largo respiró y echó un clavado por la borda; sumergiéndose en las turbulentas aguas, se aferró del obenque colgante. Los bucaneros sintieron que se les había abandonado a su suerte, sintieron la muerte gritar en sus ensordecidos tímpanos cuando vieron al capitán desaparecer. Jill, Lucky, O'Connor y Ratas corrieron hacia la borda, se asomaban intentando distinguir vida en la espuma. Jill estaba decidida a saltar, pero los muchachos la detuvieron.

¡Capitán al agua!

¡Se los traga el mar!

—¡Mantengan sus puestos, todavía hay que conservar la nave a flote! —ordenó Turco.

No era la primera vez que un hombre salía volando por la borda en plena tormenta, y quienes sufrían tal destino jamás se les volvía a ver. Sin embargo, ésta era la primera vez que el capitán Black abandonaba el timón para acudir al rescate. Salía del agua para tomar una profunda bocanada de aire y volvía a sumergirse, podía ver al muchacho enredado, pero no conseguía librarlo con las olas arrebatándolo del obenque. John permanecía inmóvil, la falta de oxígeno lo desmayaba y había entrado en una especie de trance místico que le hizo dejar de luchar contra las cuerdas. No sentía su cuerpo, pero podía ver los remolinos de espuma a su alrededor. La tormenta disminuía a medida que se hundía en la silenciosa penumbra, flotaba entre la vida y la muerte. Se veía a sí mismo de pequeño jugando a ser pirata en el muelle, trepando los buques de la Marina Real sin permiso, veía al almirante Dawner mirándolo con decepción y a la vez con cariño. Y minuto a minuto, ya no veía nada, ya no era nada. Por fin el capitán logró desatar al grumete y lo sujetó con fuerza, dio un sonoro silbido para llamar a sus hombres a medida que escalaba la amurada por el obenque despedazado. Turco cerró los ojos con una profunda exhalación de alivio. Lucky, Jill y O'Connor ayudaron con cabos mientras que el resto de la tripulación gritaba y chiflaba alegremente, aplaudiendo el milagroso rescate. Ambos cuerpos cayeron sobre cubierta. Black tosía y vomitaba agua, John no se movía. Los bucaneros formaron un asfixiante círculo alrededor del que surgió Jill para lanzarse de rodillas al lado del cuerpo de John, lo sacudía y le daba golpes intentando despertarlo.

Al ver la angustia de la chiquilla, Black la hizo a un lado y se hincó ante el cuerpo empapado del grumete. Intentó poner ambas manos sobre su pecho, pero el brazo izquierdo estaba tan destrozado que ni siquiera respondía. Turco se hincó también. El capitán se levantó, no soportaba más el dolor del brazo y a la vez se negaba a irse hasta que diera a *Ojitos* por vivo o por muerto. Turco puso sus manos sobre el pecho de John y dio suaves empujones rítmicos hasta que el muchacho vomitó una grotesca cantidad de agua. Extrañamente los hombres chiflaron y aplaudieron, como si el *perro de puerto* hubiese pertenecido a esa tripulación toda su vida, como si fuera uno de ellos, como si fuera alguien o significara algo. Jill y O'Connor ayudaron a John a ponerse de pie.

—¿Cómo es que salí? —preguntó sin aliento.

Jill señaló al capitán con una sonrisa, éste tenía una expresión de dolor y desesperación, sosteniendo su brazo contra su pecho y conteniéndose mientras Turco insistía en tratarlo cuanto antes. John se acercó al capitán y le extendió el brazo.

—Gracias, capitán.

Pero el capitán le soltó un brutal puñetazo que lo derribó con un violento azote sobre la madera de cubierta.

—¡El brazo! —se quejó Turco.

John se quedó un momento en el suelo, la boca floreada de sangre y la nariz goteando. Intentó levantarse.

—¡Qué carajos estabas haciendo, niño imbécil! —rugió Black; encendido en cólera le lanzó una patada al muchacho que apenas había conseguido desprender el pecho de la madera—. ¡A mí me importa un carajo si tú te mueres, pero por ir a rescatar tu miserable vida he descuidado el…! —gritaba.

—¿Por qué? —interrumpió John en voz alta, poniéndose de pie—, ¿por qué rescatarme si mi vida le importa tan poco, capitán?

Los hombres pelaron los ojos y abrieron las bocas, mirando al capitán y a John de un lado a otro.

—¿Qué dijiste? —amenazó Black, arrancando la navaja de su cinturón.

—Cállate, Ojitos —murmuró Jill.

—Si mi vida le importa un *carajo*, capitán —dijo John, envalentonado por un enojo cuyo origen no comprendía—, ¿por qué ha saltado a mi rescate?

El capitán Black dio un paso adelante, navaja en mano dispuesto a desollar al grumete, pero Habib se interpuso.

—Las provisiones han quedado inservibles y la pólvora se mojó —anunció Habib.

—Sí —confirmó Joe—, no hay una sola cosa que se pueda tragar en la cocina, estamos fregados.

—Las gavias de mesana se dañaron, pero se pueden zurcir, ¿no, Sam? —dijo Dash.

—*Seh*, cosidita por aquí cosidita por acá y ya estuvo —reafirmó el carpintero.

Turco observó el ímpetu con que los muchachos interrumpieron lo que seguro habría sido la muerte de John Dawner, empeñándose en distraer al capitán con el reporte de daños que ni siquiera había solicitado aún.

—Capitán —llamó John en voz alta—, por lo que vi en los mapas de su cabina, hay una isla no muy lejos de aquí. Al este. Seguramente ofrece recursos y si anclamos ahí yo personalmente recuperaré toda provisión que se haya perdido por mi culpa.

Los hombres voltearon a ver al capitán, esperando su respuesta con terror. La respuesta fue simple, pescó a John de la camisa y lo azotó contra el palo trinquete con semejante fuerza que al muchacho le castañearon los dientes, y le puso la navaja contra el cuello.

—Tu brazo —se quejó Turco.

—Que te quede claro, grumete —comenzó Black—, estás vivo porque me sirves. Porque limpias mi cocina y mi maldito suelo. No hay otra jodida razón. Y el día que dejes de serme útil te dejaré lanzarte por el bauprés si te place. Ahora, vas a pasar toda la maldita noche arreglando y ordenando todo en este barco y harás un inventario. Y si para el amanecer no está todo listo, este cuchillo va a ir a través de tu garganta tan pero tan lento que vas a ver cada puta gota de sangre caer hasta que te mueras desangrado. Yo no soy tu amigo, soy tu capitán, ¿entendiste?

A John se le llenaron los ojos de lágrimas y el nudo en su garganta dolía más que el filo de la navaja. Reconocía estas lágrimas como lágrimas de rabia, quizá hacia sí mismo por lo mucho que le habría gustado hacerle saber que amenazaba de muerte a su propio hijo, pero no tenía el valor. Entonces el capitán dejó caer a John y se apartó de él, dio un rápido vistazo a la nave empapada y se dirigió a su camarote. Turco fue detrás de él. Hasta entonces Rodney venía saliendo a cubierta.

—¡Qué pasó aquí! ¿Llovió? —dijo el timonel con un bostezo.

Dentro del camarote, el capitán estaba sentado sobre la mesa de su escritorio, goteando sangre sobre los mapas y la madera mientras ahorcaba el cuello de una botella de ron y bebía malhumoradamente entretanto Turco preparaba una tablilla y unos vendajes.

—Niño imbécil —se quejó Black.

—Más imbécil tú que fuiste por él —respondió Turco.

Turco se inclinó al más bajo de los cajones del escritorio y tomó un frasco de vidrio con un contenido de viscoso color verde. Tan sólo por estar fuera del cajón ya olía deliciosamente; a menta, a hierbabuena y a eucalipto con algo más que no podía distinguirse porque no pertenecía a este continente sino a Asia. Un obsequio al capitán Black entregado por un hombre en China. Estas hierbas eran realmente milagrosas por curar cualquier infección y acelerar la cicatrización de los tejidos, además de apaciguar el dolor.

—Ey, deja eso —dijo Black.

—Las necesito para el bra…

—¡Deja mis malditas hierbas! Son para cuando ya no hay de otra.

—Ya no hay de otra, Desmond. Se te va a pudrir el brazo.

El capitán miró el brazo, era realmente espantoso y hasta él que tendía a menospreciar hasta la más horrible de las heridas reconoció ésta como una de cuidado.

—Pocas —cedió—, pon muy pocas, que un día se nos van a acabar.

Turco se dispuso a curar el brazo de su capitán con consoladora calma, tenía la habilidad de apaciguar al hombre de negro aun en el peor de los momentos, tanto como tenía la habilidad de comunicarse con él a un nivel más íntimo. Black dio un pequeño grito cuando su brazo estaba siendo entablillado, entonces Turco se movió con más cuidado.

—¿Quieres opio? —le ofreció Turco.

—Trae a Jill —respondió Black.

—No creo que estés en condiciones de…

—Con un demonio, Turco, sólo quiero hablar con ella.

El brazo del capitán quedó perfectamente desinfectado, vendado y entablillado. El último toque consistió en una especie de cabestrillo diseñado con un trozo de tela.

—¿Puedo darte un consejo que no me pediste? —preguntó Turco.

—De todos modos me lo vas a dar, ¿no? —respondió Black.

—Sé lo que estás pasando, lo sé. Perseguir a Barbanegra ya era demasiado y ahora John Dawner…

—¡John Dawner! —se rio Black—, ¿qué carajos con John Dawner?

—Sólo mantente firme, Des. Y no olvides por qué estamos aquí. Te pudiste haber ahogado junto con todo en lo que esta tripulación cree; todo por lo que han peleado y soñado se iba por la borda contigo. No vuelvas a hacer algo así. Al menos no hasta que estés seguro de…

—De nada. No estoy seguro de nada. Ahora déjame en paz.

Turco asintió, se levantó lentamente y tomó un pequeño bulto de su bolsillo. Lo puso sobre el escritorio del capitán.

—Opio —dijo—, porque sé que en un rato me lo ibas a pedir para el dolor y no quiero que salgas de esta cabina hasta mañana.

—Vete al diablo, Turco —dijo Black.

—Hacia allá vamos, ¿no? —le respondió Turco con una sonrisa. El capitán le sonrió también.

La tormenta se fue desvaneciendo en la noche como un llanto silenciado por el sueño. La tripulación pudo volver a los coyes a descansar las pocas horas que le quedaban a la noche con apenas un suave rechinido de las maderas y una que otra gota como arrullo.

John en cambio comenzó su tarea, más bien castigo, utilizando una bomba en el nivel más bajo de la nave donde se había acumulado al menos medio metro de agua. Luego, desde la bodega de artillería, hubo de ordenar cada barril y caja asegurándose de que la pólvora se mantuviera seca y los cañones bien afianzados. Y conforme subía los niveles del navío sus tareas se iban haciendo más livianas y la madrugada más silenciosa. Ahora estaba solo, ahora podía pensar. Se preguntaba lo mismo que se había cuestionado desde que puso un pie en la cubierta negra, *¿Qué sucedería si el capitán Black se enterase de que era su hijo?* Quizá se emocionaría de haber recuperado a su hijo perdido y lo amaría o quizá enfurecería por los recuerdos que él mismo desconocía y lo odiaría, le cortaría la garganta o lo echaría por la plancha. O tal vez, y éste era el pensamiento que más le aterraba, al capitán Black le importaría un bledo. *Le había importado un bledo cuando se llevaron al bebé, ¿cierto? ¿Por qué habría de importarle ahora?*

El grumete ya hacía el inventario de la cocina cuando Jill apareció sentada sobre un barril detrás de él como un fantasma, lo hizo brincar del susto.

—Vine a ver si sobrevivió una puta cosa para comer —dijo Jill—, pero la carne que debe de ser carne seca es carne mojada y sabe a mierda.

—No puedo evitar sentir que fue culpa mía —dijo John.

—Pues si eres tan poderoso como para hacer que llueva y truene y se vuelva loca la marea te declaro un dios, ¿eres un dios, Ojitos?

John sonrió y volvió al trozo de papel húmedo en el que anotaba todo lo que se había arruinado y lo poco que sobrevivió. Jill dio un saltito para bajar del barril y se dirigió a la escalera cuando John la llamó casi en un alarido.

—Lo que dije es cierto —afirmó él—, estoy enamorado de ti, y si casarse no es cosa de piratas está bien. Pero yo te quiero.

—Ojitos —rio Jill—, lo que tú quieres es darle de comer a esa pobre criatura que vive en tus pantalones y se muere de hambre. Yo creo que nunca le has dado ni una botana. Cuando le des algo y se sacie se te quita tu… *enamoramiento.*

—¿Es lo que hace Black contigo? —preguntó John—, ¿se alimenta de ti y cuando tiene suficiente se olvida hasta que le vuelva el hambre?

—Es lo que hace él, es lo que hago yo, es lo que harás tú. Es lo que hacemos todos —las palabras de Jill forzaron a John a liberarla, la dejó ir y quedó nuevamente a solas.

Una tenue luz amarillenta delataba el insomnio del capitán Black desde los vitrales amarillos de las puertas del camarote. Jill las abrió de un empujón, permitiéndose entrar como si fuese su propia habitación. No le resultó extraño ver al capitán en su escritorio, utilizando un compás para calcular cuántas leguas se habrían retrasado por la tormenta y estarían por retrasarse en la isla hacia el este.

—Me llamaste, capi —dijo Jill, sentándose sobre una de las esquinas de la mesa.

Black no le respondió, estaba demasiado concentrado y ella aprovechó este momento para mirarlo. Instintivamente se mordió el labio inferior, excitada por cada uno de los gestos del capitán; cómo se movían sus ojos sobre el mapa, los labios repitiendo números en susurros, las cejas casi juntándose cuando pensaba, paseándose una mano por la barbilla.

—¿Cómo va esa mano? —preguntó Jill, mirándole el brazo entablillado—. ¿Te duele?

—Me desobedeciste —respondió Black, por fin dejando el compás para mirarla a los ojos—, te dije que no te acercaras a la borda y te valió un carajo y medio.

—¿Y cuándo te he obedecido? —dijo ella, en un tono juguetón, volvió a morderse el labio y miraba al capitán con vulgar lujuria.

—En cubierta y bajo mi mando me has obedecido siempre porque eres un tripulante más. Lo que pasa en esta cabina nunca ha jodido lo que pasa allá afuera y si lo jodiera ya te habría…

—¿Castigado?

El capitán Black se iba a levantar de la silla, exasperado como estaba y con el brazo doliéndole, pero Jill se sentó encima de él frente a frente.

—¿Me perdonas? —le dijo coquetamente, deslizando una mano hacia su entrepierna.

—Ahora no, Jill —respondió Black, dirigiendo su mirada lejos de ella.

—Capi, hay sólo tres cosas que nunca te he visto hacer. Fallar un tiro, darte por vencido y decirme que no.

El capitán y Jill se mantuvieron la mirada con penetrante intensidad, como si alguno esperase a que el otro se rindiera. La chiquilla lo besó y él correspondió lentamente; las caricias de Jill se adentraban en su pantalón, encendiéndolo; sus respiraciones se aceleraban. De pronto el capitán la detuvo, sosteniéndole la mano y guiándola fuera de su pantalón.

—Dije que no —concluyó Black, y con un suave movimiento se quitó a Jill de encima.

—¿Capi? —murmuró Jill con desconcierto.

—Ve a descansar. Y que los hombres lleven cajas y barriles vacíos a cubierta, los necesitaremos para cargar las provisiones de la isla —Jill no dijo ni una palabra, apenas asintió y se dirigió a la puerta de la cabina—. Y Jill —llamó Black—, en tu puta vida me vuelvas a desobedecer.

La chiquilla salió del camarote y cerró las puertas casi atreviéndose a hacerlo con fuerza. El capitán se pasó una mano por el pelo con un profundo suspiro, algo parecido al enojo. Cuánto le hubiera gustado lanzar a Jill sobre la mesa del escritorio y arrancarle la ropa para tener ese sexo tan particular que surgía entre ellos. Un sexo de valores entendidos, sin palabras, sin condiciones, simplemente un sublime placer que los divertía a cada quien de una manera distinta y alivianada. Pero al menos esa noche, por motivos que él mismo cuestionaba, prefirió dormir. Se dejó caer sobre la cama sin camisa y boca abajo como solía hacerlo, esta vez su descanso violado por el dolor del brazo. Turco tenía razón, si no le hubiera dejado el bulto de opio habría ido a pedírselo sin dudarlo. Preparó su pipa y fumó hasta que el dolor se disipó en el humo y pudo dormir.

Por fin John había cumplido con su deber, todo estaba listo. Desde la proa miró a su alrededor con cierto orgullo porque estaba seguro de haber hecho más de lo esperado, y si eso lo redimía ante el capitán entonces se declaraba tranquilo. Creyó que podría volver a los coyes y dormir, aunque fuera una hora antes de que amaneciera, pero Jill volvió a aparecer. Esta vez lo tomó del brazo con fuerza y lo llevó de regreso a la cocina con extraña urgencia. Una vez allí lo empujó contra la despensa y prosiguió a desabrochar su cinturón con tanta prisa que, por un momento, el muchacho sintió miedo.

—Jill, qué...

—*Sh*, cállate —le dijo ella, poniéndole un dedo en la boca—, voy a alimentarte antes de que mueras de hambre.

En cuestión de segundos y con prodigiosa habilidad, Jill se encargó de desvestir a ambos más rápido de lo que John lograba desabrocharse un botón. La muchacha volvió a empujarlo, esta vez sobre los costales de maíz aún mojados. Se le fue encima, besándolo con hambre en los labios, en el cuello, en el pecho. John se dejó llevar sin saber hacia dónde estaba siendo llevado y qué tan lejos llegaría. No importaba, nada importaba. De momento, Jill se movía encima convirtiéndolo en un hombre y revelando ante sus ojos y sobre su piel un universo de placer que desconocía y ansiaba desesperadamente sin siquiera saberlo. Ella tuvo que cubrirle la boca, de otra manera la tripulación entera y cada sirena del mar se habrían enterado de que atravesaba el instante más placentero de su existencia. Alcanzó el clímax como si hubiera muerto y vuelto a renacer en un mismo segundo, encantado y pleno.

—Te amo —jadeó él.

La respuesta de Jill fue una sonrisa agotada e igualmente jadeante.

11

La vida de un pirata no es lo mismo que la vida de alguien inmerso en la piratería, así como un bucanero que vive en un barco no es lo mismo que un bucanero que vive en Tortuga. Benjamin Stain era el perfecto ejemplo de esa diferencia; no tenía pasión por la libertad o la aventura, más bien por el libertinaje y el vicio. Nacido en las calles de Tortuga, Ben sólo sabía que era el desafortunado hijo de una prostituta y no tenía suficientes recuerdos para fragmentar siquiera un apartado de su infancia; pero era obvio que se las había arreglado bien, se movía en las calles de Tortuga como una oruga devora una manzana desde el interior. Aprendía al igual que casi todos los de su clase, por las malas, por la experiencia y no por la suposición. Se forjó a sí mismo a base de golpes, heridas y risas. Un proceso en el que la moral y la ética se volvieron irrelevantes, nulas para la supervivencia. A veces resultaba más conveniente la traición que la lealtad, si de sobrevivir se trata; no ser ni de aquí ni de allá, ser lo que convenga ser cuando convenga serlo.

La tripulación de El Fénix llevaba días planeando amotinarse contra el capitán Black por varios motivos. El primero y más importante, porque ningún hombre a bordo o no a bordo creía a toda fe que serían capaces de derrotar a Barbanegra, aunque fuera con diez naves más. No era un tema de ventaja naval ni siquiera estratégica o intelectual, era un tema del más allá. Edward Teach, es decir Barbanegra, era conocido por ser el hijo bastardo del diablo y se creía tenía poderes sobrenaturales. Algunos decían que no podía morir, aunque le clavaran la espada cien veces o le disparasen en el pecho cien veces más, había que decapitarlo. Se rumoraba que la hoja de su espada poseía un veneno satánico que capturaba las almas de sus víctimas y las transportaba directo al infierno. Su larga barba negra se incendiaba en llamas y sus ojos se volvían color rojo con la sangre derramada. Y en toda la piratería solamente un hombre se había atrevido a enfrentarse con él, Desmond Black. No necesariamente por elección, había algo más que los unía a ambos, algo desconocido.

La única vez que Desmond se batió en duelo con Barbanegra era sólo un muchacho de unos veinte años y el resultado fue tan catastrófico como sangriento. Los hombres que estuvieron ahí decían que Barbanegra hirió al muchacho con su espada envenenada, una tajada mortal que desnudó sus tripas y lo habría matado si no fuera por sus hierbas chinas. El Espectro había quedado tan lastimado a la merced de El Satán que el casco quedó completamente sumergido en las tempestuosas aguas y cada mástil partido por la mitad, la tripulación encadenada con cadenas de metal ardiente, y el capitán Black de rodillas ante Barbanegra cuando éste le arrebató el mapa del conquistador.

—Te dejaré vivir, Dessy —le dijo Barbanegra—, matarte sería algo magnánimo, y qué mejor que forzarte a recordar este momento por el resto de tu miserable vida. Este momento en el que fuiste derrotado y quedaste de rodillas ante mí. Este momento en el que descubriste que no eres nadie ni eres nada. *Vivirás con eso, Dessy, vivirás con eso.*

Dicho esto, Barbanegra le escupió al capitán Black. El muchacho trató de levantarse para pelear tan sólo un poco más, aunque muriese en el intento, pero fue Turco quien lo detuvo por detrás forzándolo a rendirse aunque Desmond gritara a los cuatro vientos.

—Tendrás tu segunda oportunidad, Des, te lo ruego, ríndete —le decía Turco al oído mientras lo sostenía. Pero el capitán Black, desangrándose y con los órganos asomando por su vientre, seguía gritando de furia.

—Morirás —insistía Turco—, y si mueres hoy no habrá venganza mañana.

¡La nave se hunde!

¡Capitán!

Entonces el capitán se desmayó ahí en los brazos de Turco, y como primer oficial fue responsabilidad suya hacer formal la rendición ante el enemigo. Barbanegra se marchó riéndose junto con su tripulación endemoniada que se burlaba con la misma crueldad. Se llevaron el mapa, se llevaron todo. Si el capitán Black sobrevivió fue solamente por las hierbas chinas que estrenó esa misma noche y demostraron sus propiedades milagrosas como antibiótico y cicatrizante. Turco se quedó a su lado, velando la derrota más despiadada que habría sufrido un pirata en la historia. Hoy, veinte años después de esa horrible noche, el capitán Black se proponía revivir la batalla. Sólo que esta vez, aquellos quienes conocían el final de la última, se dividían en dos grupos, los que creían en la esperada venganza del capitán Desmond Black y los que presagiaban su derrota y se negaban a morir en ella.

Ben lo sabía. Getto planeaba amotinarse junto con Slayer y Mad Manson; se preparaban para tomar posesión de El Fénix y quizá, si las condiciones favorecían, unirse a Barbanegra y traicionar a Black. Sólo así podrían alguna vez mirar el tesoro de Cortés con sus propios ojos en lugar de soñar con él por las noches y despertar pobres en las mañanas. Luego vino la tormenta, y aunque El Fénix la había sobrellevado mucho más exitosamente que El Espectro por la calidad de nave, también habían perdido provisiones y bienes que era necesario recuperar en la isla al este. Fue en ese momento cuando Getto decidió que éste era su día de suerte, podían hacerse no solamente con El Fénix sino con El Espectro también. Barbanegra sería incapaz de negarles un puño del tesoro si entregaban El Espectro como premio y ofrecían El Fénix y su tripulación como una extensión de la suya. Era un maravilloso día para la traición.

Ben estaba aferrado a un obenque a estribor de la nave, admirando la hermosa isla de reluciente color verde y aguas turquesas a la que se avecinaban con fresca brisa. Pensaba en dónde habría de depositar su lealtad, si le convendría más seguir a Getto y cruzar los dedos por recibir oro como recompensa por parte de Barbanegra, o si le apetecía más morir luchando junto con Jill y el capitán Black. No le quedaba mucho tiempo para decidir.

Las naves anclaron a unos metros de la playa y los piratas remaron en botes hasta la orilla. Ambas tripulaciones se encontraron. El capitán Black, cuyo brazo izquierdo colgaba de un cabestrillo, y Getto quedaron frente a frente.

—Todo en orden, espero —dijo Black.

—Como siempre, capitán —respondió Getto con una falsa sonrisa de dientes putrefactos.

—¡Ey, hombres! —llamó Black en voz alta—, ¡dispérsense por la isla y llenen las cajas y barriles de lo que haga falta. Levamos anclas en dos horas y si no están aquí me largo sin ustedes, ¿oyeron?

¡Sí, capitán!

El capitán se retiró, iba camino a la jungla cuando vio a Ben caminando en pequeños círculos sobre la arena, mordiéndose las uñas. Black frunció el ceño y bajó la mirada, se volvió hacia donde Getto estaba y lo vio conversando en voz baja con Slayer y Manson. Pero su pensamiento fue interrumpido por John y Jill, quienes venían riendo y empujándose juguetonamente de un lado a otro.

—¡Dawner! —llamó Black—, éste no es un maldito paseo turístico, ¡muévete!

El aire se volvió cálido y de olores frutales, la suave arena blanca parecía derretirse bajo las botas a medida que se adentraban en la jungla junto con los cangrejos que marchaban en todas direcciones. Los árboles eran de tan verde espesor que bloqueaban la luz del sol, la brisa salina iba quedando atrás junto con el eco de las olas transformándose en una sinfonía de insectos y aves. El capitán Black iba abriendo una senda con su espada, y detrás de él venían John y Jill. Siguieron un arroyo cristalino tan delgado que asemejaba una serpiente de cristal deslizándose sobre la húmeda tierra, entre hongos y flores. John iba a recoger unos hongos para cocinar como setas con queso de cabra cuando Black lo detuvo.

—Ey —le dijo—, ésos no o estarás viendo visiones hasta que quedes idiota. *Más* idiota.

El arroyo los guio hasta una cascada que caía desde lo alto de las rocas a un manantial cristalino, rodeado de rocas, pasto y flores. Jill se emocionó, puso su caja de madera sobre la tierra y comenzó a desnudarse.

—¿Qué crees que haces, Jill? —llamó Black.

—Un chapuzón, los tres, *¡vamos!*

Sin pudor alguno la chiquilla se quedó desnuda y se echó un clavado al agua, su cuerpo bronceado brillaba bajo el reflejo del sol, nadando sensualmente de un lado a otro. El capitán y John se acercaron a la orilla con cierto disimulo, la observaban como a una obra de arte.

—¡¿Qué esperan?! —animó ella.

John ya iba descendiendo la caja hacia el suelo cuando…

—Ni se te ocurra —amenazó Black—, alza esa caja y muévete.

El capitán y John siguieron caminando. El muchacho observaba la espalda del capitán mientras que una batalla interna surgía en su interior; quizá éste era el momento para decir la verdad, decir que era su hijo. Al fin estaban a solas y no lo estarían por mucho más tiempo. Pero entonces volvían a surgir los tres escenarios; el escenario en el que Black aceptaba a John como su hijo y el almirante quedaba perpetuamente traicionado, el escenario en el que Black enfurecía y lo asesinaba allí mismo, o el peor de todos… el escenario en el que al capitán Black le daba exactamente lo mismo. Alcanzaron un banano. John llenaba la caja de plátanos mientras que el capitán lo hacía más lento y con una sola mano.

—Capitán —dijo John, inseguro y nervioso—, hay algo que no le he dicho porque no he sabido cómo decirlo ni cuándo decirlo, pero creo, pienso, es cada vez más...

—Te tiraste a Jill —interrumpió Black—, me importa un bledo.

—No. Bueno sí, pero eso no es lo que...

¡Capitán! ¡Capitán Black! ¡Capitán!, se oyó a lo lejos.

—Llena la caja al tope y llévala a la playa —dijo Black—, iré a ver qué carajos pasa ahora.

El capitán se fue y John quedó a solas. Banana tras banana escuchaba el agua del manantial agitarse a lo lejos e imaginaba lo que Jill podría estar haciendo, si se echaba clavados o simplemente jugueteaba como la niña que parecía a veces. No pudo evitar regresar, desvestirse y echarse al agua. Se reunió con ella junto a la cascada y no tardaron en comenzar a devorarse a besos, las manos de John urgidas por acariciar todo rincón de Jill como si cada dedo quisiera explorarla hasta memorizar cada poro.

—Si el capitán nos viera —jadeó Jill entre besos.

—Le diré que te amo —respondió John—, que te amo con todas mis fuerzas, que te hice mía y nadie se ha de interponer en nuestro amor.

Jill se sumergió en el agua y emergió en carcajadas.

—No le dirás al capi que me hiciste tuya por que no soy tuya —rio—, ni que nadie se interpondrá en nuestro amor porque no hay de eso entre nosotros. No seas tonto, Ojitos. Lo que fui para ti lo he sido para muchos, y no eres ni el primero ni serás el último.

De un momento a otro el agua se había vuelto fría y el cielo azul se nubló, el aire que era cálido se hizo fresco y gris. John se quedó quieto, sintiendo en su pecho una herida invisible que se esparcía y se infectaba, una herida en el corazón. No podía culparla, Jill era lo que era y si alguien había pecado por esperar algo distinto había sido él. De pronto Benjamin Stain saltó de entre los arbustos como un salvaje, estaba pálido y alterado, con ramas enredadas en su encrespado pelo negro.

—¿Ben? —dijo Jill—, ¿qué te pasa? Parece que viste un fantasma.

—¡Un fantasma será de ustedes si no salen del agua! —respondió Ben—, ¡es Getto, se amotina contra Black, va a tomar El Espectro!

—¡Malditos sean! —rugió Jill, saliendo desnuda del agua.

—¡Rápido! —dijo Ben—, Getto debe de estar buscando a Black, y si lo encuentra antes que nosotros lo va a...

—No —interrumpió John—, ustedes vayan a defender El Espectro junto con el resto de los hombres que aún le sean fieles. Yo buscaré a Black.

El capitán Black estaba en compañía de Rodney que cargaba un barril de agua fresca de manantial, Melville que llevaba una caja de bananas y Ratas que cargaba un jabalí muerto sobre la espalda.

—¿Esperamos a O'Connor? —preguntó Rodney.

—Dijo que atraparía gallinas, pero no creo que atrape ni un miserable pollo —respondió Melville.

—Descansen —ordenó el capitán, sentándose sobre una roca.

Ratas le ofreció una cantimplora con un poco de grog mientras que Melville decidió repartir fruta. Conversaban sobre las bondades de la isla cuando el capitán les indicó silencio con un dedo contra los labios, tan de repente que pausaron el masticar y pelaron los ojos. Se escuchó el particular *clic* de una pistola cargada. Todos se pusieron de pie y Getto salió de la maleza con una pistola que apuntaba atrevidamente al rostro del capitán. Luego apareció Slayer con dos hachas y Mad Manson con una maza de picos. El capitán Black se quedó quieto un momento; vio a Slayer a Manson, luego fijó su mirada en Getto.

—Traidor, hijo de puta —gruñó Melville desenvainando su espada, y le siguieron Rodney y Ratas, que sin temor alguno se prepararon para defender a su capitán.

—Cambio de planes —dijo Getto—, mis hombres y yo pensamos que ya perdió el toque hace tiempo, y a la tripulación le conviene un capitán más astuto.

—¿Y ese capitán más astuto eres tú? —rio Black.

—No eres tan listo como crees, Black —señaló Manson—, si lo fueras no habrías puesto tu barco nuevo al mando del cabrón que más te odia. Habrías hecho mejor en mandar a tu novio, Turco, pero no puedes vivir sin él, ¿verdad?

—Ah, pero sí que mandó a su novia —agregó Slayer—, a Jill… ¿Tienes idea como nos vamos a desquitar? A quién crees que le irá peor, Manson, ¿a Jill o a Turco?

El capitán desenvainó su espada con un movimiento cargado de furia, borrando la sonrisa de Getto y forzándolo a dar un paso hacia atrás.

—¿Y ustedes? —dijo Getto, refiriéndose a Rodney, Melville y Ratas—, ¿se quedan cadáveres con su capitán o piratas junto a mí?

Al unísono, los tres piratas escupieron al suelo rechazando la oferta de Getto y reafirmando su lealtad al capitán Black.

—Llévatelos —intervino Black.

—¡No, capitán! —exclamó Melville.

—¡Mejor morir que traicionarlo! —siguió Rodney.

El capitán negó con la cabeza, su mirada se había hecho obscura, brillante de rabia.

—Prefiero que se vaya mi nave con suficientes hombres para que flote a que se hunda por muertes de lealtad.

Era una situación desgarradora; para un capitán ser alejado de su nave es lo mismo que arrancar el corazón a un hombre, y para Black, ser alejado de su Espectro era como si le arrancasen el alma misma. Con pasos lentos y adoloridos Rodney, Melville y Ratas se unieron a Getto, deseándole la muerte con sólo la mirada.

—Ahora, *excapitán* —dijo Getto—, no puedo matarte por más putas ganas que tenga, porque prefiero decirle a Barbanegra exactamente en dónde estás parado para que venga por ti. Sé que le va a dar gusto. Y sé que me recompensará a mí y a mis hombres como merecemos por tantos regalos. El Espectro, El Fénix… y el mismísimo Desmond Black.

Black soltó una carcajada.

—A ver si entendí —se reía—, ¿crees que si llegas con Barbanegra, *porque seguro lo vas a encontrar tú solo*, y le entregas dos naves y le dices que lo estoy esperando con cocteles en una isla tropical te dará una parte del tesoro? Getto, Getto… para afirmar que eres el capitán más astuto estás hecho un reverendo imbécil.

Entonces Getto volvió a apuntar la pistola al rostro de Black y apenas recargaba el dedo en el gatillo cuando John saltó de los matorrales y alcanzó a tomar el enorme brazo del amotinado, desviando el tiro, el arma se disparó y la bala quedó incrustada en el estómago del muchacho haciendo que éste cayera al suelo.

—¡Vámonos de aquí! —rugió Getto, y tanto el traidor como sus seguidores se largaron.

El capitán guardó su espada de golpe y se hincó junto a John, que agonizada, cubriéndose los brotes de sangre con ambas manos.

—¡Se irán! —lloraba John—, ¡se irán con El Espectro!

—Cálmate, cálmate…

—¡Ve tras ellos! ¡Déjame aquí, vete!

Black hizo a un lado las manos del muchacho para mirar la herida, la bala no parecía haber dañado ningún órgano, lo cual le dio una inexplicable tranquilidad. El grumete acababa de salvarle la vida, o mejor dicho, acababa de dar su propia vida por él.

—Si voy tras ellos ahora sólo hago que me maten a mí y a mis hombres —dijo Black.

—¡Y Jill!

—Jill se las arreglará, siempre lo hace —le aseguró el capitán.

En la playa también había estallado una batalla, la tripulación de El Fénix contra la tripulación de El Espectro. Los amotinados contra los fieles. Se chocaron espadas y se dispararon tiros, la arena se iba mezclando con la sangre y la espuma de las olas que acariciaban el combate en la orilla. Por fortuna para El Espectro, fue Turco quien tuvo la misma idea que el capitán Black, era mejor someterse de momento y asegurar la correcta navegación de ambos barcos a permitir que se marchasen con pocos hombres y terminaran bajo el mar. Una vez más Turco tuvo que rendir El Espectro, esta vez a manos de Getto, el capitán Getto. Jill le escupió, enloquecida de rabia intentaba írsele encima a Getto y asesinarlo, aunque fuera a rasguños. Turco sostuvo a la chiquilla e incluso la levantó en brazos mientras ella soltaba patadas y golpes al aire.

—¡Suéltame! —gritaba Jill—, ¡suéltame, hijo de puta!

Turco estrujó a Jill con tanta fuerza que logró silenciarla un instante, ya no gritaba, sólo lloraba de rabia. Ben miraba a su alrededor, si descuidaba sus emociones ésta bien podría ser la primera vez que sentía algo parecido a la culpa. Después de todo él sabía del motín desde mucho antes que anclaran en la isla, y si hubiera utilizado su ingenio para señalizar a El Espectro en lugar de debatirse a sí mismo si quería el dinero o no, esto jamás habría ocurrido.

Getto designó a Mad Manson como el capitán de El Fénix mientras que él mismo se nombró capitán de El Espectro, allí ante todos los hombres que se ahogaban en indignación e impotencia. El capitán Getto ordenó que Turco fuese tomado como prisionero y torturado. En cuanto a Jill, la echó como un trozo de carne a sus hombres, y más hambrientos que una manada de lobos la devoraron sanguinariamente. El Espectro y El Fénix levaron anclas y se hicieron al mar hacia un destino desgraciado, manchado de traición y sangre.

Cayó la noche. La jungla se transformó en un lugar tenebroso en el que los sonidos de los pájaros y las abejas fueron reemplazados por murciélagos, ranas y una sinfonía de insectos más sonora que las olas a la distancia. John, herido de bala en el estómago, gritaba de dolor y se revolcaba en la tierra con las manos sobre el agujero en su abdomen, la sangre brotaba entre los dedos. El capitán Black mojó sus propias manos con un poco de ron que había quedado en la cantimplora olvidada de Rodney. Se limpió bien. Luego se inclinó en cuclillas junto al muchacho y, sin advertencia alguna, sumergió los dedos dentro de la herida en busca de la bala transformando el llanto en alaridos.

—Cállate ya, que no me concentro, *carajo* —dijo Black, buscando la bala entre los tejidos y los brotes de sangre.

Los ojos de John se desviaban de sus órbitas y a medida que los alaridos cesaban iba perdiendo la consciencia.

—*¡Ajá!* —exclamó Black por fin—, aquí está la cabrona.

El capitán puso en la mano del muchacho la pequeña bala de plomo cunado notó que ya se había desmayado. Le dio una cachetada.

—Vamos, no seas ridículo, era sólo una bala.

Prosiguió a hacer una fogata lo bastante grande para calentarlos a ambos e iluminar un buen perímetro. Tomó la pequeña navaja con empuñadura de hueso de su cinturón y calentó la hoja hasta que ésta quedo anaranjada, y sin advertencia alguna la puso sobre la herida de John, suturándola de la manera más horrible y, sin embargo, efectiva.

Cuando hubo calma, Desmond Black se alejó de la fogata, internándose en la obscuridad, y cuando se quedó suficientemente lejos se llevó las manos a la cabeza y liberó el más desgarrador grito de furia. Un grito que silenció a cada criatura, volaron aves y el eco retumbó en la noche como un relámpago. Cayó de rodillas sobre la tierra, clavó los dedos en el lodo y lo sujetó con fuerza por un momento. Calmó su respiración, se forzó a inhalar y exhalar lentamente. Esperó un momento, y se levantó. Fue de regreso a la fogata, donde destripó el jabalí y puso al fuego los trozos de carne. Se sentó a cenar, consolado por la chuleta y el ron de la cantimplora. Mientras cenaba observaba a John, que yacía desmayado sobre la tierra como un niño pequeño dormido. Black negó con la cabeza, luchando en vano contra la curiosidad que le surgía hacia el extraño grumete.

Un potente rayo de sol brotó de entre las espesas copas golpeando el rostro adormilado de John, forzándolo a pestañear débilmente hasta que consiguió abrir los ojos. El calor le quemaba en el cuerpo y podía sentir una que otra hormiga paseándose sobre su piel a medida que intentaba levantarse, luchando contra el dolor de su herida. Puso una mano sobre su abdomen desnudo y encontró la herida hecha una quemadura de mal aspecto, pero curada al fin. Miró a su alrededor como si se hubiese olvidado de cómo llegó ahí, entre gritos de guacamayas, cantos de pájaros y zumbidos de insectos. Estaba solo, no había señales de aquel hombre de negro. Hizo un esfuerzo por ponerse de pie a pesar del dolor en el abdomen, y con pasos torpes fue en busca del capitán.

Una enorme hoguera ardía en la playa, de brillantes llamas rojas y anaranjadas de las cuales se elevaba denso humo negro. El capitán Black había pasado toda la mañana juntando palma seca, algo que habría sido menos laborioso si pudiese utilizar ambos brazos. Se había arrancado el cabestrillo, sí, pero el hueso no había sanado. Vio al muchacho aproximándose.

—Sobreviviste —le dijo Black.

—Sólo porque se te ha hecho costumbre salvarme —respondió John.

—Sólo porque se te ha hecho costumbre meterte en problemas.

John sonrió de lado, como si imitase a propósito la característica sonrisa ladeada y picaresca del pirata.

—¿Necesitas ayuda? —preguntó el muchacho.

—*Nah*, esto arderá un buen rato. Voy al manantial a refrescarme, tú vigila el horizonte.

El resto de la mañana el capitán y el grumete permanecieron separados, como si a ambos les fuese más fácil de ese modo. Es difícil, o más bien imposible, conseguir solitud a bordo de un navío con más de treinta hombres; ninguno podía rechazar la oportunidad de aquella extraña intimidad entre hombre y naturaleza.

Black se quitó la ropa y saltó al agua dulce y fresca, nadó con cierta tranquilidad permitiendo que se limpiara su piel de sal, sudor y sangre, y tuvo que admitirse a sí mismo que a pesar de las circunstancias hacía mucho no se sentía tan relajado, tan en paz. Pareciera que el hombre tenía la absoluta certeza de que volvería a reunirse con su nave porque era una cuestión de lógica metafísica, tal como el alma no puede estar separada del cuerpo por demasiado tiempo. Bebió bastante agua, hacía mucho no estaba tan maravillosamente hidratado. Comió fruta y luego volvió a echarse al agua, esta vez se quedó un momento debajo de la cascada, bañándose y recibiendo la pesada caída del agua como un masaje.

Una refrescante brisa salina invadió la playa consolando a John, que estaba sentado a la orilla del mar admirando el océano con cierta devoción. Contemplaba las ondulaciones turquesas del agua reflejando la luz del sol como brillantes en la superficie, las esponjadas nubes blancas y púrpuras rayadas por el viento. Cientos de gaviotas gritaban desde las rocas persiguiendo a los cangrejos que iban del agua a la jungla y de la jungla al agua. La vida en su máximo esplendor, desfilando ante sus ojos, indiferente a su presencia. *¿Tanto había pasado en realidad? ¿Tan rápido?* O quizá la pregunta correcta era: *¿Cuánto tiempo había pasado desde aquella noche del ataque a Port Royal?* Y tan asombroso como escalofriante era lo que ese tiempo había hecho con él. Ese barco. Ese capitán. Esa mujer. Ese mar. Todo se sentía en su exacto lugar y cada segundo en su correcto instante. Sonrió.

El azul del cielo fue desvaneciéndose entre rayadas nubes anaranjadas, tornándolo púrpura y más obscuro. La bellísima esfera dorada iba descendiendo hacia el horizonte, la brisa se hacía fresca como cada gaviota volvía a su nido en silencio. John respiró profundamente, sus pulmones se llenaron de calma.

—¿Cenamos? —dijo Black de pronto.

El muchacho se sorprendió al ver que el capitán se sentaba a su lado con un gran trozo de carne envuelto en una hoja de plátano, caliente y humeante. Y para beber, dos cocos partidos por la mitad.

—¿También eres cocinero? —bromeó John, aceptando el trozo de carne.

—Cuando tengo hambre.

Empezaron a comer en silencio, admirando el maravilloso desfile del atardecer. Por primera vez, John no se sentía intimidado en presencia del capitán, era más bien como si estuviese en compañía de un amigo tanto como el mismo capitán veía a John como un nuevo camarada más que como un grumete.

—Carajo —suspiró Black de pronto—, sabes que existe un dios cuando ves algo así. Ves un final cuando el sol se mete y un nuevo inicio cuando sale, y así se va la vida… en atardeceres y amaneceres y lo que hicimos durante cada uno.

El muchacho no respondió, estaba absorto en el espectáculo. Recordaba al almirante Dawner. Si tan sólo pudiese verlo ahora, en compañía del capitán Black. Se preguntaba si se había convertido en un pirata sólo porque navegaba en un barco pirata en compañía de bucaneros, o si ya lo era porque le corría en la sangre.

—Black —llamó John con una voz extraña, profunda—, ¿cómo sabe un hombre que se ha convertido en pirata?

—Ni puta idea, Johnny —le respondió—, hoy cualquier imbécil con un barco y armas se hace llamar pirata. Pero es mucho más que eso, creo. Qué se yo.

—¿Qué es eso? Eso que es mucho más.

—Libertad —respondió Black con consoladora certeza, los ojos puestos en el horizonte, en el que el sol comenzaba a perderse. John se quedó mirando al capitán por un largo momento en el que surgía un sentimiento desconocido inundándole el pecho. Su piel no se erizaba, pero sí tenía la sensación de que algo le acariciaba y le inundaba los poros hasta llegar a lo más profundo de sí, a donde su verdadero ser se ocultaba.

—El mundo no es como tú crees, Johnny —dijo Black—, y todo lo que crees lo crees porque así te lo hicieron creer. Lo que está bien, lo que está mal. Lo que es bueno y lo que es malo. No sé, tal vez el bien y el mal se necesitan a veces tanto como no existe un hombre bueno ni un hombre malo. Sólo existen decisiones. Muchas, Johnny. Muchas decisiones. Toda la puta culpa la tiene el jodido primer rey que se haya coronado en este mundo, porque tomó la decisión de dividir no sólo el bien del mal sino el rico del pobre, el inteligente del tonto, el miserable del dichoso, el príncipe del plebeyo. Y las leyes, ah, las leyes, decretos de mierda para limitar la naturaleza humana… para mantener esas divisiones intactas. Un rey no quiere igualdad, no quiere equilibrio, quiere ser superior. Y para eso existe el oro, lo usa con su pueblo como si las putas monedas fueran una medida de superioridad. O peor, de felicidad. Si tienes poco oro tienes poca felicidad y si tienes mucho eres el carbón más feliz. Tú y yo sabemos que esto es mentira, pero piénsalo; quien tenga oro obtendrá lo que se le dé la jodida gana, aunque sea el hombre más hijo de puta, mientras que un santo puede no tener un centavo y morirse de hambre en la calle. ¿Y al final qué más da? ¿*Qué más da?* El rey, el plebeyo, la princesa, la puta, el perro, el pez y ese cangrejo que va ahí caminando morirán cuando llegue la hora. ¿Y en qué se nos fue la vida, Johnny? Este tiempo limitado que nos regalaron, este rato en un mundo que debió ser jodidamente maravilloso… ¿para servir a un rey a cambio de monedas? *Nah*… yo no. Yo no jugaré ese juego ni obedeceré sus reglas. Yo no le sirvo al rey. Ni yo ni ningún pirata. Porque vemos la Corona como una mentira y a sus soberanos como unos putos mentirosos. Pero a nosotros no nos engañan. No nos van a arrebatar nuestra vida ni forjar nuestra voluntad porque es nuestra. Somos libres.

John miró al capitán con los ojos brillantes, reflejando el fugo de la hoguera que aún ardía.

—¿Somos libres? —preguntó con una sonrisa.

—Somos libres —confirmó Black, guiñándole el ojo, luego le dio una palmada en la espalda y se levantó.

John mantuvo la sonrisa puesta, tan amplia que le iluminaba el rostro. Ese rey era a quien había desafiado toda su vida, le había declarado la guerra desde que había nacido y ahora al fin podría enfrentársele. No se había convertido en un pirata, siempre lo había sido.

12

La Bolena aún no terminaba de recuperarse luego de ser brutalmente sacudida por la tormenta, y no cabía duda de que seguía a flote únicamente gracias al capitán Tanner, quien había manejado la situación como un profesional. Por dentro le palpitaba el corazón con terror a las enormes olas y furiosas ráfagas, pero ante sus hombres no había mostrado más que firmeza y diligencia en las órdenes.

Ser un capitán superaba por mucho las expectativas que George había tenido siempre sobre el cargo; y más en tales circunstancias, donde todas las noches era forzado a escribir en el cuaderno de bitácora la misma frase que tanto le decepcionaba: *No hubo señal de El Espectro ni del Capitán Desmond Black.* Volvía a poner la pluma en el tintero de mala gana y azotaba el cuadernillo sobre la mesa, lejos de su vista donde no pudiese recordarle la amenaza de un fracaso que, a tres semanas desde el inicio de la misión, parecía inminente.

El peor momento desde la partida de La Bolena había sido la primera noche. George se encontraba llenando la primera página del diario de navegación con palabras alentadoras, tratando de convencer a quien lo leyese de que ésta sería una travesía victoriosa cuando el oficial Lewitt llamó a la puerta apenadísimo por las altas horas de la noche.

—Capitán Tanner, señor —saludó Lewitt con sumo respeto, como si no hubiesen compartido literas en la marina—, me temo que hemos encontrado un polizón a bordo, y me temo, señor, que se trata de su hermana. Estaba escondida en el penol de las velas. Tiene mal aspecto, se encuentra mareada por el balanceo de la nave.

George dio tal salto de la silla que el oficial se hizo hacia atrás como si fuese a recibir una paliza. En ese momento Margaret entró a la pequeña cabina, pálida y débil, viendo a su hermano mayor con aire culposo, y fue tal la mirada que le dirigió el capitán a su hermana que el oficial consideró prudente retirarse de inmediato.

—¡Te has vuelto loca, Margaret! —exclamó George.

—¡Perdóname, no sé por qué lo he hecho! —lloraba ella—, ¡estaba deseando irme, irme contigo!

—¡Ordenaré volver a puerto *inmediatamente*!

—¡*No*, por favor, te lo ruego!

—Has puesto en peligro mi cargo como capitán, ¿te das cuenta? —decía George—, ¡podrían expulsarme! ¡Y lo que es peor, has puesto en peligro tu propia vida! ¡Y he quedado en ridículo con mi tripulación! Ésta es una persecución que, de ser exitosa, terminará en una batalla naval. ¡Podrías salir herida, o muerta! ¡¿En qué pensabas?! ¡¿*Pensabas*?! ¡¿Pensabas en lo absoluto, Margaret?!

La doncella, que parecía más bien una dulce princesa, rompió en un llanto tan desconsolador que turbó la cólera de George forzándolo a calmarse antes de que Margaret se rompiera como un cristal.

—Perdóname, lo siento —lamentó él—, no debí hablarte de ese modo, perdona.

Margaret tomó a su hermano de los brazos en actitud suplicante, mirándolo con los ojos llenos de lágrimas, empapada hasta las mejillas.

—Te lo suplico, George —lloró—, no me obligues a volver a casa, no quiero estar ahí. Me asfixio, *me asfixio*. Antes tan sólo estaba aburrida, pero ahora el aburrimiento se ha vuelto una agonía insoportable. Tenía que escapar. Si he de morir moriré en una aventura y no entre las paredes de mi habitación.

—No digas eso. Ni siquiera lo pienses. No vas a morir porque no permitiré que te suceda absolutamente nada. Pero he de pedirte una cosa. Te quedarás en la cabina y no saldrás sin mi permiso. No pisarás la cubierta sin mi vigilancia. Ésta es una corbeta llena de hombres que por más respetables siguen siendo hombres y tú eres una dama, ¿entiendes lo que digo?

Margaret asintió obedientemente. George la tomó de la nuca para acercarla a su pecho y atraparla en un cálido abrazo que la consoló mientras que él negaba con la cabeza, exhalando un profundo suspiro.

Pasaron los días. Margaret no había abordado La Bolena con las manos vacías, claro que no. Había llevado consigo un bolso del mismo color rosa de su vestido, y allí empacó una novela romántica, un cepillo de plata, su perfume francés favorito y un listón rosado para su cabello rojo. Pero ninguna de estas pertenencias logró mantenerla entretenida dentro de la cabina por demasiado tiempo, y no tardó en desobedecer a su hermano y reunirse con él en cubierta con o sin permiso. George lo sabía y ya se había acostumbrado a dividir su mente en tres: una porción para lo que sucedía en la nave y la ejecución de las órdenes, otra para contemplar el peligro de la misión y otra para vigilar a su hermana incesantemente.

Una tarde la marea alcanzó una deliciosa calma que apenas mecía la embarcación, la brisa refrescaba y las nubes anaranjadas ya dejaban ver las primeras dos estrellas del cielo. A George le preocupaba que, a pesar de haber desplegado todas las velas, incluso los sobrejuanetes, habían perdido velocidad y el barco pirata iba quedando fuera de su alcance. Inhaló preocupadamente, tanto aire que su pecho se infló y volvió a bajar lentamente con la exhalación. Se encontraba de pie a estribor de la nave con ambas manos sostenidas de la borda con cierta fuerza, denotando su creciente desesperación.

—¿Té? —ofreció Margaret, que se había reunido con él sin invitación alguna, y por supuesto sin permiso de salir de la cabina.

—No, gracias.

—Pero lo he hecho yo misma, para ti. Para que entres en calma, mira lo tenso que te encuentras, no querrás que…

—Gracias, Maggie —dijo George, tomando la taza de porcelana más por silenciar a su hermana que por el gusto de beber té bajo semejante presión. Recibió un beso en la mejilla y bebió de la taza refinadamente.

¡Tierra a la vista, dos cuartas a babor!

—¡Capitán, señor! —llamó un marinero desde el nido de cuervo—, ¡vemos una señal de humo!

El oficial Lewitt rápidamente ofreció su catalejo a George, quien miró a través de él y comprobó un enorme fuego ardiendo en la orilla de la playa de la isla que avistaban.

—Parece una señal de auxilio, señor —dijo Lewitt.

—Acerquémonos con precaución —ordenó George—, ofreceremos nuestra ayuda si hay necesitados, pero no me arriesgaré a auxiliar a la víctima equivocada. Podrían ser corsarios o algún insubordinado abandonado por castigo.

¡Sí, capitán Tanner!

John Dawner estaba recostado sobre la arena, mirando al cielo con los brazos detrás de la nuca veía las estrellas aparecer una por una. Apenas una sonrisa dibujada en su rostro al haber encontrado su lugar en el mundo y su propósito en la vida, la piratería, El Espectro.

—¿Qué darías por un trago de ron y un tocino de Joe? —preguntó John a Black, que estaba sentado junto a él.

—Una puta pierna —respondió Black.

—Yo también —rio el muchacho—, y tal vez un brazo, ¿con qué lo marina?

—Manteca y pimienta. Pero por fumar mi tabaco y tocar mi guitarra daría las dos piernas.

—No sabía que tocabas la guitarra.

El capitán Black se echó sobre su espalda para mirar el cielo también, dio un largo suspiro de abatimiento, extrañaba su Espectro como los pulmones al oxígeno cuando se aguanta la respiración.

—Y... ¿por volver a ver a María? —preguntó John en voz baja—, ¿darías algo?

Black se volvió al muchacho, completamente extrañado por su pregunta.

—¿*María*?

—Sí, María Aragón —insistió John—, la niña de la que te enamoraste alguna vez, no me contaste más. Quiero saber más.

—A esa arpía no la volvería a ver ni aunque me paguen —respondió Black.

—¿Por qué?

—¿*Por qué*? Porque era una creída que se daba aires de reina. Me usó para escapar de su familia porque la comprometieron con un cabrón que no le pareció. Se escapó en un bote de remos y fue a dar en medio del mar, se habría muerto si no la pesco como a un pececito perdido. La cuidé. La traté como la maldita princesa que se creía y hasta la protegí de su familia y la realeza de España. Hice todo por esa perra. Era tan hermosa que, ah... uno se vuelve estúpido, ¿no? La mentirosa me dijo que nunca había sangrado, la muy digna. ¿Y sabes qué? Sí que había sangrado al menos una vez en su puta vida porque se quedó preñada.

John se levantó con brusquedad, quedando sentado con los ojos fijos en el capitán, su mirada se inundaba a medida que se le estrujaba el alma entera.

—Y tuviste un hijo —murmuró John, con un nudo en la garganta.

El capitán se levantó con la misma brusquedad, con los ojos puestos en el mar. La Bolena se acercaba a la playa, la bandera de Inglaterra ondeando en lo alto del palo mayor. John debió de haber tenido la misma reacción, pero su mente estaba ocupada en la otra mitad de su sangre. Sí, una mitad era pirata y le había hecho todo el sentido del mundo, pero su teoría sobre la otra parte sanguínea consistía en alguna prostituta o una pobre mujer abusada, no en la mismísima realeza española.

—¡*Ja!* Mira esa pobre fragata —se emocionó Black—, prepárate, Johnny, los tenemos.

Un bote de remos se dirigía a la orilla de la playa. George iba en la punta del bote, mirando hacia la isla con altivez y precaución. John lo distinguió de inmediato, se le revolvió el estómago y palideció como un muerto.

—George… oh, no… no, no, no…

—¿Quién demonios es George? —cuestionó Black, comprobando la bala dentro de su pistola, alistándose para dispararla a los jóvenes.

John ni siquiera se percató de que había hablado en voz alta, dirigió una mirada angustiosa al capitán.

—No los mates —pidió—, por favor, no los mates. Son mis, bueno, *eran* mis compañeros en la Marina. George es el rubio, ése de ahí. Es amigo mío, bueno, no es mi amigo, es con el que me peleé la vez que…

—¿Eres uno de ellos? —le preguntó Black.

—Era. Más bien nunca lo fui, no en realidad, yo…

—¡*Carajo*, John! ¿Eres uno de ellos sí o no?

—*No.* Soy un pirata.

—Pruébalo —le dijo Black, entregándole la pistola.

John tomó el arma y miró hacia la playa, donde George y los marineros, acompañados por un par de oficiales ya desembarcaban sobre la arena. Black los observó también, en especial a George, le pareció obvio que éste era el capitán de la fragata y que sus acompañantes eran tan sólo muchachos inexperimentados. El pirata sonrió de lado, una sonrisa macabra.

—Qué puta suerte que lo conoces —dijo Black—, éste es el plan.

John respiró hondo y se preparó para que dos mundos, su pasado y su presente, colapsasen.

El capitán George Tanner miraba a su alrededor con los ojos entrecerrados por el ardiente sol y el calor de la hoguera, cuyas adormecidas llamas eran lo único que alumbraba la playa entrada la noche. Había enviado al oficial Lewitt junto con algunos marineros a explorar los alrededores en busca de un ser humano, pero volvieron solos.

—No hay nadie, capitán —dijo Lewitt—, quizá el náufrago haya sido rescatado ya.

—Así parece —confirmó George con cierta decepción—, no demoraré un minuto más, vuelvan a los botes.

De pronto una figura confusa surgió de la obscuridad, parecía un hombre que se balanceaba débil y herido.

—Alto —dijo George a sus hombres—, atentos, viene alguien.

John surgió tambaleándose hasta que cayó de rodillas sobre la arena. George se quedó petrificado, sus ojos verdes desorbitados como si viese a un fantasma, la boca entreabierta y la respiración perdida.

—J… Jo… *¿John?* —tartamudeó George—, cómo… ¿John, eres tú?

—George —gimió John, con falso agotamiento—, gracias a Dios… ayúdame, por favor.

Sin siquiera pensarlo el joven capitán se inclinó para ayudar a John a levantarse, completamente desconcertado. Los marineros y oficiales también se paralizaron por un momento; bien sabido era que John Dawner, el hijo del almirante, había muerto durante el ataque pirata y su cuerpo se perdió en el fuego como el de tantos otros.

—¿Qué ha pasado? —preguntó George, el aliento se le escapaba entre los labios—, ¡te creíamos muerto!

Las piernas de John falseaban obligando a George a sostenerle de ambos codos, seguramente había sido secuestrado por los piratas de El Espectro y abandonado en la isla, o tal vez se trataba de una trampa de éstos, una carnada que había mordido. Pero antes de que el capitán Tanner pudiera llegar a una conclusión, John tomó la pistola y puso el cañón contra su frente con fuerza, forzándolo a retroceder lo suficiente para que extendiese el brazo que sostenía el arma.

—Tiren sus armas —dijo John a los oficiales—, o le vuelo los sesos a este imbécil.

Había hablado exactamente igual que el capitán Black, y le enorgulleció lo suficiente para sonreír al terminar la frase. Con la pistola aún apuntándole, George extendió los brazos ligeramente y abrió las palmas indicando calma y a la vez señalando a sus hombres a tirar las armas.

—¿Qué estás haciendo, Dawner? —dijo, miedo y confusión mezclados en su voz.

—Echen las armas al agua, *¡ya!* —exclamó John.

El oficial Lewitt y los marineros miraron al capitán Tanner en busca de aprobación o desaprobación a las peticiones. Cedieron, y dejaron caer sus mosquetes y espadas entre las olas. John les hizo hincarse sobre la arena con las manos a la nuca, a todos menos a George.

—Traidor —gruñó George—, eres un traidor… te creíamos muerto a manos de piratas, poco imagina Inglaterra que te les has unido a voluntad.

Sin quitar la pistola de la frente del rubio, John se acercó a su oído.

—Te salvo la vida —le aseguró en un murmullo.

Pero George le mantuvo una mirada inundada de mal juicio. Quizá era un traidor, quizá no. Todo dependía de un punto de vista en el que un *oficial* y un *pirata* jamás podrían coincidir.

Entonces el capitán Black apareció a un lado de John como un espectro surgido de la noche, tan de repente que asustó a los marineros. Dio una brusca palmada aprobatoria en la espada del muchacho y miró a su rehén con una sonrisa de satisfacción. Los tres subieron a un bote de remos que fue alejándose de la playa hacia La Bolena. El oficial Lewitt y los marineros iban quedándose atrás, abandonados e impotentes. El capitán Black remaba al tiempo que observaba lo que sucedía ante sus ojos con cierta atención. La mano de John temblaba haciendo que el cañón de la pistola se moviera entre la cabellera dorada de George y éste, enfurecido, resoplaba. De no ser porque su hermana esperaba en La Bolena se habría dejado matar antes que convertirse en rehén.

—Toda tu vida —lamentó George—, los valores que te enseñó tu padre, ¿qué diría ahora? Qué dirá el almirante Dawner cuando se entere de que su hijo ha despreciado la educación que se le dio y no es más que un miserable pirata, un traidor.

—Nunca lo sabremos —respondió John con tristeza—, imagino que sabes que murió la noche del ataque.

—¿Eso te han dicho o eso has elegido creer?

El capitán Black observaba la escena como si estuviese presenciando una tragedia griega.

—Tu padre está vivo —anunció George.

John Dawner se turbó con tal estremecimiento que el paso que dio hacia atrás pudo haberlo tirado del bote, retiró la pistola de la cabeza de George y su respiración se aceleró. A medida que procesaba las palabras que acababa de escuchar se le inundaron los ojos de lágrimas y dejó caer la pistola.

—Lo hirieron de muerte, es verdad —siguió George—, esos malnacidos a los que te has unido lo hirieron de muerte. Pero su voluntad de vivir fue mayor que la herida de bala. Aunque no sé, John, si sea mayor que la herida que recibirá en el corazón cuando vea lo que has…

El puño de John se estampó en la mandíbula de George con tal fuerza que cayó desmayado a lo largo de la pequeña embarcación. El capitán Black levantó las cejas e hizo un pequeño silbido, quitó la mirada de los muchachos y la fijó en los faroles de La Bolena, que estaba cerca.

—¿Tú lo vas a cargar? —preguntó Black.

—Ya probé lo que soy, ¿no es cierto? —respondió John—, no me queda más que serlo en su totalidad.

El capitán frunció el ceño, observando a John detenidamente.

—¿Estás bien, muchacho?

—No lo sé. No sé si estoy bien o me he vuelto loco, irremediablemente loco.

El bote de remos se internó en la obscuridad guiado por los faroles de La Bolena hasta que alcanzó sus faldas.

13

El teniente Garryson, de apenas diecisiete años, había quedado a cargo de La Bolena durante la ausencia del capitán Tanner. Más específicamente, había quedado a cargo de Margaret, y su misión de cuidarla fue dictada con tantísima severidad que Garryson temía más a que la niña se cortase el dedo con la hoja de un libro a que un calamar gigante se tragara la nave. El joven teniente se encontraba a estribor de la nave, caminando de un lado a otro sobre cubierta y echando miradas hacia la puerta de la cabina donde dos oficiales más estaban, uno de cada lado, con mosquetes haciendo guardia.

¡El bote regresa!, llamó un marinero desde la cofa baja del mesana. Garryson miró a través de su catalejo, le pareció ver a menos hombres en el bote de los que se habían ido, pero la obscuridad era demasiado densa para asumir cualquier cosa. Y mientras deducía si sus figuraciones eran ciertas o no, fue demasiado tarde. El capitán Black recibió la luz de los faroles y, dejándose ver junto con él, John con una pistola a la cabeza del capitán Tanner, que ya había despertado. Fue tal la impresión de ver a Desmond Black subir a cubierta con el fantasma de John Dawner, y George como rehén, que Garryson se quedó paralizado como el resto de los marineros.

—Caballeros —dijo Black haciendo un sarcástico saludo que se burlaba de la pulcritud de los tripulantes—, les tengo dos opciones, disparen una sola puta arma y le vuelo la cabeza a este tarado y luego mato a cuantos pueda. O échense todos al mar y naden a la isla para unas vacaciones tropicales, ¿qué va a ser?

El teniente y los marineros fijaron sus ojos en el capitán Tanner para confirmar cuál de las opciones habrían de elegir. George en verdad habría preferido su propia muerte antes que entregar su nave a piratas, antes que humillar a su tripulación, pero… *Margaret*, no iba a abandonarla a manos de su infame secuestrador. Así fue como cada tripulante de La Bolena se echó al agua mientras el capitán Black sonreía complacido y John luchaba por controlar su ritmo cardiaco.

Desde la cabina, Margaret escuchó los clavados en el agua, bajó su libro lentamente y se puso de pie. Se acercó al vitral amarillo de la puerta para asomarse y alcanzó a ver con claridad a dos piratas amenazando de muerte a su hermano. Inmediatamente se agachó por debajo del vitral para que su sombra no se distinguiese en la luz de las velas. Le brotaba un aterrorizado llanto que intentó silenciar con una mano contra su boca; rezaba en su mente y le temblaba cada centímetro de su ser hasta los cabellos rojos.

Habiendo triunfado en la toma de la nave, el capitán Black ordenó a John atar a George y encerrarlo en el minúsculo calabozo de la fragata. El muchacho vaciló un momento, su rehén no era en lo absoluto cooperativo y no quería tener que arrastrarlo, golpearlo o infligir más daño del que había hecho para llevarlo hasta la celda. Terminó por obedecer, y cuando estuvieron en la escalera hacia el calabozo John sintió la furia de George debilitarse.

—John, escúchame por favor —le dijo—, Margaret está en la cabina, ha venido conmigo. Hagan conmigo lo que quieran, pero a ella no, te lo ruego, a ella no.

—¿Margaret? —dijo John ya sin aliento.

—Sí. Por favor, por favor…

—No, no… te doy mi palabra que no le pasará nada.

—Tu palabra no vale nada. Eres un traidor. Sólo espero que aún conserves suficiente consciencia para proteger a Maggie, mi hermana, la mujer que habría sido tu esposa.

Desesperado por el cuadro tan devastador, John dio un empujón a George para hacerle quedar dentro de la celda y cerró la puerta de mala gana, sellándola con llave.

—Si tú crees que esto es lo que yo quería y que *ésta* habría sido mi manera de hacer las cosas, entonces jamás me conociste, George —dijo John—. Esto es mucho más complicado de lo que juzgas.

Tal había sido el temblor en la voz del muchacho que George se quedó callado, mirándolo con enojo, pero a la vez hubo un destello de dolor.

Luego de haber dado un breve paseo por la pequeña cubierta, el capitán Black se dirigió a la cabina y abrió la puerta de una patada. La acogedora habitación estaba desierta, cálidamente alumbrada por velas y un

juego de té servido en una mesita. La cama se veía tan deliciosamente in-
vitadora luego de haber dormido sobre arena que Black suspiró y se quitó el largo saco negro, decidido a descansar. No había dado el primer
paso cuando una jarra de plata le pasó volando a un centímetro del rostro, luego un segundo ataque, esta vez una charolilla que esquivó gracias
a sus buenos reflejos. El capitán miró a su alrededor completamente desconcertado cuando vio a Margaret en la esquina del cuartito; aterrada,
lanzó un último utensilio de plata que logró esquivar también.

—Hija de…

El pirata iba directo a Margaret cuando ella comenzó a gritar aguda y
potentemente, tanto que Black tuvo que cubrirse los oídos, sintiendo sus
tímpanos más amenazados que por un cañonazo. Los gritos no cesaban
y el capitán tuvo que silenciarla antes de enloquecer con ella, la tomó del
cabello y la arrastró hacia él con violencia.

—Cállate, cállate, cállate —amenazó, poniendo la navaja contra el pálido y delgado cuello de la niña. Dejó de gritar, pero seguía llorando y su
cuerpo temblaba de terror. El capitán la vio de pies a cabeza, hizo un gesto con la boca y los ojos como si estuviese a punto de degustar el más delicioso postre.

—Mira nada más —le dijo Black—, qué bonita te ves sin gritar, carajo, eres una muñeca…

Margaret, aún con los ojos cerrados del horror, podía sentir la lujuriosa mirada del capitán, que se la devoraba hasta con el pensamiento.

—Qué te parece si tú y yo —siguió Black, deshaciendo los cordones del vestido rosa— vamos a esa cama que está ahí… y nos conoce-
mos mejor.

Entonces la pelirroja volvió a romper en llanto, confundiendo al capitán por completo. Nunca en sus cuarenta y dos años de vida le había
ocurrido que una mujer se le negase. Quizá solamente María, pero su
abstinencia no había durado mucho ni era tan apasionadamente rotunda
como la de Margaret. Siguió intentando desvestirla porque es lo que sabía hacer cuando tenía una mujer hermosa frente a él, pero cuando sintió
los brazos de la niña luchando por mantener su vestido puesto se detuvo súbitamente.

—¿Qué te pasa? —le dijo Black—, ¿no quieres?

Margaret, aún en llanto, negó con la cabeza. El capitán dio un profundo suspiro de abatimiento, él no era de obligar mujeres a hacer nada
que no quisieran, así que decepcionado y con una horrible sensación entre las piernas, dio un paso hacia atrás.

—Ni hablar. Tú te lo pierdes, muñeca. ¿Cómo te llamas?

Ella no respondió, mantuvo su mirada en el suelo y sus brazos contra su pecho como si en verdad la hubiera desnudado. El cuerpo le temblaba y la respiración llevaba un ritmo extraño. Black observó estos síntomas como si los reconociese, se trataba de un ataque de pánico, y ya fuera que lo supiera por experiencia propia o ajena, se apiadó un momento.

—Oye —dijo el pirata en cierto tono de voz que brindó a Margaret la confianza para atreverse a mirarlo a los ojos—, no te voy a hacer nada. ¿Me puedes decir cómo carajos te llamas?

—M… Ma… Mar… Margaret.

—Qué bonita estás, Margaret.

En ese momento la pelirroja cayó de rodillas y juntó las manos suplicando en llanto, tan de repente que Black no supo lo que estaba pasando.

—Le ruego, le suplico tenga piedad y dígame que mi hermano está con bien. No le haga daño, por favor…

Las puertas de la cabina se abrieron de un golpe tan letal que los vitrales se rompieron, John irrumpió en la habitación.

—¡Black, no! —gritó el muchacho.

—¿No qué, animal?

Tal vez John esperaba encontrar una horrible escena en la que el capitán Black habría cortado la garganta de Margaret si bien le iba, o quizá imaginó que podría encontrarlo forzando a la pobrecilla y arrancándole la ropa. No esperaba para nada encontrarla de rodillas y a Black tan confundido.

—No sé qué le pasa —dijo Black—, estábamos conversando y de la nada se hincó a llorar. ¿Está enferma?

Margaret se levantó de un salto, estaba segura de que el horror de la situación la hacía alucinar a John, ahí ante ella como lo soñó tantas veces luego de su muerte. Se cubrió la boca con ambas manos y volvió a brotar en llanto.

—¿Ves? —siguió Black—, de la nada se pone a llorar.

John se estremeció, vio a Margaret y con ella tantas otras cosas. Los recuerdos que tenía cuando eran niños, particularmente esa tarde juntos en la playa de Port Royal, en la que recogió una conchita especial para ella como obsequio, misma que ella había ensartado en una cadenita de plata y usaba de collar todos los días desde entonces. Vio también en sus entristecidos ojos verdes el dolor que había dejado en ella cuando decidió no pedirle matrimonio y el miedo que la inundaba ahora mismo. Margaret se lanzó a sus brazos y él la recibió con un consolador abrazo que era más que sincero, con tanta culpa que por un momento se arrepintió de absolutamente todo.

—Lo siento —decía John—, lo siento tanto.

El capitán los miraba con el ceño fruncido y los brazos cruzados, no tenía la menor idea de lo que estaba pasando ni iba a preguntar.

Fue la dolorosa tarea de John escoltar a "la muñeca" al calabozo para que se reuniera con George. Habría dado lo que fuera por evitarlo, por convencer al capitán de que la niña se comportaría y de mantenerla a su lado, pero Black aseguró que una mujer con miedo es más peligrosa que un hombre armado. Margaret lloró durante todo el trayecto al calabozo, sintiendo el suave apretón de la mano de John en su brazo, guiándola a la obscuridad y terminando de desmoronarle el corazón.

—Tú no eres John —le dijo ella entre sollozos—, no puedes serlo, él jamás haría algo así.

John cerró la puerta de la celda y bajó la mirada.

—Me temo que sí.

George acudió al consuelo de Margaret y la arrulló en sus brazos.

14

El almirante James Dawner había llegado al hospital de Port Royal hacía un mes. Llegó cargado por dos cadetes con un disparo en el pecho, cuya bala había salido por el otro lado dejando un agujero que chorreaba sangre, y un golpe en la cabeza de semejante fuerza que apenas se mantuvo consciente durante aquel tiempo.

Una buena mañana despertó, apenas moviendo los labios, escapando de ellos en un débil suspiro el nombre de su hijo *John... John.* El doctor Smith procedió a atenderlo de inmediato, ordenando a sus aprendices a que fuesen en busca del gobernador Winchester y el comodoro Tanner con la noticia. En pocas horas la camilla, iluminada por una ventana de tenue y cálida luz, estaba rodeada por oficiales de la Marina Real, que miraban a su almirante enderezarse en la cama con la fuerza repuesta y la mirada despierta. Era un milagro.

—Bendito sea el cielo, almirante Dawner —dijo Winchester, que estaba al frente de los espectadores con una sonrisa.

¡Que viva el almirante Dawner!

¡Tres hurras por el almirante!

El doctor tuvo que pedir que bajaran la voz tanto por los otros enfermos como por el mismo almirante que, por más despierto, aún se encontraba débil. Esto preocupó al comodoro Tanner, el único hombre que no celebraba con los oficiales porque bien sabía que estaba por darle a James la noticia de la muerte de su hijo, algo que parecía imposible de hacer ahora que lo miraba allí sonriendo con sus pequeños ojos azules.

—¿Dónde está John? —preguntó James, silenciando las conversaciones a su alrededor.

Miró a los oficiales erradicar las sonrisas de sus rostros y al gobernador volverse al comodoro, un intercambio de miradas que dolió en el pecho de James sin que supiera por qué.

—¿En dónde está mi hijo, Tanner? —insistió, dirigiéndose a su viejo amigo en casi una súplica.

—Si me permiten —dijo Tanner, volviéndose a los oficiales y al gobernador—, me gustaría un momento a solas con el almirante.

Se quedaron a solas. La respiración de James si iba acelerando, sus ojos puestos en George, derramando lágrimas ante el lastimoso silencio.

—George —murmuró James, un nudo le tensaba la garganta—, ¿dónde está mi hijo? ¿Dónde está mi John?

Los ojos del comodoro Tanner se tornaron cristalinos, clavó la barbilla en su pecho buscando la manera de decir lo que había que decir, las palabras de menor filo. No las había.

—James... mi querido amigo. Me temo... me temo que John ha muerto. Fue uno de los desafortunados cadetes que murieron durante el enfrentamiento luego de que los piratas incendiaron el muelle. Fueron diecisiete muchachos los que perdieron la vida en el fuego.

El almirante se quedó en silencio, su alma se desmoronaba en su interior. No habló. No pensaba siquiera. Se sumergía en un dolor insoportable, indescriptible como aquel de perder un hijo, una razón de vivir, una razón de ser, un todo. A la vida se le iba el sentido, al día el sol y a la noche la luna. Un dolor tan agudo que parecía penetrar cada poro de su piel hasta alcanzar el corazón y alojarse en él como un helado cuchillo incrustado en lo más profundo de su ser, un cuchillo cuyo despiadado filo lo hería sin concederle la muerte.

—Fuimos derrotados —siguió Tanner, dolido al ver a su amigo en tan inconsolable estado—, los piratas se llevaron El Fénix y...

—¿Su cuerpo? —interrumpió James en apenas un susurro—, el cuerpo de mi niño, ¿dónde está? Quisiera velarlo. Enterrarlo en la capilla de Saint John junto a Christine. Quiero besarle la frente, George. No se deja ir a un hijo al cielo sin besarle la frente, ningún padre lo haría jamás, debo besar su frente.

Tanner rompió en llanto también, negando con la cabeza dolorosamente haciendo entender a James que el cuerpo se había perdido en las llamas. No quedaba nada.

Un carruaje llevó al almirante Dawner de regreso a casa. Supo que su vida estaba acabada al momento de poner un pie en el vestíbulo, estaba completamente solo. La casa, envuelta en un silencio sepulcral; las paredes, el fantasma de un recuerdo. Se dirigió con débiles pasos hasta la escalera, pero apenas rozó el quinto escalón se rindió, dejándose caer sentado. Rompió en llanto, las manos en su cabeza, sintiendo cómo enloquecía hasta tirarse del pelo y columpiarse con desesperación. Con una mano temblorosa alcanzó la pistola de su cinturón y la dirigió lentamente hasta su cabeza, recargando el cañón contra la sien. Estaba a punto de tirar el gatillo cuando estalló un relámpago en el cielo, tan sonoro y brillante que iluminó la obscuridad de la casa en color plateado con su estrepitoso eco. Un sentimiento inundó a James Dawner tan de repente que creyó enloquecer, una obscura necesidad que le brotaba con intensidad y se esparcía por su alma devolviéndole el sentido, *venganza*. No se atrevería a partir de este mundo sin vengar la muerte de su hijo, sólo entonces podría descansar en paz. *En el nombre de mi hijo, juro que te mataré, Desmond Black.*

A la mañana siguiente James se vistió con un flamante uniforme de batalla; una bellísima casaca azul hasta las rodillas con botones plateados y charretera dorada, un sombrero de tres picos con hilo dorado y en su cinturón colgaba la espada que le había acompañado desde el día en que fue nombrado almirante y creyó sus sueños realizados. No se molestó siquiera en hacer llamar al cochero con el carruaje, tomó uno de sus caballos blancos y galopó hasta el fuerte.

La oficina del gobernador estaba en la parte baja de la fortificación, iluminada por un amplio ventanal con un balcón que daba al muelle al mismo nivel. Uno podría saltar el barandal y caer de pie en las rocas junto a los barcos. El suelo de madera cubierto por varias alfombras, seguramente de origen persa, que debían ser carísimas como el resto de las exageradas decoraciones. Un enorme retrato de Winchester posando en un fondo gris, con un innecesario bastón en mano y un ridículo aire de superioridad en su expresión facial. A cada lado de la enorme pintura colgaban dos retratos, uno de su hijo Jeremy cazando un venado a sus diecisiete años, y otro de su hijo Maxwell sentado en una silla de piel de oso mirando hacia la nada como un idiota. En el medio de la sala, una mesa de madera con charolas de plata, un juego de té de porcelana y una licorera de cristal con varias copas pequeñas. Al fondo se encontraba el amplio escritorio. Cartas y patentes de corso esparcidas, su sello de cera como una máxima autoridad ante el caos de pluma y tintero. Precisamente en ese momento el gobernador estaba sentado en compañía de un oficial y un funcionario que le hacían firmar un par de documentos con firma y sello de cera.

—Gobernador, señoría —anunció un oficial que entró por la puerta con una respetuosa reverencia—, el almirante Dawner se encuentra aquí para verlo.

Winchester hizo una despótica señal con la mano para indicar que el almirante podía entrar. Así, James se acercó hasta el escritorio con el rostro enrojecido y la mirada inundada de rabia, los ojos aún hinchados y rojos.

—Ah, James —suspiró Winchester—, mi más sentido pésame por la muerte de tu hijo.

—Con todo respeto, gobernador —dijo James, irguiéndose—, ¿es verdad que ha enviado a un grupo de muchachos en nada más que una corbeta a perseguir al capitán Black?

—Me alegra verle tan repuesto, almirante. Pero comprenderá que las condiciones en las que nos han dejado esos canallas no permitían mayor opción. No quedaba mejor nave que La Bolena ni mejor capitán que George Tanner.

—Tiene veinte años y no ha comandado una nave en su vida —protestó James—, y el resto de esos jóvenes son cadetes que antes del ataque jamás había peleado batalla alguna. Además, el comodoro me ha dicho que su hija ha huido con ellos. ¿Puede usted imaginarse el destino de la niña si llegasen a ser abordados por los piratas?

El gobernador se hizo hacia atrás en su silla con un profundo suspiro, entrelazando las manos sobre su barriga.

—En efecto —dijo—, algo muy desafortunado, *muy* desafortunado. Pero El Espectro quedará debilitado de una forma u otra, habrán de quedar cortos en pólvora y con la artillería desgastada. Si Dios quiere incluso con menos hombres. La ventaja que se presenta es innegable.

—¿Qué ventaja ve usted en la matanza de un grupo de niños, gobernador? —preguntó James.

—Conozco bien al joven Tanner —siguió Winchester—, hará hasta lo imposible por vencer y retrasará a Desmond Black lo suficiente para nuestra interferencia. Y para cuando El Bartolomé salga en su caza, no tengo la menor duda de que venceremos y El Fénix volverá a nuestro puerto, donde pertenece.

James sentía sus mejillas arder de rabia ante el cinismo del gobernador, que no solamente había enviado a un grupo de jóvenes a su muerte, sino que tenía el descaro de admitirlo en cierta forma. No cabía duda de que el joven George Tanner sería asesinado junto con su tripulación, y Margaret, la pobre niña inocente y llena de ilusiones, sería seguramente despojada de su honor por el capitán Black y cada uno de sus hombres. En un esfuerzo por contenerse, respiró hondo.

—Entonces no hay tiempo que perder, gobernador —dijo James—, hemos de alistar una flota naval de inmediato y partir en persecución.

El gobernador entrelazó sus dedos con una sonrisa.

—Usted es el almirante de la flota, James —respondió Winchester—, confío en que volverá a Port Royal victorioso... y con mi Fénix.

—Volveré con Desmond Black. Lo veré subir cada escalón al paredón y seré yo quien ate sus manos detrás de su espalda. Veré al verdugo poner la cuerda alrededor de su cuello, y cuando caiga enviaré su cuerpo a colgar cerca del puerto, para que la próxima nave pirata que piense en acercarse lo mire allí... pudriéndose.

Incluso el mismo gobernador se sintió intimidado por la obscuridad que reinó sobre el almirante en aquel momento. Era conocido por ser un disciplinado y pulcro hombre de honor, no un sombrío asesino.

Eran las cinco de la mañana cuando el redoble de los tambores retumbó desde el fuerte haciendo vibrar cada piedra y cada alma. El almirante Dawner estaba de pie bajo la lluvia; recto y con las manos detrás de su espalda, observaba a los cadetes navales e infantes de Marina marchando en formaciones rectangulares, deteniéndose a presentar sus armas ante los altos oficiales, entre ellos el comodoro Tanner. Cinco navíos esperaban en el muelle, las campanas sonaban al alba mientras los marineros se alistaban para levar anclas. El Bartolomé iría al frente.

—¡Hombres de Inglaterra! —llamó James, haciendo que cada uniformado lo voltease a ver como a un santo sobre un pedestal—. En este glorioso día y con el consentimiento de Su Majestad el rey Jorge, se ha declarado la guerra al capitán Desmond Black y a sus piratas. ¡Se ha declarado su extinción! ¡Se impondrá justicia! ¡Se impondrá honor! Y aunque no he de prometer que hombres valerosos como ustedes regresen todos con vida, sepan que habrán muerto en el nombre de Inglaterra y de la Corona. Sus hijos les agradecerán por el resto de sus vidas el haber dibujado hoy la ruta hacia un futuro libre de piratería. Cada pirata morirá sin derecho a juicio. Quiero escuchar gritar de terror a esos malnacidos cuando vean la bandera de Inglaterra, quiero que se sientan pequeños, débiles. ¡Han asaltado ya nuestras casas, nuestros negocios! ¡Han tomado por la fuerza a nuestras mujeres y matado a nuestros hijos! Y por Dios juro... que haré sufrir al capitán Black todo lo que Port Royal ha sufrido. Arderá cuanto haya quemado. Perderá cuanto haya robado. La miseria de ese ladrón y asesino que se hace llamar capitán será tal... que él mismo tensará la cuerda ¡en la horca!, ¡frente a cada uno de nosotros! Por Port Royal, por el rey, ¡por Inglaterra!

La guerra zarpó.

15

Al capitán Black se lo devoraba hasta las entrañas esa urgencia por volver a su amado Espectro. El cuerpo entero se revelaba en contra suya; el tacto exigía la madera negra del timón, los ojos buscaban con desesperación las obscuras velas hinchadas en la brisa, los oídos pedían a gritos las risas y maldiciones de sus hombres, los dedos necesitaban las cuerdas de su guitarra. El estómago le rechinaba pidiendo la comida de Joe y ninguna otra, la garganta esperaba ansiosa el tabaco cubano y el ron de la bodega. La nariz extrañaba ese olor tan peculiar, *su* barco, *su* gente. Ansiaba su mente por ocuparse en los mapas sobre su escritorio, por dormir en su cama. Bien un pirata aventurero puede decir que no tiene hogar, que su hogar es el mar, el mundo. Pero ningún hombre que conociera la piratería lo suficiente podría negar que el capitán Desmond Black y su Espectro eran uno solo de modo tan literal que ni uno ni el otro estaban completos al estar separados.

A la mañana siguiente, Black tomó el timón de la fragata. La brisa era fresca y los rayos del sol empañados por delgadas nubes grises. John venía desde la cocina, le ofreció una manzana al capitán, pero la rechazó con un movimiento de cabeza.

—George se rehúsa a comer —suspiró John—, pero al menos Margaret cedió. Si tan solo la dejaras salir a cubierta y...

—No —interrumpió Black determinantemente.

—Vamos, Black... Maggie no es peligrosa, se comportará.

—¿Que no es peligrosa? Uno, es mujer. Dos, avienta cosas a la cabeza. Tres, ¿la has oído gritar? Cuatro, está loca.

—Margaret no está loca —protestó John, casi enfadado.

—Entonces dile que si quiere salir me dé un beso —bromeó Black. El muchacho negó con la cabeza y mordió la manzana.

—¿Debo preocuparme de que le hagas daño a Margaret? —preguntó John.

—Como me vuelva a aventar una cosa yo la aviento, pero a los tiburones —amenazó Black.

—Me refiero a…

—¿Por qué carajos querría estar con una mujer que no quiere estar conmigo? No encuentro el placer en eso. Prefiero que estén vueltas locas, prefiero que quieran, que se mueran de ganas. Ojalá la pelirroja se muera de ganas en algún momento y pueda destrozarla como se merece, pero mientras tanto, pues, me jodo, ¿no?

—Gracias —dijo John, aliviado—. Sabes, Margaret iba a ser mi esposa. Nuestro matrimonio estaba arreglado por ambas familias, pero…

El capitán Black levantó las cejas y hasta recargó ambos brazos en el timón, volviéndose a John.

—¿Esa belleza es tu prometida? —exclamó Black.

—No. Ella deseaba serlo, pero fui yo quien se negó. No estaba listo para casarme, no lo estoy y ni siquiera sé lo que el matrimonio significa, yo…

—Te diré lo que significa, que podías tirarte a esa muñeca todas las malditas noches. *Imbécil*, eres un imbécil.

—Lo sé —dijo John—, siempre lo he sido y quizá por eso nunca sentí realmente que… que la mereciera.

—Pues ve a la celda —sugirió Black—, levántale la falda y gánatela.

—No. Yo estoy enamorado de *alguien más*.

—De Jill, sí —refunfuñó el pirata—. Ya me contarás cómo te va con eso, doblemente imbécil.

John rio y el capitán rio con él, o más bien de él. Por fin Black tomó la manzana que el muchacho le había ofrecido y comieron en silencio. Eran pocos los momentos de tranquilidad con los Tanner a bordo y valía la pena aprovecharlos, pero la calma no duró demasiado. Se oían golpes en la celda, *¡tas, tas, tas!*, contra el hierro.

¡John, por favor! ¡Es Margaret, se ha desmayado! ¡Ayuda!, gritaba George.

—Ni lo pienses —advirtió Black, viendo la inquietud de John—, es una trampa.

—¿Y si no lo es? ¿Si Maggie en verdad está mal?

¡Algo le sucede! ¡Por favor!

Las incesantes súplicas iban aumentando hasta que John no lo soportó más. No tenía permiso de acudir al rescate, pero en un momento dado no le importó y fue al calabozo, donde George estaba aferrado de los barrotes y Margaret yacía inmóvil sobre la paja. Es verdad que bien podría ser una trampa, pero de no serlo no se lo perdonaría jamás, así que tomó las llaves de su cinturón y abrió la puerta de hierro. Se hincó junto a la niña para comprobar que aún respirase, y mientras lo hacía George tomó una tabla cuidadosamente, la alzó por encima de su cabeza y dio a John tal golpe que lo dejó inconsciente. En ese instante Margaret se levantó ilesa, tomó las llaves para entregárselas a su hermano y salieron de la celda, dejando a John encerrado.

—George —lloraba Maggie—, ¿cómo sabremos que John está bien? Prometiste que no le harías daño y ahora lo has golpeado, ¿cómo pudiste?

George subió las escaleras a cubierta, desarmado, pero con aires de batalla; y aunque era la clase de joven que pensaba detenidamente antes de actuar, ahora no había formulado un plan de escape más allá. Para cuando alcanzó la cubierta el capitán Black ya lo esperaba apuntándole con una pistola y una siniestra sonrisa.

—Me muero de curiosidad por saber qué carajos planeabas hacer después —le dijo Black.

—No va a dispararme —respondió George con suma altanería—, si me quisiera muerto ya me habría asesinado antes.

Entonces el capitán cargó la pistola y sonrió de lado.

—Tu vida se la debes al idiota de John, no a mí.

—Pues máteme, si así le parece. Pero soy el hijo del comodoro Tanner y el capitán de esta nave. Y tenga usted la certeza de que una flota naval lo persigue desde Port Royal. Pronto ha de pagar por sus crímenes, capitán Black. Me dispare o no.

Con la sonrisa siniestra aún en el rostro, el capitán comenzó a caminar alrededor de George, permitiéndole hablar a medida que la voz de éste iba perdiendo seguridad y su rostro palidecía. Tan valiente como fuera el joven Tanner, la presencia del capitán Black, la *tan* cercana presencia, podía intimidar incluso al más bravo de los hombres.

—El gobernador me ha elegido a mí para encabezar esta persecución —presumió George—, y ¿sabe por qué? Porque soy el mejor, y el último hombre inglés que permitiría usted se salga con la suya. Si fuera inteligente habría hecho mejor en tratarnos con respeto a mí y a mi hermana. Pero es tarde para que se disculpe, está condenado.

Finalmente, el capitán quedó frente a frente con George, le hizo tragar saliva con sólo la mirada.

—Los tienes atorados en la garganta, ¿verdad? —dijo Black.

—¿Disculpe? —se indignó George.

—Déjame acomodarlos…

Y el capitán tiró de George para darle un despiadado rodillazo entre las piernas. El rubio cayó de rodillas y luego a un lado como un feto, luchando por respirar tanto como luchaba para no llorar frente al pirata; se le salían las lágrimas.

—¡No! —lloró Margaret, que subía a cubierta—, ¡por Dios, no lo mate! ¡Tenga piedad! —Margaret lloraba con agudos gritos y el capitán no pudo hacer más que cubrirse los oídos por un momento, hasta que perdió la paciencia y la pescó del largo cabello rojo; la arrastró hasta la borda, forzándola a mirar el agua que chocaba con las amuras de la fragata.

—¡O te callas o te echo! —le amenazó.

—¡No, no, por favor! —gritaba Margaret.

Así pues, el capitán alzó a la niña y la echó por la borda sin ningún esfuerzo ni cuidado. Acto seguido lanzó una cuerda, misma de la que ella se aferró inmediatamente, aún a alaridos.

—¡*Por favor!* —lloraba a gritos—, ¡tenga piedad, *por el amor de Dios*!

—Sigues gritando.

—¡No gritaré más, lo juro!

—Lo estás haciendo ahora.

Margaret hizo su mayor esfuerzo por tranquilizarse, haciendo largas respiraciones que se interrumpían con sollozos; *aire dentro, aire fuera.* Black la observaba, le resultaba admirable que la niña estuviese peleando contra un ataque de pánico sin siquiera saberlo, pero lo sabía él.

—Capitán —llamó ella, más serena—, ¿podría usted subirme? No gritaré más, ya se lo he dicho.

El capitán sonrió de lado.

—Claro que sí, muñeca, con gusto.

Sin esfuerzo alguno el capitán tiró de la cuerda hasta que Margaret estuvo de vuelta en cubierta, empapada. Su cuerpo temblaba y le castañeaban los dientes porque la brisa refrescaba y también porque el capitán tenía los ojos fijos en sus pechos que se transparentaban a través de la tela humedecida de su vestido. Ella se cubrió con vergüenza. El pirata la saboreó con la mirada, pero se contuvo y llevó sus ojos al otro prisionero. George seguía en el suelo, intentando levantarse al tiempo que iba recuperando la respiración.

A John lo despertó un punzante dolor de cabeza, se llevó la mano a la nuca y efectivamente se le manchó de sangre. Lo primero que pensó fue que George estaba muerto y Margaret violentada, así que se apresuró a levantarse. Las llaves no habían caído demasiado lejos y con un esfuerzo pudo estirar una pierna lo suficiente para empujarlas con la bota hasta que estuvieron al alcance de su mano. Rápidamente las cogió, abrió la celda y salió disparado como una bala de fusil a cubierta, donde se topó con un escenario surreal. El enfurecido cuerpo de George se balanceaba del estay del palo mesana con un cabo atado a sus piernas, de modo que colgaba de cabeza, un trapo dentro de la boca impidiéndole exhalar más que gemidos que seguramente eran palabras mayores para el capitán. Margaret estaba atada como un capullo contra el palo de mesana, también con un trapo dentro de su boca y llevaba puesto el abrigo negro del capitán. Le quedaba enorme, pero la cubría del frío y de su lujuriosa mirada. Y mientras los hermanos Tanner luchaban contra la sensación de vómito con la tela incrustada en sus gargantas, el capitán Black navegaba el timón con tranquilidad.

—Buenos días, imbécil —dijo Black al ver a John—. O más bien, buenas tardes. Te dije que era una maldita trampa.

—¿Qué... está pasando? —preguntó el muchacho, confundido.

Miró a su alrededor, sobándose la cabeza y con los ojos entreabiertos. Sintió un profundo alivio cuando vio a los Tanner, atados sí, pero vivos. Se fijó en Margaret, la pobrecilla temblaba de frío; aunque llevara puesto el abrigo, aún estaba empapada.

—Maggie, ¿por qué estás mojada? —se indignó John.

—La eché por la borda —respondió el capitán con tranquilidad.

—¡¿La echaste por la borda?! ¡¿Por qué?! ¿Qué hace George colgado de...?

—Y ya que dormiste tu maldita siesta, toma...

El capitán entregó el timón al muchacho. Quizá La Bolena era solamente una corbeta, pero no estaba diseñada para ser navegada por dos hombres; había que controlar el timón, ceñir, adrizar y arrizar todo al mismo tiempo. No había momentos para más, no para comer, no para dormir. Todo esto lo hizo Black por sí mismo mientras John estuvo inconsciente, rehenes incluidos, así que ahora parecía justo que el muchacho se encargase de todo mientras él dormía un rato.

Entrada la noche y con la fragata estabilizada, el viento y la marea se apaciguaron al mismo tiempo como un acto magnánimo de la naturaleza. John pudo desprenderse del timón y se atrevió a hacer algo que llevaba ya varias horas meditando, desató a Margaret primero y después a George. No hay duda de que en cualquier otro momento George se habría abalanzado a los golpes, pero se encontraba débil, mareado y desnutrido;

así que se quedó un momento con las rodillas y las palmas de las manos apoyando su cuerpo sobre la madera de cubierta. Mientras se recuperaba, John dio de comer a Margaret y le ofreció agua, no se atrevía a mirarla a los ojos, sin necesidad de verla ya podía sentir la decepción con que ella lo veía a él.

—¿Cómo has podido? —le preguntó Margaret con la voz rota.

—No lo entenderías —respondió John—, pero ruego puedas perdonarme algún día. ¿Podrás?

—¿No has de ofrecerme siquiera una explicación?

Antes que atreverse a contestar, regresó a cubierta. George ya estaba sentado y su respiración se había estabilizado un poco cuando John se le acercó con un tarro de agua que, muy a su pesar tuvo que aceptar, de otro modo caería desmayado.

—Dime, John —jadeó George—, ¿siempre quisiste ser pirata o se te ocurrió en el momento?

—Un poco de las dos —respondió John—, quisiera explicártelo, incluso a ti. Pero por ahora sólo puedo pedirte dos cosas: que confíes en mí y que me ayudes.

—Van a matarnos, ¿verdad?

—No, si cooperan. La tripulación de El Espectro, parte de ella, se amotinó contra Black. Y él sólo quiere alcanzar su nave para recuperarla, es todo. Si tú y Margaret pudieran ayudarnos a navegar de aquí a entonces, te doy mi palabra que, una vez recuperado El Espectro, podrán marcharse libres en La Bolena. Sé que, si por ti fuera, preferirías morir antes que ayudar a Black, pero piensa en Maggie. No vale la pena que ella muera también. Y ni siquiera yo podré evitarlo.

El capitán George Tanner jamás habría cedido a una posible alianza con los piratas y quizá de estar solo habría tomado su propia pistola y la habría disparado contra su cabeza antes que servir a Desmond Black. Pero era cierto, Margaret estaba ahí también. Así pues, al joven le dio un intenso retortijón, fuera por el golpe que recibió o mero coraje, y asintió.

—¿Puedes garantizarme la seguridad de Margaret? —preguntó.

—Te lo juro —respondió John.

Se dieron la mano breve y secamente.

16

Para ser capitán pirata hay que ser muchas cosas además de líder y saber mucho más que de navegación. Hay que ser completamente libre del bien y del mal, amar el océano como si ahí habitase el alma, hablar el idioma de la naturaleza; viento, cielo y marea. Conocer a la tripulación como se le conoce a la familia y mantener ante ella un delicado balance entre amistad y mando. Saber usar la espada como si fuera el brazo derecho y aprender a poner la bala exactamente en donde tiene que ir, ni un centímetro más arriba ni un centímetro más abajo. Y si no hay armas, aprender a usar los puños como si lo fueran. Saber de historia para la experiencia, de literatura para las ideas, de matemáticas para la administración, biología para la medicina, de idiomas para lo foráneo y de arte para las mujeres. Haber roto bastantes límites para que se tornen nulos. Haber amado y odiado lo suficiente para burlarse de la vida. O al menos eso es lo que desinteresadamente había hecho de Desmond Black un capitán tan temido como popular. No es que fuera un hombre ambicioso ni mucho menos académico, simplemente era un explorador nato al que le surgían preguntas y hacía un esfuerzo por responder cada una, ya fuera aprendiendo a leer en una cárcel a los dieciocho años o aprendiendo por las malas en la calle. Era curioso y soñador, y, a diferencia de la mayoría de los hombres, Desmond se tomaba sus sueños muy en serio, como un plan más que un anhelo. Fue así como llegó a ser capitán, jodiéndose lo suficiente para merecerlo.

No era sorpresa que el soñado motín de Getto resultara en un caos cuando el enorme hombre africano se dio cuenta de que no tenía la más mínima aptitud requerida para asumir el mando ni para navegar

El Espectro. Si la nave negra seguía a flote era por el esmero de la tripulación, que esperaba en silencio el retorno de Black como el retorno del Mesías, incluso le habían facilitado las cosas frustrando las velas y velachos lo suficiente para disminuir la velocidad, girar las vergas incorrectamente para caer a sotavento y hacer de la navegación un mayate dando vueltas en la tierra. Estaban enojados. El mismo Slayer, que alguna vez apoyó tan violentamente el fin de Black, hoy le rezaba al diablo por su milagroso retorno. La indignación de cada tripulante ardía bajo el sol, no sólo por la traición al legítimo capitán, sino por el trato que se les había dado a sus fieles, especialmente a Turco y a Jill.

Hubo un enfrentamiento entre Turco y Getto, pelearon cuerpo a cuerpo como dos salvajes hasta machar la cubierta de sangre, pero ni los halagadores músculos de Turco ni su pasión por defender el mando de su amigo fueron suficientes contra la enorme masa que era Getto. Perdió, y luego de quedar golpeado y apenas consciente, fue encerrado en el calabozo donde Bones lo atendió a escondidas; vendó sus heridas y apaciguó su dolor con un poco de grog y algo de opio. Por otra parte, Jill sufrió un destino más cruel. Getto, Slayer y Mad Manson la devoraron como animales, y si pudieran haberla roído hasta el hueso lo habrían hecho. La sometieron en plena cubierta, atada al palo mayor hasta que, en voz alta, reconociese a Getto como capitán. La respuesta de la chiquilla fue un escupitajo en la cara del amotinado, lo que provocó que fuera azotada y finalmente amarrada a la cofa más alta del mismo palo, a hervir bajo el sol hasta que cediera.

Benjamin Stain se había pasado tres días borracho. Getto no era un capitán que dosificara el licor a sus hombres de acuerdo con su trabajo, no, el ron era libremente repartido y bebido al gusto y Ben necesitaba cada gota para adormecerse, ignorar lo que sucedía a su alrededor que bien podría haber evitado. Sobre todo deseaba silenciar a la voz de su conciencia que hablaba por primera vez, una voz severa e insistente. Una tarde lanzó una botella de ron que aún tenía algo de contenido y la miró estrellarse contra la madera, fue a cubierta y escaló los obenques del palo mayor hasta alcanzar la cofa en la que Jill se encontraba amarrada.

—Mira nada más —dijo Ben— cómo te dejó la lealtad, Jones.

Pero la chiquilla estaba demasiado débil incluso para responder, siendo ella alguien que respondía aun cuando no debía.

—Son fregaderas —siguió Ben—, muy bajas hasta para mí. Hijos de puta. Me advertiste sobre Getto y ¿qué hice? Dejar que se cumpliera tu maldita profecía en lugar de… *Ya*. Ya fue. ¿Y ahora qué? ¿Ahora qué, Jones?

—Tú eres el que está desatado —murmuró Jill—, tú dime a mí qué carajos vamos a hacer.

—Vamos a joderlos —respondió Ben.

Jill no pudo evitar hacer un esfuerzo por alzar la mirada y verlo a los ojos, de otra manera no podría creer que esas palabras habían salido de *su* boca.

—Voy a joderlos, Jones. Voy a joderlos y recuperar este maldito barco. Soy yo, me salgo con la mía. Ya verás. Ya malditas verás.

La guardia nocturna de esa noche estaba originalmente destinada a Poe, Melville y Ratas. Pero Ben se las arregló para relevarlos en un cambio de turno imprevisto junto con Rodney y O'Connor.

La madrugada entraba en calma con brisa fresca y marea tranquila. Rodney tomó el timón durante toda la noche, y cuando la cubierta estuvo en silencio absoluto, hizo una seña a Ben, mismo que hizo una seña a O'Connor. El niño entonó un simpático silbido musical. En ese instante salieron a cubierta en extremo sigilo Habib, Lucky y Pulgas. Escalaron por los obenques de la arboladura; primero el palo de mesana donde rizaron las velas hasta que estuvieron completamente recogidas e hicieron lo mismo con el trinquete y finalmente el palo mayor, donde desataron a Jill. Ahora a El Espectro lo columpiaba solamente la marea y no el viento. Rodney sonrió complacido y se recargó en el timón de brazos cruzados sin necesidad de dirigirlo.

Mientras tanto, Ben había ido al piso de artillería donde se hizo de pistolas y espadas, luego fue a la cabina de coyes y entregó armas a aquellos que podía asegurar estarían de su lado; Espinoza, Jim, Raj, Salim, Barry, Tonks, Bones, Ebo, Joe, Bow, Sam, Chang, Poe, Melville, Dash, Culebra, Stanley y Yutsuko.

O'Connor se deslizó en las escaleras de escotilla como un ratoncito y llegó al calabozo. Turco se levantó al verlo. El niño abrió la celda y entregó sus respectivas armas, junto con su adorada cimitarra, a la que dio un beso en el filo cuando la tuvo en sus manos; y tan pronto Turco salió a cubierta los hombres sintieron un triunfante alivio.

—¿Y Jill? —preguntó, imaginando que la pobrecilla estaría sin poderse mover siquiera.

—Lista —respondió ella, allí entre los hombres, jugueteando con dos cuchillos en las manos. Turco le sonrió, sencillamente no había nadie en ese barco tan fuerte como Jill Jones.

—Ahora escuchen —dijo Turco—, lo más importante es que El Fénix no note lo que está pasando aquí. Nada de cambios de rumbo violentos ni tiroteos. No quiero un solo fogonazo destellando. Mad Manson está al mando y no dudará en disparar los cañones, y debemos proteger esta nave con nuestras vidas, ¿está claro? Ben, Joe y Ebo… vayan por Slayer. Y no lo maten, quiero dejárselo vivo a Black, le va a gustar desquitarse. Lo mismo con Getto, pero de ése me encargo yo. Bones y Chang, conmigo. Los demás se quedan aquí con armas listas si se necesitan, espero que no. Espinoza, estás a cargo.

—Espinoza no habla inglés —señaló Melville.

—*¿Me estáis poniendo a cargo?* —preguntó Espinoza. Nadie entendió una sola palabra.

—Melville, estás a cargo —concluyó Turco.

—Plato de segunda mesa, está bien —refunfuñó Melville.

El plan estaba en marcha. Ben sentía una indescriptible felicidad por saber que había sido *su* plan, ideado por él y nadie más; y saber que funcionaba y serviría al capitán Black le parecía el mayor logro de toda su vida.

17

Hacia las cinco de la mañana de la misma madrugada, el capitán Black se despertó más por costumbre que por gusto, y siendo interrumpido por pesadillas de El Espectro hundiéndose, ahora sudaba y respiraba fuertemente. Miró a su alrededor, se sentía atrapado en la pequeña cabina de La Bolena, así que salió a cubierta, donde sintió una especie de alivio al ver a John dirigiendo la fragata a través de la obscuridad, esa obscuridad justo antes del amanecer cuando el cielo es más negro y la noche más densa.

El capitán ni siquiera hizo mención del hecho de que los rehenes habían sido liberados y ahora dormían plácidamente como si fueran invitados. Luego de servir dos vasos de vino, se situó junto a John; el muchacho le sonrió de reojo y ambos se quedaron en silencio un buen rato.

—¿Crees que Getto alcance El Satán? —preguntó John.

—Getto es un imbécil —respondió Black—. Lo único que va a alcanzar es encallar en un arrecife o perder el rumbo. Además, mis hombres no se la pondrán fácil.

Los tragos de vino fluían deliciosamente reconfortándolos a cada sorbo.

—El Satán… lo llaman la nave del diablo, ¿cierto? Dicen que Barbanegra es el hijo del diablo. He oído historias, y la batalla entre ustedes es de mis favoritas.

Hubo un silencio sepulcral en el que el capitán Black perdió la mirada como si estuviese ido.

—Háblame de él, Black —insistió John—, háblame de Barbanegra.

—Qué te digo, es un maldito y está zafado —respondió el capitán.

—¿Es verdad que le vendió su alma al diablo?

—El alma no está en venta.

—Pero ¿y sus poderes? Oí que tiene poderes porque hace ritos para vivir más tiempo.

—¡Poderes, ja! —se rio Black—. Asesinar vírgenes atadas a una mesa bajo la luna llena, comer niños y beber sangre no pueden hacer que vivas más. En todo caso, que vivas menos.

La mente de John fue invadida por las más horrorosas imágenes. Ya lo había oído antes por boca de aquel anciano, realmente Barbanegra asesinaba vírgenes atadas a una mesa bajo la luna llena y bebía su sangre, sus hombres recolectaban niños huérfanos para que los devorara y quemara sus huesos, y tantas otras monstruosidades que supuestamente le otorgaban más años de vida al demoniaco capitán. Eran tantas las leyendas que existían sobre Barbanegra y su conocida rivalidad con el capitán Desmond Black que ningún hombre con derecho a llamarse pirata desconocía el sombrío folclor que rodeaba a ambos hombres y su misteriosa relación.

La conversación ameritaba que el mismo capitán fuese a la cocina por la botella de vino y llenase ambos vasos al tope nuevamente.

—Pero créeme —dijo Black de repente—, lo conozco, lo conozco bien. Y te juro que no tiene poderes. No tiene un maldito poder. Sólo está loco.

—¿Y por qué lo conoces tan bien? —preguntó John—, y no me creo eso de que hay que conocer al enemigo. Hay más entre ustedes, ¿verdad?

El capitán Black rio, una risa extraña que combinaba un toque de nerviosismo con algo de simpatía hacia la extraña curiosidad que caracterizaba a John. Le recordaba a él tan seguido y de tantas maneras.

—Serví en su tripulación, niño. Es eso.

Entonces John escupió el vino que estaba por tragar, salió de su boca como una fuente escarlata y tosía dándose golpes en el pecho. Eso sí que no se encontraba especificado en ninguna de las leyendas, al menos en ninguna que hubiese escuchado antes, y una amistad entre el fuego y la pólvora le habría parecido más probable.

—Cuéntame —suplicó John—, por el diablo, tienes que contármelo todo.

Una vez más el capitán volvió a llenar los vasos, dio un largo trago y una profunda inhalación antes de hablar. No era su estilo en lo absoluto eso de *hablar* y mucho menos eso de *contar*, pero era innegable, incluso para él, que John Dawner inspiraba una especie de consoladora confianza que incitaba a la conversación profunda.

—Yo tendría unos once, doce a lo mucho. Mi sueño era largarme de Tortuga y navegar cada gota del mar, y tal vez lo habría hecho sobre un trozo de madera apenas dejara de gatear. Pero… en fin. Una noche El Satán ancla en Tortuga, todos se vuelven locos. Ver a Barbanegra era como ver al diablo, te da un maldito miedo y a la vez no puedes evitarlo porque sabes que hace favores y grandes. ¿A cambio de qué? Ése es otro tema. Era una noche especial de todos modos, mi cumpleaños. Un amigo me había echado al prostíbulo como a las fieras y, carajo, cómo lo disfruté. Luego de eso fuimos a la taberna a armar problemas, como era la costumbre. Me llevé un par de tiros y algún hueso roto, pero me divertí. Entonces escucho a un cabrón decir que Barbanegra estaba en la isla y El Satán anclado en el muelle… Creo que nunca había corrido tan rápido como corrí esa noche para alcanzarlo antes de que zarpara. Y cuando estuve ante Barbanegra le dije que era un fanático suyo y que me diera plaza en su barco, aunque fuera de grumete, aunque fuera de carnada para la pesca. Yo ya sabía bastante de navegación porque me gustaba echar la mano en los muelles. Y me aceptó. Pero me aceptó porque necesitaba un hombre de tamaño pequeño para una labor. Fuimos a dar hasta Ojo de Bruja, un laberinto que corría debajo del agua, en algún tiempo fue una mina o algo así. Todo lo que yo tenía que hacer era meterme por ese túnel sin morirme ahogado o tragado por tiburones martillo. Fue ahí donde lo encontré… El mapa del conquistador. Se lo entregué a Barbanegra en las manos y a partir de ese día me volví el grumete de El Satán. Las cosas que vi, las cosas que hice… Yo sentía que la piratería tenía que ser algo más que masacres y robos, algo más. Y más o menos a tu edad me largué, habiendo robado el mapa mientras Barbanegra dormía. Poco tiempo después me topo con una nave descuidada en una isla, encallada en la playa. La pobre estaba bien jodida, la pintura carcomida por el sol, las velas jodidas y su tripulación de imbéciles subiendo una docena de esclavos. Me dio rabia la indiferencia de esos cabrones hacia el estado jodido de su barco, traficando con esos hombres negros como si fueran maldita mercancía. Los maté a todos, menos a los esclavos, claro. A los demás les corté el cuello con tan sólo una navaja que me había traído de recuerdo de Ojo de Bruja. Cómo me enamoré de esa nave, no sólo de lo que era, sino de lo que podía ser. Pasé unos seis meses pintándola a mi gusto, le monté las velas negras con tanto amor que sentí que le estaba regalando alas para volar. Y la llamé como lo que era, ahí en la penumbra, un espectro.

El vino se había terminado hasta la última gota. Los ojos de John brillaban como estrellas, sacudido por un profundo estremecimiento más emocionante que cualquiera que hubiera sentido antes.

—Así que es cierto —se emocionó—, robaste El Espectro con sólo una navaja.

El capitán sonrió de lado y llevó su mano hasta la navaja que llevaba en el cinturón, desfundándola para mostrarla ante John. Los ojos del muchacho se iluminaron aún más. Era una navaja con empuñadura de hueso y filo radiante, tan afilado a simple vista que daba miedo tocarla.

—Sólo esta navaja —presumió Black.

Cohibido y habiendo pedido permiso con la mirada, John se atrevió a tomarla entre sus manos con cuidado, acariciando la reliquia y admirándola de tal manera que era obvio que se había enamorado de ella.

—Es magnífica —dijo John, y la ofreció de vuelta a su dueño.

—Quédatela —respondió Black—. Quién sabe, tal vez un día te hagas capitán de tu propia nave con ella.

Los ojos de John, aún cristalinos, quedaron fijos en los del capitán por un momento. Éste era un honor de mayor peso del que podía cargar, o eso sentía, y era evidente por el aspecto confuso que adquirió su rostro.

—No… no, no puedo aceptarla, yo…

—Ya no la uso, quédatela —insistió Black.

Ni en su mayor hazaña John se habría sentido digno de semejante obsequio.

—Gracias… *gracias*, capitán.

—Y a todo esto —dijo Black—, ¿cuántos años tienes?

De repente John perdió el color y se le revolvió el estómago como una sensación de caída libre que lo mantuvo petrificado un momento. Esa simple pregunta, tan sencilla e inocente, ahora parecía una amenaza que podía despedazar lo que hasta ahora había construido con el capitán Black; una amistad desinteresada, una amistad porque sí, genuina y no gracias a la sangre, sino a la complicidad. Hizo un esfuerzo por regular su respiración y esbozó una sonrisa tan idéntica a la del capitán que a éste le dio miedo lo que el muchacho podría responder. Quizá era tiempo, quizá no habría un momento mejor diseñado por el destino para decir *la verdad*. El joven pirata se armó de valor.

—Diecinueve, más o menos —respondió John—. He dicho *más o menos* porque no sé cuándo es mi cumpleaños. No en realidad. Mi padre siempre lo festeja el siete de julio porque ese día me adoptó… *me encontró*.

El capitán Black dio un paso definitivo hacia atrás, alejándose de John de forma tan violenta que el muchacho se arrepintió de cada palabra.

—Es decir —corrigió John a prisa—, nunca me ha dicho dónde me…

—Está amaneciendo —interrumpió Black—, ve a despertar a los rehenes, quiero velocidad.

El semblante del capitán se había hecho duro, adquirió de pronto un aspecto severo y distante; un cambio de actitud tan inmediato que John sintió una especie de pinchazo en el pecho, un pinchazo que le debilitó los ánimos por el resto del día. Se culpaba a sí mismo por su ingenuidad, por haber llegado a pensar que tal vez y sólo tal vez al capitán Desmond Black le habría hecho ilusión saber que estaba frente a su hijo perdido. Pero pareciera que más que ilusión y más que indiferencia, le había causado un potente recelo. O tal vez eran imaginaciones suyas, bien podría ser que Black ni siquiera sospechase que John era su hijo, quizá sólo había caído en cuenta de que se familiarizaba demasiado con un simple grumete y habría de poner distancia.

El día dio inicio y nunca antes una fragata había conocido cubierta más silenciosa, pues cada tripulante permanecía en un estado reflexivo que los mantenía completamente absortos en sus propias mentes. Crujían las poleas y rechinaba la madera, el suave golpeteo del viento contra las velas perfectamente blancas. Ni una voz. El capitán Black se mantuvo al timón, dirigiendo la fragata con la vista perdida en el horizonte. John y George al pendiente de la arboladura, pero sin hablarse entre ellos; uno tenía que preocuparse por haber arruinado su relación con el pirata y otro por la salud física y mental de su hermana. Margaret, por su parte, se encargó de servir provisiones y sujetar alguna que otra cuerda, pero era lamentablemente inútil en todo lo que hacía. Más de una vez John intentó entablar una conversación con el capitán, siquiera un intercambio de miradas, pero todo apuntaba a que Black se había vuelto irremediablemente indiferente. La inquietud del muchacho llegó a ser lo suficientemente perturbadora para que el mismo George se le acercase con un aire casi condescendiente.

—John —le dijo, sacándolo del doloroso trance—, dime, cuando encontremos El Espectro, ¿te quedarás allí? ¿Lo has decidido definitivamente?

John asintió con un gesto doloroso.

—James cree que has muerto —siguió el rubio—, todos creímos que habías muerto. Me pregunto qué harás cuando la flota naval que comandará esté ante ti en batalla. ¿De verdad pelearás contra tu propio padre? Ya bastante ha sido traicionar a tu patria, pero traicionar a tu sangre…

—¡Por favor! —interrumpió John—, *deja* de hablar.

No había noche en la que John no soñara al respecto, desde que se había enterado de que el almirante James Dawner, su padre, para quien él era el más adorado hijo, estaba vivo. La misma pesadilla lo atormentaba todas las noches; llovía en mar abierto, navíos con banderas de Inglaterra y banderas de pirata intercambiaban cañonazos entre llamas y centellas, la nube de pólvora se hacía demasiado densa para ver, y sin embargo alcanzaba a distinguir un duelo a muerte entre el almirante Dawner y el capitán Black. Ese duelo que le atormentaba en el sueño cuando dormía y en la mente cuando estaba despierto, cuya conclusión cambiaba siempre: a veces James moría atravesado por Black, a veces Black moría atravesado por James. De cualquier manera, él salía perdiendo, de cualquier manera, él era un traidor.

John... John, John...

—¡Dawner! —gritó George, moviéndole el cuerpo con brusquedad.

John despertó sobresaltado, cubierto de sudor y con la respiración agitada; ese maldito mal sueño, la imagen más devastadora, pesadilla que podría convertirse en presagio. Miró a su alrededor para aferrarse a la realidad, estaba recostado en la proa y ya era de noche.

—Vemos luces al frente —dijo George—, parece que alcanzamos a los piratas.

El capitán Black miraba por el catalejo, ese que George hizo el favor de prestarle, o más bien hizo favor de permitir que se lo arrebatase. A lo lejos se veían pequeños destellos dorados que delataron la distante presencia de dos naves.

—*Ahí* están —dijo Black, complacido; la primera vez que sonreía en todo el día o mostraba la mínima emoción, el primer enunciado del día que no era una simple orden.

Margaret permanecía escondida detrás de George, intimidada por las luces y el aire de batalla que inundó la brisa.

—Alisten botes —siguió el capitán—. John, tú y *éste* toman El Fénix. Yo voy por El Espectro.

—*Éste* tiene nombre, se llama George Tanner —dijo George—, *capitán* George Tanner para ser preciso. Además, el trato ha sido cumplido por mi parte, los he traído hasta su destino y se me prometió marcharme en libertad. Nadie habló sobre abordar ninguna otra nave que no sea ésta.

Entonces el capitán Black apuntó su pistola a la cabeza de Margaret, que brotó en llanto.

—¡No! —exclamó John.

—¡*George*! —lloraba Margaret.

—Vas a hacer lo que yo te diga o le agujero el cráneo a la muñeca —dijo Black. Inmediatamente y con colérico aire contenido, George cedió—. Nos entendemos entonces —siguió el pirata, y alejó la pistola del cabello rojo—. A sus puestos.

John se quedó mirando la pistola del capitán y su espada, la empuñadura negra con detalles en dorado adornando el cinturón de cuero. Luego vio su propio cinturón.

—Eh... ¿Black? —llamó—, soy yo con una espada de cadete contra todo El Fénix.

—Y una navaja —señaló Black.

El muchacho tomó la navaja y sonrió, recordando cómo era que el capitán Black había robado El Espectro con tan sencillo artefacto. Ahora él robaría El Fénix, o al menos lo intentaría, y de resultar exitoso, quizá ganaría la admiración del pirata al reafirmar que no sólo poseía su sangre, sino que podía demostrarlo.

18

Turco había recuperado el mando de El Espectro. Getto y Slayer se encontraban encerrados en el calabozo y bien custodiados por Ben y O'Connor, que se habían dado a la tarea de llevar la operación lo más exitosamente posible. Por el momento ambas embarcaciones habían anclado, pero restaba hacer girar el rumbo de las naves a ciento ochenta grados sin que Mad Manson y los tripulantes de El Fénix lo notasen, pues aquello desataría una batalla naval que heriría a El Espectro gravemente, algo que Turco evitaría con su propia sangre si era necesario.

Los hombres estaban cenando, intercambiándose trozos de carne seca y vasos de grog, porque Joe no estaba de humor para cocinar algo gustoso ni nadie tendría el apetito para apreciarlo.

—Sí podemos —dijo Rodney—, podemos cambiar de rumbo perfectamente. He visto a Manson al timón y es un idiota. Si lo hacemos con cuidado y de poco en poco ni siquiera lo sabrá.

—¿Tiene brújula? —preguntó Joe—. Si sabe leer la maldita brújula estamos muertos.

—¡Hasta Pulgas puede leer una puta brújula, Joe! —exclamó Poe.

—Muchachos, ¿estaría tan mal rifarnos a pelear contra ellos? —sugirió Jill—. Éste es El Espectro, el barco de Desmond Black. Podemos hacer astillas al maldito Fénix.

—Aun si venciéramos, Jill —dijo Turco—, El Espectro quedaría dañado y corto en municiones, El Fénix es un buque de guerra y no me arriesgaré a...

—El ancla ya está clavada en la arena y eso está muy bien —señaló Melville—, pero no es suficiente; tenemos que girar. A menos que el capi mágicamente consiga una maldita fragata y zarpe a nuestro encuentro.

Y, disculpen, Black es Black, pero tampoco es el jodido Cristo de los mares. *¡Tenemos* que girar!

—Estoy con Melville —dijo Stanley—, con o sin El Fénix, tenemos que volver rumbo. Es posible que el capitán siga varado en esa isla y el calor esté a punto de matarlo.

—Es Black —respondió Jim—, a ése no lo matas ni con...

—Disculpad —dijo Espinoza, tan extraño fue oírle hablar que estalló un rotundo silencio—, vale, que no entiendo muy bien lo que decís, pero sí que entiendo que hemos de hacer girar las naves, porque como sigamos el rumbo el capitán quedará más lejos. Y sólo hay una manera de que el gilipollas de Manson no se percate de ello, y es que sea el mismo Getto quien dé la orden de girar las naves. Sí. Turco puede ponerle una pistola en los cojones y amenazarle: "Getto, ordenad girar rumbo y no digáis una palabra o te vuelo los cojones". Y entonces giramos rumbo y Manson pensará que sólo obedece órdenes y ya está, la puta hostia.

Cada hombre alrededor de la mesa se quedó callado, intercambiaron miradas entre ellos.

—¿Qué carajos dijo? —preguntó Lucky.

A unas cuantas millas de distancia la fragata inglesa acechaba a los piratas. A pesar de súplicas y llantos, Margaret se quedó sola en La Bolena y su tarea consistía simplemente en apagar cada luz de la embarcación hasta que desapareciese en la negrura de la noche. Quedó a obscuras, su único consuelo era la luz de la luna que apenas le concedía una tenue iluminación plateada a medida que iba de un lado al otro de la cubierta, rezando entre sollozos e imaginando lo peor. Un solo bote partió desde la fragata, mismo que John y George hacían avanzar rápidamente a través de la penumbra mientras el capitán Black preparaba su pistola, esa bala que le urgía depositar en los sesos de alguno de los amotinados.

—Alto —ordenó Black—, paren de remar, nadamos.

—Hay tiburones en estas aguas —señaló George.

—Pues ojalá tengamos la suerte de que te traguen, salta —respondió Black, apuntándole con la pistola a la altura del rostro. George se volvió a John con suma indignación, como si esperase a ser defendido, pero John sólo le dedicó una mueca de impotencia. El joven rubio no tuvo remedio más que saltar al agua.

—Pero qué... —dijo Black en voz alta—, ¿qué es eso? ¿Es una aleta de tiburón? Oh no, va directo al capitán Tanner...

George nadaba despavorido y el capitán se reía.

—Vamos, Black —dijo John—, es mi amigo.

—Tienes una curiosa definición de amistad —le respondió el pirata—, vamos, muévete.

El capitán Black se echó al agua también, con la pistola elevada sobre su cabeza para proteger la pólvora y tan sólo un instante después John lo siguió. Estaban a muy pocos metros de las embarcaciones, no era una distancia difícil de nadar, y sin embargo a cada metro recorrido John sentía el corazón acelerarse tanto que por momentos las articulaciones se le tensaban lo suficiente para turbar sus movimientos. Sentía que se ahogaba y de pronto un simple nado se convertía en una lucha de supervivencia.

John y George alcanzaban las amuras de El Fénix hasta llegar a la escalerilla que colgaba a media eslora. Subieron en silencio. Alcanzada la borda John se asomó apenas un poco para revisar la cubierta, donde distinguió a Mad Manson, Silvestre y Murphy ahogados de borrachos. Los demás debían estarlo también, porque el resto de la cubierta estaba desierta, a pesar de risas y juramentos que se oían desde el interior.

—¿Y ahora qué? —susurró George.

—No sé, estoy pensando —respondió John.

—¿Pensando? ¿Tú? Vamos a morir.

John trepó la borda y apareció en la cubierta como un fantasma. A Manson se le cayó la botella de la mano y peló los ojos a tal grado que le saltaban de las órbitas. Silvestre y Murphy desenvainaron sus espadas con el mismo terror, convencidos de que se trataba en verdad de un espíritu venido de los infiernos a cobrar sus pecados.

—Buenas noches, caballeros —dijo John con una picaresca sonrisa ladeada que hizo a cada pirata recordar al capitán Black.

—¡Es Black! —lloró Silvestre—, es el espíritu de Black de joven y ha venido a jodernos.

—¡No seas animal! —rugió Manson—, es el maldito *perro de puerto*.

John volvió a sonreír y a su lado apareció George con finísima espada en mano, habiendo dejado el miedo en la escalerilla y portando ahora elegancia y determinación.

—No estás tan equivocado, Silvestre —dijo John—, tu capitán también está aquí, tu *verdadero* capitán. Justo ahora debe estar tomando mando de El Espectro, y querrá saber quiénes están con él y quiénes no.

Murphy debió de haber ido corriendo por el resto de la tripulación, porque hombre a hombre iban saliendo a cubierta impactados por la visita del *perro de puerto*, que, si lo observaban con detenimiento, ya no parecía un *perro de puerto* ni siquiera un cadete. El saco rojo había desaparecido y usaba ahora una camisa blanca con sangre seca y el agujero de una bala, y en su mano sostenía firme y enorgullecida nada menos que la navaja del capitán Desmond Black.

Mad Manson se acercó al muchacho amenazadoramente, esperando que diera un paso hacia atrás, que se intimidase como lo hizo alguna vez; pero John se mantuvo firme y no se turbó ni su respiración ni su sonrisa.

—Pues Black se puede ir al diablo —dijo Manson—, ¡se puede ir al carajo! Porque yo antes muerto que con él.

—Muy bien —respondió John, y con un movimiento fugaz clavó la navaja por debajo de la barbilla de Mad Manson. El amotinado liberó un grito ensangrentado, y cuando el muchacho retiró el filo con fuerza, salpicó sangre como una fuente. El rostro de John estaba manchado de sangre, pero la sonrisa permanecía intacta. George lo veía con horror, no lo reconocía en lo absoluto.

—Tal vez es que no ha quedado claro a qué vine —dijo John en voz alta—, Desmond Black está de vuelta en El Espectro y quiere saber quiénes de ustedes, *imbéciles*, dirán perdón y quiénes dirán adiós. Así que, para evitar confusiones, alcen la mano aquellos que prefieren al legítimo capitán.

No hubo una sola mano que no se levantase, excepto la de Mad Manson, porque ya estaba muerto.

Mientras tanto en El Espectro la discusión seguía en la cocina y Turco se llevó ambas manos al rostro cuando Espinoza dio su discurso en español.

—¿Qué carajos dijo? —preguntó Lucky.

—No es mala idea —dijo Black—, pero puede que ya no sea necesario.

El capitán se encontraba recargado en el marco de la cocina con los brazos cruzados y una picaresca sonrisa ladeada. Al unísono cada hombre saltó de su banquillo en un grito de alegría.

¡Eh, capitán!

Los gritos fueron transformándose en palmadas que se volvieron aplausos, un aplauso largo e intenso que por más que el capitán intentaba silenciar, crecía. Rodney ya repartía un par de botellas de ron y la conmoción se acrecentaba hasta el punto en el que Black y Turco salieron de la cocina sin que nadie lo notase más que Jill. El capitán y su primer oficial se reunieron en la cubierta, donde aún quedaba un poco de silencio sin hurras ni festejos.

—Te dejaron en una pieza —dijo Black, sorprendido. Turco ladeó la cabeza, en una pieza, sí, pero apenas.

—Por favor, dime que me los dejaste vivos —siguió Black.

—Sabes que sí —respondió Turco.

—¿Quién fue?

—El muchacho de Tortuga, Benjamin Stain. Está abajo cuidando a los perros. Lo hizo bien, muy bien. Él y O'Connor.

—¿Y Jill? —preguntó Black—, ¿también en una pieza?

Turco suspiró abatido, no fue necesario buscar las palabras para describir el horror que vivió Jill porque Black ya lo había adivinado.

—Hijos de puta…

—Pero está bien, Des. Jill está bien.

—Súbelos —ordenó Black—, a los dos, *súbelos*.

Turco hizo aquella ligera inclinación de cabeza que hacía a Desmond en señal de un *sí, capitán* que a su vez era un *sí, Des, sí, mi amigo*.

—¿Des? —llamó Turco volviéndose—, ¿cómo diablos lo lograste?

—Pregúntale a John —respondió el capitán.

La tripulación se reunió en el alcázar. Getto y Slayer fueron puestos de rodillas ante los hombres, con las manos atadas detrás de la espalda, recibían burlas y escupitajos. El capitán Black estaba disfrutando este momento, pero antes de concluirlo hizo llamar al famoso Benjamin Stain, ese muchacho responsable del golpe que devolvió el mando de la nave a sus manos.

—Puede llamarme Ben —le respondió el muchacho, sonriente como nunca.

—Ben —dijo Black—, si crees que te voy a dar las malditas gracias por hacer tu deber y un beso en el trasero estás equivocado. Pero sí te voy a pedir un favor que puede que disfrutes. Hay una fragata anclada a unas tres millas al sur sureste de nuestra posición. No la verás porque no hay una sola luz encendida, pero ahí está. A bordo hay una niña que se cae de bonita, tráemela.

—Sólo para aclarar, capi… ¿esa muñeca es mi premio?

Ben recibió tan tremendo zape que por poco se le caían los ojos. Se fue deprisa, pero contento, dando alegres brincos y tarareando mientras preparaba un bote de remos.

El capitán Black regresó ante su tripulación y los amotinados arrodillados, respirando fuertemente y empapados en sudor.

—Y bueno, cabrones —comenzó Black en voz alta—, aquí tenemos al *capitán* Getto. Y al… ¿primer oficial? ¿O cuál era tu trabajo, Slayer? Porque nunca me ha quedado claro si quieres ser capitán o si quieres ser la perra de Getto y Manson.

Los hombres se rieron, burlándose de los amotinados y abucheándolos apasionadamente.

—Es más —siguió Black—, tengo la teoría de que se gustan, los tres. Lo digo porque esto, más que un motín, pareció una huida de romance entre ustedes. El trío dinámico de la estupidez porque además ni siquiera saben navegar una maldita nave ni leer un mapa. Carajo, Getto, ni siquiera sabes mandar. Te echaron a la jaula como a un perro. Y aquí estamos, juntos otra vez para que me vuelvas a decir en la cara quién es el capitán más listo. O mejor… mejor no digas nada.

Entonces el capitán Black le abrió la boca a Getto, luchando contra la fuerza de su mandíbula hasta que logró pellizcarle la lengua y rebanársela con un cuchillo. Getto daba alaridos y escupía sangre. Pero el capitán no estaba satisfecho, quería más, abrió la boca de Slayer y le rebanó la lengua también. Dos fuentes escarlatas llorando como niños pequeños.

—¡Jill! —llamó Black.

La chiquilla, al frente de la fila de espectadores, se acercó a su capitán.

—¿Cuál quieres? —le preguntó Black.

Jill miró a Getto y a Slayer como quien elige un platillo para cenar, y vaya que se lo había saboreado por bastante tiempo. Pensó en aquel día del motín y la forma en la que fue sometida y torturada, le dolía el cuerpo de sólo acordarse. Getto había sido por mucho el más violento y brutal, pero ella sería incapaz de arrebatarle ese gusto al capitán por simple venganza, así que señaló a Slayer y se contentó en recordar cuando él la destrozaba para que le diera la misma ilusión. El capitán Black entregó el cuchillo a Jill.

—Todo tuyo —le dijo.

Y entonces Jill rebanó la garganta de Slayer en un tajo tan rápido y preciso que se alcanzó a ver una perfecta línea roja en el cuello del amotinado antes de que cayera de boca sobre la madera, muerto. El capitán sonrió y se volvió a Getto.

—Tú no vas a correr la misma suerte, hijo de puta. ¡Cañón!

Turco y Habib empujaron hacia el capitán uno de los cañones de cubierta, eligieron el más viejo y fallido porque sabían para qué sería utilizado.

—Átenlo —ordenó Black.

Los piratas ataron a Getto al cañón como un capullo que se retorcía y chorreaba sangre.

—¿Últimas palabras? —le dijo Black. Getto balbuceó con la mitad de su lengua.

—No entendí, ¡al agua!

El cañón fue empujado el agua. La profundidad lo succionaba arrebatándolo de la superficie con tanta rapidez que Getto sentía que caía de un precipicio. Los pulmones le dolían a estallar a medida que la luz de la luna se extinguía en la obscuridad de las profundidades, donde sus gritos se tornaban en burbujas rojas que huían de él hasta que finalmente sintió el golpe del fondo, donde murió sabiendo que los tiburones se comerían su cadáver y los cangrejos jugarían en sus huesos.

19

Margaret se encontraba hincada en plena proa, rezando el padrenuestro una y otra vez con las palmas juntas a la altura del pecho, rogándole a Dios por la vida de su hermano y por John, por que encontrase la luz y volviese a Port Royal curado de la piratería. Se escuchó un suave golpeteo hacia la amura de babor, por lo que la niña se levantó de un brinco pensando que se trataba de su hermano, pero en su lugar escalaba por la borda Ben Stain, sonriente y complacido por tratarse de una misión para el capitán Black. Las cuerdas vocales de Maggie estallaron con aguda potencia haciendo que el pirata se cubriera los oídos, completamente desconcertado. Margaret tomó un trapeador y lo amenazó.

—¡No te acerques, pirata! —exclamó ella, y por más que se tratase de una amenaza, su voz seguía siendo demasiado dulce y difícil de tomar en serio, por lo que recibió una risa como respuesta. Ben la observó de pies a cabeza, maravillado no solamente por su belleza sino por su finura. Margaret Tanner era sin duda lo más fino, elegante y probablemente costoso que habría tenido ante sus ojos. Dio un paso hacia ella y Margaret tensó el trapeador en sus manos, lista para golpearlo.

—Pedazo de bombón —admiró el pirata.

—¡Aléjate!

—No puedo hacer eso, muñeca —le dijo Ben—, tengo órdenes de llevarte a El Espectro con el capitán Black. Y ¿te digo la verdad? Te van a zurcir los labios si sigues gritando así, en serio, he visto cómo lo hacen. Así que deja de ponérmela difícil y…

Margaret lo golpeó con el trapeador directo al rostro. Entonces Ben, luego de sobarse se vio obligado a perseguir a la pelirroja por toda la cubierta entre gritos y risas hasta que por fin la atrapó en sus brazos. Ella se retorcía y soltaba patadas, pero el bucanero ya la arrastraba por la borda sin ninguna dificultad hasta echarla dentro del bote de remos como un vil costal.

—¡Cuando mi hermano se entere de lo que te has atrevido a hacer...! —lloraba Margaret.

—No creo que se entere de mucho —respondió Ben—, él está en El Fénix y tú vas para El Espectro conmigo, a solas, juntos, tú y yo...

Margaret intentó saltar del bote, pero Ben la pescó del faldón del vestido.

Alcanzaron las negras amuras de El Espectro. Margaret temblaba de miedo al admirar semejante monumento, escuchando el aterrador eco de las risas y cantos alegres de los hombres, las antorchas brillando como los amarillos ojos de la bestia que era el barco pirata.

—Tranquila, linda, vienes con Stain —le dijo Ben.

—¿Me harán daño? —murmuró ella con la voz temblándole.

—Oh, sí, ¿qué no te lo han dicho? Planeamos cortarte en cachitos y cenar tus carnes esta misma noche. Y dejaremos tus ojos para el postre.

El capitán Black esperaba en el saltillo del alcázar, acompañado por su temeraria tripulación que aún festejaba su regreso entre vasos de grog y el ron que Rodney repartía. La divertida música de Stanley en las notas de un violín acompañada del canto de los muchachos y melodías de bucaneros. Joe iba paseándose entre ellos, cantando mientras sostenía una olla con lechón deliciosamente marinado. Ésta era una celebración digna; aunque el capitán no estuviese completamente de acuerdo con celebrar ni estaba del mejor humor, la dicha de sus hombres era imposible de contener.

Para cuando Ben y Margaret abordaron el barco, el licor ya fluía por los sesos de cada bucanero. En cuanto vieron a la damita estallaron los silbidos y los más vulgares cumplidos lanzados a gritos, palabrotas cuyo significado ella desconocía completamente. Los enronquecidos gritos la asustaron lo suficiente para ocultarse detrás de Ben. Entonces el capitán tiró del brazo de Margaret y la azotó contra su costado, atrapándola bajo su brazo.

—¿Qué tenemos aquí? ¡Una muñeca! —decía Black.

Risas, burlas y toda clase de obscenidades golpeaban los oídos de Margaret como martillos. Se vio rodeada de los hombres más sucios y despreciables, y hasta una muchacha, Jill, que la veía con la misma lujuria hasta lamerse los labios.

El capitán Black se llevó a Margaret al camarote, se detuvo en la puerta y se volvió a la tripulación.

—No quiero interrupciones —advirtió a sus hombres. *¡Échenosla cuando termine, capi!*

No era la primera vez que el capitán invitaba a su camarote a una mujer hermosa mientras los demás laboreaban o festejaban, pero ésta sí que era la primera vez que la mujer en cuestión no parecía complacida de ser invitada, al contrario, lloraba a cántaros.

Luego de cerrar las puertas con llave, el capitán sentó a Margaret con brusquedad sobre una de las sillas del pequeño comedor y se colocó frente a ella. Necesitaba silencio, pero los sollozos de la pelirroja no cesaban.

—¿Va a matarme? —lloraba Margaret—, ¿es verdad que cenarán mi carne y mis ojos como postre? Por favor, le ruego que no me mate...

Margaret estuvo a punto de volverse a hincar ante el capitán cuando éste la sostuvo de los codos forzándola a sentarse.

—De eso quiero hablar —dijo Black— y si te traje a mi camarote es para que mis hombres no te molesten, están ebrios y acabarían contigo. Tu vida y la de tu hermano están en tus manos. Te lo digo porque estoy por hacer algo que no le va a gustar nada y, con los cojones en la garganta como los tiene, pierde el control y me obliga a pegarle un tiro entre las cejas, y a ti otro. Así que, muñeca, ¿crees que puedas hacer que se comporte?

—¿Qué es lo que va a hacer? —preguntó aterrada—, por Dios, no le haga daño...

—Linda, a mí me importa un carajo si tú y tu hermano están vivos o están muertos. Es más, si por mí fuera ya estarían en el fondo del mar. Es por John.

—¿Tiene usted alguna deuda con mi John? Parece concederle mucho con bastante benevolencia. ¿Le concederá volver a Port Royal a mi lado? Verá, creo que después de lo que hemos sufrido quizá haya podido cambiar de opinión sobre nuestro compromiso, y...

—Muñeca, muñeca...

El capitán se inclinó hacia delante con los codos sobre las rodillas, entrelazó los dedos y miró a Margaret a los ojos con cierta compasión.

—Te voy a regalar dos consejos —dijo Black—, primero, no eres ninguna niñita, ya tienes un par de deliciosos pechos así que ya te puedes mandar sola. Segundo, ¿te has visto en un maldito espejo? Tú no estás para *esperar* a que ese imbécil cambie de opinión, estás para que cada cabrón en el mundo te espere a ti.

Para Margaret ésta había sido la conversación más reveladora que había tenido en su vida. Recordaba a su madre, aconsejándola a ser recatada y dulce, a no opinar demasiado y ante todas las cosas ser del agrado de John Dawner, su prometido. Y si ella cumplía con todos los requerimientos exigidos a cualquier princesa, quizá el marido potencial accedería a desposarla alegremente y le daría muchos hijos. Todo aquello resultaba tan cansado, más asfixiante que un corsé. Pero ahora, aunque fuera por este breve instante, se sentía liberada.

Desde El Fénix, John miraba a través de un catalejo intentando distinguir lo que sucedía en la cubierta de El Espectro cuando George le arrebató el artefacto y lo enfocó hacia La Bolena, cuyas luces se habían encendido de repente siendo que la indicación fue mantenerlas apagadas en todo momento. Las luces fueron creciendo y tornándose más luminosas hasta adquirir un color anaranjado y rojo, despidiendo denso humo negro. La Bolena se incendiaba.

—¡Margaret! —exclamó George, iba a saltar al agua cuando brilló un fogonazo en la batería de babor de El Espectro seguido del estruendo de un cañonazo y después otro. El barco pirata hacía trizas a la fragata entre ráfagas de humo de pólvora mientras que los piratas observaban como si fuera un espectáculo de fuegos artificiales.

—¡No! ¡Margaret, no! —lloraba George—, ¡por Dios, no!

—¡No lo entiendo, Black conocía nuestro trato! —exclamó John, igualmente horrorizado.

El Espectro no tuvo que disparar demasiados cañones antes de que La Bolena quedara totalmente destruida, dividida en inservibles trozos de madera que ya se hundían en el oleaje de la noche.

—¡Por favor! —seguía George, en dolorosos alaridos—, ¡mi hermana, por favor!

Los intentos de George por lanzarse al agua no cesaban, así que John se vio obligado a pedir a Lewis y a Dickey que lo sostuviesen, desbocando por su furia.

—¡John, traidor! *¡Eres un traidor!*

Traidor o no, hubo de contener el llanto que le brotaba, de otro modo mostraría debilidad ante los hombres que lo observaban con atención, como si esperasen a que *él* diese una indicación, una orden.

—Silvestre —llamó John—, nos acercamos a El Espectro lo más posible, bauprés paralelo. Voy a abordarlos.

¡Dawner, eres un traidor! ¡Has matado a mi hermana! ¡Te mataré, infeliz, te mataré!

John se balanceó de una soga hasta caer de pie sobre la cubierta de El Espectro, su súbita presencia silenció la celebración y capturó la mirada de cada tripulante. Jill saltó sobre él juguetonamente.

—¡Ojitos!

En otro momento John le habría sonreído y quizá hasta la habría besado, pero con la muerte de Margaret ardiendo en su consciencia, se quitó a Jill de encima, jadeando de rabia y desesperación.

—¿En dónde está el capitán Black? —preguntó amenazadoramente.

—En el camarote con la pelirroja —respondió Jill.

La expresión de angustia sobre el rostro de John se desvaneció junto con su color, una parte de él siempre creyó que Desmond Black sería incapaz de volar la fragata en mil pedazos con una niña en el interior, pero la misma niña en el interior del camarote del pirata no era mucho mejor destino. Fue directo como una bala hacia la puerta del camarote, dispuesto a irrumpir cuando Jill tiró de su brazo.

—¡Ey, no! —exclamó la pirata—, nunca interrumpas al capi cuando tiene invitadas.

—¡Black conocía nuestro trato! —rugió John.

Rodney le zarandeó los hombros suavemente, entregándole una botella en la mano izquierda mientras Joe le ponía un trozo de lechón en la mano derecha.

—No estás entre marineros, Ojitos —le dijo Rodney—, el capi es un pirata como nosotros, no esperes promesas cumplidas ni favores.

—Puede que creas que es tu amigo —agregó Melville—, pero si se le da la gana darte un tiro mañana lo va a hacer. Qué, ¿tuviste una pequeña aventura con él y ya son íntimos? ¡No seas tonto!

En realidad, sí había olvidado que trataba con piratas y que por lo mismo era ridículo depositar su confianza en cualquiera de ellos, como empezaba a parecer ridículo para los Tanner depositar su confianza en él. Hace un par de días lo tenía todo tan claro, peleaba contra el rey y naturalmente estaba de lado de los piratas y hasta aspiraba a convertirse en uno, pero en ese momento, estar con los piratas daba el consentimiento para que ardiese La Bolena en contra de su palabra, como consentía que George fuese golpeado por los bucaneros y Margaret violentada por el capitán. Las puertas del camarote se abrieron y cada hombre se dispersó por la cubierta, actuando con suma casualidad como si no hubiesen estado intentando escuchar los característicos gemidos de una mujer enloquecida por Desmond Black. John quedó invadido por dudas existenciales como puñales en el alma, que se incrustaron aún más cuando Black le miró como si se hubiese olvidado de que existía.

—Johnny —saludó Black—, ¿todo bien en El Fénix?

—¿Maggie? —llamó John, adentrándose en la cabina—, ¿estás bien? ¿Te hicieron daño?

El capitán Black los miraba a uno y al otro, preparado para disfrutar una escena más que diese continuidad a la tragedia de siempre, pero, si todo salía como esperaba, con un giro especial a favor de la dama.

—Me encuentro perfectamente —respondió ella con sequedad—, el capitán Black ha tenido la amabilidad de servirme de cenar. Ahora quisiera ver a mi hermano, si no te importa.

—Maggie, espera…

—No, John. Yo no estoy para esperarte más. Se ha perdido demasiado de mi tiempo a tu merced y no he de obsequiarte otro minuto.

¡Ooooh!, gimieron los hombres.

El capitán Black levantó las cejas y sonrió complacido, dirigiendo la mirada al suelo porque el desconcierto de John causaba demasiada pena como para mirarlo. El momento de tensión se desvaneció cuando vino Ben Stain, igualmente extrañado por la dramática escena.

—Muñeca —llamó Black—, Ben se ofreció a echarte un ojo, ve con él. Y si alguno de mis hombres te hace pasar un mal rato, házmelo saber.

Con plena confianza en el capitán, Margaret asintió y siguió a Benjamin Stain. Se mentiría a sí misma al negar el miedo que sentía, pues bien sabía que La Bolena estaba destruida y que quizá no volvería a ver jamás la costa de Port Royal. Sin embargo, aún no decidía si esto se trataba de una tragedia o una fortuna. El capitán tenía un cierto modo con las mujeres, podía hacerles creer que todo estaría bien, en realidad podía hacerles creer cualquier cosa y Margaret no era la excepción.

La tripulación recibió la maravillosa orden de tomar un descanso esa noche, y aunque por el estado en el que se encontraban habría sido ideal que descansasen, optaron por acrecentar y continuar la celebración que se volvió casi obscena cuando se juntaron ambas tripulaciones en la cubierta negra. Stanley volvió a atacar las cuerdas de su violín con suma alegría, esta vez acompañado de Melville con un mandolina y O'Connor con una flauta irlandesa. Lucky, Rodney y Poe cantaban a todo pulmón, marcando cada compás con aplausos y palmadas. Jill fue la primera en bailar, luego Espinoza, que lo hacía fantásticamente y hasta ese momento nadie lo sabía. Habib y Pulgas bailaron juntos y de uno a uno se fueron sumando entre brincos y risas. Botellas se descorchaban hasta el punto en el que Joe optó por llenar las vacías con agua y repartirlas como nuevas, ninguno se percató. El lechón y el tocino seguían llegando, y hasta el pan rancio con azúcar sabía a la mejor repostería francesa tanto como la noche sabía a Tortuga. Es posible que al capitán Black le hubiera gustado estar ahí, había extrañado tanto a su nave como a aquellos que la tripulaban tan amorosamente; pero John le había pedido, con cierto enojo, que se reuniesen a solas en el camarote y ahí estaban. El capitán se sentó en su silla frente al escritorio y con gustosa urgencia abría el pequeño cajón de arriba, de donde sacó una cajita de madera que contenía su adorada pipa tallada y su delicioso tabaco cubano. El pirata preparaba la pipa esperando a que el muchacho, de mejillas enrojecidas de cólera, empezase a hablar.

—Destruiste La Bolena, ¿por qué? —comenzó John—. Sabías del trato que hice con los Tanner y me has hecho quedar como un mentiroso, ¡como un traidor!

—Haré a un lado el hecho de que estás cuestionando a tu capitán por mera cortesía —dijo Black—, pero te aconsejo que cuides tu lengua la próxima vez que abras la boca. El trato que hiciste con tus amigos lo hiciste sin consultarme y yo nunca aseguré un carajo. Y sí, destruí La Bolena porque habrían vuelto sólo para abrir la boca y echarnos a la Marina encima.

—¡La Marina ya se nos echó encima! —exclamó John—, ¿en verdad pensaste que no serías perseguido al robar El Fénix? George ha dicho que una flota entera nos persigue.

—Muchacho, a mí me llevan persiguiendo desde antes de que vinieras a este mundo. Hombre que me enfrenta se muere y nave que reta a El Espectro se hunde.

—Excepto Barbanegra y El Satán —respondió John sin pensarlo—, y si te preocupa tan poco una batalla naval, ¿qué importaba que Maggie y George hablaran en Port Royal?

El capitán Black se levantó de la silla.

—Vuelve a hablarme así —dijo Black—, te reto.

Entonces John sintió la manzana de adán subir y bajar con un trago de saliva, bajó la mirada.

—Perdón —murmuró—, es Margaret, éste no es lugar para ella y no veo cómo pueda acabar bien. No me lo perdonaría si algo le sucede.

El capitán liberó una risita y negó con la cabeza.

—Vete de aquí, John —le dijo—, me siento demasiado tentado a romperte el hocico y no quiero.

El muchacho iba de salida con la cabeza baja y el orgullo humillado cuando se topó con Jill en la mera puerta. La chiquilla, alegre como siempre, venía un tanto ebria y apestaba a ron, aún aturdida por la música y mareada de tanto bailar. John estuvo a punto de pedirle que lo acompañara cuando fue el capitán quien le pidió exactamente lo mismo tan sólo un segundo antes, y con abatimiento hubo de dejarlos solos.

—Capi —dijo Jill, acercándose al escritorio—, ¿bailas conmigo? Anda, vamos afuera, es tu fiesta.

—Ven acá —le dijo el pirata, llamándola con un dedo y de mala gana.

El capitán hizo un breve recorrido de todas sus cosas, preocupado por que Getto pudiera haber metido mano, pero resultó que el amotinado era tan idiota que ni siquiera se le había ocurrido asaltar las maravillas ocultas en los cajones; mapas a locaciones espectaculares, monedas de todo el mundo, joyas y piedras preciosas, tabaco cubano, opio, hierbas, pipas, instrumentos de navegación avanzados como un finísimo sextante italiano, cartuchos, lencería olvidada y muchas otras curiosidades entre las cuales cogió una pieza de tela de encaje blanco, una especie de listón al que se le quedó mirando.

—¿Estamos de mal humor? —preguntó Jill, que lo observaba recargada en la esquina del escritorio con los brazos cruzados.

—No —respondió Black—, fue estupendo haber sido abandonado en una isla, quiero repetirlo este fin de semana.

—Ay, capi, fue un motín y ya. Nada que no puedas manejar.

El capitán se acercó a ella, sosteniendo el frasco de hierbas chinas que ya olía a menta y eucalipto tan deliciosamente sin siquiera abrir la tapa de corcho.

—Déjame ver tu espalda —dijo Black.

La chiquilla vaciló un momento, quería negarse porque ella no era de mostrar ningún tipo de herida a nadie, pero tanto la benevolencia en la voz del capitán como la severidad en su mirada hicieron que se desabotonara la camisa con una sonrisita. Se giró para dar la espalda al capitán, mostrándole las marcas aún ensangrentadas de cada latigazo puesto con despiadada fuerza, con ganas de herir, que habían arruinado la piel permanentemente. Black sintió una amarga combinación de furia y tristeza que lo obligaron a mirar hacia otro sitio, aunque fuese un instante. Abrió el frasco liberando el delicioso olor.

—No son tus hierbas chinas, ¿verdad? —protestó Jill—. Capi, un buen día las vas a necesitar en serio y no vas a tener suficientes.

El capitán remojó los dedos en el viscoso contenido verde y con sumo cuidado comenzó a untarlo sobre la espalda de Jill, recorriendo la piel suavemente con la yema de los dedos. Miraba la luz de las velas reflejándose en el sudor del cuello de la muchacha, el cabello negro húmedo contra su piel y el envolvente aroma de mujer. Los movimientos de Black se transformaron en caricias que la llevaron a cerrar los ojos y a suspirar suavemente. Él se acercó más, rozándole los hombros con la barbilla para besarle el cuello. Ella se volvió para besarlo en la boca, un beso que se hizo agitado a medida que se desvestían mutuamente, se mordían los labios y se acariciaban con tanta urgencia que ni siquiera llegaron a la cama. Black alzó a Jill en sus brazos y la recostó sobre el escritorio haciendo volar cada mapa y artefacto, ella rio al ver que el pirata echaba todo al suelo de un manotazo para finalmente quedar encima, permitiéndose ser envuelto por sus piernas, mientras él le sostenía ambas manos por encima de la cabeza, besándola con voracidad, haciéndola suya con esa apasionada potencia que la hacía gritar; ambos desafiando los límites del placer en cada movimiento hasta alcanzar una conclusión tan intensa como deliciosa. El capitán y Jill se quedaron tumbados sobre el tapete en el suelo, mirando al techo jadeantes y satisfechos. La chiquilla se vistió en un instante y mientras lo hacía Black la observaba con una sonrisa, las heridas de la espalda habían mejorado notablemente y esto le traía más satisfacción que cualquier orgasmo.

—Jill —llamó con severidad—, ¿hay alguien que te haya tocado y siga vivo?

—No seamos dramáticos, capi —rio ella—, de los únicos que vale la pena preocuparse ya están en el infierno.

El capitán rio y esa noche durmió con cierta tranquilidad.

20

La fiesta terminó a las altas horas de la madrugada, y no es que terminase como un acto voluntario, sino que sus participantes fueron cayéndose de borrachos uno a uno hasta que el silencio conquistó la noche. Turco tomó la guardia junto con John y O'Connor, que no duró despierto ni la primera hora. John tampoco estaba ahí por un instinto de deber ni mucho menos, quería mantenerse lo más cerca posible de las puertas de la cabina, con la esperanza de escuchar lo que sucedía en el interior. Esperaba escuchar una discusión entre el capitán y Jill, o una conversación agitada, pero el único sonido fue tan devastador que le arrancó el habla e hizo que derramara una dolorosa lágrima, *gemidos*. No es que no supiera que había algo entre ellos y siempre lo había habido, es que ahora Black bien sabía que él estaba enamorado de Jill y no había importado en lo más mínimo del mismo modo que conocía su acuerdo con los Tanner y tampoco importó en lo más mínimo. Y aunque en cierta forma hacía sentido, le dolía de maneras que no podía explicarse. Fue a encontrarse con Turco, que sostenía el timón sereno entre sus manos con un aire de calma y equilibrio.

—Deberías dejarlo en paz —dijo Turco—, no conseguirás nada de Desmond, si eso es lo que te propones.

—¿Qué? —murmuró el muchacho, ofendido.

—Sé bien por qué estás aquí y hasta puedo comprenderlo, pero él no. Tiene la sangre caliente y sentirá mucho antes que pensar. Como tú. ¿Crees que te dará un abrazo cuando te atrevas a decirle? Te cortará el cuello.

—¿Lo sabes? —se desconcertó John—, ¿cómo?

—¿Qué quieres de él? ¿Te lo has preguntado?

—Nada. No quiero nada. Que me mire, supongo.

—Te mira, créeme. ¿O por qué piensas que sigues vivo? ¿Por qué crees que ha perdonado la vida de tus amigos? ¿Esperabas que también se abstuviera de Jill sólo porque te gusta? Estás tirando de sus hilos y si tiras un poco más conseguirás romperlos y te matará. Ya déjalo. Por favor. Si Desmond pierde la cabeza, la nave y la tripulación pierden también. Ha pasado antes.

—¿Por María? —adivinó John.

Turco asintió con pena, como si lo sucedido con la niña española siguiera haciendo estragos en El Espectro a pesar del tiempo.

—¿Me dirás qué fue lo que pasó? —suplicó John—, él no lo hará y a mi madre jamás la conoceré, tengo que saber qué fue lo que pasó.

Turco tomó una profunda bocanada de aire y exhaló un suspiro que lo sosegó un poco antes de hablar, sabía que no era su lugar contar una historia de la que no había sido parte, no realmente, pero el semblante suplicante del muchacho y el brillo que anuncia un doloroso brote de lágrimas lo empujaban a hablar aun cuando no debía.

—Desmond perdió la cabeza, eso fue lo que pasó. Hace veinte años navegábamos cerca de puerto cuando hallamos un bote de remos con una niña moribunda. La niña más hermosa que he visto. La recuerdo perfectamente, largos cabellos dorados, ojos grandes color canela. Llevaba puesto un vestido de encaje blanco que terminó por delatar su casta, fina hasta la médula. Una princesa nacida en cuna de oro y alimentada con cuchara de plata. Todos creímos que nos habíamos llevado el mayor botín cuando nos enteramos de que se trataba de una infanta de la nobleza española, y ya soñábamos con el rescate que pediríamos por ella. Apenas sabía hablar inglés, pero se daba a entender porque era demandante como pocas y valiente como ninguna. Des, bueno, ya lo viste, aparece una pobre niña y la protege en su cabina mientras decide qué hacer con ella. Y mientras decidía qué hacer con ella, se enamoró. El capitán Desmond Black a la merced de una chiquilla. Estaba… hechizado, jamás lo habíamos visto así. La cosa se fue esclareciendo, los Aragón habían prometido a María con un inglés de Port Royal y navegaron hasta allá para que se vieran, pero ella se escapó sola en un bote de remos. Para María este barco no era ninguna prisión ni Des un secuestrador, era su escondite y él su protector. La pobre estaba tan enamorada del capitán, tan ridículamente enamorada… lo amaba, lo *adoraba*. En poco tiempo la tripulación comenzó a odiarla, quizá yo también. Absorbía al capitán al punto de dejarnos sin órdenes y sin rumbo. Nos daba un mal presentimiento que iba creciendo. Des ya no tomaba el timón por estar con ella, no supervisaba la actividad en cubierta, no jugaba a los dados ni bebía con nosotros. Pasaba día y noche en el camarote; los oíamos hablar, reír, los oías amarse, pero ningún amor dura para siempre y en poco tiempo empezaron a pelear. Los gritos eran cada vez más fuertes. El capitán la insultaba, la insultaba hasta dejarla tumbada de llanto porque estaba preñada y nada le parecía peor. Tuvieron una última pelea y María le dio una épica bofetada a Des. Él le levantó la mano para devolver el golpe, pero no se atrevió a tocarla. La encerró en el calabozo y fuimos hacia Tortuga. Una vez anclados, Desmond empujó a la niña al muelle haciéndola caer, ella lloraba y suplicaba piedad, pero Des sólo se rio de ella y le lanzó unas monedas antes de darle la espalda, abandonándola. La dejamos atrás y volvimos al mar, confiados en que todo volvería a ser como antes, pero el capitán ya no era el mismo ni lo sería jamás. Vivía encerrado en el camarote, ahogado de borracho, lo estábamos perdiendo. Y nuestra suerte empeoró, El Satán apareció de la nada, hizo trizas tanto a la nave como al capitán dejándolo humillado y herido de muerte, y a la nave con agujeros por los que brotaba el agua. Esta historia la conoces y sabes lo que sucedió. Lo que no sabes es que, durante la agonía de Desmond, suplicaba volver a Tortuga por María, *su María*. Creíamos que moriría y haríamos cualquier cosa para evitarlo, así que fuimos de regreso a Tortuga en busca de la condenada niña. Pero llegamos tarde… o justo a tiempo. En el muelle había anclado una flota de la Compañía de las Indias al servicio del señor Raúl Aragón, el padre, que se llevaba a María casi a rastras. Des se enfrentó al señor Aragón, pero a María la arrastraron a la nave de regreso a España con su familia, no sin antes poner en brazos del capitán a un niño de meses de nacido. Des quiso echarlo al agua la primera noche, pero no tuvo el valor. Estaba enloqueciendo, el llanto del niño lo hacía enojar tanto que en verdad creíamos que iba a matarlo, le atoraba un trapillo en la boca y lo encerraba en un barril, pero no se callaba. Le daba armas como juguetes para que se entretuviera y sólo consiguió que el pequeño se rebanara la barbilla con su navaja y llorara más. Enloquecíamos con él y queríamos saltar por la borda. Nos prometió, *nos juró* que echaría al niño al agua en la segunda noche, pero la segunda noche nunca llegó porque el bebé desapareció esa misma tarde en un enfrentamiento con la Marina. Y tú mejor que nadie sabes qué fue de ese niño.

John no dijo nada, su mirada se quedó perdida en la ondulante agua bajo la luna. Dio un par de pasos alejándose de Turco y fue a la borda, donde se recargó con ambos brazos desfilando una quietud tan sombría que el mismo Turco se preguntó si había sido buena idea contar la historia, o si había terminado por deshacer cualquier expectativa que el muchacho se hubiera formado la historia de amor. No había mucho que deducir, el capitán Black nuevamente había demostrado ser un hombre cruel más que un héroe, y ésa sí era una expectativa que para John ya llevaba varias horas desmoronándose desde que vio arder La Bolena, y aceptaba amargamente que no había otro culpable más que él mismo, por haberse inventado una historia que no era cierta y un capitán que no existía. Y si *para Des no había nada peor que tener un hijo*, entonces no lo tendría jamás.

La negrura del cielo se desvaneció en tonalidades rojas y púrpuras, cada estrella desapareció y la luna quedó como un tenue objeto blanco y el sol asomó en el horizonte. La brisa soplaba fresca y serena, una maravillosa mañana para replantear, y eso era exactamente lo que el capitán Black estaba por hacer, allí de pie en el saltillo del alcázar con un vaso de café negro y espeso. Estaba de mal humor, y eso infundía miedo en sus hombres más que cualquier peligro que ofreciesen los siete mares. Ambas naves, El Espectro y El Fénix anclaron alineadas paralelamente para quedar las dos tripulaciones en una misma formación sobre cubierta, misma que Turco dirigía con mucha paciencia ante la resaca que torturaba a los hombres.

El capitán terminaba de preparar el tabaco dentro de su pipa cuando Margaret apareció a su lado, sintiéndose extrañamente protegida del horror que le provocaba el montón de piratas sucios y ebrios; todos excepto Ben, que la había hecho reír durante la noche, y aunque no consiguió desnudarla como tanto quería, por lo menos consiguió ganarse un asomo de su confianza.

Una vez que los bucaneros se quedaron alineados, firmes y ansiosos, hubo silencio de proa a popa. El capitán Black exhaló el humo del tabaco y caminó a pasos lentos a lo largo de la formación, provocando que cada hombre tragase saliva. Sabían que estaba por hacer cambios, distribuir la tripulación para mejorar la navegación a consecuencia del tiempo perdido.

—La verdad... —comenzó Black—, la verdad es que todos son unos imbéciles. Pedazos de mierda, cobardes hijos de su putísima madre. Cuánto maldito tiempo les tomó agarrarse los cojones para amarrar a Getto y a sus dos perros. Tres mamarrachos contra... ¿cuántos somos? ¿Cuántos somos, Espinoza? ¿Unos noventa? ¿Más? Ya no sé. Ya no sé ni siquiera quiénes están conmigo para pelear contra Barbanegra e ir por el tesoro y quiénes están haciéndola de mierda, mediocres buenos para nada. Dejaron que tres hombres, ¡tres!, se llevaran mis naves, las navegaran como animales y además jodieran todo, absolutamente todo el maldito plan. ¡Si tuvieran un maldito gramo de seso en sus cabezas habrían acabado con esta estupidez en la primera puta hora desde que zarparon de la isla! Pero no… no, dejaron que pasaran días hasta que un idiota llamado Ben tuviera una puta iluminación divina y se le ocurriera hacer algo. Debería matarlos a todos, aquí, ahora. Pero no puedo hacer eso. No puedo hacer eso porque ya hemos perdido demasiado tiempo y a mí sí se me da la gana acabar con lo que me propuse de una puta vez, con lo que nos propusimos todos, porque esto no es sólo mío sino nuestro, porque si vencemos… *que venceremos*, seremos más ricos que el rey y habremos hundido a Barbanegra. ¿Qué más quieren? ¡Qué más quieren, malditos imbéciles hijos de las mil putas! Y va de nuevo, como si estuviéramos empezando. El Espectro se queda casi igual, el único cambio es que… ¡John! Ah, ahí estás. Me vienes mejor con los gavieros que de grumete. Culebra toma su lugar. Turco y Jill tienen el día libre, saben por qué. Ben… en dónde, ah, a los aparejos. Ahora, El Fénix, me importa un carajo cómo distribuyan la tripulación mientras naveguen mi nave mejor de lo que la defiendan. Lo que sí me importa es quién esté al mando. Me equivoqué con Getto, pero espero no volverme a equivocar, por el bien de ustedes digo. Espinoza, *sabed que si no fuera porque nadie más os entiende una palabra ya os habría nombrado capitán, aprended a hablar inglés de una vez.* Pero vamos a ver… un hombre que tenga los cojones en su lugar y sea listo, pero no tan listo, ¿quién será? ¿Quién será capaz de capitanear El Fénix sin darme un maldito dolor de cabeza? Melville, tú. Decidido. Fin. Ah y… el próximo imbécil que me haga perder un jodido minuto, al próximo animal que se le ocurra cualquier estupidez…

—¿Capitán? —llamó Margaret tímidamente—, le ruego disculpe mi atrevimiento, pero no he visto señal de mi hermano y deseo sea traído a esta nave para reunirse conmigo.

—Muñeca, muñeca —dijo Black sensualmente—, por poco me olvidaba de ti. Aquí nadie se queda a bordo de a gratis porque todos contribuyen en algo, así que si no quieres echar un clavado desde la plancha, te vas a tener que hacer útil.

¡Yo ya sé para qué la quiero!

—Yo… yo… sé coser. Sé coser, capitán. Imagine usted que se rasga alguna vela, yo puedo remendarla perfectamente. También sé limpiar y me gusta cocinar repostería, ya sabe usted, pasteles y… bueno, aunque ampliar mi repertorio culinario no supone ningún problema, me gusta la cocina, mucho.

Las risas de los hombres ya habían alcanzado una humillante burla. El capitán levantó las cejas con una sonrisa y se acercó a la pelirroja.

—Limpia, entonces, linda —concluyó—, y si se me antoja un postrecillo te lo haré saber, ¿les gusta el pastel, muchachos?

Las risas y los chiflidos continuaban entre cumplidos de pésimo gusto, pero ahora, por primera vez en su vida, Margaret sentía que servía a un propósito y aquello le era extrañamente satisfactorio.

Los muchachos de El Fénix trajeron a George y lo lanzaron de rodillas ante el capitán. Jamás se había visto peor, ni siquiera se atrevía a levantar la mirada por la vergüenza que le provocaba mostrar su rostro que evidenciaba su amarga derrota en una pelea a golpes. No había sido una pelea realmente, una pelea suele ser un encuentro violento entre dos hombres o hasta tres a uno, pero esto había sido una carnicería, una docena de bucaneros contra un jovencito distinguido de la Marina Real. No era entonces ninguna sorpresa que George sangrara de la nariz y de la boca, llevaba una ceja bien abierta e incontables moretones, la camisa blanca rasgada y manchada, y su moribunda dignidad arrastrada hasta las botas del capitán Black. Margaret se lanzó a los brazos de su hermano y lo estrujó con fuerza ignorando su dolor.

—Por Dios, George —lloraba ella—, ¿qué te han hecho?

George acarició el rostro de su hermana y la inspeccionó cuidadosamente, buscando alguna señal de maltrato, pero no parecía haber nada más que lágrimas y piel ardida por el sol.

—¿Te han hecho daño? —preguntó George. Margaret negó con la cabeza, aún en llanto. Habiendo visto la escena con una dolorosa dosis de culpa, John se acercó también. Miró a George hacia abajo sin saber qué decir, y justo cuando estaba a punto de ayudarle a levantarse, el rubio se le fue a los golpes con la poca fuerza que tenía, lo atacó como un animal herido que se siente acorralado. Entonces el capitán lo pescó de la camisa y lo azotó contra el palo mayor con semejante fuerza que le sacó el aire de los pulmones.

—¿Así van a ser las cosas, capitán Tanner? —amenazó Black—. No sé si lo sepas, pero la única maldita razón por la que sigues vivo es por John. Es por él que no estás descuartizado de pies a cabeza y tu hermana usada tantas veces hasta quedar inservible, así que muestra un poco de gratitud. Y si quieres seguir vivo y con tu hermana limpiecita, ve bajando esos cojones a su lugar, porque aquí no eres ningún capitán, no eres ni siquiera un puto marinero, eres un prisionero al que le estoy haciendo el favor de dejar vivo. Así que tú eliges, te encierro o te pones a limpiar mi barco, ¿qué va a ser?

El antebrazo del capitán presionaba el cuello de George impidiéndole hablar, apenas le permitía respirar. Viendo esto, Black liberó la presión tan sólo un poco para escuchar su respuesta.

—Prefiero morir que ser un pirata —jadeó George.

—Niño —rio Black—, tú no podrías ser pirata aunque quisieras. Pero sí puedes elegir entre ser un grumete o un cadáver y tienes tres segundos, uno...

George se volvió a su hermana, que lo miraba con los ojos llenos de lágrimas suplicándole que cediese.

Dos...

Quería morirse antes que hacerlo, pero si él moría no quedaba nadie para protegerla.

Tre...

—Grumete —cedió—, elijo ser grumete.

El capitán Black le sonrió y dio un par de insoportables cachetaditas contra su mejilla.

—Así me gusta.

Todo estaba listo para volver a su curso. La tripulación de El Fénix regresó al buque de guerra con un nuevo capitán que no cabía en sí de felicidad. Melville no era un hombre que aspirara a demasiadas cosas, por lo que el capitán decidió que era perfecto para el cargo. Levaron anclas, largaron escotas y con cada vela y velacho hinchado por el viento siguieron adelante.

A pesar de todo, John llevó a George a la cocina, pues por experiencia propia sabía que no sobreviviría jamás a bordo de una nave pirata sin estar lo bastante alimentado para soportar el rayo de sol, los gritos, los golpes y la inhumana manera en la que se entregaban a las tareas náuticas. Era tan admirable como agotador. George se sentó sobre un barril, presionando sus costillas dolorosamente. Su tronco era una obra de arte de moretones púrpuras que cubrían casi toda su piel y le preocupaba haber sido herido de muerte sin saberlo todavía, quizá tenía un órgano lesionado que lo mataría durante la noche y entonces Margaret quedaría desamparada.

—Lo siento —dijo John—, de verdad lo siento, si hay algo que...

—Una venda —interrumpió George en un gemido de dolor—, ¿tienes una venda? Algo que haga presión en mis costillas, no puedo más.

—Tengo un Turco y un Bones, esos dos curan cualquier cosa. Voy por ellos. Estarás bien, hablaré con Black para que los libere en el puerto más...

—Venda, Dawner, venda.

—Sí, sí.

George se quedó a solas en la cocina, solo con su dolor. Y habiendo comprobado que realmente no había nadie allí, se permitió llorar. El primer sollozo fue de cansancio, el siguiente de dolor y el de después de pena hasta que el estremecimiento fue demasiado y se quebró. Se vio derrotado ante el fracaso, acabado a manos de piratas y habiéndoles entregado a su propia hermana. Se repudiaba a sí mismo por haber caído tan bajo y se deseaba el sufrimiento que le esperaba, convencido de que lo merecía.

—¿Cómo te llamas, bombón? —llamó una voz.

El joven alzó la mirada sin importarle el rayo de sol contra su rostro, y aunque no podía ver con claridad distinguió la figura de Jill acercándose a él con una sonrisa. Se levantó por la mera costumbre de erguirse en presencia de una dama, aunque ella no pareciese dama en lo absoluto. Para Jill ésta también era una criatura desconocida, el hombre más apuesto que había visto, distinto a cualquier hombre que hubiese conocido y por supuesto a cualquier bucanero, todo lo contrario. Era algo nuevo, y aquello bastaba para capturar su atención.

—¿No tienes nombre? —insistió—. Puedo llamarte bombón.

—George Tanner —dijo él, haciendo una reverencia ante la *señorita*.

—Bombón te queda mucho mejor. Y ya que pones pie en nuestra gloriosa cocina de primera, come algo, antes de que te mueras.

Jill le ofreció una manzana, misma que George observó un instante antes de fijar sus ojos en ella y perderse, levantó la mano lentamente y tomó la fruta.

21

Era una tarde gris en el reino de Sevilla. Toda Castilla lamentaba la muerte del señor don Raúl Aragón de Murquía, que luego de la más espeluznante agonía a causa de la peste negra, por fin había entregado su alma a Dios en aquel día de lluvia. La misa tomó lugar en la iglesia de la Santísima, donde no cabía un solo cuerpo más y algunos habían tenido que oír la misa desde fuera, bajo gotas y el viento helado. Perteneciente a la nobleza española, don Raúl había crecido su imperio en el puerto mercante más importante de Sevilla, donde se había aliado con la Compañía de las Indias hasta convertirse en uno de los principales importadores y exportadores de Europa con el Nuevo Mundo. Los mismos reyes habían enviado al entierro ciento cincuenta arreglos de flores para que adornasen la tumba del difunto, que estaría a un lado de su esposa ya fallecida.

La herencia y legado de los Aragón caía ahora en manos de su única hija, María, una bellísima dama de treinta y tres años. Fina y elegante, de largo cabello dorado que caía sobre su espalda en suaves ondulaciones adornadas por una diadema de perlas y rubíes, ojos grandes y almendrados de un brillante color canela que parecía tornarse carmesí a la luz de las velas y sus finísimas facciones de piel blanca adornadas con discretos lunares. Estaba de pie al frente de los oyentes durante los cantos misales, llevaba puesto un vestido negro de encaje y un velo sobre el rostro, que más que un acto de luto era un acto de protección a su persona. Podía escuchar los cuchicheos a sus espaldas, las miradas de asco y pena que la habían perseguido desde hacía veinte años cuando volvió a España luego de su breve y desastrosa visita al Caribe cuando tenía catorce años. Se decía que la mujer había sido secuestrada por piratas y violentada hasta quedar preñada de una criatura que, al ser engendrada por seres tan despreciables, había nacido deforme. Ningún caballero de la nobleza se atrevió a pensar siquiera en desposarla. No hubo una sola oferta de casamiento para María por la repulsión que causaba su historia, una mancha imborrable que perseguiría a la nobleza y contaminaría sin duda a la familia que decidiese unirse a ella en sagrado matrimonio. Un matrimonio que ni siquiera sería sagrado porque ella había sido arrancada de su virginidad antes de dar a luz a un adefesio.

La misa terminó y las familias tuvieron el atrevimiento de ofrecer un adornado lamento a la mujer, pues si bien la juzgaban con crueldad también había que reconocer que ella acababa de heredar el imperio mercante. De pronto ya tenía suficientes propuestas matrimoniales para elegir como damas que se acercaban a ofrecer su amistad. Sin embargo, María rechazó cada invitación y prefirió acercarse a don Diego Córdova, otro noble que figuraba en la Compañía de las Indias y había sido amigo de su padre.

—Doña María —saludó Córdova, besándole la mano—, mi más sentido pésame, vuestro padre era un gran hombre y toda Castilla ha de lamentar su muerte.

—Os lo agradezco —respondió ella—, vuestra merced ha de saber que más allá de un socio mi padre os consideraba un gran amigo.

—Me honráis, doña María. Y en su nombre ofrezco mi ayuda incondicional en estos momentos tan difíciles que os esperan.

—Ahora que lo mencionáis —dijo María—, se ha leído ya el testamento de mi padre. Como única heredera de la familia Aragón toda la fortuna me pertenece, así como las patentes de corso que incluyen la flota mercante y sus propiedades. Os digo esto porque no deseo que penséis que por ser mujer no reclamaré lo que me pertenece por derecho, y me siento obligada a haceros saber que pretendo hacer uso del navío Liberty cuanto antes.

El señor Córdova estiró el cuello para mirar a su alrededor, pendiente de que nadie hubiese escuchado el disparate que la mujer acababa de decir. La tomó del brazo con toda suavidad y delicadeza para apartarla de la muchedumbre, quedando ambos bajo un árbol junto a la capilla.

—Con el debido respeto —dijo el hombre—, ¿no deberíais estar en busca de un marido que os administre tal fortuna? Esta magnífica herencia no tiene por qué atormentaros, y tan bellas como son vuestras manos, doña María, dudo de que puedan cargar por ellas mismas el peso del imperio mercante. La Compañía de las Indias ya ha expresado su preocupación ante una mujer como heredera. El mar no es lugar para una dama, os lo aseguro. Menos es propio de una dama involucrarse en negocio de hombres. ¿No preferiríais que vuestro futuro marido se encargue de las cosas difíciles mientras criais a vuestros hijos en paz y libre de toda preocupación?

Entonces María se retiró el velo negro del rostro y esbozó la más encantadora sonrisa.

—Quizá no me haya expresado con claridad, señor Córdova —dijo ella—, preparad mi nave para zarpar. Espero la tripulación más competente y el Liberty equipado para antes del amanecer. ¿Supone esto algún problema?

—Por supuesto que no, doña María. Ruego me disculpéis.

—No esperaba menos de vuestra merced. Ahora haced lo que le pido en nombre de mi padre. Y ya que os preocupáis por el futuro de mi herencia y mi desempeño como mujer, sabed que sí que pretendo entregar mi imperio a un hombre. Y es a mi hijo. Pero para ello antes debo encontrarlo, ¿no os parece?

María perdió una extensión de sí misma cuando regresó a Sevilla luego de abandonar en el Caribe aquello que adoraba tanto, a su pequeño hijo Juan. Nombre que otorgó por la iglesia de San Juan o Saint John en Port Royal, donde fue a rezar despavorida para que su compromiso con Wallace Winchester jamás se cumpliese, y así fue. Aunque más que una concesión de Dios fue María misma quien tomó un bote de remos del muelle en plena madrugada y remó hacia la obscuridad en busca de libertad, pero encontró a Desmond Black y su Espectro.

—Mi pobre Juan —lloraba María todas las noches en sus rezos—, ha de haber crecido creyendo que su madre le ha abandonado. Os ruego, Virgen santa, hacedle saber a mi hijo que le amo y volveré por él un día. *Amén.*

No había pasado una sola noche en la que no llorase desconsolada lamentando su destino, lamentando el odio del capitán Black y el abandono de su hijo. Eran estas heridas en el alma que no conseguían sanar con el paso de los años, sino infectarse de tristeza y dolor, repudiando a su padre, don Raúl, por haberle arrebatado a la criatura de las manos y haberla forzado a partir. Hubo de jurarse a sí misma que volvería antes de morir de pena, y a espaldas de su padre contrató a un profesor británico-español que le enseñó a hablar inglés a la perfección y hasta le instruyó en un par de conocimientos navales para cuando llegase el día, el tan esperado día.

Al anochecer María volvió a la mansión de los Aragón, tan amplia como hermosa, pero tan vacía y fría a la vez. Ya había alistado una habitación para su hijo, bien equipada con todas las comodidades y lujos que un caballero de la nobleza podría necesitar, y aunque no conocía su tamaño ni forma ya el vestidor ya estaba lleno con trajes para un muchacho de veinte años. Se encargó también de conseguir a su hijo un lugar en la academia más prestigiada de toda España, para que estudiara lo que le complaciese y se educara lo suficiente para heredar el *imperio mercante Aragón*. También fue a la iglesia a suplicar a un sacerdote que estuviese dispuesto a bautizarle y ofrecerle comunión, si es que Juan decidía formar parte de la fe cristiana. Estaba todo preparado para su hijo, hasta el registro del nombre que sería *Juan Aragón*. Y aunque a la alta sociedad española ya se le revolvía el estómago con los rumores de que el adefesio sería traído a Sevilla a heredar la fortuna, no había para entonces un solo noble que con toda falsedad no quisiera amistarse con María.

Esa misma noche la mujer se hincó de rodillas con un rosario entre las manos, allí ante la imagen de la Virgen María iluminada de centenares de velas.

—Vos también sois madre —dijo María—, ¿no habríais hecho hasta lo imposible por vuestro hijo? Os ruego, bendecid mi viaje al Caribe y protegedme de todo mal. Que encuentre a mi hijo con bien, sano. Sé por obviedad que ha tenido que crecer entre piratas y será uno de ellos, iluminad entonces su consciencia para que elija por encima la vida honesta y justa. Que Desmond le haya hablado de su madre y le haya cuidado por encima de todas las cosas. Y por favor... *por favor,* Virgen santa, que Juan quiera volver a España conmigo, que abandone la piratería y cambie el curso de su destino. Amén.

Al salir el sol el Liberty zarpó del puerto de Sevilla al mando del capitán Santiago Velázquez de León, un hombre digno cuyas valientes hazañas le habían honrado con diversos reconocimientos por parte de la Corona de Castilla. También se unió a la travesía el mismo Diego Córdova, que, al haber sido amigo de don Raúl Aragón por tantos años, había visto crecer a María y se sentía inevitablemente responsable por ella. Por último, vino el profesor que instruyó a la mujer en el inglés, un anciano sí, pero que indudablemente resultaría de ayuda si iban a adentrarse en colonias británicas y ocupaciones de ingleses. Además, bien es cierto que María aprendió a hablar un inglés refinado y pulcro, el único que el distinguido docente podía ofrecer, pero no es lo mismo hablar el inglés a hablar el inglés de los piratas, menos aún comprenderlo en su totalidad.

22

El destino de los piratas continuaba forjándose en el subir y bajar de la marea, en cada puesta de sol y cada amanecer que presenciaban El Espectro y El Fénix en mar abierto, aunque el objetivo pareciera cada vez más distante, más una esperanza que un plan contundente. El Satán, la gran nave diabólica de Barbanegra, parecía haberse erradicado del océano y con él la motivación de los hombres. Además, George se había encargado de advertir, o mejor dicho amenazar, a cada uno de los tripulantes con la inminente persecución de una flota naval inglesa dirigida por el almirante James Dawner. John lo sabía, habían perdido demasiado tiempo y la flota habría de alcanzarlos en cualquier momento, una batalla naval en la que sus pesadillas cobrarían vida ante sus ojos. Él más que nadie estaba desmotivado; en principio porque el lazo que comenzaba a formar con el capitán se rompió al momento en que escuchó la historia de María Aragón y su cruel destierro, en el momento en que escuchó los gemidos de Jill y en el momento en que ardió La Bolena. Ya no se hablaban, apenas se dedicaban una mirada indiferente y fugaz. Y le hubiera gustado consolarse con Jill como la hacía antes, pero la atención de la bucanera estaba puesta en el nuevo tripulante, "el muñeco" o "el rubio". Se le desgarraba el corazón cuando veía a George y a Jill dedicarse ciertas miradas, ella le guiñaba el ojo y él sonreía y bajaba la mirada para continuar trapeando, pero con la sonrisa todavía puesta. Quedaba entonces Margaret, la única fuente de dulzura y delicadeza que restaba en la vida de John, pero incluso ella se había distanciado luego de un desafortunado encuentro. Jill, que le daba lo mismo meterse con un hombre que con una mujer, quiso seducirla.

—Anda, pruébame y verás que por más santa que seas no me dejas —le dijo Jill—, o pregúntale a John si no me disfruta como un loco.

—¿John? —respondió Maggie con la voz quebrada—, no estarás diciendo que ustedes han estado juntos.

La carcajada que soltó Jill fue la respuesta más desgarradora y clara, y desde ese momento Margaret no le había dirigido la palabra a John, sólo una mirada de ojos hinchados que delataban los siete días seguidos que había llorado desde que supo que su prometido no sólo había tenido sexo con una pirata, sino que se había enamorado de ella.

Los hermanos Tanner dormían dentro de la celda, cerrada a petición de George para asegurarse de que ni un alma se acercase a su hermana, pero fue la misma Margaret quien una noche, privada del sueño, abrió la puerta de hierro y subió a cubierta en plena madrugada. Respiró el aire de la noche y se reconfortó en el silencio, comenzaba a acostumbrarse a la vida en el mar y sin darse cuenta ya no invertía mucho pensamiento en preguntarse si volvería a Port Royal alguna vez. Estaba agotada y esto le brindaba una especie de paz que desconocía. Había pasado horas limpiando el piso de coyes, el olor de las hamacas era motivo de vómito porque la tela que alguna vez fue blanca había absorbido bastante sudor, saliva, ron y probablemente orines. El camarote del capitán Black en cambio era todo un acertijo, siempre encontraba la cama tendida, como si allí no hubiera dormido nadie nunca, y alrededor todo parecía tener un lugar preciso que a simple vista parecía un caos entre mapas y papeles que el pirata le había prohibido ordenar. La mera presencia de Margaret en El Espectro le ofrecía una experiencia tan surreal como emocionante, y no conseguía desprenderse de cada emoción desconocida que provocaba en ella.

Aquella noche fue Ben quien tomó la guardia nocturna y esperaba a Margaret en el timón, como habían acordado en secreto.

—No creí que me esperarías —dijo Margaret—, mi hermano ha tardado en dormirse y…

—Por mujeres como tú espero una eternidad —le dijo Ben con una encantadora sonrisa—, ¿ya dejaste de llorar por ese idiota? Vamos, muñeca, anda, regálame una sonrisa.

Margaret sonrió con timidez, acomodándose el cabello rojo detrás de la oreja con un delicado movimiento de sus dedos. Ben le ofreció una mano, y aunque ella vaciló un instante, terminó por tomarla. El pirata le acomodó ambas manos sobre el timón y puso las suyas encima, guiando sus movimientos. La pelirroja sentía su presencia como una placentera invasión, el calor de las manos de Ben sobre las suyas, su cálido aliento rozándole el cuello y su voz incitándola.

—Es verdaderamente maravilloso —suspiró Margaret, admirando el reflejo de la media luna sobre la undulante agua plateada—, yo jamás podría navegar un barco.

—Sí podrías —respondió Ben—, puedes hacer lo que tú quieras. Sólo tienes que amar el mar, y así el viento y la marea cargan el barco por sí mismos, tú sólo diriges el curso a ciegas y cuando menos te lo esperas estás cruzando el horizonte.

Adormecida y placenteramente conquistada, Margaret cerró los ojos dejándose llevar por la voz de Ben, y en cuanto los abrió éste se había apartado de ella permitiendo que dirigiese el navío ella sola.

—Dios mío —se emocionó ella—, estoy navegando El Espectro.

—Todo lo que quieres puede ser tuyo, Mags —le dijo Ben—, *todo*.

Se miraron a los ojos un momento. Ben tiró de Margaret para besarla en los labios. Ella se alejó inmediatamente, asustada.

—¿Tienes miedo? —preguntó Ben.

—Eres un pirata —señaló Maggie—, ¿acaso no debo temerte? Si te entregase mi corazón terminaría por alzar los pedazos yo misma cuando lo destruyas.

—Nadie pidió tu corazón, lindura, puedes empezar por darme tu cuerpo. Dejaste tu casa porque querías una aventura, ¿no? Yo te la puedo dar.

El bucanero se acercó a Margaret y la rodeó con sus brazos y la besó de nuevo, esta vez sin interrupciones, prolongándose así el encuentro de sus labios como una presa dispuesta a perecer en las garras de su depredador. Justo en ese instante venía subiendo George, que se paralizó horrorizado ante la imagen.

—¡Aléjate de mi hermana! —rugió—, ¡aléjate de ella, infeliz!

Enfurecido, George se abalanzó sobre Ben, le dio un fuerte empujón y colocó a Margaret detrás de sí.

—¡George, por favor! —suplicó Maggie.

—¡Ve al calabozo, Margaret!

—Pero él no ha hecho na…

—¡Al calabozo!

Margaret no tuvo más remedio que irse, desde que tenía memoria hacía lo que George decía y por lo general su hermano siempre tenía la razón, era sólo que ésta fue la vez que más le costó obedecer. Ben se reía, como si todo esto le pareciese tan patético como gracioso.

—Te alejarás de mi hermana —amenazó George—, no te quiero ni a un metro de distancia de ella, ¿me oyes? O la próxima vez te…

—¿Qué? —le retó Ben—, la próxima vez qué, ¿me vas a rasguñar, muñequita?

Estaban por irse a los golpes cuando se encendió una luz dentro del camarote del capitán, y puesto que ninguno estaba preparado para asumir las consecuencias de despertarlo, despejaron la cubierta, no sin antes dedicarse una última mirada retadora.

Una vez en el calabozo Margaret rompió en llanto esperando ablandar el carácter de su hermano, pero esta vez George se mantuvo demasiado firme. Podía permitirle muchas cosas, pero jamás entregarse a un pirata que por seguro la destruiría.

—¡Seguro que te forzó! —decía George—, ¡te faltó al respeto, te amenazó! ¡Tú jamás harías algo así por tu cuenta, dime que no!

—¡No lo conoces! —lloraba Maggie—, ¡él no es como los demás, él me quiere!

—¡Pero qué ingenua eres! No serás tan tonta para creer que en verdad siente algo por ti, ¿o sí? Es un carroñero, un desgraciado como todos los de su clase. Pretende que pienses que no, pero te lastimará. Te usará y tendré que matarlo. ¡Eso si no resultas encinta o con una enfermedad! ¿A cuántos piratas casados conoces? Son piratas porque han elegido la vida de la artimaña y la suciedad, borrachos sin valores, sin nada. No, no. Te lo prohíbo, Margaret. *¡Te lo prohíbo!*

La pelirroja se volvió a él encolerizada al punto de enrojecérsele el rostro.

—¡No soy ninguna niña! —exclamó—, ¡tengo un par de pechos y me puedo mandar sola!

—Lo que me faltaba —se impresionó George—, ¿ahora te ha enseñado a hablar como ellos?

—No. Me lo enseñó el capitán Black.

—¿El capitán Black? ¿Hablas con él?

—Además —siguió ella, envalentonada—, yo no estoy para esperar tu permiso sino para decirte de una vez por todas que estoy enamorada de él y no habrás de hacer nada para evitarlo.

De pronto John anunció su presencia bajando por la escalera con una lámpara de aceite, lucía terrible y con unas ojeras tan profundas como un pozo; las pesadillas lo seguían atormentando noche tras noche impidiéndole dormir. Esta vez se había repetido en su cabeza aquel temido presagio de un enfrentamiento entre el capitán Black y el almirante Dawner, cosa que lo levantó de un salto, empapado en sudor y atraído por los agitados murmullos de los Tanner.

—¿Está todo bien? —preguntó.

—Estupendo, Dawner —refunfuñó George—, ¿qué no ves? Y ya que vas a relevar la guardia, por qué no vas con tu capitán y le dices que nos haga saltar por la plancha, que cualquier cosa es mejor que este infierno.

—Yo tampoco puedo dormir —dijo John—, sueño que mi padre y Black se enfrentan, a veces gana uno a veces el otro, pero pareciera que de cualquier manera pierdo yo. Como si de una forma u otra soy yo quien muere.

George rio, una burla dolorosa y enfurecida.

—Pues si el almirante muere por culpa de tu ídolo, sí que desearás estar muerto porque al final será culpa tuya. Traidor.

—¡George, por Dios! —reclamó Margaret.

El joven pirata ni siquiera tuvo la fuerza de responder, aquella afirmación lo había golpeado con una dosis de verdad pura que lo intoxicó al instante, aturdiéndolo e invadiéndolo de dolor.

—Buenas noches —murmuró, se dio la vuelta y volvió a subir por la escalera.

El día que siguió fue especialmente caluroso y de asfixiante humedad, el sol calaba en la piel y la sal del agua ardía y secaba el ambiente aún más. Las velas negras de El Espectro estaban todas izadas desde el foque hasta la cangreja, cualquier trozo de tela que lograse tomar viento habría sido bendecido por los hombres, que casi enloquecían con las labores de media mañana.

El capitán Black estaba al timón, sin camisa y se había salpicado el cuerpo de agua salada para refrescarse. Algo le inquietaba, no quedaban demasiadas millas de la ruta pirata ni muchos puertos que avistar, y sin señal alguna de El Satán comenzaba a formarse una idea de dónde podía estar.

—¿Podemos hablar? —le dijo John.

—¡Capitán! —gritó Joe, emocionado —¡ja, ja, capitán!

Era la hora de la pesca. Joe, Sam, Ebo y Habib estaban volviendo la red que colgaba de la amura hacia la cubierta, bien cargada. La trampa que el cocinero había puesto para langostas había funcionado más de lo que imaginó y se encontraba ante sus ojos un festín de mariscos.

—¡Hoy cenamos rico, cabrones! ¡Hoy cenamos rico!

Como al pirata tradicional le emocionaba el oro y el ron, a Joe nada le provocaba más placer que gozar de buenos ingredientes para fabricar lo más parecido a una obra de arte culinaria que pudiera. El capitán se acercó a admirar la pesca y sonrió complacido, buscó a Jill con la mirada, porque le gustaba ver cómo la chiquilla se emocionaba y brincaba como una gacela, pero sus ojos rápidamente la encontraron donde la pasaba últimamente, al lado de George.

El joven rubio trapeaba el suelo de mala gana mientras que Jill lo observaba sentada en un barril juguetéando con sus piernas, y algo le decía la chiquilla que él, poco a poco, iba cediendo a sonreír.

—Tenemos que hablar —le insistió John al capitán, forzándolo a quitarle los ojos de encima a Jill.

—Hablemos —le dijo Black, dirigiéndose al castillo de popa, él no era de detenerse a hablar con alguien, más bien era cuestión de seguirle el paso para que la conversación continuase.

—Verás, yo…

—¡Esos aparejos, Lucky! —interrumpió Black—, ¿ajá?

—He estado pensando sobre…

—¡Des! —llamó Turco—, ¡¿qué dices, ponemos sobrejuanetes?!

—¡*Seh*, hazlo! ¡Rodney, dos cuartas a babor!

—¡Dos cuartas a babor, capitán! —repitió Rodney.

—¿Decías? —dijo Black a John.

—Nada —respondió—, nada importante.

—¡Barry, no jodas con ese nudo! —reclamó Black—, ¡¿estás tejiendo un maldito bordado o qué?!

—¡No, capitán! ¡Lo vuelvo a hacer, capitán!

—¡Agua, muchachos! —exclamó Bones—, ¡beban agua o nos morimos todos!

¡Puto calor de mierda!

¡Es el aliento de Satanás, bosteza porque ya lo aburrimos!

¡Espera a que lleguemos a sus malditas fauces!

Al meterse el sol el calor disminuyó y la brisa volvió a abrazar el mar abierto. Llegó la hora de la cena, y gracias a la maravillosa pesca, Joe había preparado el más colorido y delicioso manjar de mariscos. Un olor delicioso había invadido la cocina, a mantequilla con especias. Los hombres cenaban animados alrededor de la mesa, porque nada revive más a un hombre que un buen plato; devoraban su cena como salvajes, derramando comida masticada y gotas de licor entre las barbas. Era por eso que Margaret cenaba sola en la celda, porque el espectáculo de masticadas le parecía insoportable de mirar. George en cambio estaba ahí, al lado de Jill, intercambiando risitas y murmurando con sus rostros demasiado cerca, mientras que los muchachos se burlaban de su forma tan refinada de comer. John ni siquiera había probado un solo bocado, los miraba de brazos cruzados y su rabia crecía a punto de ebullición, hasta que hubo de levantarse e irse.

Con la respiración agitada de coraje, John se detuvo ante las puertas de la cabina del capitán y respiró profundamente, como tomando aire antes de saltar dentro de agua helada. Abrió la puerta y fue al comedor. El pirata disfrutaba de su cena y la acompañaba con una copa de vino, no era un hombre de modales, pero al menos comía como si los tuviera.

—Perdona —dijo John—, sé que no te gusta que te molesten en la cena.

—Pero tú me molestas a todas horas, así que da lo mismo —respondió Black.

—Quiero pedirte un favor —comenzó el muchacho.

—¡Otro! Carajo, debería de ir consiguiendo una libreta para anotar todas tus malditas solicitudes, no vaya a ser que se me olvide una.

El muchacho se acercó dos pasos más hacia la mesa, quedando justo frente al capitán Black del otro lado, recargó los dedos sobre la madera y buscó en su mente la mejor manera de comenzar, pero al ver los dedos marcados sobre el mueble supo que estaba sudando y que quizá estaba demasiado nervioso para tener la inevitable conversación.

—Hemos perdido tiempo, mucho —comenzó John—, desde la tormenta, el motín y este maldito clima. Los hombres lo saben, la flota no tarda en alcanzarnos.

—¿Y? —cuestionó Black, metiéndose un bocado de langosta y masticándolo con cierta rudeza.

John sentía los nervios en la garganta casi impidiéndole hablar.

—George asegura que el líder de la flota es el almirante James Dawner, y créeme, ese hombre no se da por vencido fácilmente. No se da por vencido nunca.

El capitán tragó el bocado y bebió de la copa.

—¡Ja! El almirante James Dawner, ¿quién carajos es ése?

—Él… él es… mi padre.

Black levantó las cejas y puso la copa sobre la mesa con una expresión irónica.

—¿Ah, sí? —dijo, en un tono que muy a su pesar desenmascaró cierta ofensa, tan notoria que John no supo cómo continuar.

—¿No que el muy valiente se había muerto y no sé qué maravillas? —se burló Black.

—Fue un error —corrigió John—, mi padre está vivo y es quien lidera la flota especialmente designada a hundir El Espectro y tomarte prisionero.

—Y qué, ¿vienes a pedirme que no lo hunda, o que no lo perfore?

—No —respondió el muchacho, su tono de voz cogía fuerza y seguridad—, hunde la flota entera si debes hacerlo, hazlos astillas y envía al fondo del mar a cada uniformado. Pero no al almirante. Si él vive, con eso podré vivir yo.

El enfado del capitán Black fue tal que empujó el plato de mariscos lejos de sí y se hizo hacia atrás en la silla.

—Es mi padre —siguió John—, le debo todo lo que soy.

—¿También le debes en lo que te vas a convertir? —le cuestionó Black—. *Nah*… eso me lo debes *a mí* y a este barco y a esta tripulación, que no te arrancó el pellejo de los huesos de milagro porque les agradas.

El hombre de negro se levantó de la mesa y se acercó a John amenazadoramente.

—Hay algo que todavía no entiendo —le dijo—, ¿cómo es que decides volverte pirata, abandonas toda la vida como la conocías y vienes a decirme que le debes lo que eres al mismo padre que abandonaste? Me pediste que te aceptara en mi tripulación, un imbécil uniformado que nadie conocía, te acepté. Me pediste que perdonara la vida del rubio a pesar de lo odioso que es, acepté. Me pediste que no le pusiera mano encima a la llorona por más hermosa que sea, acepté. Querías dejar de ser grumete, acepté. Y ahora… ahora me pides que perdone la vida del almirante de la Marina Real, ¿te das cuenta, niño? ¿Qué sigue, le mando una docena de rosas al rey? ¡Tú elegiste ser uno de nosotros! ¡Y con buenos nudos y un esgrima decente no te alcanza para serlo! Tus malditas dudas existenciales me han salido bastante caras ya, y he sido paciente porque por más imbécil que seas veo en ti una pizca rescatable, un poquito de potencial. Hasta diría que a veces veo un poco de mí en ti. Pero cada día te vuelves más idiota, más blando, más indeciso y más irrelevante. Tenías mi curiosidad y ahora estás perdiendo mi respeto, ¿y por qué? Porque no puedes terminar de decidir quién carajos eres ni qué carajos quieres.

—Soy un pirata —dijo John levantando la voz—, no le sirvo al rey ni me atengo a ninguna ley porque soy libre. Pero pirata o no, no puedes pedirme que mire a mi padre morir sin…

—¡Si no te consideras lo suficientemente hombre para defender tus convicciones eres libre de largarte! —rugió Black—, aquí no hay nadie que te detenga ni contrato que lo exija.

—¡Quiero quedarme aquí, El Espectro es mi hogar!

—Entonces defiéndelo.

23

Port Royal, Inglaterra

A Su Ilustrísima Eminencia, Su Majestad el Rey Jorge de Inglaterra:

Es mi honorable deber como gobernador de su colonia Port Royal informarle a Su Majestad que los mares del Caribe se plagan progresivamente de despreciables piratas y corsarios, quienes han masacrado las poblaciones sin piedad y saqueado sus bienes. El almirante James Dawner se encuentra al frente como almirante de la flota y me ha solicitado apasionadamente, si no con urgencia, que se haga envío a nuestro puerto una flota naval provista de artillería de guerra, pues es su deseo como el mío hacer frente a los rebeldes antes de que su malicia se propague desmedidamente y provoque un daño irreparable. Es precisa la captura del líder pirata, el capitán Desmond Black, y suplico a Su Majestad me permita, de ser capturado, condenarle a ejecución en el paredón sin derecho a juicio.

El motivo de esta carta es entonces suplicarle una flota de buques de guerra, tantos como su generosidad le conceda enviar a Port Royal y tan pronto como le sea posible. La erradicación permanente de la piratería es precisa para conservar la santidad de su colonia.

Siempre a sus órdenes, gobernador Wallace Winchester.

La carta que había enviado el gobernador Winchester a Londres tardaría tiempo en llegar a su destinatario, el rey Jorge, que además seguro tendría muchos otros sobres lacrados con sello de cera sin abrir y asuntos de interés político que atendería antes de mirar la creciente correspondencia. No cabía lugar para la espera, y con El Espectro alejándose por millas y el almirante Dawner perdiendo la paciencia, el gobernador se vio obligado a enviar las únicas naves capaces de hacer frente a la batalla naval contra Desmond Black. Zarparon El Bartolomé, La Chelsea y El Transeúnte; tres buques de guerra, los últimos dos de cuarenta cañones y el primero de ochenta. El Bartolomé iba al frente, con el almirante Dawner habiendo tomado el mando con más severidad que nunca, impulsado por aires de venganza suficientemente feroces para empujar el trío de naves. Llevaba la misma perpetua expresión de tristeza en el rostro, los ojos irritados por la furia y repasaba en su mente una y otra vez cómo daría muerte al capitán Black. No sabía qué le resultaría más placentero, si atravesarlo con la espada en medio del vientre, disparar una bala directo al corazón, molerle el rostro a golpes, o gozar por varios días su presencia como prisionero y escoltarlo personalmente hasta el paredón para ser ahorcado. A veces lo planeaba con tal detalle que se desagradaba, y el mismo comodoro Tanner le hizo ver que estaba irreconocible, que él era un hombre de honor y no un hombre de venganza.

—Cuando mi hijo haya sido vengado —dijo James—, entonces habré encontrado la paz. Cuando mis oídos escuchen los aullidos de dolor de Desmond Black, cuando mis manos lleven su sangre entre los dedos y mi espada haya quedado clavada en su carne y la pólvora de mi pistola vaciada contra su cabeza. Sólo entonces.

El amargo deseo de venganza había contaminado la cubierta de El Bartolomé como una epidemia enfermando a cada oficial y marinero desde la noche del ataque. Habían visto morir a sus compañeros en batalla, sus casas quemadas, sus esposas seguían llorando, perdieron todo menos la dignidad. Estaban deseosos de alcanzar El Espectro y El Fénix, urgidos de disparar cada cañón de la batería hasta hacerlo añicos y sobre todo querían ver al capitán Desmond Black con sus propios ojos, el hombre que destruyó Port Royal sin siquiera haber puesto pie en ella.

Al quinto día de haber zarpado un marinero hizo un llamado desde la cofa del palo mayor de El Bartolomé, advirtiendo el avistamiento de varios trozos de madera a flote. Los marineros fueron hacia la borda de babor con palos y ganchos para escombrar la pedacería que parecía ser de una fragata destrozada, la bandera inglesa flotaba rasgada.

El almirante miró a través del catalejo y supo inmediatamente que se trataba de La Bolena. El comodoro estaba su lado, esperando su turno para mirar y comprobar lo que el estómago revuelto ya le advertía, pero James no se atrevía a entregarle el catalejo, no así.

—James —pidió Tanner con la voz herida—, por favor.

Entonces el almirante cedió, permitiendo que Tanner mirara con sus propios ojos lo único que quedaba de sus hijos, nada.

—Lo siento —le dijo James—, lo siento en el alma, George.

El comodoro Tanner estaba perdiendo la compostura frente a los oficiales y marineros. James lo tomó del brazo cariñosamente, protegiendo su imagen y refugiándolo en la cabina principal. Allí se permitió romper en el más doloroso llanto, aquel de un hombre que acababa de perder a su hijo y a su hija de la manera más terrible; entre disparos de cañones y balas, entre filos de espada y risas de bucaneros.

—¿Habrán sufrido, James? Mi hija… ¿qué le habrán hecho a mi pobre hija? ¿Cómo habrán sido sus últimos momentos en este mundo?

—Los vengaremos, George. Los vengaremos pronto. Te lo juro por Dios.

—El gobernador lo sabía, ¿verdad? —gruñó Tanner, recibiendo el vaso de vino que le ofrecía James—. ¿Habría enviado a sus propios hijos en esta misión, a Jeremy y a Max? No, claro que no. Él sabía que La Bolena no volvería a Port Royal, lo sabía bien. Y mi niño… pensar en mi hijo gritando órdenes a sus hombres, aterrado y a la vez envalentonado mirando El Espectro acercarse, ¿supo que iba a morir? ¿Le habrá dado miedo? Y mi princesa… mi Margaret, asustada en algún camarote, rezando entre lágrimas. El horror que habrá sentido mi niñita, ¿la habrán violentado esos animales? ¿Murieron mis hijos por un cañón, una bala, o en el hundimiento? ¿Cómo murieron, James?

El almirante no respondió, con los ojos inundados de lágrimas puso una pesada mano sobre el hombro de Tanner y lo miró con toda la empatía que sentía hacia él. El comodoro también puso una mano en el hombro de James, como si cerrasen el pacto de venganza.

24

Una noche John no lo soportó más, y volviendo a ser brutalmente despertado por aquella infame pesadilla de siempre, se levantó del coy en medio de la madrugada. Se quedó sentado un momento, con las manos en la cabeza sudada y acalorada, aturdido por los ronquidos de los hombres y el rechinar de la madera que se hace demasiado intensa cuando hay silencio. Salió a cubierta en busca de la consoladora luz de luna y la belleza de las estrellas, pero el cielo nocturno estaba empañado por una capa gris que apenas se iluminaba con relámpagos distantes. Sabía que Poe tenía la guardia nocturna, pero no había señal de él ni siquiera en el timón, quizá había ido a hacer lo suyo. La cubierta nunca se había visto tan desierta. Entonces vio algo que lo desconcertó aún más, y es que la puerta de la cabina del capitán estaba apenas emparejada, cosa extraña dado que el hombre siempre la cerraba cuando dormía.

John se acercó imaginando que encontraría a Black sentado en el escritorio analizando los mapas tan desesperadamente como lo hacía últimamente, persiguiendo a Barbanegra en el papel porque no conseguía perseguirlo en el agua. Al atreverse a entrar encontró solamente una tenue vela encendida que iluminó al capitán, efectivamente en el escritorio, dormido con la cabeza sobre los brazos cruzados. Tenía sentido, jamás se habría ido a dormir a la cama sin echar llave a la cerradura de la cabina. Así de agotado debía estar, porque, aunque ante sus hombres procediera día y noche con normalidad, bueno, tan normal como Desmond podía ser, dentro de sí caía una tormenta de ansiedad que se acrecentaba con la sola idea de no encontrar a Barbanegra nunca. John se quedó mirándolo un momento, el pirata de negro se veía tan tranquilo cuando descansaba que era casi irreconocible. Echó un vistazo a lo que había sobre el escritorio y una vez más se trataba de cada mapa que poseía bien extendido con rayones y marcas, una botella de ron a medio beber, un compás, una brújula y un llavero con varias llaves de metal y bronce. Una de esas llaves abría la bodega de ron, y en ese momento John no pudo imaginar mejor consuelo que ahogar sus miedos en el dulce licor. Se atrevió a tomar el llavero y levantarlo lentamente. Las llaves hicieron un suave sonido metálico al chocar entre ellas, provocando que el capitán apenas se moviese un poco. John sudaba, le palpitaba el corazón hasta en las orejas de sólo pensar que sería descubierto, pero tal era su desesperación que estuvo dispuesto, y con llavero en mano, se fue.

Poe había regresado a su puesto en el timón, apenas vio a John cruzar la cubierta como un ratón cruza la cocina, asustado y escurridizo. No le dio demasiada importancia, mejor era concentrar sus fuerzas en mantenerse despierto.

Una vez en la bodega de ron John entendió que en el momento en que pusiese la llave en la cerradura no habría vuelta atrás, estaría robando al capitán Black y presentía que de ser descubierto su castigo sería mucho peor que los tragos de más que le impuso a Rodney aquella tarde. Abrió la puerta de todos modos y se introdujo en la bodega sintiendo cierta seguridad cuando estuvo inmerso en ella. Tomó una botella empolvada y la descorchó con los dientes. Se sentó en una esquina detrás de la tarima para beber, trago tras trago intentaba ahogar la angustia, un antídoto fallido. Jamás se arrepentiría de convertirse en un pirata, pero quizá las consecuencias de esta decisión habían resultado mucho más catastróficas de lo que habría imaginado. Le atormentaban dudas y le asfixiaban reflexiones hasta que comenzaba a volverse loco. De pronto sentía que odiaba al capitán Black y a la vez no podía evitar buscar su aprobación sin éxito alguno, porque si algo hacía que Desmond perdiera el respeto por un hombre era verlo indeciso y sin convicciones. *¿Acaso no había el capitán deducido para entonces que John era su hijo perdido? ¿No era violentamente obvio desde el inicio? ¿No se había aliado la casualidad con el destino para unirlos a ambos?* John llegó a la conclusión de que había llegado la hora de decir la verdad, porque ningún resultado podía ser mucho peor de lo que ya eran las cosas al momento. Trago, trago, trago, las piernas se le adormecían, las manos le hormigueaban y la imagen de la bodega obscura giraba a su alrededor revolviéndole el estómago con una sensación de caída libre. Estaba ebrio, más ebrio que nunca, y ni así cesaba de echar en su garganta los sorbos que le quedaban a la botella, cuyo líquido ya no ardía, sino que resbalaba como simple agua dulce.

—Yo ho, yo ho… *pirata siempre ser* —canturreaba entre murmullos—, ¿esto era lo que yo quería?

El rechinido de la puerta de la bodega hizo que se le detuviera el corazón un instante, venía alguien. El intruso era nada más y nada menos que Jill, en compañía de George.

—Creo que Rodney dejó la puerta abierta —rio Jill.

—Es un lugar tenebroso para ser sincero —respondió George.

—Ay… tranquila, señorita Tanner, yo la cuidaré.

—¿Señorita? Deberías verme en batalla, retirarías tus palabras.

—Muy bien, bombón —dijo Jill—, te servirá cuando nos enfrentemos a Barbanegra.

—Otra vez con eso —se exasperó George—, te lo he dicho ya, son simples leyendas, no es real. A quien sí se enfrentarán es a la Armada inglesa cuando la flota nos alcance, por eso… *insisto*… en que regreses a Port Royal conmigo. Puedo conseguirte un perdón con el gobernador, pero sólo a ti. Para los demás es demasiado tarde, morirán junto con su capitán.

Entonces Jill pescó el cuello de la camisa de George y tiró de él violentamente acercando su rostro al de ella.

—No tengo de que pedir perdón ni a tu gobernador ni a nadie, ¿me oíste? Y de mi Espectro no me sacas, ni de mi capi me alejas. Y moriré mil veces antes de ver que una maldita bala le pase cerca tanto como me hundo con este barco si le pegan los cañones.

George se liberó de la muchacha con un resoplido de cólera, llevándose ambas manos a la melena dorada.

—Estás en peligro, Jill —le advirtió—, todos lo estamos, y no quiero que nada malo te suceda. Me importas, ¡me importas mucho! Y te quiero… *te quiero.*

—Eres tan dramático…

Jill se paró de puntas y rodeó el cuello de George con sus brazos. Se besaron. Desde el rincón obscuro a John se le llenaron los ojos de lágrimas con el más doloroso pinchazo al corazón, ese que había ofrecido a la bucanera tantas veces como ésta había respondido rasgándolo.

—¿Otra ronda? —murmuró Jill traviesamente.

—Hacer el amor no es una simple ronda —corrigió George—, no es un juego, es una entrega.

—Bueno, pues vuelve a entregarme eso como el otro día, ¿sí?

John apretó los ojos sintiendo las ardientes lágrimas de rabia resbalar por sus mejillas enrojecidas. Los sonidos de los besos iban mezclándose con aceleradas respiraciones, George se quitó el cinturón y bajó sus pantalones aprisa a medida que Jill le arrancaba la camisa haciendo que los botones volaran en todas direcciones, uno de ellos cayó justo donde John estaba, y se le quedó mirando. Para cuando alzó la mirada, Jill estaba sentada sobre la mesa y George encima de ella. No pudo mirar, y no pudo evitar llorar porque el dolor era demasiado. Parecía interminable hasta que por fin los gemidos cesaron y vino el más doloroso silencio.

—Estás aprendiendo —jadeó Jill.

George sonrió complacido mientras se vestía.

—¿Jill? —jadeó—, es obvio que las circunstancias no resultan favorables para que lo nuestro haya procedido con la formalidad que merece. Pero espero que sepas en tu corazón que haberme entregado a ti no ha sido un acto de lujuria ni mucho menos, ha sido un acto del amor que siento por ti. Y no quisiera que continuara así, sin compromiso alguno como si fuera cualquier cosa.

—Habla inglés que no entiendo —se rio Jill.

Una botella de vidrio estalló contra el suelo con semejante fuerza que ambos dieron un brinco.

—Yo lo traduzco —dijo John, emergiendo de la obscuridad—, lo que George quiere decir es que te ama y quiere poner un anillo en tu dedo para que te cases con él. ¿No, George? Lo que no sabes, mi amigo, es que Jill no es así. No es de las que se casan, no es ni siquiera de las que se enamoran. Para que me entiendas ni siquiera es de las que puede estar con un solo hombre.

Tanto George como Jill se quedaron perplejos, sin saber qué hacer ni qué decir.

—Dawner, ¿estás ebrio? —le dijo George.

—Está ahogado —corroboró Jill.

No era difícil adivinarlo, John se tambaleaba, hablaba como un idiota y ni siquiera sabía lo que decía entre los lastimeros llantos de rabia.

—Pero sí que ha sido un espectáculo, eh… bravo, bravo —decía John—, carajo, George, quién te viera a ti, el caballero perfecto revolcándose con una puta. Una puta de burdel que se cree pirata sólo porque está en un barco, abriéndole las piernas al capitán, a mí… y ahora, pues, a ti. ¿Quién sigue? ¿Pulgas?

—¡No te atrevas a hablarle así! —rugió George, dirigiéndose al borracho con pasos amenazantes, y quedando sólo a un paso más de estar encima de él.

—Ey, ey, muchachos —dijo Jill con tranquilidad—, no es para tanto, vamos a dormir.

Ambos jóvenes estaban frente a frente y demasiado cerca, con sus respiraciones agitadas por el enojo. Jill los empujó hacia atrás con suavidad, insistiendo que esto era una tontería; pero para John y George esto era mucho más que una tontería y se trataba de algo mucho más que una mujer.

—Son como niños, ya basta —dijo Jill.

—No —resopló George—, no permitiré que ningún idiota se exprese de ti de ese modo.

—¿Qué me dijiste? —gruño John.

—Me has oído. *Idiota.* Mediocre. Traidor. ¿Qué, pensaste que ella te iba a preferir a ti? Igual que pensaste que tendrías un puesto en El Fénix, supongo. ¿Cuándo entenderás que eres inferior a mí, Dawner? Siempre lo has sido y siempre lo serás. Reflexiónalo con calma antes de que te lastimes.

John rio maliciosamente.

—Reflexióname ésta, George —le dijo, y con toda su fuerza le soltó un tremendo puñetazo a la nariz.

—¡Ey! —exclamó Jill—, ¡paren ya, par de idiotas!

Atolondrado por el golpe, George se cubrió la nariz con la mano, un chorro de sangre escurría entre sus dedos. Era un hecho que se le había roto, y siendo un joven tan vanidoso no existía peor ofensa a su persona que atentar contra su rostro. Se le fue encima a John como una fiera, cayendo ambos y moliéndose a golpes uno al otro entre puñetazos y patadas, rodando por el suelo como animales y azotando contra todo a su paso.

El estruendo de la pelea era tal que los hombres se fueron despertando en el piso de coyes. Poe chifló, ese silbido que hacía siempre, advirtiendo a los muchachos que algo pasaba y él no podía dejar su puesto para ir a averiguar.

El capitán Black se despertó de un brinco ante el silbido en cubierta, ni siquiera se dio cuenta en qué momento se había quedado dormido ni sabía qué hora era. Miró al escritorio un instante y notó la ausencia del llavero, lo que le llevó a adivinar quién lo había tomado y el motivo del alboroto. Salió espabilado.

—¡Son Ojitos y el muñeco, señor! —señaló Poe—, se agarraron de la greña en la bodega.

El capitán fue directo a la bodega con la determinación de un tsunami hacia una playa. Turco ya estaba allí, intentando separar a ambos muchachos, tan iracundos que la fuerza de los brazos de Habib y Joe no bastaba para sostenerlos de cada lado, ni mucho menos los intentos de Turco de tranquilizar a ambos. Entonces el capitán Black tomó a John del brazo con fuerza, arrastrándolo escalera arriba hacia cubierta, donde le dio un tremendo empujón que le hizo caer de boca.

—Te vas —condenó Black.

La tripulación entera ya se encontraba en el alcázar viéndolo todo como espectadores confundidos. John apenas podía levantarse, el licor en la sangre y los golpes en el cuerpo retaban su equilibrio y juicio.

—¿Qué? —murmuró con voz rota.

—Te vas —repitió Black—, estás fuera de mi tripulación y te quiero fuera de mi barco. Tú y tu amigo se largan.

El cielo nocturno comenzaba a pintarse de un obscuro tono púrpura y rosado que anunciaba el amanecer, desapareciendo cada estrella en la combinación de colores. Turco trajo a George de un brazo, que ya se había calmado y se encontraba en mucho mejor estado que su compañero, haciendo un esfuerzo por reponerse porque no podía imaginar nada peor que abandonar su hermana a la merced de los bucaneros. Margaret, que estaba entre los hombres, estuvo a punto de gritar cuando Ben le cubrió la boca, quizá le salvó la vida. Jill también estaba allí mirando a los desterrados con lo que pareciera ser su conciencia trastornada por primera vez. John se esmeraba en contener el llanto, pero apenas podía. Estaba de pie frente a Black con aire suplicante, aunque no sabía qué decir y hasta esperaba que se tratase de un nuevo fragmento de sus pesadillas.

—Habib —llamó el Capitán—, echa un bote de remos para estos dos.

—No —rogó John—, no, por favor. Azótame, que me castiguen a latigazos, ¡que me den doscientos, trecientos! Si lo que quieres es castigarme…

—Muchacho —se burló Black—, no quiero castigarte, quiero que te vayas.

Con el permiso de Turco, George dio un paso al frente acercándose al capitán.

—Ha sido un error por parte de ambos —dijo—, pero le aseguro que no va a repetirse.

Margaret se liberó de la mano de Ben y fue hasta el capitán con las palmas de las manos juntas y los ojos inundados de lágrimas.

—Capitán —llamó ella—, capitán, míreme que no estoy llorando ni gritando, le suplico tenga piedad.

—La niña tiene razón, capi —corroboró Jill—, estamos en pleno mar abierto, no van a durar mucho bajo el sol y sin provisiones. Los estás matando, pero lento.

—¡Cualquiera que cuestione mi decisión es bienvenido a acompañarlos! —rugió Black.

Los hombres sellaron los labios y miraron al suelo. Impulsado por una dolorosa indignación, John se quedó de pie frente a frente con el capitán Black.

—¿Cómo puedes? —se indignó—. Yo estuve a tu lado cuando toda tu maldita tripulación se amotinó en tu contra. ¿Vas a desterrarme por una tontería? ¡Maldita sea, si supieras quién soy no te atreverías!

El capitán le respondió al muchacho con un revés que lo tumbó con la boca ensangrentada, pero antes de que alcanzara el suelo, lo pescó de la camisa con una sola mano y con la otra le arrancó la navaja del cinturón y la puso contra su cuello.

—¿Te crees especial, John? —le dijo Black—, ahora te enseño cómo puedes morir igual de fácil que cualquiera.

Y sin cuidado comenzaba a rasgar la piel con el filo de la navaja.

—¡Black, escúchame! —gritaba John, sintiendo la sangre tibia resbalar por su cuello hasta el pecho.

Jill iba a detener al capitán, pero Turco la sostuvo de un hombro impidiéndole dar un paso más, del mismo modo que Ben protegía a Margaret impidiéndole gritar con una mano sobre la boca. Cada hombre se mordía las uñas al mirar al capitán rasgando el cuello de Ojitos con demasiada lentitud, el filo persiguiendo la yugular y la sangre goteando sobre la ropa del muchacho. En ese momento John supo que iba a morir, porque sin importar lo que sucediera después, ya llevaba una herida en la garganta que terminaría por desangrarlo, así que ya nada importaba.

—¡SOY TU HIJO! —confesó en un desesperado grito.

El tiempo pareció detenerse a la merced de un silencio letal. Una sensación de caída libre en cada cuerpo y un latido que se escapó con el aliento de cada hombre presente; porque ninguno podía creerlo y a la vez siempre lo habían sabido, por ver al capitán, por ver a John, por verlos a ambos. En esa tensión las bocas de los bucaneros se abrieron con la misma exageración que sus ojos. Jill, George y Margaret los más impactados. El capitán Black en cambio se mantuvo quieto e inexpresivo, la mirada firme y severa permanecía en los ojos cristalinos del muchacho que estaba por terminar de matar. Desprendió la navaja del cuello y lo dejó caer de rodillas.

—Te diré lo que eres —dijo Black—, eres un cobarde.

—¿No me crees o no quieres creerme? —jadeaba John, la mano contra su cuello sintiendo los tibios brotes de sangre entre los dedos—, fue el almirante James Dawner quien me encontró en esta misma nave, y me llevó con él para hacerme marinero, pero nunca lo logró porque yo ya estaba hecho pirata por ti. Mírate. Mírame. *¡Mírame!*

De repente el capitán arrancó la pistola de su cinturón y la apuntó al rostro de John con la respiración acelerada.

—¡Des! —exclamó Turco.

—¡No, no! —lloraba Margaret.

¡Capitán, reconsidere!

¡Vamos, capi, no haga eso!

¡Déjelo ir, capitán!

John se acercó al cañón de la pistola del capitán hasta presionar su frente contra el arma, retando al pirata a disparar.

—Anda —le dijo—, dispárame, porque yo soy el cobarde, ¿verdad?

El capitán cargó la pistola, en verdad iba a disparar. Fue George quien se acercó a John tomándolo del brazo y apartándolo suavemente del cañón de la pistola.

—Vámonos, John —murmuró—, no tiene caso, vámonos.

Un bote de remos quedó abandonado con los dos jóvenes en medio del Caribe, balanceándose entre las dos estelas que dejaba el par de naves, El Espectro y El Fénix.

25

El sol ardió el día entero, y aunque sus rayos fueron milagrosamente empañados por nubes grisáceas, el calor no perdonó ni un instante, sofocante la brisa y la humedad, asfixiante. El bote, que no venía acompañado de remos sino de dos desterrados, se mecía en la marea. Tanto John como George se mantuvieron en silencio durante todas las horas donde hubo luz. De pronto eran extraños, de pronto se acababan de conocer. Cuando llegó la noche las nubes se disiparon revelando un maravilloso cielo negro plagado de estrellas, tantas y tan brillantes, decorando la Vía Láctea y reflejándose sobre las aguas tranquilas. El bote parecía flotar en el cielo, en el espacio. Los dos muchachos se recostaron, ya cansados y con la esperanza carcomida. Miraron al cielo y se consolaron con su belleza.

—¿Por qué no me lo dijiste? —preguntó George, la voz debilitada por la deshidratación.

—¿Me habrías creído? —le respondió John con la misma fuerza.

—Claro que sí. Eres un pésimo cadete, pero… un *excelente* pirata.

John sonrió con la vista en las estrellas, una fugaz cruzó la negrura ante sus ojos.

—Esto explica muchas cosas —siguió George—, justifica la mayoría de tus idioteces, Dawner.

—¿La mayoría? ¿Y la otra parte?

—La otra parte sigues siendo un idiota —ambos se rieron.

—Vamos a morir, ¿verdad? —preguntó George.

John ya lo había pensado, pero ese pensamiento se fue en el silencio que guardó durante el día, no tanto por decisión sino por debilidad. Había perdido mucha sangre a pesar de cubrir la herida con un trozo de su camisa, y el bofetón que le dio el capitán, por más simple, lo hirió traspasando la piel hasta llegar al alma; era un bofetón de mero rechazo, que con sólo un par de nudillos había conseguido arrancarle toda ilusión y confirmar todo miedo.

George se sentó de repente, balanceando el bote.

—No quisiera morir junto a un enemigo —dijo.

—No soy tu enemigo —le respondió John, mirándolo sin moverse.

—Quiero decir… que preferiría morir junto a un amigo.

Y con toda sinceridad el rubio extendió su mano derecha a su compañero. John se levantó también, observó la mano de George como un espejismo y le sonrió.

—Si hasta sonríes como Black ahora que lo pienso —dijo George—, ¿vas a tomar mi mano o no, Dawner?

John estrujó la mano de George con la misma sinceridad. Volvieron a echarse bocarriba y a admirar el cielo. Permanecieron en silencio un rato más.

—Y tu madre —preguntó George—, ¿sabes ya quién es?

—Su nombre es María Aragón —respondió John—, es una doncella de la corte española, algo así. De la nobleza. Dicen que era tan bella de no creerse. Pero se marchó de regreso a España, a donde pertenece.

—Me pregunto cómo hizo el infame de Black para conquistarla. Dios mío, no la habrá obligado, ¿verdad? Ese hombre es tan perverso que…

—La ilusionó —dijo John, con la voz quebrada—, le prometió todo, sin realmente prometerle nada. Supongo que… la hizo sentir importante, como si fuera digna de vivir todo lo que había soñado, y también la hizo sentir que quizá, si se esforzaba lo suficiente, podría merecer su amor.

—¿Estás hablando de tu madre o de ti, Dawner? —preguntó George.

—Ya no importa. Lo más seguro es que tú y yo muramos aquí. Y si no, si por algún milagro nos rescatan, pues…

—Pues qué, ¿volverás a ser un pésimo cadete? No necesitas al capitán Black para ser pirata. Ni su permiso ni mucho menos su certificación. Bueno, yo te aconsejo, *te imploro* que no optes por la piratería. Pero si, ojalá, decidieras continuar siendo un pésimo cadete y no un excelente pirata, que sea porque así lo has decidido y no porque un depravado te ha hecho creer que no eres digno de serlo.

—George —lamentó John—, me echaron de la Marina Real y me echaron de El Espectro. No importa lo que yo quiera, no pertenezco a ninguno de los dos y está claro.

—O quizá tengas la fortuna de elegir dónde perteneces por voluntad y no porque te han aceptado allí —argumentó George—. No lo sé, tal vez está en ti ser un excelente almirante, sólo no tan estricto y recatado como James quisiera. O quizá está en ti ser un capitán pirata, sólo no tan despiadado e ignorante como Black esperaría. Jamás serás James, y gracias a Dios jamás serás Black. Eres John Dawner, ¿cómo es él?

—No tengo ni puta idea.

—Ya te lo digo yo. Eres el cadete que reprobaba cada examen teórico, pero nos humillaba en cada práctica. El que faltaba a las lecciones de esgrima por ir a quién sabe dónde, pero empuñaba la espada mejor que nadie. El que perdía cada cartucho de pólvora en las iniciaciones de armas de fuego, pero nunca le vi fallar un tiro. ¿Eso no te dice nada? Yo fui nombrado capitán porque he estudiado mucho hasta obsesionarme con ello. Explícame cómo llegaste tú a tripular El Espectro y ser la mano derecha de Desmond Black sin abrir un libro.

—¿Pésimo cadete, excelente pirata? —preguntó John.

—Pésimo cadete, excelente pirata —confirmó George con una sonrisa.

Iban a quedarse dormidos, pero unos extraños golpes estremecieron la embarcación tan de repente que John creyó haber encallado en un banco de arena. Se incorporó casi emocionado sólo para encontrarse con dos aletas de tiburón que nadaban en círculos. Debían de estar hambrientos, pero seguro que no tanto como él.

26

El sol se puso sobre el horizonte. Era el primer atardecer que miraba María desde la cubierta de un navío desde hacía veinte años. Ya había olvidado cómo era navegar el mar abierto, andar por la cubierta de una embarcación admirando a los hombres que la trabajaban tan rigurosamente, la sensación perpetua de una mecedora a cada paso y el silencio dentro de una cabina. Ese rechinido tan particular de las maderas, el chirrear de las poleas y el golpeteo del viento contra las gavias, ese mismo viento que cargaba en su brisa el delicioso aroma a sal, a mar. La mujer fue inevitablemente transportada al pasado y en poco tiempo se vio tan ensombrecida de aquellos recuerdos que se encerró en la cabina un par de días. Rezaba, no tanto por su devoción religiosa sino por la desesperante necesidad de acallar los temores que le surgían, si Juan había muerto, si Juan había desaparecido y Desmond le habría perdido la pista, o si Juan era un pirata tan apasionado como su padre y respondería a la invitación de su madre con un rotundo *no*. Pero ante todo, el peor temor de María era que su hijo jamás llegase a amarla, que pensara que su partida se trataba de un abandono y que su retorno no significase nada. Ni siquiera sabía cómo se veía el joven, ni mucho menos cuál era su carácter y su personalidad, si era capaz de amar como su madre lo adoraba sin siquiera conocerle. La mujer se quedó sentada a la orilla de la cama de blancas sábanas, cepillando su largo cabello dorado que engalanaba su bata de encaje blanco, que ni por ser ropa de dormir se abstenía de complementar con un collar delgado de perlas al igual que sus aretes y el listón con el que estaba por trenzarse las ondas. El señor Córdova ya le había sugerido que quizá era un tanto imprudente vestir con semejante elegancia y además portar tan valiosas joyas; iban directo a la isla Tortuga para averiguar el paradero de Juan y si insistía en adornarse de esa manera todo terminaría en un trágico asalto. María tomó un espejo de plata y miró su reflejo un momento, no hacía falta demasiada vanidad para saber que era una mujer hermosa, pero no pudo evitar preocuparse por lo que pensaría Desmond Black si volviese a verla. La última vez que el pirata la vio era una pequeña de catorce o quince años y ahora volvía hecha una mujer de treinta y tres no menos; seguro que su aspecto estaba cambiado, pero le aterraba que pasara por envejecido. Se miró los ojos de cerca en busca de alguna arruga, era tan obsesivamente cuidadosa y generosa en cuanto a los carísimos ungüentos que usaba que no era probable hallar cualquier tipo de imperfección. Aun así, el análisis facial continuaba y de momento se dio cuenta de que la tragedia no estaba necesariamente en hallar un defecto sino en que estuviese tan preocupada de agradar a Desmond físicamente. Habiendo pensado esto lanzó el espejo con suavidad sobre la cama y se quedó con una expresión de susto, ya bastante asfixiante era el calor del mar abierto como para ahora también sudar por angustia. Se levantó, y al ver por la ventana de popa que ya era bastante noche, se atrevió a salir a cubierta en su bata de encaje. Tal como lo deseaba, la cubierta estaba prácticamente desierta y pudo caminar hacia la borda para recibir la brisa.

El capitán Velázquez de León la observaba desde el timón como la había observado desde el día que levaron anclas. Como toda Sevilla, había oído la historia de la mujer más de cien veces, pero ahora que la tenía de frente no sólo le parecía divina sino valiente, algo que lo tenía irremediablemente cautivado en cierto sentido.

—Mi señora —llamó el capitán—, ¿se os ofrece algo? —María dio un pequeño salto y se cubrió con la bata—. Perdonad, no he querido asustarla —siguió él—, ¡Yáñez, tomad el timón!

El capitán se acercó a la mujer. Era un hombre que estaba por llegar a los cuarenta, pero mientras su edad comenzase con un tres todavía se sentía en plena juventud, de pelo castaño y ojos verdes y aunque su cargo demandaba que fuese impecable en su aspecto, se otorgaba a sí mismo el permiso de ser un tanto más relajado en su apariencia, pero no menos estricto con sus hombres.

—No, no, capitán —respondió María—, he salido a tomar el aire. Por más días que hayan pasado todavía no me acostumbro al movimiento. Me imagino que vos ya lo tenéis más que dominado.

—Bueno, dominado, dominado, no, mi señora. La nave no deja de columpiarse por mucho que uno se acostumbre. ¿Os puedo mandar preparar otra infusión para el mareo?

—No quería molestaros, pero sí, que si no mejoro pronto transportareis al Caribe una muerta.

El capitán rio, sin estar seguro si debía o no, pero fue una risa genuina.

—Ni Dios lo quiera, mi señora —María le sonrió también.

—Capitán, ¿puedo haceros una pregunta personal? —dijo ella.

Santiago inmediatamente adquirió un aspecto de formalidad y seriedad.

—Os lo ruego, mi Señora.

—¿Os parece que me veo así? ¿Como... como una *señora*?

El capitán Velázquez se quedó petrificado, sabía bien que cuando una mujer hace semejante pregunta hay que tener muchísimo cuidado en la respuesta.

—Vamos, capitán —insistió María—, que si veo rastro de mentira en vuestros ojos he de echaros por la borda yo misma. Responded con honestidad.

—Pues... pues no —dijo Santiago—, os llamo así por mera formalidad, por supuesto, pero no es que yo vea ante mis ojos a una señora, *señora*, así, madura. Bueno, no es que seáis inmadura, por Dios, es más bien que, pues, joven. No es que os llame una niña tampoco, es que...

—Suponed que me conocéis de hace muchos años y no me habéis visto en mucho tiempo, y de repente aparezco así, como me veis ahora —insistió María—, ¿qué pensaríais, capitán?

—Mi señora, con todo respeto, no concibo en mi imaginación una versión más bella —respondió el capitán—, lo digo con todos mis respetos.

—¡Doña María! —exclamó el señor Córdova, que venía en pijamas balanceándose en pasos alargados y apresurados, intentando caminar y verdaderamente fracasando—. Doña María, pero ¡¿qué hacéis despierta a esta hora?! ¡Y en ropa de cama frente a...! ¿Habéis vuelto a enfermar?

Ciertamente María tenía la esperanza de que a tan altas horas de la noche no se encontraría con aquel que más que su acompañante había asumido un papel demasiado protector por más bienintencionado que fuese. Su mueca de decepción al ver al señor Córdova despierto fue más que evidente tanto de ella como del mismo capitán Velázquez.

—Podéis volver a dormir, señor Córdova —dijo María—, el capitán simplemente me ofrecía una taza de té para el mareo, ¿verdad, capitán?

—Sí... sí, sí, claro que sí —se desconcertó Santiago—, voy a por ella.

—No —le interrumpió la mujer—, la verdad es que el aire me ha venido bien y me encuentro perfectamente. Con vuestro permiso, regreso a la cama.

La mujer se dio la vuelta con un movimiento invadido de la gracia que le caracterizaba, y se fue de regreso a la cabina. Tanto el capitán Velázquez como el señor Córdova se quedaron quietos con la mirada fija en María, demasiado fija.

—Pero qué mujer más triste —comentó Córdova.

—Valiente —corrigió Santiago—, muy valiente, y además hermosa, como pocas, eh, os lo digo yo.

—Pues cuidad de vuestras palabras, capitán, que yo ya he comenzado los preparativos para pedir la mano de doña María en matrimonio.

—¿Ah, sí? —rio Santiago—, ¿y qué preparativos son ésos? Si no debe ser muy difícil, os acercáis a la dama, le hacéis la proposición y ya está, ¿no? ¿O cuando decís preparativos os referís a acechar su herencia como un ave de rapiña?

La puerta de la cabina se abrió y ambos hombres dieron un pequeño brinco.

—Señores —llamó María—, si no os molesta me encantaría dormir en paz, ¿podéis llevar vuestros asuntos a otro sitio?

El capitán y Córdova se dedicaron una amenazante mirada antes de partir en caminos opuestos como enemigos jurados. María en cambio cerró la puerta con una sonrisa, pues había pasado tanto tiempo en completa soledad que se había acostumbrado a hacer algo mucho más importante que intervenir, y era observar. Había observado a hombres y mujeres, matrimonios, princesas, reyes y reinas, políticos, nobles, clérigos y toda clase de especímenes humanos durante tantos años que ya tenía bien aprendido su funcionamiento como el de una máquina con engranes, y tanto los conocía como podía manipularlos perfectamente. No era secreto para nadie que navegar en busca de piratas, particularmente tan notorios como lo era Desmond Black y su Espectro, representaba un peligro impensable e incluso un acto de imprudencia que se acercaba al suicidio. María sabía que, de asustarse sus hombres, que se asustarían, no había mejor manera de garantizar su apoyo y lealtad que enamorando al capitán al mando y tentando con su herencia a aquel que había financiado la misión. Estaba calculado, por nadie más que por ella.

27

Centellearon relámpagos en el cielo negro y las estrellas se perdieron en la densa capa gris que formaban las nubes de la noche. El Espectro flotaba apenas con vida, su rumbo tan debilitado que Melville se preguntaba desde El Fénix si algo grave habría sucedido, vieron el bote de remos con dos, no era un castigo poco común ni solía tener represalias en la navegación. Pero sí que las había tenido en su capitán. La última vez que la tripulación vio al capitán Black tan borracho fue cuando abandonó a María Aragón en el muelle de Tortuga. Ahora parecía que se había vuelto el tiempo, porque apenas había abandonado a John Dawner en aquel bote, el capitán se había ido a la bodega de ron y cogió no menos de cinco botellas para llevárselas a su camarote. Bebió. Bebió tanto como pudo antes de que el cuerpo comenzara a fallarle, anunciándole un inminente vómito si daba un trago más, un desmayo si daba dos y probablemente un coma si daba tres. Finalmente se arrastró hasta su guitarra, que tanto quería y afinaba sus cuerdas con regularidad, y ahí, tumbado en el suelo con la espalda contra la pata de una mesa, comenzó a tocar.

Los bucaneros de El Espectro estaban amontonados ante las puertas de la cabina, y los que cabían tenían la oreja contra el vitral amarillo intentando escuchar algo que diese un indicio de lo que pasaba allí dentro, pero sólo se escuchaba la tristísima melodía de la guitarra.

—Está tocando la guitarra —murmuró Sam, con la oreja aún adherida al cristal.

—Ahora sí, muchachos —dijo Stanley—, moriremos todos.

—Estamos muertos —confirmó Joe.

—No, no —animó Lucky—, puede que esté tocando la guitarra porque… está inspirado.

—¡Si serás idiota! —exclamó Poe—. Está a punto de cortarse las malditas venas ahí mismo.

—Jill —llamó Rodney—, anda, entra y dale un revolcón para que se ponga contento.

—Ni siquiera quiere hablarme —lamentó ella—, nunca se había enojado conmigo.

—N, n, no quis, quiso ni, ni verla a, a los ojos —tartamudeó Ratas.

—¡Pues no! —refunfuñó O'Connor—, maldita sea, Jill, ¿tenías que acostarte con esos dos?

—No es por eso —corrigió Habib—, el capitán no está celoso, está asustado.

—Iré yo —anunció Turco por fin.

Todos acordaron que definitivamente no existía hombre más calificado ni capaz de enfrentar al capitán Black borracho que el propio Turco. Una cosa era enfrentar a Desmond en sus días malos, pero otra mucho peor era ponérsele de frente cuando había bebido mal licor.

Turco abrió las puertas de la cabina, los hombres se echaron hacia atrás como si abriese las puertas al mismísimo infierno, luego las cerró detrás de él. Ahí estaba el capitán, abrazado de la guitarra y tocando sus cuerdas con una acústica que resultaba buena más por suerte que por mero talento musical, ya no sabía ni lo que tocaba, ya no sabía ni lo que hacía.

—¿Qué estás esperando, Des? —dijo Turco—, vamos por él.

—No me molestes —le respondió Black con la voz propia de un ebrio insalvable.

Turco suspiró y se fijó en la guitarra, sabía que mientras el capitán tuviese el instrumento en mano no escucharía ni una palabra ni pondría atención, tanto como los muchachos sabían que el capitán tocaba la guitarra solamente cuando entraba en crisis.

—A ver, dame esa guitarra —le dijo Turco, acercando su mano para tomarla, pero Black se abrazó del instrumento como un niño emberrinchado.

—La tocas y te la rompo en la cara —amenazó.

—Podrás rompérmela en la cara cuando me escuches —respondió Turco, intentando retirarla de nuevo, pero el capitán se aferró con más fuerza.

—¡No! —exclamó Black.

—¡¿No qué?!

—¡No es mi hijo! ¡Cualquier niño imbécil puede venirme con esa mentira!

—¡Sí, pero este *niño imbécil* es idéntico a ti! —señaló Turco—, y no sólo a ti, a María también.

—No menciones a esa arpía que me vomito.

—¿Lo dejarás morir?

El capitán Black se levantó a tambaleadas, sosteniéndose gracias a la ayuda de una de las sillas.

—Sí —dijo—, sí lo voy a dejar morir. ¿Y sabes por qué? Porque si se muere, se muere con él el recuerdo de esa maldita historia y de esa maldita niña, ¡de esa perra que me jodió la vida!

—¡María no te jodió la vida! —se enfureció Turco—, ¡*tú* se la jodiste a ella!

Black estuvo a punto de alcanzar a tomar la última botella que centelleaba desde la mesa cuando Turco se la arrebató un centímetro antes de que la tocase. Estaba demasiado ebrio para gozar de la mínima agilidad y sólo hacía el ridículo al intentar forcejear con Turco. Desesperado, Black le lanzó un puñetazo a Turco y éste consiguió esquivarlo, le tomó el brazo y lo sometió contra la mesa un momento.

—Suéltame —amenazó Black—, suéltame o te juro por el diablo que te mato.

—¡Escúchame, Desmond! Un pedazo de ti se lo tragó el mar cuando abandonaste a esa niña, y jamás volviste a ser el mismo, otro pedazo más cuando se llevaron a tu hijo. No queremos terminar sin capitán sólo porque se te ocurrió abandonar tus miedos una vez más, porque eso es lo que haces siempre. ¿Te crees muy hombre por haber tenido a una princesa en tu cama y luego destrozarla? Vamos, Des, te dio miedo, te dio miedo el amor y fuiste tan cobarde para ir a abandonar tus miedos al primer maldito muelle que quedó cerca. Ahora con John sientes miedo de ser padre y vas y lo abandonas en un bote. El famoso capitán Black que no le teme a Barbanegra y su Satán, que no le teme a la Armada inglesa y que no le teme a la muerte… pero sí que le asustan una niña bonita y un muchacho que dice ser su hijo, ¡el famoso capitán Black que alardea de enfrentarse al demonio! ¿Por qué no, por primera vez, te enfrentas a algo a lo que sí le tengas miedo?

El capitán no respondió nada, se quedó ahí con el rostro contra la mesa dejando de oponer fuerza contra Turco, permitiéndose ser sometido no sólo por su mejor amigo, sino también por la brusca aceptación de las cosas como una estampida derrumbándolo todo en su interior. Lo había sabido siempre, desde la primera vez que vio a ese muchacho uniformado deambulando sobre la cubierta en la madrugada, tímido y a la vez resuelto, mirando las estrellas con una expresión de maravilla que centelleaba en sus ojos, el rostro tan alzado hacia el cielo que se le miraba la cicatriz en la barbilla perfectamente. Ese *niño imbécil*, ese *perro de puerto* era su hijo.

Sintiendo que Black suavizaba el cuerpo, Turco lo soltó y se apartó de él.

—Pediré a Joe que te sirva algo de comer —dijo Turco.

—Vete al diablo —le respondió Black.

—Quieres…

—Pastel.

—¿Pastel? —se extrañó Turco.

—Sí, el que hizo la pelirroja, ¿se puede o no se puede? Maldita sea…

La cocinera de los célebres pasteles había llorado desde el primer rayo del sol hasta la aparición de la primera estrella. Aún seguía dentro del calabozo, llorando en brazos de Ben, que le acariciaba el cabello, inevitablemente drogado por el aroma de su piel y el tacto de su cuerpo.

—Mags —dijo Ben de repente—, ¿tú me amas?

—Por supuesto que sí —le respondió ella—, me he enamorado de ti y has robado mi corazón.

—Ah, no sé si creerte.

—Ben —se indignó ella, incorporándose rápidamente—, ¿cómo puedes decir algo así? Me hieres.

—Tú dices que me amas —le dijo el pirata—, pero nunca me lo has demostrado, ¿así cómo puedo creerte?

—¿Acaso mi afecto y mis besos no son suficiente?

—Así es como las niñas pequeñas demuestran su cariño, no como las mujeres demuestran su amor.

—¿Y cómo demuestran su amor las mujeres? —preguntó Maggie, determinada a convertirse en una mujer hasta que vio el aspecto excesivamente travieso que adquirió el muchacho, sombrío y casi perturbador. Se hizo hacia atrás, intimidada, pero Ben se acercó a ella hasta atraparla en sus brazos y besarla con hambre. Le besaba el cuello y por primera vez exploraba con sus manos por debajo del vestido de Margaret.

—No, no quisiera —interrumpió ella, pero Ben siguió hasta comenzar a deshacer los cordones de su vestido con brusquedad, una rudeza que ella desconocía hasta ese momento.

—Ben, por favor…

—*Sh…* estás bien, estás conmigo.

El bucanero terminó de deshacer el vestido hasta que la niña se quedó desnuda. Margaret se cubría con los brazos lo mejor que podía, pero Ben tiró de ella y la hizo quedar bocarriba sobre el suelo, temblando de miedo.

—Relájate —le dijo él—, te va a gustar, te lo prometo.

—Me estás lastimando —lloraba Margaret.

—Es porque no estás relajada, suelta, suelta.

Margaret terminó por ceder, más por miedo que por deseo; y ese placer tan prometido y soñado de perder la virginidad con un enamorado no había sido para nada lo que ella imaginó. Fue breve y a la vez interminable, fue doloroso y confuso, meramente decepcionante. Aun así, no podía evitar sentirse como toda una mujer y, más importante, como una mujer que se había ganado el tan esperado amor de Ben Stain. Se quedó sola en el calabozo, acurrucada bajo los orificios que permitían la luz de la luna, y cuando sus lágrimas se secaron decidió confiar que vería las cosas de una forma distinta apenas saliera el sol.

Joe estaba por entrar al camarote del capitán con un plato de pastel en mano cuando Jill lo interceptó, le arrebató el plato, le dio un empujón y entró en su lugar. Hacia el fondo de la cabina, el capitán Black se mojaba el rostro con un traste de agua fresca y salpicaba con sus manos su torso desnudo, buscando refrescarse desesperadamente, como si el agua fuese a limpiar la tremenda borrachera que se había puesto. La bucanera entró sin avisar, y con plato de pastel en mano se quedó observándolo un momento. Le fascinaba mirarlo así, sin camisa, deslumbrada por los músculos tonificados y el abdomen marcado, la espalda invadida de cicatrices de látigo, el pecho con un par de cicatrices de bala que pasaban por encima del tatuaje de cráneo artísticamente transformado en un sol y una última cicatriz sobre los cuadros de su vientre, profunda y notable, esa que le recordaba todos los días su derrota contra Barbanegra.

—¿Qué quieres, Jill? —le dijo Black, sin tener necesidad de volverse, ya se sentía observado por ella.

—Traía tu cena, bueno es pastel. Está muy dulce, sabe a vainilla con...

Al ver que el capitán la ignoraba despiadadamente, puso el plato sobre la mesa del comedor y se acercó a él, que ya se estaba secando con un trapillo.

—Perdón —murmuró Jill.

—Perdón, ¿perdón por qué?

—Pues... por tirarme a tu hijo, creo.

Black rio dolorosamente, por fin volteándola a ver.

—Me importa un carajo, Jill.

—¿Entonces por qué estás tan enojado conmigo? —le preguntó ella.

—Porque yo no quería aceptar a una mujer en mi tripulación, menos a una niña. Ya sabes, los hombres se vuelven locos cuando llevan apenas unas semanas sin sexo y tener una sola mujer puede prestarse a numeritos como el que acaba de pasar. Pero tú eras diferente, carajo, ni siquiera parecías mujer. Y tenías tantas malditas ganas de hacerte al mar y de aprender que no me pude resistir. Pero te puse una condición, a ti y a mis hombres, ¿te acuerdas?

—*Jill es un hombre más* —respondió ella.

—Sí —confirmó Black—, *Jill es un hombre más*. Eso dije. Eso te dije a ti, eso les dije a mis hombres y eso me dije a mí. Hasta que una maldita noche entras a mi camarote y me deshaces el cinturón y yo me dije… *Desmond, detenla, detenla porque esto no va a acabar aquí ni va a acabar bien.* Pero esa boquita tuya… La verdad es que te creía tan lista que no pensé que pasara a mayores, te revolcabas con el capitán del barco, ¿qué más querías? Ah, pero sí, sí que quisiste más, mucho más. Y ojalá te hubieras metido, no sé, con Rodney, con Melville o Ratas, que por lo menos saben cómo son las cosas. Pero te fuiste a meter con el *perro de puerto*, virgen, inocente y más imbécil que nada. Dejaste que se enamorara de ti y en un minuto ya te estabas tirando al otro, que es menos imbécil pero no más hombre. ¿Qué pensabas que iba a pasar, que te ibas a revolver conmigo, con John y con el rubio el resto de tu vida sin problemas? Si lo que quieres es una orgía, Jill, vete a Tortuga. Ésta es *mi* nave, mi barco, mi territorio. Y le faltaste al respeto de todas las formas posibles como si fuera un burdel.

—Capi… perdón —pidió Jill—, perdóname.

—Pides perdón como si te arrepintieras —respondió Black—, pero has hecho lo que se te ha dado la maldita gana desde el primer día. Y ya se acabó.

El capitán tomó su camisa negra que estaba colgada sobre una silla, se la puso y comenzó a abotonarla.

—Lo que sea que había entre tú y yo —siguió él—, se acabó.

Los ojos de Jill brillaron a la luz de las velas, apenas manteniendo las crecientes lágrimas sostenidas.

—Capi…

—Se acabó —concluyó el capitán—, y da gracias que no te echo de mi barco, porque por ti no voy a volver.

—¿Volver? —se emocionó Jill—, ¿volvemos por ellos?

El capitán dio un profundo suspiro de debilidad en el que confirmó su vencimiento y su decisión de volver curso en dirección opuesta, de regreso por los exiliados.

28

La mirada de John estaba perdida en el cielo, un universo gris con tonalidades en blancos, pero distintos tonos de blancos como distintos tonos de gris hasta crear una especie de infinito sin color y sin límite. Ya no tenía caso mirar a su alrededor porque el océano se veía exactamente igual hora tras hora como un limbo turquesa, y lo que al principio comenzó como un destierro se había convertido en un acto de supervivencia y posteriormente en un proceso de agonía. La desesperación se fue disolviendo en calma, la aceptación de la muerte que había llegado a John Dawner como un anuncio por parte de su cuerpo, la piel ardida, los labios secos.

Un relámpago plateado iluminó el cielo y estalló con ensordecedora fuerza, la marea se agitó rápidamente y el viento sopló frío, anunciando una tormenta que las gotas de lluvia no tardaron en confirmar. John se puso de pie y sintió la lluvia fría bañarle el cuerpo como una bendición, abría la boca para recibirla. El repentino temporal despertó a George, forzándolo a abrir sus verdes ojos con agotamiento, pero su mirada fue directo hacia un navío que surgía del horizonte con dos naves más, una a cada lado. Los monumentos flotantes se iban haciendo colosales, impactantes a robar aliento con aquellas blanquísimas velas vistiendo la majestuosa arboladura y las banderas de Inglaterra ondeando en lo alto del palo mayor. El Bartolomé, La Chelsea y El Transeúnte. George reconoció la primera nave inequívocamente.

—¿John? —llamó George, irguiéndose—, John, más vale que voltees.

Pero la mirada de John estaba puesta justo hacia el lado contrario, donde desde el horizonte surgía una colosal nave negra con cada vela obscura hinchada por el viento y la bandera pirata ondeando orgullosamente, la bandera de Desmond Black a quien le seguía El Fénix tan sólo unas millas detrás. El muchacho se paralizó, un pequeño apocalipsis surgía dentro de su corazón no solamente porque se encontraba entre dos naves sino porque se encontraba entre dos destinos: El Bartolomé, la Marina Real, James Dawner, Inglaterra contra El Espectro, la piratería, Desmond Black, el mundo entero. Un padre contra otro padre. Pareciera que el alma se había escapado de su cuerpo junto con el uso de la palabra y no quedaba más que una respiración acelerada.

—Dawner, Dawner, eh, mírame —le decía George—, que sea lo que tú quieres, nada más.

—Prefiero ser un pésimo pirata que un excelente cadete —respondió John.

—Entonces ya sabes hacia dónde nadar.

Ambos jóvenes saltaron del bote de remos y nadaron con urgencia hacia las naves, uno nadó a El Bartolomé y el otro a El Espectro.

El almirante Dawner distinguió a El Espectro través del catalejo y su hambre de venganza se hizo voraz. El Bartolomé cayó a sotavento con la vela mayor cargada y empujada por el viento, estaba la amurada a estribor y pronto tomó viento en popa para avanzar a toda velocidad directo hacia los piratas.

—¡Caña a estribor, a las brazas! —ordenó el comodoro Tanner, que daba inicio a la acción de guerra con la misma precipitación.

—¡Alas del mastelero, cadenas y defensas! —ordenó el capitán Bloom.

Cada marinero se deslizaba prodigiosamente por los obenques cargando con las cadenas para proteger las vergas de lo que sería una batalla furiosa, mientras que los infantes de Marina ya revisaban el disparador de sus mosquetes y tomaban posición a las órdenes del sargento Roads.

¡Destrincar cañones!

¡Nivelar cañones!

James había sido inevitablemente transportado a aquel día en el que El Bartolomé se batió en guerra contra El Espectro, miraba esa nave negra como un monstruo surgido del mundo de las pesadillas. Tanner se puso a su lado; sin decirle palabra le dedicó una mirada que anunciaba el inicio de la soñada venganza.

¡Sujetar empuñiduras, guinda suelta!

El almirante desenvainó su espada, sedienta de sangre pirata.

¡Bracear!

El comodoro desenvainó su espada también.

¡Amarrar!

El capitán Bloom tomó posición al timón, sujetando en sus manos la furia desencadenada con la que El Bartolomé despertaba.

¡Preparados para batalla, señor!

El capitán Black estaba de pie en lo más alto de la proa con una bota apoyada sobre el bauprés, miró a través del catalejo y comprobó que las naves inglesas se preparaban para batalla tal como lo esperaba. Distinguió el navío al frente, El Bartolomé, cuya distancia se había acortado lo suficiente para mirar al almirante Dawner, de pie en medio del zafarrancho de cubierta con un aire vengativo que lo hacía inconfundible a sus ojos.

—No me jodas —rio Black.

Cuando el capitán se volvió a sus hombres, ya se encontraban inundando la cubierta con armas en mano; espadas, pistolas, picos, bayonetas y otras curiosidades que sólo una mente obscura sabría utilizar. Miraban a Black con una especie de adrenalina alborotada, esperando órdenes para permitirse desbordarla.

—¡A romper barcos, muchachos! —exclamó el capitán.

Los hombres dieron un alegre grito de celebración y se dispersaron sobre cubierta como cucarachas a la repentina luz de una lámpara.

El capitán Black vistió su icónico abrigo negro de dorados botones, y encima una especie de cinturón en equis de cuero negro que pasaba sobre su pecho; ahí llevaba cuatro pistolas y la parte del cuero que pasaba por su cadera cargaba con su bellísima espada de empuñadura negra y dorada. Cuando sus hombres lo miraban vestido así sabían que la guerra había sido declarada.

—¡Señalen a El Fénix, peleamos! —ordenó Turco.

Ebo, el enorme hombre africano, subió a O'Connor sobre sus hombros, permitiéndole al niño ondear una bandera roja con todas sus fuerzas a medida que soplaba de un silbatillo. En cuestión de segundos obtuvo una respuesta desde la borda de estribor de El Fénix, Melville ondeaba una bandera igual.

¡Melville, idiota, vamos!

¡Están listos!

—¡Carguen cañones! —ordenó Black.

¡Sí, capitán!

Los cañones de cuatro libras que estaban sobre cubierta fueron posicionados y cargados con barras de hierro de tres pulgadas.

—¡Chang, Poe, Sam! —llamó Turco—, ¡tomen mando de la batería de babor!

—¡Ya oyeron a Turco! —respondió Poe—, ¡vamos, hijos de mil putas! *¡Cañones!*

Margaret miraba todo a su alrededor, un mundo que se consumía en caos sin afectarla como si no la viese allí de pie en medio de todo, se sentía invisible. Ben le sujetó la mano.

—Vamos, Mags —le dijo—, las cosas se van a poner feas, es mejor que estés abajo.

—¡A las escotas del juanete, qué carajos esperan! —ordenó el capitán—, ¡Jill, Dash, a las brazas! ¡Rodney, mantén rumbo, ni un centímetro fuera! ¡Vamos, vamos! ¡Eh, Lucky y Ratas, a la cofa del trinquete, ya! *¡Sí, capitán!*

—¡Stanley, Barry, Jimmy! —llamó Turco—, ¡a la batería de estribor, muévanse!

—¡Capitán! —llamó Joe desde la borda de babor—, ¡pescamos un pececito!

El capitán frunció el ceño y se acercó. Joe y Pulgas le echaban una mano a John, ayudándolo a subir a cubierta entre maldiciones y violentas palmadas en la espalda que sólo podían expresar cuánto lo habían echado de menos, sentimiento compartido por el resto de los hombres que apenas distinguieron al muchacho comenzaron a chiflar, a reír y a maldecirlo cariñosamente.

El capitán Black y John quedaron frente a frente. Hubo silencio en cubierta, pues a pesar de la acción de batalla cada hombre pausó sus tareas para atestiguar este momento.

—Se encuentra un poco fuera de ruta, capitán —dijo John.

En un movimiento brusco, Black le tomó el rostro al muchacho, todos creyeron que le rompería el cuello, pero en cambio lo inspeccionó; le alzó la barbilla para mirar la cicatriz y lo soltó con la misma rudeza.

—Niño imbécil —dijo el capitán, ofreciéndole la navaja de regreso—, si tan sólo te hubieras metido ese cuchillo en las tripas.

John apenas sonrió, tomó la navaja tímidamente.

—¿Peleas con los marineros o con los piratas? —le preguntó Black.

—Soy un pirata —respondió John—, ¿con quién crees que voy a pelear?

Se le miraba tan convencido y resuelto, como si el muchacho que se marchó en exilio hubiera muerto, y en su lugar apareció un endemoniado espíritu decidido a convertirse en todo lo que soñaba. El capitán le sonrió complacido.

Los marineros de El Bartolomé ayudaron a George a subir por la escalera de estribor, estallando la conmoción cuando reconocieron, aunque en lamentables condiciones, al hijo del comodoro, al joven capitán Tanner. Estaba tan deshidratado que apenas puso pie sobre cubierta se desmayó en los brazos de su padre.

—George... ¡mi hijo, mi niño está vivo!

Los ojos del almirante Dawner se llenaron de lágrimas, ojalá él corriera con la misma suerte, y aferrándose a la continencia emocional que su cargo exigía, se irguió y volvió a comandar la acción de ataque. El Espectro se mantuvo sin atacar como hubiera sido lo esperado, y esto lejos de tranquilizar a los hombres los ponía más nerviosos.

—No se dejen engañar —advirtió James—, es una artimaña y nada más.

Viendo el estado en el que su hijo se encontraba, el comodoro Tanner se enfureció al punto de enrojecérsele el rostro, mostrando dos venas elevadas en su frente como si se deformase ante la cólera.

—¿Qué esperamos, almirante? —gruñó—, hagamos trizas a esos malnacidos.

El almirante Dawner hizo una seña a sus hombres, listos para la batalla. El Bartolomé avanzó. El capitán Black hizo una seña a sus hombres, listos para la batalla. El Espectro avanzó.

Ésta era la gloria de los piratas, el esperado momento en que sus vidas hallaban sentido al enfrentarse a aquellos cuyo único sentido era la esclavitud. Ninguna guerra resultaba tan épica como aquella de hombres libres por decisión y hombres esclavos por decisión, dos voluntades tan contrarias que se encontraban en el choque de dos espadas y en el intercambio de balas.

La lluvia se hacía pesada y fría entre truenos y relámpagos que iluminaban el cielo, y fue entonces cuando los piratas de El Espectro vieron al capitán Desmond Black aferrarse a su timón negro, listo para dirigir su nave a batalla, y en el miedo de la emoción y la muerte encontraron la paz. De aquella paz nació un silencio que dominó la existencia, un respiro, una profunda inhalación antes del rugido inicial de la guerra. El Bartolomé disparó el primer cañonazo a El Espectro, que perforó en la amura de babor con tal fuerza que salió por estribor hiriendo la madera negra sin piedad.

—Hijo de puta —gruñó Black—, ¡vienen con todo, estos cabrones!

—¡Ya oyeron! —exclamó Turco—, ¡contesten el fuego, batería de babor!

Los artilleros ya habían tomado sus posiciones en las baterías a estribor y babor de la nave, los cañones de treinta y dos libras ansiosos por escupir pólvora y metal, por devorar el roble a su paso.

—¡Venga, perros! —gritaba Poe—, ¡nivelar cañones!

Ebo colocó el espeque bajo la retranca y lo alzó para que O'Connor pudiera nivelarlo con una tablilla.

—¡Quitar tapabocas! —gritó Chang. Pulgas retiró el tapabocas del cañón.

—¡Cebar cañones, cebar! —exclamó Sam.

Raj introdujo la aguja de cebar en el fogón y perforó el cartucho. Espinoza entregó un cuerno de pólvora que Killy vertió en el interior.

—¡Apunten! —rugió Poe—, *¡fuego!*

¡Fuego!

Cada cañón disparaba uno a uno con tan sólo un segundo de distancia entre las explosiones de ensordecedora fuerza.

¡Taponar el fogón, venga, cargar cartuchos!

¡Vamos, perros, vamos!

A El Espectro le precedía una fiera reputación que reafirmaba a cada despiadado cañonazo que salía de las andanas alta y baja como meteoros endemoniados, sazonados por los cañonazos de cubierta que sólo complementaban la indomable destrucción de las naves enemigas.

Bajo órdenes del almirante Dawner, El Transeúnte y La Chelsea habían ido a encerrar a El Fénix en un enjambre de cañones, puesto que ésta era una nave de guerra demasiado poderosa, se requerían dos navíos para hacerle frente. Melville bien sabía que la Marina Real se sentiría más amenazada por semejante buque que por el propio Espectro, y estaba más que relajado al respecto, era un buen artillero y estratega que contaba con la ayuda y disposición de los muchachos.

La destrucción de El Espectro fue una tarea que adjudicó el almirante a El Bartolomé tanto como él se había adjudicado la muerte del capitán Black, habiendo ordenado a los hombres que nadie más podría darle muerte. En poco tiempo la batalla naval tomó el favor de los bucaneros, que siendo menores en número eran superiores en fuego, material e inmaterial, ardían. El Espectro se encendía de vida como una bestia negra seducida por las manos de su capitán; firmes al timón, gritando estridentes órdenes que retumbaban más que los propios rayos de la tormenta. Volaban hombres y astillas al impacto de cada cañonazo y se salpicaba la madera de sangre.

El Fénix hundió a El Transeúnte en el primer cuarto de hora, pero La Chelsea se mantenía como digna adversaria mientras que El Bartolomé había conseguido disparar un cañón por debajo de la línea de flotación de El Espectro, algo que había enfurecido al capitán Black al grado de ceder el timón a Rodney y tomar posesión del alcázar para dirigir la batalla más de cerca.

—¡Capitán! —llamó Sam—, ¡tenemos cuarenta y dos centímetros de agua!

—Hijos de su putísima madre —gruñó Black—, ¡lleva a O'Connor contigo y comiencen a bombear con...!

¡ZUM! Una bala pasó rozando el abrigo negro del capitán y atravesó uno de los barrilillos de pólvora creando una pequeña explosión de fuego y humo. El capitán Black se volvió encrespado, buscando en la cubierta enemiga al responsable que indudablemente había intentado matarlo. Y ahí estaba, el almirante Dawner sosteniendo un rifle que el marinero a su lado volvía a cargar. Volvió a disparar, Black quiso esquivar la trayectoria de la bala, pero consiguió rozarle el hombro izquierdo.

—¡Ah, carajo! —se quejó adolorido—, así no podremos ser amigos.

—¡Ese perro quiere matarlo a como dé lugar, capi! —exclamó Lucky—, ¡ahora nos lo tronamos!

—No, no —jadeó Black, notando que el hombro le sangraba—, ese cabrón es mío, nadie lo toca.

El Espectro disparó un cañonazo de tal estruendo y fuerza que la nave negra se sacudió y algunos hombres se cubrieron los oídos. El cañón voló y fue a dar directo al palo trinquete de El Bartolomé, partiéndolo por la mitad y provocando que cayese sobre su propia cubierta aplastando a varios uniformados. La fuerza de la lluvia aumentaba al punto de nublar la vista en un paisaje blanco y empapado, la pólvora de cubierta se había mojado como el de la mayoría de los mosquetes. La marea iba agitándose, balanceando las naves y forzando a cada hombre a recurrir a su equilibrio. El almirante Dawner consiguió acercar El Bartolomé a la amura de babor de El Espectro.

—¡Ganchos listos, abordar al enemigo! —rugió James—, ¡infantes de marina, cadetes, *conmigo!* El Bartolomé y El Espectro seguían intercambiando cañonazos cuando un grupo de uniformados voló de las sogas cayendo de pie sobre la cubierta negra.

—¡Tenemos invitados! —anunció el capitán Black—, ¡recíbanlos como se merecen!

Los piratas estallaron a carcajadas, inmediatamente eligieron a sus adversarios y entraron en combate, comenzaba el baño de sangre. Los mosquetes de los infantes de Marina se disparaban contra las pistolas de los piratas, las pocas armas de fuego que aún cedían. Chocaban las espadas finas de los uniformados con las hojas oxidadas y endurecidas de los bucaneros mientras que otros tantos empleaban hachas y cadenas. Jill se había puesto un cinturón que pasaba por su cintura hasta rodear la cadera, invadido de pequeñas dagas que lanzaba con mortífera precisión a los ojos o yugulares enemigas, se divertía como niña pequeña.

La batalla se fue esparciendo por la cubierta negra. El choque de las espadas se oía con mayor estridencia que los rayos mismos y los cuerpos caían al suelo mutilados y echando chorros de sangre. Los bucaneros reían mientras que los oficiales gritaban de dolor y desesperación. Ésta fue la primera vez que John se batió en duelo con hombres uniformados, aquellas casacas ahora empapadas de sangre y manchadas de pólvora, mismas que él había vestido alguna vez, pero estaba tan convencido del camino que eligió que su consciencia le cedía cada tajo de espada sin mucho dolor y sin demasiada culpa. Estaba luchando por aquello en lo que creía y aquello resultaba mucho más digno que portar un uniforme como disfraz y defender algo que jamás le había hecho sentido. Sus ojos buscaron a Jill, queriéndose asegurar de que la chiquilla estaba con bien en la lucha, pero se encontró con la grandiosa vista del capitán Desmond Black luchando frente a él por primera vez. El hombre de negro se empapaba de sangre y lluvia, moviéndose como un artífice de la guerra que giraba con espada y pistola entre los destellos de plata y fogonazos de disparos. Peleaba con magnificencia, un inquebrantable porte y destreza. Encajaba su espada en el estómago de sus adversarios con tantísima fuerza que la punta que había entrado por el ombligo brotaba roja por la espalda, si acaso no giraba con gracia y obsequiaba una tajada limpia al cuello o un disparo de precisión matemática entre las cejas.

El humo de la pólvora crecía y la lluvia se aligeraba. John se paralizó de pronto sin saber realmente por qué, como si palpase la vida por primera vez desde que había nacido, aunque quizá lo que estaba palpando en realidad era la muerte o una combinación de ambas. Vio a Ben decapitar a un marinero muy joven, y vio la cabeza rodar hasta las botas de Joe, quien la pateó a la vez que rompía el cuello de un cadete y clavaba un hacha en el pecho de un infante de Marina cuyo mosquete ya no servía. Vio a Rodney tropezar con un cadáver uniformado y a un oficial estar a punto de dispararle en la cabeza cuando Turco lo decapitó con sus dos cimitarras, salpicando de sangre a Poe y Espinoza que mutilaban al capitán Bloom como hormigas devorando a un insecto. De pronto el teniente Grint arremetió en duelo contra Jill, atacándola con una espada mientras ella empuñaba dos dagas para defenderse. John no lo pensó ni un instante, se lanzó contra Grint esperando chocar espadas, pero sin choque alguno lo atravesó con su propio filo instantáneamente.

—Gracias, Ojitos —le dijo Jill.

—¿Estás bien? —jadeó John.

—¡Agáchate!

La chiquilla lanzó las dos dagas que fueron a dar al rostro de un cadete que iba directo hacia John con espada en mano. John lo miró caer al suelo con la cara ensangrentada; conocía perfectamente a ese muchacho, era su compañero de litera en la Marina Real. Se le quedó mirando un largo instante, aquella emoción que le habría surgido se ensuciaba de dolor apenas un poco.

La multitud alborotada continuaba peleando cuando el almirante James Dawner la atravesó como un fantasma paseando por una dimensión ajena en la que nada podía verlo ni tocarlo. Su abrigo azul de solapas blancas y botones de oro lo glorificó entre la bruma de pólvora, y el sombrero de tres picos emplumado de blanco lo elevó por sobre todos los hombres tanto como la charretera en el hombro lo hizo inconfundible cuando el capitán Black lo distinguió. Finalmente los ojos azules de James se fijaron en los ojos cafés de Black, su mirada lo invitaba a pelear con enfurecida urgencia.

—¡Black! —rugió James, casi en un alarido—, ¡a ti te estaba buscando!

—¿A mí? —rio Black—, pero qué honor.

El almirante desenvainó su espada con un veloz movimiento al que Black respondió limpiando la suya de sangre contra el cuero de sus botas.

—¡Asesino! —gritó James—, ¡es por tu culpa que mi hijo ha muerto!

—¿*Tu hijo*? —se burló Black—, entonces debo estar loco porque todavía me acuerdo de ti hace veinte años cuando saliste de mi camarote con *mi* hijo en los brazos, me viste a los ojos, me viste a los malditos ojos... y te lo llevaste. ¿De ese *hijo* hablas?

James se paralizó sin respuesta, apretando en su pálida mano el mango de la espada.

—Qué pasa, almirante —siguió Black—, ¿a un pirata se le señala por robar oro y a un almirante se le celebra por robarse a un niño?

—¡No lo entenderías, le salvé la vida!

El almirante lanzó el primer espadazo al capitán, pero éste lo bloqueó exitosamente como hubo de hacer con los ataques que siguieron. James tiraba a matar y no había duda en ello, tanto que Black tuvo que aceptar entre choques de hojas que se trataba de un oponente digno de cuidado. Así los filos se golpeaban incesantemente, una espada buscando con desesperación entrar en el cuerpo del pirata mientras la espada del mismo pirata no atacaba, sino bloqueaba cada arremetida.

29

Desde el camarote principal de El Bartolomé, el estruendo de los estallidos despertó a George de un salto. Se levantó de la cama y abrió la puerta a tumbos, encontrándose con una matanza, un hervidero de pólvora,
humo y sangre.

—¡Capitán Tanner! —llamó un marinero—, ¡no se levante, no se
levante!

Pero el capitán Tanner sentía hasta lo más profundo de las entrañas
una necesidad de volver a El Espectro como si ése fuera el navío correcto,
la embarcación que le correspondía. Adjudicaba aquella locura a Margaret, debía rescatarla del caos y protegerla, así que, ignorando toda súplica de los oficiales, se aferró a una de las sogas y volvió a El Espectro. Se
propuso a buscar a Margaret por toda la nave si era necesario, esquivando las explosiones y los hombres que peleaban con tan sanguinaria furia
a su alrededor, entre nubes de humo y estallidos de cañones. Se le ocurrió
que el lugar más seguro para ocultarse tenía que ser el calabozo, y precisamente fue allí donde la encontró, espeluznada dentro de la celda, en la
esquina más alejada y habiéndose acomodado en posición fetal.

—¡Margaret! —llamó George.

La niña saltó a los brazos de su hermano, tenía dificultad para respirar y se hiperventilaba, estaba pálida y temblorosa. Su hermano la abrazó con fuerza.

—Tranquila, tranquila —le decía George—, mírame, respira... respira.

—No puedo, no —tartamudeó Margaret—, no puedo respirar...

Un cañonazo impactó a unos metros de ellos, George se lanzó encima
de Margaret para protegerla. Ambos quedaron aturdidos por el sonido del
impacto. El pánico se había devorado a la niña al punto de empapar su
vestido y dejar sus articulaciones sin movilidad alguna, paralizada por el

horror. George tuvo que levantarla entre sus brazos. Ya se dirigían a la escalera cuando un segundo cañonazo estalló, nuevamente lanzando trozos de madera y astillas. La nube de humo era tan densa que se tragaba el oxígeno y el eco del estallido ardía en los oídos. El violento impacto mandó a los hermanos hasta el otro lado del piso, golpeándolos contra los barrotes de la celda. Ambos se quedaron inconscientes unos segundos. Margaret se arrastró hasta el cuerpo de su hermano, que yacía ensangrentado e inmóvil, la piel totalmente ennegrecida por la pólvora. Comenzó a retirarle los escombros de encima cuando se llevó las manos a la boca horrorizada.

—¡Oh, George! —lloró Margaret, con las manos aún presionando sus labios.

Con escasas fuerzas el joven se apoyó sobre los codos para mirar la pierna que tanto le dolía, pero ya no había una pierna que mirar porque de la rodilla para abajo había quedado totalmente mutilada; los músculos expuestos, el hueso roto por la mitad y los tejidos deshilados entre chorros de sangre. Los alaridos de Margaret lo forzaron a suprimir su propio llanto y abstenerse del pánico.

—Maggie —llamó, conteniendo el dolor—, tendrás que ir a la cubierta a buscar ayuda.

—No, no… yo no puedo, no…

—Si no lo haces moriré desangrado.

En un acto de valentía que jamás se creyó capaz de hacer, Margaret salió a cubierta a encontrarse con el horror de la batalla. Ni en el rincón más obscuro y turbulento de su imaginación se habría imaginado tan espantosa escena, y aunque el miedo le suplicaba correr a esconderse, la vida de su hermano estaba en sus manos y por salvarla se sobrepondría a cualquier horror, incluso la muerte. Antes de que pudiera pedir ayuda, John llegó hasta ella cubriéndola con violencia y casi empujándola fuera de cubierta.

—¡Margaret, vete de aquí! —le gritó el muchacho.

—¡Es George, está herido! —lloró Maggie—, es demasiada sangre, va a morir, ¡va a morir!

John protegía a Margaret con su cuerpo como un escudo humano mientras buscaba con su mirada a aquel hombre de turbante negro y dos cimitarras en las manos. Gritó el nombre de Turco con tal potencia que éste acudió al llamado temiendo lo peor. Los tres fueron al calabozo donde George yacía agonizante, desangrándose al tiempo que su consciencia iba y venía entre alaridos de dolor. John se hincó a su lado, sosteniéndole una mano con fuerza y Margaret le sostuvo la cabeza recargándola contra sus rodillas.

—Me voy a morir —lloraba George—, me voy a morir…

—No, no —le decía John—, no vas a morir, ¿verdad, Turco?

Turco terminaba de ajustar un cinturón por encima de la rodilla de George, vio a John a los ojos y en su mirada le hizo saber que no podía asegurarle absolutamente nada.

—Pólvora —dijo Turco—, necesito pólvora.

—Voy por ella —se ofreció John, echándose a correr.

Margaret sollozaba, acariciando el cabello dorado de su hermano entre sus dedos temblorosos.

—Toma —dijo Turco, entregándole un pequeño palo—, ponlo entre sus dientes, debe morderlo.

Tan pronto los dientes de George hicieron presión sobre el palo, Turco desenvainó su cimitarra y acomodó el filo debajo de la rodilla del herido.

—¡Espere! —exclamó Margaret—, ¡¿qué hace?!, ¡no!

El filo de la cimitarra se hundió en la piel y Turco comenzó a hacer fuertes movimientos hacia delante y hacia atrás, terminando de cortar la pierna de George mientras éste soltaba los más espeluznantes alaridos. Margaret perdió el conocimiento, cayendo sobre el cuerpo de su hermano justo cuando John volvía con un puñado de pólvora que vertió inmediatamente en las manos de Turco. John sostuvo a George de los hombros, brindándole cierto consuelo cuando Turco embarró cada grano de pólvora contra la piel del corte.

—Sujétalo —advirtió Turco a John, y entonces, sin temblarle la mano encendió un cerillo que incendió la herida en un dolorosísimo fogonazo que terminó por desmayar a George. Le ataron un trozo de tela contra la herida calcinada. Margaret despertó, aún espeluznada por la imagen.

—Ya está —dijo Turco—, si libra una infección, se salvará. Niña, quédate con él, y si despierta dale ron, lo necesitará.

Margaret asintió asustada, John le tomó la mano.

—¿Estarás bien? —le preguntó—. Puedo quedarme contigo.

—No —respondió ella—, sé bien que lo que sucede allá arriba te incumbe demasiado, y no seré yo quien te prive de ello. Ve, date prisa.

Turco y John intercambiaron miradas, y después de acordar que se había hecho todo lo que se podía hacer, volvieron a cubierta.

El duelo entre el almirante Dawner y el capitán Black continuaba, la furia vengativa de James crecía más a cada estocada fallida y la paciencia del pirata se desmoronaba con cada oportunidad perdida de herir. Nunca el capitán chocó espadas con un hombre más triste y enrabiado, tan profundamente herido en el alma, sin nada en la vida más que ganas de matar; y fuera por experiencia propia o mera filosofía, sabía que de prolongar su benevolencia tan sólo un poco más el almirante bien podría cumplir su cometido. No tuvo opción más que darle un despiadado puñetazo con esperanzas de noquearlo, pero James apenas se limpió la sangre de los labios y siguió peleando. Black entonces tuvo que optar por algo más atrevido, y le hirió el brazo derecho con la punta de la espada haciendo que la tirase al suelo. Pudo haberlo aniquilado en ese momento, pero dio un paso hacia atrás.

—Escucha, James... James, ¿verdad? —iba diciendo Black, pero el almirante recuperó su espada en un pestañear y se irguió con un espadazo que alcanzó a rozar la mejilla del pirata con la punta haciéndole un profundo rasguño.

—¡Carajo, que me escuches, imbécil! —exclamó Black, tirando su espada tan repentinamente que el almirante se quedó quieto.

—¡Tenía tan sólo diecinueve años! —gritaba James, sin moverse— ¡y todo un futuro por delante!

—*Tiene* —corrigió Black—, tiene veinte de hecho, pero *tiene*, no tenía.

Los ojos de James volvieron a inundarse de lágrimas.

—Cállate —lloró—, cállate ya...

El capitán Black miró a su alrededor buscando a John, que bastante extraño le parecía que no hubiese intervenido ya.

—Niño imbécil —dijo en voz baja, y apenas se volvía al almirante cuando éste le lanzó un espadazo directo al cuello con toda intención de decapitarlo. Black se agachó en un milagroso reflejo, cogió su espada del suelo y se levantó en un giro de portentosa agilidad; devolvió la estocada, atascando las hojas de ambas espadas y tiró de la suya de modo que James estaba a tan sólo centímetros de su rostro.

—O puede que en el fondo ya lo sabes —dijo Black—, tal vez sabes que está vivo, y por eso tienes tantas malditas ganas de matarme, porque si no está allá es que está acá. Claro, ¿dónde más podría estar? Qué tal si está aquí y eligió la vida pirata, qué tal si está aquí y me eligió a mí sobre ti. Por eso mejor matarme, ¿no?

—Cállate —lloró James.

—Tú no estás aquí porque maté a tu hijo, estás aquí porque te lo quité, ¿verdad? Y hasta este momento te acabas de dar cuenta de que siempre lo supiste.

—¡Mientes! —rugió James.

—¿Sí? —respondió Black—, ¿entonces cómo sé que se llama John? Y que es un completo y reverendo imbécil que lleva haciendo berrinche semanas para que no te mate y, *típico* de él, que justo ahora tiene que desaparecer.

El almirante empujó al capitán con todas sus fuerzas para hacerlo caer, pero éste se mantuvo macizo como un roble. James perdía el control lo suficiente para lanzar otra estocada mortal que consiguió rasgar el abrigo negro de su enemigo y sellar su ataque con un puñetazo a su rostro; un puñetazo inexperto de alguien que definitivamente no acostumbraba aquellas manías.

El capitán Black dio un paso hacia atrás e inhaló profundamente, se tronó el cuello con un movimiento de cabeza y fortaleció su mano a la empuñadura de la espada. Quien le conociera como adversario sabía que ésta era la clara señal de que su paciencia se había extinto, y quien le conociera como adversario sabía que esto era lo último que vería antes de morir.

—Sea —se rindió el pirata, y entonces arremetió a espadazos contra James con tal fuerza que el almirante no podía más que dar desesperados pasos hacia atrás, huyendo de Black como se huye de la muerte. Fue en ese preciso instante cuando John salió a cubierta para encontrarse con su pesadilla cobrando vida ante sus ojos, cada movimiento y cada mirada, estrujándose su corazón ante el hierro de las espadas chocando, exigiendo una acción antes de que la pesadilla alcanzase su conocida y espantosa conclusión. El almirante cayó hacia atrás, Black sujetó el mango de la espada y le lanzó la hoja directo al estómago para finalmente asesinarlo cuando la hoja de la espada de John bloqueó la trayectoria desviándola hacia un lado. El muchacho había quedado frente al capitán, respirando con fuerza.

—¿Dónde carajos estabas, imbécil? —le reclamó Black.

—Estás sangrando —jadeó John, señalando la abertura en su mejilla.

—¿John? —llamó James, con un nudo en la garganta.

John cerró los ojos sin volverse, se paralizaba. El capitán Black le dio un par de palmadas en la mejilla.

—No seas maricón —le dijo, y se apartó de ellos, dejándolos solos. El muchacho se volvió lentamente y vio a su padre a los ojos.

30

La tormenta descansó. Apenas soplaba el viento ante el abrumador silencio de una batalla terminada. El Fénix acababa de hundir a La Chelsea, y Melville no cabía en sí de felicidad, su primera victoria personal porque había liderado la batalla con tanta emoción, creyéndose, aunque fuera por un momento, capitán. El intercambio de cañonazos entre El Espectro y El Bartolomé cesó, ambas naves heridas de gravedad, con daños tanto en la arboladura como en las amuras. La brutal pelea en la cubierta negra había alcanzado una especie de conclusión, o al menos una pausa. Los piratas triunfaron, menores en número, pero superiores en artimaña y lucha; quizá por tomarse la muerte con tanta ligereza, atreviéndose a más sólo porque sí. Cada oficial naval fue tomado prisionero a manos de cada bucanero, que sostenían ya fuera un filo contra sus gargantas o el cañón de una pistola contra sus cabezas. Esperaban. Esperaban a que el almirante Dawner volviese a cubierta luego de haber bajado con su hijo reaparecido al calabozo.

Para James el mundo entero acababa de desvanecerse y todo lo que existía era el cuerpo fortalecido de John, la mirada cambiada y hasta la ropa, heridas en el rostro, una barba amenazando con crecer. Un muchacho que se convertía en hombre.

—Mírate nada más —le dijo James, inspeccionándole el cuerpo en busca de heridas de gravedad y le acomodaba el cuello de la camisa como solía hacerlo. John lo miraba sin pestañear, se le habían ido las palabras y había tanto que decir que no podía decir nada, sólo mirar a su padre; esperando que por sí solo comprendiera lo que sucedía y así ahorrarse el dolor y la extraña culpabilidad que lo atormentaban desde hacía tanto.

—Todo estará bien, hijo —siguió James—, haré que el doctor te inspeccione perfectamente, y habrán de prepararte algo de comer y de beber para que tomes fuerzas. Tranquilo, estarás bien. Apenas lleguemos a Port Royal llamaré a una audiencia con el Consejo de la Marina Real, para negociar tu restitución como cadete naval; seguro que lo concederán después de todo lo que ha pasado. Dios, te has hecho muy fuerte, mira esos músculos. Necesitarás un uniforme nuevo, no hay duda. Voy a pedir que…

—Padre —lo interrumpió John—, no volveré a Port Royal.

Las manos de James resbalaron de los hombros de su hijo, pestañeando rápidamente como si acabase de hablar en otro idioma, o quizá acabase de pronunciar palabras que su corazón maltrecho le impediría comprender con tal de no terminar de romperse.

—El destino me trajo aquí —dijo John—, y aquí encontré mi lugar, arrastrado por una corriente contra la que me rehúso a luchar.

—No, no —negó James—, tu destino es obra tuya y de nadie más, no hay nada predeterminado. Hijo, te ruego que no hagas esto. Aún hay tiempo de corregir los designios que hayan podido hacerte dudar de…

—Soy un pirata —confesó el muchacho, arrancándole el aliento a su padre—, y te pido que no me malentiendas, no estoy aquí para hacer daño a nadie. Ni siquiera tiene que ver contigo porque mi amor hacia ti, mi respeto, jamás se verán afectados por ello. Pero encontré mi lugar en el mundo, y no está en Port Royal, está aquí en el mar, en El Espectro.

—Quieres decir que tu lugar no está conmigo sino con el capitán Black —murmuró James, dolidamente—, ¿qué has podido encontrar aquí que no sea mejor en Port Royal?

—A mí, me encontré a mí. Y tú y yo sabemos que no soy mejor en Port Royal de lo que soy aquí, porque aquí lo que soy es lo que debe ser, no lucho por ser algo distinto. Sólo lucho por ser mejor.

James bajó la mirada, clavó la barbilla en su pecho quebrándose en llanto.

—Oye —llamó John suavemente alzando la barbilla del almirante—, tú eres mi padre.

—¿Y eso importa? —dijo James—. Aun si ordenase abortar el ataque, soy el almirante de la Marina Real de Inglaterra y mi vida se basa precisamente en el exterminio de la piratería. No puedes pedirme que cace a los tuyos, ¡a ti! Y si me atreviese a renunciar, mi deserción sería…

—No —exclamó John—, no renuncies nunca, yo no pediré jamás que no me persigas.

—Y yo no puedo pedirte que no huyas.

Se vieron a los ojos, el destino había hablado y el pacto estaba sellado con dos miradas cristalinas que derramaban lágrimas. El almirante tiró del brazo de su hijo y lo abrazó con todas sus fuerzas, con todo su amor, perdiendo el control de su llanto y sollozando ambos. Se quedaron así un momento.

El capitán Black había ido rápidamente a su camarote, le urgía botar el abrigo negro sobre una silla y para su sorpresa estaba cubierto de sangre; ya ni siquiera estaba seguro de dónde sangraba o si la sangre era suya. No le dolía nada, tal vez sólo el corte en la mejilla le ardía un poco y sangraba bastante.

—Se te ve bien —dijo Jill, entrando al camarote sin avisar—, no sé, la rajada se ve sensual ahí.

—Regresa a tu puesto —le respondió Black secamente.

—Capi…

—Regresa a tu maldito puesto y no vuelvas a abandonarlo sin orden mía.

—Creí que podríamos hablar —insistió Jill—, no quiero estar así contigo. La cagué, sí. Pero de que te quiero, te quiero.

El capitán rio dolorosamente.

—Pues no me quieras —le dijo—, empecemos por ahí.

—O sea que… ¿tú no me quieres?

—Ay, Jill…

—Dime en mi cara que no me quieres.

Rodney irrumpió en la cabina, acelerado.

—Están en cubierta, capitán —anunció—, y uno de los *perros uniformados* está necio, muy necio.

El oficial que "estaba necio" era el mismo comodoro Tanner, que entre los brazos de Turco y con la cimitarra a la garganta no dejaba de maldecir a los piratas entre gritos de rabia. Exigía justicia por sus hijos, y su ira se desbordó cuando vio a Margaret tomada de la mano de Ben como amantes, sin siquiera saludarle porque estaba demasiado asustada por todo. George estaba en brazos de Ebo, mutilado e inconsciente. El capitán Black se acercó al comodoro, mirándolo como a un loco.

—Maldito —gruñó Tanner—, ¡mil veces maldito! Has trastornado a mis hijos, ¡los has trastornado! ¡Mira a mi pobre hija, seguro que la han violado todos estos hombres! Y mi hijo, mi amado hijo…

—Padre —llamó Margaret con timidez—, eso no es lo que ha ocurrido, el capitán ha sido bueno conmigo y sus hombres, serviciales.

—¡La has amenazado, maldito! —lloraba Tanner, divagando entre la furia y la locura. Se movía en los brazos de Turco con tal descontrol que ya se había hecho un par de rasguños con el filo de la cimitarra.

—Córtale la lengua —ordenó Black a Turco.

Antes de que la orden se cumpliese, el almirante Dawner subió a cubierta seguido de John. Estalló el silencio. James miró a su alrededor, supo que los piratas habían vencido y aceptó su derrota con cierta paz.

—Y ahora —dijo Black en voz alta—, ¿se largan o les cortamos el pescuezo?

—Nos vamos —confirmó James, también en voz alta para que ante sus hombres resultase como una orden—. Caballeros, ha quedado clara nuestra derrota y si lo que deseamos es conservar nuestras vidas para el día de mañana tener una revancha justa, debemos marcharnos ahora.

El comodoro Tanner miró al almirante con los ojos hinchados, una vena saltada en la frente y la respiración demasiado agitada.

—No hablarás en serio —protestó—. James, hemos venido hasta aquí con aires de guerra, ¡y pretendes huir!

—Una tregua se ha establecido y no es permanente —respondió James—. George y Margaret necesitan las atenciones de un doctor inmediatamente.

Mientras los altos oficiales se debatían ante la condición de su fracaso, John fue a ponerse a un lado del capitán Black. Ninguno de los dos bucaneros se percató de que estaban ambos con los brazos cruzados y una mano acariciándose la barbilla, la misma expresión calculadora en el rostro y el mismo aire de alta piratería. Le fue imposible al comodoro no mirarlos y entender exactamente lo que había sucedido.

—Ya veo, James, ya veo —lamentó Tanner—. Es John, que ha elegido ser pirata y ahora no te atreves a hundir esta nave como tu deber exige, ¡la sangre lo ha llamado más que tu cariño y ahora te rindes! Pues vaya problema…

—¡Caballeros! —interrumpió Black—, ¿les parece si arreglan sus problemas matrimoniales de regreso a sus casas?

—De vuelta a El Bartolomé, comodoro, es una orden —exigió el almirante.

En un instante el comodoro alcanzó una pistolilla del cinturón de Turco y la apuntó directo al pecho del capitán Black.

—¡Capi! —exclamó Jill, lanzándose.

—¡No! —gritó John, queriendo ir tras ella, pero el almirante lo cogió de un brazo.

El arma se disparó y la chiquilla ya se había lanzado entre la bala y su capitán, recibiendo el tiro directo en la garganta.

—¡*No!* —gritaba John—, ¡no, no! ¡Jill, no!

El muchacho atrapó el cuerpo de Jill en sus brazos, la piel aún tibia y los ojos pestañeando débilmente. El capitán Black se quedó estático, sus ojos buscaron los del Comodoro con tal mirada que éste supo que moriría. Cada pirata debilitó el trinque de sus armas sin siquiera darse cuenta, porque la vida entera se les había ido en ver a John de rodillas, arrullando el cuerpo muerto de Jill Jones.

—¡No, no! —lloraba John—, ¡mírame, mírame, por favor! Dios, ayúdame, mi Jill no, *¡ella no!*

El almirante quiso consolarlo con una mano sobre el hombro, pero el muchacho le arrebató el brazo con tal violencia y un grito de furia.

—Mátenlos —ordenó Black—, mátenlos a todos.

Cada pirata rebanó el cuello de su respectivo rehén con una dolida tajada en cuyo grotesco corte se notaba la rabia e impotencia.

—Tráiganme a ese hijo de puta —agregó el capitán.

Turco y Joe sostuvieron al comodoro y lo llevaron ante el capitán, que lo recibió con un puñetazo de tal fuerza que el hombre cayó al suelo con la nariz destrozada y un río de sangre vertiéndose en su boca. No terminó ahí, Black se fue encima de él y continuó golpeándolo en la cara una y otra vez, ensuciándose su propio rostro con la sangre que salpicaba y destrozándose los nudillos contra los dientes y pómulos que deshacía.

—¡Capitán! —llamó Margaret en un llanto—. ¡Capitán, no lo mate, le ruego!

La niña iba a atreverse a ir hacia el capitán y detenerlo con sus propias manos si era necesario, pero Ben la detuvo a jalones porque sabía que ella podría sufrir el mismo destino si interfería en algo tan profundamente terrible para el capitán Black como la pérdida de Jill Jones.

—¡Se lo ruego! —gritaba ella—. ¡Es mi padre, por favor!

El almirante también iba a intentar detenerlo, pero fue Turco quien se interpuso con una pistola impidiéndole dar un paso más.

—¡Capitán, por favor! —lloraba Margaret.

Los alaridos de Margaret se insertaban en el capitán como alfileres helados que inevitablemente transportaron su memoria a una noche en la que un niño suplicaba en llanto que cierto hombre no terminase de destruir a su madre a golpes. Aquel hombre jamás se apiadó ni escuchó una sola súplica, y fue así como había muerto la madre de Desmond Black. El capitán se detuvo súbitamente, salpicado de sangre hasta la camisa, y sin decir una sola palabra se dirigió al camarote y cerró las puertas. Nuevamente el almirante Dawner intentó correr hacia el comodoro.

—Tienen cinco minutos para largarse —lo amenazó Turco.

El almirante asintió y Turco permitió que Ebo le ayudase a poner el cuerpo de George y el del comodoro dentro de un bote de remos, y cuando todo estaba listo las miradas cayeron sobre Margaret.

—Maggie —llamó el Almirante—, toma mi mano, te ayudaré a bajar.

La niña dio un paso hacia atrás y tomó la mano de Ben con decisión, el movimiento más certero que había hecho en su vida.

—Margaret, por Dios… toma mi mano, vamos…

—Dijo que se queda —protestó Ben.

—Dijo que se queda —repitió Turco.

Rodney, Pulgas y Stanley se pusieron frente a Margaret cual escudo impenetrable, mirando al almirante como si lo retasen a siquiera intentar llevársela.

El Bartolomé, apenas a flote, zarpó de vuelta a Port Royal, con el comodoro Tanner a las puertas de la muerte y su hijo George en el mismo estado. Pero ninguna herida tan dolorosa como la que James llevaba en el alma, porque aquélla jamás habría de sanar.

31

El cuerpo de Jill Jones fue envuelto en una sábana blanca con muchísimo cuidado. Cada bucanero se quitó el sombrero con la mirada al suelo, esperando a que el capitán Black dijera unas palabras, esperando a que dijera *algo*. Pero lo que Black tuviera que decir era entre él y Jill, y esperaba, de algún modo, que en dondequiera que ella estuviera lo supiera exactamente. Hizo una seña a Habib y Poe para que echaran el cuerpo al mar, enviándola al fondo y su alma a algún sitio mejor que El Espectro, si es que para Jill alguna vez existió tal cosa.

La madrugada transcurrió en silencio, apenas el rechinido de la arboladura y el golpeteo de las velas en la brisa triste. John se quedó en la proa, recargado con ambos codos sobre la borda y la mirada perdida en la media luna. Su lúgubre trance se interrumpió cuando escuchó al capitán Black y a Sam, el carpintero, hablando en cuchicheos y caminando alrededor del alcázar.

—Son demasiados daños, capi —lamentaba Sam—, esos hijos de su perra madre nos jodieron bien jodidos.

El capitán dio un largo suspiro, pasando ambas manos por su cabeza y clavando sus dedos en el pelo castaño.

—¿Qué tanto podemos reparar en curso? —preguntó.

—Nada —condenó el carpintero—, el trinquete está por quebrarse y el bauprés se llevó un buen mordisco con todo y el mascarón de proa hasta el tajamar. También el timón tiene un maldito golpe que hasta duele verlo. No se ha jodido la dirección, pero es cosa de un par de horas para que se rinda. Y dos agujeros por debajo de la línea de flotación, uno lo logramos sellar y O'Connor lleva toda la noche bombeando el agua, pero… así no, capi. Así no vamos a llegar lejos, se lo digo yo y le doy mi palabra. No tenemos el material y no tenemos el tiempo.

—Ya —se rindió el capitán—, ve a descansar, Sam. Mañana a primera hora quiero el reporte de daños de El Fénix, en una de ésas podemos intercambiar un par de piezas para mantenernos a flote por lo menos. Ya luego veremos qué carajos vamos a hacer.

—Sí, capitán.

El capitán alcanzó la pipa del bolsillo de su abrigo negro igualmente herido, encendió el tabaco con abatimiento y fumó sosegadamente alrededor de la cubierta deshabitada; acariciando de vez en cuando algún trozo de madera lastimado, cuyo dolor creía poder consolar con el roce de su piel.

John observaba desde la proa, donde la luz de los faroles no podía delatarlo. Miraba al capitán lamentando cada lesión de su Espectro, la primera vez que lo veía lamentar cualquier cosa o quizá era un hombre de lamentos a los cuales sólo sucumbía en medio de la noche, en la negrura y en el anonimato de la soledad. El capitán se detuvo súbitamente, sintiéndose observado por una mirada familiar.

—Das miedo cuando haces eso, ¿sabes? —dijo Black en voz alta.

El muchacho salió de la obscuridad, entregándose a la luz de cada farol como un culpable. El capitán le ofreció la pipa, y John, que nunca había fumado *bien*, le dio una súbita inhalación al tabaco que le hizo toser antes de intentarlo una segunda vez con más éxito. Fumaron juntos en silencio por varios minutos, un silencio cuya densidad se acrecentaba más que el humo del tabaco.

—Murió por ti —dijo John de repente—, murió por ti como si siempre hubiera sabido que iba a morir de ese modo. Yo la amaba. Pero eso nunca cambia nada, ¿verdad?

—No —respondió Black—, eso nunca cambia nada.

Entonces el muchacho regresó la pipa a su dueño y tomó aire, irguiéndose para ver al capitán a los ojos con la altura que merecía.

—¿Qué hago, Black? —preguntó John—. Me siento tan extraño, tan…

—Dilo, sin miedo —le animó el capitán—. Te sientes liberado y no tienes ni puta idea de qué hacer con ese sentimiento porque nunca lo habías sentido. Creíste que te ibas a pudrir de culpa por romper el corazón del almirante, creíste que morirías si algo le pasaba a Jill y, mírate, no te sientes ni culpable ni muerto, ¿verdad?

El joven pirata, que esta noche se sentía más pirata que nunca, ni siquiera se molestó en negar una sola palabra del capitán Black porque poco sentido tenía contrariar las percepciones que ese hombre recolectaba sin permiso.

—Nunca quise herir a nadie —murmuró John.

—Muchacho —dijo Black—, te juro por el diablo que si haces un par de cosas bien en la vida te vas a joder otro par de cosas en el camino.

—¿Tú? —preguntó John—, ¿te has jodido muchas cosas en el camino?

—Casi todas —le respondió el capitán—. No te puedes joder una nave de la Marina Real sin recibir un par de cañonazos en tu propio barco, por ejemplo. Maldita sea, nos dieron duro.

—Sólo quiero saber que podré sanar —murmuró John.

—A ver —dijo Black, volviendo a tomar la navaja del cinturón del muchacho, le tomó la mano e hizo un pequeño corte por encima de la muñeca en un movimiento tan fugaz que John no tuvo tiempo de protestar.

—¡Ah, Black! *¿Por qué?*

—Si para mañana a esta hora esa cortada sigue igual de abierta y la sangre roja entonces sabemos que no puedes sanar y estás jodido. Pero si dejó de sangrar y tiene por lo menos una costra, entonces sabremos que sí que puedes sanar. Entonces vas a dejar de llorar y vas a ponerte a trabajar, ¿estamos?

A la mañana siguiente el silbido de O'Connor despertó a John de un brinco. Eran las seis de la mañana y como cualquier otro amanecer los hombres se levantaron de los coyes, se pusieron las botas y salieron a enfrentar la luz del día. Antes de moverse, John vio la herida que el capitán le había hecho, ya no sangraba y una delgada costra comenzaba a formarse prometiendo cicatrizar. La vida olía a inicio, y John Dawner la inhaló hasta lo más profundo de los pulmones, hasta lo más hondo de su alma.

El capitán Black decidió que la única esperanza de continuar la travesía era si anclaban en una isla para abastecerse de recursos, tanto provisiones como las piezas de carpintería necesarias para reparar ambas naves. Aunque El Fénix no tenía mayores daños, iba igual de bajo en bienes que El Espectro. Las cocinas estaban casi vacías, los barriles apenas con lo peor que quedaba de la carne seca, las verduras podridas y los cereales rancios; lo que traía a Joe hecho un loco. Dependían únicamente de dos gallinas y su generosidad para poner huevos, así como la cabra vieja que si estaba de humor concedía un poco de leche. Chang también advirtió que la batalla había arrasado con lo mejor de la artillería. Faltaba pólvora, bolas de cañón, balas, mechas. Sam, por su parte, que se lamentaba como viuda, suplicaba por tornillos, tablas, poleas e incontables herramientas de carpintería. Rodney bramaba por ron, que también se había agotado. Y el resto de los hombres suspiraba por una mujer, por tierra firme, por caras nuevas, música y, tal vez, si tenían suerte, olvidarse de todo un rato.

El capitán tomó el timón por la tarde, las circunstancias habían desbaratado sus planes de tantas maneras que necesitaba aferrarse a él para sentir que por lo menos aún conservaba el control de su nave que, por más abatida, se mantenía a flote con absoluta dignidad.

—Quieren ir a Tortuga —dijo Turco al Capitán—. ¿Concederás?

—Se lo han ganado —respondió el hombre de negro—, además no tenemos de otra.

—¿Sigues pensando que está en el mar?

—No. Ese maldito sabe que voy tras él o ya me lo hubiera topado.

—Des —suspiró Turco con agobio—, no tenemos que ir allá.

El capitán Black se volvió a Turco con la mirada encendida y una suave inclinación de cabeza. El hombre del turbante se arrepintió de haber hablado.

—¿Qué dijiste? —retó Black, profundamente ofendido.

—Me oíste —respondió Turco—, el robo de El Fénix, la segunda tripulación de Tortuga y los días y noches navegados... todo era para encontrar a El Satán en el mar y retar a Barbanegra a una batalla naval, a un combate que estabas preparado para ganar. Pero esto es diferente. *La Cuna del Diablo* es diferente.

—Ah, ya, *la Cuna del Diablo es diferente*... ¿y por qué, Turco? ¿No es lo mismo vencer a Barbanegra en el Caribe que en Venecia que en China y que en el maldito Polo Norte? ¿No es igual quitarle ese mapa donde sea y como sea? ¿No da lo mismo perforarle el corazón en cualquier sitio?

—No —respondió Turco, con calmada determinación—, sabes bien que no. Estarás en su territorio, Desmond. En el infierno con sus demonios, ¡*tus* demonios! Nadie que se haya atrevido a ir ha regresado jamás, ni siquiera está en el Caribe, tal vez ni siquiera es parte de este mundo. Llegarías, sí, porque eres el capitán Desmond Black, pero ¿de qué va a servir quitarle el mapa si no viviremos para encontrar el tesoro? ¿No es suficiente con que ya eres dueño del Caribe? ¿No es suficiente con que tienes dos naves? ¿No es suficiente con que has encontrado a tu hijo? Qué necesidad hay de...

—De todos mis hombres —lo interrumpió Black con un lastimero murmullo—, del último que me hubiera esperado miedo es de ti. He creído mil cosas de ti, pero nunca que eres un cobarde.

—¡Desmond, por el diablo! —se exasperó Turco, ganándose un par de miradas de los muchachos que quedaban cerca, incluyendo John—. Me conoces demasiado bien para decir algo así. No tengo miedo por mí. Tengo miedo por ti. Porque sé lo que significaría para ti si...

—¿Todo bien? —preguntó John, acercándose invasivamente.

El capitán y Turco miraron hacia otro sitio creando un silencio asfixiante. La tensión se acrecentaba con la presencia de John; miraba a Black y después a Turco, esperando que alguien le explicase.

—Perdón —siguió el muchacho—, no quise interrumpir, pensé que...

—¿Ya se lo dijiste? —preguntó Turco al capitán.

—Turco, te rompo el hocico —amenazó Black.

—¿Decirme qué? —preguntó John.

—Díselo —insistió Turco a Black—, quizá él te haga entrar en razón.

El hombre del turbante se fue. John lo siguió con la mirada y después se volvió al capitán Black, que había vuelto a sujetar el timón como si nada, fingiendo una absoluta tranquilidad que no conseguía engañar a nadie, mucho menos a sí mismo.

—¿Decirme qué? —repitió John.

—Nada —respondió Black—, que vamos a Tortuga.

—¿Y ya?

—Y ya.

John sabía perfectamente que el capitán estaba mintiendo, que había algo que lo inquietaba hasta lo más profundo y que por motivos que desconocía le incumbía precisamente a él. Pero no dijo más, se le quedó mirando un instante y volvió a sus labores.

El Espectro puso rumbo a Tortuga y los hombres lo festejaron, pero con mucho menos ímpetu porque más que una visita a su adorada isla se sentía como un premio de consolación, una parada de emergencia, una anclada de dudas. Hacía bastante tiempo que se hicieron al mar armados de valor en busca de Barbanegra, demasiadas noches soñando con El Satán acechando el horizonte y sus mortíferos cañones vomitando fuego. La tan deseada pelea entre Desmond Black y Edward Teach como un evento de astrología que podía ocurrir solamente cada determinado tiempo, de esas cosas que se ven una vez en la vida. Ahora dudaban, la emoción de la aventura se había desvanecido junto con la certeza de que vivirían para cumplir este sueño. El capitán Black se retiró al camarote temprano esa noche, sin cenar, sin decir nada. Echó llave a la chapa de la cabina y fue al escritorio, donde extendió seis mapas que, al unirse los bordes, completaban un perfecto dibujo del Caribe entero, varias anotaciones y señalamientos náuticos dibujados. Con un lápiz de carbón y una regla trazó una serie de líneas horizontales y verticales encima hasta dividir los mapas en cuadros de unos tres centímetros. A un lado extendió un viejo almanaque náutico y por el otro lado puso una brújula. Se sentó, compás en mano y la respiración agitada. Revisó cada cuadriculado y comparó cada anotación con el almanaque, cada distancia, cada latitud, velocidad y tiempo. Había recorrido la Ruta Pirata completa desde la primera vez que zarpó de Tortuga y no había excluido explorar fuera de ella algunas tantas otras millas. El Satán no estaba en el Caribe y lo sabía perfectamente, quizá lo había sabido por un tiempo.

—¡Maldita sea! —gritó Black, lanzando los mapas e instrumentos al suelo con un manotazo. Se levantó de la silla, la respiración acelerada y los ojos enrojecidos de rabia. No tenía a Melville para consultar, su mejor navegante y cartógrafo, porque estaba en El Fénix; pero, aunque tuviera a ocho Melvilles juntos y un par de Espinozas, sabía que la ruta que debía seguir ahora no la encontraría en un mapa del Caribe y era posible que ni en ningún otro. La Cuna del Diablo jamás tuvo una ubicación exacta ni un dibujo sobre un mapa, únicamente meros cálculos y compilaciones de diarios náuticos que describían la ruta de ida, pero jamás la de regreso, porque ningún navío con destino a la guarida de Barbanegra había logrado volver. El capitán Black solamente sabía que, en algún lugar al norte del océano Atlántico y guiado por las vagas referencias con las que contaba, podía quizá atreverse a buscar la Cuna del Diablo. Tuvo que volverse a sentar. Turco tenía razón, el solo pensamiento de lo que aquel sitio significaba acababa de drenarle toda la fuerza e inspirarle todo el temor, enfermándose repentinamente de dudas. Se quedó sentado un momento, allí, quieto sobre esa silla en la que meditaba tan a menudo, acariciándose la barbilla con la mirada perdida en el interior de su mente. Se escuchó un suave golpeteo en la puerta. El capitán estaba tan sumergido en sus pensamientos que no escuchó hasta que alguien intentó abrir. Entonces se levantó de mala gana y abrió la cerradura. Era John.

—¿Qué quieres? —le dijo Black.

—Eh... ¿todo bien? —preguntó John al mirar los mapas e instrumentos regados por el suelo. El capitán Black no respondió, fue a la mesa del comedor donde esperaba una botella de ron que descorchó con los dientes y dio tres generosos tragos. Eso respondió la pregunta del muchacho y le incitó a acercarse.

—Supongamos que te ofrezco entrar al cielo —dijo Black—, pero te digo que para llegar ahí tendrás que cruzar el infierno y pelear con el diablo, y que no puedo garantizarte que salgas nunca, ¿lo harías?

—Depende —respondió John—, ¿qué hay en el cielo?

—Todo lo que siempre has querido, todo.

—Entonces no descansaría hasta matar al diablo y salir del infierno.

El capitán Black asintió débilmente. John lo miró un momento, encontrándose con el temor en sus ojos.

—Vamos hacia el infierno… ¿verdad? —preguntó el muchacho.

—No —respondió Black—, vamos al cielo, pero antes tendremos que cruzar el infierno y pelear con el diablo.

—Entonces peleamos —le respondió John, con una bondadosa certeza.

El capitán sonrió complacido, sintió un pellizco de orgullo en el corazón porque no podía esperar una respuesta distinta de su hijo.

—¿Qué querías? —preguntó Black, forzándose a asfixiar lo que fuera que se gestaba en su pecho.

—Vemos luces —respondió John—, estaremos llegando a Tortuga pronto.

32

María sudaba dentro de las sábanas. Hacía unos días que la frescura de la brisa se había extinto en un calor insoportable, al que le costaba acostumbrarse y por lo mismo no podía dormir. Debían de ser las tres de la madrugada y la mujer seguía bocarriba mirando el techo de madera, escuchando las pisadas en el castillo de popa sobre su cabeza, la tenue luz de una vela ahogándose en la cera sobre el buró a su lado. El calor y el aroma a sal iban despertándole el cuerpo, seduciéndola con recuerdos que antes de materializarse en su cabeza se anunciaban con una sensación entre sus piernas. Desmond Black llegó a su mente de manera sigilosa y letal hasta apoderarse de su pensamiento. Recordó entonces la noche que perdió su virginidad; el miedo que sentía porque había escuchado de otras chicas, ya casadas por supuesto, lo doloroso que era la primera vez y lo indiferentes que solían ser los caballeros ante este terror que a su vez era tan deseado. Pero haber hecho el amor con el capitán Black fue lo más distante de doloroso y el pirata lo menos indiferente ante sus miedos y deseos.

—Tranquila —le dijo Desmond acariciándole una mejilla—, no voy a hacer nada que no quieras.

—Quiero —respondió María—, pero ¿no ha de venir un clérigo a atestiguar nuestra unión y comprobar mi pureza?

—¿Tu qué? —se rio el pirata.

Al joven capitán le costaba entender el español como a la niña le costaba entender el inglés y lo poco que se entendían era porque Desmond tenía buen oído y María había recibido suficientes lecciones de inglés y francés. No pasó mucho tiempo para que desarrollaran un idioma propio, una mezcla de idiomas que se complementaba con miradas como acentos y caricias como signos de exclamación. Después de varios días de haber abordado El Espectro, María finalmente se reunió con el capitán

Black en su camarote a la medianoche. Había querido evitarlo y había luchado contra ese deseo prohibido y obscuro todo el tiempo que pudo, mismo tiempo que el pirata respetó irrefutablemente. Quizá fue por eso que la niña se dejó besar bajo la luna, porque en verdad confiaba en él con todo su ser. Se dejó desnudar en su cama, la sensación de las manos del capitán recorriéndole el cuerpo con muchísimo cuidado, besándola en los labios con adoración y mordidas suaves que iban bajando por su cuello, sus hombros y el pecho; luego al estómago hasta llegar a sus piernas como agua tibia que la purificaba y la ensuciaba a la vez, bautizándola como la amante de un pirata.

—Tengo miedo —susurró María.

El capitán la besó en la frente.

—Me detengo en cuanto me digas, te lo juro.

La niña asintió, pero Desmond podía sentir cómo le temblaba el cuerpo.

—Linda —le dijo—, no tenemos que... ¿Prefieres dormir?

—Desmond —suspiró ella—, si no me haces tuya me voy a morir.

El capitán le sonrió, una sonrisa ladeada y picaresca que enloquecía a María. La besó. Y con todo cuidado y delicadeza cumplió su deseo y superó toda expectativa. Ningún dolor, y el poco que hubiera podido sentir recibía una caricia inmediata o un movimiento más tranquilo hasta que de un momento a otro María desconocía su cuerpo, ahogado en el placer más maravilloso. El capitán Black no se quedaba atrás, porque toda su vida había tenido sexo con prostitutas y una que otra doncella casada que conquistaba de manera fugaz y simple. Esto era distinto, María era distinta. Su cuerpo se sentía como de otra especie, nuevo, jamás tocado, limpio y delicado; tan fino como frágil, ahí gimiendo entre sus brazos como si fuera completamente suya. Desmond estaba perdiendo su virginidad también, en cierta forma, porque había prestado su cuerpo varias veces, pero jamás había entregado su corazón ni se había enamorado. La evidencia de tan inesperado caos estaba en lo que sentía mientras le hacía el amor a María, precisamente eso, *amor*; la necesidad de ser delicado y cuidadoso, la necesidad de ser suyo también. Ambos habían alcanzado el cielo, y ahí se quedaron, envueltos en las sábanas. María se quedó dormida sobre el pecho del capitán y él se quedó quieto, prefiriendo cualquier cosa antes que despertarla.

Ahora, veinte años después, María no podía evitar recordar las manos el capitán entre sus piernas, los besos sobre sus hombros y los susurros que la adormecían. Rio sola, porque recordó lo que vino después y siempre le había hecho mucha gracia. Entrada la madrugada, Desmond tuvo

que levantarse de la cama; se dio cuenta de que la sábana estaba manchada de sangre y, aterrado, la levantó para comprobar que en verdad María
había sangrado. Salió disparado del camarote y fue a los coyes a despertar a Turco de una tremenda zarandeada.

—Turco, Turco, ayúdame, ¡ayúdame!

—¡Qué, qué!

—Creo que la maté —jadeaba Desmond—. La maté, carajo, la maté.

El muchacho del turbante apenas podía abrir los ojos.

—¿De qué me hablas?

—¡No sé, no sé! Está sangrando, y te juro que tuve todo el maldito
cuidado del mundo, pero está sangrando y...

Turco estalló a carcajadas.

—¿De qué te ríes, imbécil? —gruñó el capitán—. Te estoy diciendo
que la lastimé.

—No, Des —bostezó Turco—, no la lastimaste, sólo era virgen y ya
no es. Tranquilo, es normal.

—¿Cómo? ¿Y qué se hace?

—Nada, se duerme. Vete a dormir y no le digas que me viniste con
esto, porque pensará que eres un idiota.

Pero María sí que se enteró de esto porque uno de los muchachos
que escuchó se lo había contado, y nada le había parecido más gracioso.
Sin embargo, nunca le contó a Desmond que se había enterado, lo guardó como un secreto del que se había encariñado muchísimo. Tanto que lo
recordaba en ese momento, en el presente, cuando todo esto no era más
que una memoria.

Entre recuerdo y recuerdo llegó el amanecer, anunciado por una cálida
luz dorada que se dejó entrar por el ventanal de popa. María ya estaba
vestida con un divino vestido color rojo que había reservado para su encuentro con el capitán Black. Le sentaba perfectamente, y aunque no llevaba corsé lo había ajustado lo suficiente para delinear su figura, aun si el
precio era la dificultad para respirar. Adornó su atuendo con una diadema de perlas y rubíes que en ese instante la transformaron en una doncella de la realeza. Sabía que se veía preciosa; sólo esperaba, sin querer y sin
darse cuenta, que el capitán Black opinase lo mismo. Llamaron a la puerta del camarote. Era el capitán Velázquez, que apenas dio un paso a la cabina se quedó perplejo admirando a la mujer y su belleza.

—Buenos días, capitán —saludó María—, ¿me tenéis noticias?

—Sí, mi señora —respondió—, hemos llegado al Caribe. Es una vista espectacular, las aguas se miran color turquesa, muy bonito.

Cuando María salió a cubierta se encontró con aquel paraíso familiar que era el mar Caribe. Miró a su alrededor e inhaló el aroma tropical que amenazaba con detonar más recuerdos, no todos tan placenteros como el de la noche anterior.

—Caballeros —dijo María, en voz alta y demandante—, bajad la bandera de Castilla, que a partir de ahora no sois de la Compañía de las Indias, no sois nada que pueda ser un blanco de piratas ni corsarios. Y los que sabéis hablar inglés, empezad a practicar de una vez, que mucha falta os va hacer en cuanto lleguemos a Tortuga. No se nos puede salir una palabrita de quiénes somos ni de dónde venimos, ¿fui clara?

¡Sí, doña María!

—¡Deteneos! —ordenó Santiago.

El capitán se acercó a María, determinante.

—Señora, con todos mis respetos, ¿cómo que bajar la bandera?, ¿vamos a negar nuestra patria por miedo?

—¿Miedo? —respondió la mujer—. No, miedo no, capitán. Es precaución y estrategia, que mucho respeto entrar en territorio enemigo dando sopetones de patria, pero eso sólo conseguirá llamar la atención. Y como no tenemos una flota cuidándonos la popa de la nave, entonces sugiero no ponernos en una situación de riesgo; es más, lo ordeno.

—Pero, mi señora…

—Vuestra *señora* ha dado una orden y la acataréis sin cuestionarla —concluyó María.

El capitán Velázquez le mantuvo la mirada fija a María sin chistar y sin intimidarse, pero finalmente cedió, hizo una mueca a sus hombres y la bandera de Castilla se deslizó hacia abajo del palo mayor como una manta derrotada. El señor Córdova la miró descender y tragó saliva, se volvió a María con los ojos llenos de miedo.

—Ahora, capitán —dijo María—, a mi camarote, por favor.

Una vez en la cabina el capitán se mantuvo de pie con los brazos detrás de la espalda como si estuviese frente al mismísimo almirante de flota. Sabía exactamente lo que doña María iba a recriminarle: haberla cuestionado frente a la tripulación, pero su patria estaba por encima de todo, incluso por encima de las normativas; pero si estaba por encima de María o no, era algo que se debatía día y noche.

—Me habéis llamado cobarde, capitán —comenzó María—. Ahí, frente a todos mis hombres, no habéis tenido el mínimo reparo en cuestionar mi estrategia como si fuese yo la clase de mujer que se anda escondiendo.

—Si de algo jamás podré acusaros es de cobarde —respondió Santiago—, sois la mujer más valiente que haya conocido y la respeto como estratega. Es admirable la amplitud de vuestro conocimiento sobre la náutica, pero no tenéis, gracias a Dios, experiencia en la guerra. Es verdad que las batallas se ganan en gran parte por armamento y cantidad de hombres, pero lo que más levanta a un ejército es el espíritu de su patria, y bajar esa bandera significa ocultar ese espíritu y silenciar toda motivación y fuerza que pudiera inspirarles.

—Pero ¿quién os ha dicho que hemos venido a la guerra? Hemos venido a Tortuga a averiguar el paradero de mi hijo Juan, y no hemos de disparar una sola pistola o cañón para traerle de regreso a Sevilla.

—Ya, pero no negareis que vuestro hijo bien puede estar a lado del capitán Black en El Espectro, y ese hombre no dudará en atacar apenas vea un indicio de miedo, y me parece, señora, que ocultar la bandera puede ser a los ojos de un pirata una clara declaración de terror. En cambio, si nos adentrásemos en Tortuga con la bandera izada orgullosamente y los cañones flamantes en cada batería impondríamos respeto, el respeto que merece una nave que se sabe española y se enorgullece de ello.

—¿Respeto? —cuestionó María—. Ya os digo yo que los piratas no saben nada de respeto. No tengo experiencia en la guerra, pero de piratas sé más de lo que una mujer puede soportar. Así que no volváis a cuestionarme, capitán, porque soy una madre desesperada por hallar a su hijo y no sé cuánta paciencia me quede la siguiente vez.

Por primera vez en toda su vida el capitán Velázquez se había permitido perder. Tenía muchos más argumentos para sustentar su decisión y defender la bandera, pero sabía que ninguna palabra podría doblegar jamás la voluntad de una madre determinada a encontrar a su hijo. Ya bastante difícil le habría parecido doblegar a María por sí sola. Se habría atrevido incluso a jugarse su puesto como capitán enfrentándosele a un almirante de flota por esta discusión, pero acababa de darse cuenta de que estaba dispuesto a jugarse todo menos el favor que doña María pudiera concederle.

—Perdonad, mi señora —se rindió él—, no veo las cosas de la misma manera que vos, pero quizá ése sea mi problema, no el vuestro. Con permiso.

Hizo una leve reverencia a la mujer y se retiró, dejándola con la misma sensación que él, turbada por sentimientos que se habían dejado entrar en ese camarote sin invitación y sin permiso como una emboscada.

33

Habían pasado unas tres semanas desde la derrota de la flota de la Marina Real y Port Royal aún saboreaba la amargura. El muelle donde antes anclaban orgullosamente los navíos de línea y buques de guerra ahora había adquirido un aspecto fantasmal; y los obreros que trabajaban arduamente intentando reparar El Bartolomé complementaban el martirio con su silencio.

El almirante Dawner vigilaba las obras desde el mirador del fuerte, con las manos detrás de la espalda y una mirada sombría, sus pensamientos absorbidos por la batalla y por lo distinto que se veía John, tan brutalmente cambiado. Consideró tantas veces presentar su renuncia, o equivocarse a propósito en alguna decisión vital para ser destituido forzosamente, pero luego de muchas noches sin dormir llegó a la conclusión de que debía continuar siendo almirante, debía continuar al frente. Su deber era erradicar la piratería, sí, pero estando en la posición de máximo mando podía controlar cómo la erradicaba y hasta elegir quién iba al paredón, a prisión o a la tumba. Ser almirante ahora era la única manera que tenía de proteger a su hijo, y temía en lo más profundo de su ser que el gobernador Winchester sospechase de estas reflexiones. También pensaba en su amigo, el comodoro Tanner, que aún hospitalizado con los pómulos pulverizados y la mandíbula dislocada no se dignaba ni a dirigirle la mirada, llevando a James a preguntarse si lo que había hecho era un acto de piedad a los piratas y por consiguiente una traición a su mejor amigo. Suspiró abatido. Quizá lo que más le dolía era recordar su pelea con el capitán Black, porque por más que intentase negarlo o ignorarlo, el pirata de negro le recordaba a su hijo en cada movimiento y en cada mueca, irremediablemente idénticos; y tenía sentido, eran padre e hijo y se habían encontrado por fin, y James no sabía en dónde diantres quedaba él en esta tragedia.

Una tarde el gobernador Winchester se dignó a visitar la casa de los Tanner. El comodoro seguía hospitalizado en compañía de su esposa, pero Winchester sabía que al menos George estaría allí, porque desde que había llegado se negaba a dirigirle la palabra a su padre, se negaba incluso a estar en la misma habitación que él. Los rumores ya se oían entre las familias de la colonia: el comodoro había asesinado a una muchacha que su hijo amaba profundamente, pero no se sabía si se trataba de una prostituta, una bucanera o una cualquiera.

La morada de los Tanner era inmensa y de exquisito gusto, de tejas rojas y un amplio patio con piso de mármol retacado de macetas floreadas de todos los colores, cada habitación demasiado amplia y cuidadosamente decorada por la señora Tanner. Elizabeth era una parisina por excelencia, y se encargó de que su hogar lo reflejase hasta en el más mínimo de los detalles. George siempre había alimentado su hambriento ego con la certeza de que indudablemente vivía en la casa más bella de Port Royal, quizá no tan atrevida en lujos ni extensa como lo era la mansión del gobernador, pero no menos impactante. Como fuera, ahora estaba de regreso y todo había cambiado. La casa había perdido su belleza, Port Royal había perdido su encanto y George había perdido una pierna. Ahora permanecía postrado en un sillón de la sala, el más próximo al ventanal para mirar hacia abajo el pueblo y el fuerte, y, más allá, el mar, al que se le quedaba viendo en silencio por horas. Se preguntaba por Margaret y también por John, aunque, muy a su sorpresa y quizá sin saberlo todavía, sentía cierta tranquilidad de saber que estaban bajo el cuidado del capitán Black. Era un salvaje, sí, pero no era un idiota, y había demostrado cierta habilidad para cuidar de aquello que le importaba. Sólo esperaba que John y Margaret le fueran importantes al capitán siempre. Miró su pierna izquierda, ahora una pierna de palo, una prótesis de madera que le dolía demasiado, tanto como la muleta que usaba bajo el brazo mientras aprendía a caminar de nuevo. Apenas podía moverse, y dependía de cada una de las mucamas para cualquier cosa, para levantarse, para bañarse, para ir al baño. No era sorpresa para nadie que cayera en la más profunda de las depresiones.

—Joven George —llamó una mucama—, es el gobernador Winchester, ha venido a verlo.

El joven se mantuvo quieto un momento, se había quedado mirando su reflejo en el cristal de la ventana.

—Hazlo pasar —dijo al fin.

El gobernador Winchester entró a la sala acompañado de dos sirvientes que ya entregaban a la mucama un aparatoso arreglo de flores, lo suficientemente digno para adornar un palacio.

—Buenos días, George —saludó el gobernador con alegría—, ¿cómo te sientes?

—¿A qué debo el honor de su visita, gobernador? —preguntó el muchacho.

—No podía dejar de visitar al valiente capitán de La Bolena. Disculparás que haya venido hasta ahora, pero los asuntos luego de la penosa derrota me han absorbido por completo. Hay cuentas que pagar y sentencias que dictar.

George se mantuvo en silencio, la opaca mirada de ojos verdes apenas se sostenía en el gobernador por mero respeto, un respeto que, en este momento, se percataba de que había decaído y estaba peligrosamente debilitado.

—Tu padre se recupera maravillosamente —siguió Winchester, sentándose en el sillón frente a George—, me dicen que el infame capitán Black iba a destrozarlo.

—Pero no lo hizo —respondió George rápidamente—, mi hermana le suplicó clemencia y él concedió.

—Me apena que tu hermana permanezca en las fauces de esos malos hombres. No cabe duda de que la han manipulado de la misma manera que tuvieron que haber manipulado a John. ¡Pensar que estuvo vivo todo este tiempo, qué calumnia! Me alegra que al menos *tú*, mi querido George, hayas defendido tus convicciones, tu honor. Eres un jovencito talentoso y leal.

—Gracias, señor.

—Pero —señaló Winchester—, aun así, imagino fuiste forzado a convivir con los piratas y a involucrarte con ellos.

—Estuve entre ellos porque compartíamos una nave —respondió George—, sólo eso.

—¿Sólo eso? ¿Estás seguro?

—¿Señor?

—Tu padre me ha contado que tuvo el penoso error de herir a una pirata que, según entiendo, era amiga tuya. O así lo intuye por la manera en la que lo has odiado desde entonces.

—No la hirió —corrigió George, sus ojos se volvieron cristalinos—, la mató.

Los verdes ojos cristalinos de George eran toda la evidencia que Winchester necesitaba y la única señal que había buscado para comprobar su sospecha de que el joven Tanner y los bucaneros comprarían mucho más que sólo una cubierta.

—Y... esta *amiga* tuya —siguió Winchester—, ¿no te contó qué es lo que trama el capitán Black?

En ese momento George comprendió que más que una visita de buena fe se trataba de un interrogatorio. Bien sabía que el capitán Black iba tras el tesoro de Cortés, y eso era exactamente lo que el gobernador deseaba escuchar. Fue en ese momento cuando el joven sintió por primera vez su lealtad cuestionada e indefinida.

—No crucé mayor palabra, señor —mintió George, la voz temblándole porque no estaba acostumbrado a decir mentiras—. No era mi amiga realmente, su muerte me ha indignado porque se trataba de una mujer.

Winchester olfateó la falsedad como un vampiro sediento de sangre tanto como lo estaba él por oro. Irguió su posición con una sonrisa magnánima dibujada en el rostro y se levantó del sillón.

—Bueno, George, querrás acompañarme al fuerte, te lo aseguro. Lo menos que puedo hacer para compensar lo que has sufrido es asignarte una posición que se adapte a tu condición, ¿no te parece?

La mirada de George se iluminó apenas un poco y hasta esbozó una sonrisa.

—¿De verdad, señor? —preguntó animado—, ¿cree que haya un puesto para mí?

—Para un valiente capitán como tú, ¡seguro!

La habilidad de George para moverse resultaba tan lamentable que los dos criados del gobernador corrieron a su ayuda, pero el muchacho los rechazó con un delicado movimiento de mano. Se movía lento y las muecas en el rostro delataban el dolor a cada paso, la madera presionando contra el delgado cojín que a su vez presionaba la carne aún no sanada en su totalidad. Pero prefería sufrir todo el dolor del mundo antes que mostrarse adolorido ante los ojos de Winchester. Hoy más que nunca debía probar que era apto para cualquier tarea y que cumpliría cualquier orden, aunque quizá esto último ya estaba muy en duda en rincones tan profundos de su ser que aun ni siquiera lo notaba.

Una vez en el fuerte, George ya había ensayado en su mente una y otra vez cómo haría para bajar la escalera de caracol al muelle; sin embargo, esta vez tomaron un camino distinto que desconoció. Fueron por largos corredores grises sobre charcos de agua cuyo goteo desde el techo empedrado era el único sonido en aquel silencio sepulcral. El clima cálido se extinguía en un súbito frío a consecuencia de la poquísima luz, los muros se estrechaban conforme avanzaban y los guardias oficiales que custodiaban firmes apenas intercambiaban una mirada con el gobernador y su acompañante. George fue ralentizando su paso, miraba a su alrededor y en el pecho le crecía una sensación desagradable. Llegaron a un pequeño cuarto cuadrado y sin ventanas, y lo que alguna vez fue una pared blanca ya no era más que una obra de descarapelado ladrillo gris. Justo en el centro había una vieja silla de madera sobre un charco de agua, y cuando George la vio se detuvo repentinamente en el umbral de la habitación. No tuvo tiempo de cuestionar cuando dos oficiales ya lo arrastraban violentamente para sentarlo de golpe sobre la silla, mientras que un guardiamarina le ataba las manos detrás del respaldo.

—¡¿Qué hace?! —rugió el muchacho—. ¡Gobernador, esto es inaudito! ¡Yo no he hecho nada!

El gobernador se acercó a la silla donde George ya estaba perfectamente inmovilizado.

—Oh, George, yo lo sé —lamentó Winchester—. Pero también sé que conoces los planes del capitán Black.

—¡¿De qué está hablando?! —gritaba el prisionero, confundido y aterrado a la vez.

—Hay dos maneras de proceder —siguió el político—. La primera, dime todo lo que sabes sobre Desmond Black y sus hombres. ¿Por qué robaron El Fénix? ¿Por qué navegan tan lejos de sus rutas? ¿Hacia dónde van exactamente y qué están buscando? Si respondes estas preguntas te dejaré libre y te ofreceré un ascenso. La segunda, niégate a responder y estos hombres harán que escupas la verdad junto con cada uno de tus dientes.

—¡Yo no sé nada, ya se lo dije!

Entonces Winchester hizo una seña al oficial Adley y éste, con cierta resistencia, arremetió el primer golpe contra el rostro de George. El rubio escupió sangre y se volvió al gobernador enfurecido.

—¡Pierde su tiempo! Aunque me muelan a golpes, yo no sé nada. ¿Le parece que los piratas me habrían tratado como su confidente? ¡Era yo el prisionero de Black, no su diario de secretos!

Entró el guardiamarina Carrow con una cubeta de madera llena de agua.

—Son piratas, George —insistió Winchester—, no les debes tu lealtad y sería demasiado lamentable que desperdicies tu valor en proteger sus artimañas. Estarías traicionando a la Corona, ¡poniéndola en riesgo a manos de esos malditos!

—Le juro, por Dios —jadeó George—, que al capitán Black no podría importarle menos la Corona. Es un loco, vive en su propio mundo y tiene sus propias reglas. Si lo que teme es que los piratas de El Espectro pretendan perjudicarlo de alguna manera. Está equivocado, usted no figura ni en sus pensamientos.

A la señal del gobernador, Carrow y Adley sostuvieron a George forzándole a sumergir la cabeza dentro de la cubeta de agua por varios segundos, tantos que el oficial vio al gobernador rogándole con la mirada que se detuviera. Winchester asintió y George salió del agua tosiendo y luchando por respirar.

—¡¿Adónde va Black?! —rugió Winchester.

—¡No sé!

Volvieron a sumergirlo, esta vez suficiente tiempo para que George rozara la muerte y contemplara su vida entera en aquel brevísimo instante.

—¡En nombre de la Corona, George Tanner, te ordeno que hables!

—Aquí está un mensaje para la Corona —jadeó el muchacho, y escupió al suelo. Y ahí, en esa pequeña porción de saliva que había salido de su ser y caído al suelo, iba también su lealtad a Port Royal, al gobernador Winchester y al mismísimo rey Jorge. El oficial Adley y el guardiamarina Carrow pasaron todas las horas que siguieron de la tarde y de la noche sometiendo a George Tanner a infinidad de torturas y hasta le suplicaron de buena fe que hablara para ahorrarse su ejecución, pero George no volvió a abrir la boca.

34

A la mañana siguiente el doctor Smith dio de alta al comodoro Tanner, y a pesar del profundo enojo hacia su mejor amigo, el almirante insistió en asistir a Elizabeth en lo que se ofreciera durante el traslado del hospital a casa. Pero para sorpresa del almirante, la señora Tanner lo recibió con una cachetada cargada de rabia.

—¡Todo esto es culpa suya! —gritó la mujer en llanto—. ¡Se ha rendido ante los piratas sin honor alguno, ha dejado a mi hija con ellos! *¡A mi hija!* Pudo habérmela traído, almirante, pudo haber traído a mi Margaret de vuelta a mis brazos, ¿y qué recibo? ¡A mi marido desfigurado, a mi hijo mutilado! ¡Deberían destituirlo! ¡Debería usted presentar su renuncia por mera dignidad!

El almirante Dawner tomó la mano de la señora Tanner y la sostuvo con ambas cariñosamente.

—Elizabeth —le dijo—, no podré pedir jamás que me perdones porque sé en carne propia que el dolor de perder un hijo por propia elección del hijo es el más agudo de todos. Pero te juro, por Dios, si hubiera podido evitar esta desgracia, si hubiera podido hacer que las cosas fueran de otra forma lo habría hecho, así me costara la vida.

—James —sollozó ella—, te lo ruego, te lo *suplico*… mi hija, mi pobre hija…

El almirante abrazó a la mujer, permitiéndole deshacerse en llanto sobre su hombro.

—Mi único consuelo es la benevolencia del gobernador —dijo Elizabeth— y su disposición a asignar un cargo a mi George, un puesto en el fuerte para que el mar no vuelva a arrebatarme a ninguno de mis hijos.

—¿El gobernador? —le cuestionó James con incredulidad—. ¿Estás segura?

—Visitó mi casa el día de ayer, para llevar a George con él personalmente.

Hacía varios días que el almirante Dawner había solicitado una audiencia privada con el gobernador, pero, ya fuera por una especie de venganza ante su fracaso al traer El Fénix de vuelta al puerto o una agenda terriblemente llena, no había sido hasta aquel día cuando por fin iban a reunirse. En realidad, James, por mucho tiempo que pasase dando vueltas al asunto, no sabía realmente por qué le urgía hablar con el político ni sabía si iba a presentar su renuncia o solicitar una segunda flota para zarpar a la revancha. Desconocía lo que saldría de su boca, pero una cosa era segura, nada podía continuar como estaba.

El reloj de péndulo en la oficina del gobernador dio la quinta campanada, dos horas después de la hora acordada. James esperaba en la salilla de la oficina, de pie, admirando el inmenso retrato de Winchester y no pudiendo evitar una mueca de desagrado, era realmente espantoso.

El cartero irrumpió en la oficina y se detuvo de súbito al ver al almirante.

—¡Almirante! Le ruego me disculpe, venía a entregar correspondencia y no creí que hubiera nadie.

—Por favor, descuide —dijo James—, yo me he permitido esperar al gobernador aquí dentro y no fuera. ¿Sabrá usted dónde se encuentra él?

—Sí, señor —respondió el cartero—, lleva todo el día en las mazmorras y solicitó que no se le interrumpiera.

—¿Pero qué diantres hace el gobernador en las mazmorras?

—Me parece que interrogan a un criminal, señor. Pero no me atrevería a afirmarlo definitivamente.

La sensación desagradable que inundaba el pecho de James desde su encuentro con la señora Tanner estalló, revolviéndosele el estómago a medida que se le aceleraba el corazón. Salió de la oficina a pasos acelerados hasta alcanzar el zócalo del fuerte. En sus años de experiencia bien sabía que los oficiales, particularmente los guardias, solían encubrir al gobernador en sus actos cuestionables a cambio de estar bien pagados, y no le tembló la mano al pescar a uno del uniforme y zarandearlo.

—El gobernador —gruñó James—, ¿en dónde está?

—¡En las mazmorras, señor! —respondió el guardia, asustado.

—¡¿A quién se ha llevado, a quién?!

—¡No lo sé, señor! ¡Apenas lo vi, señor!

En aquel húmedo cuartito George permanecía atado a la silla, las cuerdas se hundían en su piel ensangrentada. Estaba empapado por los helados cubetazos de agua y ensuciado con su propio vómito a consecuencia de los golpes en el estómago. Las propias mangas arremangadas del oficial Adley y el guardiamarina Carrow ya estaban machadas de sangre.

—Ésta es tu última oportunidad de hablar —le dijo el gobernador—, ¿a dónde va el capitán Black?

—A un coctel con el rey —rio George, una risa dolorosa y agotada.

El guardiamarina volvió a golpearlo, pero George simplemente estalló a carcajadas sin un solo indicio de dolor.

—Y creo que llevará a tu esposa como invitada —reía.

El gobernador perdió la paciencia y empujó la silla de una patada haciéndola caer hacia atrás, tomó la pequeña pistolilla que siempre llevaba consigo y apuntó a la frente del muchacho.

—Lo pondré de este modo —amenazó—, o hablas… o mueres.

—Señor —jadeaba George—, prefiero que me dispare mil veces antes que decirle una sola palabra sobre el capitán Black, ¿y sabe por qué? Porque no serviría de nada, ya le ha ganado la partida y no hay flota que pueda hundir El Espectro ni hombre que pueda herirle. Debería dar El Fénix por perdido de una vez, y ya de paso su dignidad. Ha perdido, ha perdido, gobernador…

Winchester cargó la pistolilla.

—Qué desperdicio —lamentó—, morirás por defender a un miserable criminal.

—El único miserable criminal eres tú —respondió George—, honorable, grandísimo e ilustrísimo hijo de puta.

La puerta se abrió de un violento golpe y el almirante Dawner irrumpió en el cuartito, horrorizándose al ver la espantosa escena.

—Pero qué… ¡Gobernador, le exijo que libere a ese joven inmediatamente!

—Si sabes lo que te conviene, James, sal de aquí o te arrastraré por obstrucción —amenazó Winchester.

—¡James! —llamó George en un desesperado grito—, no te vayas, por favor, no te vayas.

—¡Gobernador, por Dios! —insistió James—. Está cometiendo una locura, George es sólo un…

—Conoce los planes del capitán Black —interrumpió Winchester— y haré lo que sea necesario para que confiese.

El oficial y el guardiamarina levantaron la silla revelando ante los ojos del almirante el deplorable estado en el que George se encontraba;

empapado y con los ojos hinchados del llanto, aún quedaban los trazos de sus lágrimas sobre las mejillas manchadas de sangre y tierra, el pómulo izquierdo abierto y sangre seca en la nariz cuyo color se mezclaba con el vómito sobre su pecho y la camisa rasgada. Bastó sólo eso para que James fuese impulsado a tomar su propia pistola y apuntar al gobernador Winchester, detonando un impresionante silencio. El deber exigía a Carrow y Adley proteger al gobernador con sus armas y someter al almirante decididamente, pero se quedaron estáticos; si bien el deber comandaba una acción, el honor suplicaba una completamente distinta.

—James —murmuró Winchester igualmente impactado—, no te equivoques, que te puede salir demasiado caro.

El almirante cargó la pistola.

—Déjelo ir —ordenó—, si quiere información sobre los piratas, yo se la doy. Deje ir al muchacho y me quedaré en su lugar.

—Ya oyeron —dijo Winchester a los oficiales agitadamente—, arresten al almirante Dawner por alta traición y conspiración contra la Corona.

Tanto Adley como Carrow se volvieron al almirante completamente destrozados, particularmente Adley, que siempre lo había admirado y lo miraba hacia arriba como el ejemplo más alto de en lo que podía convertirse un hombre de la Marina Real inglesa. Viendo esto James les dedicó un discreto gesto con la cabeza, otorgándoles el permiso de tomarlo preso, de arrebatarle su charretera honorífica y reemplazarla por esposas de hierro.

—Ya me tiene —dijo James a Winchester—, ahora déjelo ir.

—Creo que no lo haré, James… verás, se me ocurrió una idea mucho mejor. Oficial Carrow, encárguese de traer aquí al comodoro Tanner, ya mismo.

—¡No! —lloró George—, por favor.

El oficial Adley partió con una lastimosa mirada, dispuesto a cumplir sus órdenes a pesar del dolor que le provocaban, a pesar de la amarguísima confusión. El guardiamarina Carrow, no menos maltrecho, recibió las órdenes de encerrar al almirante Dawner en la celda más alejada y así lo hizo.

—Le ruego a Dios que algún día pueda perdonarme, almirante —dijo Carrow.

—No hay nada que perdonar, señor Carrow —respondió James—, cumples tus órdenes como se te ha enseñado.

—Hoy aborrezco la obediencia, señor.

—¿Me obedecerías si te doy una orden secreta?

—Por supuesto que sí —respondió el guardiamarina—, siempre, señor.

El comodoro Tanner partió al fuerte. Una vez en las mazmorras, Tanner ni siquiera se preguntó a dónde lo llevaba el oficial Adley ni por qué iban en esa dirección, sólo rezaba por que George estuviese con bien y que no fuera esto la derrota definitiva contra la prótesis de madera. El oficial Adley abrió la puerta de madera del pequeño cuarto, y luego de vacilar un instante permitió que el comodoro entrase. Tanner no tuvo tiempo siquiera de enfurecerse ante la imagen, pues fue instantáneamente sometido por el oficial Collins y el guardiamarina Carrow y puesto de rodillas ante la silla en la que George temblaba.

—Debí haberlo sabido —gruñó Tanner, su mirada puesta con furia sobre los ojos grises de Winchester—, debí haber sabido que usted haría algo así, ¡maldito, mil veces maldito!

El gobernador miró al comodoro hacia abajo como si no significase nada, y con esa misma ligereza acomodó la pistolilla detrás de su cabeza mirando a George de frente.

—Ahora, George —dijo Winchester—, quizá te sientas más motivado para hablar. Te lo preguntaré una vez más, y si tu respuesta no me complace ésta será la última vez que recuerdes a tu padre con vida... ¿A dónde navega el capitán Black?

—¡No tienes que decirle nada, hijo! —exclamó el comodoro.

—¡El tesoro de Cortés! —confesó George en un llanto—. Black está deseando encontrarlo, pero necesita un mapa que Barbanegra posee.

—Por eso llevan tanto tiempo navegando —se emocionó Winchester—, persiguen a Barbanegra y no lo encuentran, es eso... pero si lo encontrasen... si llegaran a hacerse de ese mapa...

Las cejas grises del político se levantaron y sus ojos centelleaban con avaricia, saboreando la sola idea de las riquezas que aquel tesoro suponía.

—Por favor —lloró George—, ya le dije lo que sé, deje ir a mi padre.

—Claro... claro, por supuesto...

Y entonces, a sangre fría y sin remordimiento, Winchester disparó el arma salpicando de sangre el rostro de George. El comodoro Tanner cayó muerto a los pies de su hijo que había quedado perplejo, sin poder gritar, sin poder llorar; con los ojos bien abiertos miraba el charco de sangre que se formaba debajo de la cabeza de su padre, estancándose bajo la silla como un lago rojo.

35

El Espectro regresó a la costa de Tortuga navegando en su propia derrota seguido por El Fénix. Los piratas necesitaban anclar en un sentido más profundo que literal, necesitaban beber, bailar, tener sexo y pisar la tierra firme con la certeza de que la marea no podría alterar sus pisadas ni su equilibrio, la única estabilidad que les quedaba. La noche que vieron las luces de la isla desde la cubierta del barco, el capitán Black se reunió con Rodney en el timón.

—Al muelle no —le dijo—, bordea la costa, anclamos al otro lado de la isla.

—Pero ahí no hay muelle, capi —respondió el timonel—, ahí no hay nada.

—Obedece, imbécil.

—Sí, capitán. Perdón, capitán.

John miraba desde el obenque a estribor del trinquete, tan alto como podía y sonrió. Le cayó en gracia recordar la última vez que había estado en esa misma situación, acercándose a la isla de luces, donde desde lejos ya se escuchan tiroteos, música y risas. Es sólo que la última vez que estuvo allí iba como un niño espantado con un diabólico ángel de la guarda llamado Jill Jones y hasta pudo olerla en el humo de la pólvora que ya les daba la bienvenida a tantos metros de la costa. De repente su sonrisa se esfumó y frunció el ceño, las luces iban quedando atrás y la nave rodeaba la playa hacia la obscuridad.

—¡Fondeamos, al lado sur! —ordenó el capitán.

¡Sí, capitán!

¡John, te vas a quedar ahí colgado como murciélago de mierda o vas a rizar!

El Espectro y El Fénix fondearon justamente al otro lado del muelle de Tortuga, un paraíso negro inmune a la luz de los faroles del pueblo, apenas invadido por el eco del alegre caos en las calles, una playa escudada por colinas de selva espesa y colosales rocas. Bastaba simplemente atravesar una angosta senda bien hecha con algunos trazos en empedrado y madera para llegar al otro lado, como un pasadizo que conectaba a dos mundos en uno mismo. Por órdenes del capitán Black la tripulación de ambas naves se formó en la playa como una fila de soldados un poco embrutecidos por el ron y distraídos por la emoción y la urgencia de correr desbocados. Entonces el capitán apareció ante ellos, una expresión seria en su rostro, y si lo miraban fijamente, incluso devastada.

—Entre ustedes y yo no hay secretos —comenzó Black—, las cosas son como son y ya. Y las cosas no son como yo quería, o como queríamos todos. Estamos *bien* jodidos. Y sólo se pueden hacer dos cosas cuando se está jodido, joderse más o joder de regreso. Estamos cansados y está bien, por eso estamos aquí, para abastecer la nave, pero también para abastecernos a nosotros. Vayan al pueblo, beban, bailen, traguen hasta reventarse la barriga y desvélense en una orgía. Hagan lo que se les dé la gana, están de vacaciones.

Cada hombre se quedó quieto, perplejo, esperando a que el capitán rompiera a carcajadas y dijera que esto era una broma y que se pusieran a trabajar, a reparar la nave y a surtirla de provisiones. Pero la expresión de Black no se inmutó ni siquiera con la desconcertada mirada de Turco. John en cambio recordaba la conversación sobre navegar hacia el infierno, y sabía que antes de que el capitán fijase rumbo allá debía estar completamente decidido a hacerle frente al diablo porque no habría vuelta atrás.

—Pero… —cuestionó Melville—, ¿cómo?

—Vamos, muchachos —dijo John, situándose frente a ellos como un animador—, nos vendrá bien, ¿no creen? Vino de la taberna, tarros de cerveza, ¡más ron! ¡Y un lechón asado!

—Un lechoncito asado —salivó Chuck.

—Mujeres —salivó Silvestre.

—¡Bailar! —exclamó Stanley.

—Estamos en nuestra casa —siguió John—, estamos en Tortuga. Aquí podemos hacer lo que queramos hasta nueva orden, ¿verdad, capitán?

Pero el capitán Black ya se había ido y en su lugar se quedó Turco, que concluyó la conversación con apenas un movimiento de cabeza. Los bucaneros se habían emocionado tanto con la repentina y generosa dosis de libertinaje que ni siquiera lo notaron, silbaron y gritaron contentos, echándose a correr por el pasadizo como murciélagos que salen de la cueva a cazar apenas cae la noche. John se quedó allí, frente a Turco, y tan pronto estuvieron a solas borró la sonrisa de su rostro y se desvaneció su maravillosa actuación.

—¿Qué hay allá? —preguntó el muchacho—, ¿qué hay en la Cuna del Diablo que tiene a Desmond Black tan asustado?

—¿Puedo darte un consejo, niño?

Turco le puso ambas manos sobre los hombros, mirándolo fijamente. Extrañado por la repentina cercanía y familiaridad, John, lejos de sentirse invadido, percibió una inquebrantable confianza.

—Has aprendido a ser uno de nosotros navegando en El Espectro. Toma esta oportunidad para aprender a serlo también en las calles. Piérdete en Tortuga, deja que te despedace y te reconstruya. Si de verdad quieres ser un pirata tendrás que entregarte a la perdición, y si quieres ser capitán tendrás que entregarte a la perdición y salir de ella. No ileso, sino aliado en justa medida. Te darás cuenta de que tienes tentaciones que no sabías que tenías y que tal vez te parezcan imperdonables. Entrégateles sin culpa y gózalo. Presta mucha atención en cómo se siente caer en ellas. La piratería te pondrá a prueba de tantas maneras, tan sólo el mar ya es una prueba de supervivencia. Te aconsejo aprendas a diferenciar qué caprichos vale la pena ceder y cuáles vale la pena soportar. Es como Desmond se hizo hombre, es como todos nos hicimos hombres… aquí.

El muchacho hubiera querido cuestionar a Turco cuando alcanzó a ver la silueta del capitán Black perdida en la negrura de la noche, ante la orilla del mar contemplando el horizonte plateado en absoluta soledad. Supo en ese momento que no levarían anclas próximamente y escuchó el llamado de Tortuga como un susurro diabólico que lo seducía, embruteciendo la urgencia que hubiera podido llegar a sentir por hallar El Satán, por enfrentar a Barbanegra y encontrar el tesoro. Los sueños del capitán Black que, por varios motivos, se habían ido convirtiendo en los sueños de todos, ahora estaban pausados por una decisión disfrazada de reparar la nave y abastecerla.

John emprendió entonces camino al pueblo, atravesando la senda tropical en plena obscuridad, sin dejarse de hacer la misma pregunta mil veces; *¿Qué hay en la Cuna del Diablo que tiene al capitán Black tan asustado?* Pero cualquier pensamiento que ocupase su cabeza en aquel instante se erradicó de la manera más violenta, había llegado a las calles de Tortuga. Lo sabía, de poner un solo pie en el empedrado, iba a obedecer a Turco y a perderse en el glorioso caos, tanto como si daba un paso hacia atrás sobre la tierra no volvería a atravesar ese pasadizo nunca. Su bota derecha dio un paso hacia el frente y una carretilla tirada por un burro tuerto pasó volando a un milímetro de él con un hombre borracho de pie sobre el animal, sosteniendo una botella de ron y riendo a carcajadas. Tortuga. Con la respiración acelerada por el susto, John echó a reír, y con esa misma alegría fue hacia la avenida principal.

La Taberna del Capitán Morgan se encendía con la llegada de El Espectro. La ensordecedora música retumbaba como nunca y quizá con un poco más de esfuerzo de los músicos, los acordes de sus gaitas, violines y flautas, armónicas y acordeones habrían alcanzado cualquier continente del globo terráqueo, como sus tambores habrían hecho vibrar el mundo junto con los alegres brincos de todos los hombres y mujeres que bailaban borrachos sobre la tarima y hasta sobre las mesas invadidas de comida caliente. La casa invitó la primera ronda de cerveza y la espuma volaba al chocar los tarros brindis tras brindis por el capitán Black, por El Espectro, porque el capitán Black tenía un hijo que se llamaba Johnny, por todo.

La tripulación entera se sentó como una gran familia en una alargada mesa rectangular sobre la que se deslizaban tarros, botellas y vasos, comida y tabaco. Todos chocaron sus tarros por encima de sus cabezas, también John, que tenía a Melville de un lado y a Rodney del otro, ambos bucaneros tan borrachos que pusieron un brazo sobre los hombros del muchacho atrapándolo entre los dos.

—¡Salud, por Johnny Black! —brindó Rodney.

—¡Ése no es mi nombre! —corrigió John, entre risas.

—¡Salud, por John Dawner! —brindó Melville.

John puso su tarro sobre la mesa interrumpiendo el trago que estaba a punto de dar, cuestionándose nuevamente quién era su padre realmente; si tendría más sentido llamarse John Black o John Dawner. Luego se dio cuenta de que no era una cuestión de quién era su padre, sino de quién era él. Se levantó de la mesa con tarro en mano y puso una bota sobre el banco.

—¡Pues por Johnny Blackdawn! —concluyó con el grito más alegre, como si en ese nombre por fin hubiese encontrado todo lo que él era y debía ser.

¡Por Johnny Blackdawn!

Rieron hasta que les dolió el estómago y algunos bailaron hasta que las piernas no daban más, comieron hasta sentir náuseas e iban tropezando de borrachos, mientras que otros tantos jugaron a los dados hasta que las apuestas terminaron en golpes y hubieron de salir corriendo de la taberna a carcajadas, sus adversarios persiguiéndolos con botellas rotas.

—¡Corre, Johnny, corre! —reía Poe.

Correr en la avenida de Tortuga significaba atravesar un enjambre de balas perdidas y una densa nube de pólvora barata, esquivar peleas callejeras y jaurías de perros que bebían cerveza de los barriles. Una prostituta esperaba en cada esquina, tan ebria como los hombres a los que se lanzaban sin pudor alguno, sin sentido del decoro, y toda vergüenza sobrepasada por lujuria, licor y obscenidad. Así la tripulación finalmente se dividió, esparciéndose por los callejones hasta perderse en la eterna celebración cuyo motivo nadie conocía ni cuestionaba tampoco. Johnny y Poe corrieron juntos y fueron a dar al prostíbulo.

—¿Qué dices? —incitó Poe—, ¿unas chicas?

—Sí, unas chicas —respondió John, alegremente.

Las chicas del prostíbulo no eran ningunas pobres mujeres víctimas de sus circunstancias, sino jovencitas que celebraban el sexo y lo llevaban al límite de sus posibilidades con alegría y pasión. Recibían monedas, por supuesto, pero no por hacer un trabajo sino por pasar un buen rato. Y tan pronto vieron a John comenzó una disputa entre ellas como gatas callejeras enfurecidas, lo querían, todas; ya fuera por su atractivo físico o por el simple hecho de ser el célebre hijo del capitán Black. John jamás tuvo a tantas mujeres ante él, dispuestas a brindarle placer, dispuestas a obedecer sus más obscenas ideas. Estaba Magdalena; la española de piel bronceada, ojos color avellana y pecas en todas partes. O Lucy, de piel pálida, rubia, de ojos azules. Camille, una francesa de impactantes ojos verdes que ya conocía. O Tirzah una mujer africana de brutal figura, también Daisy o Vanessa, quizá Angélica, Victoria o Serena.

—Todas son hermosas —les dijo John, interrumpiendo la disputa—, jamás podría elegir a una sola.

Ya no sabía si en verdad todas eran mujeres bellas o si los licores mezclados en su cerebro lo hacían imaginar una docena de afroditas ante sus ojos. Magdalena era posiblemente la mujer más hermosa que había visto, pero los ojos de Camille, las curvas de Tirzah y su exótico color de piel… se excitaba con sólo imaginar cómo se sentiría estar con una mujer de color. Se le ocurrió lo imperdonable, lo inimaginable que de pronto era la elección más obvia y sensata.

—Quiero a las tres —decidió John—, Magdalena, Camille, Tirzah, si me hicieran el honor de acompañarme esta noche…

Las tres mujeres se le fueron encima y lo arrastraron al piso de arriba, desvistiéndolo desde las escaleras. Las habitaciones no eran realmente habitaciones, sino cubículos divididos por mantas de estilo hindú y alfombras en el suelo con varios cojines coloridos. Tirzah empujó a John haciéndolo caer hacia atrás con una sonrisa, las tres mujeres de pie frente a él comenzaban a desvestirse sensualmente. La mujer africana lo besaba en el cuello y fue bajando por su pecho hasta el abdomen y su trayectoria no terminaría allí. Magdalena y Camille comenzaron a besarse entre ellas, no conocían los gustos del muchacho, pero si se parecía un poco a su padre entonces le fascinaría mirarlas interactuar entre ellas antes de incluirse. En toda su vida y en cada fantasía que hubiera podido tener, John jamás se imaginó que mirar a dos mujeres juntas le parecería tan deliciosamente espectacular. Casi tan espectacular como Tirzah, que lo iba enloqueciendo con su boca. Enloquecer era precisamente lo que iba a sucederle al muchacho, las tres mujeres lo devoraron con una artística sensualidad, cada una tan distinta y determinada a atacar cada uno de sus puntos débiles, como si los conociesen de toda la vida. Al principio se permitió dejarse ir, entregarse a estas diosas que eran en verdad omnipotentes sobre su cuerpo, permitiéndose gritar y gozar cada instante. Conforme el placer escalaba iba tomando fuerza para transformar sus atrevidos pensamientos en acciones, iba convirtiendo el espectáculo en algo suyo y no de ellas, encargándose de complacer a las tres mujeres simultáneamente con una prodigiosa habilidad sexual. Alcanzó la máxima culminación del placer con tal intensidad que creyó que iba a desmayarse. Cayó agotado sobre los cojines creyendo que todo había terminado, pero no era así. Magdalena y Camille salieron de la habitación, pero Tirzah, todavía desnuda, se sentó a su lado. La mujer tomó una pipa de caoba tallada y la encendió, fumó relajadamente exhalando un humo de peculiar olor.

—¿Qué es? —le preguntó John, extrañado. Tirzah le sonrió y le ofreció la pipa.

—Opio —respondió ella—, el mismo que le vendo a Turco, ¿nunca has fumado con él? —John fumó, una larga inhalación que le provocó tos—. Es un hombre diferente a todos los demás —siguió Tirzah—, ah... Turco, ojalá venga por aquí más tarde.

—Parece que lo conoces bien —dijo John.

—Nosotras también tenemos nuestras preferencias. Así como Magdalena y Camille matarían por estar con Desmond, yo siempre elegiré a Turco, por sereno. Pero... háblame de ti, ¿por qué hay que elegirte a ti?

Johnny Blackdawn sonrió, una sonrisa ladeada y picaresca.

—Buena pregunta —dijo—, no sé por qué me elegirías a mí, la verdad, pero sí sé que no te arrepentirías... ¿o te arrepientes?

Tirzah rio y el pirata le guiñó el ojo. Se quedaron varias horas allí, conversando y fumando opio hasta que nuevamente el muchacho desconoció su cuerpo y mente.

El otro lado de la isla permanecía en absoluta tranquilidad. Las olas crujían en la orilla ligeramente más alebrestadas por ser de noche, el viento columpiaba El Espectro sobre el oleaje y la madera crujía en la calma. La nave negra estaba completamente desierta a excepción del capitán Black, que cerraba las puertas del camarote con llave luego de haber revisado los mapas por centésima vez, como si de tanto mirarlos El Satán fuese a aparecer sobre el papel mágicamente. No estaba de humor para ir al pueblo, pero bien sabía que por más que prefiriera rondar a solas por la playa, sus pensamientos acabarían por devorarlo. Tenía que distraerse y hasta había pensado cómo; iría a la taberna a cenar y beber, jugaría una partida de dados con Stanley. Visitaría a Magdalena y a Camille en el prostíbulo, quizá también a Angélica si se animaba lo suficiente, y al final buscaría a Turco para fumar en la solitud de la playa y tener una buena conversación, de esas que le gustaban. El capitán estaba por irse cuando escuchó lo que parecían sollozos, miró a su alrededor y vio a Margaret llorando desconsoladamente sobre los barriles de proa. Puso los ojos en blanco y siguió su paso, luego se detuvo, no pudo evitar acercarse.

—Ahora qué, muñeca —suspiró el capitán.

—Es Ben —lloraba—, se fue con los otros y me ha dejado aquí... ¡sola!

—Ah, y... ¿por qué no fuiste?

—Ya me han hablado de este lugar, ¿se imagina usted lo que sería de mí? ¡Me destrozarían, no hay duda! ¡Y Ben, mi amado Ben! ¡No haría nada porque seguro estará con una prostituta! ¡Ha tenido el atrevimiento de advertírmelo!

La niña lloraba con semejante fuerza que, de haberse tratado de otra mujer, el capitán Black quizá ya la habría echado por la borda.

—¿No quieres ir? —le preguntó Black.

—¡John me lo ha prohibido! No con esas palabras, no, pero me ha pedido, *suplicado*... que no me atreva a poner un pie en ese lugar. A John le preocupa que puedan hacerme daño, me lo ha dicho. Y ya lo creo, escucho los gritos, los disparos... ¡qué haría yo ahí!

—¿No quieres ir? —insistió el pirata.

—Pero, capitán…

—¿Quieres ir o no quieres ir?

El llanto de Margaret cesó de repente, miró al capitán con los ojos llenos de lágrimas y éste le tendió una mano.

—Anda, vamos —le dijo—, te vas a divertir, y si no te gusta siempre puedes volver. Pero deja de llorar, en serio, deja de llorar porque si te vuelvo a ver llorando te hago saltar por la plancha, ¿estamos?

—Sí —rio Margaret, echando el último sollozo con cierta liberación.

36

Johnny permaneció varias horas tumbado bocarriba sobre los cojines junto a Tirzah, ambos viajando en el sublime efecto del opio. Sus cuerpos se sentían derretir y perder todo peso hasta elevarse, sin gravedad, sin dolor, cualquier sensación de padecimiento se desvanecía en la más suave relajación. El joven pirata se durmió sobre los pechos de Tirzah un par de minutos que parecieron una eternidad, el sueño más placentero y profundo que había tenido, colmado de los sueños más extraños. Llegó a ver a Barbanegra en su nave roja, encendida en llamas porque venía emergiendo del infierno con sus velas empapadas de sangre, navegando sobre oro, joyas y cráneos. Había un sonido extraño que persistía y dominaba absolutamente todo, como un psicodélico canto monótono. Vio el mar Caribe deslumbrando su color turquesa entre majestuosas olas que se elevaban hasta el cielo, entre ballenas que volaban y peces de todos los colores, colores que hasta ese momento desconocía. En ese mismo océano de maravillas apareció Margaret convertida en una bellísima sirena, el cabello rojo tan largo que empañaba a las olas, las escamas de su cola en todas tonalidades de un verde metálico, desnuda de los pechos y más hermosa que nunca.

John… lo llamaba entre cantos.

Johnny… John…

—¡John, idiota! —gritó por fin Poe, lanzándole un cojín al rostro.

El muchacho despertó de un salto. Le tomó un momento comprender en dónde se encontraba y recordar lo que había pasado. Tirzah se había ido y sintió cierta desilusión.

—Levántate, animal —dijo Poe—, las chicas quieren ver El Fénix con sus propios ojos, las muy perras.

—¿Crees que sea buena idea llevarlas allá? —preguntó John—. El capitán ancló ahí porque no quería llamar la atención.

—El capitán está jugando a los dados en la taberna y Magdalena está con él, ni siquiera se va a dar cuenta. *¡Vamos!*

Ambos piratas salieron de la habitación, John aún algo aturdido por el opio y concentrándose en aferrarse a la realidad lo más posible. Escuchó una voz familiar que lo hizo detener su paso tan abruptamente que Poe se estrelló contra su espalda.

¡Sí, bombón, no pares!, gritaba la voz.

—Hijo de puta —se indignó John, y se dirigió con la determinación de una lanza en el aire hacia el cubículo del que venían los gritos, deslizó la cortina con violencia y ahí estaba Benjamin Stain siendo bien atendido por Lucy.

—¡Está ocupado! —rio Ben.

John se le fue encima con tal furia que Lucy apenas tuvo tiempo de alejarse de un brinco, lo tomó de las greñas y lo arrastró fuera de la habitación sin apiadarse de su desnudez, lo azotó contra el muro de madera y le puso el antebrazo contra la garganta.

—¿En dónde está Maggie? —le preguntó John en un gruñido.

—¡En el barco, en el barco! —gritaba Ben, luchando por respirar.

—¡Ah, no sólo la engañas, también la abandonas! ¡Eres un…!

—¡Johnny, Johnny, cálmate! —decía Poe intentando separarlos—. Suéltalo, vamos, suéltalo…

Por fin Poe logró tirar de Johnny lo suficiente para que Ben resbalase con las dos manos en el cuello, tosiendo.

—¡Si me vuelvo a enterar de que la engañas, maldito hijo de perra!

—¡Tranquilo, muchacho, tranquilo! —insistía Poe, tirando de él para alejarlo por el pasillo.

—¡No la mereces! —gritaba John a Ben—, *¡no la mereces!*

Ante los gritos aparecieron Ratas y Lucky, que habían estado esperando abajo, y con bastante trabajo lograron llevar a John fuera del prostíbulo, a la calle.

—No se lo digas a la pelirroja —advirtió Poe—, se va a poner a llorar como viuda y el capitán la va a echar, hazme caso.

Johnny resopló enfurecido como si la ofensa hubiese sido a su persona y no solamente a Margaret, y por mucho que le pesara permitir que ella viviese engañada, tampoco le sería sencillo herirla con una verdad tan sucia y barata.

Caída la madrugada, alrededor de las dos de la mañana, Johnny, Poe, Ratas, Lucky, Rodney, Chuck y Chang llevaron a Tirzah, Camille y Lucy por el pasadizo secreto, que ya no era un secreto. Salieron por el otro lado de la isla y se emocionaron al ver las dos naves ancladas a pocos metros una de la otra, meciéndose en la marea. A los bucaneros, que eran finalmente hombres, les urgía impresionar a las chicas presumiendo el buque de guerra que habían robado bajo las narices de Port Royal, y tanto los muchachos como las prostitutas estaban lo suficientemente ebrios para llevar su emoción al límite.

—¿Podemos subir? —preguntó Lucy.

—*Oui, oui!* —se emocionó Camille—, ¡hay que subir!

—No —dijo John—, querían ver las naves y ahí están, no tenemos permiso de llevarlas a bordo.

—¿Permiso de quién? —argumentó Lucky—, porque yo no veo al capi en ningún lado.

—Eso —corroboró Chang—, además no vamos a tocar su bendito Espectro, sólo El Fénix y un poquito.

—Vamos, un poquito —suplicó Lucy.

—No —respondió John.

—La última vez que vi al capitán estaba bebiendo con Turco y tenía sentada a Magdalena en las piernas —dijo Rodney—, ¡en las piernas! ¿Sabes qué significa eso? Pues que se la va a tirar, y el capi se toma su tiempo con las chicas, ¿verdad, Camille?

—*Oui, petit à petit.*

—¿Qué dices, Johnny? —le incitó Tirzah.

El joven suspiró derrotado. Los siete piratas y las tres mujeres abordaron El Fénix y continuaron la fiesta a bordo.

En la Taberna del Capitán Morgan, el juego de dados entre el capitán Black y Turco se había vuelto tan reñido y ambos jugadores tan necios que pronto tuvieron a la mayoría de los bucaneros alrededor de la mesa haciendo sus propias apuestas. Estaban las que favorecían la usualmente afortunada impulsividad del capitán contra aquellas que optaban por la prudencia de su contrincante. Magdalena reía, sentada sobre las piernas del capitán, le soplaba a sus dados antes de que éste tirara. Y Margaret, que estaba sentada junto a él, permanecía rígida y aterrada, con los ojos puestos en los dados por horror de alcanzar a mirar lo que había a su alrededor.

—Es la última ronda, Des —rio Turco—, más vale que te salga un rotundo ocho o vienen para acá esos chelines.

—¿Quieres un ocho? —decía Black—, te voy a dar un ocho. Sopla, mi amor —Magdalena volvió a soplar, pero cayó un doce limpio.

—¡Carajo! —rugió el capitán, dando un golpe en la mesa.

—¡Ja! —celebró Turco, haciéndose de las monedas sobre la mesa.

Los ebrios de alrededor ya se peleaban por sus apuestas a gritos, juramentos y golpes mientras que otros tantos se reían y bebían más.

—¡Oiga, capitán! —dijo uno de los hombres—, ¡le apuesto una pistola española nuevecita por la pelirroja!

Margaret perdió el aliento y se aferró al brazo del capitán. Éste sacó su propia pistola y la apuntó al apostador.

—Yo te apuesto esta pistola a que esta puta bala se te mete por el ojo —le dijo.

El hombre alzó ambas manos y se apartó de la mesa de juegos. Acabado el juego y vaciados los tarros, el capitán Black, Magdalena y Victoria se fueron juntos a la habitación de arriba. Ahora Margaret se sentía desamparada, aferrada al brazo de Turco como si de desprenderse fuese a ser devorada por la sarta de monstruosidades que brincoteaban por la taberna.

—Quisiera volver a la nave —suplicó ella—, he visto ya lo que había de verse y me parece que no es del todo mi ambiente, sin ofender. ¿Sería mucho pedir que me escoltase de vuelta a la playa?

—No sé ni por qué te trajo, para empezar —suspiró Turco—, vamos, linda.

Camino de vuelta al pasadizo, Turco se vio obligado a proteger a Margaret de todas las maneras posibles; de los disparos cuyas detonaciones la espantaban, de los bajísimos piropos de los hombres que la ofendían terriblemente y de toda clase de entes peligrosos que rodaban por las calles. Una vez que llegaron a la playa, Margaret se consoló inmediatamente con el silencio y el murmullo de las olas, pudo respirar profundamente y sentirse a salvo.

—Le ruego me disculpe por haberle robado el tiempo un momento —dijo Margaret—, es que yo jamás me atrevería a… ¿señor Turco?

El hombre del turbante frunció el ceño con la vista detenida en el lejano Fénix, cuyas luces estaban encendidas y se escuchaban unas distantes carcajadas de hombres y mujeres.

—No lo puedo creer —dijo molesto—, espera aquí, niña.

Fue caminando hacia allá, enojándose más a cada paso por el atrevimiento de quienes fueran los responsables.

Los piratas habían dado un divertido recorrido de la nave a las chicas. Ahora se encontraban en el piso de artillería, el que les había resultado más entretenido a ellas porque jamás habían visto un cañón de cerca, ni siquiera una bola de cañón. Poe les narraba la batalla contra la flota naval inglesa, y con la ayuda de Chuck, Lucky y Chang reencarnaban la pelea con una simpática actuación más apasionada que aquella de un teatro griego. John por su parte no estaba contento, así que observaba tensamente con los brazos cruzados recargado en una columna de madera, deseando que todo terminara lo más pronto posible.

—¡Y entonces la naval nos hizo *pum, pum, pum*! —se emocionaba Poe, fingiendo que disparaba los cañones con la ayuda de Chang, cuya actuación de sostener bolas de cañón era digna de un aplauso.

—¡Y luego nos abordaron los hijos de perra! —intervino Lucky, sosteniendo una escoba a modo de espada—, ¡era el almirante inglés!

—¡Se fue hacia nuestro capitán, se le fue a la yugular! —decía Chuck, sosteniendo el trapeador. Lucy y Chuck chocaban sus respectivas armas representando la brutal pelea entre el almirante y el capitán, lo que incomodaba a John aún más.

—¡Disparen un cañón! —pidió Lucy.

—*Oui*, ¡nunca hemos visto algo así! —siguió Camille.

—No —dijo John—, vamos de vuelta a la playa.

—Pues… estamos muy, muy lejos del muelle —dijo Lucky.

—Nadie lo escucharía siquiera —agregó Chang.

—Siempre escuchamos historias en las calles —opinó Tirzah—, de batallas y disparos y esas cosas. Pero nunca podemos ver nada, tenemos que conformarnos con la imaginación, ¿verdad, chicas?

—¡Di que sí, Johnny, di que sí! —suplicó Lucy.

El muchacho resopló molesto y subió por la escalera hacia la cubierta. Poe fue detrás de él y alcanzó a tomarle el brazo cuando llegaron al alcázar.

—Vamos, Johnny —insistió Poe—, nunca lo han visto ni lo van a volver a ver, compadécete.

—¿Y por qué me lo preguntas a mí? —respondió John—, ¿por qué pides mi permiso? Yo no soy el capitán ni el primer oficial, pueden hacer lo que se les dé la gana sin meterme en ello.

—Pero eres un buen camarada —dijo Poe—, tal vez piensas que nos agradas por ser el hijo del capi, pero no es eso, si nos gustabas desde antes por las agallas.

El muchacho negó con la cabeza, mirando por encima de la borda hacia El Espectro que se arrullaba bajo la luz de la luna cuando *¡pum!*, un violento y ensordecedor estruendo sacudió la nave.

Desde la playa, Turco estaba por subir al bote de remos para indagar en El Fénix cuando vio un cañonazo salir por la batería de babor de la nave y hacer fatal blanco en el lado estribor de El Espectro, destrozando el castillo de popa hasta estrellar el ventanal de la cabina.

El humo del fogonazo subió hasta la cubierta de El Fénix cargado de olor a pólvora. John se llevó las manos a la cabeza, viendo el impacto que había recibido El Espectro y Margaret siendo lo único que ocupaba su mente. En menos de un minuto el resto de los tripulantes y las tres chicas ya habían subido a cubierta, desconcertados y aturdidos.

¡Ahora sí... ahora sí nos van a matar!

¡Pero si serás animal, cómo no viste El Espectro!

¡Estaba obscuro!

¡Black nos va a torcer el pescuezo!

¡Torcer, nos lo va a rebanar!

—Se lo dije —se enfureció John—, ¡se lo maldita seas dije, carajo! ¡Si algo le ha pasado a Margaret...!

El pánico terminaba de esparcirse cuando Turco llegó a la cubierta. Los hombres se formaron inmediatamente con las manos detrás de la espalda y las chicas se ocultaron detrás de ellos. John se quedó estático, con el corazón latiéndole en la garganta sin poder quitar la vista de El Espectro, gravemente herido.

—¡Turco! —exclamó Poe—, no le vas a decir nada al capi, ¿verdad? Fue un accidente, ¡fue un maldito accidente!

—¿Quién fue? —preguntó Turco.

A Lucky le escurrían lágrimas de los ojos, Poe temblaba de miedo y Chuck le rezaba a todos los dioses mientras Chang luchaba por no desmayarse. A ninguno le cabía la menor duda de que el capitán Black fusilaría al culpable, pocas cosas llegaban a desquiciarlo tanto como un daño a su nave y más si se trataba de un daño ocasionado desde la profunda estupidez. Viendo a los muchachos temblar de miedo, John sabía que él sería al único al que Black no mataría de un plomazo, o eso quería pensar.

—¡¿Quién fue?! —rugió Turco.

—Fui yo —dijo John, dando un paso al frente—, quería impresionar a las chicas y creí que haría blanco en el agua.

El hombre del turbante se le quedó mirando a John con cierta incredulidad, quiso presionar a los demás con la mirada, pero éstos sólo vieron sus botas.

—¿Tú? —insistió Turco.

—Déjame ir allá —pidió John agitado—, Margaret podría estar herida.

—La niña está en la playa a salvo —respondió Turco—, pero el que no estará a salvo por mucho más tiempo serás tú. Acompáñame.

Y ustedes, sabandijas, lleven a estas chicas de regreso y empiecen a arreglar lo que se pueda arreglar.

Sí, Turco.

Con un aire de extraña tranquilidad y a la vez inquebrantable dureza, Turco se dio la media vuelta y el muchacho supo que tendría que seguirlo hasta donde fuera que se encontrase el capitán Black, y que no estaría de más rezar un poco en el camino. Poe dio un paso al frente dispuesto a desmentir a John aun si, con toda probabilidad, le costase la vida, pero Chuck le pellizcó un brazo y tiró de él de regreso. En realidad, todos eran atacados al unísono por ese gajo de consciencia que tan rara vez aparecía en sus elecciones; aunque todos estaban de acuerdo en una cosa, y es que el único pirata que bien podría llevarse una paliza y no una bala entre las cejas era Johnny, *ningún* otro.

A esas horas el capitán Black ya había tenido un trío que haría a Sodoma y Gomorra sonrojarse. Cada mujer que pasaba la noche con él se olvidaba de todo; si era prostituta, princesa, bucanera o mariposa daba igual porque el trato era exactamente el mismo; Desmond no esperaba ser solamente atendido sino atender, y si le apetecía estar por encima, por debajo o por los lados de una mujer lo haría sin vacilar y con todas sus fuerzas. Había probado a cada prostituta de Tortuga al menos un par de veces, como no tocaba puerto en el mar sin probar una nativa del país en el que anclara; rubias, morenas, altas, bajas, jóvenes, maduras, inglesas, francesas, españolas, cubanas, africanas, árabes, italianas, gordas, flacas, simples y complejas. Había estado con tantas mujeres que ya sabía exactamente el tipo que le gustaba más, *su tipo*; cuerpos bien esculpidos de minúscula cintura y generosas caderas, pieles pálidas o ligeramente bronceadas con una que otra peca y lunar como constelaciones divinas, cómo le gustaban las pecas y lunares. Cabellos de tonalidades claras pero cálidas, ojos cafés que podían hacerse amarillos a la luz del sol y carmesí a la luz de las velas, facciones finas y sobre todo un aire de inocencia tan dulce y sublime que diera miedo acariciarle. *María*. Buscaba a María en cada mujer como intentaba huir de ella en cada prostituta. Pero no había otra María Aragón ni volvería a existir nunca más. La niña vestida con finísimo encaje blanco, peinada con una trenza de cabello dorado sostenida por un listón de seda y adornada con un delgado collar de perlas; esa imagen ya no era más que un espejismo que odiaba, lo odiaba por no poder olvidarlo.

Luego de una larga siesta y una segunda cena para compensar el desgaste físico, el capitán Black salió a la calle, relajado y contento, tanto como podía esforzarse en estarlo, cansarse lo suficiente para no poder pensar en Barbanegra. Se dirigía al muelle principal, a fumar tabaco cubano en el final del puente como le gustaba. El sonido de los barcos meciéndose en la marea y el olor a bahía combinados lo hundían en un peculiar estado de paz, pero apenas cruzó el umbral de la taberna a la calle lo primero que vio fue a Turco y John caminando hacia él.

—No me jodas —murmuró para sí, porque la mueca de preocupación de Turco era más pronunciada que de costumbre y porque John iba mirando el suelo. Cuando estuvieron frente a frente el muchacho vio al capitán a los ojos y se irguió al tiempo que llenaba el pecho de aire, se apresuró a hablar antes de que Turco tuviera que hacerlo.

—Le disparé a El Espectro —confesó John—, un cañón, le di justo en el castillo de popa. Fue un accidente y asumo toda responsabilidad.

El capitán Black rio un poco y aguardó un instante, esperando a que alguno desmintiera el sarcasmo, pero la seriedad de Turco era penetrante y la mirada de Johnny no se movió de la suya.

—Es broma, ¿verdad? —insistió el capitán—, dime por favor que es broma.

—Perdón —murmuró el muchacho.

El capitán inhaló exageradamente, se contenía.

—¿Y los demás? —dijo—, un cañón de ésos necesita al menos tres hombres para disparar, ¿quiénes eran y qué carajos estaban haciendo en El Fénix?

—Eso no importa —respondió el muchacho—, estaba desesperado por impresionar a las chicas que iban conmigo y los jodí tanto, los amenacé, hasta que lo conseguí.

—¿Subiste mujeres a mi barco?

—Bueno, es que ellas…

Antes de que pudiese decir otra palabra, el capitán le dio un tremendo golpe a John con tanta fuerza que le hizo caer, y tan épico el azotón que se robó las miradas de quienes iban desbocados por ahí.

—Lárgate —le dijo Black.

Con el esfuerzo de sus brazos John apenas pudo ponerse de pie, la nariz estaba rota, no había duda, sangraba a chorros y estaba ligeramente desviada.

—Puedo arreglarlo —jadeó John—, en cuanto salga el sol puedo…

—En cuanto salga el sol ya no vas a estar aquí —condenó Black—, estás fuera.

Y estando el muchacho aun tambaleándose, el capitán Black siguió su camino. John se volvió a Turco, limpiándose los chorros de sangre que caían de la nariz.

—¿Va a cambiar de opinión? —preguntó el muchacho.

Turco se volvió a él, y sin previo aviso le acomodó la nariz con un doloroso movimiento.

37

El viento de madrugada silbaba con fuerza entre los húmedos muros de las mazmorras, creando un aullido terrorífico. Dentro de las celdas persistía el eco sepulcral, algunas veces acompañado por los chillidos de las ratas, gritos de cuervos y un preso que había perdido la cordura y maldecía desde la celda vecina. En la celda más alejada y obscura, James daba vueltas yendo de un lado al otro, se llevaba las manos al cabello castaño porque se había arrancado la peluca y el saco de almirante con un grito de coraje. George, en cambio, permanecía quieto, recostado sobre la paja porque al haberse quitado la prótesis de madera, no quería hacer el esfuerzo ni siquiera para mantenerse erguido.

—George —llamó James—, levántate y ponte la pierna.

—¿Para qué? —suspiró George—, ¿para caminar hasta el paredón al amanecer? Cómo desearía que ese maldito cañón me diera muerte. Habría sido más honorable morir en batalla que en la horca, ¡allá va el capitán George Tanner, a morir ahorcado, a subir al paredón con una pierna de palo y una maldita muleta!

El exalmirante se hincó ante el muchacho y le forzó a erguirse sosteniendo sus hombros con fuerza.

—No veré jamás a un George derrotado —le dijo—, porque no será ahora cuando te rindas, y si no puedes mantener tus fuerzas por ti mismo, hazlo entonces por John y por Margaret, que ahora estarán en más peligro que nunca.

—¡También lo estaban cuando atacaste El Espectro! —exclamó George.

—Ese ataque estaba bajo mi mando, pero ya no es así —dijo James—, es Winchester quien tiene el control de la Marina Real ahora y sólo Dios sabe qué se propone.

—Oro —respondió el joven—, oro es lo que se propone. Los hombres de Black dicen que el tesoro de Cortés es el más maravilloso, con tantísimas riquezas que aquel que lo encontrase sería más rico que el propio rey de Inglaterra, España y Francia juntos. Winchester lo usará para sus propios caprichos, financiará guerras y habrá de satisfacer sus deseos. Pero para Black no es el dinero, no es ni siquiera la riqueza, es... es algo más, algo que importa.

De pronto el hombre en la celda vecina estalló a carcajadas y sacudió los barrotes con todas sus fuerzas, dando alaridos como un desquiciado. Asomó la cabeza por entre las barras, revelando un horrendo rostro, no tenía ojos porque las ratas se los habían devorado y le quedaban pocos dientes, todos rotos y podridos. Mostró las manos por las bisagras y los tatuajes en sus dedos delataron que se trataba de un bucanero.

—Claro que importa —dijo el hombre—, para Black es lo único que importa, él... él es lo único que le importa de verdad.

—¿Él? —preguntó James, levantándose y aproximándose a los barrotes de su propia celda.

—Barbanegra —adivinó George—, todo esto es por Barbanegra, ¿no es cierto?

El viejo bucanero atrapó una rata que corría entre sus piernas y le dio un buen mordisco, devorándosela. A George se le revolvió el estómago y tuvo que darse la vuelta, pero James permaneció firme.

—¿Qué pasa entre Barbanegra y Black? —preguntó James.

—Cuando el diablo te seduce una vez te seduce toda la vida —respondió el preso—, y seguimos siendo hijos de Dios, nos perdona cada vez y nos podemos esconder detrás de sus faldas cuando sentimos el calor del infierno, pero ¿qué pasaría si no fueras hijo de Dios sino del diablo?

—¿Black? —cuestionó James—, ¿el capitán Black es hijo de Barbanegra? Es decir, John, mi John, es nieto de... ¿estás seguro, pirata?

—¡Ja! —rio el bucanero—, ¿qué no sabes nada? Black es la víctima preferida de Barbanegra, su maldita botana, su puta diversión. Barbanegra saborea la sangre de Black, goza su sufrimiento, su derrota. Y la peor derrota de Black ha sido esa batalla en la que Barbanegra le abrió las tripas, le rompió El Espectro y le escupió en la cara. ¡Fue Barbanegra quien forzó a su propio hijo de once años a jugarse la vida bajo el agua y sacar ese mapa! Un padre maldito que se encargó de volver loco a su hijo, ¡le torturaba los sesos, le rompía los huesos como palillos! Y hasta que vuelvan a chocar espadas, hasta que le dé muerte y le quite ese mapa...

ese maldito mapa, hasta que encuentre el tesoro de Cortés, Black seguirá siendo derrotado por Barbanegra y hasta que sus hombres no se revuelquen en el oro y las joyas seguirán siendo derrotados por la Corona. Conocí al pequeño Dessy, sí… estuvo encerrado en esta misma celda conmigo cuando el chiquillo tenía unos nueve años. Vivió tantos horrores en estas malditas mazmorras de mierda, prisioneros que se aprovechaban de él como carroñeros, ¿y dónde estaban los putos guardias? Pasando de largo, como si no fuéramos nada. Vio colgar a su amigo que fue más bien como su padre, Jacob Thorne, colgado del pescuezo con los ojos bien abiertos. Y cuando iba su turno, se les fue a los oficiales entre los dedos como un ratoncito. Ah, Dessy… qué mal lo trató Port Royal, qué mal nos ha tratado a todos.

—¿Y la madre? —preguntó George—, ¿aún vive?

—¿Anne Black? *Nah*, vivió y murió en Tortuga. Era sólo una niña, pero tenía más garras y colmillos que una gata endemoniada. Hasta el último de sus días se ganó la vida para darle de tragar a su hijo, y se murió por no alcanzar a pagar una deuda que tenía con Botas de Hierro, el prestamista de Bristol. Le debía mucho dinero porque el niño se había enfermado y necesitaba medicinas que no podía pagar con lo que ganaba en el putero. Y cuando le debes dinero a Botas de Hierro, o le pagas cuando dices o te mata. Y la mató. Pero, ey, no murió en vano, ¿no? Dessy se curó con la medicina, la medicina que más cara le ha salido a un niño.

James se desprendió de los barrotes, sentía un pellizco en el pecho al imaginar lo que Desmond Black habría vivido allí dentro de niño, en donde él se encontraba en ese preciso instante. Se sentó al lado de George y dio un lánguido suspiro. El muchacho rubio se le quedó mirando, esperando a que dijera algo, pero hubo silencio.

Hacia las cuatro de la madrugada los oficiales de guardia del fuerte permanecían quietos en sus puestos, murmurando unos con otros sobre todo lo que había sucedido. Uno de ellos era el oficial Adley, que ya se hartaba de escuchar todas y cada una de las calumnias que borboteaban entre sus compañeros.

"*Dicen que el gobernador destituyó al almirante porque su hijo se hizo pirata.*"

"*No es sorprendente que desertara, John Dawner siempre fue por mal camino.*"

"*Yo escuché que el almirante fue arrestado por conspiración contra la Corona.*"

"*¿Y sabían que George Tanner era un espía pirata?*"

"Sí, si hasta le disparó en la cabeza a su propio padre, el comodoro Tanner."

"Por eso los encerraron, el almirante y George fueron descubiertos conspirando juntos, planeando una revuelta y fueron acusados de alta traición."

Sin que los oficiales de guardia se percatasen, Adley se apartó de ellos disimuladamente, ocultándose entre las sombras detrás de las columnas que lo escudaban de toda antorcha. Fue hacia las mazmorras, apresurando su paso cuando estuvo lo suficientemente lejos de sus compañeros.

—¡Almirante, almirante! —llamaba en agitados susurros.

—*¡Sh!* —se molestó George—, por Dios, Adley, no sólo golpeas como mujer también gritas como una.

—Lo siento, lo siento. Las tengo, tengo las llaves.

El oficial sacó de su bolsillo el llavero, con la mano temblándole porque sabía que cometía traición al gobernador y sería fusilado de ser descubierto. James se levantó del suelo y antes de fijar vista en las llaves sostuvo ambos brazos del oficial a través de los barrotes.

—Adley, escúchame —le dijo—, una vez que abras esta puerta no habrá vuelta atrás y estarás en peligro de ser juzgado. Ésta no es tu obligación y aún estás a tiempo de…

—De hacer lo que está bien, almirante —interrumpió el oficial.

—Mejor no lo hagas cambiar de opinión, James —dijo George—, rápido, sácanos de aquí.

La vieja llave oxidada entró por la cerradura de hierro y la puerta se abrió. James ayudó a George a levantarse y a dar algunos pasos hacia el pasillo de piedra.

—Será difícil que escapen, señor —advirtió Adley—, quiero decir, sin ser vistos por la guardia nocturna. Sugiero esperar al cambio de turno, faltarán unos veinte minutos a lo mucho.

—Abre esa otra celda —ordenó James, señalando la del viejo bucanero.

—James, no hay tiempo —dijo George—. no tiene ojos, no puede ver.

—Y tú no tienes una pierna, pero saldrás de aquí al igual que él. ¿Cómo te llamas, pirata?

—Almirante, almirante de azúcar —rio el pirata—, estoy aquí por gusto, afuera es peor que dentro. Lárguense ya, y si vuelven a ver a Dessy, Thomas Smith le manda saludos.

Se escuchó una campanada, había iniciado el cambio de turno.

—¡Es ahora, es ahora, almirante! —exclamó Adley.

Fueron por el corredor obscuro, George apenas podía moverse y no le quedaba más que apoyar un brazo sobre los hombros de James y Adley; lo cargaban prácticamente, sintiéndose impotentes ante los gritos de dolor.

—¡No puedo, no puedo! —lloraba George—, ¡James, déjame aquí y vete!

—¡Con fuerza, George! —le decía James—, ¡no me iré sin ti, vamos!

El joven de la pierna de palo tropezaba una y otra vez, tan bruscamente que sangraba de la pierna hasta que la muleta se partió y quedó inservible. Quería rendirse, por el dolor y por imaginar que si se diese el milagro de escapar no podría moverse. Alcanzaron el corredor de arcos al aire libre que daba hacia el muelle, sentían la libertad tan cerca como la muerte, hasta que de pronto un pelotón de guardias los avistaron.

¡Allá van!

¡Se escapan!

De repente James le dio un puñetazo al oficial Adley, derribándolo y asegurándose de que los demás lo viesen. A los ojos de cualquiera parecería que el joven oficial intentaba detener a los prófugos sin éxito. Luego levantó a George sobre su espalda y con el mayor esfuerzo cruzó por el muelle entre los buques anclados. Un pelotón de seis guardias se hincó a unos metros y apuntaron sus armas, cargadas y listas sin atreverse a disparar.

¡Alto en el nombre del rey!

James miró a su alrededor con desesperación, estaban rodeados y sin salida.

—Hagas lo que hagas, George, sal de aquí, ¡vete como puedas y no regreses nunca!

Alzó al muchacho y lo echó al agua, luego se volvió hasta los guardias con las manos alzadas, se hincó y permitió que el pelotón de seis se le fuera encima para apresarlo.

38

El Liberty echó las dos anclas al fondo del mar a tan sólo unas millas de la isla Tortuga bajo la discreta orden de doña María. Una línea anaranjada tan brillante como el fuego se alzaba en el horizonte anunciando el amanecer, silenciando los ecos del pueblo a lo lejos. La isla pirata era una criatura nocturna que naturalmente se adormecía al alba, y si el buque español aparecía por la costa a la luz del día llamaría la atención.

María se había alistado desde las cuatro de la madrugada, habiendo dormido algunas horas con una mascarilla de carísimos ungüentos del Oriente que le hidratarían la piel, tensaría el mínimo pliegue de expresión y daría una exquisita luminosidad que evocaba juventud. Luego de limpiarse, se atavió con un vestido color rojo con delicados detalles en dorado y bellísimas mangas de encaje. Vestía a la última moda de París, con el corsé tan ridículamente ajustado que apenas respiraba. Cepilló su cabello dorado con aceites que lo suavizaban y colmaban de un delicioso olor a miel. Le había crecido bastante desde que dejó Sevilla, caía por la espalda como una ondulante cascada de oro, ameritando a su gusto el uso de una diadema de rubíes y perlas. Y mientras se veía al espejo incesantemente se atrevió a sonreír. Cuando salió a cubierta a la luz del amanecer, la tripulación se paralizó un instante y todas las miradas se fijaron en ella; especialmente la del capitán Velázquez, que se sintió golpeado por una ola y se quedó en caída libre. El mismo señor Córdova sonrió impactado, recordando con cariño a esa niña triste que había visto convertirse en mujer.

—Capitán —llamó María.

—Mi señora.

—No hemos de tocar puerto en plena luz del día, esperemos al atardecer cuando no haya luz que pueda delatarnos fácilmente. Mientras tanto nos esperan largas horas bajo el sol. Sugiero hagáis lo que tengáis que hacer para mantener esta nave impecable y a vuestros hombres preparados.

—Sí, mi señora —respondió Santiago—, ¡ya habéis oído a doña María, vamos!

¡Sí, capitán!

A medida que los tripulantes se movilizaban en cubierta, María se acercó a la proa lo más lejos posible, casi al pie del bauprés. Miraba la isla, y cuanto más lo hacía más era bombardeada por recuerdos que tanto se había esforzado en erradicar. Recordaba aquella noche en que cenaba con el capitán Black en el camarote de El Espectro, ambos sonriendo porque se amaban.

—Cariño —llamó María a Desmond en un dulce tono—, ¿cuándo han de comenzar los preparativos para la boda?

—¡Boda! —se sorprendió Black—. ¿Cuál boda? ¿Quién se casa?

—Pues la nuestra. Te he entregado mi corazón, mi cuerpo, y además... cariño... mi amor... es que... llevo en mi vientre el fruto de nuestra unión.

Desmond rio y dio un trago a su copa de vino, terminando de masticar el bocado hasta que finalmente vio a María a los ojos con seriedad.

—¿El qué? —le dijo.

—Que estoy encinta.

—No —negó Desmond—, no, eso no es posible porque yo te pregunté y tú me dijiste que nunca has sangrado. Y no te puedes embarazar si nunca has sangrado.

—Te he dicho la verdad —insistió María—, te he dicho que no he sangrado porque no había sangrado, nunca había dormido con un hombre.

—Cómo, cómo —rio Desmond—, ¿o sea que tú pensabas que yo te estaba preguntando si eras virgen? Si serás tonta, ¡te estaba preguntando si te ha bajado la regla alguna vez!

El joven capitán dio un violento golpe en la mesa y se llevó ambas manos al rostro, asustando a María. La niña se había hecho hacia atrás contra el respaldo de la silla, el corazón palpitándole con rapidez, arrancándole el aliento.

—¿Des? —lloró ella—, ¿qué sucede? ¿Es que no te da gusto que serás padre?

—Te vas —condenó Black.

—¿Me voy? ¿Me voy a dónde? ¿Qué estás diciendo?

El capitán Black salió del camarote de tan mala gana que los vitrales de las puertas se estrellaron con la patada que dio al salir. Ordenó fijar curso hacia Tortuga porque aquél era el puerto más cercano. María, indignada y llena de dolor, fue a alcanzar a Desmond en el alcázar de popa y sin importarle la presencia de los bucaneros comenzó a gritarle en español, llorando desconsoladamente.

—No entiendo nada —se burló Black—, pero a ver si empiezas a entender tú que ni quiero al niño ni te quiero a ti, por mentirosa, por…

Y María le soltó una tremenda bofetada que le ladeó la cara al capitán, dejándole la mejilla enrojecida. Inmediatamente el pirata levantó la mano para devolver el golpe, pero se contuvo porque era capaz de muchas cosas mas no de golpear a una mujer.

—Turco —rugió Black—, lleva a esta perra al calabozo.

El muchacho del turbante se acercó a Black y le habló en tono confidencial:

—Des, ahora estás enojado, pero no hagas esto —dijo Turco—, es una niña y está preñada y asustada.

—¿Tú lo sabías? —gruñó el capitán.

—Sí, sí lo sabía. Se sentía mal y vino a verme.

—¿Ah, vino a verte a ti? ¿Y no será que la preñaste tú?

—¿Qué? —se indignó Turco—, no hablas en serio, ¿verdad?

—He visto cómo la miras —siguió Desmond—, ¿te gusta? Te la regalo, yo ya no la quiero, llévatela, la encierras y te largas de mi tripulación por ocultar cosas a tu capitán.

Turco rio dolorosamente.

—¿De qué te ríes, imbécil? —preguntó el capitán.

—Es que pensé que además de ser mi capitán también eras mi amigo.

Turco tomó a María de la mano y la llevó al calabozo con delicadeza, misma con la que cerró la puerta de la celda con la niña dentro, que lloraba desconsolada y temblaba de miedo.

—Niña, escúchame —comenzó Turco—, no durarás ni un solo día en Tortuga a menos que me escuches.

—¡¿Qué es Tortuga, por Dios?! —lloraba María.

—Es el último lugar al que quieres ir —respondió Turco—. Ahora escucha, apenas pongas pie ensuciarás tu vestido con lodo, no puede mirarse el encaje tan fino o te lo arrancarán del cuerpo. Cubrirás tu rostro como puedas, no están acostumbrados a ver rostros como los tuyos y te perseguirán. Busca la Taberna del Capitán Morgan y pregunta por la señora Barry, es una mujer grande y gorda. Le dirás que perteneces a

Koçyiğit Arat, trata de decir ese nombre porque te creerá más, si no, entonces di que perteneces a Turco. Dile que Turco pide cuiden de ti hasta que des a luz y espera te cuiden bien, porque si no, no pagaré el resto.

El muchacho de piel morena puso en las manos de María un pequeño saco de cuero con varias piezas de a ocho y algunos doblones.

—Y lo más importante —agregó Turco—, no salgas de la taberna, *no salgas de la taberna*. No será mucho tiempo, toda Castilla debe de estar buscándote y si están en el Caribe, no tardarán en dar con Tortuga. ¿Me has entendido bien, o quieres que Espinoza te lo diga en español?

—He entendido bien —sollozó María—, pero va a cambiar de opinión, ¿verdad? Mi Desmond ha de cambiar de opinión porque no será capaz de desterrarme de esa manera, ¡si él me ama!

—Olvida a Desmond.

Olvida a Desmond.

Fue así como María, a pesar de sus llantos e incesantes ruegos, fue encerrada en el calabozo sin comida ni agua durante las varias horas que transcurrieron antes de tocar puerto en Tortuga. Una vez en el muelle, la niña comprendió que Tortuga no era más que una sucursal de los infiernos de Dante reunidos en un pueblo de caos. Se volvió a Desmond temblando de miedo y se hincó, tomándole las manos.

—Por favor, te lo suplico —lloraba María—, no me abandones aquí, si ya no me amáis entonces desterradme en cualquier otro sitio, pero no aquí, ¡pensad en vuestro hijo!

Sin apiadarse, el capitán Black levantó a la niña del suelo bruscamente y le dio un terrible empujón que la hizo caer sobre el muelle. Los muchachos se burlaban de ella, todos menos Turco y Espinoza, que más que divertidos como el resto estaban indignados.

—¡Desmond, por favor! —pedía ella—, ¡apiadaos, por Dios!

Entre burlas el joven capitán sacó unas míseras monedas de su saco y se las lanzó a María como limosna.

—Toma —le dijo—, yo invito tu primer trago para que ya no llores. ¡Leven anclas, muchachos!

El Espectro zarpó abandonando a María a su perdición, que habría sido definitiva si no fuera por los consejos de Turco y la misma señora Barry, que además de ser dueña de la taberna era también una mujer y era partera. Pasados algunos meses de ser alimentada y protegida por la matrona, vino el parto, doloroso y sangriento, pero triunfante. María dio a luz a un niño que amó con todo su corazón y adoró apenas lo tuvo en los brazos.

Fueron tantos los recuerdos que estremecieron a la mujer, que se había quedado de pie en la proa con los ojos inundados de lágrimas, respirando tan agitadamente que se mareaba. Hasta ese momento se percataba de que no tenía idea qué le diría a su hijo si lo tuviese en frente, cómo convencerlo de que lo amaba sin siquiera conocerlo, cómo siquiera ganar su perdón por haberlo abandonado.

39

Ese mismo amanecer el capitán Black estaba de pie a la orilla de la playa. La brisa era aún fresca y el chacoteo de las olas se unía con el canto de los pájaros, creando una extraña melodía que relajaba al pirata, incitándolo a ir al agua. Nadie más estaba allí. Sus hombres probablemente estarían dormidos de borrachos en algún sitio inhóspito del pueblo y tardarían varias horas más antes de abrir un ojo. Entonces, sintiéndose verdaderamente solo y libre, el capitán se quitó el abrigo negro, la camisa del mismo color y las botas. Caminó entre las olas hasta que no podía tocar la arena bajo los pies y nadó hacia el fondo, luego hacia afuera y nuevamente introduciéndose en el agua hasta que finalmente quedó bocarriba, viendo cada estrella desaparecer del cielo. Cerró los ojos, se permitió entregarse al mar. Unos minutos más tarde salió del agua y caminó a lo largo de la orilla, menos de un kilómetro hasta llegar a un área donde la jungla se extendía hasta tocar la playa y las olas. Desmond se dirigió hacia allá como si supiera exactamente lo que había, y estaba en lo cierto, se introdujo a través de unas débiles lianas y plantas colgantes hasta llegar a una especie de escondite donde no había nada más que dos rocas con nombres grabados en cada una; *Anne Black* y *Jacob Thorne*.

El pirata se sentó ahí y miró las rocas, estremecido como si tomase fuerza de ellas; y hubiera entrado en un posible trance si no fuera por Turco, que apareció atravesando las lianas. El capitán no se inmutó, se quedó quieto.

—¿Des? —llamó Turco.

—Vamos a ir —respondió Black—, vamos a ir a la Cuna del Diablo.

Turco dio un grave suspiró y se acercó a su capitán.

—¿Estás seguro de esto?

El capitán asintió débilmente.

—Pero no puedo ir yo solo —agregó Black.

—Nunca has estado solo —respondió Turco—, por más que te metas en tus escondites de plantitas y des caminatas dramáticas por la playa o te pongas a fumar tabaco en la proa a las tres de la mañana como fantasma. Nunca has estado solo.

El capitán rio y negó con la cabeza.

—Avisa a los demás —dijo—, quiero a todos reunidos en la taberna esta noche.

—¿A todos? —preguntó Turco—. Sabes que John estará deseando ir, como también sabes que no fue él quien disparó ese cañón.

—¿Ah, no? ¿Y cómo lo sabes?

—Porque ese muchacho no quiere impresionar chicas, Des, te quiere impresionar a ti.

El capitán se levantó de la arena y se sacudió el pantalón, y sin decir una palabra más salió de los matorrales de regreso a la playa. Turco sonrió, sabía bien que cuando Desmond no respondía, estaba respondiendo con un rotundo *sí*.

Hasta el mediodía Johnny Blackdawn consiguió abrir los ojos lenta y débilmente. Las pocas horas que quedaban de la noche cuando el capitán Black lo despidió de la tripulación bastaron para que el muchacho llorara y enfureciera de vicio en vicio. Había regresado a la taberna, donde se sentó a solas en una mesa y bebió demasiado, maldiciendo al capitán entre dientes. Sabía que podría llevarse un par de puños en la cara al decirle lo del supuesto cañonazo, era lo natural, pero jamás creyó que Black llevaría las consecuencias al extremo de despedirlo como si se tratase de un tripulante y nada más. Algunos de sus compañeros le insistían que hablase con el capitán, era un hombre colérico, pero también razonable una vez que se le pasaba el impulso, y con el apoyo de los muchachos seguro que no tardaría en ceder. John se negó enfurecido, quizá porque estaba ebrio o verdaderamente dolido. De cualquier manera, necesitaba depurar la rabia, así que a toda consciencia empujó a un hombre borracho que a su vez empujó a otro que cayó sobre una mesa, partiéndola a la mitad y esparciendo los tarros y comida en el suelo. Los hombres de la mesa golpearon al que cayó en ella como ése golpeó a quien lo había empujado y así sucesivamente hasta que Johnny se vio inmerso en una pelea de bar de exagerada escala. La música no se detuvo sino todo lo contrario, alzó el compás de sus acordes como si pretendiese incitar a cada hombre a batirse, y así fue, en cuestión de minutos toda la taberna rodaba por el suelo y por las mesas. Ahora el muchacho despertaba desnudo a lado de Tirzah, que mal había despertado y ya ponía la pipa de opio en sus labios. John fumó, debilitado y sin ganas.

—¿Vino a buscarme? —preguntó.

Tirzah negó con la cabeza. El joven pirata suspiró decepcionado llevándose ambas manos al pelo castaño.

—Entonces lo busco yo —concluyó resuelto.

Maltrecho por la resaca y el efecto del opio, John hizo un esfuerzo en vestirse sin parecer un idiota frente a Tirzah.

—Lo harás bien, pirata —se rio ella—, recuerda quién eres.

—Lo haré, ya verás —dijo John—, ¿te invito a cenar hoy?

—¿A cenar? ¿Estamos celebrando algo?

—Nada, sólo quiero que tengas fuerzas para esta noche cuando te haga pedazos.

Tirzah rio, no podía negar que le encantaba la idea de cenar con el muchacho casi tanto como la idea de volver a tener sexo con él. Se entendían, y eso valía más que cualquier banquete o moneda. Tampoco es que Johnny estuviera enamorado, simplemente gozaba por primera vez de la posibilidad de un orgasmo gratis, sin compromisos y sin dolor, una relación en la que el corazón no figurara en lo absoluto, sino otros órganos que iba aprendiendo a utilizar con la mayor creatividad. La mujer africana le dedicó una sonrisa traviesa y el pirata le guiñó el ojo con esa mueca irresistible que hacía su sonrisa ladeada.

El recorrido diurno en las calles de Tortuga era de lo más surreal, parecía un pueblillo azotado terminada la guerra, que no se parecía en lo absoluto al mismo pueblo de noche. Johnny fue hacia el pasadizo secreto, pero se encontró con Chuck y Melville a cada lado de la entrada como guardias.

—Hola, hola —saludó John, a punto de entrar, pero ambos hombres le bloquearon el paso.

—Perdón, Johnny —se lamentó Melville—, tenemos órdenes de... de...

—¿De qué? —preguntó John de mala gana.

—De no dejarte pasar, es eso —respondió Chuck—, a nadie que no sea de la tripulación, y como el capi te echó anoche...

—Vengo a hablar con él sobre eso —argumentó John.

—Sí, dijo que seguro vendrías —agregó Melville—, y que, si eso pasaba, pues... no te dejáramos pasar. Está muy enojado, muchacho, te quiere romper los huesos por lo del cañonazo y las chicas.

—Melville, carajo, déjame hablar con él —pidió John—, por favor, sabes que no puedo dejarlo así. Chuck, tú si te acuerdas de quién disparó el cañón, ¿verdad?

—Lo siento, Johnny —concluyó Chuck.

El joven pirata resopló burlonamente y se dio la media vuelta para marcharse cuando Melville lo pescó del brazo.

—¡Oye, oye! —le dijo—. Hoy en la noche el capitán va a estar en la taberna, nadie sabe por qué, pero convocó a todos. ¿Por qué no vas? Te le pones en frente y...

—Que se vaya al carajo —rezongó John, y se fue.

Chuck y Melville se quedaron ahí, intercambiando miradas.

—¿Sabes qué está muy peligroso? —dijo Melville—. Que el capi y su hijo se parecen en la manera en que vomitan palabras. Un día se van a agarrar de la greña, Chuck, voto al diablo que esos dos se agarran de la greña.

—Ya lo creo —rio Chuck—, el capitán lo hará puré.

—A John Dawner seguro que sí, pero a Johnny Blackdawn tengo mis dudas.

Los dos piratas se quedaron en silencio, pensando, y en poco tiempo se olvidaron del asunto.

En las calles a plena luz del día dormían hombres borrachos y una que otra mujer con la falda alzada, abrazadas de los mismos hombres y sus botellas. La tripulación del capitán Black no era la excepción, Turco tuvo que hacer un exhaustivo recorrido por el pueblo fantasma en busca de lo que parecían cadáveres tumbados, para dar aviso de la reunión en la taberna. Margaret se había dado a la tarea de ayudarle, no había visto a Ben desde la noche anterior y comenzaba a preocuparse. Además, Tortuga no parecía tan letal a la luz del día ni sus habitantes peligrosos, que roncaban y balbuceaban con los ojos cerrados y moscas sobrevolándoles las cabezas.

—Ya te dije que mejor regreses al barco, niña —decía Turco—, aquí sólo vas a encontrar cosas que no quieres encontrar.

—No me iré sin Ben —respondió Margaret—, podría estar herido y necesitar ayuda.

Turco negó con la cabeza y siguió andando, manteniéndose alerta a pesar de ser de día, porque la pelirroja estaba en peligro a cualquier hora.

—¿Es verdad lo que dicen los hombres? —preguntó ella—, ¿el capitán ha despedido a John por disparar el cañón?

—Sí, es verdad —suspiró Turco.

—Seguro ha de reconsiderar su decisión, John es por mucho su mejor tripulante, sin ofender. Lo conozco de toda la vida y jamás le he visto poner tanto empeño en algo como lo ha puesto en El Espectro. Es quizá la primera vez que lo he visto poner empeño en algo en lo absoluto. Le apasiona, adora esa nave y a su capitán. ¿No le parece que es muy valiente? Yo misma me ofrecería a hablar con el capitán Black, estoy dispuesta a convencerlo de que le otorgue otra oportunidad, la merece más que nadie. ¿No le parece que es un maravilloso pirata? Me gusta mirarlo a veces, aunque, por supuesto, miro a otro lado cuando se quita la camisa.

—Niña, niña —interrumpió Turco—, concéntrate en encontrar a nuestros hombres ahora.

Margaret se silenció, pero no porque Turco se lo pidiera, sino porque se quedó pensando en todas las veces que John se quitaba la camisa en cubierta y ella hacía todo menos mirar a otro sitio. Siempre había creído que John era apuesto e interesante, pero nunca lo había visto sin ropa hasta hacía poco. Le causaba una sensación extraña en el cuerpo, en especial cuando miraba su abdomen, quería tocarlo y no sabía por qué. O las pocas veces que le hablaba precisamente a ella, su voz le adormecía cada uno de los sentidos y le daba la sensación de derretirse ante él. En el fondo la niña deseaba que Ben le produjera las mismas sensaciones, pero el bucanero era más dotado en provocar angustias que deseos.

Finalmente llegaron a un edificio colorido, el prostíbulo, que de día más bien era la colmena de los hombres caídos. Margaret se le quedó mirando y le pareció un monumento alegre que incitaba a entrar.

—Espera aquí —le dijo Turco.

El hombre del turbante entró a la casona. Margaret se cruzó de brazos y, acto seguido, entró también. Dentro hacía un calor insoportable y un penetrante olor a incienso que provocó que la niña estornudara varias veces, y mientras tallaba sus ojos y nariz perdió a Turco de vista quedando completamente sola en el pasillo. Comenzó a caminar, lenta y precavidamente, sintiendo su respiración acelerarse a medida que comprendía en qué clase de sitio estaba. Avanzó a lo largo del pasillo hasta alcanzar a mirar a Turco dando aviso a Rodney, que estaba con una mujer, a Stanley que estaba con dos mujeres y a Ben que estaba con Lucy. Se detuvo de súbito junto con el último latido que se sintió más bien como un pellizco en el pecho. Vio claramente a Ben desnudo junto a una mujer desnuda, ambos sonrientes.

—¿Ben? —llamó Margaret con tímido dolor.

—¿Qué hay, Mags? ¿Qué haces aquí? —rio él.

Margaret se acercó más, el pecho doliéndole con mayor profundidad a cada paso que daba, olfateando el intenso olor a licor.

—¿Qué haces con ella? —lloró.

—Ah, nada, dimos un par de revolcones anoche —respondió Ben—, ¿quieres participar?

El rostro de Margaret se enrojeció y un brote de lágrimas invadió sus ojos, le temblaban las piernas y de momento no sabía ni qué decir.

—Eres un sinvergüenza, ¿cómo has podido hacerme algo así?

Ben puso los ojos en blanco y se volvió, a punto de regresar a la habitación cuando Margaret lo sujetó del brazo.

—¡Ben, por favor! ¡¿Cómo puedes?!

Y entonces el bucanero le dio una bofetada a Margaret, haciéndola caer.

—¡Yo puedo hacer lo que se me dé la gana! —exclamó Ben—, y si no te gusta, ahí está la puerta.

El bucanero tomó la mano de Lucy y volvió a meterse en la habitación, dejando a Margaret tumbada en el suelo, llorando.

40

Cayó la noche y Tortuga despertó. El caos y la fiesta iban tomando forma uniéndose uno con el otro, donde la muerte y la vida son exactamente lo mismo, donde un balazo y un beso tienen la misma probabilidad de tocar la piel y la música gobierna el cálido aire de luces. Ésta era una noche especial, pues la palabra había corrido que el capitán Desmond Black estaría en la taberna para un asunto que no se trataba ni de jugar a los dados ni de cenar o beber cerveza. Es por eso que los pocos hombres que aún permanecían cuerdos y sin suficiente ron en los sesos ya rondaban entre las mesas chocando tarros, esperando ver al legendario hombre de negro aparecer. La misma tripulación de El Espectro, que era también la de El Fénix, estaba toda reunida ahí sin saber muy bien por qué. Insistían a Turco para que les dijese una pista, pero el hombre del turbante permanecía sentado de brazos cruzados en la mesa más alejada. Mientras tanto, bebían, reían, bailaban, jugaban a los dados o se peleaban a golpes antes de enredarse con las mujeres que iban pasando.

Johnny miraba la taberna desde fuera, las luces, las risas y la ensordecedora música de armónicas, acordeones y violines le suplicaban entrar. Pero resistía. De pronto el capitán Black pasó junto a él en dirección a la puerta.

—¡Black! —llamó el muchacho, sin poder evitar el impulso y enojándose consigo mismo por ello. El capitán se volvió hacia él con indiferencia.

—¿Puedo entrar? —pidió John—. De verdad lo siento, siento lo del cañón y las chicas, y te doy mi palabra de que no volveré a hacer algo así.

—¿Algo así como dispararle a mi nave o algo así como mentirme y decir que disparaste a mi nave? —respondió Black.

—¿De verdad vas a echarme por eso? —se enfureció John—. ¡Maldita sea, ya te pedí perdón! ¡Sí, mentí, pero lo hice porque ibas a volarles los sesos a los muchachos!

—¿Y a ti no?

—Quiero pensar que no. Soy tu hijo.

—Exactamente —confirmó Black—, eres mi hijo, y por eso tengo que ser más duro contigo que con cualquiera de mis hombres. Al primer favor, mi tripulación se va al carajo.

Johnny hubo de tomar una larga inhalación para sosegarse, pero el enojo y el dolor eran mezcla peligrosa en su sangre caliente.

El capitán no dijo más y entró a la taberna. Tan pronto el hombre de negro desapareció, Johnny soltó un grito de rabia llevándose los dedos al pelo castaño. En aquel turbulento instante comenzaba a comprender que en verdad estaba fuera de la tripulación del capitán Black y que no volvería a poner un solo pie a bordo de El Espectro. Se le revolvió el estómago y sintió dagas invisibles clavándosele directo al pecho. Perder aquello era perder absolutamente todo, pero ni siquiera en esas circunstancias, las peores en las que podía estar, consideraría volver a rogar al capitán por una oportunidad. Se quedó allí de pie preguntándose qué hacer consigo mismo, con la respiración aún acelerada por la rabia y el juicio nublado. Le pareció la idea más sensata ir a buscar a Tirzah y comprarle todo el opio que pudiera venderle, pero la mujer lo vio en tan desesperado estado que le regaló una buena cantidad del extracto y además una pipa de buena madera que había robado a algún cliente ebrio, algo que le pareció romántico porque la había robado especialmente para él.

—No podré llevarte a cenar a la taberna porque Black no me deja entrar —dijo Johnny—, ni hacerte pedazos porque no estoy de humor.

—¿Estás de humor para que yo te invite un trago? —le preguntó Tirzah.

Se quedaron en el balcón del prostíbulo un buen rato, bebiéndose una botella de ron hasta que los lamentos de John se volvieron risas. Hablaron de una buena cantidad de temas, desde banales como cuál de las chicas bailaba mejor hasta qué había después de la muerte, y entre las palabras que salían de la boca del pirata con tan poca habilidad mencionó el nombre de *Margaret*.

—¿La pelirroja protegida de tu capitán? —adivinó Tirzah.

—Ella, sí —respondió John—, ¿te puedes creer que está con un animal como Ben?

—Stain es divertido, se pasa buen rato con él.

—Maggie no es para pasar el rato, bueno, eso creo yo.

—¿No? —lo cuestionó Tirzah, con una picaresca sonrisa.

—No —respondió Johnny, con la mirada perdida—, ¿nunca te ha pasado que recibes algo tan valioso y frágil que… no quieres usar? Algo que prefieres contemplar porque temes a que pueda romperse, y sería una tragedia porque sabes que jamás encontrarías algo igual. Así es Maggie. No es para jugar. Y Ben juega con todo lo que toca.

—Johnny, mi amor —rio Tirzah—, estás enamorado.

El joven pirata rio y se levantó rápidamente, tan rápido que tropezó porque su cuerpo ya era gobernado por el efecto del licor. Miró con la vista borrosa a la botella y se dio cuenta de que había bebido dos botellas enteras de ron con la poca colaboración de Tirzah, sintió un espeluznante mareo y náuseas. Tirzah le ayudó a levantarse y entregó el opio con la pipa.

—Ve a un lugar tranquilo donde puedas fumar en paz, te sentirás mejor —aconsejó ella.

A tumbos y con la vista nublada al punto de desorientarse, Johnny logró llegar al portón del muelle. Estaba desierto y la anarquía del pueblo no era más que un eco que no podía hacerle daño. Había tan sólo tres naves ancladas, una polacra, un barco pesquero en terribles condiciones y un barco pirata descuidado y carcomido por el tiempo. El muchacho caminó hasta el final del muelle y se sentó, encendió la pipa y fumó opio mientras era abatido por recuerdos tan vívidos que se volvieron alucinaciones del pasado. Se veía a sí mismo con Jill Jones, la primera vez que vio a El Espectro ahí anclado como un dragón negro resoplando en la marea. Recordaba la extraña felicidad que había sentido, la curiosidad y ese llamado que había escuchado toda su vida y que hasta entonces acudía a él. Fumaba más. Ahora todo aquello quedaría como un recuerdo, El Espectro quedaría como un recuerdo. Tal vez si se empeñaba lo suficiente convencería al capitán Black de restituirle, pero cuanto más fumaba más se persuadía de que el capitán se había equivocado en desterrarlo y debía pagar por ello. El opio se iba consumiendo en la pipa, entrando al torrente del muchacho y desubicándolo de la existencia a un punto brutal en el que se perdía a sí mismo. De un momento a otro sus sentidos se vieron adormecidos y perdió la capacidad de moverse. Estaba bocarriba sobre la madera húmeda, mirando las estrellas como jamás las había visto en su vida, como millones de luces fugaces de todos los colores. Vomitó y hubo de hacer un esfuerzo en voltearse para no ahogarse. Volvió a mirar al cielo, permitiéndose perderse, dejándose ir.

Una enorme nave se avecinaba al muelle, de enormes mástiles y majestuosas velas blancas. Ancló con semejante destreza y gracia que parecía un cisne rozando la orilla de un lago. Era el buque español, El Liberty. Johnny no sabía si esto era también un espejismo o la realidad, pero se quedó mirando con los párpados debilitados. Una bellísima mujer desembarcó en el muelle, la mujer más hermosa que había visto, tan llena de luz que se preguntó si estaba muriendo y aquella criatura se trataba de un ángel. Llevaba una capa con caperuza de color negro, la delicadeza de su pálido rostro asomaba al igual que el cabello dorado cayendo por sus hombros. Detrás de María vino el capitán Velázquez, que tenía un aire de proteger a aquel ángel con su vida misma si fuese necesario, y al final el señor Córdova, que estaba más asustado que nadie y miraba a su alrededor con los ojos temblorosos.

—¡Dios mío! —se horrorizó Córdova—, ¡es que no llevamos aquí un minuto y ya nos hemos encontrado un cadáver!

—¡No os acerquéis, mi señora! —rugió Velázquez desenvainando la espada y situándose frente a María.

—Capitán —lo tranquilizó María haciéndolo a un lado—, os lo ruego no nos pongamos histéricos o perderemos el juicio. Dejadme ver, que quizá esté vivo y necesite ayuda.

La mujer se inclinó ante el muchacho que la miraba con la vista perdida.

—¿Te encuentras bien? —le dijo, revelando su perfecto inglés, aunque no exento del acento español—, ¿estás herido?

Santiago se inclinó también y tomó la pipa, la inspeccionó y olió.

—Es opio —confirmó él—, ha fumado demasiado y si ha bebido no tardará en morir intoxicado.

—¿Cómo te llamas, cariño? —le preguntó María al moribundo, acariciándole la cabeza con timidez.

—El Espectro… quiero volver a El Espectro…

María se llevó una mano a la boca, hizo un esfuerzo por contenerse.

—¿El Espectro? —se emocionó—, ¿tripulas El Espectro?

Antes de que John pudiera contestar se desmayó, sudaba y su cuerpo comenzó a temblar.

—Mi señora —advirtió Santiago—, ese muchacho está a punto de morir si no recibe atención médica.

—Pero hemos venido en busca de su hijo, no de un vagabundo intoxicado —dijo Córdova.

—Este pobre joven conoce El Espectro, es mi única esperanza de dar con Juan —respondió María—. Llevadle a bordo de mi nave y atendedle, ¡ahora!

Condujeron al muchacho al buque español, para entonces el muchacho estaba pálido y la piel helada, y estaba teniendo tal dificultad para respirar que no hubo tiempo de iniciar el procedimiento en la cabina del doctor, sino en plena cubierta, con la tripulación española mirando. Lo empaparon con baldes de agua y el doctor Andrés Collado se las arregló para introducir un artefacto dentro de su boca y hacerle vomitar en grotescas cantidades, poniendo su cuerpo de lado para evitar que se asfixiase y facilitándole la respiración con hojas de eucalipto.

Cuando John abrió los ojos se encontró en una elegantísima habitación que bien podría haber sido la de una reina en un palacio. Un candelabro con velas se mecía suavemente del techo de madera, y a medida que iba recuperando la movilidad de sus extremidades pudo inspeccionar su alrededor, girando la cabeza débilmente. Estaba dentro de una cama de impecables sábanas que olían a miel y canela, un edredón rojo y suave lo cubría y le costó alzarlo para sentarse. Se miró a sí mismo, no tenía la camisa puesta, el pantalón que vestía no era el suyo y lo más extraño es que su piel estaba completamente limpia y las heridas que ni había visto estaban vendadas y atendidas hasta el mínimo rasguño.

La mujer que creyó un ángel estaba de pie al final de la cama, mirándolo con el gesto más condescendiente y cálido que había visto.

—¿Cómo te sientes, cariño? —preguntó ella.

John pestañeó con rapidez, tratando de comprender si el espejismo y los efectos del opio continuaban o si verdaderamente había aparecido por arte de magia frente a la reina de España.

—Perdón —dijo él débilmente—, ¿quién es usted y en dónde estoy?

—Te encuentras a bordo de El Liberty, de Sevilla. Ruego que disculpes si mi inglés no es del todo comprensible a veces, no es mi lengua materna y la pronunciación no se me da con facilidad. ¿Puedo ofrecerte de cenar? Debes de estar hambriento y hay un banquete sobre la mesa esperándote. El doctor Collado ha insistido en que bebas mucha agua, ¿te sirvo?

—Pero…

—Yo también tengo preguntas para ti —interrumpió María—, insisto en que me acompañes a cenar primero.

El banquete sobre la mesa hizo brillar los ojos de John, un lechón en fruta con una manzana en la boca y ostiones frescos, tres clases diferentes de pay y dos pasteles, de chocolate y vainilla, junto con un finísimo servicio de té de todos sabores. María miraba con lástima el hambre desenfrenada con que cenaba el muchacho, devorándolo todo y disfrutando hasta el último bocado sin siquiera darse cuenta de que la mujer no había ni probado su cena, sólo lo observaba. Ese cabello castaño atractivamente despeinado, la piel tostada por el sol, grandes ojos cafés almendrados y colmados de pestañas con una mirada inundada de bondad, esos labios que podían dibujar cualquier expresión en las comisuras, todo ello enmarcado por una barba que comenzaba a crecer apenas un poco. La mujer se estremeció tan profundamente que exhaló un sonoro suspiro, era demasiado imaginar que ese muchacho podría ser Juan, pero con sólo mirarlo miraba también al capitán Black. Entonces John la miró un largo instante, ambas miradas se encontraron en un momento de silencio que paralizó el tiempo. No podía explicárselo, pero la mirada de la mujer le traía una profunda paz, una sensación de consuelo como nada parecido que hubiera experimentado antes, un refugio extraño y bellísimo. Le sonrió sin saber por qué, una sonrisa ladeada y picaresca que le arrebató el aliento a la mujer, la sonrisa de Desmond Black.

—¿Cómo te llamas? —preguntó María.

—Es… complicado —respondió John—, porque viven dos seres en mí, uno está en plena agonía y el otro en pleno nacimiento.

—Me temo que no comprendo.

—Existe John Dawner, cadete de la Marina Real inglesa, hijo de James y Charlotte Dawner.

María bajó la mirada invadida de decepción hasta desvanecerse su elegante postura y garbo con un golpe contra el respaldo de la silla.

—Pero —siguió John—, también existe Johnny Blackdawn, pirata, tripulante de El Espectro e hijo de su capitán.

—¿Desmond? —lloró María, los ojos brillantes de lágrimas y desbordando esperanza—, ¿Desmond Black? ¿Desmond Black es tu padre?

—Sí.

María se levantó de la mesa y se llevó una mano a la boca haciendo un esfuerzo sobrehumano por contenerse, su alma rebosaba amor, sacudido su ser por el más impactante y consolador anhelo.

—¿Tu padre alguna vez te dijo quién fue tu madre? —preguntó María, con un nudo en la garganta.

John se levantó de la mesa lentamente, le temblaban las piernas y no sabía por qué, se le aceleraba el corazón y le brotaba un sentimiento desconocido del pecho.

—María Aragón —respondió tímidamente.

La mujer española se volvió con la más luminosa sonrisa.

—Yo soy ella… *yo soy tu madre.*

Como un inevitable reflejo John corrió a los brazos de la mujer y se envolvieron mutuamente con tal fuerza que, aunque fuera por ese instante, no había unión más certera e inquebrantable. María besaba la cabeza de su hijo y lo acariciaba con tal adoración que el muchacho sintió cada herida curarse y cicatrizar con la mayor dulzura. De momento, su mundo estaba completo y al universo no podía pedirle algo más.

41

La taberna celebró una vez más la llegada del capitán Black. Con tarros de cerveza deslizados sobre las mesas, la casa invitó la primera ronda como cada vez que se aparecía por ahí ese hombre con aire tan reflexivo y denso, mismo que se iba esfumando entre tragos y pláticas, entre risas y tabaco. La tripulación alrededor de una larga mesa rectangular, bebía y cenaba manjares, riendo y algunos dando uno que otro paso de baile, obligados por la alegre música. El capitán, en cambio, se mantenía serio, no había cenado mucho e iba vaciando los tarros con desgana.

—Bueno —dijo Black de repente.

Cada hombre de la tripulación cerró la boca y Turco hizo una señal a los músicos para que se detuvieran. De un momento a otro la taberna quedó silenciada, y cuando el capitán de negro se levantó todos los ojos cayeron sobre él.

—No es secreto lo mío con Barbanegra —comenzó Black—, tiene un mapa que me pertenece por derecho y llevo peleándoselo casi toda mi puta vida. Me prometí darle muerte a ese maldito. Y le prometí a mis hombres el botín del tesoro al que guía ese condenado mapa. Porque una cosa es ser pirata y declararle la guerra a la Corona, cosa fácil y divertida si me lo preguntan. Pero otra cosa es ser pirata y declararle la guerra a Edward Teach, ésa es una hazaña en la que tienes todas las de perder, aunque mucho que ganar, si corres con suerte. Para eso nos hicimos al mar, ¿no? Robamos un maldito barco de guerra y navegamos como idiotas todo el tiempo que nos ha tomado entender que Barbanegra ya estaba un paso delante de nosotros. Íbamos a enfrentarnos con El Satán en mar abierto, la batalla naval del siglo, y me consta que cada uno de ustedes estaba listo en cuerpo y alma. Pero… Teach nos ha cambiado la jugada, como siempre. Porque no está en el mar, *está en la Cuna del Diablo*, esperándonos como un cobarde. Eso cambia todo. Nunca he ido, pero al igual que ustedes he escuchado leyendas. Que el que va no regresa, que si mueres ahí tu alma se pudre ahí mismo, que hay demonios, que los peores miedos de un hombre cobran vida y que tan sólo respirar duele. Menuda guarida se ha buscado este hijo de puta, que, bueno, más que una guarida es algo así como una telaraña, y al igual que una araña él sólo está ahí, esperando a que caigamos atrapados como moscas y pueda tragarnos. Ahora, muchachos, nos quedan dos opciones muy simples... ir... o no ir. Los he reunido aquí para confesarles que no podemos ir solos porque no regresaríamos ninguno de nosotros, así que aquí, frente a ustedes, piratas y mujeres, abro la convocatoria a enlistarse en esta travesía. Necesito aliados, piratas valientes, capitanes. Necesito capitanes que quieran unir sus naves a las mías y seamos una maldita flota de muerte. Si no tienen una nave y tripulación que unir a mi causa pueden ayudarme corriendo la voz por cada maldito rincón de este mundo donde habite o navegue capitán que pueda y quiera hacerlo. Doy mi palabra que hombre o mujer que participe en mayor o menor medida será recompensado con un puñado del tesoro de Cortés, y ya les digo yo que con un maldito puño les basta para comprarse una nave y una tripulación la próxima vez que se me ocurra una cosa así. Turco, mi primer oficial, se encargará de tomar los nombres de cada uno de los que quieran ayudar, para que cuando llegue el momento de repartir el botín sea justo y bien hecho. El tesoro de Cortés nunca iba a pertenecerme a mí, sino a todos nosotros, a los piratas del Caribe. Y me gustaría que así fuera. Así que... alce la mano quien navegue conmigo, ¡que alce la mano quien esté dispuesto a navegar a la Cuna del Diablo y enfrentarse a Barbanegra! ¡Que alce la mano quien navegaría conmigo dentro y fuera del infierno!

Un impresionante silencio reinó en la taberna. Los hombres intercambiaban miradas, se les había ido el habla y no podían ni siquiera dar un trago a sus tarros porque se habían quedado paralizados.

—Capi... es que... hombre que va no regresa —dijo Melville.

—Somos valientes, pero no suicidas —le siguió Chang.

—Nos vamos a morir todos, y muy feo —aseguró Lucky.

—Nos iremos directo al infierno —agregó Chuck.

—Tanto mejor —rio Poe—, el pobre cabrón que se vaya al cielo va a estar muy aburrido, rodeado de puro maricón.

Turco se levantó del banquillo.

—Pues yo sí voy —dijo, alzando la mano.

—Yo llevo un rato queriéndome morir así que, qué carajos —dijo Joe, uniéndose.

—Al diablo, yo también —le siguió Ratas.

—No vamos a vivir para gastar un miserable centavo, pero ya qué, yo también voy —siguió O'Connor.

—Pues venga —siguió Espinoza.

—También voy —dijo Silvestre.

Y yo.

Y yo.

Yo voy.

Yo también. Bueno.

Vamos, pues.

Yo voy.

—Está bien, capi —suspiró Melville, abatido—, vamos a la puta cuna del señor Barbanegra.

Y así, uno por uno, cada tripulante del capitán Black se levantó del banquillo con la mano alzada y una expresión de terror en el rostro, aunque era evidente que la lealtad al capitán era mucho mayor que sus miedos. Estaban convencidos de que no vivirían para ver el tesoro de Cortés, pero morir al lado del capitán Desmond Black en su encrucijada suponía una muerte cuyo valor estaba por encima de cualquier joya. Ni un solo hombre quedó excluido, ni un solo hombre dio una negativa; fuera por el licor en el cerebro o el valor en el corazón, pronto cada hombre en la taberna estaba de pie y con la mano levantada, inclusive aquellos que no pertenecían originalmente a la tripulación y habían decidido auxiliarla con sus propios medios. Se iba esparciendo una energía de celebración y profunda adrenalina, se reían y se gruñían los unos a los otros dándose palmadas en la espalda y golpes en los hombros. El capitán sonrió tan ampliamente que los tarros volvieron a chocar unos con los otros y la música volvió a detonarse.

—¡Turco! —llamó Black—, anota los nombres de los voluntarios, venga. Sam, Jim, Bow, al salir el sol comiencen los trabajos de carpintería que necesiten El Espectro y El Fénix, reúnan a los hombres que necesiten y anoten sus nombres también. Cada hombre que participe queda anotado para recibir su puño del tesoro. ¡A los demás, alzamos un campamento al otro lado de la isla, y quiero que ahí estemos preparados para recibir a cada voluntario, capitán, tripulación y nave que vaya a unirse! Esta noche celebramos, porque mañana… ¡forjamos nuestro destino!

¡Eeeehhhhh!

La Taberna del Capitán Morgan jamás vio semejante celebración desde que el primer hombre pisó aquella isla, era la fiesta del siglo.

El capitán Black y Turco se sentaron detrás de una mesa con suficiente papel y tinta para comenzar a recibir los nombres voluntarios, acompañados por una botella de vino que servían en sus respectivas copas alegremente. Chocaron copas y recibieron al siguiente voluntario.

—Johnny Blackdawn, diecinueve años —anunció John.

El capitán resopló y puso los ojos en blanco, Turco miró a otro sitio con los ojos bien abiertos.

—Ya te dije que tú no estás en mi maldita tripulación —refunfuñó Black.

—No, estoy en la de El Liberty de Sevilla —respondió el muchacho.

—¿Y de quién carajos es ese barco? —se exasperó Black.

—Mío —anunció María, situándose junto a John—, ¿algún problema, Desmond?

Turco escupió el vino como una fuente y el capitán Black quedó petrificado como una estatua de carne y hueso. Las miradas del pirata y la mujer se quedaron encontradas en un agonizante instante de tensión que Turco rompió dándole un codazo a Desmond para que espabilara.

—T, t... tú —balbuceó Black—, digo *tú, tú...* ¿tienes un barco?

La mujer le dedicó una sonrisa tan llena de belleza como maldad y triunfo. El capitán tragó saliva y pasó la lengua por sus labios porque la boca se le había secado, volvió a paralizarse hasta que Turco le dio un segundo codazo.

—¡Vuélveme a tocar hijo de...!

—Arat —llamó María a Turco—, mucho tiempo, ¿cómo estás? Anota mi nombre, por favor, que he puesto mi nave y a mi tripulación a la disposición de vuestra causa.

Entonces Turco mojó la pluma en el tintero y apenas la recargó en el papel el capitán lo detuvo bruscamente.

—Ni se te ocurra —le dijo Black.

—Hazlo, Turco —insistió María.

—Te mato —lo amenazó Black.

Johnny estaba haciendo un esfuerzo por contener su risa hasta el punto de tener que cubrirse la boca, y a medida que el resto de la tripulación se percataba de *quién* estaba ahí comenzaba a sufrir del mismo mal.

—Capitán Black —dijo María poniendo ambas manos sobre la mesa seductoramente—, según entiendo estáis desamparado y yo he venido con aires de ayudar a los más necesitados, ¿o sois tan orgulloso que negareis un buque español a vuestros hombres?

—Perdón, ¿cómo te llamabas? —interrumpió Black. La mujer se quedó indignada y boquiabierta.

—¿Qué pasa, Black? —rio John—. Si recordabas el nombre de mi madre como si fuera el tuyo.

Los muchachos miraban de un lado a otro emocionados, dándose de codazos y con los ojos completamente desorbitados ante el espectáculo.

—Hablemos en privado —dijo María al fin.

El capitán se levantó de la silla intentando intimidarla con su fuerte e imponente figura.

—Sí, hablemos en privado —respondió—, pero no porque tú lo dices sino porque yo creo que es lo mejor.

—Claro —siguió ella—, y es lo mejor porque lo digo yo.

La española pasó por delante del capitán, y despedidos por los chiflidos de los muchachos, se fueron a la bodega de la taberna, donde no había más que barriles de alimento y cerveza, ni un testigo que pudiera verlos hablar en completa confidencia.

Tan pronto desaparecieron, Rodney dio inicio a las apuestas sobre en cuánto tiempo la mujer sacaría de quicio al capitán. Ninguna apuesta superó los quince minutos.

—A que se la tira ahí mismo —dijo Poe.

—¿Tirársela? La va a matar —lo corrigió Chuck.

—Se la va a tirar, sí —dijo Melville—, pero de la cumbre más alta y de cabeza.

—Se puso buenísima la condenada —opinó Lucky.

—Siempre ha estado sabrosa —agregó Joe.

—Están ustedes hablando de mi madre —se molestó John—, más respeto.

El capitán Black y María Aragón se miraron en silencio, frente a frente observaban sus cuerpos y rostros veinte años después y contemplaban cada uno de sus recuerdos, los malos siendo los más latentes.

—¿De dónde carajos saliste y qué haces aquí? —comenzó Black.

—Yo bien sabía que serías un pésimo padre —respondió María—, pero permitir que un oficial se lleve a tu hijo bajo tus propias narices y en tu propia nave supera mis terribles expectativas. ¿Te das cuenta de que si Juan no hubiera encontrado el camino de regreso jamás lo habríamos vuelto a ver?

—La piratería lo hubiera arrastrado sin preguntarle —respondió el pirata con una orgullosa sonrisa.

—Por eso estoy aquí. Había venido por mi hijo para llevarlo a Sevilla conmigo y ofrecerle una vida digna, lejos de todo esto. Pensé que podría salvarlo de la piratería.

—Pues pensaste mal, como siempre. John es un pirata y pertenece conmigo en El Espectro.

—Ah, es que creí que tú mismo lo habías echado de tu tripulación —dijo María—, ¿estoy en un error?

—Y no se llama *Juan*, ¿eh? —refunfuñó Black—. Se llama *John*, ¿o qué?, ¿yo ando diciéndote Mary? No, hago un esfuerzo por pronunciar tu nombre, por más feo que sea.

—Despreocúpate, Desmond. John es más pirata que humano y con categoría me lo ha hecho saber. Es tan cariñoso, tan noble y dulce…

—¿Entonces qué sigues haciendo aquí?

—Ya te lo he dicho —insistió la mujer—, he decidido apoyar a mi hijo en esta encrucijada y es por eso que me he enlistado.

El capitán Black soltó semejante carcajada que la mujer dio un paso atrás, asustada.

—Mujer… no durarías dos minutos —se burló.

—Es más de lo que duras tú haciendo el amor —respondió María.

—Tú sabes que eso no es cierto, ¿y sabes qué?, es hora de que te vayas.

En un fugaz movimiento el capitán levantó a la mujer como un costal sobre su espalda, haciéndola gritar de furia.

—¡No sólo te pusiste fea, también engordaste! —reía Black.

—*¡Soltadme! ¡Cómo os atrevéis!*

Las puertas de la bodega se abrieron de golpe y los muchachos, que habían estado escuchando, huyeron corriendo. Salió el capitán con la mujer dando de pataletas sobre su hombro, y la tripulación, boquiabierta, no tuvo mayor remedio que pagar sus respectivas apuestas.

La mujer española se aferraba con garras al umbral de la puerta de la taberna, pero el capitán estaba determinado a echarla a pesar de la indignación de John, que exigía un trato de respeto para su madre con el mismo éxito que si se lo pidiera a una pared. El capitán no cedió, consiguió sacar a la mujer a la calle y, no contento con ello, caminó en dirección al muelle con toda intención de echarla al agua. Las puertas de la taberna volvieron a abrirse, cada hombre de la tripulación iba detrás para no perderse al capitán lanzando a la mujer al mar, se reían y chiflaban animando la fechoría como un espectáculo.

—¡Des, espera! —decía Turco.

—¡Black, ya basta! —le seguía John—, ¡suéltala!

El desfile de bucaneros ya iba por la pasarela del muelle cuando se detonó un disparo que silenció el caos. Todos se volvieron buscando el origen de la detonación. Al pie del muelle se encontraba el capitán Velázquez apuntando al capitán Black con una pistola.

—Pon a la dama en el suelo o juro que el siguiente tiro será para ti —amenazó Santiago, en el mejor inglés que podía pronunciar.

—¡Santiago! —llamó María—, ¡no disparéis, que lo tengo bajo control!

El capitán Black puso a María en el suelo con un movimiento brusco sin rastro alguno de caballerosidad. Se dirigió hacia el capitán español con pasos amenazantes que no consiguieron ni por un instante intimidar al joven; al contrario, irguió su postura y se mantuvo firme.

—¿Y tú qué eres? —le dijo Black—, ¿su mozo, su guardaespaldas?

—Soy su pareja —afirmó Santiago.

—¿*Qué?* —murmuró María.

—Así que ya lo sabéis, capitán Black —siguió Santiago—, María viene bien protegida y no será víctima de vuestros descaros ni una vez más, o juro por Dios que tiraré del gatillo.

Black sacó su propia pistola en un instante y la apuntó contra el capitán Velázquez.

—¿Vemos quién dispara más rápido? —amenazó Black.

Ambos capitanes se apuntaban con sus respectivas pistolas. Turco y John tomaron sus propias armas apuntándolas al español mientras que el resto de los piratas desenvainaron sus espadas. El señor Córdoba venía bajando por la escalerilla de El Liberty hacia el muelle, pero cuando vio lo que sucedía se dio la media vuelta y volvió a abordar la nave sin hacer el menor sonido. La tensión se acrecentaba porque ninguno de los dos capitanes estaba dispuesto a bajar el arma ni a inmutar su amenaza, ambos firmes como rocas y sin quitarse las miradas uno del otro. Desesperada, María se interpuso entre ambos con los brazos extendidos.

—¡Ya! —les dijo—. Bajad las armas, ¡bajad las armas, los dos!

El primero en bajar el arma fue Santiago y le siguió Black, manteniendo ambos las miradas retadoras.

—Desmond, estoy aquí por mi hijo —dijo María—, y te juro por lo más sagrado que no me iré si él no me lo pide.

Las miradas cayeron sobre John y el silencio detonado le exigía una respuesta.

—Capitán Black —respondió John en voz alta—, esa valiente mujer es mi madre, a quien llevo deseando conocer y amar por tanto tiempo y ahora está aquí, *por fin* está aquí. Y será la única oportunidad que tengamos de reunirnos porque no sabemos lo que nos espera a donde vamos. Te lo pido como hombre, pero también te lo pido como hijo... Mi madre se queda.

—Dos condiciones, entonces —dijo Black—, la primera es que no te quiero en el tal Liberty o como se llame, regresas a mi tripulación quieras o no. Y segundo... *María*, linda, no te me acerques, ¿estamos?

—Por mí está bien —accedió John—, ¿madre?

—Por mí también —siguió la mujer—, mantenerme alejada de tu padre será la condición más sencilla que se me ha impuesto, me será más natural que respirar. Lo que sí debo pedir de usted, capitán Black, es que retire de una vez los ojos de mi escote.

—¡Tu escote! —se burló Black—, estarás tan buena.

—Entonces está decidido —interrumpió John—, ¿podemos volver a la taberna y disfrutar lo que queda de la noche? Mañana nos espera un largo día.

El desfile de bucaneros se dispersó con cierta decepción, no les molestaba en lo absoluto contar con una bellísima princesa que era además millonaria, pero al menos en esta ocasión esperaban un espectáculo más aparatoso. Ver al capitán Black enfrentar a Barbanegra ya era en sí mismo un evento profético, pero ver al capitán Black enfrentar a María Aragón era algo apocalíptico. María hizo un gesto al capitán Velázquez para que también se retirara.

—Mi señora —dijo Santiago—, tengo entendido que la flota de los piratas está anclada al otro lado de la isla, ¿deseáis que El Liberty sea llevado allá?

—Será lo mejor —respondió María—, que recuerden nuestra alianza en todo momento. John, cariño, ¿te importaría guiar a Santiago al anclaje de tu flota?

John asintió obedientemente, complacido por el resultado, estaría a lado de su madre por tiempo indefinido y a pesar de las circunstancias aquello le había marcado una sonrisa en la cara que no conseguía siquiera disimular.

El capitán Black y María se quedaron a solas y en silencio, apenas acompañados por el rechinar de las maderas y el chacoteo del agua. No se miraban a los ojos, pero tampoco alguno había tenido la iniciativa de marcharse.

—Desmond, sé que esto no puede ser fácil para ninguno de nosotros —dijo María—, pero te suplico que intentemos al menos conservar la paz, por nuestro hijo. Su felicidad no merece ensuciarse con nuestra disputa porque no le pertenece ni le corresponde.

—Tienes razón —respondió Black, impactando a la mujer—, no son formas de recibirte, lo siento mucho. No sé, tal vez podamos dejar el pasado atrás y llevarnos bien, ¿no?

—Nada me gustaría más —suspiró ella con una sonrisa.

—Venga, un abrazo —ofreció Black, abriendo sus brazos.

María se acercó al capitán y éste la envolvió con sus fuertes brazos por un largo instante, que bastó para que ella también se atreviese a abrazarlo.

—Hasta crees —murmuró Black, y en un fugaz movimiento empujó a la mujer haciéndola caer al agua de un aparatoso clavado. El capitán reía a carcajadas mientras que María, indignada y furiosa, luchaba por salir del agua aferrada a la madera del muelle, pero el peso de su vestido le dificultaba cada movimiento.

—Vamos dejando las cosas claras, arpía —siguió Black—, tú y yo nunca, pero *nunca*, nos vamos a llevar bien porque ni siquiera nos vamos a llevar, ¿estamos? No he prendido tu barquito en llamas para que tengas en qué largarte y no te he dado un cañonazo en la cara por cortesía al imbécil de tu hijo, pero de eso a que *¿tú y yo?*, no, no te confundas porque no va a pasar ni hoy ni nunca. Disfruta tu chapuzón.

Con toda naturalidad y sin remordimiento alguno, el capitán se retiró dejando a María sola en el agua, llorando de desesperación al no poder salir, pero también lloraba por la humillación y la rabia.

42

Pasaron unos meses, tiempo transcurrido que pareció invisible porque el mundo parecía haberse detenido, como si la vida tomase una bocanada de aire antes de fraguar cada destino. En Port Royal el gobernador Winchester se había encargado de enviar diario una carta al rey de Inglaterra, cada día acosando a los carteros y pagando considerables sumas para hacer llegar aquella correspondencia hasta Londres. En aquellas desesperadas cartas, Winchester suplicaba al rey que le enviase naves de guerra para la creación de una flota naval destinada a aniquilar a los piratas, insistiendo en que éstos estaban ya desmoronando cada colonia y abastecimiento real.

Luego de un año tras el ataque de El Espectro al puerto, Port Royal habría podido renovarse de no ser por la ridícula alza de impuestos aplicada por el gobernador sobre los colonos. Cada hombre y mujer en la ocupación británica fueron golpeados por la pobreza repentina, justificada bajo la palabra de un político que garantizaba su seguridad y cuidado. Carecía de sentido, los ataques piratas en el Caribe habían disminuido hasta desaparecer, no había motivo alguno para que Winchester estuviese tan obsesionado con zarpar tras El Espectro. Pero sí que lo había, algo que no dejaba de martillar la mente del gobernador, incitándolo a hacer cualquier cosa, verdaderamente cualquier cosa, con tal de obtenerlo: *el tesoro de Cortés.*

Nuestros hijos se mueren de hambre pagando la guerra, decían las mujeres.

Si no morimos por balas, espadas o cañones, morimos de hambre, frío y enfermedad, decían los hombres.

Los piratas nos saqueaban monedas a tiros y los políticos nos saquean monedas con amenazas, decían los niños.

Sería preferible financiar el ron y las prostitutas de los piratas que financiar la guerra de los políticos, decían los ancianos.

Port Royal estaba desesperado, y con la repentina desaparición del almirante Dawner, desamparado. Nacía en la Marina Real un ambiente de melancolía, recordando aquellos días dorados en los que se imponía justicia con valor, honor y lucha; mas no con manipulación, sangre y mentiras. El cielo llevaba tanto tiempo amaneciendo gris que ya parecía el estado natural de las cosas, y a partir de la mañana que la señora Elizabeth Tanner se ahorcó desde el barandal de las escaleras de su casa, nadie hablaba en las calles más que en susurros.

El rey Jorge de Inglaterra terminó por enviar una flota de cinco naves a Port Royal, no más. Y el político quedó lo suficientemente satisfecho para zarpar.

43

Llovía sobre Tortuga y el cielo se hizo tan gris que si era de día o de noche habría sido lo mismo. Una fría y refrescante brisa soplaba con fuerza meciendo cuatro naves ancladas a unos metros de la playa; El Espectro, El Fénix, El Liberty y El Rackham, este último capitaneado por la notoria Anne Bonny. Entre los piratas, la exótica capitana era la mera leyenda de belleza; de maravillosa figura, piel morena bronce, largo cabello castaño y grandes ojos del más peculiar color verde. Había acudido al llamado del capitán Black tan pronto como lo recibió, y ofrecía tanto su nave como su temeraria tripulación.

Las naves, alguna vez heridas por la batalla, estaban ya casi reparadas bajo el arduo trabajo de Sam y la dirección que dio a cada uno de los carpinteros, uniendo sus manos para curar las heridas de El Espectro hasta dejarlo más fuerte y radiante que nunca. Los bucaneros habían sumado tantos voluntarios y armas ofrecidas desinteresadamente, y si bien pasaban sus noches saciando tentaciones en el pueblo, pasaban los días preparándose para la guerra, para navegar al infierno y conocer al demonio. El mar los llamaba a todos y cada uno, la sed de batalla y marea; pero bajo decreto del capitán Black esperarían tan sólo un poco más, pues su último y más valioso aliado, de acudir al llamado, vendría navegando desde los mares de Bretaña en la costa francesa.

Un campamento se había establecido en la playa. Cientos de casas de campaña bien estructuradas estaban esparcidas sobre la arena, aquellas que se fueron convirtiendo en los pequeños hogares de los piratas que tan poco naturales se sienten en tierra, tan incompletos.

La primera noche que la lluvia cesó, un joven pirata que esa misma noche cumplía veinte años se fue caminando a la zona más alejada del campamento y encendió una fogata. John Dawner había estado en agonía desde que partió de Port Royal, y por fin Tortuga terminó por matarlo. Y a medida que John Dawner moría, la misma Tortuga paría un pirata llamado Johnny Blackdawn, que, aunque reconocía a aquel cadete naval como una extensión de su ser, sabía que quedaría en el pasado junto con todas las memorias que conservaba de aquella vida en el puerto inglés, en el fuerte, con su padre buscando enorgullecerse de él.

Johnny miraba el fuego, luego de haber escuchado que aquella noche era 7 de julio, su cumpleaños. Sonrió para sí al recordar los festejos que elaboraba su padre y la cantidad de sugerencias que hacía cuando llegaba el momento de pedir un deseo a las velas. Y aquí estaba, transformado en un pirata que se había hecho fuerte, recortó su pelo castaño bastante, el rostro ahora estaba enmarcado por una barba determinada a intentar crecer y ya se notaba perfectamente delineada, ojos color marrón cuya brillante bondad se reflejaba en combinación con lo vivido y lo perdido. Bastaron algunas noches en el pueblo para terminar por tatuarse, un sol en el brazo derecho y una calavera en el izquierdo. Luego de terminar el doloroso procedimiento se le ocurrió un nuevo diseño que llevó a su espalda, un cráneo convertido en el sol, aquella que sería su insignia. También se perforó la oreja izquierda con una pequeña arracada de oro y usó su primer anillo, un cráneo de plata que ganó en una apuesta de dados junto con varias monedas de todas partes. El muchacho se había extinto y evolucionaba en su lugar un hombre. Finalmente se levantó de la arena y sacudió su ropa, aquella que su madre había obsequiado y acertado en sus elecciones. Vestía un pantalón negro con camisa blanca y un saco negro de botones dorados, cuyo cuello levantaba para, sin estar consciente de ello, parecerse un poco más al capitán Black.

—¡Oye, cumpleañero, hijo de puta! —llamó Rodney, que venía ebrio—, ¡levanta tu maldito trasero, vamos a festejar! Tirzah y Camille te quieren dar tu regalito.

—Tengo la guardia nocturna —lamentó Johnny.

—¡Qué! —se indignó el borracho—. ¡Es tu cumpleaños, el capi no puede hacer eso! ¿Ya sabe que es tu cumpleaños o quieres que se lo diga?

—Déjalo, tengo que reunirme con él ahora mismo.

—No, ahora mismo, no —advirtió Rodney—, está con la capitana Bonny, ya sabes, tocándose hasta las muelas. Mejor espera a que la loca eche un buen grito y ya vas.

—No voy a esperar —rezongó Johnny—, ya bastante jodido está que Black se revuelque con Bonny en la cara de mi madre, ¿ahora debo solicitarles una maldita audiencia?

Blackdawn fue hasta la tienda de campaña del capitán Black, la más grande de todas y con tantas velas encendidas en el interior que se reflejaba perfectamente lo que sucedía allí dentro. A veces se miraba la silueta del capitán revisando papeles, mapas, haciendo cálculos. Otras veces, como era el caso, enredándose con una mujer o más específicamente, enredándose con la capitana Bonny. El joven pirata se detuvo ante la entrada de la tienda, teniendo que escuchar los gemidos en el interior. Puso los ojos en blanco y esperó los segundos más largos de su vida a que la pesadilla terminase, y cuando por fin hubo silencio, aclaró su garganta y llamó al capitán. Fue Bonny quien salió a recibirlo, semidesnuda y complacida, lo que hizo al muchacho volver a poner los ojos en blanco y resoplar.

—Quiero hablar con el capitán —suspiró malhumorado.

—Johnny, Johnny —rio la mujer—. Des está cansado, déjalo dormir un rato.

—Con permiso, capitana —respondió el muchacho y se dejó irrumpir de mala gana dentro de la tienda. El capitán Black estaba tranquilo, de pie, sirviéndose un vaso de agua de una jarra sobre un barril, aún en el proceso de regular la respiración y vistiendo únicamente el pantalón.

—Más te vale que sea importante —dijo Black al ver a Johnny entrar tan resuelto a discutir como lo estaba últimamente. La capitana Bonny entró sin invitación alguna y abrazó a Black por detrás mientras éste le servía un vaso de agua y lo ofrecía con una traviesa mirada que enfadó a Johnny aún más.

—¿Podemos hablar en privado? —se exasperó Johnny—, ¿o es que tu amiga debe seguirnos a todos lados?

El capitán hizo un gesto a Bonny indicándole que se fuera, y ella obedeció; no sin antes murmurarle algo al oído que le hizo reír. Black le dio un apretón en el trasero y finalmente se fue.

—¿Qué quieres? —dijo Black, volviéndose a su hijo con seriedad.

—Me alegra que la estés pasando tan bien —respondió Johnny—, pero tu tripulación enloquece, queremos irnos y queremos irnos ya. Casi un año regalado a Barbanegra, a Winchester, a todos, ¿y para qué? Un puñado de hombres más y una capitana que mejor le queda el título de prostituta.

El capitán dio un paso al frente tan certero que si Johnny fuera más prudente habría dado un paso hacia atrás.

—Cuida tu lengua, o te juro que la vas a perder —amenazó Black.

—Córtame la lengua, ¡sácame los ojos también! Puedes mutilarme entero, pero eso no me quita razón, es tiempo de zarpar.

—¡Ja! Has de ser el capitán —se burló Black—. Mira, ve a la taberna, date unos tragos y yo te aviso cuando…

—Sí voy a la taberna —interrumpió Johnny—, pero ¿sabes por qué? Porque es mi cumpleaños. Mi padre siempre lo festejó el día que me encontró, hoy. Y tanto en honor a él como en honor a mí, voy a ir a divertirme a la taberna con los muchachos, y no estaría nada mal que vinieras. Así que, si no te importa relevarme de la guardia y acompañarme, sería un buen regalo.

—Tal vez te alcance luego.

Relativamente complacido por la respuesta, Johnny se adentró ahora en el campamento en busca de una tienda en particular, porque por más emocionado que estuviese de celebrar entre piratas, faltaba una invitada de honor sin cuya presencia la celebración estaría incompleta. Cuando llegó a la tienda de campaña de Ben y Margaret, la encontró vacía. Suspiró decepcionado, le habría encantado cenar a lado de Maggie, hacer un brindis, aunque ella detestara la cerveza. Y bailar, tenía tantas ganas inexplicables de bailar con Margaret que estaba dispuesto a buscarla por todo el pueblo antes de ir a la taberna.

A esas horas Margaret se encontraba fuera de la tienda de María Aragón, caminando en pequeños círculos nerviosamente y con la respiración agitada como si entrar o no fuese un debate de vida o muerte. La tienda de campaña de la española era algo así como un oasis, un pequeño piso con todo lo necesario para subsistir digna y lujosamente. Había ido a tomar el té con la mujer varias veces, y su relación era verdaderamente cercana, íntima, porque no había nadie que entendiera mejor a una niña víctima de un pirata que una mujer víctima de un pirata. Después de un rato, Margaret se atrevió a entrar y encontró a María recostada en un sillón leyendo un libro de náutica y bebiendo té de tila, era algo así como mirar a una princesa de aquellas que siempre leyó en cuentos de pequeña, pero ahora ante ella, en carne y hueso.

—¿Maggie? —se extrañó María, sentándose.

—Espero que mi visita no sea una molestia, sé que es tarde —respondió Maggie.

—¿Te encuentras bien? Anda, siéntate, ¿te sirvo té? Nos queda de tila, manzanilla, hierbabuena, menta, frutos rojos…

—Necesito tu consejo —murmuró Margaret, quebrándose en un llanto tan desconsolado que se dejó caer sobre el sillón.

La mujer española puso la caja de tés a un lado, se sentó junto a Margaret, tomándole ambas manos y mirándola a los ojos con toda su atención. Lo primero que notó además del rostro enrojecido y cubierto de lágrimas fue un terrible moretón en el ojo izquierdo y el pómulo inflamado. La niña quería hablar desesperadamente, pero los sollozos asfixiaban cada palabra y le temblaba el cuerpo.

—Tranquila, cariño, tranquila —le decía María—, venga, respira que aquí no puede pasarte nada.

—Estoy encinta —lloró Margaret.

La tranquila expresión de bondad en María no se inmutó en lo absoluto, acarició a la niña en la mejilla con suavidad brindándole tanto consuelo que los sollozos comenzaron a desvanecerse.

—¿De cuánto estás? —preguntó María.

—Al menos tres meses —respondió Maggie—, tengo miedo, tanto tanto miedo, ¡no quiero que me echen! He venido porque tú has sufrido el mismo destino que yo, enamorarse de un pirata y creer en cada palabra suya, y al final todo el amor no pudo evitar que Black te abandonase, ¿va a abandonarme? ¿Ben va a abandonarme?

—Maggie, ¿sabes qué es lo más bello de ser mujer? —dijo María—. Que podemos hallarle solución a todo. Sé bien que ahora esto debe sentirse como una tragedia, que te sientes sola y asustada porque las circunstancias no te favorecen, ya te digo yo que rara vez lo hacen cuando se es mujer. Pero tú no estás sola, cariño, me tienes a mí que cuidaré de ti como si fueras la hija que nunca tuve. Y tienes a John, que por muy necio que sea, soy su madre y sé que está enamorado de ti, que te quiere. Así que no estás sola, ¿me oyes? Ni serás abandonada, jamás.

Margaret dejó de llorar y se sirvió una taza de té de tila para tranquilizarse un poco.

—No se lo he dicho a Ben —dijo Maggie—, temo cómo pueda reaccionar.

María se acercó a Margaret, tocando su rostro de la barbilla para mirar el golpe.

—¿Él te ha hecho eso? —le preguntó en un tono benevolente que incitaba confianza.

—No es el mismo cuando está ebrio.

—Hablaré con Desmond, esto no puede volver a…

—¡No, no! —lloró Margaret—, ¡me echará!

—No diremos nada sobre tu embarazo, no de momento —le tranquilizó María—, pero sí que exigiré a toda costa que Ben sea castigado y me encargaré de que no vuelva a acerarse a ti, si tú estás de acuerdo.

Margaret asintió, nunca imaginó el consuelo que le provocaría la posibilidad de que Ben se alejase de ella definitivamente.

¡Maggie!, llamaba la voz de John.

La niña se apresuró a limpiar sus lágrimas y arregló su cabello rojo lo mejor que pudo. María le sacudió la arena del vestido y de un instante a otro ya se encontraba presentable. Johnny entró a la tienda de campaña, esbozando una sonrisa al ver a ambas mujeres.

—Me temo que me he robado a Maggie un rato para tomar el té —dijo María.

—¿Vendrán a la taberna? —preguntó Johnny—, ¡vamos, es mi fiesta! Y quisiera bailar con ambas, ¿me concederían el honor?

—Temo que tu padre arruine los festejos si me ve ahí —dijo María—, pero Margaret seguro que estará encantada.

—¿Qué te pasó en la cara, Maggie? —preguntó el muchacho con seriedad.

—Me caí —respondió ella nerviosamente—, pero no es nada.

44

El tiroteo y las risas despertaron a Pata de Palo mucho antes que la música. Se había acostumbrado a los bruscos acordes de los acordeones y violines, pero los disparos todavía conseguían despertarle el cuerpo de un brinco. Llevaba ya ocho meses igual, despertando en el piso de arriba de la taberna envuelto en los brazos de Magdalena y las piernas Victoria, desnudo y habiendo aprendido a dar un formidable sexo con todo y la prótesis de madera que tenía de la rodilla abajo. Durante la noche era hacerle el amor a cada una de las prostitutas hasta no poderse mover, y en el día, apenas lo insultase el primer rayo de sol, bebía una y otra botella de ron hasta quedarse dormido y despertar la siguiente noche. Esta vez el ruido del piso de abajo fue demasiado, ya lo comentaban las chicas, había una fiesta que no podían perderse, y de un momento a otro George, o Pata de Palo Tanner, como lo conocían, se quedó solo. No tuvo otro remedio que levantarse y mirarse por accidente en aquel espejo roto que estaba miserablemente de pie en una esquina. Le costó ver su reflejo, pues había cambiado tanto que apenas se reconocía en cuerpo y alma. Su piel se había hecho bronceada, el cabello que alguna vez fue maravillosamente rubio ahora era cenizo y opaco, una barba bien puesta le enmarcaba el rostro cicatrizado de golpes y en sus ojos verdes ya no brillaba la misma ambición que hubo antes, ya no brillaba nada. Tanner había pasado tanto tiempo preguntándose qué habría sido de El Espectro, de Margaret, de John, que ahora solamente alcanzaba a dudar que siguiesen vivos, y no consideraba en absoluto la posibilidad de volver a verlos. Estuvo a punto de dormirse de nuevo, como habría hecho cualquier otra noche, cuando Victoria regresó emocionada, con el hombro descubierto y la trenza empapada en cerveza.

—Vamos, bombón —le insistió Victoria—, que Johnny Blackdawn y los hombres de El Espectro andan montando un espectáculo ahí abajo.

Creo que te haría bien salir de este maldito cuarto, aunque sea una noche y pasarla bien, será divertido, ¿vienes?

Tanner se volvió turbado, un movimiento tan brusco que pudo haberle tronado el cuello.

—El… ¿El Espectro? —tartamudeó George—, ¿El Espectro está aquí?

—Sí, tarado, si llevan aquí ya un tiempo —rio la prostituta—, te digo que es la fiesta de Johnny Blackdawn.

—¿Quién carajos es Johnny Blackdawn?

—¡Pues es el hijo del capitán Black!

Pata de Palo frunció el ceño intentando hacer sentido de la locura, se llevó ambas manos a la cabeza y permitió que la respiración se acelerara junto con sus pensamientos.

—¿Dawner? —dijo para sí mismo—, ¿Dawner está aquí? ¡Hijo de mil putas! ¡Dawner está aquí, Maggie está aquí! *¡Están aquí!*

El joven se levantó del suelo con toda agilidad y cogió su bastón, que apenas necesitaba.

—Victoria, Vicky, mi amor… debes decirme si está con ellos el capitán Black. ¡Necesito hablar con Black!

—No, en la taberna no está —respondió la mujer—, los muchachos dicen que viene luego. Debe seguir del otro lado, ya sabes, el otro lado de la isla donde anclaron sus naves.

Tanner tomó a Victoria de las mejillas con fuerza y le plantó un brusco beso en los labios, se echó a reír con tanta emoción que acariciaba la histeria. Luego se fue.

Pata de Palo había aprendido a moverse en las calles de Tortuga como gusano devorando una manzana desde el interior y desarrolló la destreza necesaria para andar con una pierna de madera como si fuese propia, y como las peleas eran inevitables, incluso tuvo tiempo de idear un arma ingeniosa, la espada dentro del bastón. Le tomó poco tiempo ubicar el pasadizo y entrar en él aceleradamente, recorrerlo con los latidos retumbando en su interior como un enloquecido tambor. La vista le pareció impactante, todas esas tiendas de campaña entre antorchas encendidas, las cuatro naves meciéndose en el mar a la distancia, un auténtico paraíso. Se le llenaron los ojos de lágrimas cuando vio las velas negras de El Espectro, y antes de que pudiese dar el primer paso vio a un hombre de negro que se aproximaba al pasadizo, era el capitán Desmond Black.

—Capitán —llamó Tanner, en un desesperado suspiro.

El capitán detuvo su paso de golpe y se le quedó mirando al joven en la penumbra.

—¿Te conozco? —le dijo Black.

—Maté a un niño que usted conoció alguna vez, se llamaba George Tanner. Yo soy lo que queda de él.

El capitán Black se acercó a Pata de Palo, y apenas le dedicó el inicio de una sonrisa.

—Algo me dice que lo que queda es más de lo que había —señaló Black.

—Dicen que recluta hombres —dijo George.

—Piratas.

—¿Hay lugar para mí?

—¿Eres un pirata? —le preguntó Black.

—Usted dijo que yo jamás podría serlo, pero antes que besar a mi hermana y abrazar a mi mejor amigo decidí venir a decirle, viéndolo a los ojos, que ser pirata es lo único que puedo ser ahora, aunque no me lo merezca.

Inevitablemente el capitán Black se fijó en la pierna de palo de reojo.

—No se deje engañar, capitán —dijo George—, esta pierna me sirve bien, no me es dif…

—Contratado —interrumpió Black—, mañana a primera hora busca a Turco y pídele que te haga útil.

—Gracias, *gracias*, capitán Black.

—Ve a la taberna —le dijo Black—, seguro a la muñeca le va a dar gusto.

El pirata rubio asintió emocionado. Permitió que el capitán se retirase antes, que se fuera por el pasadizo sin sentirse perseguido o invadido. Se quedó allí un momento, saboreando lo dulce que se había vuelto la vida.

Rumbo a la medianoche en la taberna, los bucaneros ya bailaban sobre las mesas, con tarros de cerveza en mano, sus brazos entrelazados con los brazos de mujeres no menos ebrias y divertidas. Era una fiesta que sería recordada. Johnny Blackdawn bailaba con Margaret en el centro de las mesas, y entre giros y vueltas ambos recordaban esos días en los que bailaban juntos, pero en lugares y circunstancias tan distintas, con pasos de danza tan controlados y coreografías tan mecánicas. Ahora hacían lo que querían, daban brincos y giraban en el sentido que les complacía, animados por una música que no parecía de este mundo, sino de uno en el que la preocupación y la rectitud no tienen lugar. Johnny sonreía como pocas veces, el rojo cabello de Margaret danzando entre el humo y las luces le parecía algo espectacular, y mirarla a ella sonriendo de esa manera le provocaba una inexplicable sensación de caída libre. El joven pirata buscó a Ben entre la multitud, estaba jugando a los dados en una mesa distante. Mientras bailaba con Margaret, Johnny pensaba si Ben era ciego o idiota, *¿Acaso no tenía ojos para ver a Margaret? ¿No tenía oídos para escuchar su voz angelical? ¿No tenía tacto para sentir el suavísimo roce de su piel? ¿No poseía olfato para captar la esencia de canela que provocaba?* Quizá era el licor que había bebido durante la noche o la exaltación de la danza, pero de un momento a otro Johnny tomó el rostro de Margaret entre sus manos y le dio un apasionado beso en los labios. Un exaltado aplauso estalló por parte de todos los muchachos de la tripulación, como si llevasen ya tiempo esperando a que esto sucediera.

—Perdón —dijo Johnny—, no sé por qué hice eso, perdóname.

Los ojos de Margaret brillaban y su sonrisa, aunque muy poco pronunciada, era tal que iluminaba más que las velas. Ambos miraron a Ben, que seguía jugando a las apuestas sin haberse percatado del grandioso beso.

—Lo siento, Maggie —insistió John.

—No, por favor —respondió ella—, te ruego que no lamentes haberme otorgado tan inesperada alegría.

Johnny sonrió también, tanto que sus ojos se hicieron dos medias lunas invadidas de luz.

—Hace calor aquí —jadeó Maggie usando su mano a modo de abanico—, ¿te importaría acompañarme a tomar el aire?

—¿A la playa? —sugirió Johnny.

—Maravillosa idea —respondió ella, poniéndose nerviosa.

Tales eran los alcances de la celebración que nadie se percató de que Johnny Blackdawn salió de la taberna tomado de la mano de Margaret. Todo el camino de vuelta a la playa transcurrió en silencio, con ambas manos aún unidas y sudando. El pirata iba mordiendo su labio inferior porque no estaba seguro de qué debía hacer o decir ahora. Margaret respiraba aceleradamente porque se preguntaba lo mismo, y sin estar segura si esto se trataba de un desliz del licor o una declaración de amor, su angustia se acrecentaba. Fueron lejos del campamento, hasta una playa solitaria en la que reinaba el sonido de las olas y la plateada luz de la luna llena. Se sentaron sobre la arena, cerca de la línea de espuma. El pirata se quitó su saco y lo tendió para que Margaret se sentase sin ensuciarse. Se quedaron en silencio un momento, admirando la estela blanca que dibujaba la luna sobre el mar.

—¿John? —llamó Maggie débilmente—, ¿por qué me has besado?

—Llevo tiempo deseándolo —respondió él—, y esta noche no pude contenerme. No es mi intención meterte en problemas con Ben, lo siento.

—Pero por qué, ¿por qué lo has deseado y por qué no has podido contenerte? Si ha sido por mera lujuria, te rogaría recurras a tus amigas del prostíbulo y no a mi frágil corazón, que sabes bien pierde su ritmo cuando estás cerca de mí, más aún si me tocas.

—En ese caso, mejor respóndeme tú por qué pierde el ritmo tu corazón cuando estoy cerca y cuando te toco.

—Por Dios, John —se rio Margaret, nerviosamente—, siempre ha sido así y lo sabes. Mi corazón lleva ya más perforaciones por un amor no correspondido que El Espectro en su madera por la batalla.

Johnny tomó la mano de Margaret entre las suyas, la besó y acarició entre sus dedos.

—Pregunta entonces a tu corazón si sería capaz de darme una oportunidad —dijo él—, sólo una oportunidad para corresponder a ese amor, y lo haré con intereses por cada minuto que haya tardado.

Margaret soltó una risita alegre.

—John… debo de estar soñando —suspiró.

El pirata volvió a besar a Margaret, devorando sus labios con urgencia a medida que sus manos comenzaron a deslizarse sobre el cuerpo de la mujer, entregando devoción y cariño a cada centímetro de su piel. La respiración de Margaret iba acelerándose, sintió la mano de Johnny deslizarse por debajo de su vestido y subir atrevidamente entre sus piernas.

—Espera, espera —dijo ella, jadeando.

—Perdóname —dijo Johnny preocupado—, me mal acostumbré a ir demasiado rápido.

—No es eso. Deseo que me toques, es sólo que temo a las repercusiones que pueda tener sobre mi condición.

—¿Condición? ¿Cuál condición?

—Oh, John —lamentó Margaret—, ahora sí que retirarás tus palabras de amor.

El pirata frunció el ceño, se irguió para quedar hincado y miró a la pelirroja con una anárquica expresión de angustia.

—¿Qué pasa? —le dijo preocupadamente—, ¿estás enferma?

Margaret retiró la mirada del pirata y la dirigió hacia el mar, luego miró la arena y se preparó para lo peor.

—Estoy encinta, de tres meses —confesó ella.

Los ojos de Johnny de pronto se hicieron brillantes y su mirada caótica; se mantuvo en silencio hasta que Margaret comenzó a llorar.

—John —sollozó ella—, ¿es que no vas a decir nada?

—¿Te das cuenta de que navegaremos a la Cuna del Diablo? —dijo el pirata—, carajo, Margaret, ¿te das cuenta de que vamos a la guerra? ¡Estarás en el peor de los peligros, y ahora con un bebé!

—¡No lo he planeado, John! —lloró Margaret—. No imaginas cuántas veces he dejado que Ben me toque sin desearlo por temor a cómo pueda reaccionar si me niego, ¡es que no sabes tantas cosas!

—¿De qué carajos hablas? Margaret, si ese hijo de puta te ha hecho algo...

—Y así de pronto se esfuma todo lo que comenzaba entre tú y yo.

—No —aseguró Johnny—, reitero mil palabras, todas. Te amo, Margaret. Pero por lo que más quieras deja a Ben, deja a Ben y vente conmigo.

Con los ojos desbordando lágrimas, Margaret acarició la mejilla de John, mirándolo con devoción y ternura.

—Dime que tú también me amas —insistió el pirata—, dime que te irás conmigo y ese bebé que llevas dentro será mío. Yo seré su padre y me haré cargo de él como me haré cargo de ti.

—Te he amado toda mi vida, John —dijo Margaret—, y así será hasta mi último respiro.

Volvieron a besarse. Johnny envolvió a Margaret en sus brazos, le besaba el cuello, los hombros y hasta este momento se daba cuenta de cuánto la necesitaba, de cuánto la deseaba.

—¿Crees que sea malo para el bebé? —preguntó ella entre besos.

—No lo sé —jadeaba él—, pero si es malo tengo que parar ahora porque dentro de un segundo voy a...

—No, por Dios, no pares... no pares...

Fueron desvistiéndose poco a poco hasta quedar desnudos sobre la arena. La marea había subido y les acariciaba las piernas empapándolos a ambos, pero poco les importaba mientras hacían el amor. Si se los tragaba el mar habría valido la pena sólo por ese momento en que ambos se entregaban con pasión, con tanto deseo y entre caricias llenas de cariño y dulzura. Margaret alcanzó por primera vez la cúspide del placer, aferrada de la espalda de Johnny y confiando a él todo su ser. Decidieron no regresar al pueblo sino vestirse y quedarse allí, tumbados sobre la arena mirando las estrellas. Esa noche el cielo era particularmente fantástico, toda nube grisácea se había disipado y la luna conquistó la obscuridad. Iban quedándose dormidos, aferrados el uno al otro y sintiéndose más a salvo y en paz que nunca, a veces en el sueño o a veces despertando con el rumor de las olas para encontrarse en el paraíso estrellado y la brisa tibia.

Margaret sonrió, se daba cuenta de que había elegido hacerse al mar por John, y que se había quedado en El Espectro por la misma razón, por una esperanza secreta de que quizá algún día lo que ocurría solamente en sus sueños se hiciese realidad. Y aquí estaba.

Para las cuatro de la madrugada Pata de Palo Tanner estaba a punto de perder la cordura, habiendo buscado a su hermana y a John en el pueblo, en la taberna y por todo el campamento sin éxito. Aunque había valido la pena, mientras registraba las tiendas de campaña fue a dar a una en donde conoció a la mujer más hermosa que había visto en su vida, María Aragón; y desde ese brevísimo encuentro apenas pensaba en otra cosa. Estaba enamorado sin siquiera haber cruzado mayor palabra, y lo poco que dijo la mujer fue con un acento español tan invasivo que no hizo bastante sentido de sus palabras, pero qué importaba, si para besarla no hacía falta entenderle. Ahora caminaba a solas en la obscuridad de una playa desierta, imaginando toda clase de escenarios.

Cuando Margaret vio la figura de un hombre aproximándose, despertó a Johnny con una cruel zarandeada. El pirata se levantó de un salto, acomodó a Margaret detrás de su espalda y desenvainó la espada por precaución, pero luego de un instante de entrecerrar los ojos creyó reconocerlo, aunque no fuera posible.

—¿George? —llamó John, dudoso.

De repente Tanner se fue hacia Johnny y lo abrazó con todas sus fuerzas, estrujándolo como si llevase una vida entera esperando ese momento. Se quedaron aferrados el uno al otro un largo instante. Recordaban a esos niños pequeños que jugaban a ser altos oficiales navales, corrían entre las calles de Port Royal y escalaban árboles jugando a ser héroes y deseando ser almirantes, luchando con espadas de madera y combatiendo bucaneros en su imaginación. Reían mucho cuando eran chicos, pues tenían la certeza de que sus vidas serían lo que ellos dispusieran, y sin embargo aquí estaban, los mismos niños hechos hombres, hechos piratas.

—Dawner —suspiró George—, que ya no es Dawner sino Blackdawn, y que ya no soy George sino Pata de Palo Tanner.

—Hijo de puta —rio Johnny—, ¿cómo carajos llegaste aquí?

—Hay mucho que contar —respondió George—, y todo está jodido, así que si te lo cuento será con botella de por medio. ¿Y ustedes? ¿Están juntos, *juntos*, o qué es esto?

Margaret sonrió luminosamente, miró a Johnny y éste puso un brazo por encima de sus hombros y besó su frente.

—Bueno —lamentó George con sarcasmo—, ya qué, cualquier cosa es mejor que Stain.

Johnny le dio un juguetón golpe en el hombro.

—Vamos —dijo emocionado—, esto lo tenemos que celebrar.

Margaret saltó a los brazos de su hermano, llorando de felicidad, misma que acabaría tan pronto George tuviese el valor de contar que su padre había sido asesinado por el gobernador Winchester y su madre se había quitado la vida colgada por el cuello en su propia casa. No dijo nada de lo sucedido con James, haciendo creer a Johnny que estaba a salvo y con bien. No valía la pena provocar que partiera de Tortuga en su rescate y desmoronase lo que apenas comenzaba a construir.

Fueron a una tienda de campaña y contaron todo lo que habían de contarse, lo bueno y lo malo, lo triste y lo alegre. Y aunque Margaret lloró hasta quedarse dormida con la noticia de sus padres, ahora que tenía a su hermano cerca y el corazón de John en la mano, se sentía completa. Lo mismo sucedía con Johnny, la presencia de George no se sentía como la de un viejo amigo sino como la de un hermano perdido en la diferencia y que ahora volvía, hallado en lo común.

—Pero también hay de lo bueno —dijo George—, te cuento que estoy enamorado, perdidamente enamorado.

—¿Y quién es la afortunada? —preguntó Johnny.

—Se llama María Aragón, es una mujer que vino de España.

Johnny le dio tal golpe en el brazo a Tanner que su aullido despertó a Margaret de un salto.

—¡Es mi madre, imbécil! —rugió Johnny.

—¡¿De qué me hablas?! —aulló George.

—¡María es mi madre! ¡Ya te lo había dicho, te dije su nombre alguna vez!

—Bueno, lo siento —se disculpó George—, no lo sabía, no la volveré a mirar a los ojos.

—Más te vale —le amenazó Johnny.

Los últimos tragos de ron los relajaron lo suficiente para sonreírse, y poco a poco se quedaron dormidos.

45

Apenas amanecía cuando el cielo adquirió un blanco grisáceo y la brisa salina refrescó un poco. El capitán Black y Turco habían reunido bastantes armas de fuego entre pistolas, pistolillas y mosquetes con algunos rifles de variados diseños; y habiendo conseguido suficientes cartuchos de balas y pólvora molida de buena marca, ambos piratas se dispusieron a probar las armas para dividir las servibles de las inservibles. Estaban de pie a unos doce pasos de una banca alargada con botellas de cristal que habían de derribar con su puntería. Turco disparó e hizo un blanco limpio.

—Me gusta ésta —dijo Turco—, y está liviana.

El capitán disparó la suya.

—Ésta está mala —dijo Black—, debe tener el cañón jodido, mira la trayectoria de la bala, ¿la ves?

—Sí, está desviada. Lástima, es bonito diseño.

—A veces así es, Turco —suspiró Black—, cuanto más bonito el diseño, peor el disparo.

—¿Seguimos hablando de pistolas? —rio Turco.

Siguieron disparando, y a cada tiro se iban emocionando más como niños estrenando juguetes en plena navidad.

—¿Y Bonny? —preguntó Turco—. ¿Estás enamorado?

—*Nah* —respondió Black—, sólo se mueve como una diosa. En tu vida has visto algo igual, tiene unos malditos pechos... te la comes viva.

—Ya lo creo. Pirata, capitana, aliada, pero...

—Pero qué —gruñó Black.

—Pero mira quién viene allá —anunció Turco.

María venía caminando por la playa luciendo como una princesa de blanco. El calor la había forzado a cambiar sus pesados y elegantísimos vestidos por fondos blancos de encaje que vestía con la misma gracia, sin dejar de complementarse con collares y aretes de perla, y un listón blanco delineando su dorada trenza que caía sobre su hombro. El capitán dio la espalda y fingió que desconocía su presencia; preparaba un tiro, y justo cuando estaba a punto de disparar con la posición precisa y la concentración en el blanco, María llamó.

¡Desmond!

Black dio un brinquillo y el arma se disparó chueco, llevando la bala a caer en la arena. Con la rabia contenida, el pirata se volvió a la mujer lentamente.

—¿Ahora qué quieres?

—Deseo hablar contigo —dijo ella, luego se volvió al del turbante—. Buenos días, Turco, lindo día, ¿no te parece?

—Eh… —iba a decir Turco.

—Entonces —interrumpió María—, ¿podemos o no podemos hablar, Desmond? Es un tema de importancia y es preciso discutirlo en privado.

—Ve a hablar tu tema de importancia con alguien más —respondió Black—, con el maricón de tu novio, por ejemplo, a él sí le interesa y hasta te responde en español.

—Yo… tengo que ir a… sí, me voy —dijo Turco, retirándose.

—Buen día, Turco —se despidió María.

El capitán Black y María se quedaron a solas y en silencio. El pirata jugueteaba con las pistolas y la mujer admiraba los pájaros que sobrevolaban la superficie marina.

—John llegó ebrio anoche —dijo María—, apenas podía andar, ¿te parece que has ejercido buen ejemplo?

—¿De eso querías hablar? —respondió Black—, para ponerme el siguiente tiro en la sien. Mejor tú deberías seguir el ejemplo de él y regalarte unos cuantos tragos, a ver si se te quita lo rígida y lo aburrida.

—Ni soy rígida ni soy aburrida —se defendió la mujer—, es verdad que todos tenemos vicios, pero no han de ser los mismos. A mí me apetece beber té de tila y me sería imposible conciliar el sueño sin ello. O el aroma de las rosas blancas, me hace sonreír aun en el peor de los días. Pero jamás verás mis labios aferrados a una botella de licor para ahogar mis penas.

—¿Sabes a qué deberías aferrar tus labios?

—Por favor, Des. Es tu tripulante, Benjamin Stain. Se ha atrevido a golpear a Margaret y quién sabe cuántas veces y de qué maneras la haya violentado, has de echarlo de tu tripulación cuanto antes.

A pesar de que el capitán se esforzó en fingir la máxima indiferencia volviendo a cargar la pistola y calculando el disparo, no le fue posible detonar un tiro más. Puso la pistola sobre la banca y miró a la mujer cruzándose de brazos.

—Puedes comprobarlo tú mismo si le miras el rostro —siguió María—, está asustada y me ha expresado sus deseos de alejarse de su agresor.

—Es problema de la pelirroja —respondió Black.

—¿Te parece que merece afrontar su problema sola?

El capitán Black tomó una larga inhalación de aire y mordió su labio inferior a medida que exhalaba.

—Ay, mujer —suspiró Black—, a veces pides a gritos que te dispare. ¿Si echo a Stain me dejas en paz?

—Si proteges a Margaret haré lo que sea —respondió María.

—¿Lo que sea? ¿Hasta una cena?

—Sabes bien que no soy dotada en las artes culinarias, y aunque lo fuera no dispongo de…

—Carajo, María —rio Black—, que si quieres cenar conmigo.

El aliento se escapó del cuerpo de María y se quedó fría un instante.

—Y tan noble invitación no vendrá acompañada de una artimaña, supongo —dijo ella.

Black se encogió de hombros.

—Lo peor que te puede pasar es que Joe cocine mal —respondió Black.

Pero Joe jamás cocina mal, dijeron ambos al unísono. Se rieron apenas un poco.

—Entonces qué dices —animó Black—, tú y yo en El Espectro, cena privada esta noche.

—De acuerdo, Desmond —cedió María—, te veré esta noche para cenar. Pero no he de poner pie en tu nave hasta que vea a Stain despedido y Margaret a salvo.

—Hasta entonces, arpía —dijo Black—, y deja de quitarme más tiempo, adiós.

María se fue, y a cada paso que daba por la playa su sonrisa se hacía más amplia y dichosa. Todo a su alrededor se desvanecía a medida que su pensamiento se perdía en asuntos que ahora resultaban vitales, como qué vestido usaría, cómo peinaría su dorado cabello, si usaría rubor o mejor luciría el bronceado que había adquirido, y qué perfume, qué diadema, cuáles joyas. La mujer entró a su tienda aún con la sonrisa puesta, hasta que levantó la mirada de pronto y se encontró con el capitán Velázquez, allí de pie.

—Os ruego —dijo él—, ya son demasiados los meses que os negáis a dirigirme la palabra y yo agonizo con vuestro silencio, ¿es que no me vais a permitir explicarme nunca?

—No hay nada que explicar —respondió ella de mala gana—, me habéis puesto en ridículo, habéis comprometido mi honor diciendo que erais vos mi pareja cuando yo...

—¿Cuando estáis enamorada del capitán Black? Pues por eso lo he hecho, porque ese hombre es un rufián que os ha herido antes y volverá a hacerlo. Yo sólo quería evitaros tal pena y advertir a él que... que sois deseada y que sois *amada*.

—¡No consiento que me habléis con tal familiaridad! —exclamó María—. Recordad vuestro lugar, capitán.

—Mi lugar está con vos —respondió Santiago—, me da igual cómo os hable. ¿Cuánto más queréis que silencie un amor que crece a cada amanecer y se lamenta a cada crepúsculo?

María se quedó en silencio. El capitán se atrevió a acercarse a la mujer con la misma precaución que a una fiera cuando se le pretende domar, le acarició el rostro.

—¿Vais a negarme que sentís lo mismo? —preguntó Santiago—, no pido nada, sólo una oportunidad, y con ella conquistaré el universo por vos. Antes entregasteis vuestro corazón al hombre equivocado, atreveros ahora a hacerlo con aquel que os ama de verdad y no volveréis a sufrir.

En ese momento María recordó cómo hacía tan sólo dos días el señor Córdova la había interceptado en la playa para decirle exactamente lo mismo, sólo que acompañado de una propuesta de matrimonio bastante prometedora. Si lo pensaba, de casarse con Diego Córdova estaría dotada del mayor aliado posible en el imperio mercante de Sevilla, y habiendo heredado la flota con las patentes de corso y demasiado oro, no había duda de que tomarían el control de la importación y exportación junto con el mercado entre continentes. Tanto como si elegía al capitán Velázquez tenía garantizada la vida aventurera que tanto habría querido vivir en el pasado, y como Santiago era un hombre sencillo y sin ambiciones sucias, era honesto y no se atrevía a pedir mucho más de un hombre en aquellas circunstancias. María bien sabía que ya no estaba en edad de elegir a un marido desde el corazón, sino desde la cabeza, y que era tiempo de fijarse en características que distaban del físico o el romanticismo. Pero inmediatamente llegaba a la conclusión de que no quería un marido, le bastaba con estar sola y prefería ese estado de la soledad al del enamoramiento. Sin embargo, no descartaba la necesidad de un compañero, un aliado. Era algo que debía pensarse con la cabeza fría y cinco tés de tila de por medio, pero su juicio no se mantenía sereno por demasiado tiempo, todo pensamiento era brutalmente interrumpido por esa sonrisa que el capitán Black acababa de regalarle cuando la invitó a cenar y, con ella, todo se desmoronaba.

El capitán Velázquez salió de la tienda de campaña de la mujer sin mayor victoria, pero tampoco derrotado. La única respuesta que recibió de María había sido un silencio que no contenía un sí pero tampoco un no, y por un momento le pareció que ese silencio era todo lo que tenía en el mundo.

El capitán Black se refugiaba del sol dentro de su tienda. Estaba sentado en una silla frente a una pequeña mesa rectangular sobre la cual se ocupaba de trazar posibles rutas sobre mapas, actualizaba los inventarios de las armas conseguidas, las provisiones que se llevarían y los nombres de sus aliados. En aquel momento jugueteaba con el compás en la mano derecha y acariciaba su labio inferior con la izquierda; una sonrisa apenas disimulada detrás de sus dedos se dibujó al pensar en María.

—Capitán —llamó Ben, que iba entrando en la tienda sin invitación alguna—, me mandó llamar y aquí estoy.

La sonrisa del capitán se borró con tal violencia que Ben apenas pudo sentir un mal presentimiento. Su estado era lamentable, todavía algo borracho de la noche anterior y el olor del prostíbulo impregnado en su piel.

—Las putas de esta isla —rio Black— son buenas, ¿verdad?

—Las mejores, capi —le contestó Ben entre risas.

—Y la pelirroja, ¿no te dice nada?

—La callo rápido, ya sabe cómo son las mujeres.

—No, no sé cómo son —respondió Black—, creo que nadie sabe cómo son, pero si ya encontraste la manera de callarlas, dímela.

Ben rio nerviosamente, a su parecer el capitán se comportaba de manera demasiado familiar e inmediatamente supuso que esto era algo bueno, algo habría hecho bien para merecer esta charla tan amigable. De un instante a otro se envalentonó y casi supuso que el capitán lo admiraba por su modo de tratar a las mujeres, y hasta llegó a pensar que podría ascenderlo de puesto si describía con suficiente asquerosidad.

—Esa tonta se calla con medio puño en la cara y se duerme con dos —rio Ben. El capitán rio falsamente.

—Ya lo creo, ya lo creo —dijo Black, levantándose de la silla—. ¿Y tú con cuántos puños te duermes?

Antes de que el muchacho pudiera abrir la boca para responder, el puño del capitán ya le había derribado cuatro dientes. Ben cayó derramando sangre de la boca y miraba horrorizado sus dientes ensuciándose en la arena.

—Ahora tienes dos opciones —le dijo Black—, me dejas terminar de reventarte el hocico, o te disculpas con la muñeca, y si Johnny y Tanner no te arrancan la carne de los huesos, te puedes ir en paz.

El capitán levantó al muchacho de los pelos mientras seguía derramando sangre y lágrimas por igual.

—¡Me disculpo, me disculpo! —lloraba—. ¡No me mate, por favor!

El bucanero salió disparado de la tienda del capitán, podía sentir los agujeros de sus dientes en la encía al pasar la lengua y el sabor a sangre lo ahogaba en una especie de tortura, y cuando vio a Margaret caminando en la playa al lado de George y Johnny, no tuvo las agallas ni siquiera de acercarse. Corrió hacia el pueblo, resuelto a no regresar jamás. El capitán salió a la playa a lavarse la sangre de los puños, sus nudillos estaban acostumbrados a decorarse con los dientes de los incompetentes y de los idiotas, tanto como su ropa negra se salpicaba de sangre, pólvora y agua salada. Pero esa mañana había adquirido repentinamente la manía de mantenerse limpio, o al menos decente. Era de esos hombres afortunados que no necesitaba cuidar de su aspecto para ser atractivo y además apuesto a los ojos de cualquier mujer, pero por María Aragón, aunque no se lo admitiera nunca, estaba dispuesto a esforzarse un poco más.

El resto del día transcurrió con demasiada calma como si la nube de alegría se hubiera terminado por disipar. A cada uno de los bucaneros se les iban acabando los motivos de continuar en Tortuga y las actividades que la isla ofrecía habían sido todas llevadas al límite. Sencillamente no había nada más que hacer ahí. Antes esperaban la orden del capitán Black para zarpar desde la taberna, desde las calles o desde el prostíbulo, pero ahora sólo esperaban desde sus tiendas de campaña. Sin más aliados que contratar, sin más armas que coleccionar. Se sentían listos, y aunque no lo estuviesen, era mejor partir con un ejército incompleto que seguir descompletando el alma lejos del mar abierto.

Hacia el atardecer Johnny y Margaret se sentaron a la orilla de la playa a mirar la puesta de sol, la esfera roja del sol engrandeciéndose majestuosamente a medida que descendía sobre la línea del horizonte, pintando la marea con un matiz de colores púrpuras y anaranjados.

Margaret suspiró maravillada y recargó su cabeza contra el hombro de Johnny, quien a su vez recargó su cabeza sobre la de la pelirroja, ambos compartiendo la misma sonrisa de plenitud.

—¿Se lo dijiste a Ben? —preguntó Johnny.

—No he podido encontrarlo —respondió Maggie—, y no deseo hacerlo. Ha perdido el privilegio de conocer la condición de mi vientre, pero también la de mi corazón.

—Averigüé de una partera que vive en la taberna —dijo Johnny—, tal vez lo mejor para ti y el bebé es que te quedes aquí, des a luz y te cuiden bien. Yo volvería por ti y entonces podríamos irnos juntos.

—No negaré que es un escenario mucho más sensato que hacerme al mar con una flota de piratas —corroboró ella—, pero te lo diré de una vez por todas, John… No van a abandonarme aquí.

—No es abandono, es…

—No me quedaré aquí.

El pirata suspiró y besó la cabeza de Margaret, sentía la necesidad de decirle que sería todo como ella deseara, pero era algo que no podía prometer ni a ella ni a sí mismo. Sabía perfectamente que, si las elecciones de Margaret comprometían su salud y la del bebé, sería capaz hasta de encerrarla por su propio bien, sería capaz de cualquier cosa.

—¿Crees que sea mujer o varón? —preguntó Maggie en un tono más ameno.

—Pirata —respondió Johnny—, será pirata como su padre.

—¿Y si desea ser almirante de la Marina Real?

—Lo haremos recapacitar.

—Por Dios, John —rio Maggie—, te pareces más a James de lo que admites.

Cuando la esfera del sol terminó por hundirse en el horizonte, volvieron al campamento tomados de la mano. Johnny fue a ver a su madre. Al entrar a la tienda de campaña de la española, sintió atravesar el umbral de la alcoba de una reina que se alistaba para el más elegante de los bailes. María lucía un vestido azul rey con detalles en dorado y un escote algo atrevido para su costumbre, dejó que su cabello dorado cayera ondulante y libre sobre sus hombros, apenas contenido detrás de una delgada diadema de perlas diminutas como las que llevaba de aretes. El rostro de la mujer, bronceado y con uno que otro lunar obsequiado por el sol, había adquirido un semblante juvenil y alegre que le era desconocido incluso a ella.

—¿Te parece que es demasiado? —preguntó María a su hijo.

—Black caerá muerto a tus pies —le respondió el muchacho, sonriente.

María se volvió al espejo para mirarse una última vez, luego se sirvió un poco de té de tila, estaba más nerviosa de lo que estaba dispuesta a admitirse. Ofreció una taza a su hijo, pero éste la rechazó, sus papilas gustativas se habían acostumbrado a sabores que nada tenían que ver con una infusión floral.

—Ahora que por fin te veo a solas, tengo algo para ti —anunció María.

La mujer sacó de entre sus baúles uno más pequeño y lo puso sobre la mesa de té.

—Un obsequio de cumpleaños —dijo ella—, no había encontrado el momento para dártelo.

—Madre, pero ya me has dado demasiado —rio Johnny—, me vestiste con ropa nueva, que por cierto me encanta. Este saco negro, este pantalón, esta camisa y estas botas. Me diste una buena pistola española y un…

—Juan, a una madre no se le dice cuándo y qué se le puede dar a un hijo, ni mucho menos cuántas veces. Ahora calla y abre ese baúl.

—Sí, señora.

El pirata abrió el cofre con cierta emoción, y se encontró con un diminuto paquete envuelto que cabía sobre la palma de su mano. Al quitar la envoltura, rebeló una cadena de oro con un pequeño cráneo también de oro. Éste debía ser el oro más brillante que había visto, reluciente y evidentemente había recibido todo el mantenimiento para lucir como ahora.

—Naciste en la taberna de este pueblo, en un cuarto apenas más grande que esta tienda —dijo María—, eras el bebé más sonriente y tus ojos eran tan grandes y brillantes que consolaba tan sólo mirarlos. Tan dulce era tu mirada que se corrió la voz en la taberna de que había nacido un angelito en el piso de arriba. Y más de un pirata me visitó para mirarte con sus propios ojos. Decían que era de buena suerte verte antes de hacerse al mar. Uno de esos piratas te obsequió ese collar para que dejaras de llorar una noche que hacía frío. Lo tomaste entre tus manos y sonreíste. "Ese niño será pirata", me dijo el hombre. Sentí terror, no quería que lo fueras. Y cuando te puse en los brazos de Desmond me llevé ese collar conmigo, porque era lo único que me quedaba de mi precioso hijo. Ahora este collar vuelve a ti, y te lo entrego habiéndose cumplido la profecía de aquel hombre. Eres en verdad un pirata, y yo he decidido apoyar y servir a tu causa. He visto quién eres y no podría estar más orgullosa de que mi hijo sea el pirata que eres tú. Y cuando no pueda estar a tu lado, deseo que mires ese cráneo de oro y recuerdes que tu madre te ama y estará contigo siempre.

Con los ojos brillantes de lágrimas, Johnny sonrió y se puso el collar con orgullo.

—Que yo encuentre el tesoro de Cortés, madre —dijo él—, porque voy a llenarte de joyas y riquezas por el resto de tu vida.

—Mi único tesoro eres tú, cariño, no deseo nada más en este mundo.

—Yo sí que deseo algo, deseo que seas pirata. Eres una mujer valiente, tienes un navío y ahora asistes a piratas en su encrucijada. No me parece una locura, ¿a ti? Si lo que te preocupa es el imperio mercante de los Aragón, Diego Córdova bien podría dirigirlo en tu nombre, se ve que te quiere y estaría dispuesto a hacerlo, tanto como estaría obligado a entregar la parte monetaria que te corresponde.

María acarició a su hijo en la cabeza y dirigió una mirada soñadora al umbral de la tienda.

—¿Acaso me imaginas disparando cañones y asaltando navíos? —cuestionó ella—. ¿O cortando gargantas, apuntando pistolas y chocando espadas?

—Sí —respondió Johnny—, sé que tú no lo ves, pero yo sí.

El joven pirata besó la mano de su madre y salió de la tienda de campaña. El capitán Velázquez estaba ahí y Johnny no supo si era porque estaba a punto de entrar o si había estado escuchando. De cualquier manera, apenas le dirigió una mirada indiferente y siguió su camino. Santiago sí que había estado escuchando cómo la mujer era lenta pero efectivamente seducida por la piratería, y aunque hubiera imaginado alguna vez la vida del libertinaje y de mar, sabía bien que de permitir que El Liberty y su dueña cedieran, perdería a María irremediablemente en los brazos del capitán Black.

46

El capitán Black ya se preparaba para aquello que no sabía si sería una cena con una mujer o una batalla más violenta que la misma guerra. De una forma u otra se había tomado la libertad de explorar la vegetación de la isla en busca de rosas blancas. No sabía por qué lo hacía ni estaba dispuesto a poner demasiada reflexión en ello, y el no haberlas hallado lo había puesto de peor humor que si fallase en encontrar los puntos cardinales en una brújula. Al menos había conseguido una especie de orquídeas blancas que olían maravillosamente; y convencido de que éste era un acto impropio de su persona, echó las flores dentro de un saco de tela que llevaba sobre su hombro como si se tratase de una presa recién cazada. Camino de regreso al campamento se percató de que una figura de poca habilidad y destreza lo seguía a cada paso con ridícula obviedad. Se detuvo súbitamente y se volvió. Se trataba del señor Córdova, que luchaba por mantenerse en pie sobre los elevados montículos de arena.

—¿Voluntario o imbécil? —le dijo Black.

—Capitán Black, usted ya me conoce —dijo el hombre en un terrible inglés—, soy Diego Córdova.

—Ah, ya, el niñero de María, ¿qué quieres?

—Le pido de rodillas que me conceda hablarle.

El capitán Black se burló del hombre y siguió su paso desinteresadamente mientras que Córdova hacía el mayor de sus esfuerzos por ir a su lado para hablarle en movimiento.

—Llevamos varios meses aquí —decía Córdova—, y se olvida usted de que María es una dama que no debe ser expuesta a tan radicales condiciones por demasiado tiempo, ¿no se da cuenta del mal que le hace?

—Está aquí porque quiere —respondió Black sin detenerse—, y cuando María quiere algo, más fácil es beberse el maldito océano que hacerla cambiar de opinión, ¿o eso ibas a pedirme, que la haga cambiar de opinión?

—Capitán, si María está aquí es porque está perdidamente enamorada de usted, y está bajo la ilusión de que…

—¿Y qué si lo está? —retó Black, deteniendo su paso de súbito para mirar al hombre frente a frente. El señor Córdova tragó saliva y se armó de valor para continuar la conversación.

—Bueno, capitán —dijo Diego—, hagamos a un lado el hecho de que yo deseo desposarla y de que usted también la quiere. ¿Qué puede ofrecerle? ¿Ha estudiado usted en alguna academia y se ha graduado de una licenciatura prometedora? ¿O ha servido en la Marina Real bajo un cargo de importancia? ¿Ha vestido uniforme alguna vez? ¿O está dotado su nombre de algún título? ¿Posee tierras? Pueden parecer tonterías a un pirata, pero ya le digo yo que estas *tonterías* son precisamente lo que María merece de un hombre. Ya sabe usted que María es una noble, ¿le parece estar a su altura? Yo sólo deseo lo mejor para ella, y el hecho es que lo mejor se lo puedo dar yo.

—Y aun así me prefiere a mí —respondió el pirata.

El capitán Black hizo a Córdova a un lado, y de no llevar tan delicadas flores en el saco quizá hasta le habría dado un par de puñetazos por mera satisfacción. Siguió su paso con menos fuerza a cada pisada y su velocidad iba decayendo por instantes hasta que se encontró deteniéndose apenas a unos pocos pasos del bote de remos que abordaría para llegar a El Espectro. Las palabras de Córdova, que creyó se burlaría de ellas, reaparecían y de un momento a otro ya se cuestionaba si había sido buena idea o no invitar a María a cenar.

Cuando el capitán Black entró al camarote de El Espectro, un maravilloso banquete de mariscos ya estaba servido sobre la mesa y Turco estaba terminando de encender las velas del candelero.

—Todo listo —dijo Turco, luego se fijó en el saco—, ¿qué llevas ahí?

—Un jabalí —respondió Black—, lo acabo de cazar.

—Huele muy bien tu jabalí, como a flores.

El capitán Black rio, negando con la cabeza.

—Va en serio esto, entonces —siguió Turco.

—No —suspiró Black—, fue una idiotez, voy a cancelarle. No sé ni a dónde carajos iba esto, voy a cancelarle.

—¿A quién? —dijo la voz de María, que venía entrando al camarote como una reina—, espero que no a mí.

—No, no —se apresuró Turco—, iba a revisar los trabajos de carpintería de Sam, pero le va a cancelar porque yo voy en su lugar, ¿verdad, Des?

—No —respondió Black—, tengo que ir con Sam.

—No tienes que ir —dijo Turco.

—Sí tengo que ir.

—No tie...

—Desmond —suspiró María con cierta condescendencia—, eres el capitán y líder de esta flota, entiendo si tu agenda no se mantiene despejada mucho tiempo y puedo esperar. ¿Qué es ese olor? Huele delicioso, ¿son flores?

—No —respondió Black—, Turco estaba fumando opio.

—¿Entonces? —insistió la mujer—, ¿te espero?

—No, no me esperes —dijo el capitán—, no tengo tiempo para cenar contigo.

María se quedó perpleja y silenciada por un agudo dolor que le era familiar. En ese momento Turco salió del camarote dejándolos solos. Los ojos de la mujer iban acumulando tantas lágrimas que la luz de las velas se reflejaba en ellos perfectamente.

—Es una pena —lamentó ella—, la cena me había parecido buen momento para hablar contigo sobre algo que he estado pensando. Siempre lo he pensado, pero John me ha animado. Que... *quizá*... yo podría no sólo ofrecer mi nave a tu causa, sino a la piratería. Ser una mujer pirata. Tengo una nave, tengo algunos conocimientos navales y los que haga falta puedo aprenderlos como también puedo aprender sobre armas. Sabes que siempre me ha...

—¿Te volviste loca? —interrumpió Black—, ¿tú de qué crees que se trata esto, eh? ¿Crees que es un juego? ¿Qué, te vas a hacer un tatuaje y subirte a tu barquito a jugar a las espaditas y las pistolitas? No sabes navegar, no has empuñado un arma en tu vida ni bebido un puto trago de ron. Y peor, no tienes idea de lo que significa ser un pirata, ¿renunciarías a todo tu maldito imperio en España? ¿A tu nombre, a tu dinero, a tu título?

—Por supuesto que sí —respondió María en un doloroso murmullo—, renunciaría a todo.

El capitán se burló de ella, consiguiendo que aquellas lágrimas en los ojos miel de María terminaran por desbordarse.

—No me jodas —rio Black—, yo creo que el calor ya te volvió loquita. Mejor regresa a Sevilla, a tu mundo, y cásate antes de que te hagas más vieja. Cásate con alguien que te dé lo que quieres.

—¿Tú qué sabes sobre lo que yo quiero?

—Sé lo que no quieres, y créeme, María, no quieres ser pirata. Eso déjaselo a una mujer como Anne Bonny, fuerte, libre, independiente. No tú. Es tierno que te hayas podido comprar un paseo por el Caribe, pero no sigas haciendo el ridículo de creer que perteneces aquí.

Cada palabra fue desmembrando a María y su mirada fue decayendo hasta quedar postrada en el suelo. Sintió cada lágrima rodar por las mejillas hasta colgar de la barbilla y resbalar por el cuello. Ni siquiera pudo decir una sola palabra, se volvió lentamente temiendo que el dolor la derribaría, y salió del camarote. Cuando el capitán se quedó a solas dio un violento golpe sobre la mesa haciendo caer todo. Las puertas del camarote se azotaron detrás de María y Turco la vio pasar como un cometa fugaz. Quiso decirle algo, cualquier cosa que pudiera ofrecerle consuelo, pero bien sabía que ninguna palabra de su boca podría siquiera disminuir la catástrofe interna que había causado el capitán Black.

Tan sólo el trágico intento de dirigir sola un bote de remos le pareció suficiente evidencia a María de que, en verdad, no tenía la madera ni mucho menos el talento necesario para cumplir aquello que acababa de descubrir era un sueño suyo. El bote fue brutalmente golpeado por las olas cerca de la orilla, y a pocos metros de la arena la mujer cayó al agua de pie, con el oleaje empapándola hasta la cintura. Escuchaba una risa burlona mientras intentaba llegar a la orilla, peleando con la marea y la fuerza del agua en medio de la penumbra. La risa era de Anne Bonny, que miraba a María desde la orilla con los brazos cruzados. María cayó frente a la capitana, con las rodillas y las palmas de las manos sobre la arena.

—A la otra pide ayuda, linda —se burló Bonny, ayudándola a levantarse—, piensa que Desmond te hace un favor, cuanto más pronto te des cuenta de que estás haciendo el ridículo, más pronto puedes irte.

—¿Has oído nuestra conversación? —se indignó María.

—¿Desde aquí? —rio la pirata—. Sólo repito lo que lleva diciéndome todo este tiempo, por eso me busca cada noche, porque quiere esconderse de ti. Es lindo que hayas venido a ofrecer una vida digna a Johnny, pero como él tampoco te quiere, ¿no sería mejor usar esa poca dignidad que te queda e irte? Nadie te quiere aquí, lindura.

—Bonny... ¿verdad? —respondió María—. Me temo que tu educación haya sido demasiado básica para comprender ciertos asuntos, es quizá por esa razón que Desmond prefiere invitarte a su cama y no a su mesa donde se conversa de temas que trascienden mucho más que un orgasmo. Pero, por favor, siéntete libre de seguir compartiendo sus sábanas mientras yo me ocupo de compartir a nuestro hijo bajo mis propias consideraciones. Ahora, si me disculpas…

Satisfecha consigo misma, María la pasó de largo y se dirigió a su tienda de campaña, haciendo un esfuerzo sobrehumano por contener el llanto hasta que estuviese fuera de la vista. Una vez dentro se dejó caer sobre el sillón alargado que tenía por cama, se aferró con sus dedos a la sábana para contenerse y entonces permitió que un sollozo detonase el llanto de manera silenciosa. A su parecer, nadie tenía la culpa de semejante humillación más que ella misma, creer que Desmond aún albergaba en su endurecido corazón algún sentimiento y creer que ella albergaba en su alma el espíritu de una pirata eran dos pensamientos tan irreales que no tenían lugar más que en la fantasía. El capitán Velázquez deslizó la cortina de la tienda con cuidado y se permitió entrar, invadiendo la soledad de la mujer con un aire condescendiente.

—María —llamó en un consolador murmullo—, ¿os ha hecho daño el pirata?

—No —sollozó ella—, me he hecho daño yo misma. Ahora os ruego me dejéis sola, ya he atentado contra mi dignidad lo suficiente.

—Por desear no se atenta contra la dignidad, se le engrandece —dijo Santiago—. Decidme qué es lo que deseáis y será vuestro, sólo tenéis que pedirlo. Después de todo eso soy y he sido siempre, vuestro sirviente.

—¿Podéis enseñarme a disparar un arma y a empuñar una espada? —pidió María.

—Sólo si me permitís sanar vuestro corazón antes que cualquier cosa.

El capitán se hincó ante la mujer y tomó ambas manos entre las suyas, mirándola hacia arriba con pura devoción. María se estremeció, tenía la sensación de que su corazón helado recibía la más sublime calidez al tacto de Santiago, un sentimiento que creyó había olvidado y no volvería a recuperar jamás. Acarició la cabeza del joven, sorprendiéndolo por completo y haciéndole sonreír.

—¿Consentís? —preguntó él, mientras María asentía con la cabeza y cerraba los ojos.

Las manos de Santiago levantaron las faldas del vestido lenta y suavemente descubriendo las piernas, acariciándolas con la misma dulzura y complementando las caricias con su barbilla y con sus labios. La besaba con cuidado, temiendo ofenderla si evidenciaba de más el deseo que sentía. María incitó a Santiago a erguirse y sus labios se encontraron en un beso que fue acalorándose a medida que se desvestían el uno al otro. Veinte años habían pasado desde que María fue tocada por un hombre, y aunque lo recordaba como una exquisita experiencia llena de pasión y maravillas, ahora Santiago silenciaba cada pensamiento y satisfacía cada uno de sus deseos, urgido a complacerla y devoto a amarla.

A esa misma hora Bonny ya se encontraba entre las sábanas del capitán Black, el pirata desnudo y con la mirada perdida en la agonizante luz de dos velas, mientras ella se esmeraba por complacerlo, deslizando la lengua entre sus piernas, su cabello negro lloviendo sobre el abdomen de Black y diciéndole palabras con intención de avivar su ego. El capitán apenas suspiraba, divagando en la línea entre un placer mediocre y el aburrimiento. Bonny suspendió sus movimientos y se fijó en él con desconcierto.

—¿Desmond?

—¿Qué?

—¿No te gusta?

El capitán se enderezó sobre sus codos y miró hacia abajo, ni siquiera se había dado cuenta de que no estaba excitado en lo más mínimo.

—Déjalo —se rindió Black—, necesito descansar un rato.

—Es esa mujer, ¿verdad? —preguntó Bonny—, esa arpía de mierda que no te deja en paz.

Black se levantó de la cama y comenzó a vestirse sin ánimo, apenas con movimientos mecánicos que carecían de fuerza e intención.

—Sólo yo puedo insultar a María —dijo Black.

Bonny se levantó de la cama, y mientras se vestía se burló.

—Yo pensé que la odiabas —rio ella—, si hasta te defendí.

—¿De qué hablas? —cuestionó Black, volviéndose a ella con brusquedad.

—Le dije la verdad, Des. Que es una maldita ridícula y que ni tú ni Johnny la quieren aquí, y que tenga un poco de dignidad para largarse. ¡Se atrevió a contestarme la muy cabrona!

En un impulso el capitán tomó a Bonny del cuello, azotándola de espaldas contra la pared de madera del camarote.

—¿Y quién carajos te pidió que hicieras eso? —se enfureció Black.

—¡Suéltame! —rugió la pirata, que alcanzó a tomar una navaja que guardaba en un liguero a la altura del muslo. Black detuvo el ataque de Bonny sosteniéndole la muñeca por encima de su cabeza.

—La que se larga eres tú —condenó el capitán—, levanta tu campamento y reúne a tus hombres.

—¡Infeliz! —rugió Bonny—, ¡yo acudí al maldito llamado por ti!

—Y en cambio insultas a mi mujer, la echas sin que yo lo ordene cuando tiene más derecho a estar aquí que nadie. Te largas tú, Anne, y te largas ya.

La capitana se libró de Black dándole un fuerte empujón, resoplando de rabia.

—Hemos sido amantes mucho tiempo —dijo ella—, navegado juntos, asaltado juntos y repartido botín tras botín, ¿la prefieres a ella? ¿Ella que no sabe más que ajustar su maldito corsé y bañarse de perfume? Dilo de una vez, Desmond, dime que la prefieres a ella para que yo misma le corte la cabeza, ¡dímelo!

—Estás bien loca —rio Black.

Llena de furia Bonny desenvainó la espada del capitán y lo amenazó, apuntando la punta directo a su pecho.

—Loca sí —dijo Bonny—, loca de amor por ti.

—Anne, bombón —suspiró Black, consiguiendo quitarle la espada de las manos—, tú y yo siempre hemos tenido buen sexo, *muy* buen sexo. Pero no lo confundas con amor, porque de eso no hay entre nosotros. Somos amigos y me gusta así. Y si quieres que lo sigamos siendo vas a reunir a tus hombres, levantas tu campamento y te vas de aquí. Te haré llegar tu parte del botín por haber venido, no lo dudes. Pero María es María, y tú eres tú. No volvamos a confundir. Y de paso te advierto que si vuelves a faltarle al respeto, no vas a recibir un centavo del tesoro, ¿estamos?

Esa misma noche la capitana Bonny hizo lo que se le dijo, reuniendo a sus hombres sin dar mayor explicación, y entre gritos y maldiciones les hizo levantar el campamento en un santiamén para abordar El Rackham y levar sus anclas. El barco pirata comenzó a alejarse de la costa lentamente, viendo la luz de las antorchas perderse a la distancia, y en lo único que conseguía pensar su capitana era en que, de una forma u otra, algún día, se vengaría de María Aragón.

El capitán Black fue entonces en busca de María a pesar de su orgullo, y lo hacía por dos motivos; el primero porque quería disculparse por el modo en que le había hablado, no era que creyera en verdad que la mujer tenía la rudeza necesaria para ser una pirata, pero tampoco descartaba el hecho de que María tenía y siempre había tenido el coraje para conseguir todo lo que quería en la vida. Y el segundo motivo, porque le preocupaba, más de lo que estaba dispuesto a admitir, que las palabras de Bonny la hubiesen ahuyentado lo suficiente para marcharse.

Una vez que llegó a la tienda de campaña se quedó quieto un momento, ensayando en su mente cómo iniciaría la conversación, y hasta la susurró antes de tomar aire, asintiendo con la cabeza una vez que aprobó sus palabras. Pero justo cuando estaba por levantar la cortina escuchó un sonido que conocía perfectamente, y que esta vez penetró su pecho como un arpón helado, los apasionados suspiros de María entre besos y caricias. Black apenas levantó la mirada para ver las sombras de Santiago y la mujer danzando contra la luz de las velas, amándose y entregándose uno al otro. *Os amo María, os amo profundamente*, se escuchó la voz de Santiago entre suspiros.

Al capitán Black se le escapó una inaudible risita invadida de dolor y rabia; negando con la cabeza se mordió el labio inferior y, luego de un instante, se fue.

La mañana llegó entre nubes grises y una lluvia que caía sin fuerza, la brisa fría y una corriente de aire cuyo sonido parecía llanto. El capitán Black estaba de pie a la orilla del mar, hubiera querido ver el amanecer como mínima recompensa de haber pasado ahí toda la noche con la sola compañía de una botella de ron, pero no había nada que ver más que el espectáculo de tonalidades grises que ofrecían las nubes desde el horizonte hasta el cielo. Una sensación de vacío completamente desconocida para él le atormentaba, lo torturaba en silencio y tan sólo respirar le dolía en lo más hondo de su pecho. María se acercó al capitán, vestía solamente el fondo blanco de su vestido y si permanecía demasiado tiempo bajo la lluvia no tardaría en transparentarse a pesar de la bata de encaje blanco con la que se cubría, su ondulado cabello dorado tornándose rizado dentro de la trenza que sostenía por encima de su hombro.

—¿Me has mandado llamar con Habib? —dijo ella—. Ya podrías haberme ido a buscar tú mismo, no soy uno de tus tripulantes.

El capitán Black se quedó en silencio, con la mirada perdida en el débil oleaje gris. María se fijó en la botella de ron vacía sobre la arena y la brisa le compartió el olor a borracho que invadía al pirata.

—Estás ebrio —señaló María, con un ligero reclamo.

—Toma —le dijo Black, tomándole la mano para poner sobre ella los cuatro dientes que derribó de Stain. María los dejó caer en la arena horrorizada en cuanto entendió lo que aquellos trozos amarillentos eran.

—¡Desmond! —gritó la mujer.

—Son los dientes de Ben —interrumpió Black—, te los entrego para que sepas que le di su maldito merecido y lo eché de mi tripulación como me lo pediste. Lo hice porque dijiste que ibas a darme algo a cambio, y ya sé qué quiero. Quiero que te vayas.

María sintió un escalofrío, fuera por la lluvia helada o por las palabras del capitán cuya entonación era aún más fría.

—Y no te quiero volver a ver nunca —agregó Black, volviéndose para mirarla frente a frente.

—¿Y con qué derecho puedes pedirme algo así? —respondió María, con un tenso nudo en la garganta—. No he venido por ti, he venido por mi hijo. Y tengo todo el derecho de estar a su lado porque soy su madre y me quedaré el tiempo que me plazca, no necesito tu permiso.

—Entonces quédate, igual me complace más quemar tu maldita nave y perforar a ese imbécil que se hace llamar capitán.

Un relámpago iluminó el cielo con un impactante rugido.

—¿Es que ya lo sabes? —preguntó María, luchando por sostener su llanto.

—¿Que te revuelcas con él? —rio Black—. No te juzgo, debes de estar demasiado urgida y no eres una mujer difícil, basta con inventarte que te quieren, lo sé por expe…

María le soltó una tremenda bofetada cargada de rabia y con suficiente fuerza para ladear el rostro del capitán.

—Poco hombre —lloró María—, sólo un poco hombre aleja a una madre de su hijo por meros celos, ¡si eres tú quien me ha dicho que me case con aquel que me haga feliz! Pues bien, te presento al capitán Santiago Velázquez, que es valiente y honesto… y lo amo.

Black se enderezó lentamente, con la mejilla tan enrojecida que se tornaba púrpura.

—¿Ah, sí? —rio dolorosamente—, ¿en cinco segundos ya lo amas?, te digo que eres rápida.

—Debería haberme tomado menos, es un buen hombre y un caballero distinguido —respondió María enfurecida—. No como tú, que no sabes ganarte nada en la vida. Prefieres pagar a una mujer por tener sexo en lugar de ganarte su corazón, prefieres robar dinero antes que trabajarlo honestamente. Quizá por eso me odias, Desmond, porque a mí jamás podrás comprarme, y mucho menos ser digno de mí.

El capitán tiró del brazo de María con tanta fuerza que casi sintió el hueso romperse entre sus dedos.

—Para odiarte —le dijo Black—, primero tendrías que importarme —y liberó a la mujer de un violento empujón que la hizo caer—. Vete de aquí —insistió el pirata—, porque créeme, María, soy capaz de lo peor.

El capitán Black se alejó, dejando a la mujer llorando sobre la arena.

47

La blanca superficie de la arena se movía de forma extraña, como si cobrase vida. Al principio Johnny creyó que eran cangrejos, o quizá era tan temprano y la resaca tan despiadada que se trataba de una visión. Poco a poco iban emergiendo de la arena diminutas tortugas recién salidas del cascarón, luchando por alcanzar la luz del día. El pirata sonrió sorprendido, observando cómo las pequeñas criaturas, por más indefensas, de su instinto nacía el valor para arrastrarse hasta la playa a pesar de los predadores que las acechaban, arriesgando su vida con tal de volver al océano. Suspiró profundamente, él también habría recorrido una playa de predadores con tal de volver a los mares. Sintió esa suave caricia en el alma cuando se presencia la existencia de Dios, manifestándose en la más bella evidencia, la vida. De pronto los brazos de Margaret lo rodearon por la espalda y el cabello rojo le acarició el rostro con la brisa.

—Buenos días —dijo ella.

El pirata le tomó una mano y la besó.

—Buenos días —saludó.

—¿Y a mí nadie me abraza, tortolitos? —llamó la voz de George, que venía acercándose a la tienda.

La sonrisa de Margaret se borró y miró hacia las tortugas que seguían emergiendo, le costaba trabajo ver a su hermano a los ojos, pues temía que si lo hacía terminaría por confesarle su embarazo y no era difícil imaginar lo mal que se lo tomaría. George siempre había abogado por su futuro, quizá más de lo que le correspondía, y ahora en su vientre crecía un hijo que no había sido bendecido por el matrimonio, sino por la sola lujuria de un bucanero desaparecido.

—¿Cómo carajos sigues vivo? —rio Johnny—. Nunca vi a un cabrón beber tanto, ni siquiera a Rodney.

—Siguiendo con la tradición de superarte en todo, amigo —dijo George—, también te supero con una garganta de hierro, pero desgraciadamente mi estómago no ha corrido con la misma suerte.

—¿Has visto al capitán hoy? —preguntó Johnny.

—No, pero sí he visto a Turco. Ya lo alucino, es como un maldito fantasma, puede que esté allí o puede que no, su presencia a veces es imperceptible pero aun cuando no está, *está*. ¿Me entiendes?

—A mí me parece amable, muy amable —opinó Margaret—, pero me pregunto si es feliz, no es tan animado como el resto.

Se volvieron a Johnny esperando una opinión suya, pero el joven pirata miraba hacia el mar con el ceño fruncido y los ojos empequeñecidos, intentando distinguir algo a la distancia. Alcanzaba a ver una figura blanquecina danzando sobre el horizonte hasta convertirse en una nave. Le emocionaba la posibilidad de recibir un nuevo aliado, el último, si tenían suerte.

—Vamos, hay que avisar a Black —dijo Johnny aceleradamente, echándose a correr con dirección al campamento.

¡Nave a la vista!

¡Barco!

¡Capitán, velas al horizonte!

Llenos de esperanza, los bucaneros brotaban de sus tiendas de campaña y se precipitaban a la orilla del mar a admirar el maravilloso buque que se aproximaba, engrandecido por las velas que se ensanchaban en el viento. Velas blancas con un ligero reflejo azulado que venía del buque mismo, pintado con detalles en azul claro y plateado.

Turco recibió al capitán Black entre los tripulantes, esperándolo con un catalejo en mano que ofreció enseguida. El capitán miró a través del artefacto y sonrió inmediatamente.

—Al fin —dijo.

—¿De quién se trata? —preguntó Johnny.

—De quien yo quería —respondió Black—. ¡Caballeros, recibiremos a La Reine de Mort y con ella a su capitán, Ravenue Lussan!

La nave francesa ancló muy cerca de El Espectro y El Fénix. A Johnny le pareció extraña la repentina desaparición de El Rackham y peor aún de El Liberty, pero la conmoción de los piratas era tal al recibir a sus aliados que no había ni un instante para preguntar nada. El capitán Lussan fue el primero en poner pie sobre la playa. Era un hombre bastante gordo, con una nariz que hacía oda a Francia entera y grandes ojos azules, cabello rubio canoso debajo de un sombrero decorado con una ostentosa pluma azul. Vestía un traje que debió haber robado en un palacio, poco le sentaba la elegancia de aquellos detalles azulados y plateados que imitaban los diseños de su nave, como si se tratase de un uniforme que él aseguraba había sido mera coincidencia.

Cuando estuvieron frente a frente ambos capitanes, se miraron a los ojos, severos.

—Dicen que vas a la Cuna del Diablo —comenzó Lussan, en un vulgar acento francés—, que darás muerte a Barbanegra y le robarás el mapa del conquistador, y que irás tras el tesoro más *magnifique* que el ojo del hombre haya visto jamás.

—Ése es el plan, *capitaine* —respondió Black.

—Estás loco —señaló Lussan con toda seriedad.

—Tú también —dijo Black con la misma actitud.

Hubo silencio, ambos capitanes mirándose casi con rudeza. De repente estallaron a carcajadas y se abrazaron como los más íntimos amigos.

—¡Maldito *bâtard!* —rio Lussan—, mi barco y tripulación están a tu servicio.

—Tardaste en llegar, imbécil —dijo Black—, un día más y me iba sin ti, te lo juro por el diablo.

—*Non* lo creo, *capitaine* —respondió el francés, sacando del bolsillo de su traje azul una envoltura pequeña que lanzó a su amigo.

El capitán Black atrapó el paquete en el aire y lo olió.

—*No* —se emocionó Black.

—*Oui*, hongos escandinavos —confirmó Lussan—, una muestra de lo mucho que me apena haber tardado.

—¿Me quieres mandar a otro mundo?

Lussan puso un brazo sobre los hombros de Black.

—Sólo por un rato, *capitaine*, sólo por un rato…

Turco, con brazos cruzados, puso los ojos en blanco y exhaló un suspiro.

—Capitán, ¿órdenes? —llamó Turco.

—Ninguna —respondió Black—. ¡Es su último día en Tortuga, mañana zarpamos al primer rayo de sol!

Estalló un grito de emoción entre los piratas; brincaban, maldecían, aplaudían y hasta lanzaban uno que otro sombrero al aire. Cuando la conmoción se dispersó, Johnny se acercó a Turco preocupadamente.

—Oye, ¿has visto a mi madre? —preguntó—, no veo El Liberty, ¿sabes si Black…?

—¿No te lo dijo? —interrumpió Turco.

—Decirme qué, ¿qué pasa?

Turco dio un lánguido suspiro y decidió contarle a Johnny lo que había sucedido, de la manera más suave posible, conociendo su impulsividad al igual que la de su padre.

—Supongo que María no quiso despedirse de ti para evitar un conflicto —aseguró Turco—, y Des no te lo dijo porque sigue sin...

—Lo voy a matar —gruñó Johnny, con los puños cerrados y apretando los dientes—, ¡es que tiene que ser más hijo de puta cada día!

El joven pirata había puesto rumbo con pasos acelerados hacia la tienda de campaña de Black cuando Turco lo interceptó bruscamente.

—¡Le salvó la vida! —dijo Turco—, ¿no te das cuenta? María no habría sobrevivido a la Cuna del Diablo, créeme.

—Turco, te juro que es jodidamente romántico cómo justificas a Black cada puta vez —respondió Johnny—, ¿y tú qué sabes si sobreviviría o no? No la conoces como yo, ¡ella merecía estar aquí! ¡Quería ser pirata, uno de nosotros! Dime, si fuera tu mujer, ¿también la habrías echado?

—Pero no lo es —respondió Turco, con amargura—, y tampoco de Desmond.

—Pero sí es mi madre, y vino *por mí*.

Turco puso ambas manos sobre los hombros de Johnny y lo miró fijamente.

—Elige con qué cargarás sobre ti y cuánto, muchacho —le dijo—, porque como llegues con demasiado peso a la Cuna del Diablo, te hundirás igual que un barco con lastre.

Johnny retiró la mirada de Turco y negó con la cabeza, sabía que tenía razón.

—Me arrebató a mi madre —lamentó.

—Mejor que te la arrebate Des por idiota que Barbanegra para siempre, piénsalo —respondió Turco; luego se alejó, dejando al joven pirata solo.

48

Los barcos piratas zarparon de Tortuga con rumbo fijo a la Cuna del Diablo, El Espectro guiando con una perfecta estela de espuma que seguían El Fénix y La Reine de Mort. Se hicieron a mar abierto, con las velas hinchadas por un viento inusualmente fuerte, que parecía empujarles hacia su destino como un aliado más.

Había silencio en cubierta a pesar de estar en plena labor de cinco de la tarde. Cada bucanero tenía el pensamiento encerrado en la Cuna del Diablo y dedicado a Barbanegra más que en el cuantioso tesoro que vendría después, *si vivían*. Cuanto más se dejaban invadir por el miedo, más comenzaban a entender que éste sería un viaje sin retorno, y que habían elegido morir al servicio del capitán Black, acompañándolo a enfrentar sus demonios al mismísimo infierno. No era una elección de la que se arrepintiera nadie, más bien resultaba una muerte honorable, pero, de una forma u otra, guardaban silencio. Al caer la noche el turno diurno se retiraba a los coyes y era entonces cuando los hombres empezaban por intercambiar una que otra palabra y terminaban por contar historias. Una noche se narró la conocida historia de la rivalidad entre Barbanegra y el capitán Black, esa que Johnny había escuchado desde que era un niño y ahora escuchaba con los ojos cerrados meciéndose en su coy, sólo que esta vez creyó oír algo que le hizo abrir los ojos de golpe y enderezarse.

—¿Qué dijiste? —preguntó Johnny a Poe, interrumpiéndolo en plena narrativa.

—Que sólo uno de los dos va a quedar vivo —respondió Poe.

—No, no, antes de eso ¿dijiste *padre e hijo*?

—Muchacho, ¿qué no lo sabías? —se sorprendió Poe—. ¿No sabías que el maldito de Barbanegra, *se lo trague el infierno*, es el padre del capi?

Turco, que se mecía en su coy sin decir nada, cerró los ojos y exhaló rendido, sabía que Poe acababa de provocar un incendio. Repentinamente enfurecido, Johnny se levantó de la hamaca y zapateó de mala gana entre los coyes con dirección a la escotilla de cubierta.

¡Vamos, muchacho, no te enfades!

—Creo que el pobre diablo no tenía ni idea —suspiró Lucky.

—La habéis *cagao*, hombre —dijo Espinoza.

—¿Crees que se peleen? —preguntó Ratas.

—Mejor harían todos en dormir —señaló Turco, levantándose del coy para soplar a las pocas velas que quedaban encendidas, liberando un lamento entre los hombres.

Johnny salió a cubierta con la respiración acelerada y la mente revolcada en confusión y enojo. Ahí estaba el capitán Black, disfrutando del silencio de la noche en compañía de su pipa, mirando las pocas estrellas que se dejaban ver entre las finas nubes.

—¿Cuándo pensabas decirme que Barbanegra es mi abuelo? —le preguntó el muchacho.

El capitán suspiró, exhalando el humo del tabaco sosegadamente.

—No pensaba decírtelo —respondió—, no *tengo* que decirte nada, es asunto mío.

—¿Asunto tuyo? —su mofó Johnny—. Dime algo, ¿hay algún *asunto tuyo* que me incluya? Una cosa es que en cubierta sea un tripulante más, pero otra es que en la confidencia de tu conciencia te olvides de que yo soy tu hijo. Si alguien debía saberlo era yo.

—Bueno, ya lo sabes. Ahora cuéntame ¿qué piensas hacer con esa valiosísima información? ¿Cambia algo? ¿Quieres desistir, te bajas en el puerto más cercano, vienes? ¿Cambia algo, John?

—Mi lealtad a ti es inquebrantable, lo sabes. Pero me gustaría saber qué lleva a un hombre a querer dar muerte a su propio padre.

—¿Me darías muerte a mí? —preguntó Black.

—Claro que no, qué dices —respondió el muchacho.

—¿Y si yo sí lo hiciera? ¿Si yo hubiera intentado matarte desde que estabas en el vientre de tu madre, si la hubiera dejado sin nada y muriera por culpa mía?

—Si hicieras daño a mi madre querría matarte con mis propias manos, pero no tendría el estómago.

—Entonces, como no te atreviste a matarme, tendré un buen gesto contigo —siguió Black—, voy a contratarte en mi tripulación como grumete, eres sólo un niño, pero un niño listo y me sirves bien. A ti te emociona, mi nave es una leyenda y has oído hablar de mí toda tu vida, así que, a pesar del miedo que deberías tenerme, no puedes evitar sentir curiosidad, no puedes evitar desear estar ahí.

De momento Johnny ya no sabía si el capitán Black hablaba de su historia con Barbanegra o si realmente narraba cada situación que había vivido John desde que abordó El Espectro por primera vez.

—Y bueno —decía Black—, aprovechando tu puta disposición, voy a joderte. Voy a pedirte los peores favores, robar o matar será poca cosa, pediré cosas que no imaginas en el rincón más negro de tu cabeza. Y mientras lo haces, voy a lastimarte... me complace verte sentir dolor. Voy a azotarte hasta que desmayes, romperé cada uno de tus malditos huesos por el mero gusto de hacerlo. Hasta voy a dejar que mis hombres hagan lo que quieran contigo, *lo que quieran*, lo peor que imagines. Y yo sólo me voy a reír de ti. Pero oye, tranquilo, que voy a prometerte algo muy especial a cambio de tu cooperación... un puto mapa, un mapa al tesoro más maravilloso del mundo. Y cuando *tú*, porque lo harás tú, consigas ese mapa, te echaré al agua por la borda, ya no me sirves. ¿Y sabes qué es lo peor? Que tienes tantas malditas ganas de seguir siendo un pirata que vas a encontrar la manera de volver a mí. Dejaré que te quedes, porque admiro tus tamaños, pero voy a seguir haciéndote mierda por muchos años y tú seguirás creyendo que si te vuelves lo suficientemente hijo de puta como yo, dejaré de hacerlo. Poco a poco te empezarás a dar asco, por imbécil. Y saldrás a buscar tu dignidad a otro lugar, de noche y en silencio para que yo no me dé cuenta, no vaya a ser que al fin te mate. Pero no lo harás sin reclamar lo que te toca, lo que se te prometió...

—El mapa del conquistador —adivinó Johnny, estremecido.

—Ese mismo —confirmó Black—, y como no eres nada tonto y no sabes rendirte, te las vas a arreglar para hacerte de tu propio barco y convertirte en capitán. Todo va bien, tienes el mapa, tienes un barco y muchachos de tu edad bien acomedidos. Sólo hay un problema... cuando creas que eres libre, iré a buscarte y te voy a encontrar. Voy a romper tu maldito barco en pedazos y te voy a clavar mi espada en las tripas, y mientras te mueres te voy a recordar que eres una mierda, te escupiré en la cara... y me iré con tu mapa. Reparar tu barco va a tomar años, *años*, eso si sobrevives al agujero que tienes en la panza, todos tus hombres heridos también. Quieres ir detrás de mí, vengarte, pero estás por darte cuenta de que van a pasar muchos años antes de que te recuperes de ésta. En serio, Johnny... ¿no tendrías ni tantitas ganas de matarme?

Cuando el capitán Black se volvió a Johnny se dio cuenta de que tenía los ojos llenos de lágrimas.

—Tú jamás harías algo así —dijo Johnny—, te conozco, eres un hijo de puta, pero no *tan* hijo de puta.

—Sí... eso mismo pensaba yo de Teach —respondió Black—, no te imaginas hasta dónde eres capaz de llegar para darte cuenta de que estás equivocado.

—No eres como Barbanegra —le dijo el muchacho—. Lo sabes, ¿verdad?

Black le dedicó una encantadora sonrisa a su hijo y le dio una brusca palmada en la espalda.

—Y, entonces —dijo Johnny pensativo—, eliges llamarte Black y no Teach, ¿te gusta el color?

El capitán caminó a lo largo de la borda, limpiando su pipa a golpecitos.

—Anne Black —dijo—, la mujer más brava que he conocido en mi puta vida, con más cojones que cualquier maldito pirata.

—¿Tu madre? —adivinó Johnny—, suena como alguien que hubiera querido conocer.

—Tú en especial —rio Black—, ya te habría volteado la cara unas trecientas veces por imbécil. Así era ella, un minuto te daba una bofeteada por cagarla y al siguiente te pedía que salieras a la vida a cagarla cien veces más.

Johnny sonrió, en verdad le hubiera gustado conocer a una mujer así. Vio cómo el capitán volvía a poner tabaco en la pipa en silencio y supo que era momento de dejarlo solo, de devolverle ese territorio que era tan suyo en plena obscuridad y solitud. Volvió a su coy estremecido, y las pocas horas que durmió sus sueños fueron secuestrados por Barbanegra. Soñaba con cada momento narrado por Black como si hubiese estado ahí en cada instante. Sintió cada golpe, cada látigo y humillación como suya, cada promesa rota y vivió cada traición, desde la primera mentira hasta la punta de la espada hundiéndose en su estómago.

Al amanecer los hombres se levantaron antes de la luz del día y la actividad en cubierta era más intensa que nunca, se escuchaban gritos, las órdenes del capitán Black acompañadas de ese tono de voz tan grave y fatal que hacía al dirigir una batalla. Cuando Johnny salió a cubierta todavía vio un par de estrellas en el cielo, pero pronto sus ojos quedaron perplejos ante una flota de cinco naves que iba directo hacia El Espectro, El Fénix y La Reine de Mort, y pudo distinguir al buque de guerra que lideraba la flota, El Bartolomé.

—Te lo juro, Johnny —le dijo Black—, si tu santo padre me sigue buscando... me va a encontrar.

Pata de Palo Tanner estaba junto a ellos en ese momento, y al escuchar las palabras del capitán apretó los ojos con nerviosismo. No había dicho una sola palabra a Johnny sobre la destitución y captura de James y no esperaba que se enterara hasta que se esclareciese el asunto.

—Ése... no es mi padre —dijo Johnny, mirando con los ojos entrecerrados—, es... el gobernador Winchester, pero ¿qué carajos hace aquí?

El capitán Black frunció el ceño y se mordió el labio inferior analizando la situación. No existía mayor representante del enemigo a los piratas que el mismísimo gobernador de Port Royal, pero tampoco podía negar que seguían siendo cinco naves contra tres, y por más que entre los tres barcos piratas pudieran derrotar a sus enemigos, no estaban en posición de volver a perder ni hombres ni pólvora, ni una sola bala. El Bartolomé había quedado alineado a poca distancia de El Espectro, las amuras podrían rozarse de no ser cuidadosos sus capitanes. El gobernador Winchester se posó en el estribor de la nave y se acercó a la borda, llevaba las mangas de encaje sobre sus muñecas teñidas de sangre, pero nadie pareció percatarse de ello ni darle importancia.

—¡Buenas tardes, capitán Black! —saludó Winchester—. ¡Por fin tengo el honor de conocerlo en persona! John, mírate nada más, hecho todo un pirata... ¡Y George! ¿Para esto te ha liberado James, para volverte uno de ellos? ¿Para esto lo has abandonado?

Johnny se volvió a Tanner con el ceño fruncido.

—¿De qué carajos está hablando, George?

Pata de Palo no puedo responder, su respiración estaba acelerada y tragaba saliva angustiosamente.

—Capitán Black, tengo una propuesta para usted —siguió Winchester—, le aseguro que será de su interés. Le invito a abordar mi nave y negociar con calma, ¿qué le parece?

—Me parece que deberías meterte tu propuesta por donde te quepa mientras hundo tu nave —respondió Black—, ¡hombres, carguen cañones!

Entonces el gobernador chasqueó los dedos y dos oficiales llevaron a James Dawner esposado y en terribles condiciones, acercándolo a la borda para que los piratas pudieran verlo con claridad. Johnny se aferró a la madera hasta con las uñas y apretó los dientes.

—¡Libéralo! —rugió el muchacho—, ¡libéralo, maldito hijo de puta!

—Con gusto, John —respondió Winchester—, siempre y cuando tu capitán tenga la gentileza de reunirse conmigo.

Johnny se volvió a Black con la respiración acelerada y los ojos cristalinos.

—Te lo ruego, Black —le dijo—, te lo ruego, por favor…

El capitán miró a su hijo a los ojos un momento y suspiró rendido.

—Turco —llamó Black—, o regreso en quince o abres fuego, ¿estamos? ¡Oímos eso por allá también, ¿verdad, gobernador?!

—Tomará menos tiempo, se lo aseguro —dijo Winchester.

El capitán se aferró de una soga y aterrizó de pie con prodigiosa habilidad sobre la cubierta de El Bartolomé. Johnny iba a hacer lo mismo cuando Turco lo tomó del brazo con fuerza.

—¡Suéltame, es mi padre! —rugió el muchacho.

—Harás que los maten a ambos —respondió Turco.

Johnny no tuvo opción más que quedarse aferrado a la borda con el corazón disparándosele en el interior.

El camarote del gobernador era una fiel réplica de su oficina en Port Royal, empequeñecida dentro de las dimensiones de la popa. Un elegante comedor con un candelabro de plata cuyas velas estaban encendidas a pesar de estar en plena luz del día, con alguno que otro mapa extendido, una sala de cuatro sillones acojinados alrededor de una mesilla de té con un juego de porcelana y finalmente, adosada con retratos tanto del político como de sus dos hijos, una cama matrimonial de triste vestidura gris enmarcada por una cabecera dorada. El gobernador tomó la licorera y sirvió dos copas de coñac, ofreció una al capitán Black, que se miraba tan fuera de lugar allí dentro.

—El licor más fino que beberá en su vida, capitán —le dijo Winchester, pero Black rechazó la copa con una mirada que consiguió intimidar al político lo suficiente para tragar saliva.

—¿Qué quieres conmigo? —preguntó Black.

—Negociar, claro —respondió Winchester—. Verá, gracias a George Tanner, sé perfectamente que se dirige a la Cuna del Diablo para recuperar el mapa del conquistador y posteriormente buscar el tesoro de Cortés. Voy a permitirle que haga todo esto, y además puedo conseguirle un perdón con su majestad. Toda nuestra mala historia quedaría erradicada y sería libre.

—Ajá, a cambio ¿de? —preguntó Black.

—Todos tenemos un precio, capitán, incluso usted —siguió el político—. Si lo anterior le pareciera poco, también estoy dispuesto a cederle un diez por ciento del tesoro, imagínese cuánto podría comprar con esa cantidad. Podría embriagarse con licor fino y no con ese veneno que usted bebe, invitar a una dama a cenar y no fornicar con cualquier prostituta, podría fumar buen tabaco cubano y no plantas sucias. Hasta puede comprarse un navío en lugar de andar robando los que no le pertenecen, como mi Fénix, que también le cedo como muestra de mi buena fe. Si usted probara lo que es la calidad, capitán, rápidamente se desacostumbrará de la basura que le rodea.

—Ajá, a cambio ¿de? —insistió Black.

—A cambio de guiar El Bartolomé a una expedición a dondequiera que el mapa lo guíe. Como gobernador es mi obligación recuperar el preciado tesoro de Su Majestad y devolvérselo, sin dejar a un lado, por supuesto, el porcentaje que le garantizo como recompensa.

El capitán Black echó a reír.

—Por supuesto, amable gobernador —reía—, yo lo llevo al tesoro, ¿no quiere una taza de té para el camino?

Con las manos temblorosas, el gobernador abrió un pequeño cajón de una mesita, tomó un papel y lo entregó al capitán Black.

—Supongo que no sabe leer, pero tiene en sus manos una solicitud para su perdón dirigida al rey Jorge —dijo Winchester.

El capitán leía sin dificultad alguna lo que decía el documento, y era en verdad una solicitud para perdonar cada uno de sus crímenes por "buena conducta" y "cooperación con la Corona". Black levantó la mirada con una sonrisa burlona, y viendo al político a los ojos, rompió el papel en pedazos.

—¡Capitán Black, se olvida usted de que tengo a James Dawner en mi posesión y lo mataré si se rehúsa! —exclamó Winchester.

—Mátalo —dijo Black tranquilamente—, y mátame a mí también, si quieres. Pero si no estoy de regreso en mi nave con James en… siete minutos, vas a tener a tres barcos piratas disparándole a tu maldita flota. Y si de algo estoy seguro es que por lo menos *tú* sí te mueres hoy mismo.

El gobernador se echó para atrás en la silla y entrelazó los dedos, sabía que había perdido la partida y de qué manera. Enfurecía en silencio, solamente había conseguido venir a entregar a James Dawner y además ganarse una rotunda humillación que sin duda alguna lo debilitaría ante cada oficial. Lo único que le consolaba era que podía salir vivo de aquel encuentro para interceptar a los piratas en la misma posición una vez que viniesen de regreso, si es que sobrevivían a la Cuna del Diablo.

Una vez en cubierta el gobernador hizo traer a James, que apenas podía mantenerse de pie. El estado del hombre era lamentable, aún llevaba puesto el uniforme de almirante, rasgado y manchado por cada interrogatorio. No llevaba peluca blanca sino su pelo castaño despeinado y una barba del mismo color que comenzaba a crecer, y llevaba tantos golpes en la cara y en el cuerpo que la sangre se había secado sobre su piel. Apenas pudo enfocar sus cansados ojos azules en el capitán Black, que lo miraba con cierta compasión; y mientras el capitán se volvía a dar señales a sus piratas, Winchester se acercó a James y le habló al oído.

—Adiós, James —susurró, y le clavó una pequeña daga en el estómago sin que ni un solo oficial, marinero o pirata se percatase.

James cayó de rodillas ante el capitán Black, presionándose el estómago, demasiado débil incluso para poder quejarse del dolor que sentía. Black lo miró un momento, y se inclinó hacia él lentamente.

—Ey —le dijo, forzándolo a mirarle a los ojos—, ¿puedes moverte?

James negó con la cabeza sin poder hablar, sin importarle que se presentaba ante Desmond Black como un hombre derrotado y en agonía. Entonces el mismo pirata ante quien se sentía humillado le ayudó a levantarse, poniendo un brazo sobre sus hombros, irguiéndolo con la fuerza de su propio cuerpo. En ese momento la casaca azul de James se levantó un poco revelando la herida de daga que llevaba, chorreando de sangre y con un aspecto cuyo pronóstico será fatal. Black miró a James a los ojos.

—Por favor… no le digas —jadeó James.

El capitán asintió y llevó a James con éxito a bordo de El Espectro. Apenas pudo llegar hasta el camarote con la brutal urgencia de Johnny por intervenir, por tocarlo, porque de otra manera no era capaz de creer que en verdad estaba allí *su padre*. Joe y Habib sujetaron a al muchacho a medida que Black llamaba a Turco a que le acompañase dentro.

Cuando el capitán acomodó a James sobre la silla más próxima, se dio cuenta de que él mismo estaba empapado en sangre, y antes de siquiera limpiarse las manos sacó el frasco de hierbas chinas de un cajón y se precipitó al herido. Tuvo sólo un instante para pensar en que en verdad quedaban pocas hierbas, y de resultar cualquiera de sus hombres herido de muerte en la Cuna del Diablo, algo que era probable, no serían suficientes. Pero ese pensamiento se erradicó inmediatamente, como si nunca hubiera existido y abrió el frasco liberando el delicioso olor.

—Des, espera —dijo Turco—, déjame verlo.

—No hay nada que ver —respondió James, débilmente—, reconozco una herida de muerte.

—Si vieras las heridas que hemos librado aquí, no te la creerías —lo consoló Black.

Turco se hincó ante el exalmirante, le retiró la gastada casaca azul y abrió su camisa aprisa. Inspeccionó la herida un momento, y sólo pudo volverse al capitán y negar con la cabeza, la daga había perforado el estómago con gran odio y violencia. El capitán entonces le hizo señas a Turco para que saliera y los dejase solos, se acercó a James con el frasco de hierbas aún en mano, se hincó ante él casi tímidamente y cubrió la herida con unas pocas.

—Capitán, que no me voy a salvar —jadeaba James.

—Pero puedo hacer que duela menos —dijo Black.

La sensación de las frescas hierbas contra la herida trajo una inexplicable paz a James, el dolor se apagaba paulatinamente. Se fijó en el capitán, que aun habiendo terminado de untar las hierbas seguía allí en la misma posición, como si quisiera decir algo que no podía.

—Es un buen muchacho —dijo Black—, John... hiciste un buen trabajo al criarlo.

—Por favor —jadeaba James—, por favor... cuídalo, cuida a mi niño.

—Descuida —le dijo el pirata sonriendo—, que en peores manos no puede caer.

James rio, y de pronto comenzó a toser y a escupir sangre. Era tiempo y el capitán lo sabía, se levantó y estaba por ir en busca de Johnny.

—Capitán —llamó James débilmente.

Cuando el capitán se volvió, vio a James extendiéndole la mano derecha en señal de paz. El pirata se quedó mirando la pálida mano un momento, sería la primera vez que pactaba con un uniformado, con un servidor del rey; pero James era mucho más que eso, así que sujetó su mano con fuerza, obsequiándole una discreta sonrisa ladeada.

James Dawner se quedó solo en la silla un momento, relajado por las hierbas y liberado del dolor, y cuando miró entrar a Johnny sonrió más ampliamente que nunca. El tiempo se había llevado al hijo que conoció, y ahora entraba a la habitación un hombre fuerte, el más valiente que conoció jamás. Johnny se dejó caer en los brazos de su padre, llorando mientras éste le acariciaba la cabeza como hacía cuando era pequeño.

—*Sh*... está bien, tranquilo —le decía James.

—No me dejes, por favor —lloraba Johnny.

—Hijo, debo pedirte una cosa.

—Lo que sea, eres mi padre.

—Quiero que derrotes a Barbanegra y encuentres ese tesoro, dime que lo harás —pedía James, perdiendo el aliento—. Si has elegido ser un pirata, entonces debes ser el mejor de todos. Ni el rey ni Winchester verán un centavo de esa fortuna. Y tú sabrás llevar a los piratas a la gloria, sabrás qué hacer. Eres un gran hombre, hijo mío, y mi vida ha valido la pena sólo por haberme atrevido a llamarme tu padre. No siempre estuve para John Dawner, pero si Dios me permite... lo estaré para *Johnny Blackdawn*, el pirata.

Con el rostro enrojecido y cubierto de lágrimas, Johnny sostuvo las manos de su padre.

—Lo haré, lo haré —lloraba—, Barbanegra caerá, Winchester caerá. Y el tesoro de Cortés será nuestro. Te lo prometo, padre, te lo juro...

La sangre que brotaba de la boca de James salpicó. Johnny se precipitó por un vaso de agua, pero cuando se volvió para entregarlo a su padre, sus tristes ojos azules habían dejado de pestañear y la respiración quedó extinta. El vaso se estrelló contra el suelo y Johnny cayó de rodillas ante James, abrazándole las rodillas con todas sus fuerzas y quebrándose en el más profundo llanto.

—No puedes morir porque no he podido contarte —lloraba Johnny—, no he podido contarte que me he enamorado de Margaret como tanto deseabas, no he podido contarte que esperamos un hijo. No he podido contarte nada, padre...

La puerta se abrió silenciosamente. Margaret se acercó a Johnny con pasos lentos y cuidadosos, estremecida al verlo llorar tan desconsoladamente. Se inclinó y puso una dulce mano sobre la espalda del pirata, acariciándolo, consolándolo con una dulzura y calidez que solamente ella podía ofrecerle. Poco a poco Johnny fue desprendiéndose del cuerpo sin vida de su padre, y se aferró a Margaret, para llorar sobre su hombro y gritar de tristeza.

El cuerpo de James fue envuelto en una sábana blanca con cuidado, como si quisiesen evitar despertarle con un movimiento demasiado brusco. El capitán entonces improvisó un funeral que no duró mucho, pero lo suficiente para que cada pirata se quitase su sombrero.

Descanse en paz, almirante James Dawner.

49

El Liberty navegaba con una tempestad de tristeza que se impregnaba en la cálida brisa y el cielo nublado. Los ánimos de la tripulación española decaían y la puerta de la cabina principal se mantenía cerrada. María se negaba a salir de la cama y rechazaba todo intento del capitán Velázquez por ofrecerle comida, o siquiera una brevísima conversación.

—Venga, María —le decía Santiago, acariciándola por encima de las sábanas—, hemos de volver por vuestro hijo pronto, ya lo veréis.

—Jamás me perdonará haberle abandonado una segunda vez —lamentó María.

—Sí que lo hará, ¿no lo veis? Os ama más que a nada, irradiaba cariño y admiración por vos. Y además no le habéis abandonado, ha sido el pirata quien os ha obligado a partir.

La mujer se enderezó lentamente, tomó la mano de Santiago provocándole una amplia sonrisa. Él le acarició el rostro, limpiándole las lágrimas.

—Reponeos —le dijo Santiago—, que sois la dueña y señora de Sevilla... y de mí.

—Quiero hablar con Córdova —pidió María—, ¿podéis hacerle pasar?

El señor Córdova, que en secreto había sucumbido a varias crisis nerviosas, entró a la cabina con la frente en alto haciendo el mayor esfuerzo por fortalecer su ánimo, no podía permitir que María lo viese debilitado porque antes que cualquier cosa pretendía ser un soporte para ella, quizá el único que tendría. Se acercó a la cama con cierta inseguridad, no estaba acostumbrado a invadir el espacio íntimo de una mujer, ni siquiera el de su difunta esposa.

—Me alegra veros repuesta, o al menos despierta —dijo Córdova—, ¿qué puedo hacer por vos?

—Soy una mujer inteligente, Diego —respondió María—, pero no completa, si os digo la verdad. Siempre intenté poner atención a mi padre cuando gestionaba tan estrictamente las cuestiones mercantes con la Compañía de las Indias, cómo negociaba y el sabio uso que le daba al oro. Pero si os digo la verdad... pocas ganas tengo de hacer lo mismo. Quería, sí, para mi hijo. Y ahora que mi hijo no tiene interés en tales asuntos ni yo mayor uso que pueda hacer de ellos, he decidido que quiero compartir el imperio mercante con vos. No seré vuestra esposa porque no comparto vuestros sentimientos hacia mí, por más apreciados que sean. Pero sí que puedo aceptar vuestra ayuda, como vuestra igual, ¿aceptáis?

Las puertas de la cabina se abrieron tan de golpe que Córdova dio un salto de la cama y cayó milagrosamente de pie.

—Mi señora —jadeó Santiago—, salid, salid a cubierta.

Por primera vez en días la mujer salió de la cama, y con el poco tiempo que tenía se quitó el camisón de dormir y vistió aquel rojo vestido con detalles dorados. Llevaba el cabello suelto con una diadema de perlas, y antes de salir se miró al espejo un instante. Quería verse repuesta, *en verdad* repuesta, porque aun si llevaba el corazón despedazado dentro del pecho, no permitiría que sus hombres la viesen de ese modo ni caminar por la cubierta de su propia nave con el alma victimizada, sino fortalecida. Aquella flota de cinco naves estaba ahí, la misma flota de cinco buques de guerra con bandera inglesa que se había topado con los piratas apenas horas antes. El capitán Velázquez prestó su catalejo a María y fue entonces cuando ella reconoció de quién podía tratarse, tan pronto como vio El Bartolomé al frente de las embarcaciones. Si antes había detestado a Wallace Winchester por ser con quien se le había comprometido de niña, ahora lo detestaba por cada palabra que John había dicho sobre él y las infamias que le había contado. La mujer cerró el catalejo de golpe y endureció su cuerpo.

—Atentos, capitán —dijo—, armaos disimuladamente, que el dueño de esta flota es peor que el veneno.

Pronto El Bartolomé estaba invadiendo las amuras de El Liberty. El gobernador Winchester seguía allí sobre cubierta, saludando a los españoles con una sonrisa que provocaba más desagrado que confianza. A pesar de los años y lo envejecido que se veía, María supo quién era, si bastaba con mirar esa peluca de rizos grises con la que se sentía superior a un dios.

—¡Vaya, vaya! —llamó Winchester con alegría—, si me he acercado a esta gloriosa nave esperando encontrarme a mi viejo amigo don Raúl, y qué veo... ¡a la bellísima niña de los Aragón! Que, obviamente, ya no es una niña. Te imploro, mi querida María, no vayas a negarme una taza de té en la comodidad de mi propio camarote.

—Le agradezco tan noble invitación, gobernador —respondió María—, pero nos encontramos con un horario ajustado y...

—Por favor... *insisto* —dijo el político amenazadoramente. María se volvió a Santiago y le habló al oído con suavidad.

—Cuidad de mi nave, capitán —susurró ella—, y si no he de volver en media hora, abrid fuego, abrid fuego sin cesar.

La mujer iba a dar un paso cuando Santiago la tomó del brazo casi fuertemente, un apretón tan certero como invadido de cariño.

—Os lo juro por mi honor que no he de obedecer orden vuestra si no es acompañaros —dijo él.

Tanto insistía el gobernador en que María abordase El Bartolomé como insistía el capitán Velázquez en acompañarla, y con los nervios ya de punta, ella cedió a ambas cosas.

Una vez en la nave inglesa, Santiago esperaba alerta e impaciente en compañía de los oficiales ingleses en el alcázar, un mal sentimiento le revoloteaba en el estómago y no podía hacer nada más que caminar de un lado a otro nerviosamente.

El gobernador sabía hasta en lo más profundo de sus maliciosas entrañas que no era una casualidad encontrarse con Desmond Black y María Aragón en un mismo día a tan pocas millas náuticas uno del otro, y aunque no podía explicar la relación que existía en semejante providencia, sabía de improviso que la española representaba, a partir de este momento, una ventaja sobre los piratas. Servía el té con tranquilidad, y cuando María tomó su propia taza, la porcelana delató el tremor de sus manos.

—Me apena mucho la muerte de tu padre —comenzó el gobernador—, compartíamos tantos intereses, no sólo mercantes, si no mal recuerdas, María. Todavía recuerdo tu rostro angelical empapado de lágrimas cuando supiste que te casarías conmigo. Lamento que mi apariencia hubiese sido tan desagradable para ti.

María dio apenas un sorbo al té y bajó la taza delicadamente.

—Comprenderá usted que yo era tan sólo una niña que se casaría con un hombre de edad mayor a la de mi padre —dijo María—. Seguro que esto supondría una alianza ventajosa para todos, pero no parecía serlo para mí. Me disculpo por las eventualidades que hayan surgido después de mi huida.

—He sabido que nunca contrajiste matrimonio —señaló Winchester, comprobándolo al ver que la mujer no llevaba otro anillo más que un rubí en el índice—, me imagino que los rumores de tu espantoso secuestro llegaron hasta España. La única manera en la que un hombre rechazaría a una mujer de tu calidad y belleza es si se sabe que fue previamente violentada por un pirata, y que le propagó un bastardo en el vientre. Qué pena. Eres una mujer impactantemente hermosa, no merecías ser desperdiciada de ese modo.

—No he necesitado nunca de un hombre, gobernador —dijo María, sonriente—. Como puede ver, me las arreglo perfectamente por mi cuenta. A lo mucho recurro al apoyo del capitán Santiago Velázquez y a la experiencia de don Diego Córdova, quienes me temo deben de estar esperándome en este momento.

—Y dime, María —insistió el político—, ¿no volviste a ver nunca al capitán Black? Te aterrará saber que es toda una leyenda en la piratería del Caribe, ha ido destrozando cada...

—Iba a preguntarle, gobernador —interrumpió María—, escuché que usted se casó con lady Barrymore y que tuvo dos adorables hijos. ¿Cómo se encuentran?

Alguien llamaba a la puerta y el gobernador se levantó para abrirla, pero lo hizo con cuidado, mirando por la delegada rendija. Ahí estaba el oficial Adley, que se miraba carcomido por su propia consciencia y agotado por las noches en que la misma le atormentaba.

—Tal como ordenó, hemos tomado prisionero al capitán español —murmuró Adley—, pero me temo que se niega a hablar. Hay otro hombre, Diego Córdova, que ha confesado que El Liberty navega desde Tortuga y asistía al capitán Black y a sus piratas, tenía que ver con un mapa y un tesoro. Aseguró que John, *nuestro* John Dawner es... hijo de Desmond Black y María Aragón.

El gobernador sonrió con venenosa malicia, se volvió a María de reojo y salió de la habitación para asegurarse de que la mujer no escuchara una palabra. Al momento en que el político salió por la puerta, María tomó el cuchillo de mantequilla disimuladamente, ocultándolo dentro de la manga de su vestido.

—Entonces María sí que me será de utilidad —dijo Winchester—. El capitán Black navega con dirección a la Cuna del Diablo, pero ahora, gracias a María, nosotros no tenemos que perseguirlos hasta esas aguas de espanto. Si Black realmente consigue el mapa y regresa al Caribe habrá de pasar por estas aguas forzosamente. Lo interceptaremos. Una vez acorralado será cuestión de un momento para que me entregue el famoso mapa, si mira a su mujer al cañón de una pistola. Ahora más que nunca estamos en ventaja.

—Gobernador —susurró Adley, azorado—, no estará pensando en hacer daño a la señorita.

—Abran fuego contra el buque español, húndanlo y maten a todos, excepto al capitán y al hombre que has interrogado.

El brutal estallar de un cañonazo hizo que María brincase del sillón derramando la porcelana sobre la alfombra. Desde el ventanal de la popa destellaban los rojos fogonazos de cada disparo, uno tras otro. La mujer corrió hacia la puerta, pero antes de que pudiera poner la mano sobre la chapa, el gobernador Winchester entraba acompañado de dos infantes de marina.

¡María!, llamaba la voz de Santiago desde fuera, acompañado del sonido de dos hojas chocando violentamente.

—¡Santiago! —llamaba María.

Con pasos amenazantes, el gobernador invadió a María con un aire de perversión. Ella sacó el cuchillo de mantequilla y lo sujetó con tal firmeza y convicción que el político tuvo que detenerse.

El estruendo de los cinco buques despedazando El Liberty retumbaba hiriendo la nave española y con ella el alma de su dueña, que alcanzaba a ver los trozos de su nave hundirse en el agua. Los dos infantes de Marina sujetaron a María, consiguiendo arrebatarle el cuchillo a pesar de las fieras estocadas que ella lanzaba.

—Querida, cuanto menos te resistas, más sencillo será esto para todos —dijo Winchester.

—¡Eres un bárbaro, un desgraciado! —exclamó ella—, ¡el rey sabrá lo que...!

Antes de que María terminase su amenaza el gobernador la silenció con una bofetada.

—El rey no sabrá nada porque tú no dirás nada —amenazó Winchester, sosteniéndole el rostro entre sus dedos. El oficial Adley y el oficial Thomson entraron a la habitación con dos rehenes más; el capitán Velázquez, que ya llevaba una herida de bala en el pecho y sabía le quedaba poco tiempo de vida, y el señor Córdova intacto, pero aterrado.

—¡Suéltala, suéltala ya, hijo de puta! —rugió Santiago.

El gobernador recargó su pequeña pistolilla contra la cabeza del capitán español y cargó el arma.

—¡No! —lloró María—, ¡se lo ruego, ya me tiene a mí, por favor!

—No me dirás ahora que tienes sentimientos por este hombre, ¿o sí, María? —se burló Winchester—, ¿será que tienes una debilidad por los capitanes? Tranquila. Haremos un tratado de diplomacia tú y yo, tu querido capitán no será lastimado, tampoco tu secretario, si tú…

—¡*Secretario*! —se ofendió Córdova enfurecido—, ¿tiene una idea de quién soy yo? ¡Don Diego Córdova de la Compañía de las Indias! ¡*Secretario*, ja!

—Ah, vaya —se sorprendió Winchester—, pues me será de utilidad también.

El gobernador hizo una señal a los oficiales para que se retirasen, y aunque éstos lo dudaron un largo instante, tuvieron que obedecer.

—El capitán y… el honorable señor Córdova no serán lastimados —aseguró Winchester—, serán bien atendidos y recibirán trato digno, al igual que tú, María.

—Habrá de pedirme algo a cambio, supongo —respondió la mujer.

—A cambio de ti. Sé que te has aliado con los piratas y estoy dispuesto a perdonarlo, siempre y cuando obedezcas cada una de mis indicaciones a partir de este momento y hasta que yo así lo diga.

Un escalofrío recorrió el cuerpo de María, si bastaba ver la perversa mirada del gobernador para adivinar que poco tendrían que ver sus instrucciones con estrategias náuticas o conflictos de guerra.

—María, no… ¡no os atreváis siquiera a considerar! —exclamó Santiago—. Prefiero morir con mi honor que vivir al precio del vuestro.

—Aquí me tiene —dijo María al gobernador—, ahora le suplico no se atreva a herir a mis hombres.

Winchester acarició el rostro de María con la yema de sus dedos, se contenía de grotesca forma para no tomarla por la fuerza allí mismo, y luego de dirigir una perversa mirada a su escote, la tomó de la barbilla y aproximó su rostro al suyo.

—Soy un hombre de palabra —le dijo—, pero para asegurarme de tu buena fe, voy a pedirte que me beses… bésame, María. Quiero que tus hombres miren con sus propios ojos cuánto ha de costarte sus vidas.

—Me da asco —respondió la mujer, y conteniendo el vómito, se atrevió a besarlo.

—¡María, joder! —rugió Santiago.

—Diplomacia pura —dijo Winchester, aún saboreando sus labios.

Don Diego y el capitán Velázquez fueron llevados al calabozo de El Bartolomé, donde Santiago recibió atención médica por parte del doctor de la nave, quien le condenó con pocas horas de vida. Esas horas que quedaban el capitán español no perdió un solo instante en suplicar a Córdova que cuidase de María una vez él muerto y le hizo jurar que la sacaría de allí.

María terminó confinada en una prisión mucho peor que el calabozo de una nave, la habitación del gobernador Winchester, esposada a su cama como algo menos que una esclava.

50

Margaret vomitó varias veces como hacía cada mañana, inclinada hacia la borda y sometida por el subir y bajar de la nave que sólo empeoraba la sensación de mareo. Ese día, por fortuna para sus náuseas, las naves habían anclado por varias horas, pues tanto el capitán Black como el capitán Lussan y Melville se reunieron en el camarote de El Espectro para decidir la ruta que resultaría más conveniente. Era un verdadero reto para cualquier navegante, no existía un mapa preciso para la Cuna del Diablo, y lo poco que había trazado hacia ese inframundo terminaba allí, en medio del mar. La pelirroja volvió a vomitar, cuidándose de las miradas de John y George porque no sabría cuál de los dos hombres manejaría la situación con mayor desatino. Faltaría poco para estar obligada a decir la verdad, su vientre ya había crecido demasiado al punto de no poder ajustar los cordones de su vestido color rosa. Turco reconocía perfectamente esa mirada, la de una niña desesperada y sobrellevando una carga desconocida, particularmente *esa* carga, la que se siembra en el vientre en un momento de pasión que se esfuma más pronto que la semilla que engendra. Luego de dudarlo un buen rato, por fin el del turbante ya se acercaba a Margaret con una taza de barro que humeaba.

—¿De cuánto estás? —le preguntó Turco.

—¿Se lo dirá al capitán? —respondió ella tímidamente, bebiendo la infusión sin siquiera preguntar qué era.

—El capitán ya tiene suficientes problemas y me parece que tú también, ¿de cuánto estás?

—No lo sé, he dicho antes que tres meses, pero mírame, mira este cuerpo.

—¿Sangre o dolores? —preguntó Turco.

Margaret negó con la cabeza, mirando por encima del hombre de Turco en caso de que Johnny, como hacía seguido, pasara a besarla en los labios antes de continuar con sus tareas.

—Usted y el señor Bones son médicos, ¿cierto?

—No, sólo aficionados con experiencia. Bones es un erudito cerrando heridas y soldando huesos, y a mí se me dan bien la medicina y los remedios. Lo que estás bebiendo ahora deberá calmar el malestar y las náuseas, tal vez sientas un poco de sueño.

Una espantosa sensación de vértigo sorprendió a Margaret y el vómito ya venía subiendo. Se inclinó sobre la borda rápidamente mientras Turco sostenía la taza de barro y miraba a su alrededor, protegiéndola de las miradas.

Margaret intentaba distraerse mirando la inquieta marea golpetear las amuras de la nave cuando distinguió un gran trozo de madera flotando, luego otro y otro más. Sin duda éstos eran los vestigios de una nave, el destrozado cadáver de una embarcación empujados por la marea.

—¡Pedacería en el agua! —llamó Ratas, desde el nido de cuervo.

Los bucaneros se acercaron a la borda de estribor, se iba transformando en una vista escalofriante a medida que a los trozos de madera y velas desgarradas se les unían cadáveres flotantes, varios de ellos ya mutilados por tiburones. De entre las piezas surgió lo que quedaba de una bandera castellana, trágicamente enredada en un trozo de mástil. El cementerio flotante era El Liberty. El aliento escapó del cuerpo de Johnny arrancándole la vida por un instante. Margaret le tomó la mano y George puso una mano sobre su hombro. Fue Turco quien hubo de llamar al capitán Black a la borda, para que mirase con sus propios ojos, pero su expresión se mantuvo sólida. Hubo un silencio fantasmal. La tripulación aguardaba por alguna orden, o siquiera una reacción abrupta. No se necesitaba conocer a Desmond Black para saber, como dato de cultura general, que María Aragón era la única mujer que había amado, y ahora yacía seguramente entre los escombros de su propia nave, devorada por los tiburones y el propio mar.

—Leven anclas —dijo Black por fin—, norte-noreste, ¡en marcha, *ya*!

Nadie se movió, esperaban que el capitán cambiara de opinión en cualquier momento, o que terminara de comprender el horror que tenía ante sus ojos.

—¿Están sordos? —insistió el hombre—. ¡A sus puestos, carajo!

—Black —llamó Johnny, acercándose a él—, es mi madre, por favor, busquemos rastro.

—¿No tienes ojos? ¿No ves lo que hay allí? —le dijo Black—. María está muerta.

—¿Y si no lo está? —preguntó el muchacho, sus ojos brillantes de lágrimas contenidas y un temblor en su voz que delataba el esfuerzo que hacía para no llorar—. ¿Y si está herida? ¡Quiero el cuerpo de mi madre! Quiero su cuerpo para velarlo como merece, ¿tú no?

—No fueron piratas, eso es seguro —señaló Poe—, una carnicería así la hacen tres naves, al menos.

—¡Me importa un demonio quién fue, nos vamos! —rugió Black con tal furia que algunos hombres brincaron del susto y se volvieron a sus tareas con la velocidad de un relámpago.

—¡Eres un hijo de puta! —exclamó Johnny con toda la fuerza que había en sus pulmones y con todo el impacto de sus cuerdas vocales—. ¡Es mi madre, es tu mujer!

Cada hombre se volvió, todos con la boca abierta y los ojos desorbitados. El capitán caminó imponente hasta quedar frente a frente de su hijo, que no se intimidó ni un instante.

—Vuelve a tu maldito puesto —le ordenó Black.

—No —respondió Johnny, quebrándosele la voz—, no sin mi madre.

Las manos del capitán prensaron la camisa del muchacho con fuerza, zarandeándolo.

—¡María está muerta, imbécil! —rugió—. ¿Qué quieres? ¿Buscamos si los tiburones nos dejaron algo, un maldito dedo tal vez? ¿Quieres guardar su maldito dedo de recuerdo o qué carajos quieres?

—Me lleva el diablo —rio Johnny entre llantos—, me equivoqué. Sí que eres como el maldito de Barbanegra, carajo, si eres igual a él. Igual de hijo de puta, igual de cruel. ¡Si mi madre ha muerto es por tu puta culpa! ¡Tú la desterraste, *es tu culpa*!

Los muchachos gimieron impactados, sus bocas bien abiertas y mirando de un lado al otro entre el capitán y Johnny esperando a que uno aniquilase al otro. El capitán Black sonrió, negando con la cabeza y con la mirada baja, luego se irguió, tomó aire y soltó un despiadado puñetazo a su hijo. Johnny no había terminado de caer cuando le llovieron dos golpes más, el puño del capitán que ya tenía tan bien marcado su territorio en el rostro del muchacho seguía atacando. Pero esta vez, Johnny se levantó como un resorte y por primera vez devolvió el golpe a Black, desviando el puñetazo que le iba a caer encima. De un momento a otro el capitán y su hijo se agarraron a golpes en plena cubierta, con tanta furia que entre el enmarañado movimiento que formaban sus cuerpos ya se miraba sangre en sus rostros. Turco quiso intervenir inmediatamente al igual que el resto, pero ambos hombres estaban ensañados en molerse a puñetazos y patadas.

—¡John, por Dios! —lloraba Margaret—. ¡Basta, por favor, paren!

Así como Turco intentaba controlar a Black, George intentaba controlar a Johnny, pero poco cedía cualquiera de los piratas, ninguno cesando sus golpes como si de momento se hubiesen convertido en los más mortales enemigos.

—Esperen, esperen —dijo Turco de pronto a los hombres—, déjenlos un momento, un momento.

—¡Se van a matar! —lloraba Margaret.

—Turco tiene razón —dijo Rodney agitadamente—, se traen ganas desde hace un rato, que lo saquen bien.

—Van a matarse —jadeó George.

La práctica y la audacia de la pelea callejera resucitaron en Johnny con más viveza que nunca, era una pelea a golpes bastante reñida, porque aunque el capitán Black tenía su buena destreza en el mismo oficio, se encontraba ante un oponente que lo practicaba con más regularidad. En un instante el capitán Black desenvainó la espada y Johnny hizo lo mismo con la suya.

—¡Des! —exclamó Turco.

—¡Dawner! —exclamó Tanner.

—¡John, por favor! —lloraba Margaret.

Las espadas chocaron con la estridencia de un trueno, arrancando un duelo que parecía a muerte. Aun así, ningún hombre iba a intervenir hasta que la muerte no se anunciase demasiado cerca. Ciertamente muchos llevaban esperando este momento, no como motivo de morbo, sino porque existía una tensión entre el capitán y su hijo que debía romperse tarde o temprano. Turco los miraba, tallando sus palmas nerviosamente y caminando de un lado a oreo esperando el momento en que fuese necesario separarlos, mediaba la situación en silencio, mientras que Lucky ya pasaba frente a los muchachos con un sombrero.

—Vamos, vamos, hagan sus apuestas, hagan sus apuestas —decía Lucky.

De un espadazo el capitán hirió a Johnny en un costado y le dio una patada haciéndole caer de rodillas, luego volvió a golpearlo para dejarlo en el suelo.

—Vamos, John, al menos pónmela difícil —le dijo Black.

Tendido sobre la cubierta, Johnny escupió sangre y soltó un alarido al intentar moverse. Estaba claro, el capitán Black había ganado la pelea, y no contento con eso ya se dirigía al muchacho para rematarlo cuando Turco lo detuvo.

—Ya, ya —le dijo, serenándolo.

—Échalo por la puta borda —resoplaba Black—, ¡no lo quiero volver a ver!

—Anda, vamos al camarote.

Margaret se lanzó sobre el cuerpo de Johnny, derramando lágrimas. Entre Tanner y Poe le ayudaron a levantarse, pero estaba terriblemente herido y tuvieron que cargarlo hasta los coyes, donde Bones lo recibió con vendajes y ungüentos.

—Lo voy a matar, lo voy a matar —decía Johnny a Tanner.

—Sí, sí, anda, acuéstate —respondió George.

Bones tuvo que suturarle una herida honda en el costado, y llevaba tantas aberturas en el rostro que ni siquiera se molestó en revisarlas, si acaso echar un poco de agua de mar.

En el camarote, Turco no se encontró con mayor reto, más le preocupaba la furia del capitán Black que su labio inferior ligeramente abierto y los nudillos sangrados.

—Es un imbécil, ese niño es un imbécil —resoplaba Black, dando vueltas alrededor del camarote como un mayate.

—Des —llamó Turco—, lo siento mucho, en verdad lo siento.

Ante esas palabras Black dejó de moverse, su respiración se apaciguó un poco y fue a sentarse en la silla vecina a la de Turco.

—Tuvo que haber sido el gobernador —dijo Black.

—¿Cómo lo sabes? —preguntó Turco.

—Porque uno, es la única flota que hemos visto. Y dos, conoce a María, estuvieron comprometidos hace veinte años. Por eso María huyó y todo eso. Si se llegó a topar con ella, se enteró de que me estaba ayudando. No hay de otra.

—¿Y qué vas a hacer?

—Hoy nada —respondió Black—, arrancarle la cabeza a ese cerdo cuando lo vuelva a ver, nos va a estar esperando el hijo de perra.

—¿Estás bien? —llamó Turco en un tono lúgubre.

—¿Y por qué no iba a estarlo? Carajo, Turco, no empieces…

—Bueno, tú dirás.

—Sólo… toma la cubierta por hoy, ¿quieres? —pidió Black.

Turco asintió con tristeza y abandonó el camarote. El capitán esperó un momento, allí, sentado sobre esa silla en la que sentía hundirse a medida que la adrenalina de la pelea se disipaba y los golpes dolían. Se levantó y su respiración volvió a agitarse como si algo fuese a brotarle del pecho y amenazara con destrozarle. Tal fue la sensación que hubo de recargar ambos puños sobre el escritorio para conservar el equilibrio, clavó la barbilla contra su pecho… y escapó el primer sollozo. Sin poder contenerse se permitió llorar un poco, apenas unos segundos antes de volver a erguirse, luchando por reponerse. Pocas veces se había encontrado con un enemigo tan difícil de vencer como la tristeza y la culpa que violaban su alma despiadadamente, recordándole el nombre de María en cada doloroso pestañear.

La tripulación no recibió orden de minuto de silencio, ni siquiera de luto, y sin embargo el resto del día transcurrió en silencio absoluto hasta la noche, donde no había otro clamor que una que otra orden echada al aire sin fuerza. Johnny miraba hacia las estrellas, que se reflejaban sobre la superficie marina creando un universo alrededor de las tres naves. En silencio, el muchacho pedía perdón a su madre una y otra vez; perdón por no haber impedido que se fuera, por no haber notado su destierro, por haber pasado más tiempo divirtiéndose con los muchachos en el pueblo que con ella. Los hombres apenas le dirigían una lastimosa mirada de pena, pocas cosas son sagradas para un pirata, su madre es una de esas cosas. Rodney intentó varias veces ofrecer ron como George le ofrecía palabras y Margaret abrazos, pero en el huracán de pena que envolvía al muchacho poco espacio había para algo más que no fuera su propio dolor. Llegada la madrugada tomó el turno aun cuando no le correspondía, se lo intercambió a Pulgas porque no se atrevía a intentar conciliar el sueño y encontrarse ahí con su madre, para luego despertar y enfrentar su muerte una vez más.

Como era la costumbre, alrededor de las tres de la madrugada el capitán Black salió a cubierta y se recargó sobre la borda a preparar su pipa y fumar sosegadamente. Esta vez el humo que despedía no olía al tabaco de siempre, debía estar quemando alguna hierba. Johnny lo observaba desde el obenque del trinquete, y después de meditarlo un buen rato se decidió a bajar a cubierta y acercarse al capitán con un cierto cuidado.

—Lo siento —dijo el muchacho—, te pido perdón como tripulante por haberte faltado al respeto, mas no como hijo. Era mi madre, Black. Y la tuve en mis manos apenas un segundo antes de que se esfumara.

El capitán ofreció la pipa a su hijo, y éste la tomó sin dudarlo. Dio una larga inhalación y tosió un poco, desconocía la hierba pero no iba a resistírsele.

—¿Recuerdas cuando te dije que si hacías un par de cosas bien en la vida, ibas a joderte otro par de cosas en el camino? —le preguntó Black—, pues éste es el tipo de cosas que se joden en el camino. Si pensabas que serían cosas fáciles de perder, ahora ves que no.

—Hay cosas que nadie debería estar dispuesto a perder —dijo Johnny—, ni siquiera tú.

Se quedaron en silencio un largo rato, muy cerca uno del otro recargados sobre la borda intercambiándose la pipa.

—La vamos a vengar, ¿verdad? —preguntó el muchacho—. Winchester va a pagar por la muerte de mi madre y la de mi padre, dime que tú piensas lo mismo.

—Winchester va a desear no haber nacido —respondió Black.

Volvieron a quedar en silencio. La hierba iba quemándose, pero ninguno de los dos tenía ganas de apartarse del otro aun si la pipa se apagaba.

—Oye, una cosa —dijo Black, volviéndose a su hijo—, ¿así piensas pelear contra Barbanegra?

—¿Así cómo? —se indignó Johnny—. Soy bueno, soy *muy* bueno y lo sabes.

—Contra Barbanegra y sus hombres no durarías ni un minuto, te juro por el diablo que no durarías ni treinta segundos.

—¿Y entonces?

—Y entonces saca tu espada —ordenó Black, desenvainando la suya en un movimiento fugaz.

—¿Ahora? —preguntó Johnny.

—Uy, perdón, ¿tienes otro compromiso sumamente importante que atender?

Johnny desenvainó su espada con alegría e hizo un par de trucos para lucirse antes de adoptar la posición de duelo.

—Ah, primer error —dijo el capitán, moviéndole las piernas con su bota—, esta pierna acomódala así y ésta así, tendrás más movilidad sin perder tu defensa. Flexiona un poco el codo, poco menos, eso.

Apenas podía conservar la exacta posición sin perder el equilibrio, no se sentía cómodo en lo absoluto ni podía imaginar cómo le funcionaría moverse en batalla. No se había dado cuenta de que aún conservaba cierto porte aprendido de sus años en la Marina Real, sin perdonar el aire relajado y ligeramente vulgar de la piratería en sus venas. El capitán le dio un golpe en el abdomen reviviendo los moretones de la pelea.

—¡Ah! ¿Por qué?

—El abdomen tenso, siempre. Carajo, Johnny, ¿vas a bailar o a pelear? El abdomen debe de estar tenso cada minuto de tu miserable vida hasta que te mueras, ¿me oyes? ¡Tensa el maldito abdomen! Eso, así.

Estuvieron practicando a la luz de la luna, apenas se detenían un instante para que el capitán corrigiese la posición del muchacho una vez más, cuantas veces fuera necesario. Johnny iba agotándose, el cuerpo le dolía terriblemente y tan sólo para sostener la espada alzada hacía un gran esfuerzo, se le iba adormilando la mano y ya había tirado la espada varias veces forzando a Black a detenerse de súbito para no herirlo.

—Black, espera… espera un segundo —jadeaba Johnny, desvaneciéndose de rodillas sin poder respirar, pero el capitán lo pescó de la camisa y lo enderezó a la fuerza.

—¡Barbanegra, no, espera, levántate! ¡Levántate, carajo! ¡Vamos, Johnny, con fuerza!

—¡No puedo!

—¡O puedes o te mueres, vamos! *¡Levántate!* Fuerza, niño, fuerza. El antebrazo arriba, ¡abdomen tenso! Dijiste que eras *muy* bueno, ¿no? Vamos, muéstrame… ¡eso, eso, más fuerte!

Cualquier pirata hubiera querido estar ahí para mirar tan impresionante imagen. Parecía que el capitán chocaba espadas contra él mismo hacía veinte años. Black y Johnny se miraron a los ojos, un breve instante en el que se movían exactamente igual como si estuviesen frente a un espejo. Conforme avanzaba el duelo de práctica el muchacho comenzó a superar al capitán en sus movimientos, no sólo imitándolos sino mejorándolos con el inquebrantable aire de la juventud, burlaba sus ataques y se defendía controlando cada estocada con la tensión del abdomen. De pronto la espada del capitán Black voló por el aire y cayó derrotada sobre la proa, y entonces la punta de la espada de Johnny se acomodó victoriosa contra el pecho agitado de su oponente. El muchacho sonrió de lado, victorioso. El capitán sonrió de lado, derrotado.

51

La flota naval del gobernador Winchester permanecía en las aguas fronterizas de la ruta pirata, perfectamente posicionado para interceptar a El Espectro cuando viniera de regreso de la Cuna del Diablo, y estuviese el capitán Black en posesión del mapa del conquistador. La tripulación de El Bartolomé ya hablaba entre murmullos, sobre cubierta y en las cabinas, comentando indignados sobre el mal trato que se le había dado a la mujer española y de qué mal gusto fue destrozar El Liberty, cinco naves a una, con tanta saña. El capitán español, Santiago Velázquez, murió una mañana a causa de la herida de bala que tenía en el pecho. María había llorado tanto que su rostro se miraba consumido por lágrimas, el brazo derecho completamente entumido por pasar tantas horas esposada a la cama del gobernador y pudiéndose levantar pocas veces al día sólo para ir al baño, ni siquiera para despedirse de Santiago en sus últimos momentos. Era ahora el cadáver viviente de una mujer que alguna vez fue hermosa, y ahora lo único que la mantenía respirando era pensar en su hijo y rezar a cada minuto por su victoria, y por más que le pesase, también pensaba en Desmond.

Frente a un gran espejo de volantes dorados, el gobernador se acomodaba la peluca de rizos grises.

—Cada día que te tengo a mi lado lamento que no hayas sido mi esposa —dijo el político a la mujer, que lo miraba horrorizada desde el suelo—. En fin, supongo que ahora es como si lo fueras, ¿no es cierto?

—Disfrute mientras pueda —respondió María—, porque cuando el capitán Black llegue, le arrancará la piel de los huesos.

—¿El capitán Black? Según mis fuentes fue el mismo Desmond Black quien te desterró de su flota. Por suerte para ambos, es posible que tu bastardo te quiera un poco más que su padre y esté dispuesto a entregarme el mapa a cambio de ti. Eso si no quiere mirar cómo pongo una bala en tu bello rostro. Y cuando tenga el mapa en mis manos, oh, cuando tenga ese mapa… Haré que los veas morir, María. *Haré que los veas morir.*

Entraron dos oficiales, Kenning y Adley, que jamás iban a lograr acostumbrarse a mirar a una mujer amarrada y sometida en el suelo de una cabina. Había un asunto que el político habría de atender, así que salió de la habitación en compañía del primer oficial sin percatarse de que Adley se había quedado allí, mirando a María con los ojos tristes.

—Por favor, ayúdeme —pidió María—, va a acabar con todo lo que amo.

El oficial Adley se acercó a ella y se inclinó en cuclillas para quedar a su altura, no pudiendo soportar mirarla hacia abajo un minuto más.

—¿Pretende huir? —le dijo—. ¿Y a dónde irá? Estamos en medio del Caribe entre buques de guerra. Al primer intento el gobernador enfurecería y su estancia sería aún más terrible, recibiría un trato aún menos digno. Créame que puede ser posible, lo he visto. Ahora a usted la mantienen en una habitación con suficiente comida y agua, pero podría terminar en el calabozo. El gobernador no va a matarla porque la necesita con vida, pero eso no significa que no pueda hacerle daño si le da motivos.

La poca esperanza que quedara se erradicó de los ojos de María con tal desconsuelo que Adley hubo de mirar a cualquier otro sitio antes de enfrentar la miseria encarnada. Entonces los ojos del oficial se quedaron fijos en la mesa del comedor, los platos y cubiertos de desayuno todavía estaban allí.

—No he perdido la fe en el rey ni en la Marina Real, no piense usted que he dudado —dijo Adley, aproximándose a la mesa—, pero no me uní para presenciar la tortura de una mujer. Oí misa hace tres domingos, confesé que torturé al almirante Dawner y a mi compañero George Tanner, y ¿sabe qué dijo el padre? Que somos un rebaño de ovejas siguiendo un pastor porque así nos enseñó Dios, y que aun si el pastor pierde el juicio no queda más que seguirlo, porque son las ovejas solitarias las que se tragan los lobos. El problema, señorita, es que nadie nunca nos contó lo mucho que se puede confundir a un pastor con un lobo.

La insegura mano del oficial tomó un cuchillo de la mesa y se volvió a María lentamente, atreviéndose a alzarle el vestido para acomodar el filo dentro de su media.

—¿Está con los piratas? —le preguntó la mujer, que antes se había asustado cuando el oficial le alzaba el vestido, y ahora comprendía que la estaba armando.

—Estoy con Dios —respondió Adley.

La puerta se abrió y entró el gobernador acompañado de un infante de Marina, que al ver al oficial Adley demasiado cerca de la mujer, inmediatamente hizo un intento por distraer al político.

—¿Ya ha visto usted la artillería, gobernador? —dijo el infante—. No cabe duda de que los piratas serán derrotados, quedarán bajo el mar.

—No todos —respondió Winchester—, deseo que el capitán Black y John Dawner sean traídos ante mí.

—¿Otorgará privilegio a juicio?

—Los fusilaremos en cubierta.

María se estremeció, apretó los ojos y contuvo la angustia. El oficial Adley y el infante de marina hicieron una reverencia al gobernador y se retiraron.

—Ahora lo veo claro —dijo María a Winchester—, para los piratas la causa está perdida, se hundirán a su merced y yo he de quedarme a vuestro lado el tiempo que le plazca.

La forma en que la mujer hablaba, tan repentinamente sensual y con aquel acento español que fascinaría a cualquiera, capturó la atención del gobernador pervirtiéndolo hasta las entrañas.

—Si al final no ha de quedarme nada —siguió María—, quisiera concluir en buenos términos.

—¿Buenos términos? —le preguntó el gobernador, acariciándole la mejilla.

—Prefiero ser su dama que su prisionera.

Con una depravada mirada clavada en el escote, Winchester tomó una pequeña llave de su bolsillo y la introdujo en las esposas, liberando a la mujer, cuyas muñecas estaban marcadas con llagas ensangrentadas.

—Veamos cómo te comportas —dijo el político.

—¿Me sirve una copa? —pidió María.

Con un repentino aire servicial, Winchester sirvió dos copas de coñac y dio un elegante trago al suyo cuando María ya estaba vaciando el contenido de súbito dentro de su boca.

—Ese trago se me ha ido directo a la cabeza —rio María—, seguro que cometeré locuras.

—María, María... tienes mi permiso de cometerlas.

El político puso una mano detrás de la cintura de la mujer, acercándola a su propio cuerpo hasta quedar como uno solo; y conteniendo el asco que le provocaba, María lo besó en los labios. Winchester sucumbía besándola mientras ella disimuladamente sacaba el cuchillo de su media y lo ocultaba detrás de su espalda, con el mango firme en el puño a pesar de que temblaba cada extremidad de su ser. El reflejo en el espejo de volantes dorados terminó por delatar las intenciones de María cuando Winchester vio el filo deslumbrante, y en un arranque tiró del brazo de la mujer para arrebatarle el cuchillo, y sin piedad alguna le perforó la mano izquierda contra la mesa del comedor atravesando también la madera. La mujer soltó un alarido de horror, mirando la sangre brotar de su mano como una fuente escarlata.

—Si no serás mía por las buenas lo serás por las malas —dijo Winchester—, como todo lo que deseo.

María intentaba liberarse, pero el filo del cuchillo mantenía su mano adherida a la mesa, y el solo intento de acariciar el mango le provocaba un dolor insoportable. Winchester iba deshaciendo los cordones de su pantalón, mirándola con una perversión que revolvió el estómago de la mujer.

—No te atrevas, maldito cerdo —rugió María, alcanzando un candelero y amenazándolo, forcejearon un momento hasta que Winchester le arrebató el artefacto de plata. Entonces María alcanzó un tenedor y estuvo a punto de clavárselo en el hombro, pero Winchester cogió su mano y la sostuvo detrás de la espalda de la mujer haciéndola inclinarse sobre la mesa sin la posibilidad de moverse. María sintió las manos del político acariciar sus piernas a medida que iba levantándole el vestido, dejaba caer todo su peso sobre ella, asfixiándola contra la madera y forzándola a sostenerlo. Gritaba por ayuda desesperadamente, pero pronto la mano de Winchester cubrió su boca con fuerza, y de un momento a otro María se dio cuenta de que estaba siendo tomada por la fuerza. La sensación de derrota que desgarró su cuerpo la debilitó lo suficiente para cesar la lucha un instante, de pronto se sentía aplastada y rota, destrozada en las fauces de una brutalidad que desconocía. Se escuchaban golpes en la puerta, los gritos de los oficiales llamando al gobernador con desesperación, sin poder entrar. María percibía perfectamente las lágrimas empapando su cara y resbalando entre los dedos de Winchester, y entonces lo mordió, despedazando uno de sus dedos entre sus dientes. El político dio un grito y se apartó de la mujer haciéndola caer sobre el tapete. Justo en ese instante la puerta del camarote se abrió de una patada; era Adley, que poco le había importado el riesgo de irrumpir de ese modo. Lo primero que vio fue a la mujer tirada en el suelo, vomitando y llorando desconsoladamente, rodeada de manchas de sangre que brotaban de su mano y su boca.

—Gobernador —llamó Adley, horrorizado—, ¿qué es lo que ha hecho?

Cinco oficiales más invadieron la habitación con bayoneta en mano y quedaron igual de perplejos y espeluznados que Adley.

—¡Esta desgraciada ha intentado matarme con un cuchillo! —rugió Winchester—. ¡Apenas me he podido defender y salir con vida!

—¡Esta mujer necesita un doctor de inmediato! —exclamó Adley.

—¡La perra pirata tendrá lo que se ha buscado! —dijo el político—. ¡Enciérrenla en el calabozo, y si me entero de que es asistida de cualquier forma, fusilaré al responsable!

Sin importarle los gritos del gobernador, el oficial Adley recogió a María en sus brazos con cuidado, algo que desagradó al político porque hubiera preferido que se la llevasen a rastras.

Cada oficial, marinero e infante en la tripulación se enteró de lo sucedido, pero nadie dijo una palabra porque había demasiado que decir, y no se podría *decir* nada sin tener una consecuencia fatal. Lejos de sentirse hombres de honor, sus consciencias los condenaban como cómplices de cada tragedia que la mujer española había sufrido, ésta la peor de todas.

En el calabozo, cuando el señor Córdova vio que un oficial venía con María en los brazos, imaginó lo peor y se levantó de súbito.

—¿María? —llamaba Córdova—. ¡Dios santo, María! ¡¿Qué le han hecho, hijos de puta?!

—Lo siento, lo siento tanto, señorita —se lamentaba Adley—, todo esto es culpa mía, si yo no hubiera…

—Usted no hubiera podido hacer nada, nadie puede —respondió María, derrotada.

—Los piratas pueden —dijo Adley.

—¡Bueno, dejadle en paz, ya bastante habéis hecho! —exclamó Córdova.

Una vez que la mano de María fue limpiada y vendada, el oficial Adley y el doctor se retiraron del calabozo. Lentamente la mujer se fue recostando sobre las piernas de Córdova, permitiéndose llorar a medida que descendía cuidadosamente, tanto como el dolor se lo permitía. Desconcertado, Córdova puso una mano sobre la cabeza de la mujer e improvisó una especie de caricia consoladora.

—No me toquéis —murmuró María en llanto—, sólo dejadme descansar aquí.

Poco a poco la mujer fue apagándose como una vela sin oxígeno hasta quedarse dormida. A Córdova le provocaba dolor mirarla en ese estado, deseaba con todas sus fuerzas acariciarla, pero respetaría la voluntad de la mujer aun si ella no estaba consciente.

—Resistid un poco más, María. Cuando los piratas vuelvan han de hacer pagar a estos malnacidos todo lo que han hecho. Mientras tanto dormid, que yo cuidaré vuestro sueño como si fuese mi propia vida.

Con los ojos cerrados, María sostuvo la mano de Córdova en la suya y se quedó dormida.

52

Los piratas fueron adentrándose al inframundo con el pasar de los meses, habiendo tardado a causa de tormentas que sacudían las naves una y otra vez; pero ni la ola más alta, el viento más fuerte o el rayo más sonoro consiguieron doblegar la voluntad del capitán Black. La noción del tiempo acabó por perderse. El sol ya no brillaba porque en el cielo únicamente reinaban gruesas nubes de color gris obscuro que escupían relámpagos, tan densas que impedían la luz y el calor. Cada centellear iluminaba de plata el mundo por un instante y luego volvía a desaparecer toda luz en una obscuridad más negra que la noche, el color del vacío, el color de la nada. La marea se había vuelto traicionera y el viento soplaba helado. Llovían cenizas. Rocas puntiagudas brotaban del agua grisácea y la superficie marina se cubría de una abrazadora bruma. El silencio se había vuelto insoportable, ni una ola, ni un chacoteo, ni un rechinido. Cada hombre podía sentir su aliento escapar de sus labios como si se le fuese la vida en ello. Los tres navíos se deslizaban sobre este tétrico paraíso, El Espectro, El Fénix y La Reine de Mort.

El capitán Black se mantenía aferrado al timón de su nave día y noche, no se atrevería a desprenderse ni a confiar la ruta a ningún otro, pues, al menor descuido, podrían internarse en un asiento de bruma que les impidiese mirar las columnas de roca puntiaguda. Ya se iba acostumbrando a la sensación de sus guantes de cuero resbalando contra la madera; el helado clima le había obligado a vestir su abrigo negro completamente abotonado y con el cuello alzado, llevaba los guantes de cuero y ni así conseguía entrar en calor. Cada hombre había tenido que elevar su atuendo y vestir la mayor cantidad de capas de tela antes de que sus dedos se congelasen y se partieran como vidrio. Johnny también vestía un abrigo negro, igualmente abotonado y con el cuello alzado y guantes de cuero, se había dejado crecer la barba un poco estos días y ahora, de no ser porque Black llevaba el pelo ligeramente largo y su hijo corto, serían fáciles de confundir.

—Puto frío —tiritaba Johnny, haciéndole compañía al capitán al timón.

—¿No ibas a comer con los muchachos? —le preguntó Black, vapor blanco escapaba de sus bocas cada vez que hablaban.

—No hay mucho que comer, casi todo se ha estado pudriendo de la nada.

—¿Pudriendo?

—Sí, y con gusanos como si llevara podrida meses. El cacao está bueno y Maggie hizo chocolate caliente, ¿quieres un poco? En verdad está muy bueno. Nunca pensé que vería a los muchachos prefiriendo chocolate sobre ron, pero ahí los tienes, pidiéndolo a gritos.

—Así que tú y la muñeca —dijo Black—, se le hizo al fin.

—¿No te habías dado cuenta?

—¿De que es tu novia o de que está embarazada?

Johnny se tensó de pies a cabeza, no pensaba decir una palabra al capitán al respecto, al menos no ahora que había tanto que pensar y que su mente debía estar invadida por tantos horrores. Vio por encima de sus hombros para asegurarse de que Tanner no hubiera escuchado una palabra.

—¿En serio no sabes controlar tu maldita descarga? —dijo Black, molesto.

—Podría haberle pasado a cualquiera —refunfuñó Johnny—, te pasó a ti, ¿no?

El repentino aire lúgubre que sobrevoló al muchacho lo delató ante el capitán como llevaba haciéndolo la barriga de Margaret semana tras semana. Resultaba una obviedad que "el pastelito en el horno", como lo llamaba Joe, no lo había metido Johnny sino Ben.

—Si serás idiota, Johnny —rio Black, adivinándolo.

—Un idiota con la consciencia limpia. Amo a Margaret y yo seré el padre de ese bebé. Puede que no lleve mi sangre, pero llevará mi nombre y no le faltará nada.

—*Un idiota con la consciencia limpia* —se reía Black—, es tu vida, haz lo que quieras. Sólo te aconsejo que hagas las cosas porque quieres y no para que tu consciencia esté limpia.

Del mundo gris se fue alzando una isla de enormes rocas negras como torres puntiagudas. Desde el nido de cuervo, Ratas fue el primero en avistar la Cuna del Diablo, pero no dijo nada como su deber exigía, se quedó pasmado por el miedo. La neblina fue disipándose lo suficiente para que el capitán alcanzase a ver el reino sombrío y misterioso ante sus ojos. Lo miró de una cierta manera que estremeció a su hijo, como si fuese a encontrarse ahí con su destino.

¡Tierra!

¡A sus puestos!

¡Amainen las gavias!

¡Bajen el ancla!

¡Botes listos!

Los piratas perdieron el aliento cuando tuvieron a la Cuna del Diablo ante sus ojos, estaban ante una tenebrosa pintura palpable que sólo se miraba en cuentos de horror. Hubieron de aferrarse al motivo por el que habían venido, o el terror se apoderaría de ellos más pronto de lo que podrían remar al distante oleaje gris y a la playa de arena rocosa y negra.

—Valor, perros, a esto nos enlistamos —animó Poe.

—Valor, sí, sólo sepan que morirán aquí —presagió Chang.

—Tu puta madre, Chang, tu puta madre —le dijo Rodney, que temblaba de miedo.

El capitán Black aún estaba frente al timón, que ya no tenía ningún caso sostener porque la nave estaba asegurada.

—Oye —le dijo Johnny—, estoy contigo, hoy y siempre.

—¿Mi hijo tiene miedo? —respondió Black con una sonrisa.

—¿Tú? ¿Tienes miedo?

—Estoy listo.

La figura de Turco surgió de entre la neblina, acercándose al timón.

—Estamos listos —anunció.

—Iré por mis armas —dijo Johnny, retirándose.

El capitán Black se quitó los guantes de cuero y suspiró profundamente liberando vapor blanco de su boca.

—Apaga los faroles cuando nos veas desembarcar en la playa —ordenó Black.

—¿*Cuando los vea*? —cuestionó Turco—, ¿cómo pretendes que apague los faroles desde allá?

—Los apagarás desde aquí porque no vendrás con nosotros —condenó el capitán—, tú, Tanner y la muñeca se quedan.

El capitán se alejó del timón sin atreverse a mirar a Turco a los ojos, sabía lo que le estaba pidiendo. Impulsado por una lastimosa indignación, Turco tomó a Black del brazo con fuerza obligándolo a detenerse.

—Voy a ir contigo, Desmond —argumentó Turco—, ¡me necesitas y lo sabes!

—Te necesito aquí —corrigió el capitán—, ¿o quién carajos se va a quedar con El Espectro si yo no vuelvo? Mi barco va a necesitar un capitán, ¿no?

—Dijimos que haríamos esto juntos.

—¿Y que El Espectro se vaya a la mierda si nos morimos? —dijo Black.

—Tú no vas a morir, Des —respondió Turco en un tono casi amenazante—, no vas a morir. Volverás a este barco con el mapa en la mano y bañado en sangre de Barbanegra, ¿me oyes? ¿Des? ¡Desmond!

El capitán abordó el último bote de remos. Sólo faltaba Johnny Blackdawn, que estaba despidiéndose de Margaret ante la escalerilla, se besaban apasionadamente provocando que los muchachos chiflaran: *¡Eso, Johnny, clávale la lengua en las anginas!*

—Por favor, ten cuidado, John —pidió Margaret, conteniendo el llanto—, este bebé necesitará a su padre.

Johnny se inclinó en cuclillas para besar el vientre crecido de la pelirroja, poniendo ambas manos a cada lado del ombligo.

—Ey, campeón —saludó cariñosamente, hablando al interior del vientre—, ahora tienes que cuidar de tu madre en lo que yo vuelvo. Aún no he visto tu rostro y ya te quiero, te quiero más que a nada.

Luego se irguió y besó a Margaret en los labios una última vez.

—Júrame que volverás, John.

—Te juro, mi Maggie, que si vivo te amaré y que si muero te seguiré amando.

Tanner se acercó a ellos, él sería el responsable de cuidar de Margaret dado que una pierna de palo no sería del todo conveniente en los terrenos de pantanos y rocas que anunciaba la distante flora en la playa.

—No hagas estupideces allá, Dawner —pidió George.

—No sé si podré evitarlo —rio Johnny.

Se dieron un largo abrazo, como los más entrañables hermanos. Por fin, Johnny se dirigía a la escalerilla para abordar el bote de remos.

—¡Dawner! —llamó George, haciéndole volverse—, regresa en una pieza.

Los botes de remos se deslizaban silenciosamente sobre el agua negra. El olor a azufre iba empeorando a medida que más cenizas caían del cielo cubriendo todo con un polvo grisáceo que olía a quemado. Los hombres remaban en silencio, meditabundos y sintiendo la necesidad de contemplar todas sus vidas. Al llegar a la playa se encontraron con una arena áspera y negra parecida al carbón, entremezclada con trozos de hueso, cráneos y columnas vertebrales que crujían bajo las botas. La isla se alimentaba de la vegetación de un extenso pantano que la cubría casi en su totalidad, cuyas aguas verdes burbujeaban y daban el origen a ese olor tan desagradable. Cada árbol parecía muerto y en proceso de putrefacción al igual que incontables animales esparcidos por doquier, colmados de gusanos. Los hombres se adentraban en la tenebrosa jungla y entre los fétidos vapores, iban ya con las espadas desenvainadas y las pistolas cargadas, siguiendo al capitán Black por la senda que iba abriendo con su propia espada.

—¿Y en dónde encontraremos a Barbanegra en ese abismo de penumbra? —preguntó Lussan.

—A Barbanegra no lo tienes que buscar aquí, él te encuentra —respondió Black.

La noche se hizo tan obscura que hubieron de encender antorchas para poder mirar tan sólo un poco. Los atacaban murciélagos, que descendían de súbito y les mordían las manos o la cabeza, enjambres de moscos les picaban hasta en el último poro. A Bow lo mordió una víbora venenosa de un color rojo brillante, y murió allí mismo pocos segundos después. Alcanzaron una especie de enredadera de hiedra venenosa con espinas que bloqueaba el único camino. El capitán Black volvió a abrir una senda con su espada, sin importarle que las espinas le rasguñaran los nudillos, las muñecas, los brazos y recibió un rasguño especialmente hondo en el cuello cuando una de las ramas rebotó contra él como un resorte. No hubo un solo bucanero que se librase de las puntiagudas espinas y en poco tiempo comenzaron a debilitarse. Les brotaba un sarpullido que ardía espantosamente, otros tantos que bebieron agua del pantano vomitaban a chorros y agonizaban envenenados, entre ellos Habib, que murió convulsionado. A otros les habían picado insectos y arañas exóticos cuyo veneno les había provocado fiebre, fue así como murió Jim, mordido por una araña del tamaño de su mano. Colina arriba descubrieron una cueva tan grande como una catedral y tan profunda que daba miedo atreverse a buscar su final. Encendieron una fogata para curar el frío y se sentaron alrededor del fuego en un círculo, una hermandad. Se repartía pan, carne seca y ron, mucho ron.

El capitán Black y el capitán Lussan se apartaron del círculo para discutir sus estrategias con más calma, pero Black no parecía lograr concentrarse, estaba sudando y tenía la sensación de que se le adormecía el rostro.

—*Par le diable* —se quejaba Lussan—, sí que hemos llegado a la *pègre*.

—Sabe que estamos aquí —murmuró Black—, lo siento en mi pecho, como un veneno maldito esparciéndose. Lo siento mirándome.

—Es el pasado, *capitaine* —le consoló el francés—, Barbanegra ya no tiene ningún poder sobre ti, *ce qui était, est plu…* lo que fue ya no es.

Poco a poco los bucaneros iban adquiriendo un estado enfermizo, palidecían y sudaban. Entonces Johnny, que también se sentía mal, forzó su adolorido cuerpo a erguirse y sujetó una botella de ron, dio un par de tragos y comenzó a cantar para animar e inspirar fuerzas.

> Yo ho, yo ho, pirata siempre ser…
> ¡brindad, compañeros, yo ho!

Una a una las voces de cada hombre iban uniéndose, atreviéndose a cantar porque Johnny Blackdawn cantaba. El capitán Black sonrió desde su sitio, observando a su hijo con el más profundo orgullo.

—Y ahí está —dijo Lussan conmovido—, tu hijo perdido.

—Ese cabrón nunca estuvo perdido —respondió Black con una sonrisa.

53

La fogata fue haciéndose tenue hasta extinguirse, y con ella la poca energía que quedaba en los piratas. Se quedaron dormidos, abatidos por un malestar que desconocían. Sudaban hasta empaparse, con temblores y movimientos involuntarios y un punzante dolor en la cabeza. El mal estaba presente y podía sentirse. Cada hombre era emboscado en su sueño por espantosas pesadillas tan vívidas que iban perdiendo la línea entre la realidad y lo imaginario. El capitán Black despertó de un salto, escuchaba los alaridos de una mujer a lo lejos, se levantó y miró a su alrededor buscando el origen, que venía de fuera de la cueva.

¡Desmond, ayúdame, Desmond!, gritaba la voz de María.

En un impulso, el capitán salió corriendo de la cueva, sin su abrigo, sin siquiera una antorcha para saber por dónde corría. Volvió a internarse en la jungla pantanosa, siguiendo el horripilante eco de cada grito. La mente se le revolcaba dentro del cráneo, ahora todo tenía sentido, sin duda El Liberty se había topado con El Satán y Barbanegra habría tomado a María prisionera para torturarla. Poco le importaban los murciélagos que querían morderle ni las telarañas que destrozaba en su camino entre espinas y hiedra.

—¡María! —llamaba Black con desesperación—. ¡María! ¡Dónde estás!

Tropezó en un terreno fangoso que se iba tragando su cuerpo y lo ahogaría de no moverse con agilidad. El capitán hubo de clavar sus dedos en el lodo para arrastrarse fuera de la piscina negra que tiraba de sus piernas, y así se arrastró hasta alcanzar la orilla del pantano, donde descubrió el cuerpo de María. La mujer yacía casi sin vida, con el cuerpo invadido de profundas heridas que sangraban a chorros, estaba totalmente cubierta de sangre. Black se arrastró hasta ella y tomó su cuerpo entre sus brazos, acariciándole el rostro con urgencia.

—María, María, abre los ojos —decía el pirata—, carajo, ¿qué te hicieron?

—Me duele, no lo soporto más —respondió la mujer débilmente, mientras Black escudriñaba cada una de las fatales heridas como machetazos ya infectados, muchos de ellos colmados de gusanos.

—Duele… —lloraba María.

—Lo sé, linda —decía Black, quebrándose en llanto—, resiste, te voy a sacar de aquí.

El capitán intentó levantar a la mujer, pero el alarido fue tan terrible que no se atrevió a volver a moverla. La sangre era demasiada y era evidente que no sobreviviría por mucho más tiempo, no había nada que hacer y Black lo sabía. No tuvo remedio más que quedarse a su lado un momento, acariciándole la cabeza, le besó la frente.

—¿Quién te hizo esto? —preguntó inundándose de rabia.

—Tú —respondió María—, tú me has destrozado de principio a fin… *has sido tú.*

—¿Qué? —cuestionó Black profundamente herido—, no, no, yo nunca te lastimaría…

—¿Acaso no sabes que aquí las palabras se transforman en filo? ¿No me has herido con tus palabras hasta matarme?

—No… María, no… Perdóname, ¡perdóname! Nos iremos de aquí y estaremos juntos. Esta vez estaremos juntos, ¡te lo juro!

Pero la mujer se quedó inmóvil con los ojos bien abiertos, muerta.

—¡María! —lloró Black, besándole el rostro y sacudiendo su cuerpo—. ¡María, no!

Un círculo de antorchas se encendió de una llamarada, al menos treinta hombres de deplorable aspecto reían a carcajadas alrededor del capitán Black. En ese momento Desmond se dio cuenta de que sostenía en sus brazos el cadáver descompuesto de un jabalí. Estos hombres usaban sólo pantalones ya rasgados, iban descalzos y con sus cuerpos plagados de cicatrices y tatuajes de la muerte y el diablo, todos arruinados por llagas de sol y hongos que formaban plastas grisáceas sobre sus pieles, sus pupilas completamente dilatadas y sonriendo con dientes ennegrecidos. Uno de estos seres dio un paso al frente, era corpulento y calvo, de venenosa mirada y con las uñas tan largas como sus dedos.

—¡Miren nada más! —exclamó—, ¡pero si es nuestro Dessy!

Todos rieron a carcajadas. El capitán se levantó lentamente.

—Duma —saludó Black.

—Dessy, Dessy... mira cómo has crecido, ¡si hasta pareces hombre! ¿Qué haces por aquí tan solo, besando a ese pobre jabalí? ¿Tenemos lujuria de la mala o te espinaste con la hiedra roja?

—Sabes a qué vine, puedes ahorrarte el espectáculo —dijo Black.

—¡Oigan a éste! —rio Duma junto con el resto de los podridos—, hasta él se cree sus propios cuentos. *Aquí no*, Dessy... aquí no eres capitán, aquí no eres *nada*. Estás en *su* territorio, papá te está esperando.

—Llévame con él.

Duma hizo una seña a uno de los hombres, un indígena tan delgado que parecía esqueleto, y a la señal de Duma disparó un dardo de una caña hueca. El dardo fue a dar al cuello de Black, y apenas un instante después de que se lo arrancara, cayó desmayado.

El llanto de un bebé despertó a Johnny. Quizá Margaret se habría puesto de parto y no había tenido más remedio que parir en la isla maldita, e impulsado por este pensamiento, el muchacho salió de la cueva apresuradamente. Los alaridos del recién nacido hacían eco entre los pantanos, cada vez más intensos.

—¡Margaret! —llamaba Johnny con desesperación.

El pirata corría cegado por la bruma hasta tropezar con una raíz que le hizo caer por una pendiente, rondando por el barranco entre fango y rocas en una larga y dolorosa trayectoria. Cayó dentro de una laguna verdosa cuyas aguas se alimentaban de una gigantesca catarata, tan sonora que silenciaba el mundo entero. La propia inercia del chorro tiraba de Johnny ahogándolo e impidiéndole salir, la vegetación del fondo jalaba sus piernas y lo enredaba entre algas. Bajo el agua, el muchacho tomó su navaja y cortó las algas que amarraban sus botas, luego pataleó con fuerza, intentando librarse del chorro que le caía encima hasta que éste lo impulsó al interior, detrás de la cascada. Se trataba de la cueva más grande que había visto, custodiada por enormes rocas puntiagudas que colgaban y surgían del suelo, algunas conectándose entre sí. Adolorido por el golpeteo del agua, Johnny se apoyó en las filosas rocas de la orilla para poder salir, llevaba sanguijuelas adheridas al cuerpo. Se echó bocarriba, intentando recuperar el aliento y tiritando de frío a medida que se arrancaba los animales uno a uno. Alcanzaba a ver una luz blanquecina al fondo de la cueva y estaba empeñado en descubrir su origen. La luz provenía de un orificio en la parte más alta por donde entraba la luz de la luna llena y alumbraba un rojo navío de inmenso tamaño meciéndose en el agua... *El*

Satán. Johnny se quedó impactado, sonrió sin saber por qué. Nunca en toda su vida se había encontrado con una nave tan magnífica. La madera era de color rojo obscuro, decorada con detalladísimos tallados en negro, la popa se elevaba en un edificio de vitrales rojos y amarillos, velas color rojo rizadas en tres mástiles tallados en negro, enormes faroles apagados. A la punta del palo mayor descansaba una bandera color negro con diablo rojo como insignia. El joven pirata se olvidó de todo, ignorante del peligro y fascinado por la nave roja. Estaba profundamente enamorado y quería hacerle el amor a la nave cuanto antes, volverla suya y amarla eternamente. Era éste el amor de su vida y lo descubría de golpe. De repente escuchó gritos y risas que venían del interior de la cueva. Se ocultó rápidamente detrás de una gran roca e hizo un esfuerzo por escuchar las voces, que no pertenecían a ningún miembro de su tripulación.

Maldito Dessy, ¿puedes creerlo? Ir a buscar a Barbanegra solo.

Se ve que estaba en perro mal viaje con la hiedra roja, ¡besando a un jabalí muerto, ja, ja!

Mal viaje el que le espera, Duma lo llevó a la torre.

Por fin, que el capitán descuartice a su hijo de una puta vez.

Lo hará, ha estado deseando hacerlo.

Johnny se precipitó al interior de la nave roja en busca de armas y municiones, llenó un saco completo y lo colgó detrás de su espalda. Sabía que no había un instante que perder, pues si estos hombres decían la verdad, Black ya estaba en las garras de Barbanegra y un segundo a su favor sería vital.

La tripulación del capitán Black ya se había dispersado alrededor de la jungla embrujada, llamando el nombre de su capitán con desesperación y temiendo lo peor. Gracias a que una pesadilla había despertado al capitán Lussan, haciéndole soñar que no podía parar de comer hasta que le reventaba la barriga, se dieron cuenta de que ni Black ni su hijo se encontraban ahí. No pasó demasiado tiempo para que los hombres de Barbanegra surgiesen de la obscuridad con sus malévolas risas y sus antorchas, tomando presos a los bucaneros antes de siquiera otorgarles la oportunidad de pelear, disparándoles dardos envenenados directo al cuello.

Cuando el capitán Black abrió los ojos, se encontró dentro de una celda de roca volcánica, encadenado de las muñecas y colgando a pocos centímetros del suelo cubierto de huesos. Iba y venía entre sueños, veía la sombra de Barbanegra sobre el cadáver descompuesto de María sobre un océano negro, luego Barbanegra iba devorándose a John cacho por cacho y escupía su sangre. *Sabe a podrido, Desmond, será que es tan corriente como tú.*

Aparecía el tesoro de Cortés, que no era ni de oro ni joyas sino cada hombre de la tripulación mutilado y apilados todos sobre los cofres. Las carcajadas distantes de Barbanegra despertaron a Black otra vez, volviendo a una realidad dudosa de la que ya no podía fiarse. Vomitó una grotesca cantidad de líquido negro, lo vomitaba a cántaros.

—Eso es, Dessy —dijo una voz ronca y grave—, déjalo salir.

Black volvió a vomitar, una y otra vez hasta que el color negro iba tornándose rojo como si expulsara sangre.

—Eso es, eso es… —decía la escalofriante voz.

—Vete al diablo —jadeó Black, débilmente.

La malévola risa de Barbanegra hizo un eco fantasmal. El *Capitán Infernal* se dejó ver a la luz de las antorchas, se acercó a Desmond mirándolo hacia abajo como siempre había hecho, burlándose de él con esa sonrisa de dientes de plata. Sostenía una pipa que iluminaba de rojo sus ojos grisáceos, la cabeza adornada con un ostentoso sombrero negro con una pluma roja. Su pelo y barba eran negros con varias canas que delataban manchas de sangre, la piel arrugada como un pergamino ardido por el sol. Vestía un abrigo negro hasta los tobillos, pero la atención de quien le viese se quedaría solamente en sus ojos, inundados de maldad pura, locura e insania; un alma tan vacía como llena de obscuridad.

—Es bueno verte, hijo mío —dijo Barbanegra—, me preguntaba cómo te verías después de tanto tiempo, pero sigues siendo el mismo. Un niño jugando a ser hombre, un bandido mediocre jugando a ser pirata.

—No seas cobarde —jadeó Black, que apenas soportaba el dolor de estar colgando—, vine por lo que es mío.

—¿Y me veo asustado?

—Me encadenaste en lugar de enfrentarme como un hombre, eso se llama cobardía.

Barbanegra soltó una ensordecedora carcajada, más penetrante que un cañonazo.

—Yo sé a qué has venido, Desmond —dijo—, y revancha tras revancha siempre termina igual; tú ensangrentado y atravesado por mi espada, con tu tripulación suplicándote que te rindas, que no te humilles más. Siempre hincado ante mí, sin poderte levantar. ¿Qué te hace creer que esta vez será diferente?

—Tal vez sólo disfruto darte problemas —rio Black dolorosamente.

—Manchar mi espada con tu sangre no es un problema, Dessy, es un hábito —respondió Barbanegra—, pero debo darte la razón en algo, éstas en verdad no son formas de tratar a un hijo pródigo, que, una vez más, vuelve a mí. Duma, libéralo.

Duma se acercó a Black y lo liberó de las esposas haciéndolo caer de rodillas con toda la intención.

54

Turco no se había movido de su posición en horas, casi trepado sobre la borda con un catalejo pegado al ojo intentando hacer sentido de lo que miraba, un fuego distante y humo negro que reflejaba las rojas llamaradas. Simplemente no tenía sentido el inicio de un fuego sin el eco de choque de espadas o disparos, algo andaba mal y el repentino y lejano aullar de coyotes lo confirmaba.

—¿Qué carajos está pasando allá? —dijo George—. ¿Oyes eso? ¿Son... lobos?

—Voy a ir —respondió Turco.

—No puedes hacer eso, tenemos órdenes de quedarnos aquí.

Margaret iba de un lado a otro con las manos sobre su vientre, rezando en silencio y lamentando haber permitido que John se marchase, en especial ahora que estaban juntos y tendrían un hijo; el cual por cierto llevaba días pateándola con fuerza, algo que hacía a Johnny sonreír cuando ponía las manos sobre el vientre. El frío le impedía pensar con claridad y, a pesar de que llevaba encima una roja capa de terciopelo y bebía chocolate caliente, no conseguía tener un solo pensamiento positivo sino caótico. George la miraba preocupadamente, en su mente no cabía siquiera la idea de que estuviese preñada, Margaret jamás haría algo así ni era la clase de dama que sufriría un destino semejante. Para él la única posibilidad de su repentino aumento de peso tenía que deberse a la deliciosa comida de Tortuga tras haber pasado meses en un navío comiendo apenas algunos mariscos y comida rancia; tenía todo el sentido que se abandonara a las delicias de la taberna, aunque esto fuese ya un exceso.

—Maggie, vamos hermana, respira —le decía George.

—¡Lo he dejado ir porque era su sueño! —exclamó ella angustiada—, ¿pero y si su sueño le cuesta la vida?

—Es John de quien estamos hablando, sabes que se sale con la suya desde que éramos unos niños —la consoló George, aunque él mismo tuviese sus propios temores—, ¿por qué no le preparas un chocolate caliente o algo de comer? Seguro que regresará hambriento.

—Tienes razón, todos ellos necesitarán comida y grog.

La pelirroja se fue hacia la cocina dispuesta a preparar el mejor recibimiento posible, iba a asegurarse de que los hombres sintiesen que volvían a su hogar más que a un barco. La bruma gris dificultaba la vista y la humedad hacía la madera tan resbalosa como hielo. Al poner pie en el primer escalón, Margaret resbaló y rodó hasta la cocina, cayendo sobre el vientre. El dolor estalló junto con un grito de dolor y sintió la tibia sangre resbalando por sus piernas. Ante el llanto y el dolor Turco llegó en un pestañear, también a punto de resbalarse en el mismo escalón y advirtió a George que se moviese con cuidado.

—¡Turco! —gritaba ella—, ¡duele, por Dios, duele!

—¡Maggie! —se aceleraba George—. ¡¿Qué pasa?!

Turco levantó a Margaret en sus brazos sin dar explicaciones a George, que parecía enloquecer de preocupación y desconcierto. Llevó a Margaret a su pequeño camarote en el penol de las velas y la recostó cuidadosamente sobre la cama, manteniendo toda la calma a pesar de los alaridos de la niña.

—Mi bebé, mi bebé —lloraba Margaret—, dime que mi bebé estará bien, salva a mi bebé.

—¿Cuál bebé? —preguntó George sin recibir respuesta—. ¡Margaret, *cuál bebé*?!

—Será mejor que salgas de aquí —le dijo Turco.

—¡¿Estás encinta y no me lo dijiste?!

—¡Tanner, no hay tiempo para esto! ¡O cooperas o te largas!

—Dime qué hacer —respondió George agitadamente.

Margaret yacía sobre la camilla, empapada en sudor y dando de gritos mientras ambos hombres desinfectaban sus manos con lo único que había a la mano, ron. Enseguida Turco alzó el vestido de Margaret y le retiró las medias ensangrentadas.

—Abre las piernas —le dijo Turco a Margaret, que obedeció de inmediato por el dolor—, maldición, estás dilatada hasta los codos.

—¿Eso qué significa? —preguntó George nerviosamente.

—Que ya viene —confirmó Turco—. Tanner, sostenla. Maggie, a la cuenta de tres vas a empujar con todas tus fuerzas, ¿me oyes? Con todas tus fuerzas. Uno, dos, ¡tres!

Eran tales los gritos de Margaret que George brotó en llanto y le temblaba cada centímetro del cuerpo, pero no debilitó la fuerza con que cogía la mano de su hermana ni por un instante. Algo iba mal, George podía notarlo en la frustración de Turco y la forma en que lo miraba preocupadamente, como si le anunciase en silencio que éste no sería un final feliz.

—¡Con más fuerza, niña, vamos! —llamó Turco.

—¡No puedo! ¡No puedo más!

Margaret jamás se vio inmersa en un dolor tal, y sin embargo, envalentonada por traer a su hijo al mundo con tal determinación, su llanto fue transformándose en gritos de esfuerzo.

—¡Eso es, eso es! —decía Turco—, ¡sólo un poco más, veo la cabeza!

La niña soltó un último alarido que le arrebató el aliento; y luego de un instante de silencio escuchó un llanto que iluminó su vida como un centenar de soles. Turco puso en sus brazos a la criatura más perfecta que había visto, aún cubierta en sangre y restos de placenta, luciendo como el ser más maravilloso que había visto.

—Tuviste niña, sana y hermosa —jadeó Turco, inevitablemente emocionado.

Con los brazos todavía temblándole, Margaret sostuvo a su hija y la besó en la cabecita. George sonrió ampliamente, desbordando lágrimas y acariciando los hombros de su hermana con orgullo.

—Mi princesa, mi mundo entero —lloraba Margaret—, mi Annabelle.

Una nueva contracción estremeció a la mujer haciéndola gritar, y si no fuera por George, que tomó a la bebé en sus brazos, habría caído. Margaret volvió a gritar y Turco, desconcertado, volvió a colocarse entre sus piernas.

—Otro —rio—, viene otro, no lo puedo creer.

El doloroso parto se extendió tan sólo unos minutos más antes de que Turco pusiera en brazos de Margaret otro bebé.

—Es un niño —anunció—, sano y fuerte.

La pelirroja rio derramando lágrimas de alegría y cansancio.

—James —dijo feliz—, mi hijo se llama James.

Sintió un profundo estremecimiento, un amor magnífico de interminables alcances e inexplicables maravillas. Se sentía la mujer más dichosa, más plena, arrullando a sus hijos en brazos y mirándolos como si fuesen ángeles. Ahora era una madre.

—¿Estará bien? —preguntó George a Turco—. Quiero decir, ¿no habrá infecciones ni... cosas malas?

—Fue un parto limpio —respondió Turco—, sólo debe descansar, beber agua y comer algo para recuperar las fuerzas.

El hombre del turbante subió a cubierta con cierta urgencia; ajustaba un cinturón cruzado sobre su pecho con dos pistolas y su cimitarra a la cintura cuando George salió en su búsqueda.

—¿A dónde crees que vas? —le dijo George—. No puedes dejarme, no con lo que acaba de pasar. Si Margaret se pone mal o los bebés, yo...

—Estará bien —respondió Turco—, cuida la nave y estate atento.

—No, Black dijo que...

—Sé lo que dijo.

Era quizá la primera vez que Turco se atrevía a desobedecer la orden de su capitán, pero al menos esta vez estaba más que dispuesto a desobedecer a su amigo. Escaló por la borda de la nave negra y remó hasta la Cuna del Diablo. Sin duda, George no podría hacer nada para evitarlo, pero aun si pudiera no lo haría, pues, de no tener una pierna de palo que se hundiese derrotada en el fango, él habría hecho exactamente lo mismo por John.

55

La guarida de Barbanegra parecía una especie de castillo edificado con la más obscura creatividad, un palacio de muerte. Cada muro construido con piedra volcánica y huesos humanos y una torre alta hecha de cráneos incrustados y rocas negras. El patio daba a un gran acantilado desde donde se miraba casi toda la isla y el mar cubierto de bruma, y en el mero centro ardía una hoguera de enorme tamaño. Los hombres de Barbanegra danzaban y reían a su alrededor, celebraban la hilera de piratas prisioneros que tenían amarrados con un cabo negro contra el muro de piedra. Detrás de una roca, Johnny observaba cuidadosamente, buscaba a Barbanegra y a Black, pero no había señal de ellos, sólo de sus compañeros atados y muchos de ellos heridos horriblemente. La tripulación cuchicheaba en voz baja, intentaba calmar a Rodney que estaba perdiendo la cabeza por la falta de ron; no recordaba un momento en su vida donde hubiese transcurrido tanto tiempo sin beber licor, y a cada segundo iba perdiendo el juicio y el control. Si las leyendas eran ciertas, que hasta ahora lo eran, los bucaneros bien conocían su destino y era difícil no sucumbir al pánico. Si los podridos iban a arrancarles la piel de los músculos o los músculos de los huesos sería poca cosa comparado a los horrores que habían oído.

Rodney miraba cómo los horripilantes seres bebían ron y se lo escupían unos a otros entre risas y maldiciones.

—¡Un trago! —pidió Rodney—, ¡por el diablo, sólo dame un maldito trago!

—Calla, hombre, *calla* —murmuró Melville.

—¡¿Quién abrió el maldito hocico?! —rugió uno de los podridos que llevaba el nombre de Boa, y también la apariencia; delgado y a la vez fuerte, letal, con el cabello negro trenzado hasta el suelo.

—Yo, fui yo —respondió Rodney, ganándose la angustia de sus compañeros, que murmuraban suplicándole que no hablara más—, un traguito de ron, vamos, ¡un traguito!

—¿Quieres ron? —le dijo Boa, inclinándose ante él con la botella de ron en la mano—, ¡éste quiere ron!

Los podridos rieron. Entonces Boa golpeó a Rodney con la botella en el rostro repetidamente y con tanta fuerza que el vidrio se le fue incrustando en la cara hasta matarlo.

—¡No! —rugió Lucky—. ¡Maldito hijo de perra, que te cargue el diablo, hijo de puta!

Y en un pestañear, Boa sacó su pistola y le dio un tiro a Lucky en la cabeza. Desde la roca, Johnny se llevó ambas manos a la cabeza con desesperación. Tomó una de las granadas que cargaba en el costal y la aventó tan lejos como pudo, hacia los pantanos donde estalló con un rojo fogonazo que iluminó a lo lejos. Los podridos se levantaron de un salto con armas en mano, y como una manada de bestias corrieron todos en horda hacia la obscuridad. Solamente Boa se quedó en el patio, a vigilar a los prisioneros, cuando vio a Johnny salir de detrás de la roca con espada en mano.

¡Es Johnny!, se emocionaron los piratas.

Un duelo entre Johnny y Boa estalló con violencia, pero no duró demasiado, el muchacho había aprendido sus lecciones y el hombre de la trenza pronto recibió un fatal espadazo en el vientre que le derramó los órganos en el suelo. El joven pirata tomó su navaja y se precipitó a liberar a sus compañeros uno a uno cortando el cabo con velocidad.

—*Par le diable*, qué gusto verte, *garçon* —le dijo Lussan.

—Apresúrate, con un demonio —le decía Joe.

—¿Cuál es el plan, Johnny? —preguntó Melville aceleradamente.

—Eh… eh…

—Porque sí hay un plan, *oui?* —agregó Lussan.

Una vez desatados los piratas, cada uno fijó su mirada en Johnny Blackdawn, esperando a que les diese una orden, una dirección, algún tipo de inspiración que diera sentido a sus miedos y fuerza a sus almas.

—Tomen sus armas, están alrededor del fuego —dijo Johnny—, esperen a los malditos y recíbanlos con las granadas que traje, están ahí. Yo buscaré a Black.

—Pero Black está en la torre con Barbanegra —dijo O'Connor; escuchar la voz de un niño en ese lugar tenía poquísimo sentido—. Si vas solo, no regresas.

—Vamos, muchacho, déjanos acompañarte —agregó Poe.

—No —respondió—, ellos son más que nosotros y no podemos darnos el lujo de ser aún menos, necesito a todos aquí.

Los bucaneros asintieron y se movilizaron para hacerse armas.

La habitación principal de la torre estaba iluminada con antorchas que ardían alrededor de una vieja mesa de madera cubierta de sangre seca y cadenas oxidadas, donde se hacía toda clase de ritos al demonio. Los muros cimentados con columnas vertebrales y costillas de las cuales brotaba una especie de vitrina empolvada y surtida con todo tipo de frascos; órganos, pociones, hierbas, ojos, fetos. Sobre la mesa de sacrificios aún yacía un vestido blanco empapado en sangre, una niña virgen que Barbanegra había ofrecido a Satanás para asegurar su victoria contra Desmond Black. Ambos hombres se sentaron en cada extremo de esa misma mesa, se miraron fijamente.

—Capitán, los tenemos —anunció Duma a Barbanegra—, los malditos perros están atados en el patio.

El corazón del capitán Black pareció detenerse un instante; había imaginado ya bastantes escenarios en su cabeza de lo que podía pasar en la Cuna del Diablo, pero nunca pensó, ni por un minuto, que sus hombres serían capturados por los podridos y despojados de sus armas sin siquiera haber comenzado la batalla.

—¡Pelea un duelo conmigo! —exclamó Black de pronto—. El ganador se lleva el mapa y el perdedor se muere y se va al inferno.

—Aquí lo tienes —dijo Barbanegra abriendo su abrigo y revelando el mapa enrollado en el bolsillo interior—, todo tuyo si me lo puedes quitar.

—¿Aceptas el duelo? *Uno a uno.*

Barbanegra entonces se dirigió a Duma, sin quitarle los ojos de encima a Black.

—Le daremos gusto a mi hijo, Duma. Quiere un duelo uno a uno, él y yo solamente. Pues sea. ¿Tienes a su tripulación en el patio?

—Sí, capitán. Y la hoguera fue encendida.

—Quémalos a todos —ordenó Barbanegra—. Uno por uno, échalos al fuego. Pero que no se quemen demasiado, me gustaría cenar sus desgraciadas carnes esta misma noche.

—No tocarás un maldito pelo de mis hombres hasta que me hayas matado —amenazó Black. Retumbaron explosiones a lo lejos. Barbanegra reconocería sus propios explosivos donde fuera, su mirada de disfrute se transformó en una de desconcierto, y bastó con hacer una seña a Duma para que éste saliera con sable en mano. El capitán Black sintió un consuelo abrazador ante la explosión, una caricia de esperanza que se iba difuminando. Barbanegra lo observaba, lo miraba con una sonrisa sin pestañear. Black hubiera querido decir algo, quería burlarse de Barbanegra como se burlaba de todos, intimidarlo como intimidaba a los demás y ante todo deseaba parecer fuerte e invencible como parecía ante el mundo. *Vamos, Desmond, éste es tu momento, esto es lo que tú querías, vamos*, pensaba. Siempre imaginó que encontraría a Barbanegra después de tantos años y se le enfrentaría sin dudarlo, que sería tan fuerte y letal como lo era en su Espectro, pero ahora luchaba por no transformarse en ese muchacho confundido que era en El Satán.

—¿Por qué esa cara, Dessy? —le preguntó Barbanegra—. ¿No quieres ver a tu madre en el infierno? La muy puta te ha de estar esperando en el prostíbulo infernal, esperando a que llegues a joderle la vida una vez más, hasta en la muerte.

—¿De verdad? —rio Black—. ¿Hay un prostíbulo en el infierno? ¿Cuántas veces has ido que lo conoces tan bien?

—No te miento, Dessy, también la quise. Y me divierte ver cómo la veneras. Dime, ¿tú crees que ella te quería a ti? Me odias tanto porque necesitas encontrar un culpable de su muerte, necesitas culparme a mí por no haberle ayudado a Anne a pagar su deuda, pero yo te digo que para lo único que me pidió ayuda en su vida fue para acabar contigo antes de que nacieras. Me pedía una y otra vez una hierba y otra y otra, lo que fuera para no tenerte nunca. Pero tu maldito feto resistió todos los intentos de tu madre por matarte. Resistió como los grandes, ¿y para qué? Anne murió por tu culpa, porque revolcarse con toda una isla no alcanzó para pagar las medicinas del niñito enfermo y tuvo que meterse con quien no debía. ¿Fui yo quien la molió a golpes? No, fue Botas de Hierro. ¿Estaba yo allí para impedirlo? No, estabas *tú*. ¿Y por quién tuvo que endeudarse? *Por ti*. Y has pasado toda tu puta vida, *tu miserable vida*, intentando darle sentido a su muerte, que su sacrificio valía la pena si tú llegaras a convertirte en un *gran* pirata, en un *gran* capitán... pero ¿lo eres? ¿Cuántas batallas me has ganado, hijo?

Con los puños apretados hasta clavarse sus uñas en las palmas, Black contenía el llanto y la rabia, la respiración haciéndose más pesada a medida que comenzaba a sentirse derrotado sin siquiera haber iniciado la pelea.

—¿Y qué te queda en la vida, Dessy? —le preguntó Barbanegra—. ¿Un barquito?

—Le queda un hijo —respondió Johnny.

El joven pirata apareció con una pistola en la mano, acercándose a Barbanegra a pasos lentos y sin doblegar el brazo que sostenía firmemente el arma hasta quedar frente a un balcón de rocas. El capitán Black se estremeció, quizá habría logrado sonreír, pero sólo pudo mirar a su hijo como quien mira un milagro.

—Creo que no conoces bien a mi capitán —comenzó Johnny—. He visto al capitán Black entrar en la bahía de Port Royal con su Espectro sin ser visto y robar el buque de guerra del gobernador con sólo unos cuantos hombres, lo he visto ganar. He visto al capitán Black navegar su Espectro a través de una fiera tormenta y lanzarse por la borda para rescatar a un muchacho que se ahogaba, lo vi salvar una vida. He visto al capitán Black clavar sus dedos en una herida para sacar una bala, lo vi salvar una vida otra vez. He visto al capitán Black sacar a una niña de la miseria de las calles y hacerla pirata, lo vi ser magnánimo. He visto al capitán Black recuperar su nave de un motín sin dar un solo disparo, lo vi triunfar. He visto al capitán Black defender el honor de una prisionera, lo vi ser caballero. He visto al capitán Black obsequiar su legendaria navaja a un simple grumete, lo vi ser generoso. He visto al capitán Black volver curso para rescatar a quienes había desterrado, lo vi ser piadoso. He visto al capitán Black dirigir una batalla naval con toda la flota de la Marina Real frente a él, lo vi ser valiente. He visto al capitán Black inspirar a cientos de hombres a navegar a la Cuna del Diablo, lo vi ser líder. He visto al capitán Black rechazar una oferta de la Corona y defender la piratería, lo vi ser leal. He visto al capitán Black ayudar a un almirante herido, lo vi ser noble. He visto al capitán Black anclar en Tortuga casi un año entero alistándose para la guerra, lo vi ser paciente. He visto al capitán Black admitir en su tripulación a un muchacho con pierna de palo que alguna vez fue su enemigo, lo vi perdonar. He visto al capitán Black enfurecido por una mujer, lo vi amar. Y desde que lo conozco, he visto al capitán Black soportar a un chiquillo rebelde y transformarlo en un pirata digno... lo vi ser padre. Ahora veo a mi padre retar a su enemigo a un duelo de muerte para salvar a su tripulación, lo veo ser capitán. Dime, Edward, ¿en qué podrías ser superior a un hombre como Desmond Black? Si eres tú quien no tiene nada más que maldad, honrado deberías estar en presencia de quien lo tiene todo.

El capitán Black tenía los ojos inundados de lágrimas y le brillaban a la luz de las antorchas. Barbanegra aplaudió lentamente y se acercó a Johnny hasta quedar frente a frente.

—Poesía pura, mi nieto —le dijo Barbanegra—, *poesía pura.*

En un instante Barbanegra sacó su pistola y la apuntó directamente a la cabeza de Johnny, pero justo cuando estaba por apretar el gatillo, Black se lanzó hacia él y alcanzó a moverle el brazo desviando la trayectoria de la bala, que fue a atravesar el hombro izquierdo del muchacho, haciéndole caer hacia atrás por el balcón hacia el abismo.

56

Se desató la guerra. Los piratas luchaban contra los demonios entre las ruinas del castillo, iluminados por el fuego de la hoguera que había alcanzado las espinas que a su vez alcanzaban los árboles, creando un incendio en la jungla. Peleaban entre llamas y sangre. El chocar de las espadas era como relámpagos en plena tormenta, rugiendo con el furioso gritar de los hombres en batalla. Los corazones de los piratas ardían, la pasión y el terror fundiéndose en los espíritus valientes, el alma encendida con su propio fuego. La muerte les hablaba al oído, llamándolos, pero seguían luchando porque morirían de manera legendaria, la muerte que siempre desearon. El capitán Lussan coordinaba la batalla lo mejor que podía. Melville y Stanley luchaban espalda con espalda, para ayudarse a sostenerse el uno al otro, pues ambos ya llevaban un par de balas en las piernas. Vieron cómo un podrido acababa de arrancarle la garganta del cuello a Pulgas, antes de que Chuck pudiera llegar a defenderlo con la única mano que le quedaba, echaba sangre como una manguera. Joe iba asesinando a sus enemigos con dos hachas, animado por la malévola risa de Bones, cuyo delgadísimo cuerpo se deslizaba entre los hombres dándoles muerte antes de que lo viesen pasar. Vieron a un podrido dispararle a Espinoza en el pecho y, cargados de rabia, Rata, Silvestre y Raj se fueron contra él mientras Poe sostenía el cuerpo herido de Chang, suplicándole que resistiese. Killy y Jolly fueron echados a la hoguera y ardieron entre gritos hasta morir, Ebo intentó sacarlos soportando las llamas contra su enorme cuerpo, pero Duma lo decapitó antes. O'Connor le saltó encima a Duma y alcanzó a herirle en el cuello. El podrido lanzó al niño al suelo suponiendo que moriría del golpe, pero se levantó de un salto como un grillo, con daga en mano.

—No es tan fácil, calvito de mierda —rio sin temor alguno. El niño de once años se lanzó a Duma, pero antes de que pudiera tocarlo, Turco lo pescó de la camisa y lo levantó del suelo sin esfuerzo.

—Bien hecho, O'Connor —le dijo Turco—, yo me encargo a partir de aquí.

—¡Pero ese hijo de puta me...!

—Ayúdame repartiendo municiones, corre.

—¡Sí, Turco!

La inesperada presencia de Turco hizo arder el espíritu de los piratas más que el incendio que les rodeaba.

—¡Por el capitán Black! —gritó Melville.

—¡Muerte a Barbanegra! —exclamó Poe.

—*¡Per le capitaine Black!* —rugió Lussan.

El capitán francés también estaba herido, llevaba la punta de un cuchillo roto en el brazo, aunque quizá la capa de grasa en su interior hacía que las balas y filos se amortiguasen con eficacia.

—¡Vamos, *les rats!* —siguió—, ¡que somos piratas y no demonios! ¡Que somos hombres y no bastardos! ¡Que nuestro padre es el cielo y nuestra madre es el mar! ¡Que nuestro líder es el capitán de capitanes! *¡Vive le capitaine Black!*

Los piratas comenzaron a repetir esas palabras con toda la potencia de sus pulmones y la fuerza de sus cuerdas vocales, y lo hacían con un cierto tono melódico que les inspiraba cual himno.

¡Vamos, les rats! ¡Que somos piratas y no demonios! ¡Que somos hombres y no bastardos! ¡Que nuestro padre es el cielo y nuestra madre es el mar! ¡Que nuestro líder es el capitán de capitanes! ¡Vive le capitaine Black!

—¡Con fuerza! —rugió Turco.

¡Vamos, les rats! ¡Que somos piratas y no demonios! ¡Que somos hombres y no bastardos! ¡Que nuestro padre es el cielo y nuestra madre es el mar! ¡Que nuestro líder es el capitán de capitanes! ¡Vive le capitaine Black!

—¡Que se escuche! —gritó Joe.

¡Vamos, les rats! ¡Que somos piratas y no demonios! ¡Que somos hombres y no bastardos! ¡Que nuestro padre es el cielo y nuestra madre es el mar! ¡Que nuestro líder es el capitán de capitanes! ¡Vive le capitaine Black!

El glorioso eco de los cantos se oía en las ruinas a medida que el fuego crecía, cada hombre de El Espectro, de El Fénix y de La Reine de Mort entonaba a gritos la melodía hasta ser más sonora que el propio chocar de las espadas, entre los gritos de los demonios que se adornaban de sangre mientras los piratas se iban bañando de gloria.

Johnny abrió los ojos lentamente; veía borroso y le dolían los brazos y las piernas, sentía la sangre caliente escurrir por su brazo, ambos levantados y no entendía por qué, no lo hacía voluntariamente. Miró a su alrededor, veía la jungla obscura y brumosa, pero todo se miraba al revés. Un agudo dolor le invadía el cuerpo en una especie de calambre de pies a cabeza. Iba recobrando la consciencia y entendió que estaba colgando de una liana enredada en su pierna izquierda y estaba suspendido ante un vacío negro cuya profundidad no podía calcular en la neblina. Tomó su amada navaja, a pesar del dolor que le provocaba moverse, y se estiró lo mejor que pudo para cortar la liana enredada. Cayó un par de metros sobre la maleza, se levantó de un salto y echó a correr de vuelta a las ruinas. Al llegar al patio de la hoguera ya no encontró hombres peleando sino un incendio consumiéndolo todo entre docenas de cuerpos, algunos de ellos los reconocía perfectamente y yacían sin vida sobre charcos de sangre y órganos. Por las turbadoras heridas supo que habían muerto de la manera más horrible, sus rostros apenas reconocibles entre cuchillazos y hachazos, como trozos de carne sin vida y sin identidad. Sonidos de batalla hacían eco a lo lejos; espadazos, gritos y escasos tiros. Siguió el estruendo de la batalla al interior de una cueva en las faldas de la torre. La cueva iba convirtiéndose en un túnel, un escalofriante laberinto escurriendo de sangre como un río en el suelo, iluminado por las antorchas que colgaban de los muros de piedra. Había llegado a las grutas, gigantescas cuevas por debajo de la tierra. Un palacio de rocas húmedas, suaves y brillantes. Largas estalactitas colgaban de lo alto goteando sobre charcos, otras se alzaban del suelo hacia la interminable obscuridad de las cavernas. Los piratas seguían luchando ferozmente, aunque reducidos en número, pero no con menos coraje. El chocar de sus espadas y los gritos de los que mataban y los que morían provocaba un eco de semejante potencia que algunas estalactitas caían de lo alto, aplastando a los hombres o atravesándolos con sus filosas puntas.

Johnny Blackdawn siguió su camino por aquel obscuro laberinto de sangre, el miedo le habría arrebatado el aliento, pero la exaltación por la batalla se lo devolvía como si le otorgase una segunda vida. Alcanzó el mero núcleo de las grutas, una enorme cueva de puntiagudas piedras que formaban toda clase de figuras como amorfas esculturas, un orificio colosal en la parte alta dejaba entrar los blanquecinos rayos de la luna llena, iluminándolo todo entre el rojo fuego de las antorchas. Una catarata atravesaba de arriba abajo y caía hacia un vacío tan profundo cuyo final no se distinguía en la obscuridad, un precipicio, una puerta al inframundo. Ahí estaban Barbanegra y el capitán Black, peleando ferozmente entre las rocas de pico. El chocar de las espadas retumbaba haciendo temblar los muros y desplomarse las rocas. Barbanegra, bañado en sangre ajena hasta la cara, iba debilitando a Black despiadadamente. Era más fuerte en músculo y más grande en tamaño, pero lo despedazaba porque era consciente de lo que representaba para su hijo, un pasado espantoso cuyos recuerdos herían más que el filo. El capitán Black seguía luchando con toda su fuerza, queriendo probar a Barbanegra, pero también queriéndose probar a sí mismo. Si moría Barbanegra debían morir con él los recuerdos y cada uno de sus miedos. Ya cansado en cuerpo y furioso en alma, atacaba y se defendía sintiendo sus brazos quebrarse ante el peso de la espada enemiga; peleaba como un guerrero, todo su espíritu empeñado en cada uno de los movimientos de su espada. Desmond Black jamás peleó con más belleza y más fuerza en toda su vida. En un instante Barbanegra hizo que Black perdiera la espada, el arma resbaló y cayó detrás de un cúmulo de piedras. Desmond sabía que si iba a sobrevivir sería únicamente desarmando a su enemigo, que ya intentaba clavarle la espada con tal urgencia que el filo contra las rocas sacaba chispas. Black buscó su navaja por hábito, pero al sentir la funda vacía en su cinturón recordó con cierto orgullo a quién se la había obsequiado; ya no le pertenecía a él sino a su hijo.

—Sigues siendo el mismo, Desmond —jadeó Barbanegra cansándose de perseguirle—, el mismo niñito flagelado y débil.

Iban subiendo por una escalera de roca volcánica diseñada por la propia naturaleza para encaminar los cuerpos directamente al acantilado, y de no mantener su equilibrio, ambos caerían. Black se lanzó a Barbanegra sosteniéndole el brazo de modo que soltó la espada, y por puro deleite le dio una vuelta como si bailase con él, enfureciéndolo aún más. Sin armas al alcance quedaron obligados a luchar cuerpo a cuerpo, y como el oficio de los golpes también era dominio de Desmond, comenzó a sentir que quizá en verdad podría vencer. Pronto Barbanegra recurrió a la artimaña echando un puñado de tierra a los ojos de Black, y cuando éste se tallaba para recuperar la vista, Barbanegra siguió un cruel rodillazo en la pierna y el último empujón que le hacía falta para caer, no sin antes obsequiar un rodillazo más, directo al rostro. Black cayó con las manos, escupiendo sangre; no pudo siquiera recuperar su aliento cuando Barbanegra lo lanzó hacia abajo haciéndolo rodar sobre la pendiente de rocas. Cayó demasiado cerca del precipicio y se quedó inmóvil un momento, se había golpeado la cabeza con cada roca y su columna se desplomó con fuerza sobre una piedra bastante puntiaguda. Pero no iba a rendirse, se volvió lentamente sobre sus manos para impulsarse hacia arriba y movió las piernas con cuidado para apoyarse sobre las rodillas. Creyó que a Barbanegra le tomaría un rato bajar por la pendiente de la que lo había lanzado, pero estaba equivocado, el hombre ya se encontraba allí para rematarlo con una patada al estómago, al pecho y pudo sentir perfectamente una de sus costillas hacer *crack*. Black no podía respirar, apenas lograba intentar moverse mientras Barbanegra recuperaba su espada y se preparaba para clavarla en el pecho de su hijo.

—Y aquí está… el *gran* capitán Black… el temible, el despiadado, el invencible —se burlaba.

Black tosía, intentando levantarse del suelo aun si se le iba la vida en ello, pero lo que se le había ido era el aire en cada golpe y sentía su costilla acariciarle los pulmones a cada brusca inhalación.

—Pero sí tienes mi admiración en algo, Desmond —le dijo entre risas—, el poder de engaño que tienes. Has engañado a casi toda la piratería convenciéndola de que eres toda una leyenda, un digno capitán. Poco sospechan que no eres más que el hijo de la puta más barata, un mocoso podrido que quería huir de su realidad tan desesperadamente que se inventó su propio cuento. ¡Hasta tú te lo crees a veces! Pero yo sé lo que eres, Dessy… no eres nadie, ni eres nada, *ni saldrás vivo de aquí*.

El capitán Black quiso levantarse nuevamente, pero sus brazos flaquearon.

—¿Qué hacemos aquí, Dessy? —le dijo Barbanegra—. Nunca has podido vencerme.

—Y tú nunca has podido matarme —le respondió Black, desde el suelo, alzando la cabeza para sonreírle. Entonces Barbanegra elevó su espada con ambas manos apuntando al pecho de Black y decidido a atravesarlo. La hoja de una espada se interpuso con la fuerza de un trueno, empujando al diabólico hombre lejos de Black; ahí estaba Johnny Blackdawn, con la miraba encendida y la espada fortalecida. Se batieron en duelo. El muchacho nunca creyó posible semejante potencia y bestialidad en una estocada, como si la hoja adversaria cayese sobre la suya con peso sobrenatural. Tomó un solo choque de espadas contra Barbanegra para que

Johnny supiera que se había ido a buscar su propia muerte, pero poco le asustó morir por lo que amaba, y si moriría se llevaría a Barbanegra con él.

El capitán Black alcanzaba a ver a su hijo peleando valientemente en el duelo más intenso que había presenciado en toda su vida en la piratería. Intentó levantarse ignorando el dolor, haciéndose fuerte con la sola idea de salvar a ese muchacho. María Aragón llegó a su mente como un abrazo; cómo esa bellísima mujer lo amó por sobre todas las cosas y cómo la valentía que le caracterizaba la hizo volver al Caribe a buscar a ese hijo que había adorado toda su vida sin siquiera conocerlo, añorándolo más que cualquier cosa. Pensaba en cómo la había herido en el corazón antes de enviarla a su propia muerte. Ahí estaba *ese* hijo que habían tenido, ese amor consumado hecho cuerpo, tan parecido a ambos de distintas maneras, dando su vida para proteger lo que amaba. Johnny Blackdawn peleaba contra un enemigo que ni siquiera le pertenecía y había hecho suyo, luchando a la luz de la luna, convirtiéndose en un hombre ante los ojos de su padre. Se mantenía de pie, gritos de esfuerzo escapaban de sus labios a cada brutal estocada, sin doblegarse, sin rendirse. Empapado en sudor y sangre devolvía cada golpe con coraje y determinación, temblándole las piernas a medida que iban acercándose al borde del precipicio donde caía la catarata. Barbanegra dio un espadazo alto que alcanzó a cortar el rostro de Johnny diagonalmente sobre su ojo izquierdo, liberó un grito de dolor y su vista se pintó de rojo impidiéndole ver, dando pasos ciegos hacia el vacío hasta que resbaló al borde del precipicio y cayó.

Confiado en que había eliminado al joven pirata, Barbanegra se acercó al vacío para comprobar su desaparición, pero Johnny había alcanzado a aferrarse de la orilla entre rocas y raíces.

—Digno hijo de tu padre —rio Barbanegra, pisándole las manos cuando de pronto Black lo empujó lejos de su hijo, recogió la espada y no del todo repuesto reanudó el duelo contra su enemigo. Johnny, luchando por salir, sentía un insoportable dolor a medida que la vista del ojo izquierdo iba perdiéndose y el vértigo de estar suspendido en una caída pausada tiraba de él hacia el vacío. El capitán Black atravesó a Barbanegra y tiró del filo con violencia, y antes de que pudiera verlo caer, se lanzó al borde del precipicio, ofreciendo los brazos a su hijo. Johnny le tomó un solo brazo al capitán mientras intentaba apoyarse con la bota sobre una roca para impulsarse, pero la roca cayó y el muchacho resbaló de nuevo, dejando su peso completo a la fuerza en el brazo de Black. El capitán gritaba, entregando todo su ser a esos setenta kilos que sostenía ante las fauces de la muerte.

—¡Dame la otra mano! —exclamó Black.

—¡Déjame aquí, yo me las arreglo! —gritaba Johnny.

—¡No seas imbécil!

—¡No lo has decapitado! ¡Tienes que decapitar a ese hijo de puta o no se muere! ¡Ve!

—No me voy a mover de aquí sin ti —jadeó Black—, ¡dame la maldita mano!

El vértigo sacudía el cuerpo del muchacho asegurándole que al desprenderse de aquella raíz caería y los brazos del capitán no serían capaces de sujetarlo, dudaba.

—Vamos, John, confía en mí —le decía Black—, *confía en mí...*

Johnny se fijó en los ojos de su padre y se perdió en ellos un instante, la mirada de Black le juraba que jamás, *jamás*, lo dejaría caer. Por fin desprendió su mano de la raíz y se permitió ser sostenido.

—¡Eso es! ¡Venga, arriba!

El capitán Black tiraba de su hijo con toda su fuerza y él hacía lo posible por impulsarse hacia arriba, y con la fuerza y determinación de ambos ya alcanzaba a sentir la tierra del suelo. De pronto la sombra de Barbanegra se dibujó en las rocas, elevando su espada y engrandeciéndose a medida que se acercaba al capitán.

—¡Black, suéltame, suéltame ya! —lloraba Johnny—, ¡te van a matar, suéltame!

Pero el capitán no cedió, siguió tirando de su hijo hasta que pudo poner ambos brazos en tierra firme. Barbanegra apareció detrás de Black como un fantasma, iba a atravesarlo por la espalda.

—¡Quítate! —gritó el muchacho.

En ese suspiro de instante, el capitán Black alcanzó a moverse, pero la espada de Barbanegra entró por su espalda despiadadamente clavándose a la altura de la clavícula derecha y saliéndole por el pecho.

—¡*No!* —exclamó Johnny en un brote de llanto.

Black no se movió a pesar de que Barbanegra le arrancaba la espada de la piel, ni siquiera entonces soltó los brazos de su hijo hasta que logró elevarlo del precipicio. Tan pronto alcanzó el suelo, Johnny le saltó encima a Barbanegra con su navaja desenvainada y se la clavó en el ojo cientos de veces en una repetida moción de furia.

—¡Ojo por ojo, maldito! —gritó Johnny.

El joven pirata solamente tenía esa navaja para luchar, que, por más pequeña, llevaba en ella una fuerza magistral y con suficiente confianza sería capaz de hacer milagros. Siguió clavando la navaja en el cuerpo de

Barbanegra una y otra vez, esquivando cada una de sus estocadas, pero en un descuido el endemoniado capitán logró cogerle el cuello y elevarlo del suelo, lo ahorcaba y sonreía a medida que el semblante del muchacho se hacía rojo y púrpura, se ahogaba. Un espadazo fugaz decapitó a Barbanegra ante sus ojos, un corte tan decidido que la cabeza tardó un par de segundos en desprenderse del cuerpo y la mano en soltarlo. El capitán Black había vencido, cojeando por las heridas se acercó al cuerpo decapitado de su propio padre, le abrió el abrigo y con las manos llenas de sangre tomó el mapa del conquistador. Sostuvo el pergamino con debilidad, lo estrujó dentro de su puño y lo recargó contra su frente como una plegaria.

Sin aliento, Johnny se arrastró sobre la tierra y miró hacia arriba, a esa figura majestuosa y triunfante que era su padre.

—Es… estás… estás viv… vivo —balbuceaba Johnny.

Aún con el dolor en el cuerpo, Black logró hincarse junto a su hijo para atenderlo; el muchacho respiraba agitadamente y le temblaba el cuerpo, desbordando sangre del rostro.

—Estás herido —se hiperventilaba—, estás… estás herido, estás herido.

—*Nah*, sólo un rasguño —dijo el capitán, silenciando su propio sufrimiento—. Déjame verte —sostuvo la cabeza de su hijo para mirar la herida con detalle, el ojo izquierdo estaba hecho añicos y le colgaba del rostro rajado.

Johnny también miraba la herida de Black, que era todo menos un rasguño, un agujero profundo que le atravesaba el pecho y espalda derramando sangre. El capitán arrancó un pedazo de su camisa y lo ató a la cabeza del muchacho para sostenerle el ojo dentro y contener la hemorragia.

—Tranquilo, sólo quédate despierto, Johnny —le decía Black—, quédate despierto —pero el muchacho se desmayó y su respiración fue debilitándose.

—¡John! —llamaba su padre, zarandeándolo—. ¡Despierta, imbécil!

Desesperado, el capitán sacudía a su hijo, pero éste ya dormitaba entre la vida y la muerte debilitándose a cada instante. Black sabía que un reloj de arena acababa de dar la vuelta, y la única forma de salvar la vida de John era llegar hasta Turco a tiempo, algo que en su interior sabía que era imposible, y sin embargo puso todo su ser en ello. Con la poca fuerza que le quedaba, levantó al muchacho sobre su espalda, dio un grito de dolor que le recordaba una costilla rota y el agujero de la espada.

A dolorosos pasos se dirigió hacia el túnel guiado por una cálida luz que anunciaba el amanecer. Luchaba por llegar a aquella luz, luchaba por alcanzar el amanecer, por alcanzar la vida. Las piernas de Black flaquearon, su fuerza se esfumó en el cansancio, en los golpes y en la lucha. El dolor de su herida estalló con suma crueldad, le hizo caer de rodillas junto con su hijo; y ambos en agonía, quedaron tumbados ante la luz del túnel, esperando la muerte y perdiendo la consciencia. De la luz dorada surgió una sombra, una figura que corría hacia ellos. Turco se arrodilló ante el cuerpo de su capitán y le sostuvo la cabeza.

—¡Desmond, Desmond! —gritaba—. ¡Abre los ojos, maldito!

El capitán Lussan entró a la cueva seguido por el resto de los piratas, los que quedaron vivos.

—*Ils sont ici!* —anunció el francés a todo pulmón.

Poe y Melville se fueron hacia Johnny, ambos sujetándolo como si sostuviesen a un hermano.

—Johnny, no, no, no —decía Melville.

—¡Despierta! —le suplicó Poe—. ¡Vamos, muchacho, despierta!

—¡Se los lleva el diablo, hay que darse prisa! —dijo Joe.

Bones puso dos dedos en el cuello del capitán y suspiró liberado.

—Está vivo —anunció—, ¡el capi está vivo!

Melville hizo lo mismo con Johnny, no sabía muy bien en dónde debía colocar los dedos, pero sintió un débil pulso en ellos.

—¡Ojitos también vive!

El capitán alcanzó a abrir los ojos débilmente y vio a Turco, que lo sostenía con los ojos llenos de lágrimas.

—Te dije que te quedaras en el barco —murmuró Black débilmente.

—Y yo te dije que iba contigo —le respondió Turco.

Entre todos llevaron al capitán Black y a su hijo fuera de la cueva como si cargasen a dos santos en la peregrinación más bendita. Turco se quedó allí un momento, se acercó a Barbanegra lentamente y miró el cuerpo decapitado por un largo instante. El cadáver aún sostenía la espada y Turco se inclinó en cuclillas a mirarla, había un extraño líquido negro destellando en la hoja. Acarició el filo con los dedos empapándolos en la substancia aceitosa y la olió, era veneno.

57

El llanto de un bebé forzó al capitán Black a abrir los ojos. Fue sintiendo el cuerpo dentro de su propia cama y cada golpe dolió bajo la sábana, miró a su alrededor con los párpados debilitados y reconoció su camarote iluminado por la luz del día. Se llevó una mano al pecho, la herida le punzaba horriblemente y ahora estaba cubierta con un grueso vendaje manchado de sangre. Hizo un esfuerzo por incorporarse y un grito de dolor escapó de sus labios.

—No se te ocurra moverte —le advirtió Turco, que estaba sentado en una silla junto a la cama remojando los vendajes en una bandeja.

—¿En dónde está John? —preguntó Black débilmente.

Turco miró al capitán a los ojos con profundo abatimiento, impulsándolo a querer levantarse una vez más y volviendo a fallar.

—¡Te acabo de decir que no te muevas!

—¡Entonces respóndeme!

—John está vivo, por ahora —dijo Turco—, pero hay algo que debes saber.

El capitán sintió tal punzada en la herida que hubo de apretar los ojos y morderse los labios para contener el grito, pero no podía evitar que su respiración se acelerase y le goteara sudor de la frente. Sabía que esto era algo más que una simple herida.

—Déjame adivinar —jadeó Black—, la puta espada estaba envenenada.

—Sí —lamentó Turco—, puedo apostarte que usó ranas dardo del Amazonas, pero de una forma u otra es letal, Des.

—Tenemos las hierbas, ¿no?

—La espada te hirió muy cerca del corazón y el veneno se esparce rápido, además tienes una costilla rota y varias heridas por todo el cuerpo. Tuviste una hemorragia interna y si te soplo te desmoronas. Y John...

Bones tuvo que sacarle el ojo izquierdo y coserle la tajada de la cara, que goteaba de veneno como la tuya. Tiene varias tajadas más en la espalda y en los brazos y no está en mucha mejor condición que tú.

—¿Cuál es tu maldito punto, Turco? —se exasperó Black.

—Que no hay hierbas suficientes para ambos.

Hubo silencio. El capitán bajó la mirada y la perdió en las sábanas un momento.

—Y no puedo dividirlas porque sería inútil —siguió Turco—, las necesito todas para salvar a uno. Si me lo preguntas, lo mejor sería dártelas a ti. El muchacho está muy mal, Des; no creo que pase la noche aun con las hierbas. Tú tienes mayor posibilidad de viv…

—Dáselas —interrumpió Black—, y no se lo digas nunca.

Turco bajó la cabeza derrotado, pasó una mano por su cabeza y volvió a dirigirse a su capitán.

—Tenía esperanza de hacerte entrar en razón —dijo Turco—, de que entendieras que la piratería te necesita a ti más que a ese niño.

Black negó con la cabeza, sonrió.

—Si creyeras que iba a pedir las hierbas para mí, ya me las habrías dado —dijo—, y estás mal, Turco, *ese niño* es lo único que la piratería necesita. Le vas a dar esas hierbas y vamos a esperar anclados aquí todos los malditos días y noches que haga falta hasta que despierte, porque Johnny se va a largar de aquí al timón de su propia nave… El Satán.

—¡Vas a morir, Desmond! —rugió Turco.

—Pues sea —respondió Black—, pero mientras siga vivo soy el capitán, y te estoy dando la maldita orden de esperar al capitán Blackdawn.

Turco suspiró abatido, y finalmente asintió aceptando la voluntad de su capitán.

—Bueno, capitán —dijo Turco irónicamente—, ¿por lo menos te puedo pedir que de aquí a entonces guardes reposo en cama y te estés quieto?

Volvió a escucharse el llanto de un bebé y el capitán miró a su alrededor con el ceño fruncido creyendo que se había vuelto loco.

—¿Qué putos demonios es eso?

—Bebés, dos. La niña se puso de parto anoche.

—No me jodas —suspiró Black—. ¿Dos?

Se escucharon tres suaves golpes en la puerta, tan discretos que Turco supo inmediatamente de quién se trataba. Abrió la puerta y ahí estaba Margaret, sosteniendo un canasto con sus dos hijos acurrucados.

—Disculpa la molestia —dijo ella con timidez—, quisiera hablar con el capitán.

—Ahora está muy débil, debe descansar —respondió Turco, entretanto el capitán ya se había levantado de la cama y se abotonaba la camisa negra—. No creo que pueda moverse en días —pero el capitán ya se abrochaba el cinturón y se ponía las botas.

—¡¿Quién carajos agarró mi botella?! —llamó Black.

Desconcertado, Turco fue al fondo del camarote seguido por Margaret, y ahí estaba el capitán alistándose para salir.

—¡Ah, qué necio eres! —se quejó Turco.

—Capitán, debo hablarle —pidió Margaret—, es preciso.

El capitán parecía distraído en la búsqueda de su botella de ron, pero al quedar frente a Margaret y el canasto de recién nacidos se paralizó, aceptando escucharla. Turco se dirigió a la salida.

—Turco —llamó Black haciendo que el del turbante se volviera—, hazlo rápido.

Turco asintió con tristeza, y se fue. Black no estaba seguro sobre cómo debía comportarse alrededor de dos criaturas tan diminutas, nunca lo estuvo cuando tenía en cercanía solamente una. Se sentó en una silla y señaló a Margaret para que hiciera lo mismo.

—Entonces —dijo Black—, de esa sabrosa cinturita salieron dos críos.

Margaret rio, elevando el canasto para presumir sus hijos al capitán.

—Annabelle y James —dijo orgullosa—, ahora están dormidos, pero cuando despierten podrá mirar los ojitos más bonitos que ha visto, de un verde turquesa, brillantes como estrellas. No son gemelos idénticos, Annabelle tiene facciones más finas y algunas pequitas en la nariz. Y James es, bueno, mucho menos exigente que su hermana, y si viera la magia de sus ojos, uno es café y el otro turquesa. Se portan bien, ambos. Serán buenos niños. Le digo esto, capitán, porque quisiera… quisiera que John los conozca. ¿Los verá, capitán? ¿Va a vivir? George ha estado a su lado desde que volvió, sosteniéndole la mano, y dice que… que no cree que… Dios mío…

—Es fuerte, muy fuerte —dijo el capitán con una sonrisa—, debiste verlo pelear, muñeca, valiente, *valiente*.

—Lo es —respondió Margaret—, en especial cuando usted está a su lado. Por eso vengo a pedirle que vaya a verlo cuanto antes y lo obligue a resistir. Oblíguelo a vivir, capitán. Lo ha hecho desde el primer día.

Cuando el capitán Black salió del camarote se bañó de la luz del sol y la tripulación estalló en un alegre aplauso, chiflidos y gritos.

¡El capitán vive!

¡Arriba el capitán Black!

¡Tres hurras por Black!

Todos celebraban como niños alegres excepto Turco, que permanecía de brazos cruzados, siguiendo cada movimiento de Black con la mirada; seguro de que no tardaría en arruinarse el vendaje o arrancarse el cabestrillo. El capitán y Turco intercambiaron miradas, el del turbante asintió, estaba hecho. Habían puesto a Johnny sobre su hamaca en el piso de coyes, y cuando el capitán entró se sintió atacado por el rotundo silencio que había allí dentro. Se acercó al coy en el que agonizaba su hijo, Tanner estaba sentado a su lado sobre un banquillo en el que llevaba todas las horas del día. Al ver al capitán, Tanner se levantó e hizo un saludo respetuoso.

—Capitán.

—Maese Tanner.

—¿Es cierto lo que dicen? ¿John es ahora el capitán de El Satán?

—Sí, es verdad —confirmó Black—, fue el más próximo en matar a Barbanegra, su nave le pertenece por derecho.

Pata de Palo sonrió alegremente, orgulloso de su mejor amigo y aferrándose a sus plegarias para que sobreviviese.

—Tiene que vivir —dijo Tanner—, *tiene* que vivir.

El capitán le dio una amistosa palmada a Tanner en el hombro, Pata de Palo hizo una especie de reverencia leve y los dejó solos. El coy estaba aún manchado de sangre, suavemente columpiado por la marea como si arrullase el cuerpo de Johnny durante su agonía. El pirata herido apenas respiraba, empapado en sudor y con un grueso vendaje que le envolvía la cabeza diagonalmente sobre el ojo izquierdo, la piel amarillenta y el tronco desnudo, brillando de sudor con tantas heridas que el capitán se sintió frente a un cadáver.

—Mírate nada más —dijo Black, acercándose—, no te puedo llevar a ningún lado sin que regreses sangrando. Vencimos a Barbanegra, Johnny. Sin ti no lo hubiera logrado, el muerto sería yo.

El capitán se sentó en el banquillo junto al coy y se aferró de sus cuerdas con suavidad y con timidez.

—Te dije que ese hijo de puta estaba loco —siguió—. ¿Sabes?, hubo un tiempo en el que hubiera dado lo que fuera por ser como él, dar tanto miedo que nada me diera miedo a mí... hasta que me empecé a dar miedo yo mismo y tuve que hacer uso de algo que todos tenemos y pocos usan, voluntad. La voluntad lo es todo, Johnny. Hace que no haya dolor más grande que tu fuerza. Y yo sé que tú tienes esa voluntad, la siento cada vez que te veo, y maldita sea si supieras cómo me enorgullece. Usa tu voluntad y vive, John... *vive*.

Los ojos del capitán se inundaron de lágrimas, fue quebrándose en un llanto débil, lentamente puso su mano sobre la cabeza del muchacho y lo acarició con cuidado. A cada caricia que el cuerpo inmóvil sentía sobre su cabeza y a cada murmullo era traído a la vida, sus manos y piernas comenzaban a moverse suavemente.

—Arriba, capitán —murmuró Black. Johnny sonrió.

—Hola —murmuró el muchacho débilmente.

Black sonrió de tal manera que se le escapó una risa de alivio, clavó la barbilla en su pecho y se levantó sin borrar la sonrisa.

—Niño imbécil —dijo aliviado.

—Perdí el ojo, ¿verdad? —preguntó Johnny, percibiendo su vista incompleta.

—Sí, perdiste el ojo. Y la dignidad, llevas catorce horas dormido.

Johnny rio, levantándose poco a poco y quejándose levemente a cada movimiento.

—¿Tú estás bien? —preguntó el muchacho, fijándose en el vendaje del capitán.

—Como nuevo, capitán Blackdawn —respondió Black.

El sonido, la pronunciación de su nombre con el título de *capitán* había erizado su alma. En ese momento recordó El Satán, la nave más brutalmente majestuosa que había visto en su vida y la sola imagen en su memoria le producía un estremecimiento, lo elevaba y engrandecía.

—¿Qué estás diciendo? —preguntó Johnny, conteniendo la emoción en su voz por miedo a estar en un dolorosísimo error.

—El Satán es tuyo —confirmó Black—, es tu barco y tú su capitán.

La boca del muchacho se abrió como si fuese a hablar, pero no salió palabra, su ojo no pestañeó y su respiración pareció pausarse indefinidamente. Se sentía enorme y a la vez empequeñecido, un triunfador en un mundo que acababa de cederle su mayor sueño, más como un obsequio que como un premio. Rio, le brotaban lágrimas del ojo y rio más.

—Y hay algo más —dijo Black.

—¿Qué más podría pedir? —rio Johnny.

—Ven a ver.

Ambos capitanes salieron a cubierta iluminados por la luz del día más brillante que habrían visto jamás, la neblina se disipaba con el ardiente sol y la obscuridad iba desprendiéndose del mundo. La tripulación los recibió con aplausos, todos lanzando sus sombreros al aire. Ahí estaba Margaret, sosteniendo en sus brazos a una niña y un niño. Johnny besó a Margaret en los labios, tomándole el rostro con apasionada fuerza y fusionando sus lágrimas en sus rostros.

—Annabelle —dijo Margaret, poniendo en brazos del pirata a una bebé de grandes ojos turquesa, colmados de pestañas y un pelito negro que apenas le crecía.

Johnny tomó a su hija en brazos y le acarició la cabecita, sonriéndole a medida que se le ensanchaba el pecho y se le revoloteaba el alma de pura felicidad, genuina e impecable felicidad. Margaret tomó a la niña y entregó al segundo bebé.

—Y James —presentó, orgullosa.

El recién nacido miraba a Johnny con sus grandes ojos, uno color turquesa y el otro café, de un café que replicaba indudablemente el color de ojos de Benjamin Stain. Johnny alejó ese pensamiento de su mente inmediatamente y acarició a su hijo con la misma devoción.

—Tengo dos hijos —dijo estremecido—, ¡tengo dos hijos!

La tripulación volvió a aplaudir, éste sería un día de celebración.

El sol se ponía en el horizonte, y de sus dorados rayos surgió una majestuosa nave que iba alejándose de la Cuna del Diablo. Sus rojas velas se hincharon, cediendo al impulso del viento como si emprendiese el vuelo. El capitán Johnny Blackdawn sostenía el timón de su nave con devoción a su barco y al mar, su nueva tripulación lo miraba como se le ve a un príncipe tomar un reino y asumir la corona. Pero ésta no era una corona como aquella a la que habían declarado la guerra ni Johnny Blackdawn el rey contra quien se rebelaban, éste era un nuevo soberano, uno que prometía la lucha por la libertad en su sola imagen, brillando en la roja luz que reflejaban las velas contra el sol poniente. El capitán Blackdawn ajustó el parche de cuero negro que llevaba sobre el ojo izquierdo y O'Connor puso sobre su cabeza el sombrero que alguna vez perteneció a Barbanegra, pero ahora era suyo. Lucía como un *capitán de capitanes*, una imagen que bastaba mirar para creer en la piratería, para creer en la libertad. Puso las manos sobre el timón de su nave y se le erizó la piel, le vibraba la sangre en las venas, sangre decidida a derramarse por su gente. Cerró su único ojo y dio gracias a Dios en un suspiro. Margaret se acomodó a su lado, sonriente y plena, recargó su cabeza sobre el hombro de aquel muchacho que se había vuelto hombre y ambos miraron al horizonte.

—¿Qué ordena, capitán? —preguntó Tanner, su primer oficial.

—Vamos a donde vaya El Espectro —ordenó el capitán Blackdawn.

—¡Ya oyeron al capitán, vámonos!

El Satán zarpó, El Espectro zarpó y La Reine de Mort. El Fénix quedó atrás, a los capitanes les pareció algo poético abandonar aquella nave con todo lo que representaba, que se pudriera en ese lugar y se perdiera en el olvido.

58

La impaciencia venció a la flota naval del gobernador Winchester, una flota de guerra a la deriva cuyo propósito había desaparecido para no volver jamás, o eso comenzaba a pensar cada oficial, infante, guardiamarina y marinero a bordo de El Bartolomé y las otras embarcaciones. Esa tarde se decidió que era tiempo de partir, las provisiones y bienes estaban contadas incluso para el viaje de regreso y la espera se había vuelto absurda. A pesar de que el gobernador estaba empeñado en morir de hambre si hacía falta con tal de ganar la partida a Desmond Black, fueron los capitanes de los buques quienes se negaron a continuar. El gobernador lanzaba todo objeto a su mano hacia los muros, al suelo y a los mismos oficiales, hacía trizas cada papel y estallaba cada cristal, incluso se atrevió a lanzar un candelabro al rostro del oficial Adley, abriéndole la ceja.

—Gobernador, escúcheme por Dios —jadeaba Adley—, las posibilidades son infinitas, Black pudo haberse hundido en la Cuna del Diablo, pudo haber muerto allí mismo junto con cada uno de sus hombres, o podrían seguir ahí o podrían haber preferido dar la vuelta al mundo antes de volver a tomar esta misma ruta y toparse con usted.

Winchester sacudió al joven del uniforme.

—Mi peor error ha sido subestimar al infeliz de Black y a sus piratas de mierda —le dijo—, no lo haré una vez más, Adley, *ni una vez más.* Ahora, traerás a esa mujer ante mí, ¡inmediatamente!

—Señor... la dama se encuentra convaleciente. No come, apenas bebe y se mueve sólo para respirar. Podría desmoronarse aquí mismo.

—¡Vuelve a cuestionarme y te encerraré con ella, incompetente de porquería! *¡Tráeme a la pirata!*

El señor Córdova acariciaba el cabello de María, que antes brillaba en color dorado y ahora lucía pardo y ensuciado de tierra. A la mujer se le había carcomido el rostro por las lágrimas y el hambre, la mano herida estaba infectada al punto en que apenas podía mover sus dedos. Su vestido rojo no resistía las ratas que lo roían ensañadas, el pálido rostro, alguna vez tan bello aún llevaba un golpe abierto sobre el pómulo. *John... Desmond...* era todo lo que salía de sus labios en un débil suspiro. La puerta de la celda se abrió y Córdova sostuvo a la mujer dispuesto a arriesgar su propia vida antes de que se llevasen a María una vez más. El oficial Adley se hincó ante la mujer.

—¿Va a llevarme con él? —preguntó María débilmente—. ¿No volverán los piratas y ha muerto mi hijo? ¿Por eso me lleva?

—Ni se le ocurra llevársela —amenazó Córdova—, se lo juro por Cristo que lo mato.

—La matarán si no lo hago —dijo Adley.

—Ya estoy muerta —susurró María.

Dos oficiales escoltaron a la mujer, y aunque les nacía ayudarla a caminar ella no lo permitía, se erguía con la poca fuerza que le quedaba y preservaría la dignidad antes que el equilibrio. El gobernador ya se había bebido la botella de coñac sin molestarse en servirla en una copa, a licorera limpia contra sus labios; estaba asquerosamente ebrio.

—Déjennos solos —ordenó el gobernador, provocando que María temblase. Los oficiales, particularmente Adley, lo dudaron un largo instante, pero terminaron por abandonar la habitación cuando Winchester lanzó la botella de vidrio, estrellándola. Caminaba en círculos alrededor de la mujer, acechándola.

—María, María... se me acaba la paciencia...

—Y por lo que veo las provisiones también —respondió María, mirando a su alrededor. Winchester quedó frente a frente de la mujer, tan cerca que sus narices podrían rozarse.

—No hay señal de los piratas, ¿verdad? —adivinó María—, y ha mandado llamarme porque cree que yo sé algo que usted no, algo que pueda explicar su desaparición. Una ruta alterna, un plan de escape. Pero ya le digo yo, gobernador, que los piratas no le temen lo suficiente para evitarle. Y si no están aquí ahora, lo estarán mañana. La pregunta es si usted también estará aquí mañana, si su flota le permitirá seguir esperando en vano un minuto más. Las provisiones se agotan, y no creo que su paciencia sea la única que ha alcanzado el límite. Y empieza a parecer, gobernador, que una vez más ha perdido la partida contra Desmond Black.

Winchester tiró del brazo de María violentamente.

—¡¿En dónde están?! —rugió el político. La mujer le escupió en el rostro como única respuesta, y mientras él se limpiaba de mala gana, María recogió la botella rota del suelo.

—¿Sabe qué es más peligroso que un pirata, gobernador? —dijo María—. Quitarle todo a una mujer enfurecida, porque una vez que no tiene nada que perder deja de ser mujer y se convierte en fiera.

Y como poseída por un impulso que desconocía, la mujer se le fue encima a Winchester, golpeándolo repetidamente con la botella rota e incrustándole los vidrios en el rostro. El gobernador intentó someterla, y consiguió arrebatarle la botella, pero María ya cogía la tetera para echarle el té hirviente en el rostro. Luego la mujer fue por la charola de plata y lo golpeó en el rostro incesantemente hasta que las puertas del camarote se abrieron y los oficiales se pasmaron ante la imagen un instante.

—Vuelve a ponerme una mano encima —retó María a Winchester, que se retorcía dando de alaridos en el suelo—, vuelve a pronunciar el nombre de mi hijo, ¡vamos!

La mujer iba a terminar de aniquilarlo con otro charolazo a la cabeza, cuando el oficial Adley la detuvo.

—Gobernador —llamó Adley, sin importarle lo más mínimo el estado en el que se encontraba.

—¡¿*QUÉ?!* —rugió Winchester, levantándose lentamente y limpiándose el rostro de sangre, saliva y té.

—Los piratas están aquí —respondió Adley—, pero no sé si sea la mejor idea atacarlos. Verá… El Satán, *la nave de Barbanegra*, viene con ellos.

María rio estremecida. Ni siquiera por un instante dudó si la presencia de El Satán incluía a Barbanegra y anunciaba su posible victoria; no, Desmond había vencido y no le cabía la menor duda en el alma.

—Estás muerto —dijo María al gobernador entre risas—, *no tenéis idea de lo muerto que estáis.*

—Vayan a sus puestos —ordenó Winchester a Adley—, intentaremos dialogar primero, negociar.

—¿Con qué, gobernador? —preguntó Adley, nerviosamente.

—Con esto —respondió Winchester, tomando a María del cabello y sometiéndola mientras con la otra mano sacaba su pequeña pistolilla, la misma que había dado muerte al comodoro Tanner y puso el cañón contra la mejilla de la mujer haciendo que se quedase quieta.

El capitán Blackdawn estaba de pie frente al espejo de su camarote, observándose detenidamente como si se conociese por primera vez. En el reflejo encontraba todo aquello que deseó ser desde que era niño. Ya no se miraba como un muchacho, ni siquiera como un joven pirata. Lucía como un hombre y como un capitán, su cuerpo se había hecho fuerte como su carácter y su piel bronceada y tatuada estaba cubierta con un atuendo negro y un magnífico saco que encontró allí mismo, color rojo sangre con detalles en cuero negro y con el cuello levantado. Una barba castaña y perfectamente delineada enmarcaba su rostro, la mirada más fortalecida que nunca con aquel parche negro sobre el ojo izquierdo, y sobre su cabeza aquel majestuoso sombrero de capitán pirata con una pluma roja. Se sonrió. El reflejo de Pata de Palo apareció detrás de él.

—Los tenemos en la mira —anunció Tanner—, un par de millas y son nuestros.

—Bien —respondió Johnny—, den señales a El Espectro y a La Reine de Mort, los apañaremos por tres puntos, proa, estribor y babor. Nosotros iremos al frente.

—Sí, capitán.

El capitán Blackdawn se encargó de poner a salvo a Margaret y a sus hijos en el penol de las velas, en una especie de guarida que había pasado toda una noche diseñando y que conectaba con el piso por debajo de la línea de flotación. Era lo bastante cómodo para la mujer y los bebés, y estarían seguros. Luego salió a cubierta junto con Pata de Palo, la tripulación corría por la cubierta y subía por los obenques, movilizándose con toda la urgencia de hundir la flota enemiga.

—¡Eh, hombres! —rugió Johnny—. ¡Quiero más velocidad! ¡Carguen el sobrejuanete del mayor, timón a sotavento! ¡Largar amuras y escotas, ya, ya, ya! ¡Poe! ¡Poe, hijo de puta, ¿dónde estás?!

—¡Aquí, capitán! —respondió el pirata cayendo de pie desde el obenque del trinquete.

—Reúne a tus hombres, carguen cañones y estén atentos a mi señal.

—¡Sí, capitán!

—Bueno, sabandijas, ya oyeron al capitán, ¡a trabajar! —exclamó Tanner.

Blackdawn miró a través de un catalejo y se centró en El Bartolomé, saboreándose de cuántas maneras podría aniquilar al gobernador Winchester.

El capitán Black estaba de pie frente al espejo de su camarote, mirándose morir en su reflejo. Veía la horrorosa herida de su pecho hacerse más obscura y esparciendo su veneno por todo el tronco, tiñendo sus venas de color negro. Su piel se había hecho pálida y amarillenta, brillante del sudor que no podía contener por la fiebre que ocultaba tan desesperadamente. En su interior sabía que le quedaba poco tiempo de vida, que podría morir en el siguiente minuto o en la siguiente hora, y aquello había vuelto su determinada expresión una reflexiva y sensible. El reflejo de Turco apareció detrás.

—Los tenemos —anunció—, El Satán nos hace señales, quiere atacar por tres puntos, ¿qué dices?

—Que el capitán de El Satán sabe lo que hace, obedécelo —ordenó Black.

Turco asintió, observaba cómo le costaba al capitán ponerse su saco negro y gemía de dolor a cada movimiento.

—Puedo ir en tu lugar —ofreció Turco.

—Cuando me muera haces lo que se te dé la gana —respondió Black—, pero me vas a dejar morir con dignidad.

—Ser prudente no tiene nada que ver con tu dignidad.

—Dime algo, Turco. Cuando me vaya, ¿vas a cuidar esta nave como si fuera…?

—Todo. Como si fuera *todo* lo que queda en este mundo, pero me gustaría que me ayudaras a retrasar ese momento lo más posible, por favor.

El capitán se quedó en silencio. Turco creyó que cedía, pero esta vez estaba equivocado, era el dolor de la herida lo que le había arrebatado el habla y el aliento a Desmond.

La flota inglesa vio avecinarse tres naves piratas, con el colosal Satán rojo guiándolas de frente como un Armagedón de los mares. Los infantes de Marina bajaron sus mosquetes lentamente, los marineros se acercaban a las bordas para mirar y los oficiales se quedaron helados. El deber y el honor exigían hacer frente a la batalla, cargar cada cañón y mosquete, desenvainar cada espada y disparar hasta la última bala en contra de la piratería; pero al menos por ese instante, les pareció algo imposible de pensar, algo imposible de desear.

El capitán Blackdawn escaló a la mitad del obenque del palo mayor y gritó a sus hombres:

—¡Caballeros! —llamó apasionadamente—, ¡no es el gobernador contra quien peleamos! ¡Es la institución que dicta que hemos de ser gobernados! ¡Contra la Corona que sólo se sirve a sí misma, y se sirve con nosotros y de nosotros! ¡Pero nosotros no somos sirvientes de nadie! ¡Y les puedo jurar que no hemos venido a este glorioso mundo a doblegarnos a cambio de monedas! ¡No hemos nacido para renunciar a nuestro llamado ni a nuestras pasiones! ¡No hemos venido a canjear nuestra libertad por nada ni por nadie! Hoy peleamos por esa libertad. Y aunque puede que jamás derribemos a la Corona o al rey, hoy… hoy y ahora… les daremos a esos perros un rato difícil. ¿Quién está conmigo?

Los piratas exclamaron con toda la fuerza de sus pulmones en un grito tan sonoro que alcanzó la flota inglesa haciendo a cada hombre uniformado temblar de miedo.

—¡Por nuestra libertad! —exclamó Johnny.

¡Por nuestra libertad!

Johnny miró hacia El Espectro buscando a su padre, y encontró al capitán Black mirándolo con profundo orgullo desde el timón. Le sonrió, y asintió.

—¡Cañones al frente listos! —exclamó el capitán Blackdawn—. ¡Quiero joderles el castillo de proa y el maldito trinquete de dos tiros!

¡Sí, capitán!

—¡Batería de estribor! —llamó el capitán Black desde El Espectro—, ¡vamos a jodernos la amura completa y a reventarles el maldito palo mayor! ¡Vamos!

¡Sí, capitán!

—*Canons au port!* —rugió el capitán Lussan desde La Reine de Mort—, ¡destrozamos el castillo de popa y el timón!

Oui, capitaine!

Las tres naves piratas se fueron contra El Bartolomé como fieras desencadenadas y fueron atrapando al resto de la flota en una batalla magnífica y de impecable estrategia. Encerraron a los ingleses en un enjambre de cañonazos, crecía un incendio y pronto se vieron sumergidos en el grisáceo humo de la pólvora, elevándose hacia el cielo. Una vez que El Bartolomé quedó sometido, el capitán Blackdawn y el capitán Black se prepararon para abordarlo.

—Estás a cargo —dijo Johnny a Tanner—. ¡Poe, Bones, Silvestre, conmigo!

—Estás a cargo —dijo Black a Turco—. ¡Melville, Stanley, Chang, conmigo!

Los piratas no tuvieron necesidad de someter a los oficiales porque éstos estaban ya sometidos, con sus armas en el suelo y las manos alzadas. El capitán Black y Johnny fueron hacia el camarote del gobernador, pero cuando estaban por abrir la puerta, Black tiró su espada con un gemido de dolor y encorvó su figura, llevándose la mano a la herida.

—¿Estás bien? —le preguntó Johnny.

—Sí, dame un segundo —jadeaba Black.

Un momento después derribaron las puertas del camarote y entraron con pistola en mano. Ahí estaba el gobernador Winchester al fondo de la habitación, sosteniendo a María del cuello con el brazo izquierdo y apuntándole la pistolilla a la sien con la mano derecha; el rostro del político evidentemente destrozado por la mujer.

—¡Quietos! —rugió Winchester—, ¡o la mato!

—Madre —murmuró Johnny, bajando su pistola de mero impacto.

Los ojos de Black y de María se quedaron encontrados en una dolorosa mirada, el hombre de negro preguntándose si éste era un espejismo más o si en verdad estaba allí, con vida, *ella*. Johnny tensó el brazo que sostenía la pistola y la cargó con rabia, apuntándola al rostro de Winchester.

—¡Suéltala, hijo de puta!

Con una mano serena, el capitán Black bajó la pistola de su hijo intentando tranquilizarlo, un impulso estúpido sería fatal y el muchacho era dado a la impulsividad en todo su esplendor.

—Así me gusta —dijo Winchester—, ahora *el mapa*, capitán Black.

—¡No se lo des, Desmond! —gritó María. El gobernador tensó el brazo contra su garganta, comenzaba a asfixiarla.

—¡Suéltala! —se desesperaba Johnny, volviendo a apuntar su arma.

El capitán Black lentamente sacó el pergamino enrollado del bolsillo del abrigo.

—Aquí está, *suéltala*… y te lo doy.

—No seré idiota una vez más, capitán —dijo Winchester—, ponga el mapa en el suelo y aléjese hacia la puerta.

—Dáselo, dáselo ya —murmuraba Johnny nerviosamente.

Lentamente Black iba descendiendo con el pergamino en mano hasta ponerlo a los pies de Winchester, luego se enderezó y se apartó dos pasos. El gobernador entonces liberó a María de un empujón que la hizo caer, pero no alcanzó a tocar el suelo. Black la atrapó en sus brazos y la levantó, cargándola como la princesa herida que era. Al mirarla de cerca vio cada uno de los golpes que había recibido, todavía abiertos sobre su frágil rostro, el vestido rasgado a la fuerza y ensuciado de sangre al interior de la crinolina. No fue difícil adivinar lo que había sucedido. La expresión del capitán Black cambió por completo, transformándose en una criatura obscura y peligrosa; puso a la mujer sobre un sillón delicadamente.

—¿Qué le hiciste? —gruñó Black, acercándose al gobernador amenazadoramente.

Winchester estaba ocupado analizando el mapa como un lunático, salivando como un perro ante su comida hasta que se percató de que leía un mapa a las islas Canarias.

—¡Éste no es el...! —iba a reclamar, pero antes de que pudiera pronunciar la siguiente palabra, el capitán Black ya había arrancado la navaja del cinturón de su hijo y apuñaló al político entre las piernas tres veces seguidas. Winchester cayó al suelo dando de alaridos, retorciéndose.

—Meterse con mujeres es cosa de cobardes —dijo Black poniendo su bota encima de la puñalada y recargando todo su peso—, pero meterse con *mi* mujer es cosa de suicidas.

Luego el capitán se apartó del gobernador y miró a su hijo, que estaba pasmado ante el repentino ataque.

—Todo tuyo, Johnny —dijo Black, volvió a levantar a la mujer en brazos y salió del camarote.

Una vez fuera, María se liberó de los brazos del capitán con un frenético movimiento. Le lanzó una bofetada, pero Black atrapó su mano en el aire y tiró de ella atrapándola entre sus brazos. La besó. La besó como jamás había besado, devorándosela con los labios y aferrándose de su dorado cabello, mordiéndola, envolviéndola, derritiéndola contra su cuerpo con desenfrenada pasión. Un beso que se metía por la piel haciendo hervir la sangre en las venas, el estómago en la más sublime caída libre entre suspiros, un beso tan maravilloso que se desvaneció el mundo. Cuando sus labios se desprendieron, el capitán Black le hizo el amor a María con sólo la mirada y ella se tomó un momento para volver en sí misma, pestañeando lentamente, sin reconocerse.

—¡Ni creas que con eso te voy a perdonar, Desmond Black! —exclamó la mujer.

El capitán le dedicó una encantadora sonrisa, puso su mano detrás de la cintura y la arrimó hacia él.

—Yo también te extrañé, arpía —le dijo, iba a besarla otra vez, pero María lo detuvo.

—Córdova —dijo ella—, ayúdame a liberarlo.

El capitán puso los ojos en blanco y suspiró con exasperación.

—Claro, por qué no —refunfuñó de mala gana.

Con la ayuda del oficial Adley, Diego Córdova fue liberado, y cuando llegaron nuevamente a la cubierta de El Bartolomé, los piratas habían triunfado en la batalla y la flota inglesa declaraba su rendición.

El capitán Blackdawn se mantenía quieto, admitiéndose que disfrutaba ver al gobernador levantarse entre alaridos de dolor y chorreando sangre entre las piernas.

—No les servirá de nada matarme —jadeaba Winchester—, ya he escrito a mis hijos en Londres, saben sobre el tesoro de Cortés, ¡saben todo!

—Siéntate —le dijo Johnny.

Winchester obedeció porque sencillamente no podía mantenerse de pie un minuto más.

—Te dictaré una nueva carta para tus hijos —siguió el pirata—, y vas a escribir exactamente lo que yo te diga, letra por letra.

El gobernador no tuvo opción más que tomar la pluma y el tintero, y arrimar un trozo de hoja en blanco. Blackdawn puso la bota sobre el borde de la silla y se inclinó hacia el frente para asegurarse de que escribía lo que debía.

—Vamos a ver… ¿por dónde empezamos? —decía Johnny, pensativo—. Ya sé, queridos hijos…

> Queridos hijos,
> Cuando lean esta carta yo ya habré muerto a manos del capitán Johnny Blackdawn. De mi vida se cobra la del almirante James Dawner, el comodoro George Tanner, el capitán Santiago Velázquez y la tortura a María Aragón, dama de España. Si se atrevieran a venir al Caribe en búsqueda de venganza o en busca del tesoro, por favor no lo duden, Blackdawn los estará esperando.
> Su padre, Wallace Winchester.

La carta fue doblada y cerrada con el sello de cera del gobernador. Johnny la tomó y la guardó en el bolsillo interior de su saco rojo.

—James debe de estarse revolcando en la tumba, John —dijo Winchester—, finalmente te transformaste en lo que más odiaba. ¡Tú y tus piratas jamás se saldrán con la suya! ¡Yo soy la ley!

El capitán Blackdawn tomó su pistola y la apuntó a la cabeza del gobernador Winchester.

—Bien, yo me especializo en romperla —y disparó.

59

Los tres navíos piratas izaron las velas y se hicieron a la Isla de Cortés, siguiendo las negras velas de El Espectro, que los guiaba en todas las maneras posibles. En El Espectro se celebraba la victoria con música, Stanley aferrado a su acordeón y su armónica como si su vida dependiese de ello, cada pirata bailando y dando de brincos, brindando con botellas de ron y bebiendo alegremente.

La celebración abrazaba a María como un eco distante, la mujer estaba a solas en el camarote del capitán, dentro de una bañera que había sido llenada con agua caliente y jabón a solicitud suya. Llevaba horas allí metida sin querer salir, sin querer moverse. La piel de los dedos ya se le había arrugado y el agua fue perdiendo el calor hasta quedar tibia, pero ella seguía abrazando sus rodillas contra el pecho, permitiendo que el jabón la limpiase completamente. La puerta se abrió y entró el capitán Black, quitándose el abrigo negro y lanzándolo sobre una silla. María se sumergió un poco, cuidándose de que el hombre de negro no pudiera mirarla totalmente desnuda. Sentía un temor extraño, la demanda de cubrirse los pechos o echar a Desmond del cuarto, pero no se movió. Aun así Black se acercó hasta la bañera lentamente, y se hincó ante ella con los brazos recargados en los bordes; le dedicó una mirada de sublime intensidad que promovía el consuelo.

—¿Cómo estás? —preguntó Black en el más arrullador murmullo.

María no pudo responder, al intentar pronunciar palabra se quebró en llanto. Entonces Black fue desabotonando su camisa negra sin retirar la mirada de los tristes ojos de la mujer. María lo miraba también, sin pestañear y algo asustada, hasta que vio la herida de la clavícula y se horrorizó.

—Por Dios, Desmond… ¿qué te has hecho?

Una vez desnudo, el capitán entró a la bañera sin importarle el agua que derramaba por los bordes.

—Me hubiera gustado que lo vieras con tus propios ojos —respondió Black—, qué batalla... *qué batalla*.

—De haber atestiguado lo que se cuenta entre tus hombres, seguro me habría desmayado del terror —dijo María.

—*Nah*, yo creo que habrías agarrado la primera cosa que te quedara cerca y te habrías metido en la pelea como una fiera.

María sonrió, era la primera vez que sonreía en demasiado tiempo y el capitán lo sabía. Black tomó un trapillo, lo remojó en el agua y lo exprimió entre sus dedos. Miró a María con compasión, como si en ella hubiese quedado alojado todo el sufrimiento; se fijó en el golpe del pómulo, y con delicadeza puso su mano sobre la mejilla de la mujer y acarició la herida con el pulgar. Ella cerró los ojos, la piel del pirata sobre la suya era una cura, una caricia que penetraba hasta sus adentros.

—Creí que estabas muerta —susurró Black, erizando la piel de María, debilitándole el cuerpo en cada roce de su piel. María negó con la cabeza, la mirada baja con cierta vergüenza, le torturaba la necesidad de hablar lo sucedido con el gobernador como si se tratase de una confesión, como si ella fuera la culpable. Y como si adivinase su pensamiento, Black la tomó de la barbilla con suavidad, levantándole el rostro.

—Ya estás conmigo —le dijo—, y te juro que voy a borrar de tu piel todo lo que te hayan hecho.

—¿Cómo? —lloró María.

—Así...

El pirata remojó el trapillo y comenzó a limpiar la piel de la mujer con suavidad, con devoción. María cerró los ojos en un suspiro, perdiéndose deliciosamente en el baño más purificador.

—Permíteme limpiar tus heridas también —dijo ella, tomando el trapillo y limpiado la herida de Black con el mismo cariño, pero cuando notó que le dolía horriblemente que tocase la abertura, cambió la trayectoria del trapillo a los hombros, brazos y espalda. Se miraron a los ojos. Dos miradas adoloridas que sólo con amor podrían, si no curarse, silenciar el dolor un momento. Tan sólo un instante de paz que ambos, sin percatarse, suplicaban.

—¿Qué tienes? —preguntó Black, absorbiendo su tristeza.

—¿Acaso crees que olvidaré el daño que me has hecho?

—Eres mujer —respondió el pirata—, te creo capaz de memorizar hasta las exactas palabras que te dije.

—Pues eso —confirmó ella—, que si he sufrido ha sido por sucumbir a ti, y no pienso volver a hacerlo. Debo volver a Sevilla, levantar la herencia que se me ha impuesto y seguir con mi vida.

—¿Eso es lo que quieres? —lamentó Black.

—Es lo mejor para todos.

—No te pregunté qué es lo mejor para todos, te pregunté si eso es lo que *tú* quieres.

—Te he dicho lo que quiero —respondió María—, quería convertirme en un pirata, aprender lo que me hiciera falta, porque, aunque tú no lo creas, yo sí que creo que podría lograr lo que se me dé la...

—Pues sea —interrumpió Black—, yo te enseño, *te enseño todo*... pero no te vayas. Te juro por el diablo que, aunque me saques de quicio a veces, prefiero estar tentado a echarte por la borda todos los días de mi puta vida a estar tentado a navegar hasta Sevilla y secuestrarte.

—Ay, Desmond...

—¿Te quedas conmigo?

De repente la mujer dio un brinquito, sentía la mano de Desmond deambular entre sus piernas atrevidamente.

—¿Qué tengo que hacer para que te quedes? —le susurró el pirata al oído, acariciándola.

María se perdía en sus propios suspiros, habría querido detener a Black, pero al primer roce sucumbió sin intenciones de luchar.

—Tengo... con... condi... condiciones —suspiraba ella, esforzándose por hablar.

—Me imagino —le respondió Black, mordiéndole el oído suavemente—, ¿cuáles?

—Quiero... té... en tu lista de... provisiones... té de tila. Y nadie... toca mi té de tila. Nada de... Anne... Bonny... nunca más... *Dios mío, Desmond...* ¡comida! Fresca... mariscos frescos... y... y... *¡ya!*

—Té de tila ilimitado, Anne Bonny se va al diablo y mariscos frescos para la reina, ¿algo más?

Y como la mujer ya se había dejado ir en el placer, el capitán Black la levantó en sus brazos y la llevó hasta la cama, donde la acomodó con suavidad y quedó encima de ella para besarla.

—¡Espera! —exclamó María.

Black se detuvo de súbito, temiendo haberla lastimado o invadido sin permiso.

—No he terminado de dictar mis condiciones —dijo ella—, no vas a volver a levantarme la voz, insultarme ni echarme jamás, ¿he sido perfectamente clara?

—Sí, señora.

—Bien, puedes continuar.

Tan placentero era el amor transparentemente desfilado por el capitán que la mujer sucumbió a la merced de sus instintos y ahora Desmond recordaba por qué María era distinta a las demás mujeres, todas podían complacer su cuerpo, pero sólo María podía complacer su alma. Tenía de nuevo a esa niña frágil entre sus brazos, ahora hecha una mujer fuerte que se dejaba llevar en las perversidades del pirata que, por sí solas, se transformaban en actos de adoración. La besaba y la mordía en el cuello, jugosos besos en los pechos y caricias de labios en su abdomen, clavando los dedos en sus piernas a medida que sus labios seguían descendiendo. No había desfile de pasión más ardiente que el capitán Black conquistando el cuerpo de María Aragón, ambos obsequiando a la brisa suspiros de placer al impactar sus cuerpos y entre exhalaciones de plenitud gemían en dueto. María se aferraba de la espalda del capitán, llamando su nombre con incontenible ímpetu mientras él se apoderaba de su cuerpo con brutal pasión, sujetándose de su cabello y besándola como si no hubiera un mañana. Tal vez en verdad no habría un *mañana* para Black, así que si lo último que hacía en la vida era hacerle el amor a María, *su María*, pondría todo su ser en ello. El capitán y su mujer se quedaron profundamente dormidos, sus cuerpos entrelazados en un abrazo que los volvió uno mismo entre las sábanas.

Al llegar la madrugada hacía un calor insoportable que despertó a María, se quitó las sábanas de encima y volvió a tenderse desnuda junto a su capitán, pero él, aún dormido, volvió a cubrirse con las sábanas temblando de frío. Le titiritaban los dientes y sudaba tanto que se había empapado completamente.

—¿Desmond? —llamó María, y al no recibir respuesta se dispuso a deshacer el vendaje que llevaba en el pecho. La herida estaba completamente ennegrecida y brotaba líquido del mismo color, el resto del pecho estaba enrojecido e inflamado con las venas obscurecidas. María se llevó una mano a la boca, horrorizada y conteniendo el llanto de impresión. Puso una mano sobre la frente de Black y efectivamente el hombre ardía.

—¡Turco! —llamó María, queriéndose levantar de la cama, pero el capitán alcanzó a tomarle el brazo.

—María, déjalo... déjalo —le decía débilmente—, está hecho, y Turco lo sabe muy bien.

—Está hecho qué, ¿qué es lo que está hecho? *¡Dime!*

—Ve a mi escritorio, trae papel y pluma —pidió Black.

La mujer no lo dudó ni un instante, obedeció. Con la mano temblorosa y sudada, el capitán escribió algo que María no alcanzaba a mirar. Al terminar dobló el papel en cuatro y lo entregó a su mujer, ella iba a mirar el contenido, pero Black sujetó su mano deteniéndola.

—No lo abras —dijo el capitán—, guárdalo y cuando muera se lo vas a entregar a Turco.

—¿Cuando mueras? —se indignó María, sucumbiendo al llanto—. ¡¿Qué estás diciendo?, ¿cómo puedes decir algo así?! ¡Deliras por la fiebre! *¡Deliráis, joder!*

El capitán acarició la mejilla de su mujer y la miró con ternura.

—Me voy a morir —confesó—, el veneno se esparce por todo el cuerpo, y cuando termine de llegar al corazón, se va a detener y voy a morir.

—Desmond, amor mío —lloraba María—, no puedes hacerme esto, si te acabo de recuperar, ¡no puedo perderte ahora! ¡¿Qué dirá John?!

—No se lo vas a decir —pidió Black con severidad, sosteniendo a la mujer de la barbilla—, María, júrame que no se lo vas a decir.

—¡Es tu hijo!

—¡Y mira en lo que se está convirtiendo! De ser un grumete secuestrado se volvió pirata y ahora capitán de su propio barco, tiene una mujer y dos hijos. Va a la velocidad del viento a convertirse en una leyenda, en algo más grande de lo que nos podamos imaginar. ¿Lo quieres interrumpir, en serio? Déjalo en paz.

—Morirá contigo, Desmond —sollozó María—, te ama, él te ama.

Volvieron a besarse, las manos del capitán acariciaban a su mujer, sosteniéndose de ella en cierta forma. Ni la fiebre ni el dolor pudieron detener a Black de hacerle el amor a María una vez más y lo que durara la noche, lo que le durara la vida.

De la misma manera el capitán Blackdawn dormía con su mujer, o más bien, la miraba dormir plácidamente después de haber amamantado a las criaturas por un largo rato. Johnny sostenía a Annabelle en brazos, arrullándola cariñosamente porque tenía la misma tendencia al llanto que su madre. James, en cambio, no era mucho de llorar sino de jugar con todo lo que tocaba.

—Vamos, Belle —le susurró Johnny a la niña—, quédate tranquila para que pueda ir a besar a tu madre y dormir un rato más. Tú puedes dormir todo lo que quieras, pero yo apenas puedo pegar los ojos cinco minutos sin que tú me pidas algo a gritos o los muchachos pierdan la cabeza. ¿Dormirás? ¿Sí? *Sh, sh…*

Margaret despertó y se quedó mirando al pirata, cómo iba convirtiéndose en padre día con día, y había llegado a la conclusión de que sería uno maravilloso. Annabelle era su propio tesoro, deseaba cargarla todo el tiempo y cantarle las pocas canciones que conocía, aunque todas ellas fueran de mar o de piratería daba lo mismo, a la pequeña le encantaba estar en brazos del que había elegido ser su padre. Sin embargo, con James había un poco más de recelo por parte de Johnny, quizá no era intencional, pero así como el ojo color turquesa del niño le recordaba al maravilloso Caribe, el castaño le recordaba a su verdadero padre y también esa sonrisita altanera que dibujaba ya desde recién nacido.

—Nunca te he visto cantarle a James —señaló Margaret.

—No lo necesita, se duerme solo —respondió Johnny.

—¿Y por eso ha de perderse el privilegio de ser arrullado por su padre?

—*Sh,* habla bajo que por fin dormí a Annabelle —murmuró el pirata.

—Ven a la cama conmigo.

El capitán Blackdawn admiró a su mujer un momento, su pálida y delgada figura desnuda entre las sábanas rojas, su cabello color fuego desparramado gloriosamente sobre la almohada, mirándolo con deseo. Se mordió los labios, y enloquecido por tan bella escena se le fue encima. Le besaba los pechos y el cuello, cuando Margaret giró para posicionarse encima. El capitán sonrió sorprendido, no era algo que hubiera podido predecir, pero desde que era madre tenía ciertos impulsos impropios de su persona; estaba constantemente estimulada y a la menor oportunidad arrastraba a su hombre hasta la alcoba roja de El Satán. Johnny se perdía dentro del cuerpo de Margaret, que danzaba sobre él con ligereza y gracia, no le importó gritar y despertar a los niños, no podía contenerse y tampoco la mujer, que estaba a punto de llegar a su culminación cuando entró Poe.

—*¡AHHH!* —exclamó Poe, volviéndose inmediatamente con los ojos cerrados. Margaret dio un grito y se apartó de Johnny con la sábana enredada al cuerpo. Los bebés comenzaron a llorar a alaridos y el capitán Blackdawn se cubrió con una almohada.

—¡Qué carajos haces entrando a mi camarote sin llamar a la puerta, imbécil! —rugió Johnny.

—¡Capitán, estuve llamando a la puerta, pero el camarote es de dos pisos y seguro que no se oyó acá arriba, perdón! ¡Pensé que me oyó subir la escalera!

—¡¿Y tú no oías a mi mujer gritando, animal?!

—¡John! —reclamó Margaret, cubriéndose el rostro.

—¡Pero se lo juro por mi santa madre, en paz descanse, que esto es importante! —argumentó Poe.

—¿Qué carajos quieres? —se exasperó Johnny.

—¡Pues es que ya llegamos! —anunció el pirata—, ¡ya llegamos a la Isla de Cortés!

60

A lo lejos se avistaba un paraíso tan divino y brillante que parecía la entrada al cielo, al eterno edén. El agua a su alrededor era tan cristalina que podía mirarse hasta el último grano de arena blanco del fondo, cada colorido pez y crustáceo. La arena era tan fina al alcanzar la playa que asemejaba el más suave polvo blanco. A unos cuantos pasos de las cristalinas olas se alzaba una jungla frondosa y de un verde intenso, flores de los más radiantes colores y extrañas formas colmaban cada centímetro del suelo, grandes aves de maravillosos plumajes iban de un árbol a otro canturreando sobre sus ramas, acompañando el eco de una distante cascada cuya fresca brisa flotaba en el viento. Si Dios alguna vez se había propuesto crear la isla más bella del Caribe, ésta era. Los tres navíos anclaron a unos metros de la costa y los botes comenzaron a remar hacia la isla. En verdad era una vista tan mágica que algunos llegaron a cuestionarse su realidad, si se trataba de un espejismo o si quizá habrían muerto en batalla y hasta hora alcanzaban la gloria que nunca creyeron merecer.

El capitán Black bajó del bote mucho antes de que alcanzase la orilla, no podía esperar un minuto más, y sin importarle empapar sus botas caminó hasta la arena e inhaló el delicioso aroma de la Isla de Cortés. Llenó sus pulmones y exhaló con calma, luego sacó el mapa de Cortés, lo extendió entre sus manos y comenzó a analizarlo a medida que los piratas seguían llegando a tierra. Giraba el pergamino en todos los ángulos y se mordía el labio inferior como hacía cada vez que se concentraba demasiado, estudiando cada trazo y escrito en latín. El capitán Blackdawn ayudaba a Margaret a bajar del bote junto con los dos pequeños, y no había puesto el otro pie sobre la arena cuando María se le abalanzó emocionada.

—¡Pero mira qué bellezas! —exclamó la mujer, inmediatamente tomando a Annabelle en sus brazos—. Ésta debe ser la princesa más hermosa que ha nacido en el mundo, ¡mi Annabelle, serás reina, *serás reina*! ¡Y mira a este príncipe!

La mujer entregó a Annabelle en brazos de su madre y sostuvo a James, igualmente maravillada.

—¡Pero qué cosita más linda! ¡Desmond, Desmond, ven a ver! ¡Mira esos ojos! ¿Alguna vez habías visto algo así? Uno es claro y el otro obscuro, qué maravilla… ¡debe de ser el niño más guapo que ha nacido en el mundo! ¡Mira sus manitas! Mi James, cariño, voy a consentirte hasta que tus padres me odien.

—Eso sería imposible —rio Johnny, que miraba a su madre, conmovido—, si Margaret ya lo consiente como si fuese el mismísimo emperador.

—Deberías ver a tu hijo, María —rio Margaret—, que se derrite por su Annabelle y se ablanda como un algodón.

Ambas mujeres celebraban a los pequeños y se distraían con ellos, e incluso varios de los hombres se acercaron a mirar a las criaturas; no estaban acostumbrados a ver a seres tan diminutos y frágiles.

—Lo seguimos, capitán —dijo Johnny a Black.

—Dame un segundo —respondió el hombre, concentrado. El muchacho frunció el ceño preocupadamente.

—¿Black? ¿Te sientes bien?

—¿Qué?

—Estás pálido, muy pálido —respondió Johnny—, y con esas ojeras parece que no has dormido en tu vida, ¿todo bien?

—Pues claro que no he dormido —dijo Black, fingiendo toda naturalidad—. ¿Tú sabes lo que es tratar de dormir con tu madre? No tiene llenadera, y así de santita como la ves es una…

—Ya, ya… no quiero saber, gracias —rio Johnny.

Los piratas siguieron al capitán Black a través de la selva. La luz del sol batallaba por penetrar las frondosas copas de los árboles, que danzaban con el viento y protegían a los piratas brindándoles una fresca sombra a cada paso. Los oídos ya aturdidos por la interminable sinfonía de insectos, distintas aves y guacamayas, cantando en tonos tan variados que asemejaban una orquesta de silbidos con el ocasional grito de monos. Se respiraba otra clase de aire, uno que purificaba el alma. El extenso grupo de hombres iba riéndose y haciendo bromas, no existía el temor ni la preocupación en este lugar, y cuando la cordura estaba por perderse en la emoción, Pata de Palo Tanner imponía el orden. Margaret iba en compañía de María, la pelirroja cargaba a Annabelle mientras que la mujer española iba fascinada con James, cantándole canciones de cuna en catalán.

George insistía en que Annabelle tenía sus ojos y que la adoraría como el mejor tío, tanto como no podía esperar enseñar a James tantísimas cosas; aunque, al igual que Johnny, su sonrisa decaía apenas un poco cuando los rasgos de Benjamin Stain no lograban pasar desapercibidos en esa finita capa de pelo negro que crecía en ambas cabecitas.

Alcanzaron un manantial de cristalinas aguas con un arroyo fresco que caía entre flores y rocas monte arriba. Una parvada de canarios verdes gritaba desde las ramas y enormes mariposas azules sobrevolaban la brisa de las pequeñas cascadas, creando un arcoíris sobre el agua. Los bucaneros se detuvieron a descansar, sacaron las provisiones y se relajaron, incluso varios se dieron el lujo de saltar dentro del manantial, beber su agua, limpiarse y refrescarse.

El capitán Black se sentó a solas en una roca a la orilla, se hincó sobre la tierra y empapó su rostro con las manos mojando también su cuerpo. El agua resbaló sobre el vendaje del pecho penetrándolo hasta humedecer la herida, y el hombre se quejó de tal forma que se le escapó un grito. Había estado perdiendo la fuerza en los brazos y le preocupaba que pronto no podría moverlos. María se acercó a él, con Annabelle en brazos; quería distraerlo del dolor, consolarlo, y no lo haría recordándole la herida sino llevando su atención a algo más.

—Mira quién ha venido a saludarte —le dijo María—, ¿has visto qué linda es?

—Como cien veces —respondió Black con indiferencia.

—Anda, sostenla.

—Voy a revisar el mapa.

Sin importarle que el capitán ya desplegaba el pergamino, la mujer puso a la niña sobre las piernas del pirata y éste no tuvo opción más que atraparla antes de que rodara al suelo. La pequeña comenzó a llorar.

—¡Mujer, te acabo de decir que…!

—Es tu nieta —insistió María.

—No, yo no soy ningún abuelo, ¿eh? —refunfuñó Black—, soy demasiado joven para eso. Annabelle cesó su llanto en brazos del capitán y soltó una tierna risita. Estiraba los brazos intentando coger los collares del pirata y alcanzó a acariciarle el rostro con tanta dulzura que Black se paralizó un momento sin saber qué hacer. La niña le sostuvo un dedo, mirándolo con sus grandes ojos turquesa colmados de pestañas como una muñeca.

—De que va a ser bonita, va a ser bonita —se rindió Black—. Bueno, ya, llévatela.

Una vez a solas el capitán se dispuso a revisar el mapa, aunque la solitud no duró demasiado, pues llegó Johnny, comiendo una manzana; lanzó una guayaba a Black. El capitán no pudo cacharla en el aire porque el dolor le asaltó la herida y el brazo entero, pero la tomó del suelo disimuladamente.

—Así que el capitán Black puede sostener la cabeza decapitada de su enemigo, pero no puede sostener a un bebé —rio Johnny.

—Prefiero la cabeza decapitada —respondió Black, sosteniendo la guayaba sin comerla.

—Oye, ¿de verdad estás bien? Dice Joe que llevas días sin querer comer, y ésa es la guayaba más fresca que comerás en la vida.

—Perdón, ¿quién es papá de quién?

Johnny rio y ambos comieron en silencio un momento. El capitán Black miraba el mapa mientras Johnny miraba a su mujer y a sus hijos con una sonrisa.

—Oye, Black, ¿en qué te fijas primero cuando ves a una mujer?

—En que María no me esté viendo —respondió el capitán.

—He estado hablando con Maggie. Le construiré una casa en una isla como ésta, una casa digna de ella. Así podrá criar a nuestros hijos en paz y fuera de peligro. Le compraré un velero también y le enseñaré a navegar, y colmaré a mi familia de riquezas hasta que no puedan desear nada en el mundo.

—*Mhm*, eso decimos todos cuando dejamos a una mujer para irnos al mar —respondió Black con los ojos en el mapa.

—¿Eso qué significa? —refunfuñó Johnny.

—Que siempre será tu mujer y la madre de tus hijos, pero estarás navegando y tocarás tantos puertos, verás a tantas mujeres… ¿o pensabas que sólo vas a revolcarte con ella de aquí al final de tus días? El cuerpo se vuelve caprichoso en el mar, créeme.

—Yo sería incapaz de serle infiel a Margaret, así pasara años sin verla.

—¿Y sabe ella que pueden pasar años sin que la veas? —preguntó Black—. Es un consejo, tómalo o déjalo. Pero si quieres que lo tuyo con la muñeca no se vaya al carajo, déjale muy claro que eres un pirata y eres un capitán, no un padre de familia que estará presente para partir el pastel de los cumpleaños. Estarás en el Mediterráneo, o en un burdel en la costa de África, o ahogado de borracho en una taberna, o en plena batalla contra una flota de la Corona, no partiendo pastel.

—¿Por qué me dices esto? —lamentó Johnny—. ¿No puedes estar feliz por mí y ya? Tal vez sí que puedo navegar el Mediterráneo y llegar a un cumpleaños, tal vez puedo terminar en un burdel y aun así hacerle el amor a mi mujer como si no hubiera tocado a otra, puedo ponerme borracho y mirar los primeros pasos de los niños o escuchar sus primeras palabras y hasta puedo regresar herido de batalla y enseñarles a jugar con una pelota. Me subestimas. Nunca he sido sólo un pirata y aspiro a ser mucho más que eso.

—Está bien —rio Black, negando con la cabeza.

—¿Y tú? —preguntó Johnny—, ¿pasarán años sin que te vea a ti y a mi madre?

El dolor golpeó la herida del capitán nuevamente, esta vez con más intensidad que nunca; dio un pequeño grito contenido y se llevó una mano al pecho, encorvándose. Johnny no se había percatado de ello porque vigilaba a Margaret y a María, que reían y seguían jugando con los pequeños.

—¿John? —llamó Black en tono lúgubre—, no siempre estaré ahí. Puede que me sienta inmortal cuando estoy en el mar, pero no lo soy. Algún día voy a morir y tú tendrás que seguir tu propio curso sin mirar atrás, porque eres capitán.

—*Nah*, somos piratas —dijo Johnny—, viviremos cada día como si fuera el último y cuando el destino nos lleve de este mundo, dejaremos un legado de libertad y aventuras que nos harán eternos. Además, *capitán*, no me asuste con la muerte… que es usted mi marea y sin marea no hay curso.

Un par de horas colina arriba el mapa guio al capitán Black y a los piratas hasta una laguna de enorme tamaño, cuyas cascadas destellaban como diamantes bajo la anaranjada luz de la tarde. Tantas garzas posaban en las rocas que opacaban el verde de la jungla, aleteando ante la llegada de los invasores. Al fondo se alzaba una muralla de rocas con grabados indígenas que formaban los rostros de sus dioses, apenas visibles entre las lianas que cubrían el empedrado. Todos andaban a paso firme cuando el capitán Black dejó de caminar de repente, se sentó sobre una roca pretendiendo estar confundido con la ruta, pero simplemente ya no podía andar del dolor, que ya no sólo le torturaba en el pecho sino en el estómago, brazos y piernas.

—¿Puedo verlo? —pidió Johnny, tomando el mapa—. Carajo, ¿entiendes esto? ¿Es latín?

—Ajá —jadeó Black, apretando los ojos.

—¿Y entiendes latín?

—Ajá.

El capitán volvió a tomar el mapa e hizo un esfuerzo por leer, conteniendo el dolor en su voz.

—Mira, aquí dice *pasad detrás de la cortina azul, donde gozáis de la obscuridad en la luz* —dijo Black.

—La cascada —adivinó Johnny—, hay que pasar detrás de la cascada.

Se escuchó un rugido que hizo saltar a cada hombre y desenvainar armas. Se trataba de un jaguar que mostraba sus enormes colmillos desde la rama de un árbol.

—¡Quietos! —exclamó Black cuando vio que los muchachos iban a dispararle—, mientras sigamos en grupo no atacará a nadie, y al pobre imbécil que le haga algo le haré lo mismo, estamos en *su* territorio.

Dejaron al animal en paz, y siguieron al capitán Black hacia la catarata más grande. El hombre de negro tocó el potente chorro con su mano, luego metió el brazo y después la pierna para finalmente introducir el resto del cuerpo. Le siguió Lussan y después, uno a uno, el resto de los hombres. María, Johnny, Margaret y Tanner quedaron al final, dudando cómo harían lo mismo sin perjudicar a los bebés. No había mucho tiempo, el jaguar en el árbol comenzaba a inquietarse eliminando la posibilidad de esperar fuera. Finalmente, Blackdawn cargó a sus hijos y los protegió del chorro con su espalda, encorvándose completamente para reducir la fuerza del agua. Una vez dentro de la cueva, el capitán Lussan ofreció a Margaret un canasto de comida que ya había quedado vacío y era lo suficientemente grande para cargar a ambos bebés cómodamente. El camino rocoso iba en picada y la luz del sol fue quedando atrás hasta que fue necesario encender antorchas, cuyo calor y humo enloqueció a los murciélagos haciéndolos revolotear por doquier.

—¡Ah, me hicieron encima! —se quejó Melville.

—¡Bien por ti, yo me la tragué! —gritaba Joe, escupiendo al suelo.

El camino llevó hasta unas grutas de roca mineralizada por miles de años, un extraño mineral que formaba estructuras de roca blanca y brillante que asemejaba granos de azúcar apilados; un castillo de fantasía subterráneo entre lagunas cristalinas. Los bucaneros alcanzaron un cenote de gran tamaño y profundidad, y era necesario cruzarlo para continuar el camino al otro lado. El agua era helada y en poco tiempo fue imposible caminar, la profundidad alcanzaba sus cuellos y hubieron de nadar. Más adelante, el techo rocoso sobre las cabezas de los piratas fue descendiendo más y más, era preciso bucear porque ya no existía espacio entre el agua y las rocas sobre ella, una experiencia tan claustrofóbica como helada.

—No puedo sumergir el canasto, ¡de ninguna manera! —se angustiaba Margaret.

—Tomen aire, a bucear —ordenó Black.

—No sabemos cuán largo es el tramo, podríamos ahogarnos —opinó María.

—Ustedes no saben, yo sí porque yo soy el del mapa —refunfuñó el capitán.

—*Par le diable*, mi barriga me hace flotar —suspiró Lussan, que apenas conseguía sumergirse.

—Maggie, yo he visto el mapa —dijo Johnny a la pelirroja—, no es mucho, podemos lograrlo.

—Y sumergir a mis hijos en agua helada, ¡jamás!

—¡Muévanse o se los lleva la hipotermia! —advirtió Bones.

—Dame a Annabelle. George, ¿llevas a James? —pidió Johnny.

—No creo que yo sea el indicado —respondió el rubio—, ni siquiera sé si yo logre nadar con esta pierna.

—Yo —se ofreció María—, yo lo llevo.

Margaret suspiró dolorosamente y entregó a sus hijos.

—Vamos, Belle —murmuró Johnny a su hija—, eres una piratita y las piratitas no lloran con el agua.

—¡Lloran si el agua es helada, John, dámela! —exclamó Margaret. Pero fue muy tarde, el pirata se sumergió con la niña en brazos y María ya había iniciado el trayecto bajo el agua. No tuvo opción más que ir ella también.

61

Al otro lado esperaba una caverna obscura con escasos orificios entre las rocas. Siguieron adelante por un túnel tan angosto y pequeño que sólo podía entrarse gateando, y así hicieron. El capitán Black se detuvo ante un muro, no había más camino.

—¿Y ahora qué? —preguntó Johnny.

—Ahora… he aquí nuestro tesoro —anunció Black, metiendo su mano a un orificio entre las rocas. El muro frente a los piratas se abrió como un portón de piedras. Ahí estaba, bajo los rayos del sol que escapaban entre las rocas resplandecían montañas de monedas de oro, tan altas que parecían colinas. Diamantes, rubíes, esmeraldas y zafiros entremezclados entre el oro y plata. Tantas joyas colmaban el suelo que era imposible dar un paso sin pisarlas; coronas, collares, perlas, aretes, anillos. Cofres y cofres y cofres colmados a reventar con monedas de piezas de a ocho. Escudos, bastones, espadas cuyo mango estaba decorado con esmeraldas y zafiros, algunas otras con rubíes. Armaduras de plata, cruces del tamaño de un hombre con cada piedra preciosa existente en el mundo incrustada a cada centímetro. Polvo de oro flotaba ante los rayos del sol que escapaban de los agujeros, y la riqueza se extendía hacia el fondo al menos doscientos metros cuadrados más. Éste era el tesoro de Cortés.

Los piratas sintieron el estremecimiento más profundo en sus corazones, no sabían si estaban muriendo o naciendo, pero jamás se sintieron más vivos y bendecidos en toda su vida, más colmados de gloria y más victoriosos. Cada hombre miró al capitán Black, que sonreía como jamás en su vida con los ojos llenos de lágrimas, le pedían permiso con la mirada.

—Adelante, caballeros —les dijo Black—, se lo ganaron ustedes.

Los bucaneros se lanzaron dentro del tesoro como a una piscina de riquezas, nadaban entre oro, plata y joyas. Se reían, gritaban, lloraban, maldecían, rezaban y se abrazaban los unos a los otros.

¡Somos ricos, somos ricos!

¡Gracias, Cortés, mi compadre!

El capitán Blackdawn se encontraba ante un sueño hecho realidad, allí, brillando en los más bellos colores mientras él era lo que siempre había deseado ser, un capitán pirata hecho y derecho.

—Lo lograste, Dawner —le dijo George, poniendo una mano sobre su hombro—, no puedo creer que finalmente lo lograste.

Ante estas palabras Johnny sonrió victorioso, permitiendo que se le escapara una risa y algunas lágrimas. Sujetó la mano de Margaret y miró el canasto de reojo, a su familia no le faltaría nada, jamás. El capitán Black se sentó en una roca con cuidado, conteniendo el dolor lo mejor que podía, aunque ya no pudiera más. Miraba a sus hombres revolcarse en la riqueza y en el triunfo, en la mayor alegría que había visto con sus propios ojos. María se acercó a él, iba a decirle algo, pero antes de que pronunciase palabra el capitán la había cogido del cabello y besado apasionadamente.

—Toma lo que quieras, es tuyo —le dijo Black.

—Te tomaré a ti entonces —respondió la mujer, besándolo de regreso.

—*Sommes riches!* —gritaba Lussan, corriendo de un lado a otro con una corona de rey en la cabeza. Cada pirata se había vuelto nuevamente un niño, niños en la gracia exquisita de un sueño realizado. Margaret no podía creer lo que había ante sus ojos, pues ni en el más fantástico cuento de hadas se había descrito una fortuna igual ni una felicidad semejante a la de los bucaneros. Dejó el canasto en el suelo un momento y se llevó ambas manos a la boca, llorando de felicidad.

—Margaret Tanner —llamó Johnny.

Cuando la pelirroja se volvió se encontró al capitán Blackdawn de rodillas ante ella sosteniendo un anillo, era una gran esmeralda ovalada que sujetaba un zafiro redondo cuyo contorno era enmarcado por diminutos diamantes.

—Mi Maggie —siguió Johnny—, soy un pirata. No sé a dónde me lleve la marea hoy o mañana, en qué mar navegue mi barco el atardecer ni qué obscuridad enfrente al anochecer, ni qué puerto tocaré cuando amanezca. Pero si algo sé es que te amo. Y que sin importar qué vaya a ser de este capitán que tanto te adora, a ti y a nuestros hijos, ¿me concederías el honor de casarte conmigo?

La mujer temblaba de emoción, lloraba sin poder hablar y apenas logró extender su mano izquierda ante el pirata para que le pusiese el anillo.

—¿Eso es un sí? —rio Johnny.

—*¡SÍ!*

El pirata deslizó la joya en el dedo de Margaret, le quedaba perfectamente. Los muchachos aplaudieron y chiflaron, recordándole a Johnny que, como capitán, tenía el derecho y el poder de celebrar su propia boda si así lo deseaba. El muchacho ya lo había pensado, pero por mucho prefería que el capitán Black fuese quien los casara. Miró a su alrededor buscándolo, pero ni él ni María estaban a la vista.

—Ésta es la maldita cueva del amor —dijo Poe—, debimos haber traído unas chicas para nosotros.

El capitán Black se había ido a recorrer las montañas de riquezas junto con su mujer, admirando la belleza del tesoro y respirando su esplendor. El dolor estalló en el pecho de Black nuevamente, con tanta fuerza que perdió el equilibrio. María lo sostuvo.

—No me dejes caer —jadeó Black.

—Jamás —respondió María.

Con gran esfuerzo la mujer logró enderezar al capitán. Sentía el calor de su fiebre y el sudor de su piel, y rodeando con un brazo su espalda lo ayudó a sentarse sobre una roca. Black se llevó una mano a la herida y se encorvó sobre sí mismo conteniendo el grito que quería escapar, las lágrimas que iban a brotar.

—¿Me das agua? —pidió Black.

—Claro, voy por ella.

—¡María! —llamó Black, haciéndola volverse y acercarse a él—, *te amo*.

—Yo a ti —le respondió la mujer, besándolo en los labios, y con los ojos llenos de lágrimas fue en busca del agua. El capitán Black miró a su alrededor, maravillado por todo, por absolutamente todo, incluso por el dolor; que no era más que el recuerdo de la batalla que ganó y que había esperado ganar durante toda su vida. Había terminado, y lo sabía. Y quizá por ese único instante era el hombre más feliz del mundo. Se levantó de la roca y fue con pasos débiles hasta el centro del tesoro, debajo de un orificio entre las rocas que lo bañaba de la luz del sol. El dolor surgió otra vez, se llevó una mano al pecho y esta vez la encontró empapada en sangre. Un extraño sentimiento inundó su corazón, levantó la mirada hacia el rayo de luz, pero se había vuelto tenue, se iba. El capitán Black lo supo, lo entendió. Se fijó en su hijo, el capitán Johnny Blackdawn, todo lo que él hubiera querido ser se formaba en ese muchacho como una obra de arte pintándose en el lienzo de su alma. Sentía orgullo, sentía amor. Miró a María recogiendo la cantimplora… *Qué hermosa mujer, qué valiente mujer, cuánta mujer.* Escuchó un susurro en el viento… *Ve a jugar, Desmond Black,* la voz de su madre. Al fondo de la dorada caverna había una especie de agujero, un pasadizo obscuro que Desmond decidió seguir a tambaleadas, siguiendo una luz dorada al fondo de la penumbra, pudiendo sentir su calor a cada paso. La luz fue transformándose en la salida a un paraíso, la belleza del mar Caribe. El pirata herido caminó hasta aquella playa y lo recibió el pleno atardecer. El cielo rosado y púrpura entre rojas nubes, el océano brillaba como un diamante turquesa en cuya superficie se reflejaba la luz dorada, un sol rojo poniéndose al horizonte, lentamente desapareciendo del mundo, extinguiéndose sin arrebatar su luz. Desmond Black cayó de rodillas ante la puesta de sol, sobre la orilla de la playa donde las olas se acercaban a lamerlo con cristalinas caricias, suplicándole dejarse ir, pintándose de rojo a medida que el pirata se iba desangrando ante el crepúsculo. Amaba el océano más que nada en el mundo, lo veneraba, vivía de él y por él. Ahora sentía su cuerpo tornarse arena, sus respiros viento y su alma esa agua salada que se retraía y volvía, llamándolo al infinito. Era feliz, no había lugar en su corazón para el miedo, era libre, puramente libre.

Después de haberlo buscado un buen rato, Johnny llegó a aquella mágica playa. Vio al capitán Black tendido en la orilla y corrió a él, se aventó y se hincó sobre el agua, sujetando el cuerpo de su padre, impidiendo que se lo llevase la marea y peleándoselo a la muerte.

—¿Por qué? —lloró Johnny—, ¿por qué no me dijiste?

Con la voz del muchacho y la fuerza de su abrazo, Black era traído a la vida por instantes y abría los ojos para mirar a su hijo sosteniéndolo.

—No me logro escapar de ti, ¿verdad? —murmuró Black, apenas con fuerzas para hablar.

—No me vas a dejar… tú no me vas a dejar, capitán —lloraba Johnny. El capitán Black sonrió.

—¿Y para qué me quieres? —le dijo—, mira lo que eres…

—¡Te necesito!

—No, era yo quien te necesitaba a ti todo este tiempo… ¿A qué le podrías temer tú, Johnny? ¿A qué le podrías temer? Mejor vive, John. *Vive.*

Johnny quebró en llanto, asintiendo y sujetando al capitán con menos fuerza como si le permitiese irse.

—Viviré —dijo el muchacho—, *viviré.*

—Fue un honor, capitán Blackdawn —susurró Black.

Entonces el capitán Black desvió su mirada de los ojos de su hijo y la perdió en el cielo, en el crepúsculo más maravilloso que había visto. Y tal fue la belleza que encontró en el cielo que su mirada quedó estática, su respiración extinta y su corazón detenido. Johnny Blackdawn gritó al cielo con tanta rabia y tristeza que sintió toda su fuerza irse, se aferraba al cuerpo sin vida del capitán a medida que la creciente marea los golpeaba a ambos. Pasó un buen rato cavando en la arena con sus propias manos hasta crear una tumba, y ahí recostó con cuidado el cuerpo del capitán Black. Lo miró una última vez.

—Fue un honor, capitán Black —sollozó Johnny—, mi capitán, mi amigo… mi padre.

Con el dolor más agudo recogió un puñado de arena y se atrevió a echarlo sobre el cuerpo que dormitaba eternamente donde hubiera querido su dueño, la Isla de Cortés. Y cuando el cuerpo estuvo totalmente cubierto, Johnny se hincó sobre el montón de arena y clavó la espada del capitán Black con fuerza, una señal de que ahí yacía la leyenda más maravillosa que conoció… la del temible capitán de El Espectro. Se quedó de rodillas, aferrado al mango de la espada hasta que cesara su llanto, y por un momento sintió que se quedaría allí eternamente. Una mano cálida se posó sobre su hombro, era su madre.

—¿Tú lo sabías? —le preguntó el muchacho, destruido.

—Me hizo prometer que no diría nada —lloró la mujer—. Lo siento tanto, perdóname.

El joven capitán se puso de pie y besó las manos de María.

—No me pidas perdón por haberle cumplido una promesa —respondió. La tristeza derrotó a la mujer, que se desmoronó en brazos de su hijo—. Está en paz ahora, madre —le dijo Johnny, abrazándola con fuerza—, ahora navega las estrellas.

Las gaviotas sobrevolaban el cielo púrpura que ya dejaba ver algunas estrellas, y desde la salida del pasadizo a la playa salía un bucanero tras otro, sin tener la menor idea de lo que ocurría. Johnny Blackdawn comprendió entonces que sería su responsabilidad anunciar la muerte del capitán Black, así que esperó a que terminaran de llegar todos. *El capitán Black ha muerto*, fue lo único que pudo decir sin quebrantar esa fortaleza que habría de sostenerlos a todos. Cada pirata se bañó en desgracia, destruidos en un desgarrador abandono que nadie hubiera podido predecir, y a la vez, era un miedo que ya se alojaba en sus corazones desde hacía días, cuando la vida de su capitán fue atenuándose como una vela. Se quedaron perplejos, aturdidos, huérfanos; uno a uno se fueron quitando el sombrero, acomodándolo contra su pecho. Ésa fue la primera vez que vieron llorar a Turco, que mantenía la mirada clavada en la arena y derramaba lágrimas en silencio. Se odiaba a sí mismo por haber cumplido la voluntad del capitán, si bien pudo haberlo desobedecido como había hecho tantas veces. Vio a Johnny abrazado de Margaret y esperó con todas sus fuerzas que el sacrificio de Black valiera la pena. El capitán Lussan, cuyos grises ojos también cargaban lágrimas, hizo compañía a Turco poniéndole una mano sobre el hombro y Turco le dio dos débiles palmadas como respuesta. Un minuto de silencio acarició la playa. La tripulación había perdido algo más que un capitán, era un guía, un maestro y un buen amigo; un ángel endemoniado que vivía en sus vidas como la promesa de la aventura y la esperanza de libertad.

—Levanten esos ojos, hombres —les dijo Joe—, que el capi nos mira desde arriba. Su cuerpo duerme en la Isla de Cortés y su alma surca los cielos. *Es libre.*

Todos miraron al cielo, a las estrellas, no les cabía la menor duda de que el capitán Black estaría observando. Se encendió una hoguera, un sol bajo la luna y las estrellas, un desafío a la noche y su obscuridad. Los piratas se sentaron alrededor del fuego, donde brindaron con botellas de ron y bebieron a la salud de su capitán. Miraban las chispas del fuego elevarse al cielo y perderse. Uno por uno visitaba la tumba donde había sido enterrado, se hincaban ante la espada para despedirse de él y dejaban algún objeto muy personal, como ofrenda. El sentimiento de unidad consolaba la tristeza, pero el capitán Blackdawn no quería estar entre sus hombres, ni siquiera junto a Margaret, que aun con el llanto arrullaba a sus hijos cerca del calor. Johnny caminó hasta alejarse en la penumbra, y se quedó de pie ante la orilla del mar, con la vista perdida en los destellos de la luna sobre la ondulante marea. Encendió una pipa, la pipa del capitán Black, y fumó su tabaco.

—¿John? —llamó la voz de George, sosegada y cálida.

Pata de Palo fue junto a su capitán y lo acompañó en silencio un momento.

—Te conozco, Dawner —le dijo finalmente—, y sé que no te gusta que te hablen en momentos duros, así que no voy a quitarte mucho tiempo. Sólo quiero que sepas que no importa lo que suceda, yo estoy a tu lado, capitán Blackdawn, y mi vida está al servicio de El Satán.

—¿Sabes qué? —lamentó Johnny—, si yo no me hubiera caído a ese precipicio… si Black no hubiera perdido tiempo salvándome…

—Black se habría muerto ahí si no fuera por ti, sin poder ver su tesoro. Lo salvaste, John, en más formas de las que crees. Lo salvaste. Ahora… tienes que dejarlo ir, tienes que dejar ir al capitán Black. Y tienes que ser el capitán de tu nave, el líder de tus hombres, el esposo de mi hermana y el padre de mis sobrinos. Tienes que ser *muchas* cosas, Dawner. No tienes tiempo que perder.

El capitán Blackdawn asintió, erguido y dispuesto a acompañar a Pata de Palo de vuelta a la fogata.

Al llegar la madrugada el fuego quedó extinto y los bucaneros durmieron a su alrededor, velando al capitán Black hasta que amaneciera. El silencio era fantasmal, apenas acompañado por el débil oleaje y la brisa. Turco estaba sentado frente a la tumba, mirando la espada clavada en la arena con tantísimas ofrendas. Decidió contribuir con la suya, se retiró el turbante de la cabeza y lo amarró sobre la hoja con un nudo; peinó su ondulado cabello negro con los dedos en un solo movimiento con la mano y se levantó para marcharse cuando vio a María de pie detrás de él.

—Ya me iba —dijo Turco—, todo tuyo.

—Vine a buscarte a ti —le corrigió la mujer, entregándole aquel papel doblado en cuatro—. Su voluntad. Había de entregarte esto a ti cuando él muriera, supongo que se trata de tu nombramiento como capitán de El Espectro.

Turco desdobló el papel y leyó un instante.

—Nuestro —le dijo Turco—, *nuestro* nombramiento.

María tomó un extremo del papel, confundida, mientras que Turco sostenía el otro extremo y ambos leyeron juntos.

Turco,

Estoy en un dilema que sólo tú hubieras podido resolver, pero no te iba a pedir permiso ni te iba a preguntar, no en esto. Quiero que seas capitán de El Espectro y quiero que El Espectro le pertenezca a María Aragón. Eso me deja con sólo una posible solución, nombrarlos a ambos capitanes. Es mi voluntad que asumas el mando de El Espectro y que enseñes a María todo lo que yo no pude. Conviértela en la pirata más condenada de los mares, se lo merece y no se la confiaría a nadie más que a ti.

Turco vio a María a los ojos.

—Capitana Aragón —dijo Turco.

—Capitán Arat —respondió María. Se dieron la mano.

—¿Crees que los hombres estén de acuerdo? —preguntó María.

—No están acostumbrados a obedecer a una mujer ni les será natural al principio —respondió Turco—, por eso no te pueden ver dudar, tienen que saber que quieres esto, que lo quieres de verdad. ¿Esto es lo que *tú* quieres?

—Yo lo amaba, Turco —lloró María, pero se contuvo al instante—. Y lo único que me queda de él es El Espectro, es lo único que nos queda a todos. ¿Crees que no sudaré hasta la última gota para merecer su legado? ¿Crees que no daría la vida? Puede que no sepa mucho de piratería, pero ya te digo yo que pirata es lo único que he sido. Y moriré mil veces antes de que se me niegue el derecho a tomar el timón de esa nave.

Turco asintió.

—Entonces estoy contigo —le dijo.

Al amanecer los piratas se reunieron en la playa donde habían anclado las tres naves, todos bañados por la esperanza que desbordaba la luz del sol naciente, la maravilla de un futuro incierto que les cuestionaba su propia existencia. La doble capitanía de El Espectro entre el capitán Arat y la capitana Aragón fue sorprendentemente bien aceptada, tanto por fe en lo que el capitán Black creía de la mujer como el miedo que les daba su carácter en caso de rehusarse. Era tiempo de seguir adelante.

—Me voy, *capitaine* Blackdawn —dijo Lussan, abrazando a Johnny contra su barriga—, y que la marea nos ponga en una misma ola de nuevo.

—Gracias por acudir al llamado de mi padre —respondió el joven.

—*Par le capitaine* Black, lo que sea. Y ahora por ti también, lo que sea, Johnny… acudiré.

La Reine de Mort zarpó con el puñado del tesoro que correspondía al capitán Lussan y a sus hombres. La capitana Aragón abrazó a su hijo y él la sujetó con más fuerza, profundamente orgulloso de su madre.

—Sois un gran hombre, hijo mío —dijo María—, seréis un gran capitán.

—Cuidaos las espaldas, capitana —le respondió Johnny en español—, nos volveremos a encontrar.

La tripulación de El Espectro recibió a sus dos capitanes quitándose sus sombreros, Turco y María abordaban la nave negra para tomar posesión del cargo. Turco miró el timón, esperando encontrar a Desmond Black ahí, con esa sonrisa sarcástica e insoportable, gritando órdenes y respirando mar. Pero no había nadie, y era él quien debía aferrarse a aquel timón ahora. Los ojos de María también buscaron al capitán Black, fumando su pipa en la borda, pero estaba desierta. Vio a Turco, y él también la miraba a ella, asintieron, prometiéndose que serían un buen equipo o al menos intentarían serlo.

—¡Tres hurras por el capitán Arat! —exclamó Melville.

¡Hurra, hurra, hurra!

—¡Tres hurras por la capitana Aragón! —volvió a exclamar.

¡Hurra, hurra, hurra!

—¡Tres hurras por el capitán Black!

¡Hurra, hurra, hurra!

Los sombreros se lanzaron al aire y los estridentes gritos hicieron vibrar las velas negras, que se desplegaban con gracia y magnificencia.

—¡Leven anclas! —rugió María, su primera orden lanzada al viento con toda su fuerza y determinación.

¡Sí, capitana!

—¡Ya oyeron a la capitana, leven anclas, bastardos! —le siguió Chang.

—¡Largar amuras y escotas! —rugió Turco—. ¡Melville al timón, a sotavento!

¡Sí, capitán!

62

Pasó el tiempo. El Caribe adquirió paz y silencio. Nada sucedía a simple vista, pero el espíritu rebelde es cauteloso, y sabe cómo dar a luz una revolución sin que se perciba su gestación. En Tortuga había nacido una leyenda distinta a las demás y encendió una llama en los corazones de todo pirata, una llama de esperanza, una luz que seguir en la obscuridad. Se contaban historias sobre el capitán Black y su hijo el capitán Johnny Blackdawn, aquellos héroes que desafiaron al gobernador de Port Royal, que vencieron a Barbanegra en la Cuna del Diablo y hallaron el tesoro de Cortés. Eran éstas las historias que se contaban a los niños antes de dormir; se contaban en las tabernas al beber, en los barcos al navegar, en las calles al andar.

Un nuevo gobernador llegó a Port Royal, Víctor Cromwell, que no era menos severo y avaricioso que el anterior, pero más joven y había jurado ante el pueblo inglés que bajo su gobierno se erradicaría la piratería en el Caribe. Prohibió la habladuría sobre las aventuras de los bucaneros, y no necesariamente para evitar que el pueblo se motivase con la rebeldía, sino para ocultar la existencia del cuantioso tesoro, mismo que tenía previsto encontrar de una forma u otra.

Hacía mucho tiempo no se sabía nada del capitán Johnny Blackdawn y su Satán, sólo que se había casado con Margaret Tanner en su propia nave, y que el día de la boda el pirata había colmado cada cabo a bordo con flores blancas. Decían que la mujer de cabello rojo se veía como un ángel vestida de novia y con una corona de flores blancas, y que la ceremonia había sido tan espectacular que la nave roja iba a hundirse si un solo pirata más la abordaba para festejar.

El legado de esperanza que dejó el capitán Black permanecía intacto, crecía esparciéndose en la piratería como un virus sin cura. Les hacía volver a creer en maravillas, en la libertad, en el valor del valor, valor que se despertaba para luchar.

En el corazón del mar Caribe había una isla de surreal belleza, un paraíso colmado de verdes junglas, lagunas azules y aves de todos los colores y tamaños. En aquel lugar vivían algunos indígenas que buscaban estar en paz y vivir en la tranquilidad de la naturaleza; y al otro lado de la isla, al límite entre la selva y la arena blanca, se construyó una casa cuyos muros y pisos estaban hechos de bambú y palma. Gran parte de la materia prima para la construcción había sido tomada de la propia isla, pero la arquitectura de ésta era impecable. El interior de la vivienda estaba repleto de buenos muebles, alfombras y toda clase de lujos que igual habrían podido encontrarse en un palacio. No le hacía falta nada. Constaba de tres pisos; una cocina y sala en el piso de abajo, cuatro pequeñas habitaciones en el piso medio, una pequeña salita de estar con varios libros y juguetes, y en el piso de arriba una amplia habitación matrimonial cuya cama estaba rodeada de cortinas blancas. Fuera de la casita había un granero y un huerto en la parte de atrás, y al frente un tendedero y unas antorchas que siempre permanecerían encendidas como una señal. Margaret Blackdawn vivía en aquel pequeño paraíso, siempre mirando al horizonte, esperando ver las velas rojas de El Satán surgir como un milagro. Gozaba una vida tranquila con los recursos que la isla ofrecía, y disfrutaba de la naturaleza a diario como si ésta estuviese empeñada en mimarla. Vivía en compañía de sus cinco hijos, Annabelle, James, Desmond y dos gemelas que acababan de nacer, Mary y Sophie. Además, si alguna vez se ofrecía algo que la isla no podría darles, debajo de la casa les esperaba un pequeño sótano secreto en donde había una cuantiosa tajada del tesoro.

El capitán Blackdawn venía al menos una vez al mes, pasaba tiempo con su esposa y jugaba con todos sus hijos durante el día para hacerle el amor a Margaret cada minuto de la noche.

Un día Johnny simplemente no regresó. Volvía un barco pequeño en su nombre, una fragata cargada de bienes, los que él hubiera traído de venir en persona; medicinas, vestidos para Margaret y los niños, buena comida, botellas de vino y una carta que casi siempre llegaba con una flor ya seca.

Mi amada Margaret,

Te ruego me perdones por volver a fallarte, pero navego costas tan lejanas que a veces me pregunto si he descubierto un nuevo mundo. Hay nieve, mucha, mucha nieve. Y hace tanto frío que tengo que usar abrigo, guantes y un gorro. Hace unos días navegamos por lo que llaman glaciares. Si tan sólo pudieras verlos, son como castillos de hielo en medio del mar. George está aquí conmigo, quejándose del frío y te manda todo su afecto. Te extraño, amor mío, a ti y a los niños. Espero anclar en casa en un par de meses, si el clima se pone de mi lado por una vez. George llevará El Satán a Tortuga y yo podré pasar un par de semanas con ustedes, ojalá fuera más. Lamento de verdad haberme perdido el cumpleaños de Desmond, dile que lo pagaré con creces.

Te amo,

Tu John.

Enseguida Margaret redactaba una carta en respuesta que entregaba al capitán de la fragata.

Mi amado John,

Tus hijos te extrañan tanto, y yo también. Annabelle ha dicho sus primeras palabras, pero no fueron "madre" ni "padre", fue "cangrejo". Es tan lista, a veces más lista que yo. James es más noble, tan obediente y dócil. Yo también lamento que no hayas venido a celebrar el primer cumpleaños de Desmond, tiene tanta energía y es tan travieso, le gusta molestar a sus hermanas. Vuelve pronto, amor mío, no me gustaría llegar a pensar que me has olvidado, o que me has abandonado.

Te amo,

Tu Maggie.

El tiempo seguía transcurriendo y no había noticias de El Satán ni del capitán Blackdawn. De El Espectro, en cambio, se sabía que sus capitanes, Arat y Aragón, llevaban numerosos asaltos a la Compañía de las Indias. Se llenaban de las riquezas de la exportación, pero su interés principal estaba en la toma de cartas de corso. Eran algo así como la conexión entre la Corona y la piratería y traficaban con toda la información que podían, protegiendo a los suyos. En cualquier caso, María tenía la tranquilidad de que recibiría notificaciones por parte de don Diego Córdova, quien había heredado el imperio mercante y lo dirigía maravillosamente, sin que nadie sospechase que era el más fiel espía de la pirata española.

La Corona enfurecía y se iba debilitando a la merced de la piratería. Ya no solamente robaban riquezas, sino que iban revelándose contra la propia institución cada día un poco más. El propio rey Jorge ya veía a los piratas hasta en sus pesadillas y presionaba a los gobernantes de sus colonias para exterminarlos. Había un pirata en especial cuya cabeza ya tenía puesta recompensa en toda Europa, el capitán Johnny Blackdawn, que también lo llamaban *el revolucionario del Caribe, el Capitán de Capitanes*. Nadie sabía muy bien cómo se había convertido en lo que era, pero la casualidad fue aliada del destino y fue por casualidad que comenzó la leyenda de Blackdawn.

Una tarde gris en Londres, el oficial Adley fue en busca de la conocida mansión de los Winchester, donde lo recibió un mayordomo.

—Traigo correspondencia para Jeremy y Maxwell Winchester —avisó Adley.

—Sígame —le respondió el mayordomo con frialdad.

Adley esperó un largo rato en una obscura sala colmada de pinturas y retratos de la familia, entre ellas la conocida pintura del gobernador Wallace Winchester. Se quedó mirándola un largo rato, en compañía del enorme reloj de vitrina y su *tic-tac, tic-tac*. Los hermanos Winchester estaban en el jardín de atrás, jugando polo con sus nuevos caballos, un par de purasangres traídos de Arabia especialmente para ellos. Jeremy fue el primero en entrar a la sala, vestía el traje deportivo de polo y estaba sudado y sucio. Una mucama le ofreció una toalla sobre una charola de plata, el joven se limpió el rostro y la echó en el suelo. Era un joven severo, de penetrantes ojos ámbar y cabello castaño.

—Buenas tardes —saludó Adley—, mi nombre es…

—Me da igual el nombre —le respondió Jeremy—, ha traído algo para mí, ¿no es verdad?

—Bueno, para usted y su hermano.

—Mi hermano no está, fue a descansar. ¿Va a decirme ahora qué asunto hemos de tratar?

Entonces Adley tomó el sobre del interior de su casaca, y con una mano temblorosa la entregó a Jeremy, quien se la arrebató más pronto de lo que pudo pestañear.

—He traído esta carta desde Port Royal de parte de su padre, el gobernador Winchester.

—Le agradezco, oficial. ¿Algo más?

El oficial Adley negó con la cabeza, entonces Jeremy tronó los dedos y el mayordomo lo escoltó de vuelta a la salida. El joven se quedó quieto un momento, esperó a que la puerta de la entrada terminara de cerrarse.

—Se ha ido ya, Max —confirmó en voz alta. Otro joven vestido de polo llegó a la sala, Max. Era menor que Jeremy, de ojos grises y pelo castaño claro.

—¿Qué motivo milagroso ha tenido padre para escribirnos? —preguntó Max.

—No le gustaron los caballos, te lo aseguro —respondió Jeremy, abriendo el sobre.

> Queridos hijos,
>
> Cuando lean esta carta yo ya habré muerto a manos del capitán Johnny Blackdawn. De mi vida se cobra la del almirante James Dawner, el comodoro George Tanner, el capitán Santiago Velázquez y la tortura a María Aragón, dama de España. Si se atrevieran a venir al Caribe en búsqueda de venganza o en busca del tesoro, por favor no lo duden, Blackdawn los estará esperando.
>
> Su padre, Wallace Winchester.

La carta resbaló de las manos de Jeremy, cayó meciéndose lentamente en el aire hasta llegar al suelo de mármol. Los hermanos intercambiaron miradas.

—¿Qué significa esto, hermano? —lloró Max.

Jeremy Winchester era un joven tan avaricioso como su padre, la ambición era su segundo nombre. Sabía manipular para obtener cualquier cosa, utilizaba las circunstancias como medios, los problemas como oportunidades y los vacíos como espacios. No pensaba en la muerte de su padre, pensaba en la última carta que habían recibido de él antes de ésta, la que hablaba sobre el tesoro de Cortés y de un momento a otro todo tenía sentido.

—¡Jeremy, respóndeme! —exclamó Max—, ¿qué será de nosotros?

—Hermano —le respondió Jeremy—, ¿qué te parecería conocer el Nuevo Mundo?

Se sonrieron.

Johnny Blackdawn de Ivana Von Retteg
se terminó de imprimir en mayo de 2022
en los talleres de
Impresora Tauro, S.A. de C.V.
Av. Año de Juárez 343, col. Granjas San Antonio,
Ciudad de México